/개정판/

이용악
전집

지은이 **이용악**李庸岳, Lee YongAk   1914년 함경북도 경성(鏡城)에서 태어났다. 1935년 3월 시「敗北者의 所願」을『신인문학』에 발표하며 문단에 나왔다. 1937년 도쿄 산분샤[三文社]에서 첫 시집『分水嶺』을 펴내고 1938년 두 번째 시집『낡은 집』을 같은 출판사에서 펴냈다. 1947년 아문각에서『오랑캐꽃』, 1949년 동지사에서『이용악집』을 간행했다. 1950년 월북한 후, 1955년 산문집『보람찬 청춘』을 민주청년사에서, 1957년『리용악 시선집』을 조선작가동맹출판사에서 발간했다. 1963년에는 김상훈과 공역으로『풍요선집』을 조선문학예술총동맹 출판사에서 펴냈다. 1971년 폐병으로 사망했다.

엮은이 **곽효환**郭孝桓, Kwak HyoHwan   시인, 한국문학번역원장. 시집『인디오 여인』,『지도에 없는 집』,『슬픔의 뼈대』,『너는』, 저서『한국 근대시의 북방의식』,『너는 내게 너무 깊이 들어왔다』, 편저『구보 박태원의 시와 시론』,『이용악 시선』 등이 있다.

이경수李京洙, Lee KyungSoo   평론가, 중앙대학교 국어국문학과 교수. 주요 저서로『한국 현대시와 반복의 미학』,『불온한 상상의 축제』,『바벨의 후예들 폐허를 걷다』,『춤추는 그림자』,『이후의 시』,『너는 너를 지나 무엇이든 될 수 있고』,『백석 시를 읽는 시간』, 공저『다시 읽는 백석 시』,『아직 오지 않은 시』 등이 있다.

이현승李炫承, Lee HyunSeung   시인, 가천대학교 리버럴아츠칼리지 교수. 시집『아이스크림과 늑대』,『친애하는 사물들』,『생활이라는 생각』,『대답이고 부탁인 말』, 공저『김수영 시어 연구』가 있다.

|개정판| 이용악 전집

초판 발행 2015년 1월 30일
개정판 발행 2023년 6월 15일
지은이 이용악 엮은이 곽효환 · 이경수 · 이현승
펴낸이 박성모 펴낸곳 소명출판 출판등록 제1998-000017호
주소 서울시 서초구 사임당로14길 15 서광빌딩 2층
전화 02-585-7840 팩스 02-585-7848 전자우편 somyungbooks@daum.net 홈페이지 www.somyong.co.kr

값 59,000원 ⓒ 곽효환 · 이경수 · 이현승, 2015, 2023

ISBN 979-11-5905-793-9   03810

월북 이후 이용악

이용악 李庸岳, Lee YongAk
1914년 함경북도 경성(鏡城)에서 태어났다. 1935년 3월 시
「敗北者의 所願」을 『신인문학』에 발표하며 문단에 나왔다.
1937년 도쿄 산분샤[三文社]에서 첫 시집 『分水嶺』을 펴내고
1938년 두 번째 시집 『낡은 집』을 같은 출판사에서 펴냈다.
1947년 아문각에서 『오랑캐꽃』, 1949년 동지사에서 『이용악
집』을 간행했다. 1950년 월북한 후, 1955년 산문집 『보람찬
청춘』을 민주청년사에서, 1957년 『리용악 시선집』을 조선작
가동맹출판사에서 발간했다. 1963년에는 김상훈과 공역으로
『풍요선집』을 조선문학예술총동맹출판사에서 펴냈다. 1971
년 폐병으로 사망했다.

『분수령』, 三文社, 1937

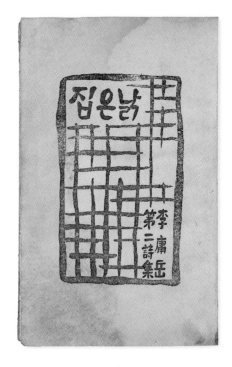

『낡은집』, 三文社, 1938

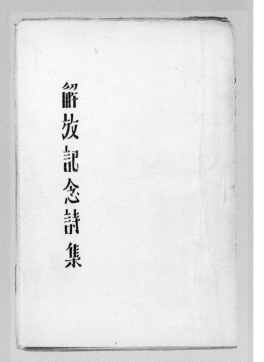

『해방기념시집』, 중앙문화협회, 1945

『오랑캐꽃』, 아문각, 1947

『이용악집』, 동지사, 1949

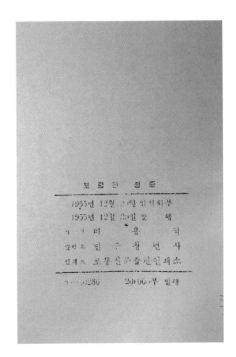

산문집 『보람찬 청춘』, 민주청년사, 1955

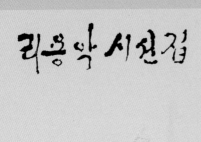

조선 작가 동맹 출판사
1957

『리용악시선집』, 조선작가동맹출판사, 1957

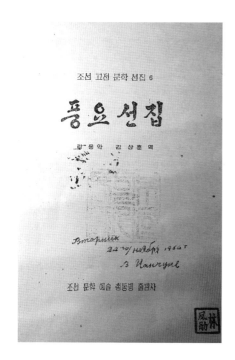

『풍요선집』,
조선문학예술총동맹출판사, 1963

『당이 부르는 길로』,
조선작가동맹출판사, 1960

JR요쓰야역에서 본 조치대학

조치대학 정문(왼쪽)과
학내(아래)

조치대학 내 성당 1

조치대학 내 성당 2

조치대학 내 성당 3

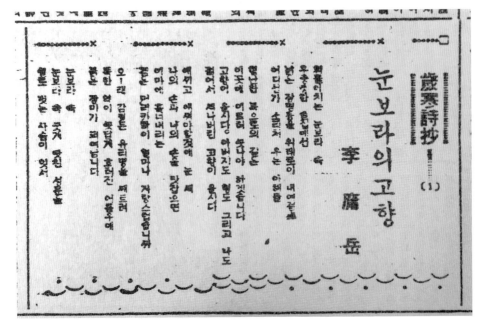

「눈보라의 고향」, 『매일신보』, 1940.12.26

歲寒詩抄 (1)

눈보라의 고향

李庸岳

歲寒詩抄

38
도에서

李庸岳

누가 우리의 가슴에 함부로 금을 그어 강물이
검푸른 강물이 구비쳐 흐르느냐
모두들 국경이라고 부르는 삼십팔도에 남은
저무터 구름이 많여

○

물리치면 산 산 흩어졌다도
몇번니고 다시 뭉처선
고향으로 동하는 단 하나의 길

척 - 해
떼를 지어 나아가는

「38도에서」, 『신조선보』,
1945.12.12

다리 우에서

李庸岳

바람이 거센 밤이면
멧번이고 꺼지는
네모난 장명등을
밝고서서 멧번이고
누나는 별만 혼밤이 되려 밟할째
국수집 차저가는 다리 우에서
문득 그리워지는
누나도 나도 어려선 국수집 아히
단오도 설도 아닌 풀버레 우는 가을철
단 하로 아버지의 제사스날만
일을 쉬고
어룬처럼 곡을 한다

「다리 우에서」, 『매신사진순보』, 1942.4.11

땅 의 노 래

리 용 악

나라를 잃은 탓에 땅마저 잃고
헤매이던 그 세월이 어제 같구나
로불되이 찾아준 가통진 이 땅에
세세년년 만풍년을 불러오리라

제 땅을 잃은 탓에 붙이지도 잃고
시달리던 종살이를 어찌 왔으랴

수천 날이 안겨준 일편란 봄빛에
피여나는 이 행복을 노래부르자

다시는 이 땅 우에 압제가 없고
이 땅 우에 가난살이 흘러 없으리
은혜롭고 고마운 어머니 내 조국
사회주의 내 조국을 피로 지키자

「땅의 노래」, 『문학신문』, 1966.8.5

산을 내린다

리 용 악

민족의 태양이신 김일성원수님의
혁명사상을 받들고 투쟁하는 그이의 전사

가슴벅차게 기다리던 출전을 앞두고
바위그늘에 둘러앉은 미더운 전우들끼리
어버이수령님께 다시한번 충성을 다지는
엄숙한 정의모임부터 가지고 떠난 우리

산을 내린다
첩준한 북한산 봉우리골에
깎아지른 절벽에, 깊은 골짝골짜기에
어느덧 어둠이 쏟아져내릴무렵

산을 내린다
전하디전한 송진내를 휘휘 풍기며
쏴아 쏴아 안겨오는 서느러운 솔바람도
하나둘씩 눈을 뜨는 하늘의 별들도
피끓는 사나이들의 앞길을 축복해주는때

산을 내린다
항일투사들이 부르던 《결사전가》를
나직나직 심장으로 힘차게 부르며
싸움의 길을 바쁘게 가는
우리는 조국 위해 몸바친 남조선무장유격대의
용맹한 소조

멧번째의 등성이에 올라섰는가
앞장에 가던 동무 문득 걸음을 멈추자
모두들 푸르청청한 높은 소나무밑에 선체
말없이 바라보는 저기 저 멀리
숱한 불이 깜박거리는건 파주의 거리

산을 내린다
몸은 비록 여기 암흑의 땅에 나서
압제의 칼부림과 모진 풍상 해가르며
잔매가 굵어진 한많은 우리지바는

「산을 내린다」, 『조국이여 번영하라』, 문예출판사, 1968

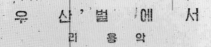

「우산'벌에서」, 『문학신문』, 1959.9.25

「나의讀書」, 『매일신보』, 1941.10.1

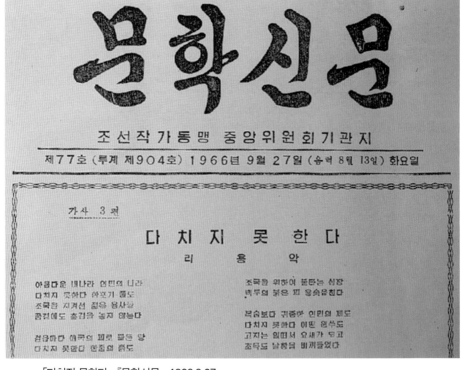

「다치지 못한다」, 『문학신문』, 1966.9.27

거울속에서　李庸岳

푸른 잉크를 나의 얼굴에 뿌려

이몸 모를 설물을 차저보지않으려느냐

먼 참으로 머언 남쪽바다에선

우리편이 자꾸만 익인다는데

두메에 나 두메에서 자란

눈이 맑어 귀여운 아히야

나는 서울찰다온 사람이래서 얼굴이 하이얄까

석유등잔이 흔들리는 낡은 거울속에서

너와 나와 가주란히

웃으면서 듯는 바람소리에 당나귀 우는데

「거울속에서」, 『매신사진순보』, 1942.4.21

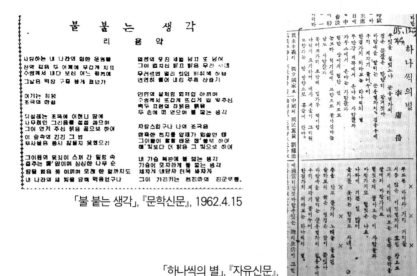

「불 붙는 생각」, 『문학신문』, 1962.4.15

「하나씩의 별」, 『자유신문』,
1945.12.3

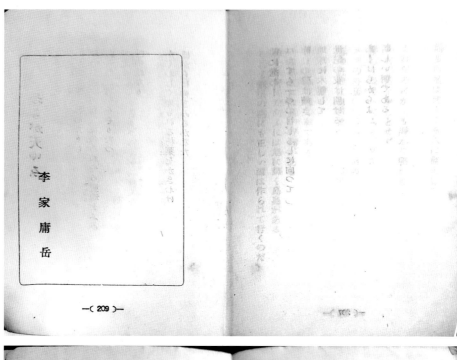

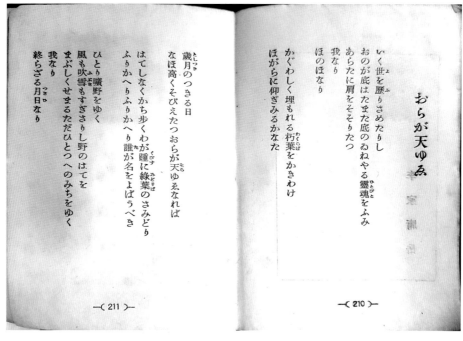

李家庸岳

おらが天ゆゑ
　　　　李家庸岳

いく世を歴りさめたりし
おのが底はたまた底のぬねやる霊魂をふみ
あらたに肩をそそりたつ
我なり
ほのほなり

かぐわしく埋もれる朽葉をかきわけ
ほがらに仰ぎみるかなた

歳月のつきる日
なほ高くそびえたつおらが天ゆゑなれば
はてしなくかち歩くわが踵に緑葉のさみどり
ふりかへりふりかへり誰が名をよばうべき
ひとり曠野をゆく
風も吹雪もすぎさりし野のはてを
まぶしくせまるただひとつへのみちをゆく
我なり
終らざる月日なり

「おらが天ゆゑ」, 『決戦詩集』, 동도서적(주), 1944

가 사

당 중 앙 을 사 수 하 리

리 용 악

눈보라의 만리길 험난하여도
붉은심장 끓어번진 한멸유격며
간악한 왜놈군대 쓸어눕히며
그이 계신 사령부를 보위하였네

장군님을 끝까지 보위하라고
혁명전우 남긴 유언 명심하여라

원쑤의 포위망을 천백번 뚫고
목숨으로 사령부를 지켜냈다네

4천만의 념원을 한품에 안고
수령님은 통일의 길 밝혀주셨네
마지막 한놈까지 미제함 치며
그이 계신 당중앙을 사수하리라

「당중앙을 사수하리」, 『문학신문』, 1967.7.11

「물러가는벽」, 『중앙순보』 제3호, 1945.12.20

詩 물러가는벽 李庸岳

일제히 박수하는 아해들의 손피소리
손소리와 함께
일제히 물러가는 여러가지의 벽

앞을 가리고 어깨를 이르키는 것
앞을 가리고 어깨를 이르키는 것

어느 벽에도 죽엄은 버섯처럼 피어
젊은 버섯 속에
흩어진 사람들의 얼굴이 피여

「손」,『방송지우』창간호, 1943.1

북으로간다

李 庸 岳

아끼다에서 온다는 사람들과
쟈뚜스로 간다는 사람들과
굴이며 콩이랑 정답게 나눠먹으면서
북으로 간다

싱가폴 떠러진 이야기를 하면서
밤내
북으로, 간다

「북으로간다」,『매신사진순보』, 1942.5.11

「새해에」,『제일신문』, 1948.1.1

새 로 운 풍 경

리 용 악

먼 산조차 늦추 도는 검푸른 두메라
솟아지는 해'빛이 한결 더 좋아서
황금 빛갈 한 아름씩 그러안으며
우리 조합 젖소들 숫하게 가네.
우우 몰겨 오는 새떼의 지저귐
번쩍이며 내닫는 개울물 소리
모두가 넘치는 가슴 뛰는 인사말로
항시 새로운 노래로 들리네.

부대기나 일구던 그 험한 세월에사
부는 바람, 지는 달
흘려 가는 구름'장에도

시름만이 뒤설레던 이 골짜기

살여 막바지던 이 골짝가에
꿈 아닌 지상 락원 일어 서고
오늘엔 꽃'옆파저
각색 꽃 같이 웃고

가난살이 허죽한 우리네처럼
영예를 영영 벗은 누렁 젖소들
숫울이 가네
사로 호박 함박 크는 비탈을 뽑아
저 골안 랑복지로 줄지어 가네.

—함성문에서—

「새로운 풍경」, 『문학신문』, 1961.1.6

(시) 좌상님은 공훈 탄부

리 용 악

열 손가락 마디마디
붉다란 손이며
반남아 센 머리의 아름다움이여.

우리야 아들또래 청년 탄부들,
낮주빅에 남실남실 독한 술 따루어
《드이소, 드시이소》
청하는 마음으로 드리는 축배를
좌상님은 즐겁게 받아 주시네.

섬이서 빼앗기신 고향은 락동강'가
배고픈 아이들의 지친 울음이
오늘도 강뚝 타고 흐른다는 그곳, 그 땅을
어찌 잊으랴만 그래도 잊으신듯.

《새우가 되고기냐》
탄부가 인간이냐》고
마소처럼 천대 받던 왜정 때 세상을
어찌 잊으랴만 그래도 잊으신듯
좌상님은 또 한 잔 즐겁게 드시네.

창문 앞엔 국화랑 코스모스가 한창

움바자엔 둥이만한 호박이 주렁주렁.

땅 속으로 천길이라
가슴 속 구천 길,
고난의 세월 넘어 층층 지하에
빛을 뿌린 위훈은 인민의 나라.

조국의 번영 위해 잔광 뜰자고
서글서글 웃음 짓는 좌상님 따라
우리 모두 한 뜻으로 향해 서는 곳,
조석으로 드나드는 저 갱구는
참아도 넓고 넓은 행복에의 문.

푹푹한 탄박에서 별'길을 보아 온
지혜로운 눈들이 지켜 섰거니
표표히 가는 구름 그도 곱지만
우리네 푸른 하늘 더욱 곱다네.

사랑하는 탄광 지구
정든 고향이여,
검은 머리 희도록 너의 품에서
탄을 캔 좌상님의 기쁨을 나누자.

「좌상님은 공훈 탄부」, 『로동신문』, 1956.9.16

「오랑캐꽃」과 「이용악집」 신문 광고

「수상의 영예를 지니고」, 『문학신문』, 1957.5.16

『독립신보』, 1947.7.12

「12월 전원 회의 결정 실천을 위하여」,
『문학신문』, 1957.1.10 좌담회 사진

/개정판/

이용악 전집

The Complete Works of Lee YongAk

곽효환
이경수　엮음
이현승

1930년대 후반의 대표 시인으로 우리는 백석과 이용악을 주목할 수 있다. 백석이 자기 고향인 평북지방에 토착한 삶과 언어들로 자신의 독창적인 시세계를 이루었다면, 이용악은 일제에 의해 절멸한 현실주의와 서정성을 한데 아우른 시적 성취로서 돌올하다. 특별히 1930년대가 우리 근대시의 몸이 완성된 시기라는 문학사적 관점에서 이러한 성취는 더욱 값지다. 요컨대 그 몸은 정신적인 자유의 추구와 모국어의 미학적 충동이 지양된 몸으로서 우뚝하다. 따지고 보면 이용악과 같은 시인이 있어 시가 사회 역사적인 현실과 개인적인 내면을 마주 세울 수 있었던 것이 아닐까 싶다.

2014년은 이용악의 탄생 100주년이 되는 해이다. 이용악 문학의 의의와 재조명의 필요성은 새삼 강조할 필요가 없을 터이지만, 2000년대 중반 이후 현저히 그 활기를 잃어가고 있는 이용악 시 연구의 가장 큰 원인은 새로운 연구 지평에 어울리는 이용악 전집의 부재, 무엇보다 정본의 부재라고 할 수 있다. 1988년에 윤영천 선생에 의해 창작과비평사에서 묶여 나온 『이용악 시전집』의 발간은 해금과 함께 이용악에 대한 시적 집중을 낳은 마중물이었다. 『이용악 시전집』의 발간과 함께 해금 이후 이용악 시에 대한 연구는 커다란 성과를 이룰 수 있었다. 그러나 앞서의 시전집은 무엇보다 월북 이후의 이용악의 발자취를 보여줄 수 없다는 약점을 가지고 있었다. 연구자들 사이에서 공공연하게 유통되는 『리용악 시선집』이나 북한 체제 내에서 활약한 이용악의 여러 시적 편린들은 연구 대상으로서 이용악의 시를 보는 안목과 시야를 키워 놓았고, 기존의 전집은 확대된 연구 지평을 감당할 수 없는 것이었으므로 새로운 이용악 시전집에 대한 요청은 안팎으로 커져가고 있었다.

같은 재북, 월북 문인으로서 북에서의 시적 여정을 포함하여 발간된 백석의 전집이 이미 재북 시기의 백석의 시를 포괄하는 연구의 지류를 뚜렷하게 형성해가고 있는 것을 보면, 이용악의 전집은 해방 이전의 시적 성취에만 국한하여 시와 시인을 거론할 수 없이 확대된 연구 지평에 부합하지 못하는 것이었다. 북한 문학의 지형에 밝지 않은 연구자들로서는 심심찮게 발견되는 이용악의 시들이 더욱 그 외연을 가늠할 수 없게 하여 연구 의욕을 떨어뜨리는 한편 사실상 기존의 정본인 창작과비평사판 『이용악시전집』이 절판되어 이런 사정은 이용악 시 연구에는 더욱 악재로 작용하지 않았나 생각한다. 이용악의 시는 비단 1930년대에만 국한하지 않더라도 그 시적 성취가 문학사적 지형 위에서 중요하고, 분단 시대에는 서로 다른 정치 체제 위에서 자신의 시를 우뚝 세워놓은 것으로서 더욱 주목을 요한다.

사실 그대로의 이용악의 문학적 발자취를 고스란히 담고 있는 전집의 필요성은 그러므로 절실한 것이라고 하겠다. 「북쪽」이나 「오랑캐꽃」, 「전라도 가시내」와 같은 명편을 사랑하는 사람들에게는 여전히 월북 이전의 이용악의 시적 성취가 더 중요하겠지만, 같은 이유로 「평남 관개 시초」도 중요하다. 월북 이전의 이용악의 시적 성취 때문에 이용악의 시적 전모는 중요한 가치를 갖는 것이다. 통일시대의 문학사적 굴절을 이용악의 시보다 더 잘 담고 있는 텍스트는 없을 것이다. 이용악의 시를 통해서 이 이중의 이데올로기는 극복될 필요가 있다.

이번에 새로 발간되는 이용악 전집의 특징은 시를 포함해 산문과 기타 자료를 모두 망라하였다는 데 있다. 산문집 『보람찬 청춘』이나 '좌담' 자료까지 망라된 새 전집은 이용악의 전모를 보고 싶어하는 연구자에게는 횡재라도 만난 듯한 기쁨을 줄 것이다. 물론, 이 뜀 듯한 기쁨은 편자들이 먼저 누렸던 것이기도 하다. 새로운 전집은 이용악 시 연구자들에게뿐만 아니라 이용악의 시를 사랑하는 일반 독자에게도 반가운 소식일 것이다. 현대어 정본을 수록한 것은 이용악의 시가 다른 시인들의 경우처럼 문학사적 연구 대상을 넘어 있는 그대로 독자에게 사랑받는 시가 되었으면 하는 마음에서였다. 그러므로 이 전집의 체제는 전체적으로 시와 산문으로 나누고, 시는 원문과 현대어 정본으로 나누어, 각각을 다시 시집의 체제에 따라 싣고 시집 미수록 시의 경우에는 월북 이전과 이후로 나누어 실었다. 이용악의 경우는 월북 이전에 이미 시선집을 간행하는 등 선집 작업이 시인 스스로에 의해서 두 번이나 이루어졌는데, 이를 시집 단위로 전집에 포함시킴으로써 중복 작품을 판본별로 비교 가능하도록 하였다. 특별히 시는 원문과 현대어 정본으로 나누어서 제시했는데, 원문은 연구자들이 편자의 가감 없이 수록 지면을 그대로 볼 수 있도록 차별화하였다. 또한 정본화 작업과 함께 독자의 이해를 돕기 위해 필요한 어휘에는 주석 작업도 진행하였다.

이러한 전집이 나오기까지는 만만찮은 노력과 품이 필요하였다. 늦어도 이용악 탄생 100주년에는 이용악 전집을 만들어야겠다는 생각으로 여러 이용악 연구자들이 모여서 일의 진행을 의논하고 충실히 그 계획을 이행한 끝에 여기까지 올 수 있었다. 일일이 감사의 말씀을 전할 수 없는 분들의 노력이 보태어진 결과라는 점을 우선 말씀드려야겠다. 중심 편자는 곽효환, 이경수, 이현승 세 사람이지만, 중앙대학교와 고려대학교, 한양대학교, 동국대학교의 대학원 연구자들이 자료 수집과 입력과 교정에 함께 참여하였다. 이용악 전집 작업에 직접 참여한 분들은 일일이 이름을 밝혀 출간의 기쁨을 함께 나눌 수 있도록 하였다. 뿐만 아니라 전집의 발간은 일종의 집단 지성의 결과물이라고 하겠는데, 그만큼 편집상의 일관성 위에서 산만하게 흩어진 자료를 모으고 배치하는 일에는 어려움이 따랐다. 가장 큰 기쁨은 비록 시어 하나일지라도 오류를 바로 잡을 수 있었던 것이다. 출판이란 늘 인쇄와 함께 새로운 문제를 노출하는 일이기 때문에 이 전집에도 오류가 없다고 확신할 수는 없다. 그러나 이 전집을 준비하는 동안 편자들은 상당히 많은 오류를 확인하고 바로잡을 수 있었다.

마지막으로 감사의 인사를 드려야 할 분들이 있다. 이 전집이 이전의 전집과는 비교할 수 없는 외연을 갖추게 된 데에는 많은 선행 이용악 연구자들의 도움이 있었다. 전집의 2부에 제시된 산문『보람찬 청춘』은 인쇄물로서는 처음으로 공개되는 자료이다. 산문집『보람찬 청춘』을 기꺼이 제공해 준 원광대학교의 김재용 선생님께 감사드린다. 이용악의 북한시「산을 내린다」,「피값을 천만배로 하여」,「앞으로! 번개같이 앞으로!」를 찾아준 가천대학교의 이상숙 선생님, 이용악의 북한시를 확보하는 데 도움을 준 가천대학교의 신지연 선생님,「거울 속에서」를 제공해 주신 인하대학교의 최현식 선생님, 이용악의 해방기 활동에 대해 조언해 준 울산대학교의 박민규 선생님, 이용악의 좌담회 자료와「우리를실은배 埠頭를떠난다」원문을 제공해 준 동국대학교 대학원의 한아진 선생님, 일본의 학적 자료와 월북 이후 이용악의 좌담회 자료를 찾아준 고려대학교의 김동희 선생님께 특별한 감사를 드린다. 이분들의 도움 덕에 이 전집이 좀 더 내실을 기할 수 있었다. 아울러 부록에 실은 이용악 연보와 작품 연보는 윤영천, 최원식, 이정애, 한아진 등 선행 연구자들의 작업을 확인·검토하는 과정을 거쳐 작성되었다. 자료의 수집과 입력, 교정 등의 작업에 함께 한 고려대학교, 중앙대학교, 한양대학교, 동국대학교 대학원의 여러 연구자들께도 감사의 말씀을 전한다. 전집을 보기 좋게 만들어주신 소명출판의 박성모 사장님과 담당 편집자들께도 감사드린다. 새 전집이 연구자와 독자 일반에게 두루 사랑받는 일은 편자들이 갖는 단 하나의 소망이다. 이 모든 기쁨을 또한 이용악 시인에게 돌린다.

2015년 겨울 곽효환, 이경수, 이현승

2015년 1월『이용악 전집』을 출간한 후 여러 선생님들의 도움으로
이용악의 미발굴 시와 산문을 몇 편 더 찾을 수 있었다. 서지연구가 서
상진 선생님이『매신사진순보』에 실린 시「다리 우에서」(『매신사진순
보』, 1942.4.11)와「북으로 간다」(『매신사진순보』, 1942.5.11) 두 편의 원문
을 제공해 주셨다.「다리 우에서」는『오랑캐꽃』이나『리용악 시선집』
수록시와 연과 행 구분이 달라서 비교해 볼 만하다고 판단해 부록〈관
련 화보〉에 원문 사진을 실었다.

조선문인보국회에서 낸『결전시집』(동도서적(주), 1944)에 수록된 이용
악의 일본어 시「おらが天ゆゑ(나의 하늘이기에)」, 중앙문화협회에서 발간
한『중앙순보』3호에 실린 시「물러가는 벽」(『중앙순보』제3호, 1945.12.20),
그리고『방송지우』창간호에 실린 산문「손」(『방송지우』창간호, 1943.1)은
서지연구가 오영식 선생님이 제공해 주셨다. 일본어 시는 중앙대 아시아
문화학부 구정호 교수님의 번역본을 한성례 선생님의 감수를 거쳐 원문
과 함께 실었다.

『이용악 전집』초판본에서 원문을 구하지 못했던「거울속에서」(『매신사
진순보』, 1942.4.21)와「새해에」(『제일신문』, 1948.1.1)는 윤영천 선생님이 원
문을 제공해 주셔서 확인할 수 있었다. 윤영천 편,『이용악 시전집』(2018)
에서 새로 발굴한 시「새로운 풍경」(『문학신문』, 1961.1.6),「불 붙는 생각」
(『문학신문』, 1962.4.15),「당중앙을 사수하리」(『문학신문』, 1967.7.11)는『문학
신문』원문을 찾아 확인 후 수록했다.

북한자료센터에서 원문을 확인하는 과정에서 중앙대 황선희 선생

님이 『로동신문』 1956년 9월 16일 자에 실린 「좌상님은 공훈 탄부」를 찾았는데 『리용악 시선집』 수록시와는 연 구성이 다른 시여서 '시집 미수록시'에 실었다. 시집에 수록하면서 마지막 연을 삭제한 것으로 판단된다.

그 밖에 '이용악이 최정희에게 보낸 편지' 원문이 강인숙 선생님의 저서 『편지로 읽는 슬픔과 기쁨』(마음산책, 2011)에 수록되어 있는 것을 발견해 '제3부 산문·기타'에 수록하였다. 편지를 쓴 시기는 「이용악 생애의 공백을 메우는 몇 가지 사실」(이경수)의 판단을 수용해 1942년 8월 30일로 추정하였다.

북한자료센터에서 리용악에 대해 쓴 5편의 글을 더 찾을 수 있었다. 황선희 선생님이 찾은 박승호, 방철림, 은정철, 문학민(2편)의 이용악론 5편을 '제3부 산문·기타'에 '리용악론(발굴)'으로 분류해 수록했다. 한상언·오영식 선생님이 제공해 준 장수봉·류원규의 「붓대와 신념」(『운명의 선택4』, 평양출판사, 2015)도 '리용악론(발굴)'에 함께 실었다. 이용악의 생애에 대한 정보와 함께 북한문학사에서 이용악에 대한 평가가 어떻게 이루어지고 있는지 확인할 수 있는 글들이다.

작품 연보의 오류를 바로잡은 사실도 밝힌다. 이숭원 선생님이 「그리움」의 최초 발표 지면을 바로잡아 주셔서 개정판 『이용악 전집』(2023)에는 「그리움」의 출전을 『협동』 1947년 1월로 수정해서 실었다. 이숭원 선생님께도 특별한 감사를 드린다.

개정판 『이용악 전집』에 새로 수록한 작품은 시 8편(「거울 속에서」, 「북으로 간다」, 「おらが天ゆゑ(나의 하늘이기에)」(발굴작), 「물러가는 벽」(발굴작), 「좌상님은 공훈 탄부」(『로동신문』, 1956.9.16)(발굴작), 「새로운 풍경」, 「불붙는 생각」,

「당중앙을 사수하리」)과 산문 2편(「손」(발굴작), '이용악이 최정희에게 보낸 편지'), '리용악론(발굴)' 6편이다. 새로 추가된 작품의 수가 많다고는 할 수 없지만 일제 말기와 해방기 자료들이 추가로 발굴되면서 이용악의 문학적 생애의 공백을 메우는 데 기여할 수 있을 것으로 기대한다.

2023년 초여름 곽효환, 이경수, 이현승

일러두기

- 이 책은 이용악이 출간한 다섯 권의 시집과 한 권의 산문집을 포함하여 시집 미수록시와 산문, 좌담 등을 모두 수록한 이용악전집이다.
- 이 책은 총 3부로 구성되어 있다. 제1부는 이용악의 시 전체의 현대어 정본을 시집 발간 순서대로 싣고, 시집 미수록시를 월북 이전과 월북 이후로 나누어 발표 순서대로 실었다. 제2부는 동일한 시를 동일한 순서대로 원본의 형태로 실었다. 제3부는 확보 가능한 이용악의 산문과 좌담회 자료 등을 원문대로 발표순으로 싣되, 산문과 기타 자료를 구분하였다. 단, 산문 및 기타 자료의 낫표와 겹낫표는 체제에 맞게 큰따옴표와 작은따옴표로 바꾸었다.
- '제2부 시(원문)'의 표기는 원문을 충실히 따랐다. 그 결과 목차의 시 제목과 본문의 시 제목의 표기가 상이한 경우가 발생하였다.
  예) 풀버렛소래 가득차잇섯다(목차)
  　　풀버렛소리 가득차잇섯다(본문)
- 부록에는 이용악의 연보와 작품 연보를 수록했다.
- 이용악의 시집 원본은 부(部)가 나뉘어 구성되어 있었는데 이 책에서는 목차에만 부(部)를 반영하고 시의 본문에는 별도의 표시를 하지 않았다. 단, 『리용악 시선집』의 경우에는 부의 제목이 설정되어 있어서 목차와 시 본문에 이를 모두 반영하였다.
- 독자의 이해를 돕기 위해 필요한 어휘에는 시어 풀이를 각주의 형태로 달았다.

- 정본 작업의 원칙
  1. 합용병서는 각자병서로 바꾸어 싣는다.
     예) 북쫙→북쪽
  2. 띄어쓰기는 현대어 표준 맞춤법에 따른다.
     단, 체언의 띄어쓰기는 시라는 장르 특성상 원문을 존중한다.
  3. 체언의 표기 형태는 현대어 표준 맞춤법에 따른다.
     예) 풀버렛소래→풀벌레소리
  4. 용언의 표기 형태는 현대어 표준 맞춤법에 따른다.
     예) 잇섯다→있었다
  5. 한자어의 경우, 원문을 살리고 한글을 병기한다.
  6. 방언과 속어는 그 표기를 살린다.
  7. 외래어 표기는 원문을 따른다.
     예) 짜알리야→따알리야
  8. 산문의 구두점은 현대어 표준 맞춤법에 따른다.
  9. 한자로 표기된 숫자는 아라비아 숫자로 바꾼다.

차례

제1부 시 (현대어 정본)

분수령

낡은 집

리용악 시선집

제2부 시 (원문)

제3부 산문·기타

이 용 악 전 집

제1부

시

현대어 정본

분수령

序서

李庸岳이용악 君군과의 親交친교도 最近최근의 일이고 李君이군의 詩시를 읽은 것도 이번 詩稿시고가 처음이다.

그러나 내가 偶然우연한 機會기회로 처음 그의 房방에 들어서게 되었을 때부터 자주 그를 만날 때마다 이 사람은 生存생존하는 사람이 아니라 生活생활하는 사람이라는 깊은 印象인상을 받는 것이므로 年來연래의 舊友구우와 같은 情誼정의를 붓지 않을 수 없다.

나는 李君이군의 生活생활을 너무나 잘 알 수 있었다. 李君이군은 추움과 주림과 싸우면서 — 그는 饑鬼기귀를 避피하려고 애쓰면서도 그것 때문에 울지 않는다. 그는 항상 孤獨고독에 잠겨 있으면서도 미워하지 않는다. 여기 이 詩人시인의 超然性초연성이 있다. 힘이 있다.

李君이군의 詩시가 그의 生活생활의 거짓 없는 記錄기록임은 勿論물론이다. 그의 詩시는 想像상상이 앞서거나 概念개념으로 흐르지 않았고 또 詩시 全體전체에 流動유동되는 積極性적극성을 發見발견할 수 있다. 하여튼 李君이군의 非凡비범한 詩才시재는 그의 作品작품이 스스로 말해주리라고 믿는다.

오직 精進정진하는 李君이군의 앞날을 期待기대하며 이 短文단문으로 序서를 代대한다.

－1937－

北북쪽

북쪽은 고향
그 북쪽은 女人여인이 팔려간 나라
머언 山脈산맥에 바람이 얼어 붙을 때
다시 풀릴 때
시름 많은 북쪽 하늘에
마음은 눈 감을 줄 모르다

나를 만나거든

땀 마른 얼굴에
소금이 싸락싸락 돋친 나를
공사장 가까운 숲속에서 만나거든
　내 손을 쥐지 말라
　만약 내 손을 쥐더라도
옛처럼 네 손처럼 부드럽지 못한 이유를
그 이유를 묻지 말아다오

주름 잡힌 이마에
石膏석고처럼 창백한 불만이 그윽한 나를
거리의 뒷골목에서 만나거든
　먹었느냐고 묻지 말라
　굶었느냐곤 더욱 묻지 말고
꿈같은 이야기는 이야기의 한 마디도
나의 沈默침묵에 浸入침입하지 말아다오

폐인인양 시들어져
턱을 고이고 앉은 나를

'그윽한'은 그 의미로 보아 '그득한'이나 '가득한'에 가까우나, 『리용악 시선집』에서도 '그윽한'으로
표기하고 있으므로 원문의 표기를 존중하였다.

어둑한 廢家폐가의 迴廊회랑에서 만나거든

　울지 말라

　웃지도 말라

너는 平凡평범한 表情표정을 힘써 지켜야겠고

내가 자살하지 않는 이유를

그 이유를 묻지 말아다오

도망하는 밤

바닷바람이 묘지를 지나
무너지다 남은 城성구비를 돌아 마을을 지나
바닷바람이 어둠을 헤치고 달린다
밤
등잔불들은 조름 조름 눈을 감았다

동무야
무엇을 뒤돌아 보는가
너의 터전에 비둘기의 團欒단란이 질식한 지 오래다
가슴을 치면서 부르짖어 보라
너의 고함은 기울어진 울타리를 멀리 돌아
다시 너의 귓속에서 신음할 뿐
그 다음
너는 食慾식욕의 抗議항의에 꺼꾸러지고야 만다

기름기 없는 살림을 보지만 말아도
토실토실 살이 찔 것 같다
뼉다구만 남은 마을······
여기서 생활은 가장 平凡평범한 因襲인습이었다

가자
씨원히 떠나가자
흘러가는 젊음을 따라
바람처럼 떠나자

뚝장군의 전설을 가진 조그마한 늪
늪을 지켜 숨줄이 마른 썩달나무에서
이제
늙은 올빼미 凶夢흉몽스런 울음을 꾀이려니
마을이 떨다
이 밤이 떨다
어서 지팡이를 옮겨 놓아라

풀벌레소리 가득 차 있었다

우리 집도 아니고
일갓집도 아닌 집
고향은 더욱 아닌 곳에서
아버지의 寢床침상 없는 최후 最後최후의 밤은
풀벌레소리 가득 차 있었다

露領노령을 다니면서까지
애써 자래운 아들과 딸에게
한 마디 남겨두는 말도 없었고
아무울灣만의 파선도
설룽한 니코리스크의 밤도 완전히 잊으셨다
목침을 반듯이 벤 채

다시 뜨시잖는 두 눈에
피지 못한 꿈의 꽃봉오리가 깔앉고
얼음장에 누우신 듯 손발은 식어갈 뿐
입술은 심장의 영원한 停止정지를 가리켰다
때늦은 醫員의원이 아무 말 없이 돌아간 뒤

설룽한 : 썰렁한.

이웃 늙은이 손으로
눈빛 미명은 고요히
낯을 덮었다

우리는 머리맡에 엎디어
있는 대로의 울음을 다아 울었고
아버지의 寢床침상 없는 최후 最後최후의 밤은
풀벌레소리 가득 차 있었다

미명 : 무명.

葡萄園^{포도원}

季節鳥^{계절조}처럼 포로로오 날아 온
옛 생각을 보듬고
오솔길을 지나
포도園^원으로 살금살금 걸어와……

燭臺^{촉대} 든 손에
올감기는
산뜻한 感觸^{감촉}—

대이기만 했으면 톡 터질듯
익은 포도알에
물든 幻想^{환상}이 너울너울 물결친다
공허로운 이 마음을 어쩌나

한줄 燭光^{촉광}을 마저
어둠에 받치고 야암전히 서서
시집가는 섬색시처럼
모오든 약속을 잠깐 잊어버리자

조롱조롱 밤을 지키는

별들의 言語언어는

오늘밤

한 조각의 祕密비밀도 품지 않았다

病병

말 아닌 말로
病室병실의 전설을 주받는
흰 壁벽과
하아얀
하얀
壁벽

花甁화병에 시들은 따알리야가
날개 부러진 두루미로밖에
그렇게밖에 안 뵈는 슬픔—
무너질 성싶은
가슴에 숨어드는
차군 입김을 막아다오

실끝처럼 여윈 思念사념은
회색 문지방에
알 길 없는 손톱그림을 새겼고
그 속에 뚜욱 떨어진 황혼은 미치려나
폭풍이 헤여드는 내 눈 앞에서
미치려는가 너는

시퍼런 핏줄에
손가락을 얹어보는 마음—
손 끝에 다앟는 적은 움직임
오오 살아 있다
나는 확실히 살아 있다

國境국경

　새하얀 눈송이를 낳은 뒤 하늘은 銀魚은어의 鄕愁향수처럼 푸르다 얼어
죽은 山산토끼처럼 지붕 지붕은 말이 없고 모진 바람이 굴뚝을 싸고 돈
다 강 건너 소문이 그 사람보다도 기다려지는 오늘 폭탄을 품은 젊은
思想사상이 피에로의 비가에 숨어와서 유령처럼 나타날 것 같고 눈 우에
크다아란 발자옥을 또렷이 남겨줄 것 같다 오늘

嶺영

너는 나를 믿고
나도 너를 믿으나
嶺영은 높다 구름보다도 嶺영은 높다

바람은 병든 암사슴의 숨결인 양 풀이 죽고
太陽태양이 보이느냐
이제 숲속은 치떨리는 神話신화를 부르려니
온몸에 쏟아지는 찬 땀
마음은 空虛공허와의 지경을 맴돈다

너의 입술이 파르르으 떨고
어어둑한 바위틈을 물러설 때마다
너의 눈동자는 사로잡힌다
즘생보담 무서운 그 무서운 무서운
도끼를 멘 樵夫초부의 幻影환영에

일연감색으로 물든 西天서천을 보도 못하고
날은 저물고 어둠이 치밀어 든다
女人여인아
너의 노래를 불러다오

찌르레기 소리 너의 전부를 점령하기 전에
그렇게 明朗^{명랑}하던 너의 노래를 불러다오

나는 너를 믿고
너도 나를 믿으나
嶺^영은 높다 구름보다도 嶺^영은 높다

冬眠동면하는 昆虫곤충의 노래

산과 들이
늙은 풍경에서 앙상한 季節계절을 시름할 때
나는 흙을 뚜지고 들어왔다
차군 달빛을 피해
둥글소의 앞발을 피해
나는 깊이 땅속으로 들어왔다

멀어진 太陽태양은
아직 꺼머첩첩한 疑惑의혹의 길을 더듬고
지금 태풍이 미쳐 날뛴다
얼어빠진 혼백들이 地溫지온을 불러 곡성이 높다
그러나 나는
내 자신의 體溫체온에 실망한 적이 없다

온갖 어둠과의 접촉에서도
생명은 빛을 더불어 思索사색이 너그럽고
갖은 학대를 체험한 나는
날카로운 무기를 장만하리라

뚜지다 : 파서 뒤집다.
둥글소 : '황소'의 북한어.

풀풀의 물색으로 平和^{평화}의 衣裝^{의장}도 꾸민다

얼음 풀린

냇가에 버들이 휘늘어지고

어린 종다리 파아란 航空^{항공}을 시험할 때면

나는 봄볕 짜듯한 땅 우에 나서리라

죽은 듯 눈감은 명상—

나의 冬眠^{동면}은 위대한 躍動^{약동}의 前提^{전제}다

새벽 東海岸동해안

두셋씩 먼 바다에 떨어져
珊瑚산호의 꿈 깨우러 간
새벽별

크작게 파도치는
모래불엔
透明투명한 童話동화를 기억하는
함박조개 껍지들

孤島고도의 日和豫報일화예보를 받은
갈매기 하나
활기로운 날개

물결처럼 날리는 그물 밑에서
애비의 勤勞근로를 준비하는
漁夫어부의 아들 딸

모래불 : '모래부리'의 북한어.

天痴천치의 江강아

풀폭을 樹木수목을 땅을
바윗덩이를 무르녹이는 열기가 쏟아져도
오직 네만 냉정한 듯 차게 흐르는
江강아
天痴천치의 江강아

국제철교를 넘나드는 武裝列車무장열차가
너의 흐름을 타고 하늘을 깰듯 고동이 높을 때
언덕에 자리 잡은 砲台포대가 호령을 내려
너의 흐름에 선지피를 흘릴 때
너는 焦燥초조에
너는 恐怖공포에
너는 부질없는 전율밖에
가져본 다른 動作동작이 없고
너의 꿈은 꿈을 이어 흐른다

네가 흘러온
흘러온 山峽산협에 무슨 자랑이 있었더냐

풀폭 : '풀포기'의 방언.

흘러가는 바다에 무슨 榮光^{영광}이 있으랴

이 은혜롭지 못한 꿈의 饗宴^{향연}을

傳統^{전통}을 이어 남기려는가

江^강아

天痴^{천치}의 江^강아

너를 건너

키 넘는 풀속을 들쥐처럼 기어

색다른 국경을 넘고자 숨어 다니는 무리

맥 풀린 백성의 사투리의 鄕閭^{향려}를 아는가

더욱 돌아오는 실망을

墓標^{묘표}를 걸머진 듯한 이 실망을 아느냐

江岸^{강안}에 무수한 해골이 뒹굴어도

해마다 季節^{계절}마다 더해도

오직 너의 꿈만 아름다운 듯 고집하는

江^강아

天痴^{천치}의 江^강아

暴風폭풍

폭풍

暴風폭풍

거리 거리의 整頓美정돈미가 뒤집힌다

지붕이 독수리처럼 날아가고

벽은 교활한 未練미련을 안은 채 쓰러진다

大地대지에 꺼꾸러지는 大理石대리석 기둥 —

보이잖는 무수한 化石화석으로 裝飾장식된

都市도시의 넋이 폭발한다

欺瞞기만과 嫉妬질투와 陰謀음모의 殘骸잔해를 끌안고

통곡하는 게 누구냐

地下지하로 地下지하로 피난하는 善良선량한 市民시민들아

눈을 감고 귀를 막은 등신이 있느냐

숨통을 잃어버린 등신이 있느냐

폭풍

暴風폭풍

오늘도 이 길을

가로수의 睡眠時間**수면시간**이
아직 고요한 어둠을 숨 쉬고 있다

지난밤 단골방에서 그린
향기롭던
明日**명일**의 花瓣**화판**은 지금 이 길을 걸으며
한 걸음 한 발짝이 엄청 무거워짐을 느낀다

오늘
씹어야 할 하루 종일이
씨네마의 기억처럼 들여다보이는
倦怠**권태** ―

　산을 허물어
　바위를 뜯어 길을 내고
　길을 따라 집터를 닦는다
　쓰러지는 동무……
　피투성이 된 頭蓋骨**두개골**을 건치에 싸서
　눈물 없이 묻어야 한다

그리고 보오얀 黃昏황혼의 歸路귀로

손바닥을 거울인 양 들여다 보고
버릇처럼 장알을 헨다
누우런 이빨을 내민 채
말라빠진 즘생처럼 방바닥에 늘어진다

어제와 같은 필림을 풀러
오늘도 어제와 같은 이 길을 걸어가는
倦怠권태 —

짜작돌을 쓸어넣은 듯 흐리터분한 머리에
새벽은 한없이 스산하고
가슴엔 무륵무륵 자라나는 불만

길손의 봄

石段석단을 올라와
잔디에 조심스레 앉아
뾰족뾰족 올라온 새싹을 뜯어 씹으면서
조곰치도 아까운 줄 모르는 주림
지난밤
회파람은 돌배꽃 피는 洞里동리가 그리워
北북으로 北북으로 갔다

제비 같은 少女소녀야

강 건너 酒幕주막에서

어디서 호개 짖는 소리
서리 찬 갈밭처럼 어수성타
깊어가는 大陸대륙의 밤—

손톱을 물어 뜯다도 살그마니 눈을 감는
제비 같은 少女소녀야
少女소녀야
눈 감은 양볼에 울정이 돋친다
그럴 때마다 네 머리에 떠돌
悲劇비극의 群像군상을 알고 싶다

지금 오가는 네 마음이
濁流탁류에 휩쓸리는 江강가를 헤매는가
비 새는 토막에 누더기를 쓰고 앉았나
쭝쿠레 앉았나

감았던 두 눈을 떠
입술로 가져가는 유리잔
그 푸른 잔에 술이 들었음을 기억하는가
부풀어 오를 손등을 어찌려나

윤깔 나는 머리칼에
어릿거리는 哀愁^{애수}

胡人^{호인}의 말몰이 고함
높낮어 지나는 말몰이 고함—
뼈자린 채쭉 소리
젖가슴을 감아 치는가
너의 노래가 漁夫^{어부}의 자장가처럼 애조롭다
너는 어느 凶作村^{흉작촌}이 보낸 어린 犧牲者^{희생자}냐

깊어가는 大陸^{대륙}의 밤—
未久^{미구}에 먼동은 트려니 햇살이 피려니
성가스런 鄕愁^{향수}를 버리자
제비 같은 少女^{소녀}야
少女^{소녀}야……

晩秋 만추

노오란 銀杏은행잎 하나
호리호리 돌아 湖水호수에 떨어져
소리 없이 湖面호면을 미끄러진다
또 하나—

조이삭을 줍던 시름은
요즈음 落葉낙엽 모으기에 더욱 더
해마알개졌고

하늘
하늘을 쳐다보는 늙은이 腦裡뇌리에는
얼어죽은 친지 그 그리운 모습이
또렷하게 피어 오른다고
길다란 담뱃대의 뽕잎 연기를
하소에 돌린다

돌개바람이 멀지 않아
어린 것들이
털 고운 토끼 껍질을 벗겨
귀걸개를 준비할 때

기름진 밭고랑을 가져 못 본

部落民^{부락민} 사이엔

지난해처럼 또 또 그 전해처럼

소름끼친 對話^{대화}가 오도도오 떤다

港口항구

太陽태양이 돌아온 記念기념으로

집집마다

카렌다아를 한 장씩 뜯는 시간이면

검누른 소리 港口항구의 하늘을 빈틈없이 흘렀다

머언 海路해로를 이겨낸 汽船기선이

港口항구와의 因緣인연을 死守사수하려는 검은 汽船기선이

뒤를 이어 入港입항했었고

上陸상륙하는 얼굴들은

바늘 끝으로 쏙 찔렀자

솟아나올 한 방울 붉은 피도 없을 것 같은

얼굴 얼굴 회머얼건 얼굴뿐

埠頭부두의 인부꾼들은

흙을 씹고 자라난 듯 꺼머틔틔했고

시금트레한 눈초리는

푸른 하늘을 쳐다본 적이 없는 것 같았다

그 가운데서 나는 너무나 어린

찔렀자 : 찌르자.

어린 노동자였고—

물위를 도롬도롬 헤어 다니던 마음
흩어졌다도 다시 작대기처럼 꼿꼿해지던 마음
나는 날마다 바다의 꿈을 꾸었다
나를 믿고자 했었다
여러 해 지난 오늘 마음은 港口^{항구}로 돌아간다
埠頭^{부두}로 돌아간다 그날의 羅津^{나진}이여

헤어 다니다 : 헤엄쳐 다니다.

孤獨고독

땀내 나는
고달픈 思索사색 그 복판에
소낙비 맞은 허수아비가 그리어졌다
모초리 수염을 꺼리는 허수아비여
주잖은 너의 귀에
풀피리소리마저 멀어졌나 봐

모초리 : '메추라기'의 방언.

雙頭馬車쌍두마차

나는 나의 祖國조국을 모른다
내게는 定界碑정계비 세운 領土영토란 것이 없다
― 그것을 소원하지 않는다

나의 祖國조국은 내가 태어난 時間시간이고
나의 領土영토는 나의 雙頭馬車쌍두마차가 굴러갈
그 久遠구원한 時間시간이다

나의 雙頭馬車쌍두마차가 지나는
우거진 풀 속에서
나는 푸르른 眞理진리의 놀라운 進化진화를 본다
山峽산협을 굽어보면서 꼬불꼬불 넘는 嶺영에서
줄줄이 뻗은 숨쉬는 思想사상을 만난다

열기를 토하면서
나의 雙頭馬車쌍두마차가 赤道線적도선을 돌파할 때
거기엔 억센 심장의 威嚴위엄이 있고
季節風계절풍과 싸우면서 凍土帶동토대를 지나
北極북극으로 다시 南極남극으로 돌진할 때
거기선 확확 타오르는 삶의 힘을 발견한다

나는 항상 나를 冒險모험한다

그러나 나는 나의 天性천성을 슬퍼도 하지 않고

期約기약 없는 旅路여로를

疑心의심하지도 않는다

明日명일의 새로운 地區지구가 나를 부르고

더욱 나는 그것을 믿길래

나의 雙頭馬車쌍두마차는 쉴 새 없이 굴러간다

날마다 새로운 旅程여정을 探求탐구한다

海棠花해당화

백모래 十里십리벌을

사뿐사뿐 걸어간 발자옥

발자옥의 임자를 기다려

海棠花해당화의 純情순정은

해마다 붉어진다

꼬리말

처음에 이 詩集^{시집} 『分水嶺^{분수령}』은 未發表^{미발표}의 詩稿^{시고}에서 五十篇^{오십편}을 골라서 엮었던 것인데 그것이 뜻대로 되지 못했고 여러 달 지난 지금 처음의 절반도 못되는 二十篇^{이십편}만을 겨우 실어 세상에 보낸다. 그 이면에는 딱한 사정이 숨어 있다.

그렇게 되고 보니 기어코 넣고 싶던 作品^{작품}의 大部分^{대부분}이 埋葬^{매장}되었다. 유감이 아닐 수 없다.

하여튼 이 조그마한 詩集^{시집}으로 지나간 十年^{십년}을 씨원히 淸算^{청산}해 버리고 나는 다시 出發^{출발}하겠다.

이번에 分水嶺^{분수령} 꼭대기에서 다시 出發^{출발}할 나의 江^강은 좀 더 깊어야겠다. 좀 더 억세어야겠다. 요리조리 돌아서라도 다다라야 할 海洋^{해양}을 向^향해 나는 좀 더 꾸준히 흘러야겠다. 이 詩集^{시집} 『分水嶺^{분수령}』은 其外^{기외}의 아무런 意義^{의의}도 가지고 싶지 않다.

여러 가지로 힘을 도와준 동무들께 誠心^{성심}으로 感謝^{감사}한다.

1937年^년 5月^월

東京^{동경}서

李庸岳^{이용악}

낡은 집

검은 구름이 모여든다

해당화 정답게 핀 바닷가
너의 무덤 작은 무덤 앞에 머리 숙이고
숙아
쉽사리 돌아서지 못하는 마음에
검은 구름이 모여든다

네 애비 흘러간 뒤
소식 없던 나날이 무거웠다
너를 두고 네 어미 도망한 밤
흐린 하늘은 죄로운 꿈을 머금었고
숙아
너를 보듬고 새우던 새벽
매운 바람이 어설궂게 회오리쳤다

성 위 돌배꽃
피고 지고 다시 필 적마다
될 성싶이 크더니만
숙아
장마 개인 이튿날이면 개울에 띄운다고
돛단 쪽배를 맨들어 달라더니만

네 슬픔을 깨닫기도 전에 흙으로 갔다
별이 뒤를 따르지 않아 슬프구나
그러나 숙아
항구에서 피 말라간다는
어미 소식을 모르고 갔음이 좋다
아편에 부어 온 애비 얼굴을
보지 않고 갔음이 다행타

해당화 고운 꽃을 꺾어
너의 무덤 작은 무덤 앞에 놓고
숙아
살포시 웃는 너의 얼굴을
꽃 속에서 찾아보려는 마음에
검은 구름이 모여든다

-조카의 무덤에서-

너는 피를 토하는 슬픈 동무였다

"겨울이 다 갔다고 생각자
조 들창에
봄빛 다사로이 헤여들게"

너는 불 꺼진 토기화로를 끼고 앉아
나는 네 잔등에 이마를 대고 앉아
우리는 봄이 올 것을 믿었지
식아
너는 때로 피를 토하는 슬픈 동무였다

봄이 오기 전 할미 집으로 돌아가던
너는 병든 얼굴에 힘써 웃음을 새겼으나
고동이 울고 바퀴 돌고 쥐었던 손을 놓고
서로 머리 숙인 채
눈과 눈이 마주칠 복된 틈은 다시 없었다

일 년이 지나 또 겨울이 왔다
너는 내 곁에 있지 않다
너는 세상 누구의 곁에도 있지 않다

너의 눈도 귀도 밤나무 그늘에 길이 잠들고
애꿎은 기억의 실마리가 풀리기에
오늘도 등신처럼 턱을 받들고 앉아
나는 조 들창만 바라본다

　"봄이 아조 왔다고 생각자
　　너도 나도
　　푸른 하늘 알로 뛰어나가게"

너는 어미 없이 자란 청년
나는 애비 없이 자란 가난한 사내
우리는 봄이 올 것을 믿었지
식아
너는 때로 피를 토하는 슬픈 동무였다

알 : '아래'의 함경 방언.

밤

어디서 고양이래두 울어준다면

밤

온갖 별이 눈감은 이 외롬에서

삼가 머리를 들고

나는 마암을 불러 나의 샘터로 돌아가지 않겠나

나를 반듯이 눕힌 널판을 허비다도

배와 두 다리에

징글스럽게 감긴 누더기를 쥐어뜯다도

밤

뛰어 뛰어 높은 재를 넘은 어린 사슴처럼

오솝소리 맥을 버리고

가벼이 볼을 만지는 야윈 손

손도 얼굴도 끔찍이 축했으리라만

놀라지 말자

밤

마암 : '마음'의 옛말. ㅁ ᆞ 음.
허비다 : 손톱이나 날카로운 물건 따위로 긁어 파다. 아픈 마음을 세게 자극하다.
오솝소리 : '조용히'의 함북 방언.

곁에 잠든

수염이 길어 흉한 사내는

가을과 겨울 그리고 풀빛 기름진 봄을

이 굴에서 즘생처럼 살아왔단다

생각이 자꼬 자꼬만 몰라들어간다

밤

들리지 않는 소리에

오히려 나의 귀는 벽과 천정이 두렵다

몰라들다 : '말라들다'의 방언.

연못

밤이라면 별모래 골고루 숨 쉴 하늘
생각은 노새를 타고
갈꽃을 헤치며 오막살이로 돌아가는 날

두셋 잠자리
대일랑 말랑 물머리를 간질이고
연못 잔잔한 가슴엔 내만 아는
근심이 소스라쳐 붐비다

깊이 물밑에 자리잡은 푸른 하늘
얼굴은 어제보담 희고
어쩐지 어쩐지 못 미더운 날

아이야 돌다리 위로 가자

냇물이 맑으면 맑은 물밑엔
조약돌도 들여다보이리라
아이야
나를 따라 돌다리 위로 가자

　　멀구 광주리의 풍속을 사랑하는 북쪽 나라
　　말 다른 우리 고향
　　달맞이 노래를 들려주마

다리를 건너
아이야
네 애비와 나의 일터 저 푸른 언덕을 넘어
풀냄새 깔앉은 대숲으로 들어가자

　　꿩의 전설이 늙어가는 옛성 그 성밖
　　우리 집 지붕엔
　　박이 시름처럼 큰단다

구름이 희면 흰 구름은
북으로 북으로도 가리라

아이야
사랑으로 너를 안았으니
댓잎사귀 새이새이로 먼 하늘을 내다보자

　　봉사꽃 유달리 고운 북쪽 나라
　　우리는 어릴 적
　　해마다 잊지 않고 우물가에 피웠다

하늘이 고이 물들었다
아이야
다시 돌다리를 건너 온 길을 돌아가자

　　돌담 밑 오지항아리
　　저녁별을 안고 망설일 즈음
　　우리 아운 나를 불러 불러 외롭단다

－시무라에서－

봉사꽃 : 봉선화.

앵무새

청포도 익은 알만 쪼아 먹고 자랐느냐
네 목청이 제법 이그러지다

거짓을 별처럼 사랑하는 노란 주둥이 있기에
곱게 늙는 발톱이 한뉘 흙을 긁어보지 못한다

네 헛된 꿈을 섬기어 무서운 낭에 떨어질 텐데
그래도 너는 두 눈을 똑바로 뜨고만 있다

한뉘 : 한평생.

금붕어

유리 항아리 동글한 품에
견디질 못해 삼삼 맴돌아도
날마다 저녁마다 너의 푸른 소원은 저물어간다
숨결이 도롬도롬 방울져 공허로웁다

하얗게 미치고야 말 바탕이 진정 슬프다
바로 눈 앞에서 오랑캐꽃은 피어도
꽃수염 간지럽게 하늘거려도

반츨한 돌기둥이 안개에 감기듯
아물아물 사라질 때면
요사스런 웃음이 배암처럼 기어들 것만 같애
싸늘한 마음에 너는 오시러운 피를 흘린다

꽃수염 : 꽃술.
오시럽다 : '안쓰럽다', '가련하다', '애처롭다'의 함경 방언.

두더지

숨 맥히는 어둠에 벙어리 되어 떨어진
가난한 마음아

일곱 색 무지개가 서도 사라져도
태양을 우러러 웃음을 갖지 않을 네건만

때로 불타는 한 줄 빛으로써
네 맘은 아프고 이즈러짐이 또한 크다

그래도 남으로만 달린다

한결 해말쑥한 네 이마에
촌스런 시름이 피어오르고
그래도
우리를 실은
차는 남으로 남으로만 달린다

촌과 나루와 거리를
벌판을 숲을 몇이나 지나 왔음이냐
눈에 묻힌 이 고개엔
까마귀도 없나 보다

보리밭 없고
흐르는 뗏노래라곤
더욱 못 들을 곳을 향해
암팡스럽게 길 떠난
너도 물새 나도 물새
나의 사람아 너는 울고 싶구나

해말쑥하다 : 살빛이 희고 말쑥하다.

말없이 쳐다보는 눈이
흐린 수정알처럼 외롭고
때로 입을 열어 시름에 젖는
너의 목소리 어선없는 듯 가늘다

너는 차라리 밤을 부름이 좋다
창을 열고
거센 바람을 받아들임이 좋다
머리 속에서 참새 재잘거리는 듯
나는 고달프다 고달프다

너를 키운 두메산골에선
가라지의 소문이 뒤를 엮을 텐데
그래도
우리를 실은
차는 남으로 남으로만 달린다

어선없다 : 뒤에서 감당하여 줄 사람이나 의지할 사람이 없다. 함북 방언.

장마 개인 날

하늘이 해오리의 꿈처럼 푸르러

한 점 구름이 오늘 바다에 떨어지련만

마음에 안개 자욱이 피어오른다

너는 해바라기처럼 웃지 않아도 좋다

배고프지 나의 사람아

엎디어라 어서 무릎에 엎디어라

두만강 너 우리의 강아

나는 죄인처럼 수그리고
나는 코끼리처럼 말이 없다
두만강 너 우리의 강아
너의 언덕을 달리는 찻간에
조그마한 자랑도 자유도 없이 앉았다

아모 것두 바라볼 수 없다만
너의 가슴은 얼었으리라
그러나
나는 안다
다른 한 줄 너의 흐름이 쉬지 않고
바다로 가야 할 곳으로 흘러내리고 있음을

지금
차는 차대로 달리고
바람이 이리처럼 날뛰는 강 건너 벌판엔
나의 젊은 넋이
무엇인가 기다리는 듯 얼어붙은 듯 섰으니
욕된 운명은 밤 우에 밤을 마련할 뿐

잠들지 말라 우리의 강아
오늘 밤도
너의 가슴을 밟는 뭇 슬픔이 목마르고
얼음길은 거츨다 길은 멀다

길이 마음의 눈을 덮어줄
검은 날개는 없느냐
두만강 너 우리의 강아
북간도로 간다는 강원도치와 마조 앉은
나는 울 줄을 몰라 외롭다

우라지오 가까운 항구에서

삽살개 짖는 소리
눈포래에 얼어붙는 섣달 그믐
밤이
얄궂은 손을 하도 곱게 흔들길래
술을 마시어 불타는 소원이 이 부두로 왔다

걸어온 길가에 찔레 한 송이 없었대도
나의 아롱범은
자옥자옥을 뉘우칠 줄 모른다
어깨에 쌓여도 하얀 눈이 무겁지 않구나

　　철없는 누이 고수머릴랑 어루만지며
　　우라지오의 이야길 캐고 싶던 밤이면
　　울 어머닌
　　서투른 마우재말도 들려주셨지
　　졸음졸음 귀 밝히는 누이 잠들 때꺼정
　　등불이 깜박 저절로 눈 감을 때꺼정

눈포래 : '눈보라'의 평안, 함경 방언.
아롱범 : '표범'의 북한어.
마우재 : '러시아인'의 함경 방언.

다시 내게로 헤여드는
어머니의 입김이 무지개처럼 어질다
나는 그 모도를 살틀히 담았으니
어린 기억의 새야 귀성스럽다
거사리지 말고 마음의 은줄에 작은 날개를 털라

드나드는 배 하나 없는 지금
부두에 호젓 선 나는 멧비둘기 아니건만
날고 싶어 날고 싶어
머리에 어슴푸레 그리어진 그곳
우라지오의 바다는 얼음이 두텁다

등대와 나와
서로 속삭일 수 없는 생각에 잠기고
밤은 얄팍한 꿈을 끝없이 꾀인다
가도오도 못할 우라지오

살틀하다 : 아끼고 위하는 마음이 정성이 있고 지극하다.
거사리다 : 긴 것을 힘 있게 빙빙 돌려서 포개어지게 하다.

등불이 보고 싶다

하늘이 금시 무너질 양 천동이 울고
번갯불에 비취는 검은 봉오리 검은 봉오리

미끄러운 바위를 안고 돌아 몇 굽이 돌아봐도
다시 산 사이 험한 골짝길 자옥마다 위태롭다

옹골찬 믿음의 불수레 굴러 조마스런 마암을 막아보렴
앞선 사람 뒤떨어진 벗 모두 입 다물어 잠잠

등불이 보고 싶다
등불이 보고 싶다

귀밀 짓는 두멧사람아
멀리서래두 너의 강아지를 짖겨다오

고향아 꽃은 피지 못했다

하얀 박꽃이 오돌막을 덮고
당콩 너울은 하늘로 하늘로 기어 올라도
고향아
여름이 안타깝다 무너진 돌담

돌 우에 앉았다 섰다
성가스런 하로해가 먼 영에 숨고
소리 없이 생각을 디디는 어둠의 발자취
나는 은혜롭지 못한 밤을 또 부른다

도망하고 싶던 너의 아들
가슴 한구석이 늘 차거웠길래
고향아
돼지굴 같은 방 등잔불은
밤마다 밤새도록 꺼지고 싶지 않았지

드디어 나는 떠나고야 말았다
곧 얼음 녹아내려도 잔디풀 푸르기 전

오돌막 : '오두막'의 북한어.

마음의 불꽃을 거느리고
멀리로 낯선 곳으로 갔더니라

그러나 너는 보드라운 손을
가슴에 얹은 대로 떼지 않았다
내 곳곳을 헤매여 살 길 어두울 때
빗돌처럼 우두커니 거리에 섰을 때
고향아
너의 부름이 귀에 담기어짐을
막을 길이 없었다

"돌아오라 나의 아들아
까치둥주리 있는
아까시야가 그립지 않느냐
배암장어 구워 먹던 물방앗간이
새잡이하던 버들방천이
너는 그립지 않나
아롱진 꽃 그늘로
나의 아들아 돌아오라"

나는 그리워서 모두 그리워
먼 길을 돌아왔다만
버들방천에도 가고 싶지 않고

물방앗간도 보고 싶지 않고
고향아
가슴에 가로누운 가시덤불
돌아온 마음에 싸늘한 바람이 분다

이 며칠을 미칠 듯이 살아온 내게
다시 너의 품을 떠날려는 내 귀에
한마디 아까운 말도 속삭이지 말아다오
내겐 한걸음 앞이 보이지 않는
슬픔이 물결친다

하얀 것도 붉은 것도
너의 아들 가슴엔 피지 못했다
고향아
꽃은 피지 못했다

낡은 집

날로 밤으로
왕거미 줄치기에 분주한 집
마을서 흉집이라고 꺼리는 낡은 집
이 집에 살았다는 백성들은
대대손손에 물려줄
은동곳도 산호관자도 갖지 못했니라

재를 넘어 무곡을 다니던 당나귀
항구로 가는 콩실이에 늙은 둥글소
모두 없어진 지 오랜
외양간엔 아직 초라한 내음새 그윽하다만
털보네 간 곳은 아모도 모른다

찻길이 놓이기 전
노루 멧돼지 쪽제비 이런 것들이
앞뒤 산을 마음 놓고 뛰어다니던 시절
털보의 셋째 아들은

은동곳 : 은으로 만든 동곳. 동곳은 상투를 튼 뒤에 그것이 다시 풀어지지 아니하도록 꽂는 물건.
산호관자 : 산호로 만든 관자(貫子). 관자는 망건에 달아 당줄을 꿰는 작은 단추 모양의 고리. 신분
　　　에 따라 금, 옥, 호박, 마노, 대모, 뿔, 뼈 따위의 재료를 사용했다.
무곡 : 무곡(貿穀). 이익을 보려고 곡식을 몰아서 사들임. 또는 그 곡식.

나의 싸리말 동무는
이 집 안방 짓두광주리 옆에서
첫 울음을 울었다고 한다

　"털보네는 또 아들을 봤다우
　송아지래두 불었으면 팔아나 먹지"
마을 아낙네들은 무심코
차거운 이야기를 가을 냇물에 실어 보냈다는
그날 밤
저릅등이 시름시름 타들어가고
소주에 취한 털보의 눈도 일층 붉더란다

갓주지 이야기와
무서운 전설 가운데서 가난 속에서
나의 동무는 늘 마음졸이며 자랐다
당나귀 몰고 간 애비 돌아오지 않는 밤
노랑 고양이 울어 울어
종시 잠 이루지 못하는 밤이면
어미 분주히 일하는 방앗간 한구석에서

싸리말 : 싸리를 어긋나게 엮어 짜서 만든 말. '싸리말 동무'는 이것을 같이 타고 놀던 친구.
짓두광주리 : '반짇고리'의 함경 방언.
저릅등 : 뜨물의 앙금과 겨를 반죽한 것을 겨릅에 발라 말리어 등잔 대용으로 쓰던 등. 함경 방언.
갓주지 : 갓을 쓴 주지(住持). 아이들을 달래거나 울음을 그치게 할 때 갓주지 이야기를 들려줬다고
　　　한다.

나의 동무는
도토리의 꿈을 키웠다

그가 아홉 살 되던 해
사냥개 꿩을 쫓아다니는 겨울
이 집에 살던 일곱 식솔이
어데론지 사라지고 이튿날 아침
북쪽을 향한 발자옥만 눈 우에 떨고 있었다

더러는 오랑캐령 쪽으로 갔으리라고
더러는 아라사로 갔으리라고
이웃 늙은이들은
모두 무서운 곳을 짚었다

지금은 아무도 살지 않는 집
마을서 흉집이라고 꺼리는 낡은 집
제철마다 먹음직한 열매
탐스럽게 열던 살구
살구나무도 글거리만 남았길래
꽃피는 철이 와도 가도 뒤울안에
꿀벌 하나 날아들지 않는다

글거리 : '그루터기'의 함경 방언.

꼬리말

새롭지 못한 느낌과 녹슨 말로써 조그마한 책을 엮었으니 이 책을
『낡은 집』이라고 불러주면 좋겠다.

되도록 적게 싣기에 힘써 여기 열다섯 편을 골라 넣고……아직 늙지
않았음을 믿는 생각만이 어느 눈 날리는 벌판에로 쏠린다.

두터운 뜻을 베풀어 제 일처럼 도와준 동무들께 고마운 말을 어떻게
가졌으면 다할는지 모르겠다.

－용악－

오랑캐꽃

오랑캐꽃

긴 세월을 오랑캐와의 싸움에 살았다는 우리의 머언 조상들이 너를 불러 '오랑캐꽃'이라 했으니 어찌 보면 너의 뒷모양이 머리태를 드리인 오랑캐의 뒷머리와도 같은 까닭이라 전한다

아낙도 우두머리도 돌볼 새 없이 갔단다

도래샘도 떳집도 버리고 강 건너로 쫓겨갔단다

고려 장군님 무지 무지 쳐들어와

오랑캐는 가랑잎처럼 굴러갔단다

구름이 모여 골짝 골짝을 구름이 흘러

백년이 몇 백 년이 뒤를 이어 흘러갔나

너는 오랑캐의 피 한 방울 받지 않았건만

오랑캐꽃

너는 돌가마도 털메투리도 모르는 오랑캐꽃

두 팔로 햇빛을 막아줄게

울어보렴 목 놓아 울어나 보렴 오랑캐꽃

불

모든 것이 잠잠히 끝난
다음에도
당신의 벗이라야 할 것이

솟아오르는 빛과 빛과 몸을 부비면
한결같이 일어설 푸른 비늘과 같은
아름다움
가슴마다 피어

싸움이요
우리 당신의 이름을 빌어
미움을 물리치는 것이요

노래 끝나면

손뼉 칩시다 정을 다하여
우리 손뼉 칩시다

노새나 나귀를 타고
방울소리며 갈꽃을 새소리며 달무리를
즐기려 가는 것은 아니올시다

청기와 푸른 등을 밟고 서서
웃음 지으십시오
아해들은 한결같이 손을 저으며
멀어지는 나의 뒷모양 물결치는 어깨를
눈부시게 바라보라요

누구나 한번은 자랑하고 싶은
모든 사람의 고향과
나의 길은 황홀한 꿈속에 요요히 빛나는 것

손뼉 칩시다 정을 다하여
우리 손뼉 칩시다

벌판을 가는 것

몇 천 년 지난 뒤 깨어났음이뇨
나의 밑 다시 나의 밑 잠자는 혼을 밟고
새로이 어깨를 일으키는 것
나요
불길이요

쌓여 쌓여서 훈훈히 썩은 나뭇잎들을 헤치며
저리 환하게 열린 곳을 뜻함은
세월이 끝나던 날
오히려 높디높았을 나의 하늘이 남아 있기 때문에

내 거니는 자욱마다 새로운 풀폭 하도 푸르러
뒤돌아 누구의 이름을 부르료

이제 벌판을 가는 것
바람도 비도 눈보라도 지나가버린 벌판을
이렇게 많은 단 하나에의 길을 가는 것
나요
끝나지 않는 세월이요

집

밤마다 꿈이 많아서
나는 겁이 많아서
어깨가 처지는 것일까

끝까지 끝까지 웃는 낯으로
아해들은 층층계를 내려가버렸나 본데
벗 없을 땐
집 한 칸 있었으면 덜이나 곤하겠는데

타지 않는 저녁 하늘을
가벼운 병처럼 스쳐 흐르는 시장기
어쩌면 몹시두 아름다워라
앞이건 뒤건 내 가차이 모올래 오시이소

눈감고 모란을 보는 것이요
눈감고
모란을 보는 것이요

구슬

마디마디 구릿빛 아무렇던
열 손가락
자랑도 부끄러움도 아닐 바에

지혜의 강에 단 한 개의 구슬을 바쳐
밤이기에 더욱 빛나야 할 물 밑

온갖 바다에로 새 힘 흐르고 흐르고

몇 천 년 뒤
내
닮지 않은 어느 아해의 피에 남을지라도
그것은 헛되잖은 이김이라

꽃향기 숨가쁘게 날아드는 밤에사
정녕 맘 놓고 늙언들 보자요

해가 솟으면

잠잠히 흘러내리는
개울을 따라
마음 섧도록 추잡한 거리로 가리
날이 갈수록 새로이 닫히는
무거운 문을 밀어제치고

조그마한 자랑을 만날지라도
함부로 푸른 하늘을 대할지라도
내사
모자를 벗어 반갑게 흔들어 주리라

숱한 꽃씨가 가슴에서 튀어나는 깊은 밤이면
손뼉 소리 아스랗게 들려오는 손뼉 소리

멀어진 모오든 사람들의 이름을 부르며
호올로 거리로 가리

욕된 나날이 정녕 숨가쁜
곱새는 등곱새는
엎디어 이마를 적실 샘물도 없어

죽음

별과 별들 사이를
해와 달 사이 찬란한 허공을 오래도록 헤매다가
끝끝내
한번은 만나야 할 황홀한 꿈이 아니겠습니까

가장 높은 덕이요 똑바른 사랑이요
오히려 당신은 영원한 생명

나라에 큰 난 있어 사나이들은 당신을 향할지라도
두려울 법 없고
충성한 백성만을 위하여 당신은
항상 새 누리를 꾸미는 것이었습니다

아무도 이르지 못한 바닷가 같은 데서
아무도 살지 않은 풀 우거진 벌판 같은 데서
말하자면
헤아릴 수 없는 옛적 같은 데서
빛을 거느린 당신

밤이면 밤마다

가슴을 밟고 미칠 듯이 걸어오는 이
음침한 골목길을 따라오는 이

바라지 않는 무거운 손이 어깨에 놓여질 것만 같습니다
붉은 보재기로 나의 눈을 가리우고 당신은
눈 먼 사나이의 마지막을
흑 흑 느끼면서 즐길 것만 같습니다

메레토스여 검은 피를 받은 이
밤이면 밤마다
내 초조로이 돌아가는 좁은 길이올시다

술잔을 빨면 모든 영혼을 가벼이 물리칠 수 있었으나
나중에 내 돌아가는 곳은
허깨비의 집이올시다 캄캄한 방이올시다
거기 당신의 쩨우스와 함께 가두어 뒀습니다
당신이 엿보고 싶은 가지가지 나의 죄를

그러나 어서 물러가십시오
푸른 정녕코 푸르른 하늘이 나를 섬기는 날

당신을 찾아

여러 강물을 건너가겠습니다

자랑도 눈물도 없이 건너가겠습니다

꽃가루 속에

배추밭 이랑을 노오란 배추꽃 이랑을
숨가쁘게 마구 웃으며 달리는 것은
어디서 네가 나직이 부르기 때문에
배추꽃 속에 살며시 흩어놓은 꽃가루 속에
나두야 숨어서 너를 부르고 싶기 때문에

달 있는 제사

달빛 밟고 머나먼 길 오시리
두 손 합쳐 세 번 절하면 돌아오시리
어머닌 우시어
밤내 우시어
하아얀 박꽃 속에 이슬이 두어 방울

강가

아들이 나오는 올겨울엔 걸어서라두
청진으로 가리란다
높은 벽돌 담 밑에 섰다가
세 해나 못 본 아들을 찾아오리란다

그 늙은인
암소 따라 조이밭 저쪽에 사라지고
어느 길손이 밥 지은 자췬지
끄슬은 돌 두어 개 시름겨웁다

조이밭 : '조밭'을 일컫는 함경 방언.

다리 우에서

바람이 거센 밤이면
몇 번이고 꺼지는 네모난 장명등을
궤짝 밟고 서서 몇 번이고 새로 밝힐 때
누나는
별 많은 밤이 되려 무섭다고 했다

국숫집 찾아 가는 다리 우에서
문득 그리워지는
누나도 나도 어려선 국숫집 아이

단오도 설도 아닌 풀벌레 우는 가을철
단 하로
아버지의 제삿날만 일을 쉬고
어른처럼 곡을 했다

버드나무

누나랑 누이랑
뽕오디 따러 다니던 길가엔
이쁜 아가씨 목을 맨 버드나무

백년 기다리는 구렁이 숨었다는 버드나무엔
하루살이도 호랑나비도 들어만 가면
다시 나올 성싶잖은
검은 구멍이 입 벌리고 있었건만

북으로 가는 남도치들이
산길을 바라보고선 그만 맥을 버리고
코올콜 낮잠 자던 버드나무 그늘

사시사철 하얗게 보이는
머언 봉우리 구름을 부르고
마을선
평화로운 듯 밤마다 등불을 밝혔다

벽을 향하면

어느 벽에도 이름 모를 꽃
향기로이 피어 있는 함 속 같은 방이래서
기꺼울 듯 어지러웁다

등불을 가리고 검은 그림자와 함께
차차로 멀어지는 벽을 향하면
날라리 불며
날라리 불며 모여드는 옛적 사람들

검푸른 풀섶을 헤치고 온다
배암이 알 까는 그윽한 냄새에 불그스레
취한 얼굴들이 해와 같다

길

여덟 구멍 피리며 앉으랑 꽃병
동그란 밥상이며 상을 덮은 흰 보재기
안해가 남기고 간 모든 것이 고냥 고대로
한때의 빛을 머금어 차라리 휘휘로운데
새벽마다 뉘우치며 깨는 것이 때론 외로워
술도 아닌 차도 아닌
뜨거운 백탕을 홀홀 마시며 차마 어질게 살아 보리

안해가 우리의 첫 애길 보듬고
먼 길 돌아오면
내사 고운 꿈 따라 횃불 밝힐까
이 조그마한 방에 푸르른 난초랑 옮겨놓고

나라에 지극히 복된 기별이 있어 찬란한 밤마다
숱한 별 우러러 어찌야 즐거운 백성이 아니리

꽃잎 헤칠수록 깊어만지는 거울
호올로 차지하기엔 너무나 큰 거울을
언제나 똑바로 앞으로만 대하는 것은
나의 웃음 속에

우리 애기의 길이 틔어 있기에

무자리와 꽃

가슴은 뫼풀 우거진 벌판을 묻고
가슴은 어느 초라한 자리에 묻힐지라도
만날 것을
아득한 다음날 새로이 만나야 할 것을

마음 그늘진 두던에 엎디어
함께 살아온 너
어디로 가나

불타는 꿈으로 하여 자랑이던
이 길을 네게 나누자
흐린 생각을 밟고 너만 어디로 가나

눈을 감으면 너를 따라
자욱 자욱 꽃을 디딘다
휘휘로운 마음에 꽃잎이 흩날린다

두던 : '언덕'의 방언.

다시 항구에 와서

모든 기폭이 잠잠이 내려앉은
이 항구에
그래도 남은 것은 사람이올시다

한마디의 말도 배운 적 없는 듯한 많은 사람 속으로
어질게 생긴 이마며 수수한 입술이며
그저 좋아서
나도 한마디의 말없이 우줄우줄 걸어나가면
저리 산 밑에서 들려오는 돌 깨는 소리

시바우라 같은 데서 혹은 메구로 같은 데서
함께 일하고 함께 잠자며
퍽도 친하게 지내던 사람들로만 여겨집니다

서로 모르게
어둠을 타 구름처럼 흩어졌다가
똑같이 고향이 그리워서
돌아온 이들이 아니겠습니까

하늘이 너무 푸르러

갈매기는 죽지에 흰 목을 묻고
어느 옴쑥한 바위틈 같은 데 숨어버렸나 본데
차라리 누구의 아들도 아닌 나는 어찌하여
검붉은 흙이 자꾸만 씹고 싶습니까

전라도 가시내

알록조개에 입 맞추며 자랐나
눈이 바다처럼 푸를 뿐더러 까무스레한 네 얼굴
가시내야
나는 발을 얼구며
무쇠다리를 건너 온 함경도 사내

바람소리도 호개도 인전 무섭지 않다만
어두운 등불 밑 안개처럼 자욱한 시름을 달게 마시련다만
어디서 흥참한 기별이 뛰어들 것만 같아
두터운 벽도 이웃도 못 미더운 북간도 술막

온갖 방자의 말을 품고 왔다
눈포래를 뚫고 왔다
가시내야
너의 가슴 그늘진 숲속을 기어간 오솔길을 나는 헤매이자
술을 부어 남실남실 술을 따르어
가난한 이야기에 고이 잠겨 다오

인전 : '이제'의 방언.

네 두만강을 건너왔다는 석 달 전이면

단풍이 물들어 천리 천리 또 천리 산마다 불탔을 겐데

그래두 외로워서 슬퍼서 초마폭으로 얼굴을 가렸더냐

두 낮 두 밤을 두루미처럼 울어 울어

불술기 구름 속을 달리는 양 유리창이 흐리더냐

차알싹 부서지는 파도소리에 취한 듯

때로 싸늘한 웃음이 소리 없이 새기는 보조개

가시내야

울 듯 울 듯 울지 않는 전라도 가시내야

두어 마디 너의 사투리로 때 아닌 봄을 불러 줄게

손때 수집은 분홍 댕기 휘 휘 날리며

잠깐 너의 나라로 돌아가거라

이윽고 얼음길이 밝으면

나는 눈포래 휘감아치는 벌판에 우줄우줄 나설 게다

노래도 없이 사라질 게다

자욱도 없이 사라질 게다

불술기 : '기차'의 함북 방언.

두메산골 (1)

들창을 열면 물구지떡 내음새 내달았다
쌍바라지 열어 제치면
썩달나무 썩는 냄새 유달리 향그러웠다

뒷산에두 봋나무
앞산두 군데군데 봋나무

주인장은 매사냥을 다니다가
바위틈에서 죽었다는 주막집에서
오래오래 옛말처럼 살고 싶었다

두메산골 (2)

아이도 어른도
버슷을 만지며 히히 웃는다
독한 버슷인 양 히히 웃는다

돌아 돌아 물골 따라가면 강에 이른대
영 넘어 여러 영 넘어가면 읍이 보인대

맷돌방아 그늘도 토담 그늘도
희부옇게 엷어지는데
어디서 꽃가루 날아오는 듯 눈부시는 산머리

온 길 갈 길 죄다 잊어버리고
까맣게 쓰러지고 싶다

버슷 : '버섯'의 함경 방언.

두메산골 (3)

참나무 불이 이글이글한
오지화로에 감자 두어 개 묻어놓고
멀어진 서울을 그리는 것은
도포 걸친 어느 조상이 귀양 와서
일삼던 버릇일까
돌아갈 때엔 당나귀 타고 싶던
여러 영에
눈은 내리는데 눈은 내리는데

두메산골 (4)

소곰토리 지웃거리며 돌아오는가
열두 고개 타박타박 당나귀는 돌아오는가
방울소리 방울소리 말방울소리 방울소리

소곰토리 : '소금 가마니'로 추정, '토리'는 '뭉치'의 뜻.
지웃거리다 : 기웃거리다. 무엇을 보려고 고개나 몸 따위를 이쪽저쪽으로 자꾸 기울이다.

슬픈 사람들끼리

다시 만나면 알아 못 볼

사람들끼리

비웃이 타는 데서

타래곱과 도루메기와

피 터진 닭의 볏 찌르르 타는

아스라한 연기 속에서

목이랑 껴안고

웃음으로 웃음으로 헤어져야

마음 편쿠나

슬픈 사람들끼리

타래곱 : 곱창(꽈배기처럼 꼬인 모양)을 일컫는 함경 방언.
도루메기 : '도루묵'의 북한어.

비늘 하나

파도소리가 들려오는 게 아니요
꽃향기 그윽이 풍기거나
따뜻한 뺨에 볼을 부비는 것이 아니요
안개 속 다만 반짝이는 비늘 하나
모든 사람이 밟고 지나간 비늘 하나

열두 개의 층층계

열두 개의 층층계를 올라와
옛으로 다시 새날로 통하는 열두 개의
층층계를 양볼 붉히고 올라와
누구의 입김이 함부로 이마를 스칩니까
약이요 네 벽에 층층이 쌓여 있는 것
어느 쪽을 무너트려도 나의 책들은 아니올시다
약상자뿐이요 오래 묵은 약병들이요

청춘을 드리다 물러가시렵니까
내 숨쉬는 곳곳에 숨어서 부르는 이
모두 다 멀리로 떠나보내고
어둠과 어둠이 마주쳐 찬란히 빛나는 곳
땅을 향해
흔들리는 열두 개의 층층계를
영영 내려가야 하겠습니다

등을 동그리고

한 방 건너 관 덮는 모다귀소리 바삐 그친다
목 메인 울음 땅에 땅에 슬피 내린다

흰 그림자 바람벽을 거닐어
니어니어 사라지는 흰 그림자 등을 묻어 무거운데
아모 은혜도 받들지 못한 여러 밤이 오늘 밤도
유리창은 어두워

무너진 하늘을 헤치며 별빛 흘러가고
마음의 도랑을
시들은 풀잎이 저어가고
나의 병실엔 초라한 돌문이 높으게 솟으라선다

어느 나라이고 새야
외로운 새야 벙어리야 나를 기다려 길이 울라
너의 사람은 눈을 가리고 미웁다

모다귀 : '못'의 함경 방언.

뒷길로 가자

우러러 받들 수 없는 하늘
검은 하늘이 쏟아져 내린다
온몸을 굽이치는
병든 흐름도 캄캄히 저물어 가는데

예서 아는 이를 만나면 숨어버리지
숨어서 휘청휘청 뒷길을 걸을라치면
지나간 모든 날이 따라오리라

썩은 나무다리 걸쳐 있는 개울까지
개울 건너 또 개울 건너
빠알간 숯불에 비웃이 타는 선술집까지

푸르른 새벽인들 내게 없었을라구
나를 에워싸고
외치며 쓰러지는 수없이 많은 나의 얼굴은
파리한 이마는 입술은 잊어버리고자
나의 해바라기는
무거운 머리를 어느 가슴에 떨어트리랴

이제 검은 하늘과 함께

줄기줄기 차거운 비 쏟아져 내릴 것을

네거리는 싫어 네거리는 싫어

히 히 몰래 웃으며 뒷길로 가자

항구에서

영원과 같은 그러한 것이 아득히 바라뵈는 그러한 꿈길을 끝끝내 돌아온 나의 청춘이요 바쁘게 떠나가는 검은 기선과 몰려서 우짖는 갈매기의 떼

구름 아래 뭉쳐선 흩어지는 먹구름 아래 당신네들과 나의 어깨에도 하늘은 골고루 머물러 얼마나 멋이었습니까

꽃이랑 꺾어 가슴을 치레하고 우리 회파람이나 간간히 불어 보자요 훨 훨 옷깃을 날리며 머리칼을 날리며 서로 헤어진 멀고먼 바닷가에서 우리 한번은 웃음지어 보자요

그러나 언덕길을 오르내리면서 항상 생각는 것은 친구의 얼굴들이 아니었습니다 갈바리의 산이요 우뢰소리와 함께 둘로 갈라지는 갈바리의 산

희망과 같은 그러한 것이 가슴에 싹트는 그러한 밤이면 무슨 즘생처럼 우는 뱃고동을 들으며 바다로 보이지 않는 바다로 휘정휘정 내려가는 것이요

『오랑캐꽃』을 내놓으며

여기 모은 詩시는 1939年년부터 1942年년까지 新聞신문 혹은 雜誌잡지에 發表발표한 作品작품들이다. 초라한 대로 나의 셋째 번 詩集시집인 셈이다.

1942年년이라면 붓을 꺾고 시골로 내려가던 해인데 서울을 떠나기 전에 詩集시집 『오랑캐꽃』을 내놓고자 했으나 뜻을 이루지 못했을 뿐만 아니라 그 이듬해 봄엔 某事件모사건에 얽혀 原稿원고를 모조리 咸鏡北道警察部함경북도경찰부에 빼앗기고 말았다.

8·15 이후 이 詩集시집을 다시 엮기에 1年년이 더 되는 세월을 보내고도 몇 篇편의 作品작품은 끝끝내 찾아낼 길이 없어 여기 넣지 못함이 서운하나 우선 모아진 대로 내놓기로 한다.

끝으로 原稿원고 모으기에 애써주신 辛夕汀신석정 兄형과 金光現김광현 · 柳묘유정 兩君양군에게 感謝감사하여 마지 않는다.

1946年년 겨울

著者저자

이용악집

編輯長편집장에게 드리는 便紙편지

해방 후의 작품을 중심으로 하되 예전 것에서도 골고루 대표작을 자선해서 한 권 엮어달라고 하신 말씀을 듣고, 정작 손을 대보니 그다지 쉬운 노릇은 아니었습니다.

왜냐하면, 유감스럽게도, 이것이 지금까지 써온 작품 중에서 골라낸 소위 나의 대표작이요 하고 내놓을 만한 것이 별로 없을 뿐만 아니라, 두루 어쩌는 사이에 제 자신의 작품을 골고루 들여다 볼 수 있는 스크랩 하나도 저에겐 남아 있지 않고, 또 어쩐지 쑥스러운 생각이 자꾸 앞서기 때문이었습니다.

그래서 정직히 말씀드리면, 처음 생각을 다소 수정하고, 비교적 쉽게 그리고 단 시일에 엮는 방법으로써, 현재 갖고 있는 것과, 가까운 동무들 손에 있는 자료에서 차별 없이 한 권 되리만큼 베껴 내기로 작정했습니다.

1과 2 그리고 8은 해방 후의 작품에서, 3은 처녀시집 『分水嶺분수령』에서, 4는 시집 『낡은 집』에서, 5와 6·7은 시집 『오랑캐꽃』에서 추린 것과, 또 같은 시대의 작품으로서 『오랑캐꽃』에 넣지 못했다가 그 후 수집된 것을 섞어 보았습니다.

그리고 '사진' 말씀이 있었으나 이것만은 제발 용서하시기 바랍니다. 지금 바삐 떠나야 할 길이 있어, 자세한 말씀드리지 못하고 두어 자 적었습니다. 나무라지 마시길.

1948년 늦가을
용악

오월에의 노래

이빨 자욱 하얗게 홈 간 빨뿌리와 담뱃재 소복한 왜접시와 인젠 불살
라도 좋은 몇 권의 책이 놓여 있는 거울 속에 너는 있어라

성미 어진 나의 친구는 고오고리를 좋아하는 소설가 몹시도 시장하
고 눈은 내리던 밤 서로 웃으며 고오고리의 나라를 이야기하면서 소시
민 소시민이라고 써놓은 얼룩진 벽에 벗어버린 검은 모자와 귀걸이가
걸려 있는 거울 속에 너는 있어라

그리웠던 그리웠던 구름 속 푸른 하늘은 우리 것이라 그리웠던 그리
웠던 메에데에의 노래는 우리 것이라

어느 동무들이 희망과 초조와 떨리는 손으로 주워 모은 활자들이냐
아무렇게나 쌓아 놓은 신문지 우에 독한 약봉지와 한 자루 칼이 놓여
있는 거울 속에 너는 있어라

                                                            －1946년－

노한 눈들

불빛 노을 함빡 갈앉은 눈이라 노한 노한 눈들이라

죄다 바서진 창으로 추위가 다가서는데 몇 번째인가 어찌하여 우리
는 또 밀려나가야 하는 우리의 회관에서

더러는 어디루 갔나 다시 황막한 벌판을 안고 숨어서 쳐다보는 푸르
른 하늘이며 밤마다 별마다에 가슴 맥히어 차라리 울지도 못할 옳은 사
람들 정녕 어디서 움트는 조국을 그리는 것일까

폭풍이여 일어서는 것 폭풍이여 폭풍이여 불길처럼 일어서는 것

구보랑 회남이랑 홍구랑 영석이랑 우리 그대들과 함께 정들인 낡은
걸상이며 책상을 둘러메고 지나간 데모에 휘날리던 깃발까지도 소중
히 감아 들고 지금 저무는 서울 거리에 갈 곳 없이 나서련다

내사 아마 퍽도 약한 시인이길래 부끄러이 낯을 돌리고 그저 울음이
복받치는 것일까

불빛 노을 함빡 갈앉은 눈이라 노한 노한 눈들이라

-1946년-

우리의 거리

아버지도 어머니도
젊어서 한창땐
우라지오로 다니는 밀수꾼

눈보라에 숨어 국경을 넘나들 때
어머니의 등골에 파묻힌 나는
모든 가난한 사람들의 젖먹이와 다름없이
얼마나 성가스런 짐짝이었을까

오늘도 행길을 동무들의 행렬이 지나는데
뒤 이어 뒤를 이어 물결치는
어깨와 어깨에 빛 빛 찬란한데

여러 해 만에 서울로 떠나가는 이 아들이
길에서 요기할 호박떡을 빚으며
어머니는 얼어붙은 우라지오의 바다를
채쭉 쳐 달리는 이즈보즈의 마차며 토로이카며
좋은 하늘 못 보고
타향서 돌아가신 아버지의 이야길 하시고

피로 물든 우리의 거리가

폐허에서 새로이 부르짖는

우라아

우라아 ××××

－1945년－

하나씩의 별

무엇을 실었느냐 화물열차의
검은 문들은 탄탄히 잠겨졌다
바람 속을 달리는 화물열차의 지붕 우에
우리 제각기 드러누워
한결같이 쳐다보는 하나씩의 별

두만강 저쪽에서 온다는 사람들과
쟈무스에서 온다는 사람들과
험한 땅에서 험한 변 치르고
눈보라 치기 전에 고향으로 돌아간다는
남도 사람들과
북어 쪼가리 초담배 밀가루 떡이랑
나눠서 요기하며 내사 서울이 그리워
고향과는 딴 방향으로 흔들려 간다

푸르른 바다와 거리 거리를
설움 많은 이민열차의 흐린 창으로
그저 서러이 내다보던 골짝 골짝을
갈 때와 마찬가지로
헐벗은 채 돌아오는 이 사람들과

마찬가지로 헐벗은 나요
나라에 기쁜 일 많아
울지를 못하는 함경도 사내

총을 안고 뽈가의 노래를 부르던
슬라브의 늙은 병정은 잠이 들었나
바람 속을 달리는 화물열차의 지붕 우에
우리 제각기 드러누워
한결같이 쳐다보는 하나씩의 별

-1945년-

그리움

눈이 오는가 북쪽엔
함박눈 쏟아져 내리는가

험한 벼랑을 굽이굽이 돌아간
백무선 철길 우에
느릿느릿 밤 새어 달리는
화물차의 검은 지붕에

연달린 산과 산 사이
너를 남기고 온
작은 마을에도 복된 눈 내리는가

잉크병 얼어드는 이러한 밤에
어쩌자고 잠을 깨어
그리운 곳 차마 그리운 곳

눈이 오는가 북쪽엔
함박눈 쏟아져 내리는가

－1945년－

하늘만 곱구나

집도 많은 집도 많은 남대문 턱 움 속에서 두 손 오그려 혹 혹 입김 불며 이따금씩 쳐다보는 하늘이사 아마 하늘이기 혼자만 곱구나

거북네는 만주서 왔단다 두터운 얼음장과 거센 바람 속을 세월은 흘러 거북이는 만주서 나고 할배는 만주에 묻히고 세월이 무심찮아 봄을 본다고 쫓겨서 울면서 가던 길 돌아왔단다

띠팡을 떠날 때 강을 건늘 때 조선으로 돌아가면 빼앗겼던 땅에서 농사지으며 가 갸 거 겨 배운다더니 조선으로 돌아와도 집도 고향도 없고

거북이는 배추꼬리를 씹으며 달디달구나 배추꼬리를 씹으며 꺼무테테한 아배의 얼굴을 바라보면서 배추꼬리를 씹으며 거북이는 무엇을 생각하누

첫 눈 이미 내리고 이윽고 새해가 온다는데 집도 많은 집도 많은 남대문 턱 움 속에서 이따금씩 쳐다보는 하늘이사 아마 하늘이기 혼자만 곱구나

－1946년 12월 전재동포 구제 '시의 밤' 낭독시－

나라에 슬픔 있을 때

자유의 적 꼬레이어를 물리치고저
끝끝내 호올로 일어선 다뷔데는 소년이었다
손아귀에 감기는 단 한 개의 돌멩이와
팔맷줄 둘러메고
원수를 향해 사나운 짐승처럼 내달린
다뷔데는 이스라엘의 소년이었다

나라에 또다시 슬픔이 있어
떨리는 손등에 볼타구니에 이마에
싸락눈 함부로 휘날리고 바람 맵짜고
피가 흘러
숨은 골목 어디선가 성낸 사람들
동포끼리 옳찮은 피가 흘러
제마다의 가슴에 또 다시 쏟아져 내리는
어둠을 헤치며
생각는 것은 다만 다뷔데

이미 아무 것도 갖지 못한 우리
일제히 시장한 허리를 졸라 맨 여러 가지의
띠를 풀어 탄탄히 돌을 감자

나아가자 원수를 향해 우리 나아가자
단 하나씩의 돌멩일지라도 틀림없는
꼬레이어의 이마에 던지자

－1945년 12월－

월계는 피어

선진수 동무의 영전에

숨 가삐 쳐다보는 하늘에
먹구름 뭉게치는 그러한 때에도
너와 나와 너와 나와
마음 속 월계는 함빡 피어

꽃이팔 꽃이팔 캄캄한 강물을 저어간 꽃이팔

산성을 돌아
쌓이고 쌓인 슬픔을 돌아
너의 상여는 아득한 옛으로
돌아가는 화려한 날에

다시는 쥐어 못 볼 손이었던가
휘정휘정 지나쳐 버린
어느 골목엔가 월계는 피어

-1946년-

흙

　애비도 종 할애비도 종 한뉘 허리 굽히고 드나들던 토막 기울어진 흙 벽에 쭝구리고 기대앉은 저 아이는 발가숭이 발가숭이 아이의 살결은 흙인 듯 검붉다

　덩쿨 우거진 어느 골짜구니를 맑고 찬 새암물 돌 돌 가느다랗게 흐르는가 나비사 이미 날지 않고 오랜 나무 마디 마디에 휘휘 감돌아 맺힌 고운 무늬 모냥 버섯은 그늘에만 그늘마다 피어

　잠자듯 어슴푸레히 저 놈의 소가 항시 바라보는 것은 하늘이 높디높다란 푸른 하늘이 아니라 번질러 놓은 수레바퀴가 아니라 흙이다 검붉은 흙이다

한뉘 : 한평생.

거리에서

아무렇게 겪어 온 세월일지라도 혹은 무방하여라 숨 맥혀라 숨 맥혀라 잔바람 불어오거나 구름 한 포기 흘러가는 게 아니라 어디서 누가 우느냐

누가 목메어 우느냐 너도 너도 너도 피 터진 발꿈치 피 터진 발꿈치로 다시 한 번 힘 모두어 땅을 차자 그러나 서울이여 거리마다 골목마다 이마에 팔을 얹은 어진 사람들

눈보라여 비바람이여 성낸 물결이여 이제 휩쓸어오는가 불이여 불길이여 노한 청춘과 함께 이제 어깨를 일으키는가

우리 조그마한 고향 하나와 우리 조그마한 인민의 나라와 오래인 세월 너무나 서러웁던 동무들 차마 그리워 우리 다만 앞을 향하여 뉘우침 아예 없어라

북쪽

북쪽은 고향
그 북쪽은 여인이 팔려간 나라
머언 산맥에 바람이 얼어붙을 때
다시 풀릴 때
시름 많은 북쪽 하늘에
마음은 눈 감을 줄 모르다

풀벌레 소리 가득 차 있었다

우리집도 아니고
일갓집도 아닌 집
고향은 더욱 아닌 곳에서
아버지의 침상 없는 최후 최후의 밤은
풀벌레 소리 가득 차 있었다

露領노령을 다니면서까지
애써 자래운 아들과 딸에게
한마디 남겨 두는 말도 없었고
아무울灣만의 파선도
설룽한 니코리스크의 밤도 완전히 잊으셨다
목침을 반듯이 벤 채

다시 뜨시잖는 두 눈에
피지 못한 꿈의 꽃봉오리가 깔앉고
얼음장에 누우신 듯 손발은 식어갈 뿐
입술은 심장의 영원한 정지를 가리켰다

때늦은 의원이 아무 말 없이 돌아간 뒤
이웃 늙은이 손으로

눈빛 무명은 고요히
낮을 덮었다

우리는 머리맡에 엎디어
있는 대로의 울음을 다아 울었고
아버지의 침상 없는 최후 최후의 밤은
풀벌레 소리 가득 차 있었다

두만강 너 우리의 강아

나는 죄인처럼 수그리고
나는 코끼리처럼 말이 없다
두만강 너 우리의 강아
너의 언덕을 달리는 찻간에
조그마한 자랑도 자유도 없이 앉았다

아무것두 바라볼 수 없다만
너의 가슴은 얼었으리라
그러나
나는 안다
다른 한 줄 너의 흐름이 쉬지 않고
바다로 가야 할 곳으로 흘러내리고 있음을

지금
차는 차대로 달리고
바람이 이리처럼 날뛰는 강 건너 벌판엔
나의 젊은 넋이
무엇인가 기다리는 듯 얼어붙은 듯 섰으니
욕된 운명은 밤 우에 밤을 마련할 뿐

잠들지 말라 우리의 강아

오늘 밤도

너의 가슴을 밟는 뭇 슬픔이 목마르고

얼음길은 거칠다 길은 멀다

길이 마음의 눈을 덮어줄

검은 날개는 없느냐

두만강 너 우리의 강아

북간도로 간다는 강원도치와 마주 앉은

나는 울 줄을 몰라 외롭다

낡은 집

날로 밤으로
왕거미 줄치기에 분주한 집
마을서 흉집이라고 꺼리는 낡은 집
이 집에 살았다는 백성들은
대대손손에 물려 줄
은동곳도 산호 관자도 갖지 못했니라

재를 넘어 무곡을 다니던 당나귀
항구로 가는 콩실이에 늙은 둥글소
모두 없어진 지 오랜
외양간엔 아직 초라한 내음새 그윽하다만
털보네 간 곳은 아무도 모른다
찻길이 놓이기 전
노루 멧돼지 쪽제비 이런 것들이
앞뒤 산을 맘 놓고 뛰어다니던 시절
털보의 셋째 아들
나의 싸리말 동무는
이 집 안방 짓두광주리 옆에서
첫 울음을 울었다고 한다

"털보네는 또 아들을 봤다우
　송아지래두 붙었으면 팔아나 먹지"
마을 아낙네들은 무심코
차거운 이야기를 가을 냇물에 실어 보냈다는
그날 밤
저릅등이 시름시름 타들어 가고
소주에 취한 털보의 눈도 일층 붉더란다

갓주지 이야기와
무서운 전설 속에서 가난 속에서
나의 동무는 늘 마음 졸이며 자랐다
당나귀 몰고 간 애비 돌아오지 않는 밤
노랑 고양이 울어 울어
종시 잠 이루지 못하는 밤이면
어미 분주히 일하는 방앗간 한구석에서
나의 동무는
도토리의 꿈을 키웠다

그가 아홉 살 되는 해
사냥개 꿩을 쫓아다니는 겨울
이 집에 살던 일곱 식솔이
어디론지 사라지고
이튿날 아침

북쪽을 향한 발자욱만 눈 우에 떨고 있었다

더러는 오랑캐령 쪽으로 갔으리라고
더러는 아라사로 갔으리라고
이웃 늙은이들은
모두 무서운 곳을 짚었다

지금은 아무도 살지 않는 집
마을서 흉집이라고 꺼리는 낡은 집
제철마다 먹음직한 열매
탐스럽게 열던 살구
살구나무도 글거리만 남았길래
꽃 피는 철이 와도 가도 뒤울안에
꿀벌 하나 날아들지 않는다

오랑캐꽃

기인 세월을 오랑캐와의 싸움에 살았다는 우리의 머언 조상들이 너를 불러 '오랑캐꽃'이라 했으니 어찌 보면 너의 뒷모양이 머리태를 드리인 오랑캐의 뒷머리와도 같은 까닭이라 전한다

아낙도 우두머리도 돌볼 새 없이 갔단다
도래샘도 떳집도 버리고 강 건너로 쫓겨갔단다

고려 장군님 무지 무지 쳐 들어와
오랑캐는 가랑잎처럼 굴러갔단다

구름이 모여 골짝 골짝을 구름이 흘러
백년이 몇 백 년이 뒤를 이어 흘러갔나

너는 오랑캐의 피 한 방울 받지 않았건만 오랑캐꽃
너는 돌가마도 털메투리도 모르는 오랑캐꽃
두 팔로 햇빛을 막아 줄게
울어 보렴 목 놓아 울어나 보렴 오랑캐꽃

꽃가루 속에

배추밭 이랑을 노오란 배추꽃 이랑을
숨 가쁘게 마구 웃으며 달리는 것은
어디서 네가 나즉히 부르기 때문에
배추꽃 속에 살며시 흩어 놓은 꽃가루 속에
나두야 숨어서 너를 부르고 싶기 때문에

달 있는 제사

달빛 밝고 머나먼 길 오시리
두 손 합쳐 세 번 절하면 돌아오시리
어머닌 우시어
밤내 우시어
하아얀 박꽃 속에 이슬이 두어 방울

강가

아들이 나오는 올겨울엔 걸어서라두
청진으로 가리란다
높은 벽돌 담 밑에 섰다가
세 해나 못 본 아들을 찾아 오리란다

그 늙은인
암소 따라 조이밭 저쪽에 사라지고
어느 길손이 밥 지은 자췬지
끄슬은 돌 두어 개 시름겨웁다

두메산골 (1)

들창을 열면 물구지떡 내음새 내달았다
쌍바라지 열어 제치면
썩달나무 썩는 냄새 유달리 향그러웠다

뒷산에두 봊나무
앞산두 군데군데 봊나무

주인장은 매 사냥을 다니다가
바위 틈에서 죽었다는 주막집에서
오래오래 옛말처럼 살고 싶었다

두메산골 (2)

아이도 어른도
버섯을 만지며 히히 웃는다
독한 버섯인 양 히히 웃는다

돌아 돌아 물골 따라가면 강에 이른대
영 넘어 여러 영 넘어가면 읍이 보인대

맷돌방아 그늘도 토담 그늘도
희부옇게 엷어지는데
어디서 꽃가루 날라오는 듯 눈부시는 산머리

온 길 갈 길 죄다 잊어버리고
까맣게 쓰러지고 싶다

두메산골 (3)

참나무 불이 이글이글한
오지 화로에 감자 두어 개 묻어 놓고
멀어진 서울을 그리는 것은
도포 걸친 어느 조상이 귀양 와서
일삼던 버릇일까
돌아갈 때엔 당나귀 타고 싶던
여러 영에
눈은 내리는데 눈은 내리는데

두메산골 (4)

소금토리 지웃거리며 돌아오는가
열두 고개 타박 타박 당나귀는 돌아오는가
방울 소리 방울 소리 말방울 소리 방울 소리

전라도 가시내

알룩조개에 입 맞추며 자랐나
눈이 바다처럼 푸를뿐더러 까무스레한 네 얼굴
가시내야
나는 발을 얼구며
무쇠다리를 건너온 함경도 사내

바람소리도 호개도 인전 무섭지 않다만
어두운 등불 밑 안개처럼 자욱한 시름을
달게 마시련다만
어디서 흉참한 기별이 뛰어들 것만 같애
두터운 벽도 이웃도 못 미더운 북간도 술막

온갖 방자의 말을 품고 왔다
눈포래를 뚫고 왔다
가시내야
너의 가슴 그늘진 숲속을 기어간 오솔길을
나는 헤매이자
술을 부어 남실남실 술을 따르어
가난한 이야기에 고이 잠겨다오

네 두만강을 건너왔다는 석 달 전이면
단풍이 물들어 천리 천리 또 천리 산마다 불탔을 겐데
그래두 외로워서 슬퍼서 초마폭으로 얼굴을 가렸더냐
두 낮 두 밤을 두루미처럼 울어 울어
불술기 구름 속을 달리는 양 유리창이 흐리더냐

차알싹 부서지는 파도 소리에 취한 듯
때로 싸늘한 웃음이 소리 없이 새기는 보조개
가시내야
울듯 울듯 울지 않는 전라도 가시내야

두어 마디 너의 사투리로 때 아닌 봄을 불러줄게
손때 수집은 분홍 댕기 휘 휘 날리며
잠깐 너의 나라로 돌아가거라

이윽고 얼음길이 밝으면
나는 눈포래 휘감아치는 벌판에 우줄우줄
나설 게다
노래도 없이 사라질 게다
자욱도 없이 사라질 게다

벨로우니카에게

고향선 월계랑 붉게두 피나 보다
내사 아무렇게 불러도 즐거운 이름

어디서 멎는 것일까
달리는 뿔사슴과 말발굽 소리와
밤중에 부불을 치어든 새의 무리와

슬라브의 딸아
벨로우니카

우리 잠깐 자랑과 부끄러움을 잊어버리고

달빛 따라 가벼운 구름처럼
일곱 개의 바다를 건너가리

고향선 월계랑 붉게두 피나 보다
내사 아무렇게 불러두 즐거운 이름

부불 : 부리. 새 또는 일부 짐승의 주둥이. 사람의 '입'을 비하해서 이르는 말.

당신의 소년은

설룽한 마음 어느 구석엔가
숱한 별들 떨어지고
쏟아져 내리는 빗소리에 포옥 잠겨 있는
당신의 소년은

아득히 당신을 그리면서
개울창에 버리고 온 것은
갈갈이 찢어진 우산
나의 슬픔이 아니었습니다

당신께로의 불길이
나를 싸고 타올라도
나의 길은
캄캄한 채로 닫힌 쌍바라지에 이르러
언제나 그림자도 없이 끝나고

얼마나 많은 밤이 당신과 나 사이에
테로스의 바다처럼

쌍바라지 : 좌우로 열고 닫게 되어 있는 두 짝의 덧창.

엄숙히 놓여져 있습니까

당신은 당신의 슬픔에서만 나를 찾았고

나는 나의 슬픔을 통해 당신을 만났을 뿐입니까

어느 다음날

수풀을 헤치고 와야 할 당신의 옷자락이

휘얼 휠 앞을 흐리게 합니다

어디서 당신은 이처럼 소년을 부르십니까

별 아래

눈 내려
아득한 나라까지도 내다보이는 밤이면
내사야 혼자서 울었다

나의 피에도 머물지 못한 나의 영혼은
탄타로스여
너의 못 가에서 길이 목마르고

별 아래
숱한 별 아래

웃어 보리라 이제
헛되이 웃음지어도 밤마다 붉은 얼굴엔
바다와 바다가 물결치리라

막차 갈 때마다

어쩌자고 자꾸만 그리워지는
당신네들을 깨끗이 잊어버리고자
북에서도 북쪽
그렇습니다 머나먼 곳으로 와 버린 것인데
산구비 돌아 돌아 막차 갈 때마다
먼지와 함께 들이키기엔
너무나 너무나 차거운 유리잔

등잔 밑

모두 벼슬 없는 이웃이래서
은쟁반 아닌
아무렇게나 생긴 그릇이 되려
머루며 다래까지도 나눠 먹기에 정다운 것인데
서울 살다 온 사나인 그저 앞이 흐리어
멀리서 들려오는 파도 소리와 함께
모올래 울고 싶은 등잔 밑 차마 흐리어

시골 사람의 노래

귀 맞춰 접은 방석을 베고
젖가슴 헤친 채로 젖가슴 헤친 채로
잠든 에미네며 딸년이랑
모두들 실상 이쁜데
요란스레 달리는 마지막 차엔
무엇을 실어 보내고
당황히 손을 들어야 하는 것일까

몇 마디의 서양말과 글 짓는 재주와
그러한 것은 자랑 삼기에 욕되었도다

흘러내리는 머리칼도
목덜미에 점점이 찍혀
되려 복스럽던 검은 기미도
언젠가 쫓기듯 숨어서
시골로 돌아온 시골 사람
이 녀석 속눈썹 츨츨히 길다란 우리 아들도
한 번은 갔다가
섭섭히 돌아와야 할 시골 사람

불타는 술잔에 꽃향기 그윽한데

바람이 이는데

이제 바람이 이는데

어디루 가는 사람들이

서로 담뱃불 빌고 빌리며

나의 가슴을 건느는 것일까

불

모든 것이 잠잠히 끝난
다음에도
당신의 벗이래야 할 것이

솟아오르는 빛과 빛과 몸을 부비면
한결같이 이러한 푸른 비늘과 같은
아름다움
가슴마다 피어

싸움이요
우리 당신의 모양을 빌어
미움을 물리치는 것이요

주검

별과 별들 사이를
해와 달 사이 찬란한 허공을 오래도록 헤매다가
끝끝내
한번은 만나야 할 황홀한 꿈이 아니겠습니까

가장 높은 덕이요 똑바른 사랑
오히려 당신은 영원한 생명

나라에 큰 난 있어 사나이들은 당신을 향할지라도
두려울 법 없고
충성한 백성만을 위하여 당신은
항상 새 누리를 꾸미는 것이었습니다

아무도 이르지 못한 바닷가 같은 데서
아무도 살지 않은 풀 우거진 벌판 같은 데서
말하자면
헤아릴 수 없는 옛적 같은 데서
빛을 거느린 당신

집

밤마다 꿈이 많아서
나는 겁이 많아서
어깨가 처지는 것일까

끝까지 끝까지 웃는 낯으로
아이들은 층층계를 내려가 버렸는데
벗 없을 땐
집 한 칸 있었으면 덜이나 곤하겠는데

타지 않는 저녁 하늘을
가벼운 병처럼 스쳐 흐르는 시장기
어쩌면 몹시두 아름다워라

앞이건 뒤건 내 가차이 모올래 오시이소
눈감고 모란을 보는 것이요
눈감고
모란을 보는 것이요

구슬

마디마디 구릿빛 아무렇던
열 손가락
자랑도 부끄러움도 아닐 바에

지혜의 강에 단 한 개의 구슬을 바쳐
밤이기에 더욱 빛나야 할 물밑

온갖 바다에로 새 힘 <u>흐르고</u> <u>흐르고</u>

몇 천 년 뒤
내
닮지 않은 어느 아이의 피에 남을지라도
그것은 헛되잖은 이김이라

꽃향기 숨가쁘게 날아드는 밤에사
정녕 맘 놓고 늙언들 보자요

슬픈 사람들끼리

다시 만나면 알아 못 볼

사람들끼리

비웃이 타는 데서

타래곱과 도루모기와

피 터진 닭의 볏 찌르르 타는

아스라한 연기 속에서

목이랑 껴안고

웃음으로 웃음으로 헤어져야

마음 편쿠나

슬픈 사람들끼리

다시 항구에 와서

모든 기폭이 잠잠히 내려앉은
이 항구에
그래도 남은 것은 사람이올시다

한 마디의 말도 배운 적 없는 듯한 많은 사람 속으로
어질게 생긴 이마며 수수한 입설이며
그저 좋아서
나도 한마디의 말없이 우줄우줄 걸어 나가면
저리 산 밑에서 들려오는 돌 깨는 소리

시바우라 같은 데서 혹은 메구로 같은 데서
함께 일하고 함께 잠자며
퍽도 친하게 지내던 사람들로만 여겨집니다
서로 모르게
어둠을 타 구름처럼 흩어졌다가
똑같이 고향이 그리워서
돌아온 이들이 아니겠습니까

입설 : '입술'의 방언.

하늘이 너무 푸르러

갈매기는 죽지에 흰 목을 묻고

어느 옴쑥한 바위 틈 같은 데 숨어 버렸나 본데

차라리 누구의 아들도 아닌 나는 어찌하여

검붉은 흙이 자꾸만 씹고 싶습니까

열두 개의 층층계

열두 개의 층층계를 올라와
옛으로 다시 새날로 통하는 열두 개의
층층계를 양볼 붉히고 올라와

누구의 입김이 함부로 이마를 스칩니까
약이요 네 벽에 층층이 쌓여 있는 것
어느 쪽을 무너뜨려도 나의 책들은 아니올시다
약상자뿐이요 오래 묵은 약병들이요

청춘을 드리다 물러가시렵니까
내 숨쉬는 곳곳에 숨어서 부르는 이

모두 다 멀리로 떠나보내고
어둠과 어둠이 마주쳐 찬란히 빛나는 곳
땅을 향해
흔들리는 열두 개의 층층계를
영영 내려가야 하겠습니다

밤이면 밤마다

가슴을 밟고 미칠 듯이 걸어오는 이
음침한 골목길을 따라오는 이

바라지 않는 무거운 손이 어깨에 놓여질 것만 같습니다
붉은 보재기로 나의 눈을 가리우고 당신은
눈 먼 사나이의 마지막을
흑 흑 느끼면서 즐길 것만 같습니다

메레토스여 검은 피를 받은 이
밤이면 밤마다
내 초조로이 돌아가는 좁은 길이올시다

술잔을 빨면 모든 영혼을 가벼이 물리칠 수 있었으나
나중에 내 돌아가는 곳은
허깨비의 집이올시다 캄캄한 방이올시다
거기 당신의 쩨우스와 함께 가두어 뒀습니다
당신이 엿보고 싶은 가지가지 나의 죄를

그러나 어서 물러가십시오
푸른 정녕코 푸르른 하늘이 나를 섬기는 날

당신을 찾아

여러 강물을 건너가겠습니다

자랑도 눈물도 없이 건너가겠습니다

노래 끝나면

손뼉 칩시다 정을 다하여
우리 손뼉 칩시다

노새나 나귀를 타고
방울 소리며 갈꽃을 새 소리며 달무리를
즐기려 가는 것은 아니올시다

청기와 푸른 등을 밟고 서서
웃음 지으십시오
아이들은 한결같이 손을 저으며
멀어지는 나의 뒷모양을 물결치는 어깨를
눈부시게 바라보라요

누구나 한번은 자랑하고 싶은
모든 사람의 고향과
나의 길은 황홀한 꿈속에 요요히 빛나는 것

손뼉 칩시다 정을 다하여
우리 손뼉 칩시다

벌판을 가는 것

몇 천 년 지난 뒤 깨어났음이뇨
나의 밑 다시 나의 밑 잠자는 혼을 밟고
새로이 어깨를 일으키는 것
나요
불길이요

쌓여 쌓여서 훈훈히 썩은 나뭇잎들을 헤치며
저리 환하게 열린 곳을 뜻함은
세월이 끝나던 날
오히려 높디높았을 나의 하늘이 남아 있기 때문에

내 거니는 자욱마다 새로운 풀폭 하도 푸르러
뒤돌아 누구의 이름을 부르료

이제 벌판을 가는 것
바람도 비도 눈보라도 지나가버린 벌판을
이렇게 많은 단 하나에의 길을 가는 것
나요
끝나지 않는 세월이요

항구에서

영원과 같은 그러한 것이 아득히 바라뵈는 그러한 꿈길을 끝끝내 돌아온 나의 청춘이요 바쁘게 떠나가는 검은 기선과 몰려서 우짖는 갈매기의 떼

구름 아래 뭉쳐선 흩어지는 먹구름 아래 당신네들과 나의 어깨에도 하늘은 골고루 머물러 얼마나 멋이었습니까

꽃이랑 꺾어 가슴을 치레하고 우리 회파람이나 간간이 불어 보자요 휠 휠 옷깃을 날리며 머리칼을 날리며 서로 헤어진 멀고 먼 바닷가에서 우리 한번은 웃음지어 보자요

그러나 언덕길을 오르내리면서 항상 생각는 것은 친구의 얼굴들이 아니었습니다 갈바리의 산이요 우뢰 소리와 함께 둘로 갈라지는 갈바리의 산

희망과 같은 그러한 것이 가슴에 싹트는 그러한 밤이면 무슨 짐승처럼 우는 뱃고동을 들으며 바다로 보이지 않는 바다로 휘정휘정 내려가는 것이요

빗발 속에서

대회는 끝났다 줄기찬 빗발이여 빗발치는 생명이라

문화공작대로 갔다가 춘천에서 강릉서 돌팔매를 맞고 돌아온 젊은 시인 상훈도 진식이도 기운 좋구나 우리 모다 깍지 끼고 산마루를 차고 돌며 목 놓아 부르는 것 싸움의 노래

흩어지는 게 아니라 어둠 속 일어서는 조국이 있어 어둠을 밀고 일어선 어깨들은 어깨마다 미움을 물리치기에 천만 채찍을 참아 왔거니

모다 억울한 사람 속에서 자유를 부르짖는 고함소리와 한결같이 일어나는 박수 속에서 몇 번이고 그저 눈시울이 뜨거웠을 아내는 젖먹이를 업고 지금쯤 어딜루 해서 산길을 내려가는 것일까

대회는 끝났다 줄기찬 빗발이여 승리가 약속된 저마다의 가슴엔 언제까지나 싸움의 노래를 남기고

−1947년 7월 27일−

유정에게

요전 추위에 얼었나 보다 손등이 유달리 부은 선혜란 년도 입은 채로
소원이 발가락 안 나가는 신발이요 소원이 털모자인 창이란 놈도 입은
채로 잠이 들었다

겨울엔 역시 엉뎅이가 뜨뜻해야 제일이니 뭐니 하다가도 옥에 갇힌
네게 비기면 못 견딜 게 있느냐고 하면서 너에게 차입할 것을 늦도록
손질하던 아내도 인젠 잠이 들었다

머리맡에 접어놓은 군대 담요와 되도록 크게 말은 솜버선이며 고리
짝을 뒤적거렸자 쓸 만한 건 통 없었구나 무척 헐게 입은 속내복을 나
는 다시 한 번 어루만지자 오래간만에 들른 우리집 문마다 몹시도 조심
스러운데

이윽고 통행금지시간이 지나면 창의 어미는 이 내복 꾸레미를 안고
나서야 한다 바람을 뚫고 바람을 뚫고 조국을 대신하여 네가 있는 서대
문 밖으로 나가야 한다

— 1947년 12월 —

용악과 용악의 藝術예술에 對대하여

인젠 용악도 나도 서른다섯 해나 지내 왔건만 이럭저럭 흘러간 세월 속에서 어떤 이름은 며칠 몇몇 해 부르며 불리며 하다 사라졌는데 나의 변두리에서 애초부텀 항시 애오라지 이처럼 애착을 느끼게 되는 이름이 또 있을까!

용악! 용악이란 詩시로써 알게 된 것도 아니고 섬터서 사귄 것도 아닌 줄은 구태여 말할 나위도 없지만 오히려 우리가 서로서로 이름도 옮겨 부르질 못하던 아주 젖먹이 때부터 낯익은 얼굴이다.

幸행인지 不幸불행인지 젖먹이 때 우리는 放浪방랑하는 아비 어미의 등골에서 시달리며 무서운 國境국경 넘어 우라지오 바다며 아라사 벌판을 달리는 이즈보즈의 마차에 토로이카에 흔들려서 갔던 일이며, 이윽고 모도 다 홀어미의 손에서 자라올 때 그림 즐기던 용악의 兄형의 아구릿 파랑 세네카랑 숱한 뎃쌍을 붙인 房방에서 밤낮으로 얼굴을 맞대고 있었던 일이며, 날더러 깐디-를 그려달라고 해서 그것을 바람벽에 붙여 놓고 그 앞에서 침울한 표정을 해가며 글 쓰던 용악 少年소년의 얼굴이 지금도 눈에 선하다.

그 뒤 섬트기 始作시작하여 日本일본으로 北間島북간도로 헤어졌다 만났다 하며 工夫공부하고 放浪방랑하는 새 용악은 어느 틈에 벌써 『分水嶺분수령』『낡은 집』이란 詩集시집을 들고 노래 불렀던 것이다.

실상 이렇게 노래 부르기까지, 아니 부르면서 용악은 아주 낭떨어진 地層지층과 같은 이루 말할 수 없는 거센 世波세파에 들볶이면서 그 속에서 詩시를 썼던 것이다. 이것은 용악이 아니면 할 수 없는 生活생활이었고 이러한 生活생활이 또한 그가 詩시를 生産생산하는 貯水池저수지였던 것이라 할까.

그러기에 용악의 初期초기 『分水嶺분수령』 『낡은 집』 時代시대의 그 藝術예술은 부질없는 어떤 藝術예술에의 憧憬동경이나 惑혹은 同情동정으로 머릿속에서 冊床책상 위에서 만들어낸 修辭수사라든지 값싼 個性개성의 安逸無事안일무사한 色素색소에서 억지로 짜낸 것도 아니고 奇異기이한 外來詩외래시의 意識的의식적 無意識的무의식적 感染감염의 領域영역에서 우러난 警人句경인구도 아니었다. 지금도 내 머릿속에서 빙빙 돌고 있는 「북쪽」 「풀벌레 소리 가득 차 있었다」 「낡은 집」 「두만강 너 우리의 강아」 等등 거긴 不幸불행히 억울히 그와 그들의 들어박힌 地層지층, 오직 그들만이 지닌 때(垢구) 내음새와도 같은 것, 放浪방랑에서 오는 허황한 것, 流氓유맹에의 哀愁애수, 이러한 못 견디게 어쩔 수 없는 것이 아브노-말한 手法수법으로 素朴소박한 타이프로 露現노현되었던 것인가 한다.

첫 詩集시집 『分水嶺분수령』이 아마 1937年년인가에 나왔고, 그 이듬해엔가 『낡은 집』도 東京동경에서 出版출판되었으니 十數年前십수년전 일인데 그때 朝鮮詩조선시가, 飜譯번역된 異質的이질적인 外國詩외국시의 消化不良소화불량의 領域영역에서 無益무익한 레터릭크가 아니면 藝術至上예술지상의 頹廢퇴폐한 리리시즘的적인 것이 아니었던가 한다. 이러한 時期시기에 우리, 아니 모든 流氓유맹들이 流浪유랑하던 이러한 社會相사회상을 背景배경으로 하는 올바른 內容내용을 가진 노래를 素朴소박하게 부를 수 있었다는 것은

警人句 : '驚人句'의 오식.

어찌 용악의 자랑인 동시 우리 朝鮮詩^{조선시}의 자랑이 아닐 수 있으랴.

『낡은 집』을 낸 뒤 얼마 안 되어 그 지루한 學生帽^{학생모}를 벗어 팽개친 용악은 서울에 나타났던 것이다. 그 때도 역시 酷毒^{혹독}한 生活苦^{생활고}에 허덕지덕한 그는 雜誌編輯室^{잡지편집실} 다 떨어진 쏘파 或혹은 地下室^{지하실}을 房^방 대신 쓰고 있던 일을 記憶^{기억}한다.

日帝^{일제}의 野獸的^{야수적}인 殺戮^{살륙}이 날로 우리 文化面^{문화면}에도 그 毒牙^{독아}를 뻗칠 때 彷徨^{방황}하던 詩人^{시인}들은 더러는 茶房^{다방} 같은 데 모여 原稿紙^{원고지}를 감아쥐고 열적은 생각들을 吐露^{토로}하며 날을 보내던 이러한 絕望^{절망} 속에서, 용악은 이런 茶房^{다방}에도 잘 나타나질 않고, 으레 어스름 저녁때면 鍾路^{종로} 네 거리를 초조히 서성거리다가 밤 깊도록 "다시 만나면 알아 못 볼 사람들끼리 비웃이 타는 데서 타래곱과 도루모기와 피 터진 닭의 볏 찌르르 타는 아스라한 연기 속에서 목이랑 껴안고 웃음으로 웃음으로 헤어져야 마음 편쿠나 슬픈 사람들끼리" 이렇게 노래 부르며 취하여 헤매는 것이었다.

그렇게 고래가 되어 가다가도 新聞^{신문} 雜誌^{잡지}에 發表^{발표}한 詩^시를 보면 깜짝 놀랄만치 珠玉^{주옥} 같은 맑은 것을 내놓았던 것이다.

이 時代^{시대} 1939年^년부터 1942年^년 卽^즉 斷末魔的^{단말마적} 日帝^{일제}의 우리 文化抹殺^{문화말살}로 붓을 꺾고 시골로 내려갔던 해까지의 말하자면 『오랑캐꽃』 時節^{시절}의 용악의 詩^시는 역시 서울에 있어서 그런지 『分水嶺^{분수령}』 時節^{시절}의 무뚝뚝한 迫力^{박력}있는 素朴^{소박}한 맛은 없어지고 구슬 같이 다듬어낸 것이었으나, 거긴 우리의 社會生活^{사회생활}의 桎梏^{질곡} 속에서 아주 特色^{특색} 있는 特徵的^{특징적}인 側面^{측면}으로 그 時代^{시대}의 우리, 아니 이 땅 人民^{인민}들이 무한히 共感^{공감}한 典型的^{전형적}인 悲憤哀愁^{비분애수}

를 一層^{일층} 더 深化^{심화}한 境地^{경지}에서 솜씨 있게 形象化^{형상화}하였다고 보

아진다.

끝끝내 그는 落鄕^{낙향}을 하였는데 거긴들 무사하랴. 으레 끌려 간 곳

은 留置場^{유치장}이었다. 버언한 날이 있을 수 없었던 용악은, "희망과 같

은 그러한 것이 가슴에 싹트는 그러한 밤이면 무슨 짐승처럼 우는 뱃

고동을 들으며 바다로 보이지 않는 바다로 휘정휘정 내려가는 것이요"

이렇게 含憤蓄怨^{함분축원}의 絶望^{절망} 속에서 노래하며 아주 붓은 꺾었던

것이다.

解放^{해방}이 왔다. 들볶이던 모든 것이 일제히 몸부림 칠 때 용악이 어

찌 그대로 있었으랴. 욕되게 살던 그 서울이 그리워 "…… 눈보라 치기

전에 고향으로 돌아간다는 남도 사람들과 북어쪼가리 초담배 밀가루

떡이랑 나눠서 요기하며" "총을 안고 볼가의 노래를 부르는 슬라브의

늙은 병정"과 함께 "바람속을 달리는 화물열차의 지붕 우에 제각기 드

러누워 한결같이 하나씩의 별을 쳐다보며 흔들려 간다"고 노래 부르며

서울에 왔던 것이다.

이 노래로써 용악의 아니 우리의 放浪^{방랑}의 哀愁^{애수}는 한결같이 끝이

나야 할 것이었다. 그러곤 우렁찬 建國^{건국}의 大工事場^{대공사장}에 뛰어들어

가서 모도 다 얼싸안고 웃음으로 웃음으로 푸르른 하늘 아래서 일하게

될 것으로 알았던 것이 우리 눈앞에는 뜻하지 않던 너무나 삼악한 現實

^{현실}이 가로놓였던 것이다.

우리와 우리의 詩^시는 또 다시 먹구름 속 滿身瘡痕^{만신창흔}이 되어 荊棘

^{형극}의 길을 걷게 되었던 것이다.

여기서 예나 이제나 正義感^{정의감}에 불타던 용악의 詩^시가 無限^{무한}한 憤怒^{분노}와 無數^{무수}한 傷處^{상처}와 瘡痕^{창흔}을 痛歎^{통탄}하다시피 노래 불렀다는 것은 용악으로서 當然^{당연}하다 하기보담 그것은 우리의 痛歎^{통탄}이요 모든 人民^{인민}들이 가진바 痛歎^{통탄}이었다.

그리하여 용악은 해방 후도 첩첩이 쌓인 먹구름 속 푸르른 하늘을 찾으며「노한 눈들」「다시 오월에의 노래」「빗발 속에서」「기관구에서」等^등 詩^시에서 오늘날 地上^{지상} 수두룩한 나라와 民族^{민족} 속에서 그 어느 곳에서두 볼 수 없는 오직 우리나라 人民^{인민}들만이 지니고 있는 非凡^{비범}한 典型的^{전형적}인 悲憤^{비분}과 憤怒^{분노}와 怨恨^{원한}을 深刻^{심각}한 狀景^{상경}을 生生^{생생}하게 潑溂^{발랄}하게 노래 불러서 우리 詩^시의 最高峯^{최고봉}을 이루어 놓은 것이다.

실상 해방 후의 용악의 詩^시의 全貌^{전모}는 이 詩集^{시집} 外^외에 따로 한 卷^권으로 上梓^{상재}될 것이니 그때 이야기할 機會^{기회}가 있겠지만 나는 이렇게 생각해 보기도 한다.

初期^{초기}『分水嶺^{분수령}』『낡은 집』詩節^{시절}의 素朴^{소박}한 迫力^{박력}은 다음『오랑캐꽃』에선 없어지고『오랑캐꽃』時節^{시절}은 言語^{언어}를 아주 알뜰히 다듬어서 內容^{내용}의 思想性^{사상성}보담도 凝結^{응결}된 言語^{언어}의 말 그 自體^{자체}의 色素的^{색소적} 音響的^{음향적}인 뉘앙스에서 오는 魅惑的^{매혹적}인 포에지의 코스모스가 아닌가 한다.

해방 후의 용악의 詩^시를 흔히들 內容^{내용}은 새로우나 形式^{형식}이 낡다고들 하는데 나는 그렇게 아니 봐진다. 모두들 즐기던 저「오월에의 노래」는 해방 후에 썼으나 詩^시로선『오랑캐꽃』時節^{시절}의 作品^{작품} 範疇^{범주}

에 들 것이라고 본다. 「노한 눈들」 「유정에게」 「다시 오월에의 노래」 「기관구에서」 이런 詩시에서 용악의 새로운 타이프와 용악의 藝術예술의 方向방향을 충분히 바라볼 수 있을 것이다.

1948년 12월

李琇馨이수형

리용악 시선집

서문

　나의 시가 처음으로 활자화되어 세상에 나간 것은 1935년이었고 처녀 시집 『분수령』이 출판된 것은 1937년이었다. 그러므로 이 선집에 수록한 작품들은 오늘에 이르기까지 20여 년 동안 내가 창작 발표한 중에서 고른 셈인데 정작 모아 놓고 보니 모다 이름 없는 꽃들이며 잡초의 묶음에 지나지 않는다.

　편의상 작품 배열을 다섯으로 구분하였다. 처음에 놓은 「어선 민청호」와 마지막 「평남 관개 시초」는 정전 후 최근까지의 작품 중에서 골랐다. 둘째 번 「우라지오 가까운 항구에서」에 넣은 시들은 주로 『분수령』 『낡은 집』 『오랑캐꽃』 등 시집에서 추린 것인데 이것은 모두 해방 전 작품들이다(해방 전 시편들 중 연대를 적지 않은 것은 주로 『오랑캐꽃』에 수록되었던 작품으로서 1939년부터 1942년 사이에 창작되었다). 셋째로 「노한 눈들」은 해방 후 서울에서 쓴 작품 중에서 골랐으나 이 시기의 것으로서 「기관구에서」 「다시 오월에의 노래」 등 내 깐으로는 비교적 애착이 가는 시편들을 찾아 낼 길이 없어 여기 수록하지 못하였다. 넷째 번에 배열한 「원쑤의 가슴팍에 땅크를 굴리자」는 조국 해방 전쟁 시기의 작품들이다. 각 부를 통하여 더러는 부분적인 수정을 가한 작품들도 있다.

　이 선집이 비록 이름 없는 꽃들과 잡초의 묶음으로 엮어지기는 했으나 이것이 바로 나의 반생을 총화하는 것으로 되며 이것을 발판으로 앞으로의 전진이 있어야 한다고 생각할 때 기쁨을 또한 금할 수 없다.

여러 선배, 동료들과 독자 여러분의 끊임없는 편달을 기대하여 마지않는다.

1957년 가을

저자

어선 민청호

봄

산기슭에 띠염띠염
새로 자리 잡은 집마다
송진내 상기 가시지 않은
문을 제낀다
햇살에 훨씬 앞서 문을 제낀다

자욱한 안개 속
사람과 함께 소가 움직인다
시퍼런 보습날이 움직인다
오늘은 일손 바른 살구나무집
조이밭 갈러 가는 길

귓머리 날리며 개울을 건너
처녀 보잡이 정례가
바쁜 걸음 멈춘 곳은
춘관 노인네 보리밭머리

농사에사 옛날 법이 제일이라

귓머리 : 귀머리. 귀밑머리.

고집만 부리던 영감님도
정례의 극진한 정성에 웃음 지으며
보름이나 일찍 뿌린 봄보리가
줄지어 돋았다

정례는 문득 생각났다
선참으로 이 밭을 갈아 제낄 때
품앗이 동무들이 깔깔대며 하던 말
―편지가 왔다더니 기운 내누나
―풍년이 들어야 좋은 사람 온단다

한마디 대꾸도 나오지 않아
자꾸만 발목에 흙이 덮이어
걸음이 안 나가던
수집은 정례

정례는 또 듣는다
파릇파릇한 새싹들이
나직이 속삭이는 소리
―기다리라요
―기다리라요

혹시나 누가

누가 볼세라
저도 모르게 볼을 붉히며
정례는 당황해서 소를 몬다

그러나 누가 모르랴
동부 전선에 용맹 떨친
중기 사수 윤모가
이윽고 돌아올 꽃다운 날엔
정례는 춘관 노인네 둘째 며느리

안개가 걷히기 시작한다
논두렁 오솔길에 둥글소 앞세우고
가슴 벅찬 기쁨 속을
재우 밟는 종종걸음

누우렇게 익은 보리밭을 지나
마을 장정들이 전선으로 가던 길
전선과 연닿아 끝끝내 승리한 길
까치고개를 다시 한 번 바라보니
햇살이 솟는다

-1954-

어선 민청호

큰 섬을 지나 작은 섬 굽이
앞으랑 소나무를 우산처럼 펼쳐 쓴
선바위를 바삐 지나
항구로 항구로 들어오는 배

─ 민청호다
─ 민청호다
누군가 외치는 반가운 소리에
일손 멈춘 순희의 가슴에선
파도가 출렁…

바다를 휩쓸어 울부짖는 폭풍에도
어젯밤 돌아오지 않은 단 한 척
기다리던 배가
풍어기를 날리며 들어온다

밤내 서성거리며 시름겨웁던
숱한 가슴들이 탁 트인다
그러나 애타게 기다리기야 아마
애타게 기다리기야 순희가 으뜸

이랑이랑 쳐드는 물머리마다
아침 햇살 유난히도 눈부신 저기
마스트에 기대서서
모자를 흔드는 건 명호 아니냐

분기 계획 끝내 논 다음이래야
육지에서 한바탕
장가 잔치 차린다는 저 친군
성미부터 괄괄한 바다의 사내

꼼베아의 발동은 그만하면 됐으니
순희야 손 한번 저어 주려마
방수복에 번쩍이는 고기비늘이
비단천 무늬보다 오히려 곱다

평생 봐도 좋은 바다
한결 더 푸른데

뱃전을 스쳐 기폭을 스쳐
수수한 사람들의 어깨를 스쳐
시언시언 춤추는 갈매기 떼 거느리고
바쁘게 바쁘게 민청호가 들어온다

-1955-

어느 반도에서

소낙비

번개 친다
번개 친다
느릅봉을 감아 싼 먹구름 속에서
먹장구름 타래치며 번갯불 튄다

새파랗던 바다를 검은 날개 뒤덮고
꽃단지 애기섬이 삽시간에 사라지고

나직한 언덕 아래 구부렁길을
아무 일 없는 듯이 천천히 오는 이
육지에서 사흘 자면 멀미가 난다는
반농 반어 조합의 어로반 좌상님

묵직한 그물을 가볍게 둘러멘 채
멈춰 선 노인님 빙그레 웃으며
"애들아 애들아
어서 내려와"

"으하하 할아바이 염려 말아요
뽕나무 우에선 멀미 안 나요"

"소낙비가 당장이다
어서어서 내려와"

"으하하 할아바이 염려 말아요
누에가 막잠에서 깨게 됐는데
마지막 밥을랑 듬뿍 줘야 하지요"

양잠반 처녀들은 아무 일 없는 듯이
한 잎 따고 으하하ㅡ
두 잎 따고 으하하ㅡ

감자밭에 수수밭에 처녀들 이마에
빗방울 하나둘씩 떨어지건만
노인은 껄껄껄 웃으며 가고
머언 원산 쪽만 환하게 개었구나

보리 가을

바다 저쪽 모롱이도 누우렇구나
동디 마을 언덕목도 싯누렇구나

하지만 올해에사 어림없지
우리 조합 보리가 상의 상이지

덥단 말 말자 덥단 말 말자
단오는 불단오래야 풍년 든단다

영마루가 시름에 잠길 만큼
구름이 밀려오면 어떻게 하니
앞섬도 갈마 끝도 보이지 않을 만큼
비구름 몰려오면 어떻게 하니

조합 무어 첫 농사 첫째 번 낫질
한 이삭 한 알인들 어찌 버릴까
달포 넘는 장마에 햇볕 그립던
지난해의 보릿고개 어찌 잊을까

덥단 말 말자 덥단 말 말자
단오는 불단오래야 풍년 든단다

썩 한번 소매를 더 걷어 올리지
이번 이랑 다 베군 잠깐만 쉬지
돌배나무 그늘에서 적삼 벗으면
안겨 오는 바닷바람 늘상 좋더라

나들이 배에서

만날 적마다 반가운 사람들끼리
어진 사람들끼리
허물없이 나누는 이야기에 출렁이며
나들이 배가 바다를 건너간다

아득히 연닿은 먼데 산봉우리엔
어느새 눈이 내려 쌓였는가

둘째 며늘네 몸 푼 기별을 받고
바쁜 길 떠났다는 할머니 무릎에서
무릎에 놓인 연두색 봇짐에서
자꾸만 풍기는 미역 냄새
미역 내음새

"늘그막에 첫손자니
영감이야 당신이 떠난다고 서둘렀지만
명태가 한창인 요즘 철에
바다를 비울 짬이 어디 있나요"

백발을 이고도 정정한
할머니의 기쁨이

제 일처럼 그저 즐거워
빙그레 웃음 짓는 얼굴들이
어찌 보면 한집안 식구와도 같구나

둘째가 군대에서 돌아온 건
작년 이맘때—
두어 달 푸욱 쉬랬더니
말도 새겨듣지 않더란다

"팔다리가 놀구서는
생선국도 제 맛이 안 난다고
사흘 되기 바쁘게 부랴부랴
전에 일하던 저기로 가더니
글쎄 아들을 봤군요"

자애로운 손을 들어 햇빛을 가리며
할머니가 자랑스레 바라보는 저기
우뚝 솟은 굴뚝이 세차게 연기 뿜는
저기는 바로 문평 제련소

하늘도 바다인가
아름다운 한나절

읍으로 통한 널따란 신작로가
가파로운 산굽이에서 시작된
나루에로 나루에로
나들이배가 저어 간다

아침

푸름푸름 동트기 시작한
새벽하늘
아스랗게 드러난 머언 수평선이
불빛 노을을 뿜어 올린다

바닷가 나루까진 아직도 한참인데
소년은 마음이 아주 바쁜데

항구로 가는 새해의 첫 배가
퐁퐁 연기를 토하며 잔교를 떠난다
물좋은 생선을 가득히 싣고
백설에 덮인 반도에서 떠난다

간물에 흠뻑 젖은 로뿌를
재우재우 끌어 올린 다음
두툼한 덧저고리 깊숙한 옆채기에

양손 찔러 넣고
갑판에 선 소년의 아버지

그는 보았다 저기
낙타등 같은 산 아래 학교 앞을
실로 웬일인가? 다급하게
다급하게 아들이 달려온다

바람이 일면 우수수
눈꽃이 쏟아지는 솔밭을 지나
수산 협동 조합 창고들을 지나
잔교 복판까지 숨가쁘게 왔을 때
아버지는 소리쳤다
"어째서 그러니-"

"요전번에 약속한 소설책
그 책을 잊지 마세요-"

"이번엔 걱정 말아
『아동 혁명단』이지-"
차차루 멀어지는 발동선에서
힘찬 노래와도 같이 들려오는
아버지의 목소리…

소년은 옳다고 손을 젓는다

무수한 새들이 죽지를 털며
일제히 날아나듯
춤추는 바다
끝없이 밀려오는 검푸른 파도

- 1955 -

석탄

천년이 몇 십만 번 굽이쳐 흘러갔나
헤아릴 수 없는 침묵을 거쳐
나는 이제
빛발 속으로 나간다

태양을 우러러 영광을 드리리
나의 생명은 지층 속에서 다져졌으나
처음에 그것은
눈부신 햇빛에서 받았기에

불타리라
불타리라
확확 불타리라

봉우리마다 청춘인 산맥들을 흔들며
꽃보라를 흩날리며 내닫는 기관차의 심장에
쇳돌 녹여 번지는 용광로에
더욱 세찬 정열을 부어 주리니

위대한 시대의 꿈으로 하여

별빛 가득 찬 너의 눈에서
젊은 탄부여 나는 본다

세월이 그 얼마를 가고 또 가도
거기에 나의 보람 불타고 있을
불굴한 사람들의 나라
전진하는 새 조선의 아름다운 앞날을!

-1955-

탄광 마을의 아침

꽃밭 사이사이 이슬에 무릎을 적시며
새로 지은 구락부 옆을 지나 언덕에 올라서니
명절을 앞둔 여기 탄광 마을에
한결 더 거창한 새벽이 물결친다

동트기 바쁘게 활짝 열어제긴 창문들에
증산에의 출진을 알리는 싸이렌 소리…
지하에 뻗은 골목골목에선 굴강한 사람들이
한 초 한 초를 몸으로 쪼아 불꽃을 날리리라

사시 푸른 소나무가 울창한 산과 산 사이
맑은 대기 속을 청년들이 떼지어 간다
말끝마다 웃음 섞인 즐거운 이야기
처음 맞는 탄부절의 기쁨을 주고받으며
청년 돌격대가 갱내로 갱내로 들어간다

십 년 전 여기는
천대 받는 사람들이 비분으로 살던 곳
손이 발 되어 어둠을 더듬어도
기아와 멸시만이 따라서던 곳

그러나 보라 우리의 정권은
가슴에 덮쳤던 암흑을 몰아냈다
낮이 없던 깊은 땅속
저주로운 침묵이 엎디었던 구석구석까지
밤이 없는 광명으로 차게 하였다

보라 여기는 씩씩한 젊은이들이
청춘의 한길을 다투어 택한 곳

기름이 흐를 듯한 석탄을 가득 싣고
무쇠 탄차가 줄지어 올라오는 갱구에
전체 인민이 보내는 영광을 전하면서
수도에서 오는 북행 열차가 산굽이를 돌아간다

-1955-

좌상님은 공훈 탄부

열 손가락 마디마디 굵다란 손이며
반 남아 센 머리의 아름다움이여!

우리야 아들 또래 청년 탄부들
늦주벽에 남실남실 독한 술 따라
"드이소 드시이소" 드리는 축배를
좌상님은 즐겁게 받아 주시네

젊어서 빼앗기신 고향은 낙동강가
배고픈 아이들의 지친 울음이
강물 타고 흐른다는 그곳 그 땅을
어찌 잊으랴만 그래도 잊으신 듯

"새우가 물고기냐 탄부가 인간이냐"고
마소처럼 천대 받던 왜정 때 세상을
어찌 잊으랴만 그래도 잊으신 듯
좌상님은 또 한 잔 즐겁게 드시네

창문 앞엔 국화랑 코스모스가 한창
울바자엔 동이만 한 호박이 주렁주렁

땅속으로 천 길이랴
가슴 속 구천 길
고난의 세월 넘어 층층 지하에
빛을 뿌린 위력은 인민의 나라

조국의 번영 위해 잔을 들자고
서글서글 웃음 짓는 좌상님 따라
우리 모두 한뜻으로 향해 서는 곳
조석으로 드나드는 저 갱구는
좁아도 넓고 넓은 행복에의 문

묵묵한 탄벽에서 불길을 보아온
지혜로운 눈들이 지켜 섰거니
표표히 가는 구름 그도 곱지만
우리네 푸른 하늘 더욱 곱구나

-1956-

귀한 손님 좋은 철에 오시네

옥색이랴 비취색 푸르름이랴
우리의 고운 하늘 가장 고운 철
정말로 좋은 철에
귀한 손님 오시네

가을 향기 그윽한 능금밭 사잇길로
능금밭 사잇길로 먼저 모실까
청진이며 희천이랑 흥남 지구의
자랑 많은 공장들이 기다리는데

지난날의 상처가 꽃에 묻힌 거리로
꽃에 묻힌 거리로 먼저 모실까
나무리며 운전이랑 열두 삼천리의
풍년 맞은 조합들이 기다리는데

산에 먼저 모실까
물 맑은 강변에 먼저 모실까

나무리다 : '나무라다'의 함경 방언.

몰다비야 고지의 바람 소리도
아름다운 다뉴브의 흐름 소리도
손님들은 여기서 들어 주시리
노래처럼 여기서 들어 주시리

붉게붉게 하도 붉게 단풍이 들어
이 산 저 산 젊음인 듯 불처럼 타는 철
정말로 좋은 철에
귀한 손님 오시네

                    -1956, 루마니야 정부 대표단을 환영하여-

쏘베트에 영광을

어느 땅에 뿌리를 내렸거나
태양을 향해
모든 수목들이 가지를 펴듯
모든 풀잎들이 싱싱한 빛깔을 띠듯

언제나 어디서나 우리는 한결같이
영원한 청춘의 나라
쏘베트를 우러러
샘솟는 희망을 가득히 안는다

어깨를 짓누르던 먹장구름도
걸음마다 뒤따르던 주림과 총검도
다시는 우리에게 다가오지 못하게
형제여 위대한 전우여 그대들은
죽음보다 더한 압제에서 우리를 해방했거니

피로써 그대들이 열어 주었고
피로써 우리가 지켜 낸 그 길
자유와 행복과 평화의 길을
우리는 날마다 넓혀 나간다

윙윙 우는 고압선과
발돋움하여 일으키는 강철 기둥들
즐거운 벼 포기 보리 포기
밝은 창문들

진리의 세찬 흐름 멎지 않듯이
광활한 우리 앞에 어둠이 없듯이
우리의 마음 깊이 울려 나오는
감사의 노래 끝이 없으리

쏘베트에 영광을!
쏘베트에 영광을!

-1955-

우라지오
가까운 항구에서

풀벌레 소리 가득 차 있었다

우리 집도 아니고 일갓집도 아닌 집
고향은 더욱 아닌 곳에서
아버지의 침상 없는 최후 최후의 밤은
풀벌레 소리 가득 차 있었다

아라사로 다니면서까지
애써 키운 아들과 딸에게
한마디 남겨 두는 말도 없었다
초라한 목침을 반듯이 벤 채

흔들어도 흔들어도 뜨시잖는 두 눈에
피지 못한 꿈의 꽃봉오리 갈앉았던가
얼음장에 누우신 듯 손발은 식어 갈 뿐

때늦은 의원이
아무 말 없이 돌아간 뒤
이웃 늙은이의 손끝이 떨며
눈빛 무명은 조용히
조용히 낯을 덮었다

서러운 머리맡에 엎디어

있는 울음 다 울어도 그지없던 밤

아버지의 침상 없는 최후 최후의 밤은

풀벌레 소리 가득 차 있었다

－1936－

나를 만나거든

땀 마른 얼굴에
소금이 싸락싸락 돋친 나를
공사장 가까운 숲속에서 만나거든
　내 손을 쥐지 말라
　만약 내 손을 쥐더라도
옛처럼 네 손처럼 부드럽지 못한 이유를
그 이유를 묻지 말아라

주름 잡힌 이마에
불만이 그윽한 나를
거리의 뒷골목에서 만나거든
　먹었느냐고 묻지 말라
　굶었느냐곤 더욱 묻지 말고
꿈같은 이야기는 이야기의 한마디도
나의 침묵에 침입하지 말아라

폐인인 양 시들어져
턱을 고이고 앉은 나를
어둠침침한 방구석에서 만나거든
　울지 말라

웃지도 말고
내가 자살하지 않는 이유를
그 이유를 묻지 말아라

−1937−

동면하는 곤충의 노래

산과 들이 늙은 풍경에 싸여
앙상한 계절을 시름할 때
나는 흙을 뚜지고 땅 깊이 들어 왔다
차디찬 달빛을 피해
둥글소의 앞발을 피해

멀어진 태양은 아직
꺼머첩첩한 의혹의 길을 더듬고
땅 우엔 미친 듯 태풍이 휩쓸어
지친 혼백들의 곡성이 높다
그러나 나는
자신의 체온에 실망한 적이 없다

숨 막히는 어둠 속에서도
빛을 머금어 사색이 너그럽거니
갖은 학대를 체험한 나는
날카로운 무기를 장만하리라
아름다운 물색으로
평화의 의상도 꾸민다

얼음 풀린 냇가에 버들이 휘늘어지고
어린 종다리 파아란 항공을 시험할 때면
나는 봄볕 따스한 땅 우에 나서리라
죽은 듯 눈감은 명상
나의 동면은 위대한 약동의 전제다

-1937-

쌍두마차

내게는 정계비 세운 영토란 것이 없다
나의 영토는 나의 쌍두마차가 굴러갈
그 구원한 시간인가

나의 쌍두마차가 헤치고 나가는
우거진 풀섶에서
나는 푸르른 진리를 본다
산협을 굽어보며 구불구불 넘는 영에서
줄기차게 숨 쉬는 사상을 만난다

열기를 토하면서 나의 쌍두마차가
적도선을 돌파할 때
거기엔 억센 심장의 위엄이 있고
계절풍과 싸우면서 동토대를 지나
북으로 북으로 돌진할 때
거기선 확확 타오르는 삶의 힘을 발견한다

나는 항상 나를 모험한다 그러나
자기의 천성을 슬퍼도 하지 않고
기약 없는 여로를 의심치도 않는다

내일의 새로운 지구가 나를 부르고

오직 나는 그것만을 믿길래

나의 쌍두마차는 쉴 새 없이 굴러간다

날마다 새로운 여정을 탐구한다

- 1937 -

두만강 너 우리의 강아

나는 죄인처럼 수그리고
나는 코끼리처럼 말이 없다
두만강 너 우리의 강아
너의 언덕을 달리는 찻간에
조그마한 자랑도 자유도 없이 앉았다

아무것도 바라볼 수 없다만
너의 가슴은 굳게 얼었으리라
그러나 나는 안다
다른 한 줄 너의 흐름이 쉬지 않고
바다로 가야 할 곳으로 흘러내리고 있음을

지금
차는 차대로 달리고
바람이 이리처럼 날뛰는 강 건너 벌판엔

나의 젊은 넋이
무엇인가 기다려 얼어붙은 듯 섰거니
욕된 운명은 밤 우에 밤을 마련할 뿐

잠들지 말라 우리의 강아
오늘밤도
너의 가슴을 밟는 뭇 슬픔이 목마르고
얼음길은 거칠다 길은 멀다

차라리 마음의 눈을 가려 줄
검은 날개는 없느냐
두만강 너 우리의 강아
북간도로 간다는 강원도치와 마주 앉은
나는 울 줄을 몰라 외롭다

-1938-

우라지오 가까운 항구에서

삽살개 짖는 소리 눈보라에 얼어붙는
섣달그믐
밤이 얄궂은 손을 하도 곱게 흔들길래
술을 마시어 불타는 소원이 이 부두로 왔다

걸어온 길가에 찔레 한 송이 없었대도
간고한 자국자국을 뉘우치지 않으리라
어깨에 쌓여 쌓여도
하얀 눈이 무겁지 않구나

철없는 누이의 고수머릴랑 어루만지며
우라지오의 이야길 캐고 싶던 밤이면
어머니는 서투른 아라사말도 들려 주셨지
졸음졸음 귀 밝히는 누이동생 잠들 때꺼정
등불이 깜박 저절로 눈감을 때꺼정

어머니의 어진 입김
아직도 나의 볼에 뜨겁구나
사랑스런 추억의 새야 작은 날개를
마음의 은줄에 다시 한 번 털어라

드나드는 배 한 척 없는 지금
부두에 홀로 선 나는 갈매기 아니건만
날고 싶어 날고 싶어
머리에 어슴푸레 그려진 그곳
우라지오의 바다 이역의 항구로

저기 섬 기슭 지켜 선 등대와 나는
서로 속삭일 수 없는 생각에 잠기고
눈보라는 소리쳐 소리쳐 부르는데
갈 길 없는 우라지오
갈 길 없는 우라지오

-1938-

북쪽

북쪽은 고향
그 북쪽은 여인이 팔려 간 나라
머언 산맥에 바람이 얼어붙을 때
다시 풀릴 때
시름 많은 북쪽 하늘에
마음은 눈감을 줄 모르다

-1936-

낡은 집

밤낮으로 왕거미 줄치기에 분주한 집
마을서 흉가라고 꺼리는 낡은 집
이 집에 살았다는 백성들은
대대손손 물려줄
은동곳도 산호 관자도 갖지 못했니라

재를 넘어 무곡을 다니던 당나귀며
항구로 가는 콩실이에 늙은 둥글소며
모두 없어진 지 오랜 외양간에선
아직도 초라한 내음새 풍기건만
털보네 간 곳은 아무도 모른다

산을 뚫어 찻길이 놓이기 전
노루 멧돼지 여우며 승냥이가
앞뒤 벌을 마음 놓고 뛰어다니던 시절
털보네 셋째 아들 나의 싸리말동무는
이 집 안방 짓두광주리 곁에서
첫울음을 울었단다

"털보네는 또 아들을 봤다우

송아지라두 붙었으면 팔아나 먹지”
마을 아낙네들이 정녕 무심코
차거운 이야기를 가을 냇물에 실어 보냈다는
그날 밤
저릅등은 시름시름 타들어 가고
소주에 취한 털보의 눈이 더욱 붉더란다

갓주지 이야기며 무서운 전설과 가난 속에서
나의 동무는 마음 졸이며 자랐다
당나귀 몰고 간 애비 돌아오지 않는 밤
노랑 고양이 울어 울어
종시 잠들지 못하는 그런 밤이면
어미 분주히 일하는 방앗간 한구석에서
좁쌀겨를 쓰고 앉아 외론 꿈을 키웠다

그가 아홉 살 되던 해
사냥개 꿩을 쫓아다니는 겨울
이 집에 살던 일곱 식솔이
어디론가 사라진 이튿날 아침
북쪽을 향한 발자국만 눈 우에 떨고 있었다

더러는 오랑캐령 쪽으로 갔으리라고
더러는 아라사로 갔으리라고

이웃 늙은이들은 모두
멀고도 추운 고장을 짚었다

지금은 아무도 살지 않는 집
마을서 흉가라고 꺼리는 낡은 집
제철마다 먹음직한 열매 탐스럽게 열던
살구나무도 글거리만 남았길래
꽃피는 철이 와도 가도
뒤울안엔 꿀벌 하나 날아들지 않는다

-1938-

오랑캐꽃

긴 세월을 오랑캐와의 싸움에 살았다는 우리의 머언 조상들이 너를 불러 '오랑캐꽃'이라 했으니 어찌 보면 너의 뒷모양이 머리태를 드리운 오랑캐의 뒷머리와도 같은 까닭이라 전한다

아낙도 우두머리도 돌볼 새 없이 갔단다

도래샘도 떳집도 버리고 강 건너로 쫓겨갔단다

고려 장군님 무지무지 쳐들어

오랑캐는 가랑잎처럼 굴러갔단다

구름이 모여 골짝 골짝을 구름이 흘러

백년이 몇 백 년이 뒤를 이어 흘러갔다

너는 오랑캐의 피 한 방울 받지 않았건만

오랑캐꽃

너는 돌가마도 털메투리도 모르는 오랑캐꽃

두 팔로 햇빛을 막아 줄께

울어 보렴 목 놓아 울어나 보렴 오랑캐꽃

-1939-

버드나무

누나랑 누이랑
뽕오디 따라 다니던 길가엔
이쁜 아가씨 목을 맨 버드나무

백년 기다리는 구렝이 숨었다는 버드나무엔
검은 구멍이 입 벌리고 있었건만
북간도로 가는 남도치들이
타는 듯한 산길을 바라보구선 그만 맥이 풀려
코올콜 낮잠 자던 버드나무 그늘

돌베개 뒹구는 버드나무 그늘에 서면

사시사철 하아얗게 바라뵈는
머언 봉우리 구름을 부르고
마을에선 평화로운 듯
밤마다 등불을 밝혔다

-1939-

전라도 가시내

알룩조개에 입맞추며 자란다
눈이 바다처럼 푸를 뿐더러 까무스레한 네 얼굴
가시내야 나는 발을 얼구며
무쇠다리를 건너온 함경도 사내

바람 소리도 호개도 인전 무섭지 않다만
어두운 등불 밑
안개처럼 자욱한 시름을 달게 마시련다만
어디서 흉참한 기별이 뛰어들 것만 같애
두터운 벽도 이웃도 못 미더운 북간도 술막

온갖 방자의 말을 품고 왔다
눈보라를 뚫고 왔다
가시내야 너의 가슴 그늘진 숲속을 기어간
설움 많은 오솔길을 나두 함께 더듬자
술을 부어 남실남실 술을 따라
가난한 이야기에 고이 잠겨라

네가 두만강을 건너왔다는 석 달 전이면
산마다 단풍들어 천리 천리 또 천리 불탔을 건데

그래두 외로워서 슬퍼서 치마폭으로 낯을 가렸더냐
두 낮 두 밤을 두루미처럼 울어 울어
불술기 구름 속을 달리는 양 유리창이 흐리더냐

차알싹 부서지는 파도 소리에나 취한 듯
싸늘한 웃음이 소리 없이 새기는 보조개
가시내야
울 듯 울 듯 울지 않는 전라도 가시내야
두어 마디 너의 사투리로 때 아닌 봄을 불러 줄게
손때 수집은 분홍 댕기 휘휘 날리며
잠깐 너의 나라로 돌아가거라

이윽고 얼음길이 밝으면
나는 눈보라 휘감아치는 벌판에 나설 게다
노래도 없이 사라질 게다
자국도 없이 사라질 게다

−1939−

달 있는 제사

달빛 밟고 머나먼 길 오시리
두 손 합쳐 세 번 절하면 돌아오시리
어머닌 우시어
밤내 우시어
하아얀 박꽃 속에 이슬이 두어 방울

강가에서

아들이 나오는 올겨울엔 걸어서라두
청진으로 가리란다
높은 벽돌담 밑에 섰다가
세 해나 못 본 아들을 찾아 오리란다

그 늙은인
암소 따라 조이밭 저쪽에 사라지고
어느 길손이 밥 지은 자췬지
그스른 돌 두어 개 시름겨웁다

두메산골 (1)

들창을 열면 물구지떡 내음새 내달았다
쌍바라지 열어제치면
썩달나무 썩는 냄새 유달리 향그러웠다

뒷산에두 봇나무
앞산두 군데군데 봇나무

주인장은 매사냥을 다니다가
어느 바위틈에서 죽었다는 주막집에서
오래오래 옛말처럼 살고 싶었다

두메산골 (2)

아이도 어른도
버섯을 만지며 히히 웃는다
독한 버섯인 양 히히 웃는다

돌아돌아 물골 따라가면 강에 이른대
영 넘어 여러 영 넘어가면 읍이 보인대

맷돌방아 그늘도 토담 그늘도
희부옇게 엷어지는데
어디서 꽃가루 날아오는 듯 눈부시는 산머리

온 길 가야 할 길 죄다 잊고
까맣게 잠들고 싶어라

두메산골 (3)

참나무 불이 이글이글한
오지화로에 감자 두어 개 묻어 놓고
멀어진 서울을 못 견디게 그리는 것은
도포 걸친 어느 조상이
귀양 와서 일삼던 버릇일까

돌아갈 때엔 당나귀 타고 싶던
여러 영에
눈은 내리는데 눈은 내리는데

두메산골 (4)

소금토리 지웃거리며 돌아오는가
열두 고개 타박타박 당나귀는 돌아오는가
방울 소리 방울 소리 말방울 소리 방울 소리

꽃가루 속에

배추밭 이랑을 노오란 배추꽃 이랑을
숨가쁘게 마구 웃으며 달리는 것은
어디서 네가 나직이 부르기 때문에
배추꽃 속에 살며시 흩어 놓은 꽃가루 속에
나두야 숨어서 너를 부르고 싶기 때문에

다리 우에서

바람이 거센 밤이면
몇 번이고 꺼지는 네모난 장명등을
궤짝 밟고 서서 몇 번이고 새로 밝힐 때
별 많은 밤이 되려 무섭다던 누나야

여기는 낯선 고장
국숫집 찾아가는 다리 우에서
문득 그리워지는 누나야
우리는 어려서 국숫집 아이

단오도 설도 아닌 풀벌레 우는 가을철
단 하루 아버지의 제삿날만
너도 나도 일을 쉬고
어른처럼 곡을 했지

뒷길로 가자

우러러 받들 수 없는 하늘
검은 하늘이 쏟아져 내린다
온몸을 굽이치는
병든 흐름도 캄캄히 저물어 가는데

예서 아는 이를 만나면 숨어 버리지
숨어서 휘정휘정 뒷길을 걸을라치면
지나간 나날이 나를 따라오리라

푸르른 새벽인들 나에게 없었으랴
나를 에워싸고 외치며 쓰러지는
수없이 많은 나의 얼굴은
파리한 이마는 입설은 잊어버리고저
나의 해바라기는 어느 가슴에
무거운 머리를 떨어뜨리랴

이제 검은 하늘과 함께
줄기줄기 차거운 비 쏟아져 내릴 것을
네거리는 싫어 네거리는 싫어
히히 몰래 웃으며 뒷길로 가자

욕된 나날

잠잠히 흘러내리는 개울을 따라
마음 섧도록 추잡한 거리로 가리
날이 갈수록 새로이 닫히는
무거운 문들을 밀어제치고

조그마한 자랑을 만날지라도
함부로 푸른 하늘을 대할지라도
내사 모자를 벗어
반갑게 흔들어 주리라

숱한 꽃씨가 가슴에서 튀어나는
깊은 밤이면
정든 목소리들 귀에 쟁쟁 되사누나
멀어진 모든 사람의 이름을 부르며
호올로 거리로 가리

욕된 나날이 정녕 숨가쁜
곱새는 등곱새는
엎디어 이마를 적실 샘물도 없어

－1940, 감방에서－

무자리와 꽃

가슴은 뙤풀 우거진 벌판을 묻고
가슴은 어느 초라한 자리에 묻힐지라도
만날 것을 아득한 다음날 다시 만나야 할 것을

마음 그늘진 두던에 엎디어
함께 살아 온 너
어디로 가나

불타는 꿈으로 하여 자랑이던
이 길을 네게 나누자
흐린 생각을 밟고 너만 어디로 가나

눈을 감으면 너를 따라
자국자국 꽃을 디딘다
휘휘로운 마음에 꽃잎이 흩날린다

-1940-

벌판을 가는 것

몇 천 년 지난 뒤 깨어났음이뇨
나의 밑 다시 나의 밑 잠자는 혼을 밟고
새로이 어깨를 일으키는 것
나요 불길이요

쌓여 쌓여서 훈훈히 썩은 나뭇잎을 헤치며
저리 환하게 열린 곳을 뜻함은
세월이 끝나던 날 오히려 높디높았을
나의 하늘이 남아 있기 때문에

내 거니는 자국마다 새로운 풀폭 하도 푸르러
뒤돌아 누구의 이름을 부르료

이제 벌판을 가는 것
바람도 비도 눈보라도 지나가 버린 벌판을
단 하나에의 길을 헤쳐 가는 것
나요 끝나지 않는 세월이요

다시 항구에 와서

모든 기폭이 잠잠히 내려앉은
이 항구에
그래도 남은 것은 사람이올시다

한마디의 말도 배운 적 없는 듯한 많은 사람 속으로
어질게 생긴 이마며 수수한 입술이며 그저 좋아서
나도 한마디의 말없이 우줄우줄 걸어 나가면
저리 산 밑에서 들려오는 돌 깨는 소리

시바우라 같은 데서 혹은 메구로 같은 데서
함께 일하고 함께 잠자며
퍽도 친하게 지내던 사람들로만 여겨집니다

서로 모르게
어둠을 타 구름처럼 흩어졌다가
똑같이 고향이 그리워서
돌아온 이들이 아니겠습니까

하늘이 너무 푸르러
갈매기는 죽지에 흰 목을 묻고

어느 옴쑥한 바위틈 같은 데 숨어 버렸나 본데

차라리 누구의 아들도 아닌 나는 어찌하여

검붉은 흙이 자꾸만 씹고 싶습니까

길

여덟 구멍 피리며 앉으랑 꽃병
동그란 밥상이며 상을 덮은 흰 보자기
안해가 남기고 간 모든 것이 그냥 그대로
울면서 가던 날을 말해 주는데

새벽마다 뉘우치며 깨는 것이 때론 외로워
술도 아닌 차도 아닌
뜨거운 백탕을 홀홀 마시며
차마 어질게 어질게 살아 보리

안해가 우리의 첫 애길 보듬고
먼 길 돌아오면
내사 고운 꿈 따라 횃불 밝힐까
이 조그마한 방에 푸른 난초랑 옮겨 놓고

나라에 지극히 복된 기별이 있어
찬란한 밤이면 밤마다
숱한 별 우러러 가슴에 안고
어찌야 즐거운 백성이 아니리

꽃잎 헤칠수록 깊어만지는 거울

호올로 차지하기엔 너무나 큰 거울을

언제나 똑바로 앞으로만 대하는 것은

나의 웃음 속에

우리 애기의 길이 틔어 있기에

-1942-

어두운 등잔 밑

모두 벼슬 없는 이웃이래서
은쟁반 아닌
아무렇게나 생긴 그릇이 되려
머루며 다래랑 나눠 먹기에 정다웁건만

서울 살다 온 사나이
나는 그저 앞이 어두워

멀리서 들려오는 파도 소리와 함께
몰래 울고 싶은 이러한 밤엔
돋우어도 돋우어도
밝지 않는 등잔 밑 한 치 앞이 어두워

막차 갈 때마다

어쩌자구 자꾸만 눈앞에 삼삼한
정든 사람들마저 깨끗이 잊고저
북에서도 북쪽까지
머나먼 곳으로 와버렸는데

산굽이 돌아 돌아 막차 갈 때마다
불붙듯 그리운 사람들을 그리며
먼지와 함께 들이켜는 독한 술
너무나 차거운 유리잔이 나는 무거워

노래 끝나면

손뼉 칩시다 정을 다하여
우리 손뼉 칩시다

노새나 나귀를 타고
방울 소리며 갈꽃을 새소리며 달무리를
즐기려 가는 것은 아니올시다

청기와 푸른 등을 밟고 서서
웃음 지으십시오
아해들은 한결같이 손을 저으며
멀어지는 나의 뒷모양 물결치는 어깨를
눈부시게 바라보라요

누구나 한번은 자랑하고 싶은
모든 사람의 고향과
나의 길은 황홀한 꿈속에 요요히 빛나는 것

손뼉 칩시다 정을 다하여
우리 손뼉 칩시다

집

밤마다 꿈이 많아서
나는 겁이 많아서
어깨가 처지는 것일까

벗도 없을 땐
집 한 칸 있었으면
집 한 칸 있었으면
덜이나 곤하겠는데

타지 않는 저녁 하늘을
가벼운 병처럼 스쳐 흐르는 시장기
어쩌면 몹시두 아름다워라

앞이건 뒤건 내 가차이
그리운 사람이여
모올래 오시이소

불

모두가 잠잠히 끝난 다음에도
불이여 그대만은
우리의 벗이래야 할 것이

치솟는 빛과 함께 몸부림치면
한결같이 일어설 푸른 비늘과 같은
아름다움
가슴마다 피어

싸움이요
싸움이요
우리 모두 불길 되어
미움을 물리치는 것이요

항구에서

영원과 같은 그러한 것이 아득히 바라뵈는 그러한 꿈길을 끝끝내 돌아온 나의 청춘이요 바쁘게 떠나가는 검은 기선과 몰려서 우짖는 갈매기의 떼

구름 아래 뭉쳐선 흩어지는 먹구름 아래 그대들과 나의 어깨에도 하늘은 골고루 머물러 얼마나 멋이었습니까

꽃이랑 꺾어 가슴을 치레하고 우리 휘파람이나 간간이 불어 보자요 훨훨 옷깃을 날리며 머리칼을 날리며 서로 헤어진 멀고 먼 바닷가에서 우리 한번은 웃음 지어 보자요

그러나 항구의 언덕길을 오르내리면서 조심스런 자국자국 생각하는 건 친구의 얼굴들이 아니었습니다 묵묵한 산이요 우뢰 소리와 함께 폭발할 산봉우리요

희망과 같은 그러한 것이 가슴에 싹트는 그러한 밤이면 무슨 짐승처럼 우는 뱃고동을 들으며 바다로 보이지 않는 바다로 휘정휘정 내려가는 것이요

-1942-

노한 눈들

그리움

눈이 오는가
북쪽엔
함박눈 펑펑 쏟아지는가

험한 벼랑 굽이굽이
세월처럼 돌아간 백무선
길고 긴 철길 우에
느릿느릿 밤새워 달리는
화물차의 검은 지붕에

겹겹이 둘러앉은
산과 산 사이
작은 마을 집집마다
봇지붕 우에도
복된 눈 내리는가

잉크병 얼어드는 이러한 밤에
어쩌자고 잠을 깨어
내내 그리운
그리운 그곳

북쪽엔

눈이 오는가

함박눈 펑펑 쏟아지는가

-1945 겨울 서울에서-

오월에의 노래

　이빨 자국 하얗게 홈 간 빨뿌리와 담뱃재 소복한 왜접시와 인젠 불살라도 좋은 몇 권의 책이 놓여 있는 거울 속에 오월이여 넘쳐라

　성미 어진 나의 친구는 고오고리를 좋아하는 소설가 몹시도 시장하고 눈은 내리던 밤 서로 웃으며 고오고리의 나라를 이야기하면서 소시민 소시민이라고 써 놓은 얼룩진 벽에 벗어버린 검은 모자와 귀걸이가 걸려 있는 거울 속에 오월이여 넘쳐라

　그리웠던 그리웠던 구름 속 푸른 하늘은 우리의 것이라 그리웠던 그리웠던 메-데-의 노래는 우리의 것이라

　어느 동무들이 희망과 초조와 떨리는 손으로 주워 모은 활자들이냐 아무렇게나 쌓아 올린 신문지 우에 지난날의 번뇌와 하직하는 나의 판가리 노래가 놓여 있는 거울 속에 오월이여 넘쳐라

－1946 서울에서－

판가리 : '판가름'의 북한어.

하늘만 곱구나

집도 많은 집도 많은 서울 장안 남대문턱 움 속에서 두 손 오그려 흑흑 입김 불며 높디높은 하늘을 쳐다보면서 흑흑 입김 불며 어린 거북이는 무엇을 생각하누

거북네는 만주서 왔단다 두터운 얼음장과 거센 바람 속을 세월이 흘러 흘러 거북인 만주서 나고 할배는 쫓겨 간 이국 땅 만주에 영영 묻혔으나 하늘이 무심찮아 참된 봄을 본다구 그립던 고국으로 돌아왔단다

만주서 떠날 때 강을 건널 때 조선으로 고향으로 돌아만 가면 빼앗겼던 땅에서 아배는 농사를 짓고 거북이는 '가갸거겨' 배운다더니 조선으로 돌아오니 집도 없고 고향도 없고…

거북이는 잘근잘근 배추꼬리를 씹으며 달디달구나 배추꼬리를 씹으며 꺼무테테한 아배의 얼굴을 바라보면서 배추꼬리를 씹으며 헐벗은 거북이는 무엇을 생각하누

첫눈 이미 내려 바람 맵짠데 이윽고 새해가 또 오는데 집도 많은 집도 많은 서울 장안 남대문턱 움 속에서 이따금씩 쳐다보는 하늘이사 아마 하늘이기에 혼자만 곱구나

―1946 서울에서―

노한 눈들

불빛 노을 함빡 갈앉은 눈이라 노한 노한 눈들이라

죄다 바서진 창으로 추위가 다가서는데 벌써 몇 번째 어찌하여 우리
는 또 밀려 나가야 하는가 우리의 회관에서

더러는 어디루 갔나 황막한 벌판을 다시금 안고 숨어서 처다보는 푸
른 하늘이며 밤마다 별마다에 가슴 맥히여 울지도 못할 옳은 사람들 정
녕 어디서 동트는 조국을 그리는 것일까

폭풍이여 일어나라 폭풍이여 폭풍이여 불길처럼 일어나라

지금은 곁에 없는 미더운 동무들과 함께 끊임없는 투쟁을 서로서로
북돋우며 조석으로 정들인 낡은 걸상이며 책상을 둘러메고 지나간 데
모에 노래 높이 휘날리던 깃발까지도 소중히 감아 든 우리

우리는 이제 저무는 거리에 나서련다 갈 곳 없이 나서련다 내사 아마
퍽도 약한 시인이길래 그저 울음이 북받치는 것일까

불빛 노을 함빡 갈앉은 눈이라 노한 노한 눈들이라

−1946 서울에서−

아우에게

요전 추위에 얼었나 보다 손등이 몹시 부은 선혜도 입은 채로 소원이 발가락 안 나가는 신발이요 소원이 털모자인 창이란 놈도 입은 채로 잠이 들었다

겨울엔 역시 엉덩이가 뜨뜻해야 제일이니 뭐니 하다가도 옥에 갇힌 네게 비기면 못 견딜 게 있느냐고 하면서 너에게 차입할 것을 늦도록 손질하던 안해도 인젠 잠이 들었다

고리짝을 몇 번 다시 뒤적였재 쓸 만한 건 없었구나 무척 헐게 입은 속내복이며 되도록 크게 마른 솜버선과 머리맡에 접어 놓은 낡은 담요를 나도 한번 만져 보자

오래간만에 들른 우리 집 문마다 퍽도 조심스러운데 어디서 컹컹 개가 짖는데

이윽고 통행 금지 시간이 지나면 창이 어미는 이 내복 꾸레미를 안고 남몰래 나서야 한다 네가 있는 서대문 밖으로 바람을 뚫고 바람을 뚫고 나가야 한다

-1947 서울에서-

빗발 속에서

줄기찬 빗발 속 대회는 끝났다 그러나 흩어지는 게 아니다

문화 공작대로 갔다가 춘천에서 강릉서 테로단의 돌팔매를 맞고 온 젊은 시인들도 노동자들 속에 섞여 기운 좋구나 우리 모두 깍지 끼고 산마루를 차고 돌며 목청껏 부르는 것 싸움의 노래

흩어지는 게 아니다 어둠 속 빛을 뿌리며 일어서는 조국이 있어 어둠을 밀고 일어선 어깨들은 어깨마다 피에 절은 채찍을 이기어 왔거니

모두 다 강철 같은 동무들 속에서 자유를 부르짖는 고함 소리와 한결같이 일어나는 박수 속에서 몇 번이고 눈시울이 뜨거웠을 안해는 젖먹이를 업고 지금쯤 어디로 해서 개무리를 피해 산길을 내려가는 것일까

줄기찬 빗발 속 대회는 끝났다 승리가 약속된 저마다의 가슴에서 언제까지나 끓어 번지는 노래 싸움의 노래를 남기고

-1947.7.27 서울에서-

짓밟히는 거리에서

잔바람 불어오거나 구름 한 점 흘러가는 게 아니다 짓밟히는 서울 거리 막다른 골목마다 창백한 이마에 팔을 없는 어진 사람들

숨 막혀라 숨 막혀라 어디서 누가 울 수 있느냐

눈보라여 비바람이여 성낸 물결이여 이제 마구 휩쓸어 오는가 불길이여 노한 청춘들과 함께 이제 어깨를 일으키는가

너도 너도 너도 피 터진 발꿈치 피가 터진 발꿈치에 힘을 모두어 다시 한 번 땅을 차자 사랑하는 우리의 거리 한복판으로 너도 너도 너도 땅을 구르며 나아가자

-1948 서울에서-

원쑤의
가슴팍에
땅크를 굴리자

원쑤의 가슴팍에 땅크를 굴리자

오늘도 우리의 수도 서울은
미제 야수들의 폭격을 받았다
바로 눈앞에서
우리의 부모 형제 어린 것들이
피에 젖어 숱하게 쓰러졌다

찢고 물어뜯고
갈가리 찢고 물어뜯어도
풀리지 않을 원쑤
원쑤의 가슴팍에
땅크를 굴리자

패주하는 야수들의 잔악한 발톱은
얼마나 많은 애국자들을 해쳤느냐
수원에서 인천서
천안과 원주 평택과 안성에서…

가도 가도 아름다운 산기슭과 들길을
맑고 맑은 강물을 백모래사장을
얼마나 처참한 피로써 물들게 했느냐

광명을 바라면서 꺼진 눈망울마다
증오로 새겨졌을 원쑤의 모습

살아선 뗄 수 없는 젖먹이를 안은 채
땅을 허비며 숨 거둔 젊은 어머니의
가슴 깊이 사무친 원한으로 하여
하늘엔 먹장구름 몸부림치는데

오늘도 우리의 수도 서울은
야수들의 폭격을 받았다

미제를 무찔러 살인귀를 무찔러
남으로 남으로 번개같이 내닫는
형제여 강철의 대오여
최후의 한 놈까지 원쑤의 가슴팍에
땅크를 굴리자

－ 1950.7. －

핏발 선 새해

아아한 산이여 분노하라
뿌리 깊은 바위도 일어서라
티 없이 맑은 어린 것들 눈에까지
흙을 떠 넣는
미국 야만들을 향해

놈들의 기총에 뚫린
그 어느 하나가
나의 가슴이 아니랴

꽃가시 풋가시에 닿아도
핏방울 아프게 솟는 작은 주먹으로
숨지는 허리를 부둥켜안고
"엄마야" 소리도 남기지 못한
그 어느 아이가
귀여운 나의 자식이 아니랴

놈들이 불 지른 골목골목에
흩어진 기왓장 하나하나에도
모든 아픔이 얽혀서 흘러

삼천만의 분노가 얽혀서 흘러

우리의 새해는

복수에 핏발 섰다

타다 남은 솔글거리

눈에 묻혀 이름 없는 풀포기까지도

독을 뿜으라

미국 야만들을 향해

일제히 독을 뿜으라

- 1951.1.1. -

평양으로 평양으로

1

포성은 자꾸 가까워지는데
오늘밤도 남쪽 하늘은
군데군데 붉게 타는데

안해는 바위에 기대어 잠이 들었다
두 손에 흑흑 입김을 불어
귓방울 녹이던 어린 것들도
어미의 무릎에 엎디어 잠이 들었다

차마 잊지 못해 몇 번을 돌아봐도
사면팔방 불길은 하늘로 솟구치고
길 떠나는 사람들의 분노에 싸여
극진한 사랑에 싸여
안타깝게도 저물어만 가던 서울

아이야 너희들 꿈속을
정든 서울 장안 서대문 네거리며
날마다 저녁마다 엄마를 기다리던

담배 공장 옆 골목이 스쳐 흐르는가

부르튼 발꿈치를 모두어
무거운 자국자국 절름거리며
이따금씩 너희들이 소리 맞춰 부르는
김일성 장군의 노래
꿈결에도 그 노래
귀에 쟁쟁 들리는가

굽이굽이 험한 벼랑 안고 도는
대동강 푸른 물줄기를 쫓아
넘고 넘어도 새로이 다가서는
여러 영을 기어오를 때
찾아가는 평양은 멀고도 아득했으나

－바삐 가야 한다 김 장군 계신 데로
거듭거듭 타이르며
맥 풀린 작은 손을 탄탄히 잡아 주면
별조차 눈 감은 캄캄한 밤에도
울던 울음 그치고 타박타박 따라서던
어린 것들 가슴속 별빛보다 그리웠을
김일성 장군!

그러나 하늘이 무너지는가
들려오는 소식마다 앞은 흐리어

이미 우리는 하루면 당도할
꿈에 그리던 평양으로 가서는 안 된다
무거운 발길을 돌려 다만 북으로
북으로만
걸음을 옮겨야 하던 날

철없는 아이들겐 말도 못하고
안해는 나의 얼굴을
나는 그저 안해의 얼굴을 바라보다가
서로 눈시울이 뜨거워서 돌아서던
그날은 시월 며칠이던가

우리는 자꾸만 앞서는 원쑤들의 포위를 뚫고
산에서 산을 타 여기까지 왔다
우리는 또 앞을 가로막는
포위 속에 놓여 있다

첩첩한 낭림산맥
인촌도 멀어 길조차 나지 않은
험한 산허리에 어둠이 내릴 때

해질녘이면 신을 벗고 들어설 집이 그리운
아이들은 또 외웠다
ㅡ엄마야 평양은 너무 멀구나

가파로운 밤길을 부디 견디라
칡넌출 둘로 째서
떨어진 고무신에 칭칭 감아 주던
안해는 웃는 낯으로 타일렀다
ㅡ멀어두 참고 가야지
　선혜는야 여섯 살
　오빠는 더구나 아홉 살인데

2

흰 종이에 새빨간 잉크로
어린 여학생은 정성을 다하여
같은 글자를 또박또박 온종일 썼다

　조선 민주주의 인민 공화국 만세!

골목이 어둑어둑 저물어
벽보 꾸러미를 끼고 나설 때
온종일 망을 봐 준 할머니는

귀여운 손녀의 귀에 나직이 속삭였다
-개무리 없는 세상을
   살아서 보고 싶구나

밤이 다 새도 이튿날 저녁에도
어린 여학생은
끝내 집으로 오지 않았고
석 달이 지난 그 어느 날

카빈 보총이 늘어선 공판정에서
검사놈 상판대기에 침을 뱉고
역도 리승만의 초상을 신짝으로 갈긴
어린 여학생은 피에 젖어 들것에 얹히어
감방으로 돌아갔다

어둡고 캄캄하던
남부 조선
우리의 전구 서울-

피에 물어 순결한 동무들이
원쑤들의 뒤통수를 뜨겁게 하고
자유를 갈망하는 형제들 가슴에
항쟁의 불꽃을 뿌린 투쟁 보고와

새로운 과업들을 이빨에 물고
숨어서만 드나드는 아지트에서
손에 손을 잡거나
살이 타고 열 손톱 물러나는
고문실이나 감옥 벌방에서
소속이야 어디건 이름이야 누구이건
이미 몸을 바친 전우들끼리
서로 시선만 마주쳐도

새로이 솟는 용기와
새로이 느껴지는 보람으로 하여
어깨와 어깨에 더운 피 굽이쳤다
우리에겐 생명보다 귀중한 조국이 있기에
영광스런 인민 공화국이 있기에
평양이 있기에

놈들의 어떠한 박해에도
끊길 수 없는 선을 타고
심장에서 심장에로 전하여지는
암호를 타고 온
투쟁 구호와 함께

지난날 우리의 회관에서 정든 동무

지난날 한자리에서
지리산 유격 지구에의 만다트를 받고
목을 껴안으며 서로 뺨을 비빈
전위 시인 유 동무의
사형 언도의 정보가 다다른 이튿날

헐벗긴 인왕산 아래 붉은 벽돌담을
눈보라 소리쳐 때리는 한나절
뜨거운 눈초리로
조국의 승리를 믿고 믿으며
마지막 가는 길 형장으로
웃으면서 나간 동무

나이 서른에 이르지 못했으나
바위처럼 무겁던 경상도 사나이
철도 노동자 정 동무가
순결한 마음을 획마다에 아로새겨
남겨 놓은 손톱 글씨 오직 열석 자

    조선 민주주의 인민 공화국 만세!

아침마다 희망을 북돋아
입안으로 외우는 강령이 끝나면

두터운 벽을 밀어젖히고
자꾸 자꾸만 커지면서 빛나는 피의 글씨
불같은 한 자 한 자를 바라보면서
우리는 마음 깊이 맹세하였다
―동무야 원쑤를 갚아 주마

3

나뭇가지 휘어잡고
바위에서 바위에로 넘어서는
험준한 산길도 생각하면 고마워라
높은 산 깊은 골 어느 하나가
싸우는 우리의 편이 아니랴

가자 달이 지기 전에
이 영을 내려
동트는 새벽과 함께 영원벌이
훤히 내다보일 저 산마루까지
저기가 오늘부터 우리의 진지
저기서 흘러내린 골짝 골짝은
우리의 첫째번 전구로 된다

내 비록 한 자루의 총을

지금은 거머쥐지 못하였으나
활활 타는 모닥불에 둘러앉아
당과 조국 앞에 맹세하고
불굴의 결의를 같이 한
여기 미더운 전우들이 있다

우리는 반드시
우리의 부모 형제를 해치려고
놈들이 메고 온 놈들의 총으로
쏘리라
놈들의 가슴팍을
놈들의 뒤통수를

여기 비록 어린 것들이
무거운 짐처럼 끼여 있으나
이름과 성을 숨기고
넓으나 넓은 서울 거리를
피해 다니며 살아 온 아이들
세상도 알기 전에
원쑤의 모습부터 눈에 익은 아이들

미국제 전화선 한두 오리쯤
이를 악물고 끊고야 말

한 자루의 삐찌가 어찌
이 아이들 손에 무거울 수 있으랴

오늘 길조차 나지 않은 이 영을
우리의 적은 대열이 헤치고 내리나
깊은 골짝 골짝
줄 닿는 곳곳에서
숱한 전우들을 반드시 만나리라

그리고 오리라
높이 솟으라 선 죽음의 철문을
노한 땅크로 깔아 부시고
이 아이들에게 그립던 아버지와
노래를 돌려준 우리 군대
인민 군대는 열풍을 일으키며
북쪽 한끝으로부터 다시 오리니

원쑤를 쓸어눕히는 총성이
산에서 산으로 울리어
준열한 복수의 날을 알으키고
승리의 길이 한 가닥씩
비탈을 끼고 열릴 우리의 전구

자유의 땅이 한 치씩 넓혀지는
어려운 고비고비 그 언제나
조국의 깃발은 우리와 함께 있으리

기우는 달빛 뺨에 시리나
아이 어른 다 같이
김일성 장군의 노래를 부르며
밤내 내리는 이 길에사 어찌
우리와 더불어 슬픔이 있으랴

포성은 자꾸 가까워지는데
오늘밤도 남쪽 하늘은
군데군데 붉게 타는데

우리는 간다
이윽고 눈보라를 헤치며
원쑤를 소탕하며
그리운 평양으로 평양으로 나갈
싸움의 길을 바쁘게 간다

-1951-

모니카 펠톤 여사에게

국제 여맹 조사단 영국 대표 모니카 펠톤 여사에 대한 애트리 정부의 박해를 듣고

진리는 세계의 양심들을 일으켜
평화에로 평화에로 부르고 있지 않습니까
애트리에게 가장 두려운 것은 바로 이것입니다

모니카 펠톤 여사여

지난날 당신이 분격에 싸여 거닐은 이곳 평양에
이미 벽돌 굴뚝만 남아 선 병원이며 학교들에
이미 슬픔을 거부한 움집들에
오늘도 미친 폭탄이 쏟아지는데

백발 성성한 어머니와 사랑하는 누이를 잃은
나는 당신에게 충심으로 말합니다
ㅡ당신은 정당합니다

아픔 없이는 당신이 헤어질 수 없었던
다박머리ㅡ
아버지는 십자가에 결박되어 강물에
어머니는 젖가슴 도리우고 끝끝내 숨 거둔

열한 살 김성애를 대신하여

"누가 엄마를 언니를 죽였느냐"고
당신이 물었을 때
속눈썹 츨츨한 두 눈 부릅뜨고
"미국 놈"이라 치를 떨며 대답한
아홉 살 박상옥이를 대신하여

끔찍이 불행한 너무나 많은 사람들을 대신하여
나는 당신에게 충심으로 말합니다
－당신은 정당합니다

모니카 펠톤 여사여

황토 구덩이에 산 채 매장 당한
열이나 스물로 헤일 수 없는 어린 것들과
백이나 이백으로 헤일 수 없는 부녀들의
'큰무덤' 파헤친 오월 한나절
황해도 이름 없는 산봉우리엔
흐르는 구름도 비껴가고
멧새도 차마 노래하지 못했거니

얼굴조차 분간할 수 없게 된

우리의 수돌이와 복남이와 옥희들 속에서
당신은 당신의 거리에서 조석으로 정든
당신들의 죠온과 메리이들을
안아 일으키지 않을 수 있었겠습니까

모니카 펠톤 여사여

애트리 도당들은 당신을
'반역'의 죄로서 심판하려 합니다
그러나 세계 인민들의 준열한 심판이
제놈들 목덜미에 내리고야 말리라는 것은
애트리의 발밑을 흘러내리는 데-무스의
캄캄한 물결까지도 알고 있습니다

평화의 전열을 밝혀 나선
진리의 불을 끌 수는 없기 때문에
날로 더 높아지는 진리의 함성을
침묵시킬 수는 없기 때문에

모니카 펠톤 여사여

형제들의 선혈 스며 배이고
형제들의 원한 복수에 타는 이 땅에서

미제 침략 군대를 마지막 한 놈까지 늪히기 전엔

목 놓아 울지도 않을 조선 사람들은

당신에게 충심으로 말합니다

－우리의 싸움이 반드시 승리하듯

  당신의 투쟁도 승리합니다

－1951. 7. －

싸우는 농촌에서

불탄 마을

양볼에 옴쑥옴쑥 보조개 패이는
소녀는 애기를 업고 서성거리며
대추나무 사이사이 쌓아 올린 낟가리 사이로
이따금씩 고갯길을 바라보며 하는 이야기

엄마는 현물세 달구지를 몰고
고개 넘에로 첫새벽에 떠났단다
아버지는 없단다
지난해 섣달에
미국놈들이…

집도 연자간도 죄다 불탄 작은 마을
앞뒷산이 단풍 들어 왼통 붉은데
피의 원쑤는 피로써 반드시 갚아질 것을
몇 번이고 다시 믿는 귀여운 소녀는
어서 나이 차서 인민 군대 되는 것이
그것이 제일 큰 소원이란다

달 밝은 탈곡 마당

봉선화랑 분꽃 해바라기랑
봄이 오면 샘터에 가득 심을 의논으로
첫 쉬임 정말로 즐겁게 끝났다

도랑치마 숙희가 엄마를 따라
무거운 볏단을 안아 섬기며
속으로 생각하는 걸 누가 모른담

엄마도 누나도 일손 재우 놀리며
거칠어진 손등으로 땀을 씻으며
속으로 생각는 걸 누가 모른담

동이만 한 박 서너 개 지붕에 둔 채
하늘엔 군데군데 흰 구름 둔 채
어디루 가는 걸까 달은 바삐 달리고

칠성이는 어려도 사내아이 기운 좋구나
발끝에 힘 모두어 탈곡기를 밟으면서
속으로 생각는 건 오직 한 가지
─형이 어서 이기게
─형이 어서 이기게

토굴집에서

그날은 함박눈 펑펑 쏟아졌단다
국사봉에 진을 친 빨찌산들이
이 고장을 해방시킨 그 전전날

어둠을 타 산에서 산을 타
국사봉에 연락 짓고 돌아오는 비탈길에서
원쑤에게 사로잡힌 처녀 분탄이
분탄이는 노동당원 꽃나이 스무 살

봄이면 봄마다 진달래 함빡 피는
뒷산 아래 형제바우 앞에서
사랑하는 향토를 지켜 동지를 지켜
분탄이는 가슴에 총탄을 받았단다

풀벌레 소리 가득 찬 토굴집에서
영감님은 밤 늦도록 새끼를 꼬면서
장하고 끔찍스런 딸의 최후를
쉬엄쉬엄 나직이 이야기하면서

날이 새면 포장할 애국미 가마니엔
분탄이의 이름도 굵직하게 쓰리란다

막내는 항공병

가랑비 활짝 개인 산등성이를
날쌔게 우리 '제비'가 지난다
떼지어 도망치는 쌕쌔기를 쫓아―

잡것 하나 섞일세라 현물세 찰강냉이
굵은 알갱이만 고르던 할머니

입동날이 회갑인 할머니는
도래샘 소리 다시 귓전을 스칠 때까지
'제비'가 사라진 남쪽을 지켜본다

입동이사 이달이건 내달이건 회갑 잔치는
그애가 이기고 오기 전엔 막무가내라는
할머니의 막내는 항공병

연거푼 공중전에서 속시원히
미국놈 비행기를 동강낸 공으로
두 번이나 훈장 받은 신문 사진을
김 장군 초상 밑에 오려 붙이고

할머니의 마음은 아들과 함께

항상 푸른 하늘을 날고 있다

-1951-

다만 이것을 전하라

불가리야의 노시인 지미뜨리 뽈리야노브에게

머리는 비록 백설로 희나
평화를 쟁취하는 벅찬 전선을 위하여
다할 바 없는 청춘을 안고 온 전우여
지미뜨리 뽈리야노브

이제 그대 고향으로 돌아가면
미국놈들 총탄에 처참히도 쓰러진
수많은 조선 누이들에 대하여
마음 어진 볼가리야 어머니들께
이야기하지 말라
그들의 아픔이 너무 크리니

다만 전하라
사랑하는 남편과 아들을 화선에 보낸
우리의 누이와 어머니들은
폭탄 자국을 메워 씨를 뿌리고
기총과 싸우며 오곡을 가꾸어
기적 같은 풍년을 이룩했다고

이제 그대 고향으로 돌아가면

따뜻한 엄마 품을 영영 **빼앗기고**

살던 집과 학교와 동무마저 잃은

수많은 조선 아이들에 대하여

마음 착한 불가리야 어린이들께

이야기하지 말라

그들의 슬픔이 너무 크리니

다만 전하라

키가 다섯 자를 넘지 못한 소년들도

원수에의 증오를 참을 길 없어

가는 곳마다 강점자의 발꿈치를 뜨겁게 한

나어린 빨찌산들의 기특한 전과를

빗발치는 야만들의 폭탄으로 잿더미 된

조선의 거리거리와 마을들에 대하여

선량한 형제들께 이야기하지 말라

다만 전하라

우리가 승리하는 날

갑절 아름답게 갑절 튼튼하게 건설될

조선의 도시와 농촌들을

우리의 가슴마다에 이미 일어선

새 조선의 웅장한 모습을

머리는 비록 백설로 희나
평화를 쟁취하는 벅찬 전선을 위하여
우리와 함께 젊은 피 끓는 전우여
지미뜨리 뽈리야노브

이제 그대 고향으로 돌아가면
부디 전하라
천만 갈래 불비로도
조선 인민의 투지를 꺾지는 못한다고

- 1951.11. -

평남 관개 시초

위대한 사랑

변하고 또 변하자
아름다운 강산이여

전진하는 청춘의 나라
영광스러운 조국의 나날과 더불어
한층 더 아름답기 위해선
강산이여 변하자

천추를 꿰뚫어 광명을 내다보는
지혜와 새로움의 상상봉
불패의 당이
다함없는 사랑으로 안아 너를 개조하고
보다 밝은 내일에로 깃발을 앞세웠거니

강하는 자기의 청신한 젖물로써
태양은 자기의 불타는 정열로써
대지는 자기의 깊은 자애로써
오곡을 무럭무럭 자라게 하라

흘러들라 십리굴에

으리으리 솟으라 선 절벽을 뚫고
네가 흘러갈 또 하나의 길을
대동강아 여기에 열거니
서로 어깨를 비집고 발돋움하는
우리의 마음도 너와 함께 소용돌이친다

내리닫이 무쇠 수문이 올라가는
육중한 음향이 너의 출발을 재촉하는구나
맞은편 로가섬 설레이는 버들숲과
멀리서 기웃하는 봉우리들에
하직하는 인사를 뜨겁게 보내자

흘러들라 대동강아
연풍 저수지 화려한 궁전으로 통한
십리굴에 길고 긴 대리석 낭하에
춤을 추며 흘러들어라

우렁우렁 산악이 진동한다
깍지 끼고 땅을 구르며 빙빙 도는
동무들아 동무들아 잠깐만

노래를 멈추고 귀를 기울이자

간고한 분초를 밤 없이 이어
거대한 자연의 항거를 정복한 우리
암벽을 까내며 굴속에 뿌린 땀이
씻기고 씻기어 강물에 풀려
격류하는 흐름 소리…

저것은 바로 천년을 메말랐던
광활한 벌이 몸부림치는 소리
새날을 호흡하며 전변하는 소리다

연풍 저수지

둘레둘레 어깨 겯고
산들도 노래하는가
니연니연 물결치는 호수를 가득 안고
우리 시대의 자랑을 노래하는가

집 잃은 멧새들은 우우 떼지어
떼를 지어 봉우리에 날아오른다

오늘에야 쉴 짬 얻은 베르트 꼼베아를
키다리 기중기를 배불뚝이 미끼샤를
위로하듯 살뜰히 어루만지는
어제의 경쟁자 미더운 친구들아
우리는 당의 아들 사회주의 건설자

유구한 세월을 외면하고 따로 섰다가
우리의 날에 와서 굳건히도 손잡은
초마산과 수리개 비탈이
뛰는 맥박으로 서로 반기는 건
회오리 설한풍 속에서도 오히려 가슴 더웁게
우리의 힘이 흔들고 흔들어 깨워준 보람

스물이랴 서른이랴
아흔 아홉 굽이랴
태고부터 그늘졌던 골짝골짝에
대동강 물빛이 차고 넘친다

마시자 한 번만 더 마셔 보자
산보다도 듬직한 콩크리트 언제를
다져 올린 두 손으로 움켜 마시니

대대손손 가물에 탄 목을 적신 듯
수수한 농민들의 웃음 핀 얼굴이
어른어른 물에 비쳐
숱하게 숱하게 정답게도 다가온다

두 강물을 한 곬으로

연풍 저수지를 떠난 대동강물이 제2 간선에 이르면 금성 양수장에서 보내는 청천강물과 감격
적인 상봉을 하고 여기서부터 합류하게 된다

물이 온다 바람을 몰고
세차게 흘러온 두 강물이
마주쳐 감싸 돌며 대하를 이루는 위대한 순간
찬연한 빛이 중천에 퍼지고

물보다 먼저 환호를 올리며
서로 껴안는 노동자 농민들 속에서
처녀와 총각도 무심결에 얼싸안았다

그것은 짧은 동안 그러나 처녀가
볼을 붉히며 한 걸음 물러섰을 땐—

사람들은 물을 따라 저만치 와아 달리고
저기 농삿집 빈 뜨락에 흩어졌다가
활짝 핀 배추꽃 이랑을 찾아
바쁘게 숨는 어린 닭무리

물쿠는 더위도 몰아치는 눈보라도
공사의 속도를 늦추게는 못했거니

두 강물을 한 곬으로 흐르게 한
오늘의 감격을 무엇에 비기랴

무엇에 비기랴 어려운 고비마다
앞장에 나섰던 청년 돌격대
두 젊은이의 가슴에 오래 사무쳐
다는 말 못한 아름다운 사연을

처녀와 총각은 가지런히 앉아
흐르는 물에 발목을 담그고 그리고 듣는다
바람을 몰고 가는 거센 흐름이
자꾸만 자꾸만 귀띔하는 소리
"말해야지 오늘 같은 날에야
어서어서 말을 해야지…"

전설 속의 이야기

떠가는 구름장을 애타게 쳐다보며
균열한 땅을 치며 가슴을 치며
하늘이 무심타고 통곡하는 소리가
허허벌판을 덮어도 눈물만으론
시드는 벼 포기를 일으킬 수 없었단다

꿈결에도 따로야 숨 쉴 수 없는
사랑하는 농토의 어느 한 홈타기에선들
콸콸 샘물이 솟아 흐를 기적을 갈망했건만
풀지 못한 소원을 땅 깊이 새겨
대를 이어 물려준 이 고장 조상들

물이여 어디를 내가 딛고 서서 발을 돋우면
아득히 뻗어나간 너의 길을 다 볼 수 있을까

노쇠한 대지에 영원한 젊음을
지심 깊이 닿도록 젊음을 부어 주는
물줄기여

소를 몰고 고랑마다 타는 고랑을

숨차게 열두 번씩 가고 또 와도
이삭이 패일 날은 하늘이 좌우하던
건갈이 농사는 전설 속의 이야기
전설 속의 이야기로 이제 되었다

물이여 굳었던 땅을 푹푹 축이며
네가 흘러가는 벌판 한 귀에
너무나 작은 나의 입술을 맞추면서
쏟아지는 눈물을 막으려도 하지 않음은
정녕코 정녕 내 나라가 좋고 고마워

덕치 마을에서 (1)

서해에 막다른 덕치 마을 선전실
환한 전등 밑에 모여 앉아
라지오를 듣고 있던 조합원들은
일시에 "야!" 하고 소리를 친다

이 밤에 누구보다 기쁜 이는 아마
육십 평생 농사로 허리가 굽었건만
물모라군 꽂아 못 본 칠보 영감님
"연풍에서 물이 떠났다구 분명히 그랬지?"

"그러문요 떠났구 말구요
우리가 새로 푼 논배미들에도
머지않아 철철 넘치게 되지요
얼마나 꿈같은 일입니까

나라와 노동자 동무들 은혜를 갚자면
땅에서 소출이 더 많아야 하지요
우리 조합만도 올가을엔
천 톤쯤은 쌀을 더 거둘 겁니다"

위원장의 이야기가 끝나자
사람들은 끼리끼리 두런거리고
누군가 나직이 물어 보는 말
"천 톤이면 얼마만큼일까?"

"달구지로 가득가득 날르재도
천 번쯤은 실어야 할 그만큼 되지요"

어질고 근면한 이 사람들 앞에
약속된 풍년을 무엇이 막으랴
쌀은 사회주의라고 굵직하게 써 붙인
붉은 글자들에 모든 시선이 즐겁게 쏠리고

허연 구레나룻을 쓰다듬다가
무릎을 탁 치며 껄껄 웃던 칠보 영감
"산 없는 벌판에 쌀산이 생기겠군"

덕치 마을에서 (2)

"어찌나 생광스런 물이과데
모르게 당두하면 어떻게 한담
물마중도 쓰게 못하면
조합 체면은 무엇이 된담"

밤도 이슥해 마을은 곤히 자는데
칠보 영감만 홀로 나와 둑에 앉았다
"물이 오면 달려가 종을 때리지"

볕이 쨍쨍하면 오히려 마음 흐리던
지난 세월 더듬으며 엽초를 말며
석 달 열흘 가물어도 근심 걱정 없어질
오는 세월 그리며 엽초를 말며

그러다가 영감님은 말뚝잠이 들었다
머리 없은 달빛이 하도 고와서
구수한 흙냄새에 그만 취해서

귓전을 스치는 거센 흐름 소리에
놀래어 선잠에서 깨어났을 땐

자정이 넘고 삼경도 지날 무렵
그러나 수로에 물은 안 오고
가까운 서해에서 파도만 쏴―쏴―

희슥희슥 동트는 새벽하늘을
이따금씩 바라보며 엽초를 또 말며
몹시나 몹시나 초조한 마음
"어찌된 셈일까 여태 안 오니"

수로가 2천 리도 넘는다는 사실을
아마도 영감님은 모르시나 봐
물살이 아무리 빠르다 한들
하루에야 이 끝까지 어찌 다 올까

물냄새가 좋아선가

이 소는 열두 삼천리에 나서
열두 삼천리에서 자란 둥글소

떡심이야 마을에서 으뜸이건만
발목에 철철 감기는 물이 글쎄
물이 글쎄 무거워선가
걸음을 제대로 걷지 못하네

써레쯤이야 쌍써레를 끈다한들
애당초 문제될까만
난생 처음 밟고 가는 강물 냄새가
물냄새가 유별나게 좋아선가
걸음을 제대로 걷지 못하네

열두 부자 동둑

황토색 나무재기풀만 해풍에 나부끼는
넓고 넓은 간석지를 탐스레 바라보며
욕심쟁이 열두 부자가 의논했단다
"이 개펄에 동둑을 쌓아 조수를 막자
물만 흔해지면 저절로 옥답이 되지
그러면 많은 돈이 제 발로 굴러 오지"

열두 삼천리에 강물을 끌어 온다고
일제가 장담하자 그 말에 솔깃해진
열두 부자는 군침부터 삼키며
때를 놓칠세라 공사를 시작했단다

5년이 아니 10년 거의 지났던가
물은 소식 없고 동둑도 채 되기 전에
재산을 톡 털어 바닥난 열두 부자는
찡그린 낯짝을 어기까랑 쥐어뜯다가
끝끝내는 개펄에 코를 처박았단다

뺏을 대로 빼앗고도 그것으론 모자라
열두 삼천리 무연한 벌에서 산더미로 쏟아질

백옥 같은 흰쌀을 노리던 일제놈들
수십 년 허덕이고도 물만은 끌지 못한 채
패망한 놈들의 꼴상판을 이제 좀 보고 싶구나

인민의 행복 위한 인민의 정권만이
첩첩한 산 넘어 광활한 벌로
크나큰 강줄기를 단숨에 옮겼더라

그리고 여기 드나드는 조수에 오랜 세월 씻기어
자취조차 없어지는 탐욕의 둑을 불러
열두 부자동이라 비웃던 바로 그 자리에
이 고장 청년들이 쌓아 올린 길고 긴 동둑

조수의 침습을 영원히 막아
거인처럼 팔을 벌린 동둑에 올라서면
망망한 바다가 발 아래 출렁이고
나무재기풀만 무성하던 어제의 간석지에
푸른 벼 포기로 새 옷을 갈아입히는
협동 조합원들의 모내기 노래가
훈풍을 저어저어 광야에 퍼진다

격류하라 사회주의에로

우리 조국의 지도 우에
새로이 그려 넣을
푸른 호수와 줄기찬 강들이
얼마나 많은 땅을 풍요케 하는가
얼마나 아름다운 생활을 펼치는가

평화를 열망하는 인민들 편에
시간이여 네가 섰음을 자랑하라

아득히 먼 세월 그 앞날까지도
내 나라는 젊고 또 젊으리니
우리 시대의 복판을 흘러흘러
기름진 유역을 날로 더 넓히는
도도한 물결
행복의 강하

강하는 노호한다
강도의 무리가 더러운 발로 머물러
약탈로 저물고 기아로 어둡는
남쪽 땅 사랑하는 강토의 반신에도

붉게 탈 새벽노을을 부르며

격류한다 승리의 물줄기는
우리의 투지 우리의 정열을 타고
사회주의에로!
사회주의에로!

-1956-

저자 약력

리용악은 1914년 11월 23일 함경북도 경성군 경성면 수성동에서 빈 농민의 가정에 출생하였다.

열아홉 살에 고향을 떠나 서울로 갔으며 1934년 봄 일본으로 건너간 그는 한때 일본대학 예술과에서 배운 일도 있고 1939년에 상지대학 신문학과를 졸업하였다.

1939년 겨울에 귀국하여 서울에서 주로 잡지 기자 생활을 하였다. 그의 해방 전 작품집으로서 『분수령』 『낡은 집』 『오랑캐꽃』 3권의 시집이 있다.

8·15 해방 후 그는 서울에서 미제와 리승만 역도를 반대하여 투쟁하는 진보적인 문화인 대열에서 사업하였다. 1949년 8월 리승만 괴뢰경찰에 체포되어 10년 징역 언도를 받고 서대문 형무소에 갇혔다가 인민 군대에 의한 6·28 서울 해방과 함께 출옥하였다.

1951년 3월 남북 문화 단체가 연합하면서부터 1952년 7월까지 조선 문학 동맹 시분과 위원장 공작을 하였으며 1956년 11월부터 현재 조선 작가 동맹 출판사 단행본 부주필 공작을 하고 있다.

그가 『조선문학』 1956년 8월호에 발표한 「평남 관개 시초」는 조선 인민군 창건 5주년 기념 문학 예술상 1956년도 시부문 1등상을 받았다.

편집부

시집 미수록시

1. 월북 이전
시집 미수록시

敗北者패배자의 所願소원

失職실직한 '마도로스'와도 같이
힘없이 걸음을 멈췄다.
— 이 몸은 異域이역의 黃昏황혼을 등에 진
빨간 心臟심장조차 빼앗긴 나어린 敗北者패배자(?) —

天使堂천사당의 종소리!
한줄기 哀愁애수를
테 — ㅇ 빈 내 가슴에 꼭 찔러 놓고
보이얀 고개(丘)를 추웁게 넘는다
— 내가 未來미래에 넘어야 될……

나는 두 손을 合합쳐 쥐고
發狂발광한 天文學者천문학자처럼
밤하늘을
오래 — 오래 치어다본다

파 — 란 별들의
아름다운 코 — 라스!
宇宙우주의 秩序질서를
모기(蛾)소리보다도 더 가늘게 속삭인다

저— 별들만이 알아줄

내 마음!

피 묻은 발자죽!

오—

이 몸도 별이 되어

내 맘의 발자죽을

하이얀 大理石대리석에 銀은끌로 彫刻조각하면서

저— 하늘 끝까지 흐르고 싶어라

—이 世上세상 누구의 눈에도 보이잖는 곳까지……

－億兄억형께 내 맘의 一片일편을－

『新人文學신인문학』, 1935.3.

蛾 : 나방 蛾(아)자다. '蚊(문)'의 오기로 보인다.

哀訴애소 · 遺言유언

톡…톡 외마디 소리— 斷末魔단말마(?)의 呼吸호흡……
아직도 나를 못 믿어 하니 어떻게 하란 말이냐

化石화석된 妖婦요부와도 같은
무거운 沈黙침묵을 지켜온 지도 이미 三年삼년!
— 내 머리 우에는
무르녹이는 回歸線회귀선의 太陽태양도 있었고
살을 어이는 曠野광야의 颱風태풍도 아우성쳤거늘……

팔다리는
千里海風천리해풍을 넘어온 白鷗백구의 그것같이 말랐고
阿片아편쟁이처럼 蒼白창백한 얼굴에
새벽별같이 빛을 잃은 눈동자만 오락가락……
그래도 나는 때를 기다렸더란다

夕陽석양에 하소하는 파리한 落葉낙엽
北極圈북극권 넘나드는 白熊백웅의 가슴인들
오늘의 내처럼이야 人情인정의 淪落윤락을 느낄소냐

어이다: '에다'의 북한어.

허덕이는 心臟^{심장}이 蒼空^{창공}에 피를 뿜고— 다 吐^토한 뒤
내 가슴 속은 까-만 숯(炭)덩이로 變^변하리라

영영 못 믿을 것이면 차라리 죽여라도 다고 빨리—

죽은 뒤에나 海棠花^{해당화} 피는 東海岸^{동해안}에 묻어주렴?
그렇게도 못하겠으면
白楊^{백양}나무 빨간 불에 火葬^{화장}해서
보기 싫은 記憶^{기억}의 骸骨^{해골}을 모조리 쓸어 넣어라
— 大地^{대지}가 두텁게 얼기 始作^{시작}할 때 노랑 잔디 밑에……

에—
내가 이 世上^{세상}에 살어 있는 限^한 永遠^{영원}한 苦悶^{고민}이려니……

—病床日記^{병상일기}에서—

『新人文學^{신인문학}』, 1935.4.

너는 왜 울고 있느냐

'포플라' 숲이 푸르고 때는 봄!
너는 왜 울고 있느냐
또……

진달래도 하늘을 向향하여 微笑미소하거늘
우리도 먼— 하늘을 쳐다봐야 되지 않겠나?
묵은 悲哀비애의 鐵鎖철쇄를 끊어버리자……

그 사람이 우리 마음 알 때도 이제 올 것을……
너는 왜 울고 있느냐
매아미는
이슬이 말러야 世相세상을 안다고……
어서 눈물을 씻어라

울면은 무엇해?

'포플라' 숲으로 가자!
잃었던 노래를 찾으러……

『新家庭신가정』, 1935.7.

林檎園임금원의 午後오후

情熱정열이 익어가는 林檎園임금원에는
너그러운 香氣향기 그윽히 피어오르다

하늘이 맑고 林檎임금의 表情표정
더욱 天眞천진해지는 午後오후
길 가는 樵童초동의 수집은 노래를
품에 맞아들이다

나무와 나무에 방울진 情熱정열의 使徒사도
너희들이 곁에 있는 限한 ── 있기를 맹세하는 限한
靈魂영혼의 領土영토에 悲哀비애가
侵入침입해서는 안될 것을 믿다

오──
林檎임금나무 灰色회색 그늘 밑에
'蒼白창백한 鬱憤울분'의 埋葬處매장처를 가지고 싶어라

─1935, 鏡城경성에 돌아와서─

『朝鮮日報조선일보』, 1935.9.14.

北國북국의 가을

물개고리 소리 땅 깊이 파묻은 뒤

이슬 맞은 城성돌이

차디—찬 思索사색에 눌리기 시작하면

綠色녹색의 微笑미소를 잃은 포푸라 잎들

가보지 못한 南國남국을 憧憬동경하는데

멀구알이 시들어 갈 때

北國북국 아가씨는

차라리 '孤獨고독한 길손' 되기를 소원한다

『朝鮮日報조선일보』, 1935.9.26.

午正오정의 詩시

흙냄새 옅은 鋪道포도에
白晝백주의 沈鬱침울이 그림자를 밟고 지나간다

피우던 담배꽁다리를
'아스펠드' 등에 뿌려 던지고
발꾸락이 나간 구두로 꼭 디딘 채
걸음을 멈추었나니

내 生活생활에
언제부터 複雜복잡한 線선이 侵入침입했노? —— 하고
부질 없는 마음의 殘片잔편을
깨물어 버리고저 할 때

午正오정을 告고하는 '싸이렌' 소리
都市도시 골목골목을 나즉히 徘徊배회하다

『朝鮮中央日報조선중앙일보』, 1935.11.8.

無宿者무숙자

오스속 몸살이 난다

支離지리한 봄비 구슬피 나리는 거리를
定處정처 없이 거나리는 이 몸!
都會도회의 밤은
利慾이욕도——
榮譽영예도——
女子여자도——
다—所用소용없다는 듯 점점 깊어가는데

밤을 平和평화의 象徵상징이라 讚美찬미한 者자 누구뇨?
萬物만물은 明日명일의 鬪爭투쟁에 提供제공할 '에너기-'를
回復회복하기 爲위해서의 休息휴식을 取취하고 있음을—

나는 하룻밤의 宿所숙소 찾기를 벌써 斷念단념했다
쓰레기통에서 나온 빗자루같이 보잘 것 없는 몸을
반가이 맞아줄 사람도 없으려니와

나는 왜 이렇게까지 되고야 말었담?
'삘딩'의 유리窓창아——

鋪道포도의 '아스팔트'야——

너희들의 銳敏예민한 理智이지도

불타고 재 남은(?) 내 가슴속을 알 길은 없으리라

아— 생각만 해도 소름이 끼치는 記憶기억이여!

삶의 戰線전선을 敗退패퇴하기도 前전에

致命치명의 傷處상처를 받은 者자!——

내 머릿속은 새파랗게 녹슨 구리쇠(銅)를

잔뜩 쓸어넣은 듯이 테-ㅇ……

定向정향 없는 無宿무숙의 步調보조——

死刑罪囚사형죄수의 눈알같이

흐밋한 街路燈가로등 밑을 비틀비틀 거니린다

그래도 빛을 따라간다

새 힘을 얻으려——

『新人文學신인문학』, 1935.12.

茶房다방

바다 없는 航海항해에 피곤한

무리들 모여드는

茶房다방은 거리의 港口항구……

남다른 하소를 未然미연에 감추려는

女人여인의 웃음 끔찍히 믿음직하고

으스러히 잠든 燈등불은

未久미구의 世紀세기를 設計설계하는 策士책사?

주머니를 턴

커피 한 잔에

고달픈 思考사고를 支持지지하는……

……나……너……

休息휴식에 주린 同志동지여

오라!!

柔軟유연히 調和조화된 雰圍氣분위기 속에서

期約기약 없는 旅程여정을 잠깐

反省반성해 보자꾸나

『朝鮮中央日報조선중앙일보』, 1936.1.17.

우리를 실은 배 埠頭^{부두}를 떠난다

해 넘는 嶺^영이 붉은 하늘을 맞이하자
港口^{항구}의 波默^{파묵}은
더욱 굵직한 線^선을 긋고 있다

톡크를 오르나리는
水夫^{수부}의 步調^{보조}에 맞추어
曲^곡만 아는 집씨-의 노래를 속으로 불러본다

남달리
白色^{백색} 테-푸만 여덟 개 사온 친구의 뜻을
옳다는 듯이 아니라는 듯이 解剖^{해부}해 보는 마음
.........?.........!......?........

오— 大膽^{대담}한 出帆信號^{출범신호}
젊은 가슴을 鼓動^{고동}시키는 우렁찬 汽笛^{기적}
우리를 실은 배 다— 잊으라는 듯이 埠頭^{부두}를 떠난다

『新人文學^{신인문학}』, 1936.3.

波默 : '沈默'의 오기로 보인다.
톡크 : 독(dock). 선박의 건조나 수리 또는 짐을 싣고 부리기 위한 설비.

五月오월

머-ㄹ다
종달이 새 삶을 즐겨하는 곳—
내 바라보는 곳

處女처녀의 젖꼭지처럼 파묻혀서
여러 봄을 어두웁게 지낸 마음……그러나
자라는 보리밭 고랑을 밟고 서서
다사로히 흙냄새를 보듬은 이 瞬間순간
마음은 종달의 歡喜환희에 지지 않고

깨끗이 커가는 五月오월을 깊이 感覺감각할 때
계집스런 憂鬱우울은 암소의 울음처럼 사라지고
저—地平지평과 地平지평에 넘쳐흐르는 綠色녹색을
오로지 所有소유할 수 있는 나!

나는 五月오월의 수염 없는 입술을
女人여인의 期約기약보다도 더 살틀히 간직해주려니
五月오월은 내 품에 永遠영원하여라

『浪漫낭만』 창간호, 1936.11.

어둠에 젖어

마음은 피어
포기포기 어둠에 젖어

이 밤
호올로 타는 촛불을 거느리고

어느 벌판에로 가랴
어른거리는 모습마다
검은 머리 향기로이 검은 머리
가슴을 덮고 숨고 마는데

병들어 벗도 없는 고을에
눈은 내리고
멀리서 철길이 운다

『朝鮮日報조선일보』, 1940.2.10.

술에 잠긴 쎈트헤레나

타올라 빛빛 타올라
내사 흩어진다
서글피 흔들리는 흔들리며 꺼지는 등불과 등불

돌다리래두 있으면 돌층계를 기어내려
짚이랑 모아 불 지르고 어두워지리
흙인 듯 어두워지면 나의 가슴엔 설레이는 구름도
구름을 헤치고 솟으려는 소리개도 없으리

멀리 가차이 사람은 사람마다 비틀거리고
나의 쎈트헤레나는 술에 잠겨
나어린 병정이
머리 숙이고 쑥스러이 옆을 스친다

『人文評論인문평론』, 1940.4.

바람 속에서

나와 함께 어머니의 아들이던 당신, 뽀구라니 – 츠나야의 길바닥에 엎디어 길이 돌아가신 나의 형이여

몰아치는 바람을 안고 어디루 가면

눈길을 밟아 어디루 향하면

당신을 뵈올 수 있습니까

성 굽이나 어득꾸레한 술가가나

어디서나

당신을 만나면 당신 가슴에서 나는

슬프디 슬픈 밤을 나눠드리겠습니다

멀리서래두 손을 저어주십시오

아편에 부은 당신은 얼음장에 볼을 붙이고

얼음장과 똑같이 식어갈 때

기어 기어서 일어서고저 땅을 허비어도

당신을 싸고 영원한 어둠이 내려앉을 때

그곳 뽀구라니 – 츠나야의 밤이

뽀구라니 – 츠나야: 포그라니츠나야. 극동 러시아의 지명.
술가가 : 술가게. '가가'는 '가게'의 북한어.

꺼지는 나그네의 두 눈에
소리 없이 갈앉혀준 것은 무엇이었습니까

당신이 더듬어 간
벌판과 고개와 골짝을 당신의
모두가 들어있다는 조그마한 궤짝만 돌아올 때
당신의 상여 비인 상여가
바닷가로 바닷가로 바삐 걸어갈 때

당신은 어머니의 사랑하는 아들이었을 뿐입니까

타다 남은 나무뿌리도 돌멩이도
내게로 굴러옵니다
없어진 듯한 빛깔 속에서 당신과 나는
울면서 다시 만나지 않으렵니까

멀리서래두 손을 저어주십시오

『三千里삼천리』, 1940.6.

푸른 한나절

양털모자 눌러쓰고 돌아오신 게 마지막 길
검은 기선은 다시 실어주지 않았다
외할머니 큰아버지랑 계신 아라사를 못 잊어
술을 기울이면 노 외로운 아버지였다

영영 돌아가신 아버지의 외롬이
가슴에 옴츠리고 떠나지 않는 것은 나의 슬픔
물풀 새이새일 헤여가는 휘황한 꿈에도
나는 두려운 아이 몸소 귀뿌리를 돌린다

잠시 담배연길 잊어버린
푸른 한나절

거세인 파도 물머리마다 물머리 뒤에
아라사도 아버지도 보일 듯이 숨어 나를 부른다
울구퍼도 우지 못한 여러 해를 갈매기야
이 바다에 자유롭자

『女性여성』, 1940.8.

슬픈 일 많으면

캄캄한 다릿목에서
너를야 기다릴까

모두 어질게 사는 나라래서
슬픈 일 많으면 부끄러운 부끄러운 나라래서
휘정휘정 물러갈 곳 있어야겠구나

스사로의 냄새에 취해 꺼꾸러지려는
어둠 속 괴이한 썩달나무엔
까마귀 까치떼 울지도 않고 날아든다

이제 험한 산발이 등을 일으키리라
보리밭 사이 노랑꽃 노랑꽃 배추밭 사잇길로
사뿟이 오너라 나의 사람아

내게 밟힌 것은 벌렌들 고운 나빈들
오―래 서서 너를야 기다릴까

『文章문장』, 1940.11.

눈보라의 고향

歳寒詩抄세한시초 (1)

휘몰아치는 눈보라 속
우중충한 술집에선
낡은 장명등을 위태로이 내어걸고
어디선가 소리쳐 우는 아해들

험난한 북으로의 길은
이곳에 이르러 끝나야 하겠습니다
고향이올시다 아버지도 형도 그리고 나도
젊어서 떠나버린 고향이올시다

애끼고 애껴야 할 것에 눈떠
나의 손과 너의 손을 맞잡으면
이마에 흘러내리는
검은 머리카락이 얼마나 자랑스럽습니까

오─래 감췄던 유리병을 깨뜨려
독한 약이 꽃답게 흩어진 얼음 우에
붉은 장미가 피어납니다

눈보라 속

눈보라 속 굳게 닫힌 성문을

뿔로 받는 사슴이 있어

『매일신보』, 1940.12.26.

눈 내리는 거리에서

휘몰아치는 눈보라를 헤치고
오히려 빛나는 밤을 헤치고
내가 거니는 길은 어느 곳에 이를지라도
뱃머리에 부딪혀 둘로 갈라지는 파도소리요
나의 귓속을 지켜 길이 사라지지 않는 것
만세요 만세소리요

단 한번 정의의 나래를 펴기에
우리는 얼마나 많은 세월을 참아왔습니까

이제 오랜 치욕의 사슬은 끊어지고
잠들었던 우리의 바다가 등을 일으켜
동양의 창문에 참다운 새벽이 동트는 것이요
승리요
적을 향해 다만 앞을 향해
아세아의 아들들이 뭉쳐서 나아가는 곳
승리의 길이 있을 뿐이요

머리 위 어깨 위 내려 내려서 쌓이는
하아얀 눈을 차라리 털지도 않고

호올로 받들기엔 너무나 무거운 감격을 나누기 위하여

누구의 손일지라도

나는 정을 다하여 굳게 쥐고 싶습니다

『朝光조광』, 1942.3.

거울 속에서

푸른 잉크를 나의 얼굴에 뿌려

이름 모를 섬들을 찾아보지 않으려느냐

먼 참으로 머언 남쪽바다에선

우리편이 자꾸만 이긴다는데

두메에 나 두메에서 자란

눈이 맑아 귀여운 아이야

나는 서울 살다 온 사람이래서 얼굴이 하이얄까

석유등잔이 흔들리는 낡은 거울 속에서

너와 나와 가지런히

웃으면서 듣는 바람소리에 당나귀 우는데

『매신사진순보』, 1942.4.21.

북으로 간다

아끼다에서 온다는 사람들과
쟈무스로 간다는 사람들과
귤이며 콩이랑 정답게 나눠 먹으면서
북으로 간다

싱가폴 떨어진 이야기를 하면서
밤내
북으로 간다

『매신사진순보』, 1942.5.11.

아끼다: 일본 혼슈(本州) 북서부에 위치한 아키타현(秋田縣)을 가리킴. 우리나라 동해에 면해 있음.

おらが天ゆゑ

いく世を歴りさめたりし
おのが底はたまた底のゐねやる靈魂をふみ
あらたに肩をそそりたつ
我なり
ほのほなり

かぐわしく埋もれる朽葉をかきわけ
ほがらに仰ぎみるかなた

歳月のつきる日
なほ高くそびえたつおらが天ゆゑなれば

はてしなくかち歩くわが踵に綠葉のさみどり
ふりかへりふりかへり誰が名をよばうべき

ひとり曠野をゆく
風も吹雪もすぎさりし野のはてを
まぶしくせまるただひとつへのみちをゆく
我なり

終らざる月日なり

조선문인보국회 편,『決戰詩集결전시집』, 동도서적(주), 1944.

나의 하늘이기에

수많은 세월 흐르며 식어버린
나의 바닥 아니 바닥에 깔려 있는 제사지내야 할 영혼들을 밟고서
새롭게 어깨를 솟구치는
나다
불꽃이다

향기롭게 묻혀있는 썩은 잎을 헤치며
명랑하게 우러러보는 저편

세월이 다하는 날
더욱 높이 솟아오를 나의 하늘이기에

정처 없이 걸어가는 나의 뒤꿈치에는 연록으로 푸른 잎
돌아보며 돌아보며 누구의 이름을 불러야 하나
홀로 광야를 간다
바람도 눈보라도 지나가 버린 들판의 끝을
눈부시게 다가오는 한 방향의 외길을 가는
나다

영혼들 : 한자로는 '靈魂'이라고 적고 읽기는 '사람들(ひとびと : 人々)'로 읽어서 '영혼들'로 번역했음.
솟구치는 : 직역하면 '어깨를 솟아오른다'라는 의미이므로 '어깨를 솟구친다'라고 번역했음.

끝나지 않는 세월이다.

-구정호 역-

38도에서

누가 우리의 가슴에 함부로 금을 그어 강물이
검푸른 강물이 굽이쳐 흐르느냐
모두들 국경이라고 부르는 삼십팔도에 날은
저물어 구름이 모여

물리치면 산산 흩어졌다도
몇 번이고 다시 뭉쳐선
고향으로 통하는 단 하나의 길
철○를 ○해
○를 향해
떼를 지어 나아가는
피난민들의 행렬

―야폰스키가 아니요 우리는
 거린채요 거리인채
한 달두 더 걸려 만주서 왔단다
땀으로 피로 지은 벼도 수수도
죄다 버리고 쫓겨서 왔단다

향해 : 윤영천 편, 『이용악시전집』에는 "철○를 ○해 / ○를 향해" 부분이 "철교를 향해 / 철교를 향
해"로 표기되어 있으나 원문을 확인한 결과 보이지 않는 글자가 있었다.

이 사람들의 눈 좀 보라요
이 사람들의 입술 좀 보라요

— 야폰스키가 아니요 우리는
  거린채요 거리인채

그러나 또다시 화약이 튀어
제마다의 귀뿌리를 총알이 스쳐
또다시 흩어지는 피난민들의 행렬

나는 지금
표도 팔지 않는 낡은 정거장과
꼼민탄트와 인민위원회와
새로 생긴 주막들이 모아 앉은
죄그마한 거리 가까운 언덕길에서
시장기에 흐려가는 하늘을 우러러
바삐 와야 할 밤을 기다려

모두들 국경이라고 부르는 삼십팔도에
어둠이 내리면 강물에 들어서자
정강이로 허리로 배꼽으로 모가지로

야폰스키 : японский, '일본인'의 러시아어.
거린채 : Korenche, '조선인'을 낮잡아 부르는 러시아어.

마구 헤치고 나아가자
우리의 가슴에 함부로 금을 그어
굽이쳐 흐르는 강물을 헤치자

『신조선보』, 1945.12.12.

물러가는 벽

일제히 박수하는 아이들의 손뼉소리
손 소리와 함께
일제히 물러가는 여러 가지의 벽

앞을 가리고 어깨를 일으키는 것
앞을 가리고 어깨를 일으키는 것

어느 벽에도 죽음은 버섯처럼 피어
검은 버섯 속에
흩어진 사람들의 얼굴이 피어

『中央旬報_{중앙순보}』제3호, 중앙문화협회, 1945.12.20.

機關區 기관구에서

남조선 철도파업단에 드리는 노래

핏발이 섰다 집마다 지붕 위 저리 산마다 산머리 위에 헐벗고 굶주린
사람들의 핏발이 섰다

누구를 위한 철도냐 누구를 위해 동트는 새벽이었나 멈춰라 어둠을
뚫고 불을 뿜으며 달려온 우리의 기관차 이제 또한 우리를 좀먹는 놈들
의 창고와 창고 사이에만 늘여 놓은 철길이라면 차라리 우리의 가슴에
안해와 어린것들 가슴팍에 무거운 바퀴를 굴리자

피로써 물으리라 우리의 것을 우리에게 돌리라고 요구했을 뿐이다
생명의 마지막 끄나푸리를 요구했을 뿐이다

그러나 아느냐 동포여 우리에게 총부리를 겨누고 다가서는 틀림없
는 동포여 자욱마다 절그렁거리는 사슬에서 너희들까지도 완전히 풀
어 놓고저 인민의 앞잡이 젊은 전사들은 원수와 함께 나란히 선 너희들
앞에 일어섰거니

강철이다 쓰러진 어느 동무의 소리가 바람결에 들릴지라도 귀를 모
아 천 길 일어설 강철 기둥이다

며칠째이냐 농성한 기관구 테두리를 지키고 선 전사들이여 불 꺼진 기관차를 끼고 옳소 옳소 외치며 박수하는 똑같이 기름 배인 검은 손들이여 교대시간이 오면 두 눈 부릅뜨고 일선으로 나아갈 전사 함마며 핏겔을 탄탄히 쥔 채 철길을 베고 곤히 잠든 동무들이여

　핏발이 섰다 집마다 지붕 위 저리 산마다 산머리 위에 억울한 모든 사람들이 우리의 승리를 약속하는 핏발이 섰다

-1946년 9월-

『文學문학』 임시호, 1947.2.

핏겔 : 피켓(picket).

다시 오월에의 노래

반동 테러에 쓰러진 崔在祿**최재록** 君군의 상여를 보내면서

쏟아지라 오월이여 푸르른 하늘이여 마구 쏟아져 내리라

오늘도 젊은이의 상여는 휠 휠 날리는 앙장도 없이 대대로 마지막 길
엔 덮어 보내야 덜 슬프던 개우도 제쳐 버리고 다만 조선민주청년동맹
깃발로 가슴을 싸고 민주청년들 어깨에 메여 영원한 청춘 속을 어찌하
여 항쟁의 노래 한 마디도 애곡도 없이 지나가는 거리에

실상 너무나 많은 동무들을 보내었구나 "쌀을 달라" 일제히 기관차
를 멈추고 농성한 기관구에서 영등포에서 대구나 광주 같은 데서 옥에
서 밭고랑에서 남대문 턱에서 그리고 저 시체는 문수암 가차이 낭떠러
진 바위틈에서

그러나 누가 울긴들 했느냐 낫과 호미와 갈쿠리와 삽과 괭이와 불
이라 불이라 불이라 에미네도 애비도 자식놈도…… "정권을 인민위원
회에 넘기라" 한결같이 일어선 시월은 자랑이기에 이름 없이 간 너무
나 많은 동무들로 하여 더욱 자랑인 시월은 이름 없이 간 모든 동무들
의 이름이기에 시월은 날마다 가슴마다 피어 함께 숨 쉬는 인민의 준
엄한 뜻이기에 뭉게치는 먹구름 속 한 점 트인 푸른 하늘은 너의 길이
라 이 고장 인민들이 피 뿌리며 너를 부르며 부딪치고 부딪쳐 뚫리는

너의 길이라

쏟아지라 오월이여 두터운 벽과 벽 사이 먼지 없는 회관에 꺼무테테한 유리창으로 노여운 눈들이 똑바루 내려다보는 거리에 푸르른 하늘이여 마구 쏟아져 내리라

－1947년 4월－

『文學문학』, 1947.7.

소원

나라여 어서 서라
우리 큰놈이 늘 보구픈 아저씨
유정이도 나와서
토장국 나눠 마시게
나라여 어서 서라
꿈치가 드러난 채
휘정휘정 다니다도 밤마다 잠자리발
가없는
가난한 시인 산운이도
맘 놓고 좋은 글 쓸 수 있게
나라여 어서 서라
그리운 이들 너무 많구나
목이랑 껴안고
한번이사 울어도 보게
좋은 나라여 어서 서라

『독립신보』, 1948.1.1.

새해에

이가 시리다
이가 시리다

두 발 모두어
서 있는 이 자리가 이대로
나의 조국이거든

설이사 와도 그만 가도 그만인
헐벗은 이 사람들이 이대로
나의 형제거든

말하라 세월이어
이제
그대의 말을 똑바루 하라

『제일신문』, 1948.1.1.

2. 월북 이후
시집 미수록시

막아보라 아메리카여

지금도 듣는다 우리는
뭉게치는 구름을 몰아 하늘을 깨는
진리의 우뢰 소리
사회주의 혁명의 위대한 기원을 알리는
전투함 '아브로라'의 포성을!

지금도 본다 우리는
새로운 인간들의 노한 파도
솟구쳐 밀리는 거센 물결을!

레―닌의 길
볼쉐위끼 당이
붉은 깃발 앞장 세워 가르치는 건
낡은 것들의 심장을 짓밟아
뻬뜨로그라드의 거리 거리를
휩쓸어 번지는 폭풍을!

첫째도 무장
둘째도 무장
셋째로도 다시 무장한

1천9백17년 11월 7일!

이날로 하여 이미
'피의 일요일'은
로씨야 노동 계급의 것이 아니며
'기아의 자유'는 농민의 것이 아니다

이날로 하여
키 높은 벗나무 허리를 묻는
눈보라의 씨비리는
애국자들이 무거운 쇠사슬을
줄지어 끌고 가는
유형지가 아니다

백 길 풀릴 줄 모르던
동토대에 오곡이 무르익고
지층 만 리 탄맥마다
승리의 연륜 기름으로 배여

반석이다
평화의 성세

씨비리 : '시베리아'의 북한어.

쏘베트!

오늘 온 세계 인민들은
쓰딸린을 둘러싸고
영원한 청춘을
행복을
고향을 둘러싸고 부르짖는다

막아보라 제국주의여
피에 주린 너희들의 '동궁'에로 향한
또 하나 '아브로라'의 포구를!

막아보라 아메리카여
먹구름 첩첩한 침략의 부두마다
솟구치는 노한 파도
거센 물결을!

한 지의 모래불일지라도
식민지이기를 완강히 거부한
아세아의 동맥엔
위대한 사회주의 10월 혁명의
타는 피 굽이쳐

원쑤에겐 더덕 바위도 칼로 일어서고
조약돌도 불이 되어 튀거니

맑스―레닌주의 당이
불사의 나래를 떨친 동방
싸우는 조선 인민은
싸우는 중국 인민은
네 놈들의 썩은 심장을 뚫고
전취한다 자유를!
전취한다 평화를!

『문학예술』 4, 1951.11.

어디에나 싸우는 형제들과 함께

김일성 장군께 드리는 노래

1

포성은 자꾸 가까워지는데
오늘 밤도 남쪽 하늘은
군데군데 붉게 타는데

안해는 바위에 기댄 채 잠이 들었다
두 손에 입김 흑 흑 불어
귓방울 녹이던 어린것들도
어미의 무릎에 엎딘 채 잠이 들었다

차마 잊지 못해 몇 번을 돌아봐도
사면팔방 불길은 하늘로 솟구치고
영원히 정복되지 않을 조선인민의
극진한 사랑에 싸여
타 번지는 분노에 싸여
안타깝게도 저물어만 가던
우리의 전구 우리의 서울

아이야 너희들 꿈속을
정든 서울장안 서대문 네거리며
날마다 저녁마다 엄마를 기다리던
담배공장 옆 골목이
스쳐 흐르는가

부르튼 발꿈치를 모두어
걸음마다 절름거리며
낮이면 이따금씩 너희들이
노래 높이 부르는
김일성 장군께서
두터운 손을 어깨에 얹으시는가

굽이굽이 험한 벼랑을 안고 도는
대동강 푸른 물줄기를 쫓아
넘고 넘어도 새로이 다가서는
여러 영을 기어오를 때
찾아가는 평양은
너무도 멀고 아득했으나

─바삐 가야 한다
  김 장군 계신 데로
이렇게 타이르며

맥 풀린 작은 손을 탄탄히 잡아주면
별조차 눈감은 캄캄한 밤에도
울던 울음을 그치고
돌부리에 차이며 타박타박 따라서던
어린것들 가슴속 별빛보다 그리웠을
김일성 장군!

그러나 들려오는 소식마다
가슴 아팠다
이미 우리는
하로면 당도할
꿈에 그리던 평양으로
가서는 아니 된다

무거운 발길을 돌려
다만 북으로
북으로만
걸음을 옮겨야 하던 날

ㅡ어쩌서 장군님 계신 데로 가지 않나
아이들은 멈춰 서서 조르고
안해는 나의 얼굴을
나는 다만 안해의 얼굴을 바라보다가

서로 눈시울이 뜨거워서 돌아서던
그날은 시월 며칠이던가

우리는 자꾸만 앞서는
놈들의 포위를 뚫고
산에서 산을 타 여기까지 왔다
우리는 또
앞을 가로막는
포위망 속에 놓여 있다

첩첩한 낭림산맥
인촌도 멀어 길조차 나지 않은
험한 산허리에 어둠이 나릴 때
해질녘이면 신 벗고 들어설
집이 그리운
아이들은 또 외웠다
－장군님은 어디 계실까

강파로운 밤길을 부디 견디라
츩넌출 둘로 째서 칭칭
떨어진 고무신에 감아주던
안해는 웃는 얼굴로
이번엔 서슴지 않고 대답하였다

―어디에나
　용감히 싸우는 사람들과 함께

2

흰 종이에 새빨간 잉크로
정성을 다하여 어린 여학생은
같은 글자를 온종일 썼다
　조선민주주의 인민공화국 만세!
　경애하는 수령 김일성 장군 만세!

골목이 어둑어둑 저물어
벽보 꾸레미를 끼고 나설 때
온종일 망을 봐준 할머니는
귀여운 소녀의 귀에 나직한 소리로
―살아서 보고 싶다
　그이 계신 세상을

밤이 다 새도
이튿날 저녁에도 어린 여학생은
끝내 돌아오지 않았고
석 달이 지난 어느 날

카-빙 보총이 늘어선
공판정에서
수령의 이름을 욕되이 부른
검사놈 상판대기에 침을 뱉고
신짝을 던져 역도 리승만의
초상을 갈긴 어린 여학생은
피에 젖어
들것에 얹히어
감방으로 돌아왔다

어둡고 캄캄하던
남부조선
그러나 우리의 전구 서울엔
1분 1초의 주저도
1분 1초의 타협도
있을 수 없었다

피에 물어 순결한 동무들이
놈들의 뒤통수를 뜨겁게 하고
자유를 갈망하는 형제들 가슴마다에
항쟁의 불꽃을 뿌린 투쟁보고와
새로운 과업들을 이빨에 물고
밤이나 낮이나

숨어서만 드나드는 아지트에서
손에 손을 잡거나

살이 타고 열 손톱 물러나는
고문실이나 감옥 벌방에서
소속이야 어디건 이름이야 누구이건
이미 몸을 바친 전우들끼리
서로 시선만 마주쳐도

새로이 솟는 용기와
새로이 느껴지는 보람으로 하여
어깨와 어깨에
더운 피 굽이쳐 흘렀다
우리에겐 항상 우리를 영도하시는
김일성 장군께서 계시기에

놈들의 어떠한 박해에도
끊길 수 없는 선을 타고
두터운 벽을 조심스러이 두드려
심장에서 심장에로 전하여지는
암호를 타고
내려온 전투 구령과 함께

오래인 동안 만나지 못한 전우들
지난날 우리의 회관에서
조석으로 정든 김태준 선생의
지난날 한자리에서
지리산 유격지구에의 만다트를 받고
서로 목을 껴안으며 **뺨**을 부빈
문학가 동맹원 유진오 동무의
사형언도의 정보가 다다른 이튿날

붉은 벽돌담을 눈보라
소리쳐 때리는 한나절
뜨거운 눈초리로
조국의 승리를 믿고 믿으며
마지막 가는 길 형장으로
웃으면서 나간 동무

나이 서른에 이르지 못했으나
바위처럼 무겁던 경상도 사나이
철도 노동자 정순일 동무가
손톱으로 아로새겨
남겨 놓은 일곱 자

만다트(мандáт) : '명령서', '위임장'의 러시아어.

영광을 수령에게!

아침마다
돌아가며 입속으로 외우는
당의 강령이 끝나면
두터운 벽을 밀어제치고 자꾸
자꾸만 커지며 빛나는
이 일곱 자를 바라보면서
우리는 맹서했다
—동무야 원쑤를 갚아 주마

3

나뭇가지를 휘여잡고
바위에서 바위에로 넘어서면서
겨우 아홉 살인 사내아이는
어른처럼 혼잣말로
—어디에나
　용감히 싸우는 사람들과 함께

그렇다 바로 이 시간에도
난관이 중첩한 조국의 위기를
승리에로 이끌기 위하여

잠 못 이루실
우리의 장군께선
사랑하는 서울을 한걸음도
사랑하는 평양을 한걸음도
물러서지 않고 용감히 싸우는
형제들과 함께 계시다

검푸른 파도에 호올로 떠 있는
이름 없는 섬들에 이르기까지
삼천리 방방곡곡에서
정든 향토를 피로써 사수하는
형제들과 함께 계시다

바삐 가자
달이 지기 전에 이 영을 내려
동트는 하늘과 함께 영원골이
발 아래 훤언히 내다보일
저 산마루까지

저기가 오늘부터 우리의 진지이다
저기서 흘러내린 골짝 골짜기
우리의 첫째번 전구이다

내 비록 한 자루의 총을

아직 거머쥐지 못하였으나

하늘로 일어선 아름드리 벗나무 밑

확 확 타는 우둥불에 둘러앉아

당과 조국과

수령의 이름 앞에 맹서하고

불굴의 결의를 같이한

여기 여섯 사람의 굴강한 전우가 있다

우리는 반드시

우리의 부모 형제를 해치기 위하여

놈들이 메고 온 놈들의 총으로

쏘리라

놈들의 가슴팍을

놈들의 뒤통수를

여기 비록 어린것들이

무거운 짐처럼 끼여 있으나

이름과 성을 갈고

넓으나 넓은 서울 거리를

숨어 다니며 살아온 아이들

벗나무 : '벚나무'의 북한어.
우둥불 : '모닥불'의 평안 방언.

말을 배우기 전부터
원쑤의 모습이 눈에 익은 아이들

미국제 전화선 한두 오리쯤
이를 악물고 끊고야 말
한 자루의 뻰찌가 어찌
이 아이들 손에 무거울 수 있으랴

오늘 비록 길조차 나지 않은
이 영을
우리의 적은 대열이 헤치고 내리나
반드시 만나리라 우리의 당을
반드시 만나리라 숱한 전우들을
깊은 골짝마다
줄 닿는 마을마다

우리는 반드시 만나리라
우리의 당
우리의 당을

원쑤를 쓸어 눕히는
총성이 산을 울리어
짓밟히는 형제들 귀에까지 이르러

준열한 복수의 날을 일으키며
우리의 전구엔
승리의 길이 한 가닥씩
비탈을 끼고 열리리니

조국의 자유가 한 치씩 넓어지는
어려운 고비마다
경애하는 우리 수령
김일성 장군께서
함께 계시어
항상 우리를 영도하시리

바삐 가자
진지에의 길
이윽고 눈보라를 헤치며
원쑤를 소탕하며
사랑하는 평양으로
사랑하는 서울로
돌아가야 할 영광의 길을

『문학예술』5, 1952.1.

좌상님은 공훈 탄부

열 손가락 마디마디
굵다란 손이며
반 남아 센 머리의 아름다움이여.

우리야 아들 또래 청년 탄부들,
눗주벅에 남실남실 독한 술 따루어
"드이소, 드시이소"
절하는 마음으로 드리는 축배를
좌상님은 즐겁게 받아 주시네.

젊어서 **빼앗기신** 고향은 낙동강가
배고픈 아이들의 지친 울음이
오늘도 강물 타고 흐른다는 그곳, 그 땅을
어찌 잊으랴만 그래도 잊으신 듯.

"새우가 물고기냐
탄부가 인간이냐"고
마소처럼 천대받던 왜정 때 세상을
어찌 잊으랴만 그래도 잊으신 듯
좌상님은 또 한 잔 즐겁게 드시네.

창문 앞엔 국화랑 코스모스가 한창
울바자엔 동이만 한 호박이 주렁주렁.

땅속으로 천 길이랴
가슴 속 구천 길,
고난의 세월 넘어 충충 지하에
빛을 뿌린 위력은 인민의 나라.

조국의 번영 위해 잔을 들자고
서글서글 웃음 짓는 좌상님 따라
우리 모두 한뜻으로 향해 서는 곳,
조석으로 드나드는 저 갱구는
좁아도 넓고 넓은 행복에의 문.

묵묵한 탄벽에서 불길을 보아 온
지혜로운 눈들이 지켜 섰거니
표표히 가는 구름 그도 곱지만
우리네 푸른 하늘 더욱 곱다네.

사랑하는 탄광 지구
정든 고장이여,
검은 머리 희도록 너의 품에서

탄을 캔 좌상님의 기쁨을 나누자.

『로동신문』, 1956.9.16.

우리의 정열처럼 우리의 염원처럼

새해의 첫아침
붉은 태양이
우리의 정열처럼 솟아오른다
우리의 염원처럼 솟아오른다

천리마에 채질하여 달린 지난해를
어찌 열두 달만으로 헬 수 있으랴
넘고 또 넘은 고난의 봉우리들에
한뜻으로 뿌린 땀의 보람
슬기로운 지혜의 보람

눈부신 사회주의 영마루가
영웅 인민의 억센 발구름과
승리의 환호를 기다린다
1959년 — 이 해는
5개년을 앞당기는 마지막 해
청춘의 위력을
보다 높은 생산으로 시위하는 해

공산주의 낙원으로 가는 벅찬 길을

불멸의 빛으로 밝히는 당
우리 당의 깃발이 앞장섰거니

세기의 기적들을 눈앞에 이룩할
영광스러운 강철 기지의
                    용광로마다에
끓어 넘치는 노동 계급의 의지
끓어 넘치는 조국에의 충성
무엇을 못하랴

이미 들려오는구나
우리 손으로 만든 자동차가
더 많은 광석과 목재를 싣고
준령을 넘어 달리는 소리
우리 손으로 만든 뜨락또르가
기름진 땅을 깊숙깊숙 갈아엎는 소리

실로 무엇을 못하랴
우리는 당의 아들!
김일성 원수의 충직한 전사!

전진은 멎지 않는다
혁명은 쉬지 않는다

미제의 마수에 시달리는 남녘땅

기한에 떠는 형제들에게 자유와

참된 생활을 줄 그날을 위하여

새해의 첫아침

붉은 태양이

우리의 정열처럼 솟아오른다

우리의 염원처럼 솟아오른다

『문학신문』, 1959.1.1.

깃발은 하나

《루마니야 방문 시초》 중에서

듬보비쨔

번화한 부꾸레스트의 거리를 스쳐
젖줄처럼 흐르는 듬보비쨔—
듬보비쨔 천변을 걸으면 들리는구나,
냇물이 도란대는 전설의 마디마디.

부꾸르라는 어진 목동의 한 패
넓고 넓은 초원을 떠다녔단다,
풍토 좋고 살기 좋은 고장을 찾아
온 세상을 양떼 몰고 떠다녔단다.

무더운 여름철도 어느 한나절
정말로 무심코 와 닿은 곳은
듬보비쨔 맑은 물 번쩍이며 흐르고
아득한 지평선에 꽃구름 피는 땅.

타는 목을 저마다 축인 목동들
서로서로 껴안으며 주고받은 말

—이 물맛 두고 어디로 더 가리,
—이 물맛 두고 어디로 더 가리.

그때로부터 듬보비쨔 맑은 냇가엔
사랑의 귀틀집들 일어섰단다,
노래와 더불어 일하는 사람들
흥겨운 춤으로 살기만 원했단다.

그때로부터 몇 천 년 지나갔는가
부꾸르의 이름 지닌 부꾸레스트—
나는 지금 듬보비쨔 천변을 걸으며
세월처럼 유구한 전설과 함께
파란 많은 역사를 가슴에 새긴다.

목동들이 개척한 평화의 길을 밟고
끊임없이 몰려온 침략의 무리
토이기의 강도떼도 히틀러 살인배도
빈궁과 치욕만을 남기려 했건만.

어진 사람들이 주초를 다진 땅에
스며 배인 사랑을 앗지는 못했거니
강인한 인민의 품에 영원히 안긴
부꾸레스트의 번영을 자랑하며

듬보비짜는 빛발 속을 흐르고.

수수한 형제들의 티 없는 웃음에도
잔디풀 키 다투며 설레는 소리에도
부꾸르의 고운 꿈이 승리한 세상
사회주의 새 세상의 행복이 사무쳤다.

미술 박물관에서

앞을 못 보는 아버지의 손을 잡고
소녀는 내내 웃는 낯으로
소녀는 걸음마다 살펴 디디며
윤기 나는 계단을 천천히 올라왔다.

실뜨기에 여념 없던 방지기 할머니
우리에게 다가와서 귀띔하기를
"저이는 미술을 본디 좋아했는데
　파쑈의 악형으로 그만 두 눈이…"

나란히 벽에 걸린 그림 앞에서
화폭에 담긴 정경이며 그 색채를
소녀는 빠칠세라 설명하였고
그럴 때마다 아버지의 얼굴엔

밝은 빛이 가득히 피어 나군 하였다.

앞을 못 보는 아버지의 손을 잡고
다음 칸으로 천천히 옮겨 간 소녀가
"스떼판의 조각이야요
　조선 빨찌산…" 하면서
넓은 방 한복판에 멈춰 섰을 때.

아버지는 불현듯 검은 안경을 벗었다
제 눈으로 꼭 한 번 보고 싶다는 듯…

그러나 어찌하랴 어떻게 하랴
한참이나 안타까이 섰던 소녀는
아버지의 손을 조용히 이끌어
'조선 빨찌산'의 손 우에 얹어 드렸다.

대리석 조각의 굵은 손목을
널직한 가슴과 실한 팔뚝을
몇 번이고 다시 더듬어 만지면서
무겁게 무겁게 속삭이는 말
"강하고 의로운 사람들
　미제를 무찌른 영웅들"

그의 두터운 손은 뜨겁게 뜨겁게
나의 심장까지도 만지는 것 같구나
무엇에 비하랴 행복한 이 순간
조국에의 영광을 한품에 안기엔
내 가슴이 너무나 너무 작구나.

에레나와 원배 소녀

에레나는 조국 해방 전쟁 시기에 루마니야
의료단의 일원으로 조선에 왔던 동무

가을 해 기우는 따뉴브 강반에서
조선의 새 소식을 묻고 묻다가
김원배란 이름 석 자 적어 보이며
안부를 걱정하는 니끼다 에레나.

전쟁의 불바다를 회상하는가
에레나는 이따금 눈을 감는다.

미제 야만들이 퍼붓는 폭탄에
집뿐이랴 하늘 같은 부모마저 여의고
위독한 원배가 병원으로 업혀 온 건
서릿바람 일던 어느 날 아닌 밤중.

죽음과의 싸움에서 소녀를 구하자고
자기의 피까지도 수혈한 에레나
혈육처럼 보살피는 고마운 에레나를
엄마라 부르면서 원배는 따랐단다.

"그 애가 제발로 퇴원하던 날
 몇 걸음 가다가도 뛰어와서 안기며
 헤어지기 아쉽던 일 생각만 해도…"
말끝을 못 맺는 니끼다 에레나여!

어찌 어린 소녀 원배에게만이랴
조선이 승리한 억센 심장 속에는
루마니야의 귀한 피도 얽혀 뛰거니
공산주의 낙원으로 어깨 겯고 가는
두 나라의 우애와 단결은 불멸하리.

붉게붉게 타는 노을 따뉴브를 덮고
따뉴브의 세찬 물결 가슴을 치는데.

조선이 그리울 제 부른다면서
에레나가 나직이 시작한 노래
우리는 다 같이 소리를 합하여
김일성 장군의 노래를 부른다

내 조국이 걸어온 혈전의 길과
아름다운 강산을 온몸에 느끼며.

꼰스딴쨔의 새벽

기선들의 호기찬 항해를 앞두고
대낮처럼 분주한 저기는 부두
무쇠 닻줄 재우쳐 감는 소리도
떠나는 석유배의 굵은 고동도
항구에 남기는 석별의 인사.

새벽도 이른 꼰쓰딴쨔의 거리를
바쁘게 오가는 해원들 머리 우에
초가을 하늘은 푸름푸름 트고
가로수 잎사귀들 입맞추며 깨고.

불타는 노을빛 한창 더 붉은
먼 수평선이 눈부신 광채를 뿜자
망망한 흑해가 한결 설레며
빛에로 빛에로
빛에로 물결을 뒤집는다.

이런 때에 정녕 이러한 때에

내 마음이 가서 닿는 동해 기슭을
마양도며 송도원 어랑 끝 앞바다를
갈매기야 바다의 새 너는 아느냐.

풍어기 날리며 새벽녘에 돌아오는
어선들의 기관 소리 물 가름 소리
가까이 점점 가까이 항구에 안기는
바다의 사내들이 팔 젓는 모습과
웅성대는 선창머리 하도 그리워.

나는 해풍을 안고 해살을 안고
낯선 항구의 언덕길을 내려간다
벅찬 생활 물결치는 동해의 오늘을
흑해와 더불어 이야기하고저,
두 바다의 미래를 축복하고저.

깃발은 하나

해방 전에 루마니아 공산주의자들이 얽매였던
돕흐다나 감옥, 게오르기우 데스 동지를 위시
한 지도자들이 갇혀 있던 감방 앞에서

한 걸음 바깥은 들꽃이 한창인데

해살 : '햇살'의 북한어.

이 안의 열두 달은 항시 겨울날
철 따라 풍기는 흙냄새도
두터운 돌벽이 막아섰구나.

태양도 여기까진 미치지 못하여
이 안의 열두 달은 노상 긴긴 밤
떠가는 구름장도 하늘 쪼각도
여기서는 영영 볼 수 없구나.

조국을 사랑하면 사랑한 그만치
인민을 사랑하면 사랑한 그만치
피에 절어 울부짖던 가죽 채찍과
팔목을 죄이던 무거운 쇠사슬.

그러나 나는 아노라
투사들의 끓는 정열 불같은 의지는
몰다비야 고원에서 따뉴브의 기슭까지
강토의 방방곡곡 뜨겁게 입맞추며
참다운 봄이 옴을 일께웠더라.

고혈을 뽑히는 유전과 공장
무르익은 밀밭과 포도원에서
굶주린 인민들의 심장을 흔들어

광명에로 투쟁에로 고무했더라.

나는 경건히 머리 숙이며
머리를 숙이며 생각하노라.

칼바람 몰아치는 백두의 밀림에서
슬기로운 우리나라 애국자들이
고난 중의 고난 겪은 허구한 세월
붉은 기를 높이 들고
용진하며 싸운 고귀한 나날을.

산천은 같지 않고 말은 달라도
목숨으로 고수한 깃발은 하나
공산주의 태양만이 불멸의 빛으로
투사들의 가슴을 뜨겁게 하고
밝고 밝은 오늘을 보게 하였다.

『조선문학』, 1959.3.

우산벌에서

가슴에 가득가득 안아 거두는
볏단마다 두 볼을 비비고 싶구나
무연한 들판 어느 한 귀엔들
우리가 흘린 땀 스미지 않았으랴.

나락 냄새 구수해서 황새도 취했는가
훨훨 가다가도 몇 번이고 되오네.

황해도 신천 땅 여기는 우산벌
붉은 편지 받들고 가을 봄 긴긴 여름
비단필 다루듯 가꾼 포전에
이룩한 만풍년 이삭마다 무거워라.

설레이는 금물결 황금 바다에
저기 섬처럼 떠 있는 소담한 마을
황토 언덕 높이 세운 이깔 장대엔
다투어 휘날리는 추수 경쟁기

재우 베자 더 재우 베어나가자
우리네 작업반 풀색 깃발을

상상 꼭대기에 동무들아 올리자.

사회주의 영마루를 쌀로 쌓아 올리는
우리의 아름다운 꿈으로 하여
하늘의 푸르름 한결 진하고
어머니 대지는 우렁찬 노래에 덮이네.

『문학신문』, 1959.9.25.

영예 군인 공장촌에서

삼각산이 가물가물 바라뵈는 언덕 아래
신작로 길섶엔 쑥대밭 뒤설레고
낡고 낡은 초가집 몇 채만
가을볕을 담뿍 이고 있었다네.

처절하던 전쟁의 나날을 회고하면서,
아직은 갈 수 없는 남쪽
시름겨운 고향을 이야기하면서
먼 길 와 닿은 영예 군인 다섯 전우
정든 배낭을 마지막 내려놓던 날,

가진 건 아무것도 없었다네, 그러나
불타는 시선으로 미래를 그렸거니
가장 고귀한 것을 지녔기 때문.

그것은 걸음마다 부축하여
뜨겁게 뜨겁게 안아 주는
당의 사랑!
그것은 남은 한 팔, 한 다리나마
조국 위해 바치려는 붉은 마음!

붉은 마음으로 헤친 쑥대밭에
오늘은 높직한 굴뚝들이 일어섰네,
불굴한 청년들의 꿈처럼 푸른 색깔로
송판에 큼직큼직 써서 붙인
'영예 군인 화학 공장'

아쉽던 사연인들 이만저만이랴만
심장을 치는 기계 소리에 가셔졌다고
서글서글 웃기만 하는 얼굴들이
어찌하여 나 보기엔 한사람 같구나.

배필 무어 한 쌍씩 따르 내던 때에사
독한 개성 토주 달기도 하더라는
자랑 많은 형제들아
걸음마를 익히는 귀염둥이들
옥볼에 두 번씩 입맞춰 주자.

삼각산이 가물가물 바라뵈는 언덕 우에
양지바른 문화 주택 스물네 가호
집마다 초가을 꽃향기에 묻혔네,
남쪽을 향한 창들이 빛을 뿌리네.

『조선문학』, 1959.12.

빛나는 한나절

백설에 덮인 강토가
일시에 들먹이는가
금관을 쓴 조국의 산들이
한결같이 어깨를 쳐드는구나

설음 많은 이국의 거리거리에서
오랜 세월 시달린 우리의 형제들이
그립고 그립던 어머니 땅에
첫발 디디는 빛나는 한나절

울자
노래 부르자
내 나라가 있기에 가져 보는 이 행복
다시는 이 행복을 잃지 말고저
다시는 쓴 눈물 흘리지 말고저
목이랑 껴안고 볼에 볼을 비비면
맵짠 바람도 도리어 훈훈하구나

울자 이러한 날에사
더 높이 노래 부르자

가슴속 치미는 뜨거움을 다하여

고마운 조국에 영광을 드리자.

－시초《고마워라, 내 조국》중에서－

『조선문학』, 1960.1.

열 살도 채 되기 전에

배에서는 한창 내리나 본데
발돋움 암만 해도 키가 너무 모자라
비비대며 총총히 새어 나가는
꼬마는 아마도 여덟이나 아홉 살

될 말이냐 어느새 앞장에 나섰구나
새납 소리 징 소리도 한층 흥겨워라

목메어 그리던 어머니 조국 품에
꿈이런 듯 안기는 숱한 사람 중에서도
자기 또래에게 마음이 먼저 쏠려
꼬마는 달려간다
달려가서 덥석 손을 잡는다.

만나자 정이 든 두 꼬마는
하고 싶은 그 한마디 찾지 못해서
노래 속에 춤 속에 꽃보라 속에
벙실벙실 내내 웃고만 섰구나

하지만 그것은 정말로 짧은 사이

어찌하여 천진한 두 꼬마는
얼굴을 일시에 돌리는 것일까
꼭 쥔 채 놓지 않는 귀여운 손과 손이
어찌하여 가늘게 떠는 것일까

새별 같은 눈에서 무수한 잔별들이
무수한 잔별이 반짝이면서
갑작스레 쏟아지는 눈물의 방울방울
나의 가슴속에도 흘러내린다.

얼마나 좋으냐 우리 조국은
너희들이 열 살도 채 되기 전에
눈물의 뜨거움을 알게 했구나
자애로운 공화국을 알게 했구나

『조선문학』, 1960.4.

봄의 속삭임

그립던 누이야 나는 이제사
밝고 밝은 세상에 태어났구나
하늘의 푸르름도 바람 소리까지도
옛날의 그것과는 같지 않구나

돌아올 기약 없이 끌려가던 때
앞을 가리던 검은 구름장
세월이 흐를수록 쌓이고 더 쌓여
사십 평생 가슴에서 뭉게치더니

서러웁던 굽인돌이 황톳길에서
마지막 만져 본 야윈 팔이랑
검불그레 얼어 터진 너의 손등이
잠결에도 문득문득 시름겹더니

어둡던 나날을 영영 하직한
여기는 청진 부두
아직은 겨울이건만 가슴속 움트는
봄의 속삭임 조잘조잘 내닫는 개울물 소리

누이야 의젓한 너의 어깨에
너의 어깨에 입맞춘 그 시각부터
해토하는 흙냄새 흠씬 맡으며
나는 고향벌에 벌써 가 있다.

얼마를 절하면 끝이 있을까
너와 나의 애틋한 어린 시절이
이랑마다 거름처럼 묻힌 땅에서
행복을 찾게 한 사회주의 내 조국

얼마를 절하면 끝이 있을까
그립던 누이야 나는 이제사
밝고 밝은 세상에 태어났구나

『조선문학』, 1960.4.

새로운 풍경

먼동조차 늦추 트는 첩첩 두메라
쏟아지는 햇빛이 한결 더 좋아서
황금 빛발 한 아름씩 그러안으며
우리 조합 젖소들 숱하게 가네
우우 옮겨 앉는 새떼의 지저귐
번쩍이며 내닫는 개울물 소리
모두가 내게는 가슴 뛰는 인사말로
항시 새로운 노래로 들리네.

부대기나 일쿠던 그 험한 세월에사
부는 바람, 지는 달
흘러가는 구름장에도
시름만이 뒤설레던 이 골짜기

삶의 막바지던 이 골짜기에
꿈 아닌 지상낙원 일어서고
오늘엔 풀잎마저
각색 꽃같이 웃고

가난살이 하직한 우리네처럼

멍에를 영영 벗은 누렁 젖소들

소들이 가네

사료 호박 한창 크는 비탈을 돌아

저 골안 방목지로 줄지어 가네.

- 창성군에서 -

『문학신문』, 1961.1.6.

우리 당의 행군로

베개봉은 어디바루
           해는 또 어디
하늘조차 보이잖는
           울울한 밀림
찌죽찌죽 우는 새도
           둥지를 잃었는가
갑작스레 쏟아지는
           모진 빗방울

꼽아보자 그날은
           스물 몇 해 전
우리 당 선두 대열
           여기를 행군했네
억눌린 형제들께
           골고루 안겨 줄
빛을 지고
필승의 총탄을 띠고

넘고 넘어도
           가로막는 진대통

어깨에 허리에
　　　　발목에 뿐이랴
나라의 운명에
　　　　뒤엉켰던 가시덤불
붉은 한뜻으로
　　　　헤쳐 나간 길

저벅저벅 밟고 간
　　　　자국 소리
아직도 가시잖는
　　　　그 소리에 맞추어
너무나 작은 발로
　　　　나도 딛는 땅,
막다른 듯 얽히다도
앞으로만 내내 트이는구나

진주를 다듬어
　　　　천리에 깐다 한들
이 길처럼이야
　　　　어찌 빛날까
조국의 광복을 만대에 이으신
김일성 동지!
그이의 가슴에서 비롯한 이 길!

감사를 드리노라

우리 당의 행군로를

　　　　　한 곬으로 따르며

그이들이 선창한

　　　　　혁명의 노래

온몸으로 부르고

　　　　　또 부르며

-《전적지 시초》 중에서-

『문학신문』, 1961.9.8.

불붙는 생각

사랑하는 내 나라의 험한 운명을
산악 같은 두 어깨에 무겁게 지고
수령께서 내다보신 어느 중천에
그날은 먹장구름 뭉게쳤던가

여기는 청봉
조국의 한끝

뒤설레는 초목에 어머니 땅에
사무쳤던 그리움을 철철 쏟으며
그이 안겨 주신 붉은 꿈으로 하여
이 숲속의 긴긴 그 밤
투사들은 종시 잠들지 못했으리

그이들의 옷깃이 스쳐 간 밀림 속
춤추는 풀잎이며 싱싱한 나무순
땅을 덮은 꽃이끼며 모래 한 알까지도
내 나라의 새 빛을 담뿍 머금었구나

혈전의 모진 세월 넘고 또 넘어

그이 펼치신 밝고 밝은 우리 시대
우러르면 멀리 트인 비취색 하늘
연연히 뻗어 내린 푸른 산줄기

인민의 살처럼 피처럼 아끼며
수령께서 뜨겁게 뜨겁게 입 맞추신
백두 고원의 검붉은 흙을
두 손에 떠안으며 불붙는 생각

자랑스럽구나 나의 조국은
참혹한 천지를 압제가 휩쓸던 때
그이들이 활활 태운 횃불로 하여
햇빛보다 더 밝은 그 빛으로 하여

내 가슴 복판에 불붙는 생각
가슴이 모자라게 불붙는 생각
세차게 내닫자 더욱 세차게
그이 가리키는 천리마의 진군로를.

『문학신문』, 1962.4.15.

<가사>

땅의 노래

나라를 잃은 탓에 땅마저 잃고
헤매이던 그 세월이 어제 같구나
노동당이 찾아준 기름진 이 땅에
세세년년 만풍년을 불러오리라

제 땅을 잃은 탓에 봄마저 잃고
시달리던 종살이를 어찌 잊으랴
수령님이 안겨준 영원한 봄빛에
피여나는 이 행복을 노래 부르자

다시는 이 땅 우에 압제가 없고
이 땅 우에 가난살이 영영 없으리
은혜롭고 고마운 어머니 내 조국
사회주의 내 조국을 피로 지키자

『문학신문』, 1966.8.5.

〈가사〉

다치지 못한다

아름다운 내 나라 인민의 나라
다치지 못한다 한 포기 풀도
조국을 지켜선 젊은 용사들
꿈결에도 총검을 놓지 않는다

걸음마다 애국의 피로 물든 땅
다치지 못한다 한줌의 흙도
조국을 위하여 불타는 심장
백두의 붉은 피 용솟음친다

목숨보다 귀중한 인민의 제도
다치지 못한다 어떤 원쑤도
고지는 일떠서 요새가 되고
초목도 날창을 비껴들었다

『문학신문』, 1966.9.27.

<가사>

당중앙을 사수하리

눈보라의 만 리 길 험난하여도
붉은 심장 끓어번진 항일유격대
간악한 왜놈 군대 쓸어눕히며
그이 계신 사령부를 보위하였네

장군님을 끝까지 보위하라고
혁명전우 남긴 유언 쟁쟁하여라
원쑤의 포위망을 천백 번 뚫고
목숨으로 사령부를 지켜냈다네

4천만의 염원을 한 품에 안고
수령님은 통일의 길 밝혀주셨네
마지막 한 놈까지 미제를 치며
그이 계신 당중앙을 사수하리라

『문학신문』, 1967.7.11.

붉은 충성을 천백 배 불태워

먼동도 미처 트기 전에
어버이 수령께서
복구현장을 또다시 다녀가신 감격으로 하여
우리의 가슴속은 진정할 수 없고

싱싱한 우리의 어깨마다에
그이께서 친히 맡기신 벅찬 일더미
오늘도 본때 있게 해제껴야 할 일더미를 두고
우리의 젊음은 더욱 자랑스럽구나

난관이 중첩한 이러한 때일수록
정녕코 어려운 때일수록 앞장에 서게 하신
그이의 두터운 신임과
극진한 사랑으로 하여
우리의 심장은 끓어 번지거니

우리는 다 같이 그이의 붉은 전사
더더구나 영광스러운 수도복구건설대

영웅인민의 기상과 슬기가 깃든 여기

수령께서 혁명을 구상하시고 영도하시는
백전백승의 당중앙이 있는 평양
정녕코 소중한 평양의 모든 것을
큰물의 피해로부터 하루바삐 복구하고
그이의 신임과 사랑에 보답하자

기어코 보답하자!
있는 힘을 천백 배로 하여
있는 지혜를 천백 배로 하여
어버이 수령께 한결같이 바치는
우리의 붉은 충성을 천백 배로 불태워

사랑하는 우리의 혁명수도를
정녕코 사랑하는 평양의 모든 것을
보다 더 환하게 건설해내자

−1967.9.2.−

『문학신문』, 1967.9.15.

오직 수령의 두리에 뭉쳐

선거의 기쁜 소식으로 들끓는 복구건설장
붉은 수도건설대의 뭉친 힘을 보라는 듯
오늘 계획도 이미 넘게, 푹푹 자리를 내놓고
담배 한 대씩 피워 문 즐거운 휴식의 한때

땀에 흠뻑 젖은 어깨에, 가슴에, 무쇠팔뚝에
쏟아지는 가을볕이 한창 영글고
하늘도 오늘따라 푸르름을 더하는데
검붉은 흙무지를 타고앉아
모두들 꽃피우는 선거이야기

제 손으로 자기의 주권을 선거하는
인민의 명절을 맞이할 때마다
몇 번이고 다시 다시 생각하게 되는구나
착취와 압박 없는 참된 자유 속에서
너나없이 고루 누리는 오늘의 행복에 대하여

우리의 위대한 수령의 이름과 따로 떼여
오늘의 보람 그 어느 하나 말할 수 없고
그이께서 영도하시는 노동당과 따로 떼여

휘황한 미래를 말할 수 없는 것처럼

간고하고도 긴긴 십오 개 성상의
혈전의 길을 거쳐
그이께서 펼치신 밝고 밝은 사회주의 이 제도
그이께서 안아 키운 인민주권과 따로 떼여
4천만의 운명을 말할 수는 없는 것

그러기에, 언제
어디서
무엇에 부딪쳐도
우리에겐 한길밖에 없다.
수령께서 가리키는 그 한길밖에

나라가 없은 탓에 살 길을 빼앗기고
암담하던 그 세월을 못 잊기 때문에,
무엇과도 못 바꿀 오늘이 정녕 소중하기 때문에,
그이께서 친히 진두에 서신
혁명의 승리를 굳게 믿기 때문에

그러기에 뚫지 못할 장벽이란 없고
그러기에 넘지 못할 난관이 없는 우리
곡괭이 한번 들어 찍는 그것까지

삽으로 흙 한번 던지는 그것까지
혁명의 심장부를 반석 우에 솟게 하고
우리의 주권을 다지고 또 다지는 것

무엇이 우리 앞을 막는다더냐
제 손으로 자기의 주권을 선거하는
인민의 명절을 맞이할 때마다
오직 수령의 두리에 굳게 뭉친
우리의 충성은 날로 더 무적한 힘을 낳거니

무엇이 우리 앞을 막는다더냐
남북형제 다 같이 그이 품에 안길 그날
위대한 그날도 부쩍부쩍 앞당기거니

동무들아!
혁명의 수도 평양을
보다 웅장하게 건설하는 벅찬 투쟁으로
뜻 깊은 선거를 맞이하자!
조선공민의 본때와 긍지를 세계에 자랑하자!

－1967.9.26.－
『문학신문』, 1967.9.29.

찬성의 이 한 표, 충성의 표시!

온 나라 방방곡곡을 하나로 격동시키는
무한한 감격의 세찬 흐름을 타고
온 인민
이 하나로 휩싸인 흥분의 선풍을 타고
명절이 다가온다. 그처럼 기다린
선거의 명절이 바로 눈앞에 박두하였다

보다 큰 혁신과 새 승리에로 고무하신
어버이수령 김일성동지의 축하문을 받들고
하나로 들끓는 공장들과 건설장들
지하 천 길 막장이며 심산 속 산판들에서
풍만한 결실을 노래 높이 쌓아올린 황금벌에서
만경창파 기름진 동서해의 어장들에서

천만 사람이 한마음 한 덩어리 되어
선거의 날을 크나큰 명절로 맞이하는 것은
영명하신 그이께서 친히 창건하고 친히 키우신
우리의 주권이야말로 진정한 인민의 주권
이 땅 우에 인민의 낙원을 이룩한 주권이기에

그이께서 친히 이끄시는
우리의 주권이야말로
보다 거창하고 보다 휘황한 변혁에의 길을
공산주의 미래에로 당당하게 진군하는
조선혁명의 강력한 무기이기에

그러기에
지성에 찬 한 표 한 표를 바쳐
자기의 주권을 더욱 굳게
다져야 하는 우리

우리는 바치련다
공화국의 공민된 긍지와
나라의 진정한 주인된 무거운 책임 안고
우리가 바칠 찬성의 한 표 한 표는
어버이수령께 드리는 충성의 표시!

우리는 다시 한 번 자랑하리라
당과 조국에 대한 다함없는 사랑을 담아
혁명의 승리를 믿고 믿는 확고한 신념을 담아
우리가 바칠 한 표 한 표로써
위대한 수령의 두리에 철석같이 뭉친
조선인민의 불패의 통일과 단결의 힘을

소리 높이 시위하자

어느 한시도 잊지 못하는

남녘형제들에 대한 열렬한 지원을 실어

우리가 바칠 귀중한 한 표 한 표로써

악독한 미제를 한시바삐 몰아내고

조국을 기어코 통일하고야 말

우리의 굳은 결의를 온 세계에 시위하자

『문학신문』, 1967.11.24.

산을 내린다

산을 내린다
험준한 북한산 봉우리들에
깎아지른 절벽에, 깊은 골짝 골짜기에
어느덧 어둠이 쏟아져 내릴 무렵

산을 내린다
항일투사들이 부르던 〈결사전가〉를
나직나직 심장으로 힘차게 부르며
싸움의 길을 바쁘게 가는
우리는 조국 위해 몸 바친 남조선무장유격대의
용맹한 소조

산을 내린다
몸은 비록 여기 암흑의 땅에 나서
압제의 칼부림과 모진 풍상 헤가르며
잔뼈가 굵어진 한 많은 우리지마는
민족의 태양이신 김일성원수님의
혁명사상을 받들고 투쟁하는 그이의 전사

가슴 벅차게 기다리던 출진을 앞두고

바위그늘에 둘러앉은 미더운 전우들끼리
어버이수령님께 다시 한 번 충성을 다지는
엄숙한 결의모임부터 가지고 떠난 우리

산을 내린다
진하디진한 송진내를 휙휙 풍기며
쏴아쏴아 안겨오는 서느러운 솔바람도
하나둘씩 눈을 뜨는 하늘의 별들도
피 끓는 사나이들의 앞길을 축복해주는데

몇 번째의 등성이에 올라섰는가
앞장에 가던 동무 문득 걸음을 멈추자
모두들 푸르청청한 늙은 소나무 밑에 선 채
말없이 바라보는 저기 저 멀리
숱한 등불이 깜박거리는 건 파주의 거리

약탈과 사기와 협잡이 활개를 치고
테로와 학살이 공인되는 저 대양 건너
제 놈들이 살던 소굴처럼 못하는 짓이 없기에
'한국의 텍사스'로 불리우는 저 거리

이 세상 모든 악덕이 한데 모여
거리낌 없이 난무하는 저 거리는 또한

미제야만들에게 오래도 짓밟히는
남조선사회의 썩을 대로 썩은 몰골을
한눈으로 보게 하는 생지옥이거니

저 거리에서 벌어지고 있을
몸서리치는 일들을 누구면 모르랴
미제 강도놈의 갖은 행패에 항거하는 우리 사람들
더는 이대로 살아갈 수 없는 우리의 부모처자
사랑하는 우리의 형제자매들이
정말로 목마르게 새날을 기다리며
자애로운 수령님의 품속을 그리며
원쑤놈들을 향해 이를 갈고 있으리라

우리는 알고 있다
미제침략자들을 소멸하지 않는 한
어떠한 새날도 맞이할 수 없다는 것을
우리의 자유와 진정한 해방은
우리 자신의 투쟁에 의해서 온다는 것을

그러기에 우리는 무장을 들고 일어섰다
앉아서 죽기보다는 일어나 싸우기 위하여
노동자, 농민들과 청년학생, 지식인들이
굳게 뭉쳐 싸우면 반드시 이긴다는

그 진리와 신심을 안고

산을 내린다
산을 내린다
벌써 몇 차례의 번개 같은 기습에서
원쑤놈들에게 복수의 불벼락을 안기고
미제와 박정희 개무리의 학정에 신음하는
인민들 가슴마다 새 희망과 용기를 불 지른 우리

산을 내린다
우리가 가고 있는 험난한 이 길은
다름 아닌 조국통일의 대로에 잇닿아
어버이수령님의 넓은 품속에서
우리도 북녘형제들과 함께 행복하게 살
영광에 찬 그날을 당당하게 맞이하는 길

길을 가며 무심코 허리를 짚으려니
분노에 떠는 주먹, 불쑥 손에 닿는 수류탄
수류탄아, 오늘도 부시자
한 놈이라도 더
인민의 이름으로 원쑤를 잡자.

『조국이여 번영하라』, 문예출판사, 1968.

앞으로! 번개같이 앞으로!

내게는 몇 장의 낡은 전투속보가 있다
그것은 가렬하던 낙동강 전선
불비 쏟아지는 전호에서 전호에로
넘겨주고 넘겨받던 우리 군부대의 전투속보
전투속보 '번개같이'를 때때로 펼치는 것은
혹은 휴식의 한낮, 혹은 선잠 깬 아닌 밤중에
혈전의 나날이 문득문득 떠오르기 때문.

'번개같이'
'번개같이'
이것은 바로 단매에 원쑤를 박살내달라는
부모형제들의 한결같은 염원이었고
'번개같이', 이것은 바로
적에게 숨 쉴 틈조차 주지 않은
인민군전사들의 멸적의 기상이었다.

온 겨레의 피맺힌 그 원한을
기어코 풀어주시고야 말
어버이수령님, 우리의 최고사령관동지께서
─악독한 침략자들을 더욱 무자비하게

결정적으로 격멸하기 위하여

　앞으로! 번개같이 앞으로!··· 하신

명령을 심장 깊이 새긴 우리

걸음마다 원쑤를 무리로 짓부셨거니

위훈 가득 찬 그날의 전투속보를 펼칠 때마다

생사를 같이 한 전우들의 벅찬 숨결과도 같은 것을,

후더웁게 달아오른 체온과도 같은 것을

어디라 없이 어디라 없이 몸 가까이 느끼기에

불현듯 풍기는 화약내와 더불어

눈앞에 선한 전투마당을

나는 황황히 내달리군 한다.

빗발치는 적의 탄막을 뚫고 뚫으며

혹은 피의 낙동강을 함께 건넜고

혹은 남해가 지척인 산마루에 공화국기 날리며

〈김일성장군의 노래〉를 함께 부른 전우들

오직 수령의 부름이라면 죽음도 서슴지 않는

굴강한 사나이들 속에 있는 행복이여!

위대한 수령의 전사된 이 행복과

이 영광에 보답하기 위하여

마디 굵은 손아귀에 틀어쥔 총창

백두의 넋이 깃든 일당백의 총창을
꿈결에도 놓지 않고
결전의 새 임무를 주시기만 갈망하는 우리

목숨보다 귀중한 조국의 남녘땅을
스무 해도 넘게 짓밟는 원쑤
그날에 못다 족친 미국강도들을
마지막 한 놈까지
마지막 한 놈까지
이제야말로 쳐부시리니

때로는 막역한 벗들과 함께
때로는 입대 나이 다 된 자식과 함께
낡은 전투속보를 새 마음으로 펼치군 하는 것도
세월이 갈수록 지중한 수령의 명령이
—앞으로! 번개같이 앞으로!
하고 방금 부르시는 듯
가슴 한복판을 쩡쩡 울리기 때문.

조선인민군 창건 20주년 기념시집 『철벽의 요새』, 조선문학예술총동맹출판사, 1968.

피값을 천만 배로 하여

포가 갈긴다
포가 갈긴다
남부웰남인민들의 분노와 저주와
구천에 사무친 원한을 다진
복수의 명중탄이 미제강도들을 갈긴다

지뢰를 파묻던 날새 같은 처녀들도
죽창을 깎고 있던 할아버지 할머니들도
탄약을 가득 싣고 강을 건너던 매생이군도
모두들 후련한 가슴을 펴고
가슴을 활짝 펴고 쏘아보는 저기

정말로 시원스런 폭음과 함께
하늘 높이 치솟는 시커먼 불기둥과 함께
미제침략자들의 비행장과 놈들의 병영
놈들의 무기고가 연이어 박산나고
삽시에 지옥으로 화하는 죄악의 기지

사람의 탈을 훔쳐 쓴 살인귀들이
가슴에 십자가도 그을 새 없이

외마디 비명도 지를 새 없이
오늘 또 얼마나 많이 녹아나는가

남의 나라 남의 땅 남의 뜨락에
피 묻은 네 발로 함부로 기여들어
닥치는 대로 질러놓은 잔악한 불길
잔악한 그 불길의 천만 배의 뜨거움이
이제는 제 놈들을 모조리 태워버릴 때

거리건 나루터건 학교건 병원이건
닥치는 대로 퍼부은 온갖 폭탄과
밭이건 논이건 혹은 우물 속이건
닥치는 대로 뿌린 무서운 유독성물질의
천만 배의 독을 지닌 앙칼진 쇠붙이들이
이제는 제 놈들을 갈갈이 찢어치울 때

포가 갈긴다
포가 갈긴다
웰남형제들과 생사를 같이 할
우리의 우의와 멸적의 기개를 함께 다진
복수의 명중탄이 끊임없이 갈긴다

영웅조선의 어느 한 귀퉁이

영웅월남의 어느 한구석에도
침략의 무리가 마음 놓고 디딜 땅
무자비한 징벌 없이 디딜
그러한 땅은 영원히 없거니

자유를 교살하며 가는 곳마다
끔찍이도 흐르게 한 무고한 피의
무엇과도 못 바꿀 그 피값을 천만 배로 하여
무엇에도 못 비길 그 아픔을 천만 배로 하여
강도 미제의 사지에서 짜내고야 말 때다

-1968-

종합시집 『판가리싸움에』, 문예출판사, 1968.

어느 한 농가에서

1

우수경칩도 이미 지난 철이건만
드센 바람 상기 윙윙거리고
두텁게 얼어붙은 채 풀릴 줄 모르는 두만강 기슭
양수천자 가까운 산모롱이 외딴 농사집

마당 앞에 우뚝 선 백양나무가지에서는
오늘따라 까치들이 유별나게 우짖는데

캄캄한 어둠에 짓눌린 세월
오랜 세월을 두고
태우고 태운 고콜불 연기에
새까맣게 그슬은 삿갓탄자 밑에서
가난살이 시름하던 순박한 늙은 내외

"까치두 허, 별스레 우는구려
집난이의 몸푼 기별이 오려나
손 큰 소금장사가 오려나
까치두 정말 별스레 울지"

"강냉이 풍년에 수수 풍년이나 왔으면
눈이나 어서 녹고
산나물 풍년이라도 들어줬으면"
"풍년이면 언제 한번 잘 살아봤노
세납성화나 덮치지 말아라
부역성화나 덮치지 말아라
지긋지긋한 지주놈의 성화나 제발…"

소원도 많은 늙은 내외는
돌연한 인적기에 깜짝 놀라
주고받던 이야기를 뚝 끊었네
언제 어디서 왔는지
난데없는 군대들이
마당에 저벅저벅 들어서는 바람에

'에크! 이걸 어쩌나…'
하고 소리라도 칠 뻔한 그 순간
두 늙은이 머릿속을 번개처럼 스친 것은
악귀 같은 왜놈의 군경이었네
바로 지난 가을에도
미친 개무리처럼 집집에 들이닥쳐
갖은 행패를 다 부린 쪽발이새끼들

시퍼런 총창을 함부로 휘두르면서
구차한 세간들을 닥치는 대로 짓부셔대고
종당에는 씨암탉마저 목을 비틀어 간
왜놈들의 상판대기가 불현듯 떠올라
늙은 내외는 몸서리를 쳤더라네

그러기에 문밖에서 주인을 찾는 소리
한두 번만 아니게 들려왔건만
죽은 듯이 눈을 감고
귀를 꼭 막고
한마디 응답도 끝내 하지 않았네

하지만 어찌하랴
잠시 후 서로 얼굴만 쳐다보는
두 늙은이 가슴속은 끔찍이도 불안하였네
-이제 필경 문을 와락 제낄 텐데
　무지막지한 구둣발들이 쓸어들 텐데
　가슴에 총부리를 들이댈 텐데

안골 사는 꺽쇠영감네가
봉변을 당한 일이 문득 생각났네
유격대가 있는 데를 대라고
당치도 않은 생트집을 걸어

죄 없는 초가삼간에 불을 지르고는
끝날같은 외아들을 끌어가지 않았던가

아랫마을 강 노인네가
애꿎게 겪은 일들이 문득 떠올랐네
까닭 없이 퍼붓는 욕지거리며
영문도 모를 지껄임에 대답을 못했다구
늙은이고 아낙네고 사정없이 마구 차서
삽시에 반죽음이 되게 하지 않았던가

생각만 해도 섬찍한 일들이 눈에 선하여
늙은 내외는 똑같이 공포에 질려 있었네

그런데 웬일일까?
당장에 무슨 변이 터지고 말 듯한
팽팽한 몇 순간이 지난 것만 같은데
어찌된 일일까?
문고리에 손을 대는 기미도 영 없고
큰소리치는 사람 하나 없으니…

너무나 뜻밖이고 너무 이상스러워
문틈으로 넌지시 바깥을 내다보는
두 늙은이의 휘둥그런 눈에는

모두가 모두 모를 일뿐이었네

얼른 봐도 부상자까지 있는 형편인데
문을 열고 들어설 생각은커녕
마당 한구석에 쌓여있는 짚단 하나
검부러기 하나도 다치지 않고
바람찬 한데서 수긋수긋 쉴 차비를 하고 있는
정녕코 정녕 알 수 없는 사람들…

단정한 매무시며 행동거지며
수수하고 싱싱한 얼굴표정부터가
여태까지 봐온 여느 군대와는 판이한 군대
왜놈 같은 기색은 털끝만치도 보이지 않는
이분들은 도대체 무슨 군대일까?

영감님도 할머니도 아직은 몰랐다네
이분들이 바로 항일유격대임을,
동에 번쩍 서에 번쩍 발길 닿는 곳마다
원쑤 일제에게 무리죽음을 안기고
인민들 가슴속에 혁명의 불씨를 심어주는
이분들이 바로 백전백승의 장수들임을—

더더구나 어찌 알았으랴

온 천하가 우러르는 절세의 애국자이시며
전설적인 영웅이신 김일성장군님과
그이께서 친솔하신 영광스러운 부대가
지금 바로 눈앞에서
잠시나마 쉴 차비를 하고 있음을…

2

장설로 내린 숫눈길을 헤치고
새벽부터 행군해온 부대가
산모롱이 외딴 농삿집 마당에서
잠시 휴식하게 된 것은 늦은 낮밥때
모두들 땀에 젖어 있었으나
살을 에이는 듯한 맵짠 날씨였네

－간밤에도 뜬눈으로 새신
  장군님, 사령관동지만은
  부디 방안에 모셨으면…
  부상당한 동무만은
  잠간이나마 온돌에 눕혔으면…
이것은 모든 대원들의 한결같은 심정이었건만

숫눈길 : 눈이 와서 쌓인 뒤에 아직 아무도 지나가지 않은 길을 비유적으로 이르는 말.

그런데 글쎄 세상은 까다로워
풀리지 않는 일도 때론 있는 법
방금까지 집안에서는 인기척이 있었는데
몇 번 다시 주인을 불러봐도
응답 한마디 종시 없지 않은가

하지만 이러한 때에 어느 누구도
눈살조차 찌푸리는 일이 없고
문고리에 손 한번 가져가지 않음은
유격대원들은 언제 어디서나
인민의 충복이 되어야 한다고 가르치신
김일성장군님의 간곡하고도 엄한 교시가
누구나의 심장 속에 항시 살아있기 때문

어느 누구보다도 그이께서
몸소 인민을 존중하시고
인민의 이익을 제일생명으로 여기시는
훌륭하고도 지중한 산 모범을
누구나가 혁명생활의 거울로 삼고 있으며
숭고한 그 정신을 군율로 삼기 때문에

원쑤들에게는 사자처럼 용맹하고
범처럼 무자비하면서도

인민들 앞에서는 순하디순한 양과도 같이
자기의 모든 것을 아낌없이 바칠 줄 아는
김일성장군님의 참된 전사들!

집주인이 응대를 아니한다 하여
어찌 얼굴빛인들 달라질 수 있으랴

아무 일도 없었던 듯이
모두들 미소를 지으며
흙마루에
땅바닥에
눈무지 우에
휴대품들을 묵묵히 내려놓는데

장군님은 어느새 입으셨던 외투를 벗어
부상당한 대원에게 친히 덮어주시고
들것에 누워있는 피 끓는 투사의
안타까운 마음의 구석구석을
따뜻한 손길로 어루만져주시는 듯
이것저것 세심히 보살피시더니

추울 때엔 가만히 앉아서 쉬기보다
추위를 쫓아야 한다고 하시면서

도끼를 들고 마당 한가운데로 나오시자

모든 대원들이 그이를 따라나섰네

혹은 눈가래를 들고

빗자루를 들고

혹은 지게며 낫이며 물통을 들고

이리하여 더러는

앞뒤뜰에 쌓인 눈을 치고

마당을 말끔히 쓸고

더러는 기울어진 울바자를 바로세우고

더러는 뒷산에서 나무를 해다가

산속에서 하던 솜씨대로

한데에 고깔불을 활활 피우고

따라나선 꼬마대원을 데리고

강역으로 나가신 장군님께서

얼어붙은 물구멍을 도끼로 까고

양철통에 철철 넘치게 손수 길어오신 물

행길까지 총총히 달려나가 물통을 받아드린

단발머리 여대원은 재빠르게도

백탕을 설설 끓이며 식사준비를 서두르고

다시금 도끼를 드신

장군님께서 통나무장작을 패는 소리
쩡 쩡
가슴마다에 쩡 쩡 메아리치네

꿈결에도 못 잊으실 어머님께
어머님께라도 들르신 것처럼
생사고락을 함께 겪은 어느 전우의
일손 바른 고향집에라도 들르신 것처럼
널려 있는 장작을 맞춤히들 쪼개어
처마 밑에 차국차국 쌓아까지 주시는 그이

마당에서 벌어지는 이 모든 광경을
문틈으로 샅샅이 내다보고 있는
늙은 내외의 복잡한 마음속은
말로는 못다 할 놀라움과 감격으로 하여
시간이 갈수록 더욱더 붐비었네

무슨 군대들이 글쎄
멸시와 천대밖에 모르고 사는
백성의 집에 와서 한데에 쉬는 것도
있을 법한 노릇이 정말 아닌데
며칠 해도 못다 할 궂은일까지
삽시간에 서근서근 해제꼈으니…

숱한 남의 일을 제일처럼 하면서도
장작 한 개피 축내기는커녕
마당에서 활활 타고 있는 삭정이까지
뒷산에 올라가 손수 해왔으니

이분들이야말로
옛말에 나오는 신선이 아니면
이 세상에서 으뜸 좋고
으뜸으로 어진 군대리!

들것에 누워있는 부상자에게
외투들을 벗어서 푸근히 덮어주고
번갈아 끊임없이 오고가면서
있는 정을 다 쏟아 간호하는
실로 미덥고 아름다운 사람들

이분들이야말로
한 피 나눈 친어버이 친형제 아니면
이 세상에서 으뜸 뭉치고
으뜸으로 의리 깊은 군대리!

이렇게 생각한 영감님은

평생 갚아도 못다 갚을 빚이라도
걸머진 것처럼 어깨가 무겁고
어쩐지 송곳방석에 앉은 것만 같았네
문을 열고 나가자니 낯이 그만 뜨겁지
그냥 앉아 배기자니 양심에 찔리지

이러지도 저러지도 못해하는 때
일이 났네
꿈에도 생각지 못한 일
여지껏 잘도 자던 어린아이가
갑자기 "으아"하고 울음보를 터뜨릴 줄이야…

그 바람에 영감님은 이것 저것 다 잊고
그 바람에 황황히 문을 차고 나왔더라네

3

이윽고 이분들이 소문에만 들어온
항일유격대라는 것을 알게 된 영감님은
이 사람 저 사람의 옷소매를 잡고
이마가 땅에 닿도록 사죄하였네

"유격대어른들이 오신다고

그래서 까치들이 유별나게 구는 걸
그런 것을 글쎄 그런 것을 글쎄
왜놈군대로만 알다니
죽을 죄를 졌수다, 이 늙은것이…"

어쩔 바를 몰라하는 영감님보다
한층 더 딱해하는 유격대원들
어떻게 하면 노인을 안심시킬 것인가고
모두들 갖은 애를 다 쓰고 있을 때

김일성장군님은 만면에 웃음지으시며
노인에게 천천히 다가오셔서
공손히 담배를 권하시고
불까지 친히 붙여주시면서 말씀하셨네

"할아버지! 아무 일 없습니다
우리들은 다 할아버지와 같은 처지에 있는
그러한 분들의 아들딸인데요…
아무 일 없습니다, 할아버지!
어서 담배를 피우시며
이야기나 좀 들려주십시오"

이글이글한 불더미 곁에

노인과 나란히 나무토막을 깔고 앉으신
장군님은 한집안 식구와도 같이
다정하게 살림형편을 물으셨네

이 집은 오랜 농가임에 틀림없는데
어찌하여 닭 한 마리도 치지 못하는지?
이렇게 추운 때에 어찌하여 아이들에게
털모자 하나도 사 씌우지 못하는지?
어찌하여 뼈 빠지게 농사를 지어도
한평생 가난살이를 면하지 못하는지?

그이의 영채 도는 눈빛이며
서글서글한 풍모에서
모든 것을 한품에 안아주실 듯한 너그러움과
무한한 사랑을 심장으로 느낀 영감님
영감님은 그이께서 물으시는 대로
집안형편을 허물없이 털어놓았네

그러고는 담배연기와 함께
긴 한숨을 푹 쉬고 나서
"모두가 타고난 팔자지요
팔자소관이지요" 하고
고개를 서글프게 떨구기 시작하자

장군님은 때를 놓치지 않고
노인의 쓰라린 마음을 얼른 부축하셨네
"아닙니다, 할아버지!
타고난 팔자라니요…"

일을 암만 하여도 가난한 것은
타고난 팔자탓도 운수탓도 다 아니고
일제놈들의 약탈이랑
군벌들의 닥달질이랑
지주놈의 가혹한 착취랑
이런 것들이 이중삼중으로 덮치기 때문임을

그러기에 우리가 잘 살 수 있는 길은
무엇보다도 일제를 반대하여 싸우는
그 한길뿐이라는 것을,
인민들이 한 덩어리 되어서
싸우기만 하면 반드시 이긴다는 것을
불을 보듯 알기 쉽게 풀어주신 덕분에
난생처음 나갈 길을 깨닫게 된 영감님

영감님은 앞이 탁 트이는 것 같고
늙은 몸에도 새 힘이 솟는 것 같아서

수그렸던 고개를 번쩍 쳐드니
잠시 시름에 잠기셨던
장군님의 안색이 환하게 다시 밝아지셨네

너무나 후련하고 너무 고마워
영감님은 곰곰이 속궁리를 하였네
- 나 같은 백성들을 위하여
  목숨 걸고 싸우시는 이분들을
  어떻게 하면 조금이라도 도울 수 있을까

그러다가 훌쩍 집안으로 들어가더니
금싸라기처럼 아껴오던 옥수수 두어 말과
소고기 맞잡이로 귀한 시래기를 들고 나왔네
다만 한 끼라도 부디 보태시라고
하찮은 것이나마 부디 받아달라고…

잠시 깊은 생각에 잠기셨던
장군님은 노인의 손을 굳게 잡으시고
조용조용 무거웁게 말씀하시었네

"할아버지! 성의만은 정녕 고맙습니다
옥백미 백 섬 주신 것보다 더 고맙습니다
그러나 이것을 받을 수는 없습니다

그러잖아도 눈앞에 춘궁을 겪으실 텐데
숱한 식구들의 명줄이 달린 식량을
유격대가 어찌 한 알인들 축낸단 말입니까"

4

즐거운 휴식의 한때를 마치고
부대가 다시 길을 떠나렬 때
행장을 갖추시던 김일성장군께서는
헤어지기 아수해하는 노인의 손에
얼마간의 돈을 슬며시 쥐여주셨네

짐작컨대 할머니까지도 옷이 헐어서
문밖출입을 제대로 못하시는 것 같은데
적은 돈이지만 부디 보태 쓰시라고,
닭이랑두 사다가 기르면서
아이들에게 때로는 고기 맛도 보게 해주라고…

너무나 뜻하지 아니한 일에
가슴이 뭉클해지고
목이 그만 메어서
할 말을 못 찾고 멍하니 섰는 영감님

－이분은 과연 누구신데
　　이렇게까지 극진히 돌봐주실까
　　나는 아무것도 해드린 것이 없는데

　－나를 낳은 부모조차 일찍이
　　대를 물린 빚문서밖에는 아무것도
　　아무것도 쥐여주지 못한 손
　　이 손에
　　이처럼 많은 돈을 쥐여주시다니

　갈구리 같은 자기의 손을
　물끄러미 내려다보는 두 눈에서는
　뜨거운 눈물이 뚝뚝 떨어졌네

　－무시루 달려드는 구장놈이
　　눈알부터 부라리면서
　　가렴잡세의 고지서랑 독촉장이랑
　　뻔질나게 쥐여주는 손,
　　이 손에
　　돈뭉치를 쥐여주시다니

　－열 손톱이 다 닳는 일년 농사를
　　바람에 날리듯 톡톡 털어도

동전 한 잎 제대로 못 쥐여보는 손,
평생 억울하고 평생 분하여
땅을 치고 가슴만 두드리는 이 손에
사랑이 담긴 돈을 쥐여주시는
이분은 과연 누구이실까?

누군지도 모르는 어른께서
주신다고 어찌 그냥 받겠느냐고
한참만에야 입을 연 영감님 곁에서
벙글벙글 웃고 있던 꼬마대원이
넌지시 귀띔해준 놀라운 사실
"사령관동지시지요, 김일성장군님이시지요"

"김일성장군님이시라니!!
아니 이게 꿈인가, 생시인가?"

그 이름만 듣고도
원쑤들은 혼비백산하여 쥐구멍을 찾고
온 세상 사람들이 흠모하여 마지않는 그이
인민의 자유와 해방을 위하여
어두운 세상에 밝은 빛을 뿌리기 위하여
장엄하고도 슬기로운
백두산정기를 한 몸에 타고나신

그이를 가까이 뵈옵는 영광이여!

영감님은 그이의 옷자락을 잡고
쏟아지는 눈물을 금치 못하였네
"사령관께서 손수 물을 길어오시다니
장군님께서 손수 장작을 패시다니…"

"사령관도 인민의 아들이랍니다
인민들이 다 하는 일을
내라고 어찌 못하겠습니까
사람은 일을 해야 사는 재미가 있고
밥맛도 훨씬 더 좋아진답니다"

장군님은 빙긋이 웃으시며
지체 없이 가볍게 말씀하여주셨지만
그럴수록 영감님의 순박한 마음은
무거운 가책으로 하여 몹시 아팠네

─김 장군님을 직접 뵈온 자랑만 하여도
  자자손손에 길이 전할 일인데
  그이께서 얼마나 극진히 보살펴주시는가
  그런데 글쎄 그런데 글쎄
  그이께서 우리 집에 들르셨다가

방문도 아니 열고 떠나가신다면
나는 무슨 염치로 자식들을 키운담

─장군님께서 한데만 계시다가
그냥 그대로 떠나가신다면
나는 이제부터 무슨 낯짝이 있어
아래윗동리의 남녀노소를 대한담
첫째로 안골 꺽쇠영감이
나를 어찌 사람이라 하랴

영감님은 진정을 다하여
그이께 간청하였네
하룻밤만이라도 장군님을 모시고 싶다고
날씨가 몹시 차가워지는데
부디 모두들 묵어가시라고

그러나 부대는 이미 대열을 지어
저만치 저벅저벅 떠나가고 있거니
한번 내디딘 혁명대오를
무슨 힘으로 멈춰 세우랴
그이도 이것만은 어찌할 수 없다고
거듭거듭 타이르시고 길을 떠나가시네

바람에 휘청거리는 백양나무가지에서
우짖던 까치들도 우우 날아나고…

점점 멀어지는 유격대와
장군님의 뒷모습을 오래오래 바래면서
영감님은 불길 이는 마음으로
뜨겁게 뜨겁게 속삭였다네

"까치야! 전하여라
장군님이 가실 곳마다 어서 날아가
사람들에게 기쁜 소식 전하여라
세상에서 제일 훌륭하고 어엿한
인민들의 군대가 이제 온다고
까치야! 전하여라
김일성장군께서 친히 거느리신
백두산장수들이 오신다고…"

『조선문학』, 1968.4.

날강도 미제가 무릎을 꿇었다

어느 시대의 어느 침략자보다 거만하고
어느 시대의 어느 전쟁상인보다 뻔뻔스러운
날강도 미제가 무릎을 꿇었다
노한 노한 조선인민 앞에
무적한 사회주의강국 우리 공화국 앞에

날강도 미제가 또다시 무릎을 꿇었다
기억도 생생한 열여섯 해 전
영웅조선의 된주먹에 목대를 꺾이고
수치스러운 항복서에 서명을 하던
바로 그 자리 판문점에서

날강도 미제가 무릎을 꿇었다
그 어떤 속임수로도 뒤집어낼 수 없는 진실 앞에
그 어떤 불장난에도 끄떡하지 않는 정의 앞에
온 세계 인민들의 분격한 목소리 앞에

날강도 미제가 무릎을 꿇었다
엄연한 남의 영해에 무장간첩선을 침입시켜
비열하게도 정탐을 일삼게 한 범죄자

조선인민군용사들의 자위의 손아귀에
멱살을 잡혀 버둥거리면서도
우리에게 되려 사죄하라던 미국야만들

제 놈들이 등을 대는 온갖 살인무기를
우리의 턱밑까지 함부로 들이대고
가소롭게도 조선의 심장을 놀래우려 했지만
놀란 것은 조선사람 아닌 바로 제 놈들

어느 시대의 어느 해적단보다 난폭하고
어느 시대의 어느 약탈자보다 흉악무도한
날강도 미제가 끝끝내 무릎을 꿇었다
위대한 수령의 가르침 따라 전체 인민이 무장하고
온 나라가 난공불락의 요새로 전변된
혁명의 나라 조선민주주의인민공화국 앞에

날강도 미제가 무릎을 꿇었다
'보복'에는 보복으로
전면전쟁에는 전면전쟁으로 대답하고 말
조선인민의 확고부동한 기개 앞에
열화와도 같은 투지 앞에, 신념 앞에

날강도 미제가 또다시 무릎을 꿇었다

기억도 생생한 열여섯 해 전
수치스러운 항복서에 서명을 하고
영원한 파멸에의 내리막길을 걷기 시작한
바로 그 자리 판문점에서

날강도 미제가 무릎을 꿇었다
무장간첩선 '푸에블로'호와 함께
멱살을 잡힌 세계제국주의의 우두머리
세계반동의 원흉인 미제가
또다시 항복서에 서명을 하였다

그러나 싸움은 끝나지 않았다
승냥이가 양으로 변할 수 없는 것처럼
제국주의의 본성은 변하지 않기 때문에
한두 해도 아닌 스물네 해째
우리의 절반 땅을 놈들이 짓밟고 있기 때문에

최후의 한 놈까지 미제를 쓸어내고
어버이수령님의 자애로운 한품에서
남북형제 똑같이 행복하게 살기 위해선
십 년을 몇 십 년을 싸울지라도
한순간도 공격을 멈추지 않을 우리

우리는 머지않아 반드시 받아내리라

백년 원쑤 미제의 마지막 항복서를…

이 용 악 전 집

제2부

시

원문

分水嶺

序

李庸岳君과의 親交도 最近의일이고 李君의 詩를 읽은것도 이번詩稿가
처음이다

그러나 내가 偶然한 機會로 처음 그의房에 들어서게되엇슬째부터 자조
그를 맛날째마다 이사람은 生存하는 사람이 안이라 生活하는 사람이라는
깁흔 印象을 밧는것임으로 年來의 舊友와갓흔 情誼를 붓지 안홀수업다

나는 李君의 生活을 너무나 잘 알수 잇섯다 李君은 치움과 주으림과
싸우면서 — 그는 饑鬼를 避하랴고 애쓰면서도 그것재문에 울지안는다
그는 항상 孤獨에 잠겨잇스면서도 미워하지 안는다 여기 이詩人의 超然
性이 잇다 힘이 잇다

李君의 詩가 그의 生活의 거즛 업는 記錄임은 勿論이다 그의 詩는 想이
압서거나 槪念으로 흘으지 안헛고 坐 詩全體에 流動되는 積極性을 發見
할수 잇다 하여튼 李君의 非凡한 詩才는 그의 作品이 스사로 말해주리라
고 밋는다

오죽 精進하는 李君의 압날을 期待하며 이短文으로 序를 代한다

— 一九三七 —

李揆元

北쪽

북쪽은 고향
그 북쪽은 女人이 팔녀간 나라
머언 山脈에 바람이 얼어붓틀째
다시 풀릴째
시름 만흔 북쪽 하눌에
마음은 눈 감을줄 몰으다

나를 만나거던

쌈 말는 얼골에
소곰이 싸락싸락 돗친 나를
공사장 갓까운 숩속에서 만나거던
　내손을 쥐지말라
　만약 내손을 쥐드래도
옛처럼 네손처럼 부드럽지못한 리유를
그 리유를 뭇ㅅ지 말어다오

주름 잡힌 이마에
石膏처럼 창백한 불만이 그윽한 나를
거리의 뒷골목에서 만나거던
　먹엇느냐고 뭇ㅅ지말라
　굶엇느냐곤 더욱 뭇ㅅ지말고
쑴갓혼 이야기는 이야기의 한마듸도
나의 沈默에 浸入하지 말어다오

폐인인양 씨드러저
턱을 고이고 안즌 나를
어득한 廢家의 迴廊에서 만나거던
　울지말라

웃지도 말라

너는 平凡한 表情을 힘써 직혀야겟고

내가 자살하지 안는 리유를

그 리유를 물ㅅ지 말어다오

도망하는밤

바닷바람이 묘지를 지나
문허지다 남은 城구비를 도라 마을을 지나
바닷바람이 어둠을 헤치고 달린다
밤
등잔불들은 조름 조름 눈을 감엇다

동무야
무엇을 뒤도라 보는가
너의 터전에 쎄둘기의 團欒이 질식한지 오래다
가슴을 치면서 부르지저 보라
너의 고함은 기우러진 울타리를 멀리 돌아
다시 너의 귀ㅅ속에서 신음할샌
그다음
너는 食慾의 抗議에 씩구러지고야 만다

기름찌 업는 살림을 보지만 말어도
토실 토실 살이 찔것갓다
쌕다구만 남은 마을……
여기서 생활은 가장 平凡한 因襲이엇다

가자

씨원이 써나 가자

흘러가는 젊음을 싸라

바람처럼 써나자

쑥장군의 전설을 가진 조고마한 늪

늪흘 직혀 숨줄이 말는 썩달나무에서

이제

늙은 올배미 凶夢스런 울음을 쇠이려니

말을이 썰다

이밤이 썰다

어서 집팽이를 옴겨노아라

말을 : '마을'의 오식.

풀버렛소리 가득차잇섯다

우리집도 안이고
일갓집도 안인 집
고향은 더욱 안인 곳에서
아버지의 寢床 업는 최후 最後의 밤은
풀버렛소리 가득차 잇섯다

露領을 단이면서까지
애써 자래운 아들과 딸에게
한마듸 남겨두는 말도 업섯고
아무울灣의 파선도
설룽한 니코리스크의 밤도 완전히 이즈섯다
목침을 반듯이 벤채

다시 쓰시잔는 두 눈에
피지못한 꿈의 꼿봉오리가 짤안ㅅ고
어름짱에 누우신듯 손발은 식어갈샌
입술은 심장의 영원한 停止를 가르첫다
째 느진 醫員이 아모말 업시 돌아간 뒤
이웃 늙은이 손으로
눈빗 미명은 고요히

낫츨 덥헛다

우리는 머리맛헤 업듸여
잇는대로의 울음을 다아 울엇고
아버지의 寢床업는 최후 最後의 밤은
풀버렛소리 가득차 잇섯다

葡萄園

季節鳥처럼 포로로오 날아 온
옛생각을 보듬고
오솔길을 지나
포도園으로 살금 살금 걸어와……

燭臺 든 손에
올감기는
싼씃한 感觸－

대이기만 햇스면 톡 터질듯
익은 포도알에
물든 幻想이 너울 너울 물결친다
공허로운 이마음을 엇저나

한줄 燭光을 마저
어둠에 밧치고 야암전히 서서
시집가는 섬색시처럼
모오든 약속을 잠깐 이저버리자

조롱 조롱 밤을 직히는

별들의 言語는

오늘밤

한쪼각의 祕密도 품지 안엇다

病

말 안인 말로
病室의 전설을 주밧는
힌 壁과
하아얀
하얀
壁

花瓶에 씨드른 짜알리야가
날개 불러진 두루미로 박게
그러케 박게 안뵈는 슬픔—
문허질상십흔
가슴에 숨어드는
차군 입김을 막어다오

실낫처럼 여윈 思念은
회색 문ㅅ지방에
알ㅅ길 업는 손톱그림을 색엿고
그 속에 쑤욱 써러진 황혼은 미치려나
폭풍이 헤여드는 내눈압헤서
미치려는가 너는

시퍼런 핏줄에

손까락을 언저보는 마음—

손 긋혜 다앗는 적은 움죽임

오오 살아잇다

나는 확실이 살아잇다

國境

새하얀 눈송이를 나혼 뒤 하눌은 銀魚의 鄕愁처럼 푸르다 얼어죽은 山
톡기처럼 집웅 집웅은 말이 업고 모진 바람이 굴쑥을 싸고돈다 강건너
소문이 그사람 보다도 기대려지는 오늘 폭탄을 품은 젊은 思想이 피에
로의 비가에 숨어와서 유령처럼 나타날것 갓고 눈우에 크다아란 발자
옥을 또렷이 남겨줄것 갓다 오늘

嶺

너는 나를 밋고
나도 너를 미드나
嶺은 놉다 구름보다도 嶺은 놉다

바람은 병든 암사슴의 숨결인양 풀이 죽고
太陽이 보이느냐
이제 숨속은 치떨리는 神話를 불으려니
왼몸에 쏘다지는 찬쌈
마음은 空虛와의 지경을 맴돈다

너의 입술이 파르르으 떨고
어어득한 바윗틈을 물러설째 마다
너의 눈동자는 사로잡힌다
즘생보담 무서운 그 무서운 무서운
독기를 멘 樵夫의 幻影에

일연감색으로 물든 西天을 보도 못하고
날은 저물고 어둠이 치밀어 든다
女人아
너의 노래를 불러다오

씨르레기 소리 너의 전부를 점영하기 전에

그러케 明朗하던 너의 노래를 불러다오

나는 너를 밋고

너도 나를 미드나

嶺은 놉다 구름보다도 嶺은 놉다

冬眠하는 昆虫의노래

산 과 들이
늙은 풍경에서 앙상한 季節을 시름할재
나는 흙을 쑤지고 들어왔다
차군 달빗츨 피해
둥굴소의 압발을 피해
나는 깁히 쌍속으로 들어왓다

멀어진 太陽은
아직 써머첩첩한 疑惑의 길을 더듬고
지금 태풍이 미처 날�뛴다
얼어쌔진 혼백들이 地溫을 불러 곡성이 놉다
그러나 나는
내 자신의 體溫에 실망한적이 업다

온갓 어둠과의 접촉에서도
생명은 빗츨 더부러 思索이 너그럽고
가즌 학대를 체험한 나는
날카로운 무기를 장만하리라

쑤지다 : 뚜지다. 파서 뒤집다.
둥굴소 : 둥글소. '황소'의 북한어.

풀풀의 물색으로 平和의衣裝도 쑤민다

어름 풀린

냇가에 버들이 휘늘어지고

어린 종다리 파아란 航空을 시험할 째면

나는 봄볏 짜듯한 땅우에 나서리라

죽은듯 눈감은 명상—

나의 冬眠은 위대한 躍動의 前提다

새벽東海岸

두셋식 먼 바다에 떨어저
珊瑚의 숨 쌔우러 간
새벽별

크작게 파도치는
모래불엔
透明한 童話를 기억하는
함박조개 썹지들

孤島의 日和豫報를 바든
갈매기 하나
활기로운 날개

물결처럼 날리는 그물 밋헤서
애비의 勤勞를 준비하는
漁夫의 아들 쌀

天痴의 江아

풀폭을 樹木을 짱을
바윗덩이를 물으녹이는 열기가 쏘다저도
오즉 네만 냉정한듯 차게 흘으는
江아
天痴의 江아

국제철교를 넘나드는 武裝列車가
너의 흘음을 타고 하눌을 쎌듯 고동이 놉흘째
언덕에 자리 잡은 砲台가 호령을 내려
너의 흘음에 선지피를 흘릴째
너는 焦燥에
너는 恐怖에
너는 부질업는 전율박게
가져본 다른 動作이 업고
너의 쑴은 쑴을 이어 흘은다

네가 흘러온
흘러온 山峽에 무슨 자랑이 잇섯드냐
흘러 가는 바다에 무슨 榮光이 잇스랴
이 은혜롭지못한 쑴의 饗宴을

傳統을 이어 남기려는가
江아
天痴의 江아

너를 건너
키 넘는 풀속을 들쥐처럼 기여
색달은 국경을 넘고저 숨어 단이는 무리
맥풀린 백성의 사투리의 鄕閭를 아는가
더욱 돌아오는 실망을
墓標를 걸머진듯한 이 실망을 아느냐

江岸에 무수한 해골이 딩굴러도
해마다 季節마다 더해도
오즉 너의 쑴만 아름다운듯 고집하는
江아
天痴의 江아

暴風

폭풍
暴風
거리 거리의 整頓美가 뒤집힌다
집웅이 독수리처럼 날아가고
벽은 교활한 未練을 안은채 쓸어진다
大地에 씩구러지는 大理石 기둥—
보이잔는 무수한 化石으로 裝飾된
都市의 넉시 폭발한다

欺瞞과 嫉妬와 陰謀의 殘骸를 끌안고
통곡하는게 누구냐
地下로 地下로 피난하는 善良한 市民들아
눈을 감고 귀를 막은 등신이 잇느냐
숨통을 일허버린 등신이 잇느냐
폭풍
暴風

오늘도 이길을

가로수의 睡眠時間이
아즉 고요한 어둠을 숨쉬고 잇다

지난밤 단골방에서 그린
향기롭던
明日의 花瓣은 지금 이길을 걸으며
한거름 한발작이 엄청 무거워짐을 느낀다

오늘
씹어야할 하로종일이
씨네마의 기억처럼 듸려다보이는
倦怠 —

　　산을 허물어
　　바위를 쓰더 길을 내고
　　길을 쌀아 집터를 닥는다
　　쓸어 지는 동무……
　　피투성이 된 頭蓋骨을 건치에 싸서
　　눈물 업시 무더야한다

그리고 보오얀 黃昏의 歸路

손바닥을 거울인양 듸려다보고
버릇처럼 장알을 헨다
누우런 이쌀을 내민채
말러빠진 즘생처럼 방바닥에 늘어진다

어제와 갓흔 필림을 풀러
오늘도 어제와 갓흔 이길을 걸어가는
倦怠 —

싸작돌을 쏠어너흔듯 흐리터분한 머리에
새벽은 한업시 스산하고
가슴엔 무륵 무륵 자라나는 불만

길손의봄

石段을 올라와

잔듸에 조심스레 안저

쌘족 쌘족 올라온 새싹을 쓰더 씹으면서

조곰치도 아까운줄 몰으는 주림

지난밤

회파람은 돌배솟 피는 洞里가 그리워

北으로 北으로 갓다

제비갓흔少女야
강건너酒幕에서

어디서 호개 짓는 소리
서리찬 갈밧처럼 어수성타
깁허가는 大陸의 밤 ―

손톱을 물어 쯧다도 살그만히 눈을 감는
제비갓흔 少女야
少女야
눈 감은 양볼에 울ㅅ정이 돗친다
그럴째마다 네 머리에 써돌
悲劇의 群像을 알고십다

지금 오가는 네 마음이
濁流에 홉살리는 江가를 헤매는가
비새는 토막에 누덕이를 쓰고 안젓나
쑹쿠레 안젓나

감앗던 두 눈을 써
입술로 가져가는 유리잔
그 풀은 잔에 술이 들엇슴을 기억하는가
부푸러올을 손ㅅ등을 엇지려나

윤쌀 나는 머리칼에
어릿거리는 哀愁

胡人의 말모리 고함
놉나저 지나는 말모리 고함—
쎠자린 채ㅅ죽 소리
젓가슴을 감어 치는가
너의 노래가 漁夫의 자장가처럼 애조롭다
너는 어느 凶作村이 보낸 어린 犧牲者냐

집허가는 大陸의밤—
未久에 먼동은 트려니 햇살이 피려니
성가스런 鄕愁를 버리자
제비갓혼 少女야
少女야⋯⋯

晩秋

노오란 銀杏입 하나
호리 호리 돌아 湖水에 떨어저
소리 업시 湖面을 미끄러진다
쏘 하나—

조이삭을 줏던 시름은
요지음 落葉 모으기에 더욱 더
해마알개젓고

하눌
하눌을 처다보는 늙은이 腦裡에는
얼어죽은 친지 그 그리운 모습이
쏘렷하게 피여 올은다고
길다란 담뱃대의 쏭입 연기를
하소에 돌린다

돌개바람이 멀지안어
어린것들이
털 고운 톡기 썹질을 벳겨
귀걸개를 준비할쌔

기름진 밧고랑을 가져못본

部落民 사이엔

지난해처럼 쏘 쏘 그전해처럼

소름끼친 對話가 오도도오 썬다

港口

太陽이 돌아온 記念으로
집 집 마다
카렌다아를 한장식 쯧는 시간이면
검누른 소리 港口의 하눌을 빈틈업시 흘럿다

머언 海路를 익여낸 汽船이
港口와의 因緣을 死守할여는 검은 汽船이
뒤를 니어 入港햇섯고
上陸하는 얼골들은
바눌 씃흐로 쏙 찔럿자
솟아나올 한방울 붉은 피도 업슬것 갓흔
얼골 얼골 히머얼건 얼골쌘

埠頭의 인부군들은
흙을 씹고 자라난듯 써머틔틔햇고
시금트레 한 눈초리는
풀은 하눌을 처다본적이 업는것 갓햇다
그 가온대서 나는 너무나 어린
어린 로동자엿고—

물위를 도롬도롬 헤야단이던 마음

흐터젓다도 다시 작대기처럼 꼿꼿해지던 마음

나는 날마다 바다의 꿈을 꾸엇다

나를 밋고저 햇섯다

여러해 지난 오늘 마음은 港口로 돌아간다

埠頭로 돌아간다 그날의 羅津이여

헤야단이던 : 헤어 다니던. 헤엄쳐 다니던.

孤獨

쌈내 나는
고달푼 思索 그 복판에
소낙비 마즌 허수애비가 그리어젓다
모초리 수염을 쩌리는 허수애비여
주잔즌 너의 귀에
풀피리소리 마저 멀어젓나바

雙頭馬車

나는 나의 祖國을 몰은다
내게는 定界碑 세운 領土란것이 업다
―그것을 소원하지 안는다

나의 祖國은 내가 태여난 時間이고
나의 領土는 나의 雙頭馬車가 굴러갈
그 久遠한 時間이다

나의 雙頭馬車가 지나는
욱어진 풀속에서
나는 푸르른 眞理의 놀라운 進化를 본다
山峽을 굽어보면서 쇠불 쇠불 넘는 嶺에서
줄줄이 쌔든 숨쉬는 思想을 맛난다

열기를 토하면서
나의 雙頭馬車가 赤道線을 돌파할째
거기엔 억센 심장의 威嚴이 잇고
季節風과 싸우면서 凍土帶를 지나
北極으로 다시 南極으로 돌진할째
거기선 확확 타올으는 삶의 힘을 발견한다

나는 항상 나를 冒險한다

그러나 나는 나의 天性을 슬퍼도 하지안코

期約업는 旅路를

疑心하지도 안는다

明日의 새로운 地區가 나를 불으고

더욱 나는 그것을 밋길래

나의 雙頭馬車는 쉴새 업시 굴러간다

날마다 새로운 旅程을 探求한다

海棠花

백모래 十里벌을
삽분 삽분 걸어간 발자옥
발자옥의 임자를 기대려
海棠花의 純情은
해마다 붉어진다

소릿말

처음에 이詩集『分水嶺』은 未發表의 詩稿에서 五十篇을 골라서 역것든것
인데 그것이 뜻대로 되지못햇고 여러달 지난 지금 처음의 절반도 못되는
二十篇만을 겨우 실어 세상에 보낸다 그 리면에는 싹한 사정이 숨어잇다

그럿케 되고보니 기어코 너코십던 作品의 大部分이 埋葬되엿다 유감
이 안일수 업다

하여튼 이조고마한 詩集으로 지나간 十年을 씨원히 淸算해 버리고 나
는 다시 出發하겟다

이번에 分水嶺 쏙대기에서 다시 出發할 나의江은 좀더 깁허야겟다 좀
더 억세어야겟다 요리조리 돌아서래도 다다러야할 海洋을 向해 나는
좀더 꾸준히 흘너야겟다 이詩集『分水嶺』은 其外의 아모런 意義도 가지
고 십지안타

여러가지로 힘을 도와준 동무들게 誠心으로 感謝한다

一九三七年五月
東京서
李庸岳

낡은집

검은 구름이모혀든다

해당화 정답게 핀 바닷가
너의문엄 작은 문엄앞에 머리 숙이고
숙아
쉽사리 돌아서지 못하는 마음에
검은 구름이 모혀든다

네애비 흘러간 뒤
소식 없던 나날이 무거웠다
너를 두고 네어미 도망한 밤
흐린 하눌은 죄로운 꿈을 먹음었고
숙아
너를 보듬고 새우던 새벽
매운 바람이 어설궂게 회오리쳤다

성위 돌배꽃
피고 지고 다시 필적마다
될성싶이 크더니만
숙아
장마 개인 이튿날이면 개울에 띠운다고
돛단 쪽배를 맨들어달라더니만

네 슬픔을 깨닫기도 전에 흙으로 갔다

별이 뒤를 딸우지않어 슬푸고나

그러나 숙아

항구에서 피말러간다는

어미소식을 몰으고 갔음이 좋다

아편에 부어 온 애비 얼골을

보지않고 갔음이 다행ㅎ다

해당화 고운 꽃을 꺾어

너의문엄 작은 문엄앞에 놓고

숙아

살포시 웃는 너의 얼골을

꽃속에서 찾어볼려는 마음에

검은 구름이 모혀든다

-족하의 무덤에서-

너는 피를토하는 슬픈동무였다

『겨울이 다 갔다고 생각자
조 들창에
봄빛 다사로이 헤여들게』

너는 불 꺼진 토기화로를 끼고 앉어
나는 네잔등에 이마를 대고 앉어
우리는 봄이 올것을 믿었지
식아
너는 때로 피를 토하는 슬픈 동무였다

봄이 오기 전 할미집으로 돌아가던
너는 병든 얼골에 힘써 웃음을 색였으나
고동이 울고 박퀴 돌고 쥐였던 손을 놓고
서로 머리 숙인채
눈과 눈이 마조칠 복된 틈은 다시 없었다

일년이 지나 또 겨울이 왔다
너는 내곁에 있지 않다
너는 세상 누구의곁에도 있지않다

너의 눈도 귀도 밤나무 그늘에 기리 잠들고
애꿎인 기억의 실마리가 풀리기에
오늘도 등신처럼 턱을 받들고 앉어
나는 조 들창만 바라본다

『봄이 아조 왔다고 생각자
너도 나도
푸른 하늘 알로 뛰여나가게』

너는 어미 없이 자란 청연
나는 애비 없이 자란 가난한 사내
우리는 봄이 올것을 믿었지
식아
너는 때로 피를 토하는 슬픈 동무였다

밤

어디서 고양이래두 울어준다면
밤
온갖 별이 눈감은 이 외롬에서
삼가 머리를들고
나는 마암을 불러 나의샘터로 돌아가지않겠나

나를 반듯이 눕힌 널판을 허비다도
배와 두 다리에
징글스럽게 감긴 누덕이를 쥐여뜯다도
밤
뛰여 뛰여 높은 재를 넘은 어린 사슴처럼
오솝소리 맥을 버리고
가벼히 볼을 맞이는 야윈 손

손도 얼골도 끔쯕히 축했으리라 만
놀라지 말자
밤
곁에 잠든
수염이 길어 흉한 사내는
가을과 겨울 그리고 풀빛 기름진 봄을

이 굴에서 즘생처럼 살아왔단다

생각이 자꼬 자꼬만 몰라들어간다
밤
들리지않는 소리에
오히려 나의 귀는 벽과 천정이 두렵다

연못

밤이라면 별모래 골고루 숨쉴 하눌
생각은 노새를 타고
갈꽃을 헤치며 오막사리로 돌아가는 날

두 셋 잠자리
대일랑 말랑 물머리를 간지리고
연못 잔잔한 가슴엔 내만 아는
근심이 소스라처 붐비다

깊이 물밑에 자리잡은 푸른 하눌
얼골은 어제보담 히고
엇전지 어전지 못믿어운 날

아이야 돌다리위로 가자

냇물이 맑으면 맑은 물밑엔
조약돌도 디려다보이리라
아이야
나를 딸아 돌다리 위로 가자

    멀구광주리의 풍속을 사랑하는 북쪽나라
    말다른 우리고향
    달맞이노래를 들려주마

다리를 건너
아이야
네애비와 나의 일터 저 푸른 언덕을 넘어
풀냄새 깔앉은 대숲으로 들어가자

    꿩의 전설이 늙어가는 옛성 그 성밖
    우리집 집웅엔
    박이 시름처럼 큰단다

구름이 히면 힌 구름은
북으로 북으로도 가리라

아이야
사랑으로 너를 안았으니
대잎사귀 새이새이로 먼 하늘을 내다보자

　봉사꽃 유달리 고운 북쪽나라
　우리는 어릴ㅅ적
　해마다 잊지않고 우물ㅅ가에 피웠다

하늘이 고히 물들었다
아이야
다시 돌다리를 건너 온길을 돌아가자

　돌담 밑 오지항아리
　저녁별을 안고 망서릴 지음
　우리아운 나를 불러 불러 외롭단다

시무라 에서

앵무새

청포도 익은 알만 쪼아 먹고 잘았나냐
네 목청이 제법 이그러지다

거짓을 별처럼 사랑는 노란 주둥이 있기에
곱게 늙는 발톱이 한뉘 흙을 긁어보지못한다

네 헛된 꿈을 섬기어 무서운 낭에 떨어질텐데
그래도 너는 두 눈을 똑바로 뜨고만 있다

금붕어

유리 항아리 동글한 품에
견디질못해 삼삼 맴돌아도
날마다 저녁마다 너의 푸른 소원은 저물어간다
숨결이 도롬도롬 방울저 공허로웁다

하얗게 미치고야말 바탕이 진정 슬푸다
바로 눈 앞에서 오랑캐꽃은 피여도
꽃수염 간지럽게 하늘거려도

반즐한 돌기둥이 안개에 감기듯
아물아물 살아질 때면
요사스런 웃음이 배암처럼 기어들것만 같애
싸늘한 마음에 너는 오시러운 피를 흘린다

두더쥐

숨맥히는 어둠에 벙어리되어 떨어진
가난한 마음아

일곱색 무지개가 서도 살아저도
태양을 우르러 웃음을 갖지않을 네건만

때로 불타는 한줄 빛으로서
네맘은 아푸고 이즈러짐이 또한 크다

그래도 남으로만 달린다

한결 해말숙한 네 이마에
촌스런 시름이 피여 올으고
그래도
우리를 실은
차는 남으로 남으로만 달린다

촌과 나루와 거리를
벌판을 숲을 몇이나 지나 왔음이냐
눈에 묻힌 이 고개엔
가마귀도 없나보다

보리밭 없고
흘으는 떼ㅅ노래라곤
더욱 못들을 곳을 향해
암팡스럽게 길 떠난
너도 물새 나도 물새
나의사람아 너는 울고싶고나

말없이 처다보는 눈이
흐린 수정알처럼 외롭고

때로 입을 열어 시름에 젖는
너의 목소리 어선 없는듯 가늘다

너는 차라리 밤을 붊음이 좋다
창을 열고
거센 바람을 받아들임이 좋다
머리속에서 참새 재잘거리는듯
나는 고달푸다 고달푸다

너를 키운 두메산골에선
가라지의 소문이 뒤를 엮을텐데
그래도
우리를 실은
차는 남으로 남으로만 달린다

장마 개인 날

하늘이 해오리의 꿈처럼 푸르러
한점 구름이 오늘 바다에 떨어지련만
마음에 안개 자옥히 피여 올은다
너는 해바래기처럼 웃지않어도 좋다
배고푸지 나의사람아
엎디여라 어서 무릎에 엎디여라

두만강 너 우리의강아

나는 죄인처럼 숙으리고
나는 코끼리처럼 말이 없다
두만강 너 우리의 강아
너의 언덕을 달리는 찻간에
조고마한 자랑도 자유도 없이 앉았다

아모것두 바라볼수 없다만
너의 가슴은 얼었으리라
그러나
나는 안다
다른 한줄 너의 흘음이 쉬지않고
바다로 가야할 곳으로 흘러 내리고 있음을

지금
차는 차대로 달리고
바람이 이리처럼 날뛰는 강건너 벌판엔
나의 젊은 넋이
무엇인가 기대리는듯 얼어붙은듯 섰으니
욕된 운명은 밤 우에 밤을 마련할뿐

잠들지말라 우리의 강아
오늘밤도
너의 가슴을 밟는 뭇 슬픔이 목말으고
얼음길은 거즐다 길은 멀다

기리 마음의 눈을 덮어줄
검은 날개는 없나냐
두만강 너 우리의 강아
북간도로 간다는 강원도치와 마조 앉은
나는 울줄을 몰라 외롭다

우라지오 가까운 항구에서

삽살개 짖는 소리
눈포래에 얼어붙는 섯달 그믐
밤이
얄궂은 손을 하도 곱게 흔들길래
술을 마시어 불타는 소원이 이 부두로 왔다

걸어온 길까에 찔레 한송이 없었대도
나의 아롱범은
자욱자욱을 뉘우칠줄 몰은다
어깨에 쌓여도 하얀 눈이 무겁지 않고나

철없는 누이 고수머릴랑 어루맍으며
우라지오의 이야길 캐고싶던 밤이면
울어머닌
서투른 마우재말도 들려주셨지
졸음졸음 귀 밝히는 누이 잠들 때꺼정
등불이 깜박 저절로 눈 감을 때꺼정

다시 내게로 헤여드는
어머니의 입김이 무지개처럼 어질다

나는 그모도를 살틀히 담았으니
어린 기억의 새야 귀성스럽다
거사리지말고 마음의 은줄에 작은 날개를 털라

드나드는 배 하나 없는 지금
부두에 호젓 선 나는 멧비둘기 아니건만
날고싶어 날고싶어
머리에 어슴푸레 그리어진 그곳
우라지오의 바다는 어름이 두텁다

등대와 나와
서로 속사길수없는 생각에 잠기고
밤은 얄팍한 꿈을 끝없이 꾀인다
가도오도 못할 우라지오

등불이 보고싶다

하늘이 금시 묽어질양 천동이 울고
번개불에 비취는 검은 봉오리 검은 봉오리

미끄러운 바위를 안고 돌아 몇구비 돌아 봐도
다시 산사이 험한 곬작길 자옥마다 위태롭다

옹골찬 믿음의 불수레 굴러 조마스런 마암을 막아보렴
앞선 사람 뒤떠러진 벗 모두 입다물어 잠잠

등불이 보고싶다
등불이 보고싶다

귀밀 짓는 두멧사람아
멀리서래두 너의 강아지를 짖겨다오

고향아 꽃은 피지못했다

하얀 박꽃이 오들막을 덮고
당콩 너울은 하늘로 하늘로 기어 올라도
고향아
여름이 안타깝다 묽어진 돌담

돌우에 앉았다 섰다
성가스런 하로해가 먼 영에 숨고
소리없이 생각을 드디는 어둠의 발자취
나는 은혜롭지못한 밤을 또 불은다

도망하고 싶던 너의아들
가슴 한구석이 늘 차그윗길래
고향아
되지굴같은 방 등잔불은
밤마다 밤새도록 꺼지고싶지 않았지

드듸어 나는 떠나고야말았다
곧얼음 녹아내려도 잔디풀 푸르기 전

오들막 : 오돌막. '오두막'의 북한어.

마음의 불꽃을 거느리고
멀리로 낯선 곳으로 갔더니라

그러나 너는 보드러운 손을
가슴에 얹은대로 떼지않었다
내 곳곳을 헤매여 살길 어드울때
빗돌처럼 우득헌이 거리에 섰을때
고향아
너의 불음이 귀에 담기어짐을
막을 길이 없었다

『돌아오라 나의 아들아
까치둥주리 있는
아까시야가 그립지 않느냐
배암장어 구어 먹던 물방앗간이
새잡이하던 버들방천이
너는 그립지 않나
아롱진 꽃 그늘로
나의 아들아 돌아오라』

나는 그리워서 모두 그리워
먼길을 돌아왔다 만
버들방천에도 가고싶지 않고

물방앗간도 보고싶지 않고
고향아
가슴에 가로누운 가시덤불
돌아온 마음에 싸늘한 바람이 분다

이 몇을을 미칠듯이 살아온 내게
다시 너의 품을 떠날려는 내귀에
한마디 아까운 말도 속사기지 말어다오
내겐 한거름 앞이 보이지않는
슬픔이 물결친다

하얀것도 붉은것도
너의 아들 가슴엔 피지못했다
고향아
꽃은 피지못했다

낡은집

날로 밤으로
왕거미 줄치기에 분주한 집
마을서 흉집이라고 꺼리는 낡은 집
이집에 살았다는 백성들은
대대 손손에 물레줄
은 동곳도 산호 관자도 갖지못했니라

재를 넘어 무곡을 단이던 당나귀
항구로 가는 콩시리에 늙은 둥굴소
모두 없어진지 오랜
외양깐엔 아직 초라한 내음새 그윽하다 만
털보네 간곳은 아모도 몰은다

찻길이 뇌이기 전
노루 멧돼지 쪽제피 이런것들이
앞뒤 산을 마음놓고 뛰여단이던 시절
털보의 셋재 아들은
나의 싸리말 동무는
이집 안방 짓두광주리 옆에서
첫 울음을 울었다고 한다

『털보네는 또 아들을 봤다우
  송아지래두 불었으면 팔아나먹지』
마을 아낙네들은 무심코
차그운 이야기를 가을 냇물에 실어 보냈다는
그날밤
저릎등이 시름시름 타들어가고
소주에 취한 털보의눈도 일층 붉더란다

갓주지 이야기와
무서운 전설 가운데서 가난 속에서
나의 동무는 늘 마음조리며 잘았다
당나귀 몰고간 애비 돌아오지않는 밤
노랑 고양이 울어 울어
종시 잠 이루지못하는 밤이면
어미 분주히 일하는 방앗간 한구석에서
나의 동무는
도토리의 꿈을 키웠다

그가 아홉살 되든 해
사냥개 꿩을 쫓아단이는 겨울
이집에 살던 일곱 식솔이
어대론지 살아지고 이튿날 아침

북쪽을 향한 발자욱만 눈우에 떨고있었다

더러는 오랑캐영 쪽으로 갔으리라고
더러는 아라사로 갔으리라고
이웃 늙은이들은
모두 무서운 곳을 짚었다

지금은 아무도 살지않는 집
마을서 흉집이라고 꺼리는 낡은 집
제철마다 먹음직한 열매
탐스럽게 열던 살구
살구나무도 글거리만 남았길래
꽃피는 철이 와도 가도 뒤울안에
꿀벌 하나 날아들지 않는다

꼬릿말

새롭지못한 느낌과 녹쓸은 말로서 조고마한 책을 엮었으니 이 책을『낡은집』이라고 불러주면 좋겠다

되도록 적게 싣기에 힘써 여기 열다섯편을 골라 넣고…… 아직 늙지 않었음을 믿는 생각만이 어느 눈날리는 벌판에로 쏠린다

두터운 뜻을 베풀어 제일처럼 도와준 동무들께 고마운 말을 엇덯게 갖였으면 다할런지 몰으겠다

(용악)

오랑캐꽃

오랑캐꽃

긴 세월을 오랑캐와의 싸홈에 살았다는 우리의 머언 조상들이 너를 불러 「오랑캐꽃」이라 했으니 어쩌보면 너의 뒤ㅅ모양이 머리태를 드리인 오랑캐의 뒤ㅅ머리와도 같은 까닭이라 전한다

안악도 우두머리도 돌볼새 없이 갔단다

도래샘도 떳집도 버리고 강건너로 쫓겨 갔단다

고려 장군님 무지 무지 처 드리와

오랑캐는 가랑잎처럼 굴러 갔단다

구름이 모혀 골짝 골짝을 구름이 흘러

백년이 몇 백년이 뒤를 니어 흘러 갔나

너는 오랑캐의 피 한방울 받지않았것만

오랑캐꽃

너는 돌가마도 털메투리도 몰으는 오랑캐꽃

두 팔로 해ㅅ빛을 막아줄께

울어보렴 목놓아 울어나보렴 오랑캐꽃

불

모든것이 잠잠히 끝난
다음에도
당신의 벗이래야 할것이

솟아 오르는 빛과 빛과 몸을 부비면
한결같이 일어설 푸른 비늘과 같은
아름다움
가슴마다 피어

싸움이요
우리 당신의 이름을 빌어
미움을 물리치는것이요

노래 끝나면

손ㅅ벽 칩시다 정을 다하야
우리 손ㅅ벽 칩시다

노새나 나귀를 타고
방울소리며 갈꽃을 새소리며 달무리를
즐기려 가는것은 아니올시다

청기와 푸른 등을 밟고 서서
웃음 지으십시오
아해들은 한결같이 손을 저으며
멀어지는 나의 뒤ㅅ모양 물ㅅ결치는 어깨를
눈부시게 바라보라요

누구나 한번은 자랑하고 싶은
모든 사람의 고향과
나의 길은 황홀한 꿈 속에 요요히 빛나는것

손ㅅ벽 칩시다 정을 다하야
우리 손ㅅ벽 칩시다

벌판을 가는것

몇 천년 지난 뒤 깨어났음이뇨
나의 밑 다시 나의 밑 잠자는 혼을 밟고
새로히 어깨를 일으키는것
나요
불ㅅ길이요

쌓여 쌓여서 훈훈히 썩은 나무잎들을 헤치며
저리 환하게 열린 곳을 뜻함은
세월이 끝나던 날
오히려 높디높았을 나의하늘이 남아있기 때문에

내 거닐는 자욱마다 새로운 풀폭 하도 푸르러
뒤돌아 누구의 이름을 부르료

이제 벌판을 가는것
바람도 비도 눈보라도 지나가버린 벌판을
이렇게 많은 단 하나에의 길을 가는것
나요
끝나지 않는 세월이요

집

밤마다 꿈이 많어서
나는 겁이 많어서
어깨가 처지는것일까

끝까지 끝까지 웃는 낯으로
아해들은 충충계를 내려가바렸나본데
벗 없을 땐
집 한칸 있었으면 덜이나 곤하겠는데

타지 않는 저녁 하눌을
가벼운 병처럼 스처 흐르는 시장끼
어쩌면 몹시두 아름다워라
앞이건 뒤건 내 가차이 모올래 오시이소

눈감고 모란을 보는것이요
눈 감고
모란을 보는것이요

구슬

마디 마디 구리ㅅ빛 아무렇던
열 손ㅅ가락
자랑도 부끄러움도 아닐바에

지혜의 강에 단 한개의 구슬을 바처
밤이기에 더욱 빛나야할 물 밑

온갖 바다에로 새 힘 흐르고 흐르고

몇 천년 뒤
내
닮지 않은 어느 아해의 피에 남을지라도
그것은 헛되잖은 이김이라

꽃향기 숨가쁘게 날러드는 밤에사
정영 맘놓고 늙언들 보자요

해가 솟으면

잠잠히 흘러 내리는
개울을 따라
마음 섧도록 추잡한 거리로 가리
날이 갈쑤록 새로히닫히는
무거운 문을 밀어제치고

조고마한 자랑을 만날지라도
함부로 푸른 하늘을 대할지라도
내사
모자를 벗어 반갑게 흔들어 주리라

숫한 꽃씨가 가슴에서 튀어나는 깊은 밤이면
손ㅅ벽소리 아스랗게 들려오는 손ㅅ벽소리

멀어진 모오든 사람들의 이롬을 부르며
호을로 거리로 가리

욕된 나날이 정영 숨가쁜
곱새는 등곱새는
엎디어 이마를 적실 샘물도 없어

죽엄

별과 별들 사이를
해와 달 사이 찬란한 허공을 오래도록 헤매다가
끝끝내
한번은 만나야할 황홀한 꿈이 아니겠읍니까

가장 높은 덕이요 똑바른 사랑이요
오히려 당신은 영원한 생명

나라에 큰 난 있어 사나히들 은당신을 향할지라도
두려울 법 없고
충성한 백성만을 위하야 당신은
항상 새 누리를 꾸미는것이었읍니다

아무도 이르지 못한 바다ㅅ가 같은데서
아무도 살지 않은 풀 욱어진 벌판 같은데서
말하자면
헤아릴수 없는 옛적 같은데서
빛을 거느린 당신

사나히들 은당신을 : '사나히들은 당신을'의 띄어쓰기 오류.

밤이면 밤마다

가슴을 밟고 미칠듯이 거러오는 이
음침한 골목길을 따라오는 이

바라지않는 무거운손이 어깨에 놓여질것만 같습니다
붉은 보재지로 나의 눈을 가리우고 당신은
눈 먼 사나이의 마지막을
흑 흑 느끼면서 즐길것만 같습니다

메레토스여 검은 피를 받은 이
밤이면 밤마다
내 초조로히 돌아가는 좁은 길이올시다

술잔을빨면 모든 영혼을 가벼히 물리칠수있었으나
나종에 내 돌아가는 곳은
허깨비의 집이올시다 캄캄한 방이올시다
거기 당신의 쩨우스와 함게 가두어 뒀읍니다
당신이 엿보고싶은 가지가지 나의 죄를

보재지 : '보재기'의 오식. '보재기'는 '보자기'의 방언.

그러나 어서 물러 가십시오

푸른 정영코 푸르른 하눌이 나를 섬기는 날

당신을 찾어

여러 강물을 건너 가겠읍니다

자랑도 눈물도 없이 건너 가겠읍니다

꽃가루 속에

배추밭 이랑을 노오란 배추꽃 이랑을

숨가쁘게 마구 웃으며 달리는것은

어디서 네가 나즉히 불르기 때문에

배추꽃 속에 살며시 흩어놓은 꽃가루 속에

나두야 숨어서 너를 부르고 싶기 때문에

달있는 제사

달빛 밟고 머나먼 길 오시리
두 손 합처 세번 절하면 돌아 오시리
어머닌 우시어
밤내 우시어
하아얀 박꽃 속에 이슬이 두어방울

강ㅅ가

아들이 나오는 올겨울엔 걸어서라두
청진으로 가리란다
높은 벽돌 담 밑에 섰다가
세해나 못본 아들을 찾어 오리란다

그 늙은인
암소 따라 조이밭 저쪽에 사라지고
어느 길손이 밥 지은 자췬지
끄슬은 돌 두어개 시름겨웁다

다리우에서

바람이 건센 밤이면
몇번이고 꺼지는 네모난 장명등을
괴짝 밟고 서서 몇번이고 새로 밝힐때
누나는
별 많은 밤이 되려 무섭다고 했다

국수ㅅ집 찾어 가는 다리 우에서
문득 그리워지는
누나도 나도 어려선 국수ㅅ집 아히

단오도 설도 아닌 풀버레 우는 가을철
단 하로
아버지의 제사ㅅ날만 일을 쉬고
어른처럼 곡을 했다

───────

건센 : '거센'의 오식.

버드나무

누나랑 누이랑
뽕오디 따라 다니던 길ㅅ가엔
이쁜 아가씨 목을 맨 버드나무

백년 기대리는 구렝이 숨었다는 버드낡엔
하루사리도 호랑나비도 들어만 가면
다시 나올상 싶잖은
검은 구멍이 입버리고 있었것만

북으로 가는 남도치들이
산ㅅ길을 바라보고선 그만 맥을 버리고
코올콜 낮잠 자던 버드나무 그늘

사시 사철 하얗게 보이는
머언 봉우리 구름을 부르고
마을선
평화로운듯 밤마다 등불을 밝혔다

벽을 향하면

어느 벽에도 이름 모를 꽃
향그러히 피어있는 함속 같은 방이래서
기꺼울듯 어지러웁다

등불을 가리고 검은 그림자와 함끼
차차루 멀어지는 벽을 향하면
날라리 불며
날라리 불며 모혀드는 옛적 사람들

검푸른 풀섶을 헤치고 온다
배암이 알 까는 그윽한 냄새에 붉으스레
취한 얼골들이 해와 같다

함끼 : 함께.

길

여덟 구멍 피리며 앉으랑 꽃병
동구란 밥상이며 상을 덮은 흰 보재기
안해가 남기고 간 모든것이 고냥 고대로
한때의 빛을 먹음어 차라리 휘휘로운데
새벽마다 뉘우치며 깨는것이 때론 외로워
술도 아닌 차도 아닌
뜨거운 백탕을 훌훌 마이며 참아 어질게 살아보리

안해가 우리의 첫애길 보듬고
먼 길 돌아 오면
내사 고혼 꿈 따라 횃불 밝힐까
이 조그마한 방에 푸르른 난초랑 옮겨놓고

나라에 지극히 복된 기별이 있어 찬란한 밤마다
숫한 별 우러러 어찌야 즐거운 백성이 아니리

꽃닢 헤칠싸록 깊어만지는 거울
호을로 차지하기엔 너무나 큰 거울을
언제나 똑바루 앞으로만 대하는것은
나의 웃음 속에

우리 애기의 길이 티어 있기에

무자리와 꽃

가슴은 뫼풀 욱어진 벌판을 묻고
가슴은 어느 초라한 자리에 묻힐지라도
만날것을
아득한 다음날 새로히 만나야할것을

마음 그늘진 두던에 엎디어
함끼 살아온 너
어디루 가나

불타는 꿈으로하야 자랑이던
이 길을 네게 나노자
흐린 생각을 밟고 너만 어디루 가나

눈을 감으면 너를 따라
자욱 자욱 꽃을 드딘다
휘휘로운 마음에 꽃닢이 흩날린다

다시 항구에와서

모든 기폭이 잠잠이 내려앉은

이 항구에

그래도 남은것은 사람이올시다

한마디의 말도 배운적없는듯한 많은 사람속으로

어질게 생긴 이마며 수수한 입설이며

그저 조와서

나도 한마디의 말 없이 우줄우줄 걸어나가면

저리 산 밑에서 들려오는 돌 깨는 소리

시바우라 같은데서 혹은 메구로 같은데서

함께 일하고 함께 잠 자며

퍽도 친하게 지내든 사람들로만 녁여집니다

서로 모르게

어둠을 타 구름처럼 흩어졌다가

똑같이 고향이 그리워서

원문에는 "퍽도 친하게 지내든 사람들로만 녁여집니다"에서 페이지가 끝나고 다음 페이지가 "서로 모르게"로 시작된다. 윤영천 편 『이용악 시전집』에서는 한 연으로 처리했지만, 이 책에서는 시행의 호흡과 문맥 등을 고려하여 별도의 연으로 구분하였다.

돌아 온 이들이 아니겠읍니까

하늘이 너무 푸르러
갈매기는 쭉지에 흰 목을 묻고
어느 옴쑥한 바위틈 같은데 숨어바렸나본데
차라리 누구의 아들도 아닌 나는 어찌하야
검붉은 흙이 자꾸만 씹고 싶습니까

절라도 가시내

알룩조개에 입마추며 자랐나
눈이 바다처럼 푸를뿐더러 까무스레한 네 얼골
가시내야
나는 발을 얼구며
무쇠다리를 건너 온 함경도 사내

바람소리도 호개도 인전 무섭지 않다만
어드운 둥불밑 안개처럼 자욱한 시름을 달게 마시련다만
어디서 흉참한 기별이 뛰어들것만 같해
두터운 벽도 이웃도 못믿어운 복간도 술막

온갖 방자의 말을 품고 왔다
눈포래를 뚫고 왔다
가시내야
너의가슴 그늘진 숲속을 기어간 오솔길을 나는 헤매이자
술을 부어 남실남실 술을 따르어
가난한 이야기에 고히 잠거다오

복간도 : '북간도'의 오식.

네 두만강을 건너왔다는 석달전이면
단풍이 물들어 철리 철리 또 철리 산마다 불탔을겐데
그래두 외로워서 슬퍼서 초마폭으로 얼굴을 가렸더냐
두 낮 두 밤을 두루미처럼 울어 울어
불술기 구름속을 달리는양 유리창이 흐리더냐

차알삭 부서지는 파도소리에 취한듯
때로 싸늘한 웃음이 소리 없이 색이는 보조개
가시내야
울듯 울듯 울지 않는 절라도 가시내야
두어마디 너의 사투리로 때아닌 봄을 불러줄께
손때 수집은 분홍 댕기 휘 휘 날리며
잠깐 너의 나라로 돌아 가거라

이윽고 얼음길이 밝으면
나는 눈포래 휘감아치는 벌판에 우줄우줄 나설게다
노래도 없이 사라질게다
자욱도 없이 사라질게다

두메산곬 (1)

들창을 열면 물구지떡 내음새 내달았다
쌍바라지 열어 제치면
썩달나무 썩는 냄새 유달리 향그러웠다

뒷산에두 봊나무
앞산두 군데 군데 봊나무

주인장은 매사냥을 다니다가
바위틈에서 죽었다는 주막집에서
오래 오래 옛말처럼 살고 싶었다

두메산곬 (2)

아히도 어른도
버슷을 만지며 히히 웃는다
독한 버슷인양 히히 웃는다

돌아 돌아 물ㅅ곬 따라가면 강에 이른대
영 넘어 여러 영 넘어가면 읍이 보인대

맷돌방아 그늘도 토담 그늘도
희부옇게 엷어지는데
어디서 꽃가루 날러오는듯 눈부시는 산머리

온길 갈길 죄다 잊어바리고
까맣게 쓰러지고 싶다

두메산곬 (3)

참나무 불이 이글이글한
오지화로에 감자 두어개 묻어놓고
멀어진 서울을 그리는것은
도포 걸친 어느 조상이 귀양 와서
일삼든 버릇일까
돌아갈때엔 당나귀 타고 싶던
여러 영에
눈은 내리는데 눈은 내리는데

두메산곬 (4)

소곰토리 지웃거리며 돌아 오는가
열두 고개 타박 타박 당나귀는 돌아 오는가
방울소리 방울소리 말방울소리 방울소리

슬픈 사람들 끼리

다시 만나면 알아못볼

사람들 끼리

비웃이 타는데서

타래곱과 도루모기와

피 터진 닭의볏 찌르르 타는

아스라한 연기 속에서

목이랑 껴안고

웃음으로 웃음으로 헤어저야

마음 편쿠나

슬픈 사람들 끼리

도루모기 : 도루메기. '도루묵'의 북한어.

비늘하나

파도소리가 들려오는게 아니요
꽃향기 그윽히 풍기거나
따뜻한 뺨에 볼을 부비는것이 아니요
안개 속 다만 반짝이는 비늘 하나
모든 사람이 밟고 지나간 비늘 하나

열두개의 층층계

열두개의 층층계를 올라와
옛으로 다시 새날로 통하는 열두개의
층층계를 양볼 붉히고 올라와
누구의 입김이 함부로 이마를 스칩니까
약이오 네벽에 층층이 쌓여있는것
어느쪽을 무너트려도 나의 책들은 아니올시다
약상자 뿐이요 오래 묵은 약병들이요

청춘을 드리다 물러 가시렵니까
내 숨쉬는 곳곳에 숨어서 불르는 이
모두다 멀리로 떠나보내고
어둠과 어둠이 마조처 찬란히 빛나는 곳
땅을 향해
흔들리는 열두개의 층층계를
영영 내려가야 하겠읍니다

등을 둥그리고

한방 건너 관 덮는 모다귀소리 바삐 끄친다
목메인 울음 땅에 땅에 슬피 내린다

흰 그림자 바람벽을 거닐어
니어니어 사라지는 흰 그림자 등을묻어 무거운데
아모 은혜도 받들지 못한 여러밤이 오늘밤도
유리창은 어드워

무너진 하늘을 헤치며 별빛 흘러 가고
마음의 도랑을
씨들은 풀닢이 저어 가고
나의 병실엔 초라한 돌문이 높으게 솟으라선다

어느 나라이고 새야
외로운 새야 벙어리야 나를 기대려 길이 울라
너의 사람은 눈을 가리고 미웁다

뒤人길로 가자

우르러 받들수 없는 하눌
검은 하눌이 쏟아저 내린다
왼몸을 구비치는
병든 흘음도 캄캄히 저물어 가는데

예서 아는 이를 만나면 숨어바리지
숨어서 휘정 휘정 뒤人길을 거를라치면
지나간 모든 날이 따라 오리라

썩은 나무다리 걸처 있는 개울까지
개울 건너 또 개울 건너
빠알간 숯불에 비웃이 타는 선술집 까지

푸르른 새벽인들 내게 없었을라구
나를 에워싸고
외치며 쓰러지는 수없이 많은 나의 얼골은
파리한 이마는 입설은 잊어바리고저
나의 해바래기는
무거운 머리를 어느 가슴에 떠러트리랴

이제 검은 하눌과 함끼

줄기 줄기 차거운 비 쏟아저 내릴것을

네거리는 싫여 네거리는 싫여

히 히 몰래 웃으며 뒤ㅅ길로 가자

항구에서

영원과 같은 그러한것이 아득히 바라뵈는 그러한 꿈길을 끝끝내 돌아 온 나의 청춘이요 바쁘게 떠나가는 검은 기선과 몰려서 우짖는 갈매기의 떼

구름 아래 뭉처선 흩어지는 먹구름 아래 당신네들과 나의 어깨에도 하늘은 골고루 머물러 얼마나 멋이었읍니까

꽃이랑 꺾어 가슴을 치레하고 우리 회파람이나 간간히 불어 보자요 훨 훨 옷깃을 날리며 머리칼을 날리며 서로 헤어진 멀고먼 바닷가에서 우리 한번은 웃음지어 보자요

그러나 언덕길을 오르나리면서 항상 생각는것은 친구의얼골들이 아니었읍니다 갈바리의 산이요 우뢰소리와 함끼 둘로 갈라지는 갈바리의 산

희망과 같은 그러한것이 가슴에 싹트는 그러한 밤이면 무슨 즘생처럼 우는 뱃고동을 들으며 바다로 보이지 않는 바다로 휘정 휘정 내려가는것이요

「오랑캐꽃」을 내놓으며

여기모은 詩는 一九三九年부터 一九四二年까지 新聞 혹은 雜誌에 發表한 作品들이다 초라한 대로 나의 셋쨋번 詩集인 셈이다

一九四二年이라면 붓을 꺾고 시굴로 내려가든 해인데 서울을 떠나기 전에 詩集「오랑캐꽃」을 내놓고저 했으나 뜻을 이루지 못했을 뿐만 아니라 그 이듬해 봄엔 某事件에 얽혀 原稿를 모조리 咸鏡北道警察部에 빼았기고 말었다.

八·一五이후 이 詩集을 다시엮기에 一年이 더되는 세월을 보내고도 몇篇의 作品은 끝끝내 찾어낼 길이 없어 여기 넣지 못함이 서운하나 위선 모여진대로 내놓기로 한다.

끝으로 原稿모으기에 애써주신 辛夕汀兄과 金光現·柳呈 兩君에게 感謝하여 마지않는다.

一九四六年 겨울

著者

李庸岳集

編輯長에게 드리는 便紙

해방후의 작품을 중심으로 하되 예전것에서도 골고루 대표작을 자선해서 한 권 엮어달라고 하신 말씀을 듣고, 정작 손을 대보니 그 다지 쉬운 노릇은 아니었읍니다.

웨냐하면, 유감스럽게도, 이것이 지금까지 써 온 작품중에서 골라낸 소위 나의 대표작이요 하고 내놀만한 것이 별로 없을 뿐만아니라, 두루 어쩌는 사이에 제자신의 작품을 골고루 들여다 볼수 있는 스크랲 하나도 저에겐 남아 있지 않고, 또 어쩐지 쑥스러운 생각이 자꾸 앞서기 때문이었읍니다.

그래서 정직히 말씀드리면, 처음 생각을 다소 수정하고, 비교적 쉽게 그리고 단 시일에 엮는 방법으로서, 현재 갖고 있는 것과, 가까운 동무들 손에 있는 자료에서 차별없이 한 권 되리만큼 베껴 내기로 작정 했읍니다.

1과 2 그리고 8은 해방후의 작품에서. 3은 처녀시집 「分水嶺」에서. 4는 시집 「낡은 집」에서. 5와 6, 7은 시집 「오랑캐꽃」에서 추린것과, 또 같은 시대의 작품으로서 「오랑캐꽃」에 넣지 못했다가 그 후 수집된 것을 섞어 보았읍니다.

그리고 「사진」 말씀이 있었으나 이것만은 제발 용서하시기 바랍니다. 지금 바삐 떠나야 할 길이 있어, 자세한 말씀드리지 못하고 두어자 적었읍니다. 나무래지 마시길.

一九四八년 늦가을

용 악

오월에의 노래

잇발 자욱 하얗게 홈 간 빨뿌리와 담뱃재 소복한 왜접시와 인젠 불
살러도 좋은 몇 권의 책이 놓여 있는 거울 속에 너는 있어라

성미 어진 나의 친구는 고오고리를 좋아 하는 소설가 몹시도 시장하
고 눈은 내리던 밤 서로 웃으며 고오고리의 나라를 이야기하면서 소시
민 소시민이라고 써놓은 얼룩진 벽에 벗어버린 검은 모자와 귀걸이가
걸려 있는 거울 속에 너는 있어라

그리웠던 그리웠던 구름 속 푸른 하늘은 우리 것이라 그리웠던 그리
웠던 메에데에의 노래는 우리 것이라

어느 동무들이 희망과 초조와 떨리는 손으로 주워 모은 활자들이냐
아무렇게나 쌓아 놓은 신문지 우에 독한 약봉지와 한 자루 칼이 놓여
있는 거울 속에 너는 있어라

······ 1946년 ······

노한 눈들

불빛 노을 함빡 갈앉은 눈이라 노한 노한 눈들이라

죄다 바서진 창으로 추위가 다가 서는데 몇번째인가 어찌 하여 우리는 또 밀려나가야 하는 우리의 회관에서

더러는 어디루 갔나 다시 황막한 벌판을 안고 숨어서 쳐다보는 푸르른 하늘이며 밤마다 별 마다에 가슴 맥히어 차라리 울지도 못할 옳은 사람들 정녕 어디서 움트는 조국을 그리는 것일까

폭풍이어 일어서는것 폭풍이어 폭풍이어 불낄처럼 일어서는 것

구보랑 회남이랑 홍구랑 영석이랑 우리 그대들과 함께 정들인 낡은 걸상이며 책상을 둘러메고 지나간 데모에 휘날리던 깃발까지도 소중히 감아 들고 지금 저무는 서울 거리에 갈 곳 없이 나서련다

내사 아마 퍽도 약한 시인이길래 부끄러이 낯을 돌리고 그저 울음이 복바치는 것일까

불빛 노을 함빡 갈앉은 눈이라 노한 노한 눈들이라

······ 1946년 ······

우리의 거리

아버지도 어머니도
젊어서 한창땐
우라지오로 다니는 밀수꾼

눈보라에 숨어 국경을 넘나들 때
어머니의 등곬에 파묻힌 나는
모든 가난한 사람들의 젖먹이와 다름 없이
얼마나 성가스런 짐짝이었을까

오늘도 행길을 동무들의 행렬이 지나는데
뒤 이어 뒤를 이어 물결치는
어깨와 어깨에 빛 빛 찬란한데

여러해만에 서울로 떠나가는 이 아들이
길에서 요기할 호박떡을 빚으며
어머니는 얼어 붙은 우라지오의 바다를
채쭉쳐 달리는 이즈보즈의 마차며 토로이카며
좋은 하늘 못보고
타향서 돌아가신 아버지의 이야길 하시고

피로 물든 우리의 거리가
폐허에서 새로이 부르짖는
우라아
우라아 ××××

······ 1945년 ······

하나씩의 별

무엇을 실었느냐 화물열차의
검은 문들은 탄탄히 잠겨졌다
바람 속을 달리는 화물열차의 지붕 우에
우리 제각기 들어누워
한결 같이 쳐다보는 하나씩의 별

두만강 저쪽에서 온다는 사람들과
쟈무스에서 온다는 사람들과
험한 땅에서 험한 변 치르고
눈보라 치기 전에 고향으로 돌아 간다는
남도 사람들과
북어 쪼가리 초담배 밀가루 떡이랑
나눠서 요기하며 내사 서울이 그리워
고향과는 딴 방향으로 흔들려 간다

푸르른 바다와 거리 거리를
서름 많은 이민열차의 흐린 창으로
그저 서러이 내다보던 골짝 골짝을
갈 때와 마찬가지로
헐벗은채 돌아 오는 이 사람들과

마찬가지로 헐벗은 나요
나라에 기쁜 일 많아
울지를 못하는 함경도 사내

총을 안고 뽈가의 노래를 불르던
슬라브의 늙은 병정은 잠이 들었나
바람 속을 달리는 화물열차의 지붕 우에
우리 제각기 들어누워
한결 같이 쳐다보는 하나씩의 별

······ 1945년 ······

그리움

눈이 오는가 북쪽엔
함박눈 쏟아져 내리는가

험한 벼랑을 구비 구비 돌아 간
백무선 철 길 우에
느릿 느릿 밤 새어 달리는
화물차의 검은 지붕에

연달린 산과 산 사이
너를 남기고 온
작은 마을에도 복된 눈 내리는가

잉큿병 얼어드는 이러한 밤에
어쩌자고 잠을 깨어
그리운 곳 참아 그리운 곳

눈이 오는가 북쪽엔
함박눈 쏟아져 내리는가

······ 1945년 ······

하늘만 곱구나

집도 많은 집도 많은 남대문 턱 움속에서 두손 오구려 혹 혹 입김 불며 이따금씩 쳐다보는 하늘이사 아마 하늘이기 혼자만 곱구나

거북네는 만주서 왔단다 두터운 얼음짱과 거센 바람 속을 세월은 흘러 거북이는 만주서 나고 할배는 만주에 묻히고 세월이 무심 찮아 봄을 본다고 쫓겨서 울면서 가던 길 돌아 왔단다

띠팡을 떠날 때 강을 건늘 때 조선으로 돌아 가면 빼앗겼던 땅에서 농사 지으며 가 갸 거 겨 배운다더니 조선으로 돌아 와도 집도 고향도 없고

거북이는 배추꼬리를 씹으며 달디 달구나 배추꼬리를 씹으며 꺼므테테한 아배의 얼굴을 바라보면서 배추꼬리를 씹으며 거북이는 무엇을 생각하누

첫 눈 이미 내리고 이윽고 새해가 온다는데 집도 많은 집도 많은 남대문 턱 움속에서 이따금씩 쳐다보는 하늘이사 아마 하늘이기 혼자만 곱구나

…… 1946년 12월 전재동포 구제 「시의 밤」 낭독시 ……

나라에 슬픔 있을 때

자유의 적 꼬레이어를 물리치고져
끝끝내 호을로 일어선 다뷔데는 소년이었다
손아귀에 감기는 단 한개의 돌맹이와
팔맷줄 둘러 메고
원수를 향해 사나운 짐승 처럼 내달린
다뷔데는 이스라엘의 소년이었다

나라에 또다시 슬픔이 있어
떨리는 손 등에 볼타구니에 이마에
싸락눈 함부로 휘날리고 바람 매짜고
피가 흘러
숨은 골목 어디선가 성낸 사람들
동포 끼리 옳쟎은 피가 흘러
제마다의 가슴에 또다시 쏟아져 내리는
어둠을 헤치며
생각는 것은 다만 다뷔데

이미 아무것도 갖지 못한 우리
일제히 시장한 허리를 졸라 맨 여러 가지의
띄를 풀어 탄탄히 돌을 감자

나아가자 원수를 향해 우리 나아가자

단 하나씩의 돌맹일지라도 틀림 없는

꼬레이어의 이마에 던지자

······ 1945년 12월 ······

월계는 피어
선 진수 동무의 영전에

숨 가빠 쳐다보는 하늘에
먹구름 뭉게치는 그러한 때에도
너와 나와 너와 나와
마음 속 월계는 함빡 피어

꽃이팔 꽃이팔 캄캄한 강물을 저어간 꽃이팔

산성을 돌아
쌓이고 쌓인 슬픔을 돌아
너의 상여는 아득한 옛으로
돌아 가는 화려한 날에

다시는 쥐어 못볼 손이었던가
휘정 휘정 지나쳐 버린
어느 골목엔가 월계는 피어

······ 1946년 ······

흙

애비도 종 할애비도 종 한뉘 허리 굽히고 드나들던 토막 기울어진
흙벽에 쭝구리고 기대앉은 저 아이는 발가숭이 발가숭이 아이의 살결
은 흙인듯 검붉다

덩쿨 우거진 어느 골짜구니를 맑고 찬 새암물 돌 돌 가느다랗게 흐르
는가 나비사 이미 날지 않고 오랜 나무 마디 마디에 휘휘 감돌아 맺힌
고운 무늬모냥 버섯은 그늘에만 그늘 마다 피어

잠 자듯 어슴프레히 저놈의 소가 항시 바라보는것은 하늘이 높디 높
다란 푸른 하늘이 아니라 번질러 놓은 수레바퀴가 아니라 흙이다 검붉
은 흙이다

거리에서

아무렇게 겪어 온 세월일지라도 혹은 무방하여라 숨 맥혀라 숨 맥혀라 잔바람 불어 오거나 구름 한포기 흘러 가는게 아니라 어디서 누가 우느냐

누가 목메어 우느냐 너도 너도 너도 피 터진 발꿈치 피 터진 발꿈치로 다시 한 번 힘 모두어 땅을 차자 그러나 서울이어 거리 마다 골목 마다 이마에 팔을 얹는 어진 사람들

눈보라여 빗바람이여 성낸 물결이어 이제 휩쓸어 오는가 불이어 불길이어 노한 청춘과 함께 이제 어깨를 일으키는가

우리 조그마한 고향 하나와 우리 조그마한 인민의 나라와 오래인 세월 너무나 서러웁던 동무들 차마 그리워 우리 다만 앞을 향하여 뉘우침 아예 없어라

북쪽

북쪽은 고향
그 북쪽은 여인이 팔려간 나라
머언 산맥에 바람이 얼어 붙을 때
다시 풀릴 때
시름 많은 북쪽 하늘에
마음은 눈 감을줄 모르다

풀버레 소리 가득차 있었다

우리집도 아니고
일갓집도 아닌 집
고향은 더욱 아닌 곳에서
아버지의 침상 없는 최후 최후의 밤은
풀버레 소리 가득 차 있었다

露領을 다니면서 까지
애써 자래운 아들과 딸에게
한마디 남겨 두는 말도 없었고
아무울灣의 파선도
설룽한 니코리스크의 밤도 완전히 잊으셨다
목침을 반듯이 벤채

다시 뜨시잖는 두 눈에
피지 못한 꿈의 꽃봉오리가 깔앉고
얼음 짱에 누우신듯 손발은 식어갈뿐
입술은 심장의 영원한 정지를 가르쳤다

때 늦은 의원이 아무 말 없이 돌아간 뒤
이웃 늙은이 손으로

눈 빛 무명은 고요히
낮을 덮었다

우리는 머리맡에 엎디어
있는대로의 울음을 다아 울었고
아버지의 침상 없는 최후 최후의 밤은
풀버레 소리 가득차 있었다

두만강 너 우리의 강아

나는 죄인 처럼 수구리고
나는 코끼리 처럼 말이 없다
두만강 너 우리의 강아
너의 언덕을 달리는 찻간에
조그마한 자랑도 자유도 없이 앉았다

아무것두 바라볼 수 없다만
너의 가슴은 얼었으리라
그러나
나는 안다
다른 한줄 너의 흐름이 쉬지 않고
바다로 가야할 곳으로 흘러내리고 있음을

지금
차는 차대로 달리고
바람이 이리처럼 날뛰는 강건너 벌판엔
나의 젊은 넋이
무엇인가 기대리는듯 얼어 붙은듯 섰으니
욕된 운명은 밤 우에 밤을 마련할뿐

잠들지 말라 우리의 강아
오늘 밤도
너의 가슴을 밟는 뭇 슬픔이 목마르고
얼음길은 거칠다 길은 멀다

길이 마음의 눈을 덮어줄
검은 날개는 없느냐
두만강 너 우리의 강아
북간도로 간다는 강원도치와 마주 앉은
나는 울줄을 몰라 외롭다

낡은 집

날로 밤으로
왕거미 줄 치기에 분주한 집
마을서 흉집이라고 꺼리는 낡은 집
이 집에 살았다는 백성들은
대대 손손에 물려 줄
은 동곳도 산호 관자도 갖지 못했니라

재를 넘어 무곡을 다니던 당나귀
항구로 가는 콩시리에 늙은 둥굴소
모두 없어진지 오랜
외양깐엔 아직 초라한 내음새 그윽 하다만
털보네 간곳은 아무도 모른다
찻길이 놓이기 전
노루 묏돼지 쪽제비 이런것들이
앞 뒤 산을 맘 놓고 뛰어다니던 시절
털보의 세째 아들
나의 싸리말 동무는
이 집 안방 짓두광주리 옆에서
첫 울음을 울었다고 한다

『털보네는 또 아들을 봤다우

　송아지래두 붙었으면 팔아나 먹지』

마을 아낙네들은 무심코

차거운 이야기를 가을 냇물에 실어보냈다는

그날 밤

저릇등이 시름시름 타들어 가고

소주에 취한 털보의 눈도 일층 붉더란다

갓주지 이야기와

무서운 전설 속에서 가난 속에서

나의 동무는 늘 마음 조리며 자랐다

당나귀 몰고 간 애비 돌아오지 않는 밤

노랑 고양이 울어 울어

종시 잠 이루지 못하는 밤이면

어미 분주히 일하는 방앗간 한구석에서

나의 동무는

도토리의 꿈을 키웠다

그가 아홉살 되는 해

사냥개 꿩을 쫓아다니는 겨울

이 집에 살던 일곱 식솔이

어디론지 사라지고

이튿날 아침

북쪽을 향한 발자욱만 눈우에 떨고 있었다

더러는 오랑캐영 쪽으로 갔으리라고
더러는 아라사로 갔으리라고
이웃 늙은이들은
모두 무서운 곳을 짚었다

지금은 아무도 살지 않는 집
마을서 흉집이라고 꺼리는 낡은 집
제철마다 먹음직한 열매
탐스럽게 열던 살구
살구나무도 글거리만 남았길래
꽃 피는 철이 와도 가도 뒤울안에
꿀벌 하나 날아들지 않는다

오랑캐꽃

기인 세월을 오랑캐와의 싸움에 살았다는 우리의 머언 조상들이 너를 불러 「오랑캐꽃」이라 했
으니 어찌 보면 너의 뒷모양이 머리태를 드리인 오랑캐의 뒷머리와도 같은 까닭이라 전한다

아낙도 우두머리도 돌볼 새 없이 갔단다

도래샘도 떳집도 버리고 강건너로 쫓겨 갔단다

고려 장군님 무지 무지 쳐 들어와

오랑캐는 가랑잎 처럼 굴러 갔단다

구름이 모여 골짝 골짝을 구름이 흘러

백년이 몇 백년이 뒤를 이어 흘러 갔나

너는 오랑캐의 피 한방울 받지 않았건만 오랑캐꽃

너는 돌가마도 털메투리도 모르는 오랑캐꽃

두 팔로 햇빛을 막아 줄게

울어 보렴 목 놓아 울어나 보렴 오랑캐꽃

꽃가루 속에

배추밭 이랑을 노오란 배추꽃 이랑을
숨 가쁘게 마구 웃으며 달리는 것은
어디서 네가 나즉히 불르기 때문에
배추꽃 속에 살며시 흩어 놓은 꽃가루 속에
나두야 숨어서 너를 부르고 싶기 때문에

달 있는 제사

달빛 밟고 머나먼 길 오시리
두 손 합쳐 세번 절하면 돌아 오시리
어머닌 우시어
밤내 우시어
하아얀 박꽃 속에 이슬이 두어 방울

강까

아들이 나오는 올겨울엔 걸어서라두
청진으로 가리란다
높은 벽돌 담 밑에 섰다가
세해나 못본 아들을 찾아 오리란다

그 늙은인
암소 따라 조이밭 저쪽에 사라지고
어느 길손이 밥 지은 자췬지
끄슬은 돌 두어개 시름겨웁다

두메산골 (1)

들창을 열면 물구지떡 내음새 내달았다
쌍바라지 열어 제치면
썩달나무 썩는 냄새 유달리 향그러웠다

뒷산에두 봊나무
앞산두 군데 군데 봊나무

주인장은 매 사냥을 다니다가
바위 틈에서 죽었다는 주막집에서
오래 오래 옛말처럼 살고 싶었다

두메산골 (2)

아이도 어른도
버섯을 만지며 히히 웃는다
독한 버섯인양 히히 웃는다

돌아 돌아 물곬 따라 가면 강에 이른대
영 넘어 여러 영 넘어 가면 읍이 보인대

맷돌방아 그늘도 토담 그늘도
희부옇게 엷어지는데
어디서 꽃가루 날라 오는듯 눈부시는 산머리

온 길 갈 길 죄다 잊어버리고
까맣게 쓰러지고 싶다

두메산골 (3)

참나무 불이 이글이글한

오지 화로에 감자 두어개 묻어 놓고

멀어진 서울을 그리는 것은

도포 걸친 어느 조상이 귀양 와서

일 삼던 버릇일까

돌아 갈 때엔 당나귀 타고 싶던

여러 영에

눈은 내리는데 눈은 내리는데

두메산골 (4)

소곰토리 지웃거리며 돌아 오는가
열두고개 타박 타박 당나귀는 돌아 오는가
방울 소리 방울 소리 말방울 소리 방울 소리

전라도 가시내

알룩조개에 입 맞추며 자랐나
눈이 바다처럼 푸를뿐더러 까무스레한 네 얼굴
가시내야
나는 발을 얼구며
무쇠다리를 건너 온 함경도 사내

바람소리도 호개도 인젠 무섭지 않다만
어두운 등불 밑 안개처럼 자욱한 시름을
달게 마시련다만
어디서 흉참한 기별이 뛰어들 것만 같애
두터운 벽도 이웃도 못미더운 북간도 술막

온갖 방자의 말을 품고 왔다
눈포래를 뚫고 왔다
가시내야
너의 가슴 그늘진 숲속을 기어간 오솔길을
나는 헤매이자
술을 부어 남실 남실 술을 따루어
가난한 이야기에 고히 잠거다오

네 두만강을 건너 왔다는 석달 전이면

단풍이 물들어 천리 천리 또 천리 산 마다 불탔을겐데

그래두 외로워서 슬퍼서 초마폭으로 얼굴을 가렸더냐

두 낮 두 밤을 두루미처럼 울어 울어

불술기 구름 속을 달리는양 유리창이 흐리더냐

차알삭 부서지는 파도 소리에 취한듯

때로 싸늘한 웃음이 소리 없이 새기는 보조개

가시내야

울듯 울듯 울지 않는 전라도 가시내야

두어마디 너의 사투리로 때 아닌 봄을 불러줄게

손때 수집은 분홍 댕기 휘 휘 날리며

잠깐 너의 나라로 돌아 가거라

이윽고 얼음길이 밝으면

나는 눈포래 휘감아치는 벌판에 우줄 우줄

나설게다

노래도 없이 사라질게다

자욱도 없이 사라질게다

벨로우니카에게

고향선 월계랑 붉게두 피나 보다
내사 아무렇게 불러도 즐거운 이름

어디서 멎는 것일까
달리는 뿔사슴과 말발굽 소리와
밤중에 부불을 치어든 새의 무리와

슬라브의 딸아
벨로우니카

우리 잠깐 자랑과 부끄러움을 잊어버리고

달 빛 따라 가벼운 구름 처럼
일곱개의 바다를 건너 가리

고향선 월계랑 붉게두 피나보다
내사 아무렇게 불러두 즐거운 이름

당신의 소년은

설룽한 마음 어느 구석엔가
숱한 별들 떨어지고
쏟아져 내리는 빗소리에 포옥 잠겨 있는
당신의 소년은

아득히 당신을 그리면서
개울창에 버리고 온 것은
갈갈이 찢어진 우산
나의 슬픔이 아니었읍니다

당신께로의 불길이
나를 싸고 타 올라도
나의 길은
캄캄한채로 닫힌 쌍바라지에 이르러
언제나 그림자도 없이 끝나고

얼마나 많은 밤이 당신과 나 사이에
테로스의 바다 처럼
엄숙히 놓여져 있읍니까
당신은 당신의 슬픔에서만 나를 찾았고

나는 나의 슬픔을 통해 당신을 만났을 뿐입니까

어느 다음날
수풀을 헤치고 와야할 당신의 옷자락이
휘얼 휠 앞을 흐리게 합니다
어디서 당신은 이처럼 소년을 부르십니까

별 아래

눈 내려
아득한 나라 까지도 내다보이는 밤이면
내사야 혼자서 울었다

나의 피에도 머물지 못한 나의 영혼은
탄타로스여
너의 못 가에서 길이 목마르고

별 아래
숱한 별 아래

웃어 보리라 이제
헛되이 웃음지어도 밤 마다 붉은 얼굴엔
바다와 바다가 물결치리라

막차 갈 때 마다

어쩌자고 자꾸만 그리워지는
당신네들을 깨끗이 잊어버리고자
북에서도 북쪽
그렇습니다 머나먼 곳으로 와버린 것인데
산구비 돌아 돌아 막차 갈 때 마다
먼지와 함께 들이키기엔
너무나 너무나 차거운 유리 잔

등잔 밑

모두 벼슬 없는 이웃이래서
은쟁반 아닌
아무렇게나 생긴 그릇이 되려
머루며 다래 까지도 나눠 먹기에 정다운 것인데
서울 살다 온 사나인 그저 앞이 흐리어
멀리서 들려오는 파도 소리와 함께
모올래 울고 싶은 등잔 밑 차마 흐리어

시골 사람의 노래

귀 맞춰 접은 방석을 베고
젖가슴 헤친채로 젖가슴 헤친채로
잠 든 에미네며 딸년이랑
모두들 실상 이쁜데
요란스레 달리는 마지막 차엔
무엇을 실어 보내고
당황히 손을 들어야 하는 것일까

몇마디의 서양말과 글짓는 재주와
그러한 것은 자랑 삼기에 욕되었도다

흘러 내리는 머리칼도
목덜미에 점점이 찍혀
되려 복스럽던 검은 기미도
언젠가 쫓기듯 숨어서
시골로 돌아 온 시골 사람
이 녀석 속눈섭 츨츨히 길다란 우리 아들도
한번은 갔다가
섭섭히 돌아 와야할 시골 사람

불타는 술잔에 꽃향기 그윽한데

바람이 이는데

이제 바람이 이는데

어디루 가는 사람들이

서로 담뱃불 빌고 빌리며

나의 가슴을 건느는것일까

불

모든 것이 잠잠히 끝난
다음에도
당신의 벗이래야 할 것이

솟아 오르는 빛과 빛과 몸을 부비면
한결 같이 이러한 푸른 비늘과 같은
아름다움
가슴 마다 피어

싸움이요
우리 당신의 모양을 빌어
미움을 물리치는 것이요

주검

별과 별들 사이를
해와 달 사이 찬란한 허공을 오래도록 헤매다가
끝끝내
한번은 만나야할 황홀한 꿈이 아니겠읍니까

가장 높은 덕이요 똑바른 사랑
오히려 당신은 영원한 생명

나라에 큰 난 있어 사나이들은 당신을 향할지라도
두려울 법 없고
충성한 백성만을 위하여 당신은
항상 새 누리를 꾸미는 것이었읍니다

아무도 이르지 못한 바닷가 같은 데서
아무도 살지 않은 풀 우거진 벌판 같은 데서
말하자면
헤아릴 수 없는 옛적 같은 데서
빛을 거느린 당신

집

밤 마다 꿈이 많아서
나는 겁이 많아서
어깨가 처지는 것일까

끝까지 끝까지 웃는 낯으로
아이들은 층층계를 내려가 버렸는데
벗 없을 땐
집 한칸 있었으면 덜이나 곤하겠는데

타지 않는 저녁 하늘을
가벼운 병처럼 스쳐 흐르는 시장끼
어쩌면 몹시두 아름다워라

앞이건 뒤건 내 가차이 모올래 오시이소
눈 감고 모란을 보는 것이요
눈 감고
모란을 보는 것이요

구슬

마디 마디 구릿빛 아무렇던
열 손가락
자랑도 부끄러움도 아닐 바에

지혜의 강에 단 한개의 구슬을 바쳐
밤이기에 더욱 빛나야할 물 밑

온갖 바다에로 새 힘 흐르고 흐르고

몇 천년 뒤
내
닮지 않은 어느 아이의 피에 남을지라도
그것은 헛되잖은 이김이라

꽃향기 숨가쁘게 날라드는 밤에사
정녕 맘 놓고 늙언들 보자요

슬픈 사람들 끼리

다시 만나면 알아 못볼

사람들 끼리

비웃이 타는 데서

타래곱과 도루모기와

피 터진 닭의 볏 찌르르 타는

아스라한 연기 속에서

목이랑 껴안고

웃음으로 웃음으로 헤어져야

마음 편쿠나

슬픈 사람들 끼리

다시 항구에 와서

모든 기폭이 잠잠히 내려 앉은
이 항구에
그래 도남은 것은 사람이올시다

한마디의 말도 배운 적 없는듯한 많은 사람 속으로
어질게 생긴 이마며 수수한 입설이며
그저 좋아서
나도 한마디의 말 없이 우줄우줄 걸어 나가면
저리 산 밑에서 들려 오는 돌 깨는 소리

시바우라 같은 데서 혹은 메구로 같은 데서
함께 일하고 함께 잠 자며
퍽도 친하게 지내던 사람들로만 여겨집니다
서로 모르게
어둠을 타 구름 처럼 흩어졌다가
똑 같이 고향이 그리워서
돌아 온 이들이 아니겠읍니까

그래 도남은 : '그래도 남은'의 띄어쓰기 오류.

하늘이 너무 푸르러

갈매기는 쭉지에 흰 목을 묻고

어느 옴쑥한 바위 틈 같은 데 숨어 버렸나 본데

차라리 누구의 아들도 아닌 나는 어찌하여

검붉은 흙이 자꾸만 씹고 싶습니까

열두개의 층층계

열두개의 층층계를 올라 와
옛으로 다시 새날로 통하는 열두개의
층층계를 양볼 붉히고 올라 와

누구의 입김이 함부로 이마를 스칩니까
약이요 네벽에 층층이 쌓여 있는 것
어느 쪽을 무너뜨려도 나의 책들은 아니올시다
약상자 뿐이요 오래 묵은 약병들이요

청춘을 드리리다 물러 가시렵니까
내 숨 쉬는 곳곳에 숨어서 불르는 이

모두 다 멀리로 떠나 보내고
어둠과 어둠이 마주쳐 찬란히 빛나는 곳
땅을 향해
흔들리는 열두개의 층층계를
영영 내려가야 하겠읍니다

밤이면 밤마다

가슴을 밟고 미칠듯이 걸어오는 이
음침한 골목길을 따라오는 이

바라지 않는 무거운 손이 어깨에 놓여질 것만 같습니다
붉은 보재기로 나의 눈을 가리우고 당신은
눈 먼 사나이의 마지막을
흑 흑 느끼면서 즐길 것만 같습니다

메레토스여 검은 피를 받은 이
밤이면 밤 마다
내 초조로이 돌아 가는 좁은 길이올시다

술잔을 빨면 모든 영혼을 가벼이 물리칠 수 있었으나
나중에 내 돌아 가는 곳은
허깨비의 집이올시다 캄캄한 방이올시다
거기 당신의 쩨우스와 함께 가두어 뒀읍니다
당신이 엿보고 싶은 가지가지 나의 죄를

그러나 어서 물러 가십시오
푸른 정영코 푸르른 하눌이 나를 섬기는 날

당신을 찾아

여러 강물을 건너 가겠읍니다

자랑도 눈물도 없이 건너 가겠읍니다

노래 끝나면

손벽 칩시다 정을 다하여
우리 손벽 칩시다

노새나 나귀를 타고
방울 소리며 갈꽃을 새 소리며 달무리를
즐기려 가는 것은 아니올시다

청기와 푸른 등을 밟고 서서
웃음 지으십시오
아이들은 한결 같이 손을 저으며
멀어지는 나의 뒷모양을 물결치는 어깨를
눈부시게 바라보라요

누구나 한번은 자랑하고 싶은
모든 사람의 고향과
나의 길은 황홀한 꿈 속에 요요히 빛나는 것

손벽 칩시다 정을 다하여
우리 손벽 칩시다

벌판을 가는 것

몇 천년 지난 뒤 깨어났음이뇨
나의 밑 다시 나의 밑 잠자는 혼을 밟고
새로이 어깨를 일으키는 것
나요
불길이요

쌓여 쌓여서 훈훈히 썩은 나무잎들을 헤치며
저리 환하게 열린 곳을 뜻함은
세월이 끝나던 날
오히려 높디 높았을 나의 하늘이 남아 있기 때문에

내 거닐는 자욱마다 새로운 풀폭 하도 푸르러
뒤 돌아 누구의 이름을 부르료

이제 벌판을 가는 것
바람도 비도 눈보라도 지나가버린 벌판을
이렇게 많은 단 하나에의 길을 가는 것
나요
끝나지 않는 세월이요

항구에서

영원과 같은 그러한 것이 아득히 바라뵈는 그러한 꿈길을 끝끝내 돌아 온 나의 청춘이요 바쁘게 떠나가는 검은 기선과 몰려서 우짖는 갈매기의 떼

구름 아래 뭉쳐선 흩어지는 먹구름 아래 당신네들과 나의 어깨에도 하늘은 골고루 머물러 얼마나 멋이었읍니까

꽃이랑 꺾어 가슴을 치레하고 우리 회파람이나 간간이 불어 보자요 휠 휠 옷깃을 날리며 머리칼을 날리며 서로 헤어진 멀고 먼 바닷가에서 우리 한번은 웃음지어 보자요

그러나 언덕길을 오르나리면서 항상 생각는 것은 친구의 얼굴들이 아니었읍니다 갈바리의 산이요 우뢰소리와 함께 둘로 갈라지는 갈바리의 산

희망과 같은 그러한 것이 가슴에 싹트는 그러한 밤이면 무슨 짐승처럼 우는 뱃고동을 들으며 바다로 보이지 않는 바다로 휘정 휘정 내려가는 것이요

빗발 속에서

대회는 끝났다 줄기찬 빗발이어 빗발치는 생명이라

문화공작대로 갔다가 춘천에서 강능서 돌팔매를 맞고 돌아 온 젊은 시인 상훈도 진식이도 기운 좋구나 우리 모다 깍지 끼고 산마루를 차고 돌며 목 놓아 부르는 것 싸움의 노래

흩어지는게 아니라 어둠 속 일어서는 조국이 있어 어둠을 밀고 일어선 어깨들은 어깨 마다 미움을 물리치기에 천 만 채찍을 참아 왔거니

모다 억울한 사람 속에서 자유를 부르짖는 고함소리와 한결 같이 일어나는 박수 속에서 몇번이고 그저 눈시울이 뜨거웠을 아내는 젖먹이를 업고 지금쯤 어딜루 해서 산길을 내려가는 것일까

대회는 끝났다 줄기찬 빗발이어 승리가 약속된 제마다의 가슴엔 언제 까지나 싸움의 노래를 남기고

…… 1947년 7월 27일 ……

유정에게

요전 추위에 얼었나보다 손 등이 유달리 부은 선혜란 년도 입은채로 소원이 발가락 안나가는 신발이요 소원이 털모자인 창이란 놈도 입은 채로 잠이 들었다

겨울엔 역시 엉뎅이가 뜨뜻해야 제일이니 뭐니 하다가도 옥에 갇힌 네게 비기면 못견딜게 있느냐고 하면서 너에게 차입할 것을 늦도록 손질하던 아내도 인젠 잠이 들었다

머리맡에 접어 놓은 군대 담뇨와 되도록 크게 말은 솜버선이며 고리짝을 뒤적어렸자 쓸만한건 통 없었구나 무척 헐게 입은 속내복을 나는 다시 한번 어루만지자 오래간만에 들린 우리집 문마다 몹씨도 조심스러운데

이윽고 통행금지시간이 지나면 창의 어미는 이 내복 꾸레미를 안고 나서야 한다 바람을 뚫고 바람을 뚫고 조국을 대신하여 네가 있는 서대문 밖으로 나가야 한다

······ 1947년 12월 ······

용악과 용악의 藝術에 對하여

인젠 용악도 나도 서른 다섯해나 지내 왔건만 이럭저럭 흘러 간 세월 속에서 어떤 이름은 몇일 몇몇해 부르며 불리우며 하다 사라졌는데 나의 변두리에서 애초 부텀 항시 애오라지 이처럼 애착을 느끼게 되는 이름이 또 있을까!

용악! 용악이란 詩로써 알게된 것도 아니고 섬터서 사귄 것도 아닌줄은 구태어 말할 나위도 없지만 오히려 우리가 서로서로 이름도 옮겨 부르질 못하던 아주 젖먹이 때부터 낯익은 얼굴이다.

幸인지 不幸인지 젖먹이 때 우리는 放浪하는 아비 어미의 등곬에서 시달리며 무서운 國境 넘어 우라지오 바다며 아라사 벌판을 달리는 이즈보즈의 마차에 토로이카에 흔들리어서 갔던 일이며, 이윽고 모도다 홀어미의 손에서 자라올때 그림 즐기던 용악의 兄의 아구릿파랑 세네카랑 숱한 뎃쌍을 붙인 房에서 밤낮으로 얼굴을 맞대고 있었던 일이며, 날더러 깐디-를 그려달라고 해서 그것을 바람벽에 붙여 놓고 그 앞에서 침울한 표정을 해가며 글 쓰던 용악 少年의 얼굴이 지금도 눈에 선하다.

그뒤 섬트기 始作 하여 日本으로 北間島로 헤어졌다 만났다 하며 工夫하고 放浪 하는 새 용악은 어느틈에 벌써 『分水嶺』『낡은 집』이란 詩集을 들고 노래 불렀던 것이다.

실상 이렇게 노래 부르기 까지, 아니 부르면서 용악은 아주 낭떨어진 地層과 같은 이루 말 할 수 없는 거센 世波에 들볶이면서 그 속에서 詩를 썼던 것이다. 이것은 용악이 아니면 할 수 없는 生活이었고 이러한 生活이 또한 그가 詩를 生産 하는 貯水池였던 것이라 할까.

그러기에 용악의 初期『分水嶺』『낡은 집』時代의 그 藝術은 부질 없는 어떤 藝術에의 憧憬이나 惑은 同情으로 머리속에서 冊床 위에서 맨들어낸 修辭라던지 값 싼 個性의 安逸無事한 色素에서 억찌로 짜낸 것도 아니고 奇異한 外來詩의 意識的 無意識的感染의 領域에서 우러난 警人句도 아니었다. 지금도 내 머리 속에서 빙빙 돌고 있는 「북쪽」「풀버레 소리 가득 차있었다」「낡은 집」「두만강 너 우리의 강아」等 거긴 不幸히 어굴히 그와 그들의 들어박히운 地層, 오직 그들 만이 지닌 때(垢) 내음새와도 같은것, 放浪에서 오는 허황 한것, 流氓에의 哀愁, 이러한 못견디게 어쩔 수 없는 것이 아브노-말한 手法으로 素朴한 타이프로 露現 되었던 것인가 한다.

첫 詩集『分水嶺』이 아마 一九三七年인가에 나왔고, 그 이듬해엔가 『낡은 집』도 東京에서 出版 되었으니 十數年前 일인데 그땐 朝鮮詩가, 飜譯된 異質的인 外國詩의 消化不良의 領域에서 無益한 레터릭크가 아니면 藝術至上의 頹廢한 리리시즘的인 것이 아니었던가 한다. 이러한 時期에 우리,아니 모든 流氓들이 流浪하던 이러한 社會相을 背景으로 하는 옳바른 內容을 가진 노래를 素朴하게 부를 수 있었다는 것은 어찌 용악의 자랑인 동시 우리 朝鮮詩의 자랑이 아닐 수 있으랴.

『낡은 집』을 낸 뒤 얼마 안되어 그 지루한 學生帽를 벗어팽개친 용악은 서울에 나타났던 것이다. 그 때도 역시 酷毒한 生活苦에 허덕지덕 한 그는 雜誌編輯室 다 떨어진 쏘파 或은 地下室을 房 대신 쓰고 있던 일을 記憶한다.

日帝의 野獸的인 殺戮이 날로 우리 文化面에도 그 毒牙를 뻗칠때 彷徨하던 詩人들은 더러는 茶房같은데 모여 原稿紙를 감아쥐고 열적은 생각들을 吐露하며 날을 보내던 이러한 絶望속에서, 용악은 이런 茶房에도 잘 나타나질 않고, 으레 어스름 저녁 때면 鐘路 네거리를 초조히 서성거리다가 밤 깊으도록「다시 만나면 알아 못볼 사람들 끼리 비웃이 타는 데서 타래곱과 도루모기와 피 터진 닭의 볏 찌르르 타는 아스라한 연기 속에서 목이랑 껴안고 웃음으로 웃음으로 헤어져야 마음 편쿠나 슬픈 사람들 끼리」이렇게 노래 부르며 취하여 헤매는 것이었다.

그렇게 고래가 되어 가다가도 新聞 雜誌에 發表한 詩를 보면 깜짝 놀랄만치 珠玉 같은 맑은 것을 내 놓았던 것이다.

이 時代 一九三九年부터 一九四二年 卽 斷末魔的 日帝의 우리 文化抹殺로 붓을 꺾고 시골로 내려 갔던해 까지의 말하자면『오랑캐꽃』時節의 용악의 詩는 역시 서울에 있어서 그런지『分水嶺』時節의 무뚜뚝한 迫力있는 素朴한 맛은 없어지고 구슬 같이 다듬어낸 것이었으나, 거긴 우리의 社會生活의 桎梏속에서 아주 特色 있는 特徵的인 側面으로 그 時代의 우리, 아니 이땅 人民들이 무한히 共感한 典型的인 悲憤哀愁를 一層 더 深化한 境地에서 솜씨 있게 形象化 하였다고 보아진다.

끝끝내 그는 落鄕을 하였는데 거긴들 무사하랴. 의레 끄을려 간 곳은 留置場이었다. 버언한 날이 있을 수 없었던 용악은,「희망과 같은 그러한 것이 가슴에 싹트는 그러한 밤이면 무슨 짐승처럼 우는 뱃고동을 들으며 바다로 보이지 않는 바다로 휘정 휘정 내려가는것이요」이렇게 含憤蓄怨의 絶望 속에서 노래하며 아주 붓은 꺾었던 것이다.

解放이 왔다. 들볶이던 모든것이 일제히 몸부림 칠때 용악이 어찌 그대로 있었으랴. 욕되게 살던 그 서울이 그리워「…… 눈보라 치기전에 고향으로 돌아간다는 남도 사람들과 북어쪼가리 초담배 밀가루떡이랑 나눠서 요기하며」「총을 안고 볼가의 노래를 불르는 슬라브의 늙은 병정」과 함께「바람속을 달리는 화물열차의 지붕 우에 제각기 들어 누어 한결같이 하나씩의 별을 처다 보며 흔들려 간다」고 노래 부르며 서울에 왔던것이다.

이 노래로써 용악의 아니 우리의 放浪의 哀愁는 한결같이 끝이나야 할 것이었다. 그러곤 우렁찬 建國의 大工事場에 뛰어들어가서 모도다 얼싸안고 웃음으로 웃음으로 푸르른 하늘 아래서 일하게 될 것으로 알았던 것이 우리 눈 앞에는 뜻 하지 않던 너무나 삼악한 現實이 가로 놓였던 것이다.

우리와 우리의 詩는 또 다시 먹구름속 滿身瘡痕이 되어 荊棘의 길을 걷게 되었던 것이다.

여기서 예나 이제나 正義感에 불타던 용악의 詩가 無限한 憤怒와 無數한 傷處와 瘡痕을 痛歎하다 싶이 노래 불렀다는 것은 용악으로써 當然 하다 하기 보담 그것은 우리의 痛歎이요 모든 人民들이 가진바 痛歎이었다.

그리하여 용악은 해방후도 첩첩히 쌓인 먹구름 속 푸르른 하늘을 찾으며「노한 눈들」「다시 오월에의 노래」「빗발 속에서」「기관구에서」等 詩에서 오늘날 地上 수두룩한 나라와 民族속에서 그 어느 곳에서두 볼 수 없는 오직 우리 나라 人民들 만이 지니고 있는 非凡한 典型的인 悲憤과 憤怒와 怨恨을 深刻한 狀景을 生生하게 激渕하게 노래 불러서 우리 詩의 最高峯을 일우어 놓은 것이다.

실상 해방 후의 용악의 詩의 全貌는 이 詩集外 따로 한卷으로 上梓될 것이니 그때 이야기 할 機會가 있겠지만 나는 이렇게 생각해 보기도 한다.

初期『分水嶺』『낡은 집』詩節의 素朴한 迫力은 다음『오랑캐꽃』에선 없어지고『오랑캐꽃』時節은 言語를 아주 알뜰히 다듬어서 內容의 思想性 보담도 凝結된 言語의 말 그 自體의 色素的 音響的인 뉴앙스에서 오는 魅惑的인 포에지의 코스모스가 아닌가 한다.

해방후의 용악의 詩를 흔이들 內容은 새로우나 形式이 낡다고들 하는데 나는 그렇게 아니 봐 진다. 모두들 즐기던 저「오월에의 노래」는 해방후에 썼으나 詩로선『오랑캐꽃』時節의 作品 範疇에 들 것이라고 본다.「노한 눈들」「유정에게」「다시 오월에의 노래」「기관구에서」이런 詩에서 용악의 새로운 타이프와 용악의 藝術의 方向을 충분히 바라 볼 수 있을 것이다.

1948년 12월

李 琇 馨

著者略歷

一九一四年 十一月 二十三日 咸北 鏡城産.

上智大學 新聞學科 卒業. 自由勞働 雜誌 新聞記者等 從事. 一九三七年 詩集『分水嶺』一九三八年 詩集『낡은 집』一九四七年 詩集『오랑캐꽃』刊行.

리용악 시선집

서문

　나의 시가 처음으로 활자화되어 세상에 나간 것은 一九三五년이었고 처녀 시집『분수령』이 출판된 것은 一九三七년이었다. 그러므로 이 선집에 수록한 작품들은 오늘에 이르기까지 二〇여 년 동안 내가 창작 발표한 중에서 고른 셈인데 정작 모아 놓고 보니 모다 이름 없는 꽃들이며 잡초의 묶음에 지나지 않는다.

　편의상 작품 배렬을 다섯으로 구분하였다. 처음에 놓은 「어선 민청호」와 마지막 「평남 관개 시초」는 정전후 최근까지의 작품 중에서 골랐다. 둘째번 「우라지오 가까운 항구에서」에 넣은 시들은 주로『분수령』『낡은 집』『오랑캐꽃』 등 시집에서 추린 것인데 이것은 모두 해방전 작품들이다. (해방전 시편들 중 년대를 적지 않은 것은 주로『오랑캐꽃』에 수록되였던 작품으로서 一九三九년부터 一九四二년 사이에 창작되였다.) 세째로 「노한 눈들」은 해방후 서울에서 쓴 작품 중에서 골랐으나 이 시기의 것으로서 「기관구에서」「다시 오월에의 노래」 등 내간으로는 비교적 애착이 가는 시편들을 찾아 낼 길이 없어 여기 수록하지 못하였다. 네째번에 배렬한 「원쑤의 가슴팍에 땅크를 굴리자」는 조국 해방 전쟁 시기의 작품들이다. 각 부를 통하여 더러는 부분적인 수정을 가한 작품들도 있다.

　이 선집이 비록 이름 없는 꽃들과 잡초의 묶음으로 엮어지기는 했으나 이것이 바로 나의 반생을 총화하는 것으로 되며 이것을 발판으로 앞으로의 전진이 있어야 한다고 생각할 때 기쁨을 또한 금할 수 없다.

여러 선배, 동료들과 독자 여러분의 끊임없는 편달을 기대하여 마지 않는다.

一九五七년 가을

저자

어선 민청호

봄

산기슭에 띠염띠염
새로 자리잡은 집마다
송진내 상기 가시지 않은
문을 제낀다
햇살에 훨씬 앞서 문을 제낀다

자욱한 안개 속
사람과 함께 소가 움직인다
시퍼런 보습날이 움직인다
오늘은 일손 바른 살구나무집
조이밭 갈러 가는 길

귓머리 날리며 개울을 건너
처녀 보잡이 정례가
바쁜 걸음 멈춘 곳은
춘관 로인네 보리밭머리

농사에사 옛날 법이 제일이라
고집만 부리던 령감님도
정례의 극진한 정성에 웃음 지으며

보름이나 일찍 뿌린 봄보리가
줄지어 돋았다

정례는 문득 생각났다
선참으로 이 밭을 갈아 제낄 때
품앗이 동무들이 깔깔대며 하던 말
－편지가 왔다더니 기운 내누나
－풍년이 들어야 좋은 사람 온단다

한마디 대꾸도 나오지 않아
자꾸만 발목에 흙이 덮이여
걸음이 안 나가던
수집은 정례

정례는 또 듣는다
파릇파릇한 새 싹들이
나직이 속삭이는 소리
－기다리라요
－기다리라요

혹시나 누가
누가 볼세라
저도 모르게 볼을 붉히며

정례는 당황해서 소를 몬다

그러나 누가 모르랴
동부 전선에 용맹 떨친
중기 사수 윤모가
이윽고 돌아 올 꽃다운 날엔
정례는 춘관 로인네 둘째 며느리

안개가 걷히기 시작한다
논두렁 오솔길에 둥굴소 앞세우고
가슴 벅찬 기쁨 속을
재우 밟는 종종걸음

누우렇게 익은 보리밭을 지나
마을 장정들이 전선으로 가던 길
전선과 련닿아 끝끝내 승리한 길
까치고개를 다시 한번 바라보니
햇살이 솟는다

――一九五四―

어선 민청호

큰 섬을 지나 작은 섬 굽이
앉으랑 소나무를 우산처럼 펼쳐 쓴
선바위를 바삐 지나
항구로 항구로 들어 오는 배

- 민청호다
- 민청호다
누군가 웨치는 반가운 소리에
일손 멈춘 순희의 가슴에선
파도가 출렁…

바다를 휩쓸어 울부짖는 폭풍에도
어제밤 돌아 오지 않은 단 한 척
기다리던 배가
풍어기를 날리며 들어 온다

밤내 서성거리며 시름겨웁던
숫한 가슴들이 탁 트인다
그러나 애타게 기다리기야 아마
애타게 기다리기야 순희가 으뜸

이랑이랑 쳐드는 물머리마다
아침 햇살 유난히도 눈부신 저기
마스트에 기대 서서
모자를 흔드는건 명호 아니냐

분기 계획 끝내논 다음이래야
륙지에서 한바탕
장가 잔치 차린다는 저 친군
성미부터 괄괄한 바다의 사내

꼼베아의 발동은 그만하면 됐으니
순희야 손 한번 저어 주려마
방수복에 번쩍이는 고기 비늘이
비단천 무늬보다 오히려 곱다

평생 봐도 좋은 바다
한결 더 푸른데

뱃전을 스쳐 기폭을 스쳐
수수한 사람들의 어깨를 스쳐
시언시언 춤추는 갈매기 떼 거느리고
바쁘게 바쁘게 민청호가 들어 온다

－一九五五－

어느 반도에서

소낙비

번개친다
번개친다
느릅봉을 감아싼 먹구름 속에서
먹장구름 타래치며 번갯불 튄다

새파랗던 바다를 검은 날개 뒤덮고
꽃단지 애기섬이 삽시간에 사라지고

나직한 언덕 아래 구부렁 길을
아무 일 없는듯이 천천히 오는 이
륙지에서 사흘 자면 멀미가 난다는
반농 반어 조합의 어로반 좌상님

묵직한 그물을 가볍게 둘러 멘 채
멈춰 선 로인님 빙그레 웃으며
『애들아 애들아
어서 내려 와』

『으하하 할아바이 넘려 말아요
뽕나무 우에선 멀미 안 나요』

『소낙비가 당장이다
어서어서 내려 와』

『으하하 할아바이 넘려 말아요
누에가 막잠에서 깨게 됐는데
마지막 밥을랑 듬뿍 줘야 하지요』

양잠반 처녀들은 아무 일 없는듯이
한 잎 따고 으하하—
두 잎 따고 으하하—

감자밭에 수수밭에 처녀들 이마에
빗방울 하나 둘씩 떨어지건만
로인은 껄껄껄 웃으며 가고
머언 원산쪽만 환하게 개였구나

보리가을

바다 저쪽 모롱이도 누우렇구나
동디 마을 언덕목도 싯누렇구나

하지만 올해에사 어림없지
우리 조합 보리가 상의 상이지

덥단 말 말자 덥단 말 말자
단오는 불단오래야 풍년 든단다

령마루가 시름에 잠길만큼
구름이 밀려 오면 어떻게 하니
앞섬도 갈마끝도 보이지 않을만큼
비구름 몰려 오면 어떻게 하니

조합 무어 첫농사 첫째번 낫질
한 이삭 한 알인들 어찌 버릴가
달포 넘는 장마에 햇볕 그립던
지난해의 보리고개 어찌 잊을가

덥단 말 말자 덥단 말 말자
단오는 불단오래야 풍년 든단다

썩 한번 소매를 더 걷어 올리지
이번 이랑 다 베군 잠간만 쉬지
돌배나무 그늘에서 적삼 벗으면
안겨 오는 바닷바람 늘상 좋더라

나들이배에서

만날 적마다 반가운 사람들끼리
어진 사람들끼리
허물없이 나누는 이야기에 출렁이며
나들이배가 바다를 건너 간다

아득히 런닿은 먼데 산봉우리엔
어느새 눈이 내려 쌓였는가

둘째 며늘네 몸푼 기별을 받고
바쁜 길 떠났다는 할머니 무릎에서
무릎에 놓인 연두색 봇짐에서
자꾸만 풍기는 미역 냄새
미역 내음새

『늘그막에 첫손자니
령감이야 당신이 떠난다고 서둘렀지만
명태가 한창인 요즘 철에
바다를 비울 짬이 어디 있나요』

백발을 이고도 정정한
할머니의 기쁨이

제 일처럼 그저 즐거워
빙그레 웃음 짓는 얼굴들이
어찌 보면 한집안 식구와도 같구나

둘째가 군대에서 돌아 온건
작년 이맘때—
두어 달 푸욱 쉬랬더니
말도 새겨 듣지 않더란다

『팔다리가 놀구서는
생선국도 제맛이 안 난다고
사흘되기 바쁘게 부랴부랴
전에 일하던 저기로 가더니
글쎄 아들을 봤군요』

자애로운 손을 들어 햇빛을 가리며
할머니가 자랑스레 바라보는 저기
우뚝 솟은 굴뚝이 세차게 연기 뿜는
저기는 바로 문평 제련소

하늘도 바다인가
아름다운 한나절

읍으로 통한 넓다란 신작로가
가파로운 산굽이에서 시작된
나루에로 나루에로
나들이배가 저어 간다

아침

푸름푸름 동트기 시작한
새벽 하늘
아스랗게 드러난 머언 수평선이
불빛 노을을 뿜어 올린다

바닷가 나루까진 아직도 한참인데
소년은 마음이 아주 바쁜데

항구로 가는 새해의 첫배가
퐁퐁 연기를 토하며 잔교를 떠난다
물좋은 생선을 가득히 싣고
백설에 덮인 반도에서 떠난다

간물에 흠뻑 젖은 로뿌를
재우재우 끌어 올린 다음
두툼한 덧저고리 깊숙한 옆채기에

량손 찔러 넣고
갑판에 선 소년의 아버지

그는 보았다 저기
락타등같은 산 아래 학교 앞을
실로 웬일인가? 다급하게
다급하게 아들이 달려 온다

바람이 일면 우수수
눈꽃이 쏟아지는 솔밭을 지나
수산 협동 조합 창고들을 지나
잔교 복판까지 숨가쁘게 왔을 때
아버지는 소리쳤다
『어째서 그러니-』

『요전번에 약속한 소설책
그 책을 잊지 마세요-』

『이번엔 걱정 말아
「아동 혁명단」이지-』
차차루 멀어지는 발동선에서
힘찬 노래와도 같이 들려 오는
아버지의 목소리…

소년은 옳다고 손을 젓는다

무수한 새들이 죽지를 털며
일제히 날아나듯
춤추는 바다
끝없이 밀려 오는 검푸른 파도

－一九五五－

석탄

천년이 몇 십만번 굽이쳐 흘러 갔나
헤아릴 수 없는 침묵을 거쳐
나는 이제
빛발 속으로 나간다

태양을 우러러 영광을 드리리
나의 생명은 지층 속에서 다져졌으나
처음에 그것은
눈부신 햇빛에서 받았기에

불타리라
불타리라
확확 불타리라

봉우리마다 청춘인 산맥들을 흔들며
꽃보라를 흩날리며 내닫는 기관차의 심장에
쇳돌 녹여 번지는 용광로에
더욱 세찬 정열을 부어 주리니

위대한 시대의 꿈으로 하여

별빛 가득찬 너의 눈에서
젊은 탄부여 나는 본다

세월이 그 얼마를 가고 또 가도
거기에 나의 보람 불타고 있을
불굴한 사람들의 나라
전진하는 새 조선의 아름다운 앞날을!

－一九五五－

탄광 마을의 아침

꽃밭 사이 사이 이슬에 무릎을 적시며
새로 지은 구락부 옆을 지나 언덕에 올라 서니
명절을 앞둔 여기 탄광 마을에
한결 더 거창한 새벽이 물결친다

동트기 바쁘게 활짝 열어 제낀 창문들에
증산에의 출진을 알리는 싸이렌 소리…
지하에 뻗은 골목골목에선 굴강한 사람들이
한 초 한 초를 몸으로 쪼아 불꽃을 날리리라

사시 푸른 소나무가 울창한 산과 산 사이
맑은 대기 속을 청년들이 떼지어 간다
말끝마다 웃음 섞인 즐거운 이야기
처음 맞는 탄부절의 기쁨을 주고 받으며
청년 돌격대가 갱내로 갱내로 들어 간다

십년 전 여기는
천대 받는 사람들이 비분으로 살던 곳
손이 발 되여 어둠을 더듬어도
기아와 멸시만이 따라 서던 곳

그러나 보라 우리의 정권은

가슴에 덮쳤던 암흑을 몰아 냈다

낮이 없던 깊은 땅속

저주로운 침묵이 엎디였던 구석구석까지

밤이 없는 광명으로 차게 하였다

보라 여기는 씩씩한 젊은이들이

청춘의 한길을 다투어 택한 곳

기름이 흐를 듯한 석탄을 가득 싣고

무쇠 탄차가 줄지어 올라 오는 갱구에

전체 인민이 보내는 영광을 전하면서

수도에서 오는 북행 렬차가 산굽이를 돌아 간다

                                    ㅡㅡ九五五ㅡ

좌상님은 공훈 탄부

열 손가락 마디마디 굵다란 손이며
반남아 센 머리의 아름다움이여!

우리야 아들 또래 청년 탄부들
늦주벽에 남실남실 독한 술 따르어
드이소 드시이소』 드리는 축배를
좌상님은 즐겁게 받아 주시네

젊어서 빼앗기신 고향은 락동강가
배고픈 아이들의 지친 울음이
강물 타고 흐른다는 그곳 그 땅을
어찌 잊으랴만 그래도 잊으신듯

『새우가물 고기냐 탄부가 인간이냐』고
마소처럼 천대 받던 왜정때 세상을
어찌 잊으랴만 그래도 잊으신듯
좌상님은 또 한 잔 즐겁게 드시네

새우가물 고기냐 : '새우가 물고기냐'의 띄어쓰기 오류.

창문 앞엔 국화랑 코스모스가 한창
울바자엔 동이 만한 호박이 주렁주렁

땅 속으로 천길이랴
가슴 속 구천 길
고난의 세월 넘어 층층 지하에
빛을 뿌린 위력은 인민의 나라

조국의 번영 위해 잔을 들자고
서글서글 웃음 짓는 좌상님 따라
우리 모두 한뜻으로 향해 서는 곳
조석으로 드나드는 저 갱구는
좁아도 넓고넓은 행복에의 문

묵묵한 탄벽에서 불ㅅ길을 보아온
지혜로운 눈들이 지켜 섰거니
표표히 가는 구름 그도 곱지만
우리네 푸른 하늘 더욱 곱구나

－一九五六－

리용악 시선집　**647**

귀한 손님 좋은 철에 오시네

옥색이랴 비취색 푸르름이랴
우리의 고운 하늘 가장 고운 철
정말로 좋은 철에
귀한 손님 오시네

가을 향기 그윽한 능금밭 사잇길로
능금밭 사잇길로 먼저 모실가
청진이며 희천이랑 흥남 지구의
자랑 많은 공장들이 기다리는데

지난날의 상처가 꽃에 묻힌 거리로
꽃에 묻힌 거리로 먼저 모실가
나무리며 운전이랑 열두삼천리의
풍년 맞은 조합들이 기다리는데

산에 먼저 모실가
물 맑은 강변에 먼저 모실가

몰다비야 고지의 바람 소리도
아름다운 다뉴브의 흐름 소리도

손님들은 여기서 들어 주시리
노래처럼 여기서 들어 주시리

붉게붉게 하도 붉게 단풍이 들어
이 산 저 산 젊음인듯 불처럼 타는 철
정말로 좋은 철에
귀한 손님 오시네

　　　　　　－一九五六, 루마니야 정부 대표단을 환영하여－

쏘베트에 영광을

어느 땅에 뿌리를 내렸거나
태양을 향해
모든 수목들이 가지를 펴듯
모든 풀잎들이 싱싱한 빛갈을 띠듯

언제나 어디서나 우리는 한결같이
영원한 청춘의 나라
쏘베트를 우러러
샘솟는 희망을 가득히 안는다

어깨를 짓누르던 먹장구름도
걸음마다 뒤따르던 주림과 총검도
다시는 우리에게 다가 오지 못하게
형제여 위대한 전우여 그대들은
죽음보다 더한 압제에서 우리를 해방했거니

피로써 그대들이 열어 주었고
피로써 우리가 지켜 낸 그 길
자유와 행복과 평화의 길을
우리는 날마다 넓혀 나간다

윙윙 우는 고압선과
발돋움하여 일으키는 강철 기둥들
즐거운 벼포기 보리포기
밝은 창문들

진리의 세찬 흐름 멎지 않듯이
광활한 우리 앞에 어둠이 없듯이
우리의 마음 깊이 울려 나오는
감사의 노래 끝이 없으리

쏘베트에 영광을!
쏘베트에 영광을!

-一九五五-

우라지오
가까운 항구에서

풀벌레 소리 가득 차 있었다

우리 집도 아니고 일가집도 아닌 집
고향은 더욱 아닌 곳에서
아버지의 침상 없는 최후 최후의 밤은
풀벌레 소리 가득차 있었다

아라사로 다니면서까지
애써 키운 아들과 딸에게
한마디 남겨 두는 말도 없었다
초라한 목침을 반듯이 벤 채

흔들어도 흔들어도 뜨시잖는 두 눈에
피지 못한 꿈의 꽃봉오리 갈앉았던가
얼음장에 누우신듯 손발은 식어 갈 뿐

때 늦인 의원이
아무말 없이 돌아 간 뒤
이웃 늙은이의 손끝이 떨며
눈빛 무명은 조용히
조용히 낯을 덮었다

서러운 머리맡에 엎디여

있는 울음 다 울어도 그지없던 밤

아버지의 침상 없는 최후 최후의 밤은

풀벌레 소리 가득차 있었다

-一九三六-

나를 만나거던

땀 마른 얼굴에
소금이 싸락싸락 돋친 나를
공사장 가까운 숲속에서 만나거던
　내 손을 쥐지 말라
　만약 내 손을 쥐더라도
옛처럼 네 손처럼 부드럽지 못한 리유를
그 리유를 묻지 말아라

주름잡힌 이마에
불만이 그윽한 나를
거리의 뒷골목에서 만나거던
　먹었느냐고 묻지 말라
　굶었느냐곤 더욱 묻지 말고
꿈같은 이야기는 이야기의 한마디도
나의 침묵에 침입하지 말아라

폐인인 양 시들어져
턱을 고이고 앉은 나를
어둠침침한 방구석에서 만나거던
　울지 말라

웃지도 말고
내가 자살하지 않는 리유를
그 리유를 묻지 말아라

-一九三七-

동면하는 곤충의 노래

산과 들이 늙은 풍경에 싸여
앙상한 계절을 시름할 때
나는 흙을 뚜지고 땅 깊이 들어 왔다
차디찬 달빛을 피해
둥굴소의 앞발을 피해

멀어진 태양은 아직
꺼머첩첩한 의혹의 길을 더듬고
땅 우엔 미친듯 태풍이 휩쓸어
지친 혼백들의 곡성이 높다
그러나 나는
자신의 체온에 실망한 적이 없다

숨막히는 어둠 속에서도
빛을 머금어 사색이 너그럽거니
갖은 학대를 체험한 나는
날카로운 무기를 장만하리라
아름다운 물색으로
평화의 의상도 꾸민다

얼음 풀린 냇가에 버들이 휘늘어지고

어린 종다리 파아란 항공을 시험할 때면

나는 봄볕 따스한 땅 우에 나서리라

죽은듯 눈 감은 명상

나의 동면은 위대한 약동의 전제다

――一九三七―

쌍두마차

내게는 정계비 세운 령토란 것이 없다
나의 령토는 나의 쌍두마차가 굴러 갈
그 구원한 시간인가

나의 쌍두마차가 헤치고 나가는
우거진 풀섶에서
나는 푸르른 진리를 본다
산협을 굽어 보며 구불구불 넘는 령에서
줄기차게 숨쉬는 사상을 만난다

열기를 토하면서 나의 쌍두마차가
적도선을 돌파할 때
거기엔 억센 심장의 위엄이 있고
계절풍과 싸우면서 동토대를 지나
북으로 북으로 돌진할 때
거기선 확확 타오르는 삶의 힘을 발견한다

나는 항상 나를 모험한다 그러나
자기의 천성을 슬퍼도 하지 않고
기약 없는 려로를 의심치도 않는다

래일의 새로운 지구가 나를 부르고

오직 나는 그것만을 믿길래

나의 쌍두마차는 쉴새없이 굴러 간다

날마다 새로운 려정을 탐구한다

－一九三七－

두만강 너 우리의 강아

나는 죄인처럼 수그리고
나는 코끼리처럼 말이 없다
두만강 너 우리의 강아
너의 언덕을 달리는 찻간에
조그마한 자랑도 자유도 없이 앉았다

아무것도 바라볼 수 없다만
너의 가슴은 굳게 얼었으리라
그러나 나는 안다
다른 한줄 너의 흐름이 쉬지 않고
바다로 가야 할 곳으로 흘러 내리고 있음을

지금
차는 차대로 달리고
바람이 이리처럼 날뛰는 강건너 벌판엔

나의 젊은 넋이
무엇인가 기다려 얼어 붙은듯 섰거니
욕된 운명은 밤 우에 밤을 마련할 뿐

잠들지 말라 우리의 강아

오늘밤도

너의 가슴을 밟는 뭇 슬픔이 목마르고

얼음길은 거칠다 길은 멀다

차라리 마음의 눈을 가려 줄

검은 날개는 없느냐

두만강 너 우리의 강아

북간도로 간다는 강원도치와 마주 앉은

나는 울 줄을 몰라 외롭다

ー一九三八ー

우라지오 가까운 항구에서

삽살개 짖는 소리 눈보라에 얼어 붙는
섣달 그믐
밤이 얄궂은 손을 하도 곱게 흔들길래
술을 마시여 불타는 소원이 이 부두로 왔다

걸어 온 길가에 찔레 한 송이 없었대도
간고한 자국자국을 뉘우치지 않으리라
어깨에 쌓여 쌓여도
하얀 눈이 무겁지 않구나

철없는 누이의 고수머릴랑 어루만지며
우라지오의 이야길 캐고 싶던 밤이면
어머니는 서투른 아라사말도 들려 주셨지
졸음졸음 귀밝히는 누이동생 잠들 때꺼정
등불이 깜박 저절로 눈감을 때꺼정

어머니의 어진 입김
아직도 나의 볼에 뜨겁구나
사랑스런 추억의 새야 작은 날개를
마음의 은줄에 다시 한번 털어라

드나드는 배 한 척 없는 지금
부두에 홀로 선 나는 갈매기 아니건만
날고 싶어 날고 싶어
머리에 어슴프레 그려진 그곳
우라지오의 바다 이역의 항구로

저기 섬기슭 지켜 선 등대와 나는
서로 속삭일 수 없는 생각에 잠기고
눈보라는 소리쳐 소리쳐 부르는데
갈 길 없는 우라지오
갈 길 없는 우라지오

--一九三八-

북쪽

북쪽은 고향

그 북쪽은 녀인이 팔려 간 나라

머언 산맥에 바람이 얼어 붙을 때

다시 풀릴 때

시름많은 북쪽 하늘에

마음은 눈감을 줄 모르다

－一九三六－

낡은 집

밤낮으로 왕거미 줄치기에 분주한 집
마을서 흉가라고 꺼리는 낡은 집
이 집에 살았다는 백성들은
대대손손 물려 줄
은동곳도 산호 관자도 갖지 못했니라

재를 넘어 무곡을 다니던 당나귀며
항구로 가는 콩시리에 늙은 둥굴소며
모두 없어진지 오랜 외양간에선
아직도 초라한 내음새 풍기건만
털보네 간 곳은 아무도 모른다

산을 뚫어 찻길이 놓이기 전
노루 멧돼지 여우며 승냥이가
앞뒤 벌을 마음놓고 뛰여 다니던 시절
털보네 세째 아들 나의 싸리말동무는
이 집 안방 짓두광주리 곁에서
첫울음을 울었단다

『털보네는 또 아들을 봤다우

송아지라두 불었으면 팔아나 먹지』
마을 아낙네들이 정녕 무심코
차거운 이야기를 가을 냇물에 실어 보냈다는
그날 밤
저룹등은 시름시름 타들어 가고
소주에 취한 털보의 눈이 더욱 붉더란다

갓주지 이야기며 무서운 전설과 가난 속에서
나의 동무는 마음 조리며 자랐다
당나귀 몰고 간 애비 돌아 오지 않는 밤
노랑 고양이 울어울어
종시 잠들지 못하는 그런 밤이면
어미 분주히 일하는 방아간 한구석에서
좁쌀겨를 쓰고 앉아 외론 꿈을 키웠다

그가 아홉 살 되던 해
사냥개 꿩을 쫓아 다니는 겨울
이 집에 살던 일곱 식솔이
어디론가 사라진 이튿날 아침
북쪽을 향한 발자국만 눈 우에 떨고 있었다

더러는 오랑캐령쪽으로 갔으리라고
더러는 아라사로 갔으리라고

이웃 늙은이들은 모두
멀고도 추운 고장을 짚었다

지금은 아무도 살지 않는 집
마을서 흉가라고 꺼리는 낡은 집
제철마다 먹음직한 열매 탐스럽게 열던
살구나무도 글거리만 남았길래
꽃피는 철이 와도 가도
뒤울안엔 꿀벌 하나 날아 들지 않는다

--一九三八-

오랑캐꽃

긴 세월을 오랑캐와의 싸움에 살았다는 우리의 머언 조상들이 너를 불러 『오랑캐꽃』이라 했으니 어찌 보면 너의 뒷모양이 머리태를 드리운 오랑캐의 뒷머리와도 같은 까닭이라 전한다

아낙도 우두머리도 돌볼새 없이 갔단다
도래샘도 띳집도 버리고 강건너로 쫓겨 갔단다
고려 장군님 무지무지 쳐들어
오랑캐는 가랑잎처럼 굴러 갔단다

구름이 모여 골짝 골짝을 구름이 흘러
백년이 몇 백년이 뒤를 이어 흘러 갔다

너는 오랑캐의 피 한 방울 받지 않았건만
오랑캐꽃
너는 돌가마도 털메투리도 모르는 오랑캐꽃
두 팔로 햇빛을 막아 줄께
울어 보렴 목놓아 울어나 보렴 오랑캐꽃

---一九三九-

버드나무

누나랑 누이랑
뽕오디 따라 다니던 길가엔
이쁜 아가씨 목을 맨 버드나무

백년 기다리는 구렝이 숨었다는 버드낡엔
검은 구멍이 입 벌리고 있었건만
북간도로 가는 남도치들이
타는 듯한 산길을 바라보구선 그만 맥이 풀려
코올콜 낮잠 자던 버드나무 그늘

돌베개 딩구는 버드나무 그늘에 서면

사시사철 하아얗게 바라뵈는
머언 봉우리 구름을 부르고
마을에선 평화로운듯
밤마다 등불을 밝혔다

- -一九三九-

전라도 가시내

알룩조개에 입맞추며 자란다
눈이 바다처럼 푸를 뿐더러 까무스레한 네 얼굴
가시내야 나는 발을 얼구며
무쇠다리를 건너 온 함경도 사내

바람 소리도 호개도 인전 무섭지 않다만
어두운 등불 밑
안개처럼 자욱한 시름을 달게 마시련다만
어디서 흉참한 기별이 뛰여 들것만 같애
두터운 벽도 이웃도 못 미더운 북간도 술막

온갖 방자의 말을 품고 왔다
눈보라를 뚫고 왔다
가시내야 너의 가슴 그늘진 숲속을 기여간
설음많은 오솔길을 나두 함께 더듬자
술을 부어 남실남실 술을 따르어
가난한 이야기에 고이 잠거라

네가 두만강을 건너왔다는 석 달 전이면
산마다 단풍들어 천리 천리 또 천리 불탔을건데

그래두 외로워서 슬퍼서 치마폭으로 낯을 가렸더냐

두 낮 두 밤을 두루미처럼 울어울어

불술기 구름 속을 달리는 양 유리창이 흐리더냐

차알삭 부서지는 파도 소리에나 취한듯

싸늘한 웃음이 소리 없이 새기는 보조개

가시내야

울듯 울듯 울지 않는 전라도 가시내야

두어마디 너의 사투리로 때아닌 봄을 불러 줄게

손때 수집은 분홍 댕기 휘휘 날리며

잠간 너의 나라로 돌아 가거라

이윽고 얼음길이 밝으면

나는 눈보라 휘감아치는 벌판에 나설게다

노래도 없이 사라질게다

자국도 없이 사라질게다

-一九三九-

달 있는 제사

달빛 밟고 머나먼 길 오시리
두 손 합쳐 세번 절하면 돌아 오시리
어머닌 우시여
밤내 우시여
하아얀 박꽃 속에 이슬이 두어 방울

강가에서

아들이 나오는 올겨울엔 걸어서라두
청진으로 가리란다
높은 벽돌담 밑에 섰다가
세 해나 못 본 아들을 찾아 오리란다

그 늙은인
암소 따라 조이밭 저쪽에 사라지고
어느 길손이 밥지은 자췬지
그스른 돌 두어 개 시름겨웁다

두메산골 (一)

들창을 열면 물구지떡 내음새 내달았다
쌍바라지 열어 제치면
썩달나무 썩는 냄새 유달리 향그러웠다

뒷산에두 봇나무
앞산두 군데군데 봇나무

주인장은 매사냥을 다니다가
어느 바위틈에서 죽었다는 주막집에서
오래오래 옛말처럼 살고 싶었다

두메산골 (二)

아이도 어른도
버섯을 만지며 히히 웃는다
독한 버섯인 양 히히 웃는다

돌아돌아 물곬 따라 가면 강에 이른대
령 넘어 여러 령 넘어 가면 읍이 보인대

맷돌방아 그늘도 토담 그늘도
히부옇게 엷어지는데
어디서 꽃가루 날아 오는듯 눈부시는 산머리

온 길 가야할 길 죄다 잊고
까맣게 잠들고 싶어라

두메산골 (三)

참나무 불이 이글이글한
오지화로에 감자 두어 개 묻어 놓고
멀어진 서울을 못 견디게 그리는 것은
도포 걸친 어느 조상이
귀양 와서 일삼던 버릇일가

돌아 갈 때엔 당나귀 타고 싶던
여러 령에
눈은 내리는데 눈은 내리는데

두메산골 (四)

소금토리 지웃거리며 돌아 오는가
열두 고개 타박타박 당나귀는 돌아 오는가
방울 소리 방울 소리 말방울 소리 방울 소리

꽃가루 속에

배추밭 이랑을 노오란 배추꽃 이랑을
숨가쁘게 마구 웃으며 달리는 것은
어디서 네가 나직이 부르기 때문에
배추꽃 속에 살며시 흩어 놓은 꽃가루 속에
나두야 숨어서 너를 부르고 싶기 때문에

다리 우에서

바람이 거센 밤이면
몇번이고 꺼지는 네모난 장명등을
궤짝 밟고 서서 몇번이고 새로 밝힐 때
별 많은 밤이 되려 무섭다던 누나야

여기는 낯선 고장
국수집 찾아 가는 다리 우에서
문득 그리워지는 누나야
우리는 어려서 국수집 아이

단오도 설도 아닌 풀벌레 우는 가을철
단 하루 아버지의 제삿날만
너도나도 일을 쉬고
어른처럼 곡을 했지

뒷길로 가자

우러러 받들 수 없는 하늘
검은 하늘이 쏟아져 내린다
온몸을 굽이치는
병든 흐름도 캄캄히 저물어 가는데

예서 아는 이를 만나면 숨어 버리지
숨어서 휘청휘청 뒷길을 걸을라치면
지나간 나날이 나를 따라 오리라

푸르른 새벽인들 나에게 없었으랴
나를 에워싸고 외치며 쓰러지는
수없이 많은 나의 얼굴은
파리한 이마는 입설은 잊어 버리고져
나의 해바라기는 어느 가슴에
무거운 머리를 떨어뜨리랴

이제 검은 하늘과 함께
줄기줄기 차거운 비 쏟아져 내릴 것을
네거리는 싫어 네거리는 싫어
히히 몰래 웃으며 뒷길로 가자

-一九四〇-

욕된 나날

잠잠히 흘러 내리는 개울을 따라
마음 섧도록 추잡한 거리로 가리
날이 갈수록 새로이 닫히는
무거운 문들을 밀어 제치고

조그마한 자랑을 만날지라도
함부로 푸른 하늘을 대할지라도
내사 모자를 벗어
반갑게 흔들어 주리라

숫한 꽃씨가 가슴에서 튀여나는
깊은 밤이면
정든 목소리들 귀에 쟁쟁 되사누나
멀어진 모든 사람의 이름을 부르며
호올로 거리로 가리

욕된 나날이 정녕 숨가쁜
곱새는 등곱새는
엎디여 이마를 적실 샘물도 없어

−−一九四〇, 감방에서−

무자리와 꽃

가슴은 뙤풀 우거진 벌판을 묻고
가슴은 어느 초라한 자리에 묻힐지라도
만날 것을 아득한 다음날 다시 만나야 할 것을

마음 그늘진 두던에 엎디여
함께 살아 온 너
어디로 가나

불타는 꿈으로 하여 자랑이던
이 길을 네게 나노자
흐린 생각을 밟고 너만 어디로 가나

눈을 감으면 너를 따라
자국자국 꽃을 디딘다
휘휘로운 마음에 꽃잎이 흩날린다

一一九四〇一

벌판을 가는 것

몇 천년 지난 뒤 깨여 났음이뇨
나의 밑 다시 나의 밑 잠자는 혼을 밟고
새로이 어깨를 일으키는 것
나요 불ㅅ길이요

쌓여 쌓여서 훈훈히 썩은 나무잎을 헤치며
저리 환하게 열린 곳을 뜻함은
세월이 끝나던 날 오히려 높디높았을
나의 하늘이 남아 있기 때문에

내 거닐는 자국마다 새로운 풀폭 하도 푸르러
뒤돌아 누구의 이름을 부르료

이제 벌판을 가는 것
바람도 비도 눈보라도 지나가 버린 벌판을
단 하나에의 길을 헤쳐 가는 것
나요 끝나지 않는 세월이요

다시 항구에 와서

모든 기폭이 잠잠히 내려 앉은
이 항구에
그래도 남은 것은 사람이올시다

한마디의 말도 배운 적 없는 듯한 많은 사람 속으로
어질게 생긴 이마며 수수한 입술이며 그저 좋아서
나도 한마디의 말없이 우줄우줄 걸어 나가면
저리 산밑에서 들려 오는 돌 깨는 소리

시바우라 같은 데서 혹은 메구로 같은 데서
함께 일하고 함께 잠자며
퍽도 친하게 지내던 사람들로만 여겨집니다

서로 모르게
어둠을 타 구름처럼 흩어졌다가
똑같이 고향이 그리워서
돌아 온 이들이 아니겠습니까

함께 : '함께'의 오식.

하늘이 너무 푸르러

갈매기는 죽지에 흰 목을 묻고

어느 옴쏙한 바위틈 같은 데 숨어 버렸나본데

차라리 누구의 아들도 아닌 나는 어찌하여

검붉은 흙이 자꾸만 씹고 싶습니까

길

여덟 구멍 피리며 앉으랑 꽃병
동그란 밥상이며 상을 덮은 흰 보자기
안해가 남기고 간 모든 것이 그냥 그대로
울면서 가던 날을 말해 주는데

새벽마다 뉘우치며 깨는 것이 때론 외로워
술도 아닌 차도 아닌
뜨거운 백탕을 훌훌 마시며
참아 어질게 어질게 살아 보리

안해가 우리의 첫애길 보듬고
먼 길 돌아 오면
내사 고운 꿈 따라 햇불 밝힐가
이 조그마한 방에 푸른 란초랑 옮겨 놓고

나라에 지극히 복된 기별이 있어
찬란한 밤이면 밤마다
숫한 별 우러러 가슴에 안고
어찌야 즐거운 백성이 아니리

꽃잎 헤칠수록 깊어만지는 거울

호을로 차지하기엔 너무나 큰 거울을

언제나 똑바로 앞으로만 대하는 것은

나의 웃음 속에

우리 애기의 길이 틔여 있기에

- 一九四二 -

어두운 등잔밑

모두 벼슬 없는 이웃이래서
은쟁반 아닌
아무렇게나 생긴 그릇이 되려
머무며 다래랑 나눠 먹기에 정다웁건만

서울 살다 온 사나이
나는 그저 앞이 어두워

멀리서 들려 오는 파도 소리와 함께
몰래 울고 싶은 이러한 밤엔
돋우어도 돋우어도
밝지 않는 등잔밑 한 치 앞이 어두워

막차 갈 때마다

어쩌자구 자꾸만 눈앞에 삼삼한
정든 사람들마저 깨끗이 잊고저
북에서도 북쪽까지
머나먼 곳으로 와버렸는데

산굽이 돌아 돌아 막차 갈 때마다
불붙듯 그리운 사람들을 그리며
먼지와 함께 들이켜는 독한 술
너무나 차거운 유리잔이 나는 무거워

노래 끝나면

손벽칩시다 정을 다하여
우리 손벽칩시다

노새나 나귀를 타고
방울 소리며 갈꽃을 새소리며 달무리를
즐기려 가는 것은 아니올시다

청기와 푸른 등을 밟고 서서
웃음 지으십시오
아해들은 한결같이 손을 저으며
멀어지는 나의 뒷모양 물결치는 어깨를
눈부시게 바라보라요

누구나 한번은 자랑하고 싶은
모든 사람의 고향과
나의 길은 황홀한 꿈속에 요요히 빛나는 것

손벽칩시다 정을 다하여
우리 손벽칩시다

집

밤마다 꿈이 많아서
나는 겁이 많아서
어깨가 처지는 것일가.

벗도 없을 땐
집 한간 있었으면
집 한간 있었으면
덜이나 곤하겠는데

타지 않는 저녁 하늘을
가벼운 병처럼 스쳐 흐르는 시장끼
어쩌면 몹시두 아름다워라

앞이건 뒤건 내 가차이
그리운 사람이여
모올래 오시이소

불

모두가 잠잠히 끝난 다음에도
불이여 그대만은
우리의 벗이래야 할 것이

치솟는 빛과 함께 몸부림치면
한결같이 일어 설 푸른 비늘과 같은
아름다움
가슴마다 피여

싸움이요
싸움이요
우리 모두 불ㅅ길 되여
미움을 물리치는 것이요

항구에서

영원과 같은 그러한 것이 아득히 바라뵈는 그러한 꿈길을 끝끝내 돌아 온 나의 청춘이요 바쁘게 떠나가는 검은 기선과 몰려서 우짖는 갈매기의 떼

구름 아래 뭉쳐선 흩어지는 먹구름 아래 그대들과 나의 어깨에도 하늘은 골고루 머물러 얼마나 멋이였습니까

꽃이랑 꺾어 가슴을 치레하고 우리 휘파람이나 간간이 불어 보자요 훨훨 옷깃을 날리며 머리칼을 날리며 서로 헤여진 멀고 먼 바닷가에서 우리 한번은 웃음 지어 보자요

그러나 항구의 언덕길을 오르내리면서 조심스런 자국자국 생각하는 건 친구의 얼굴들이 아니였습니다 묵묵한 산이요 우뢰 소리와 함께 폭발할 산봉우리요

희망과 같은 그러한 것이 가슴에 싹트는 그러한 밤이면 무슨 짐승처럼 우는 뱃고동을 들으며 바다로 보이지 않는 바다로 휘정휘정 내려 가는 것이요

――一九四二―

노한 눈들

그리움

눈이 오는가
북쪽엔
함박눈 펑펑 쏟아지는가

험한 벼랑 굽이굽이
세월처럼 돌아 간 백무선
길고 긴 철길 우에
느릿느릿 밤새워 달리는
화물차의 검은 지붕에

겹겹이 둘러 앉은
산과 산 사이
작은 마을 집집마다
봇지붕 우에도
복된 눈 내리는가

잉크병 얼어 드는 이러한 밤에
어쩌자고 잠을 깨여
내내 그리운
그리운 그곳

북쪽엔

눈이 오는가

함박눈 펑펑 쏟아지는가

ー一九四五 겨울 서울에서ー

오월에의 노래

잇발 자국 하얗게 홈간 빨뿌리와 담뱃재 소복한 왜접시와 인젠 불살
러도 좋은 몇 권의 책이 놓여 있는 거울 속에 오월이여 넘쳐라

성미 어진 나의 친구는 고오고리를 좋아하는 소설가 몹시도 시장하
고 눈은 내리던 밤 서로 웃으며 고오고리의 나라를 이야기하면서 소시
민 소시민이라고 써놓은 얼룩진 벽에 벗어버린 검은 모자와 귀거리가
걸려 있는 거울 속에 오월이여 넘쳐라

그리웠던 그리웠던 구름 속 푸른 하늘은 우리의 것이라 그리웠던 그
리웠던 메— 데— 의 노래는 우리의 것이라

어느 동무들이 희망과 초조와 떨리는 손으로 주어 모은 활자들이냐
아무렇게나 쌓아 올린 신문지 우에 지난날의 번뇌와 하직하는 나의 판
가리 노래가 놓여 있는 거울 속에 오월이여 넘쳐라

-一九四六 서울에서-

하늘만 곱구나

집도 많은 집도 많은 서울 장안 남대문턱 움속에서 두 손 오구려 흑흑 입김 불며 높디높은 하늘을 쳐다보면서 흑흑 입김 불며 어린 거북이는 무엇을 생각하누

거북네는 만주서 왔단다 두터운 얼음장과 거센 바람 속을 세월이 흘러 흘러 거북인 만주서 나고 할배는 쫓겨 간 이국 땅 만주에 영영 묻혔으나 하늘이 무심찮아 참된 봄을 본다구 그립던 고국으로 돌아 왔단다

만주서 떠날 때 강을 건널 때 조선으로 고향으로 돌아만 가면 빼앗겼던 땅에서 아배는 농사를 짓고 거북이는 『가갸거겨』 배운다더니 조선으로 돌아 오니 집도 없고 고향도 없고…

거북이는 잘근잘근 배추꼬리를 씹으며 달디 달구나 배추꼬리를 씹으며 꺼무테테한 아배의 얼굴을 바라보면서 배추꼬리를 씹으며 헐벗은 거북이는 무엇을 생각하누

첫눈 이미 내려 바람 매짠데 이윽고 새해가 또 오는데 집도 많은 집도 많은 서울 장안 남대문턱 움속에서 이따금씩 쳐다보는 하늘이사 아마 하늘이기에 혼자만 곱구나

―一九四六 서울에서―

노한 눈들

불빛 노을 함빡 갈앉은 눈이라 노한 노한 눈들이라

죄다 바서진 창으로 추위가 다가서는데 벌써 몇번째 어찌하여 우리
는 또 밀려 나가야 하는가 우리의 회관에서

더러는 어디루 갔나 황막한 벌판을 다시금 안고 숨어서 처다보는 푸
른 하늘이며 밤마다 별마다에 가슴 맥히여 울지도 못할 옳은 사람들 정
녕 어디서 동트는 조국을 그리는 것일가

폭풍이여 일어 나라 폭풍이여 폭풍이여 불ㅅ길처럼 일어 나라

지금은 곁에 없는 미더운 동무들과 함께 끊임없는 투쟁을 서로 서로
북돋우며 조석으로 정들인 낡은 걸상이며 책상을 둘러 메고 지나간 데
모에 노래 높이 휘날리던 깃발까지도 소중히 감아 든 우리

우리는 이제 저무는 거리에 나서련다 갈 곳 없이 나서련다 내사 아마
퍽도 약한 시인이길래 그저 울음이 북바치는 것일가

불빛 노을 함빡 갈앉은 눈이라 노한 노한 눈들이라

-一九四六 서울에서-

아우에게

요전 추위에 얼었나보다 손등이 몹시 부은 선혜도 입은 채로 소원이 발가락 안 나가는 신발이요 소원이 털모자인 창이란 놈도 입은 채로 잠이 들었다

겨울엔 역시 엉덩이가 뜨뜻해야 제일이니 뭐니하다가도 옥에 갇힌 네게 비기면 못 견딜게 있느냐고 하면서 너에게 차입할 것을 늦도록 손질하던 안해도 인젠 잠이 들었다

고리짝을 몇번 다시 뒤적였재 쓸만한건 없었구나 무척 헐게 입은 속 내복이며 되도록 크게 마른 솜버선과 머리맡에 접어 놓은 낡은 담요를 나도 한번 만져 보자

오래간만에 들린 우리 집 문마다 퍽도 조심스러운데 어디서 컹컹 개가 짖는데

이윽고 통행 금지 시간이 지나면 창이 어미는 이 내복 꾸레미를 안고 남몰래 나서야 한다 네가 있는 서대문 밖으로 바람을 뚫고 바람을 뚫고 나가야 한다

―一九四七 서울에서―

빗발 속에서

줄기찬 빗발 속 대회는 끝났다 그러나 흩어지는게 아니다

문화 공작대로 갔다가 춘천에서 강능서 테로단의 돌팔매를 맞고 온 젊은 시인들도 로동자들 속에 섞여 기운 좋구나 우리 모두 깍지 끼고 산마루를 차고 돌며 목청껏 부르는 것 싸움의 노래

흩어지는게 아니다 어둠 속 빛을 뿌리며 일어 서는 조국이 있어 어둠을 밀고 일어 선 어깨들은 어깨마다 피에 저른 채찍을 이기여 왔거니

모두다 강철 같은 동무들 속에서 자유를 부르짖는 고함 소리와 한결같이 일어 나는 박수 속에서 몇번이고 눈시울이 뜨거웠을 안해는 젖먹이를 업고 지금쯤 어디로해서 개무리를 피해 산길을 내려 가는 것일가

줄기찬 빗발 속 대회는 끝났다 승리가 약속된 저마다의 가슴에서 언제까지나 끓어 번지는 노래 싸움의 노래를 남기고

－一九四七, 七, 二七 서울에서－

짓밟히는 거리에서

잔바람 불어 오거나 구름 한 점 흘러 가는게 아니다 짓밟히는 서울 거리 막다른골목마다 창백한 이마에 팔을 없는 어진 사람들

숨막혀라 숨막혀라 어디서 누가 울 수 있느냐

눈보라여 비바람이여 성낸 물결이여 이제 마구 휩쓸어 오는가 불ㅅ길이여 노한 청춘들과 함께 이제 어깨를 일으키는가

너도 너도 너도 피터진 발꿈치 피가 터진 발꿈치에 힘을 모두어 다시 한번 땅을 차자 사랑하는 우리의 거리 한복판으로 너도너도 너도 땅을 구루며 나아 가자

--一九四八, 서울에서-

원쑤의
가슴팍에
땅크를 굴리자

원쑤의 가슴팍에 땅크를 굴리자

오늘도 우리의 수도 서울은
미제 야수들의 폭격을 받았다
바로 눈앞에서
우리의 부모 형제 어린것들이
피에 젖어 숫하게 쓰러졌다

찢고 물어 뜯고
갈갈이 찢고 물어 뜯어도
풀리지 않을 원쑤
원쑤의 가슴팍에
땅크를 굴리자

패주하는 야수들의 잔악한 발톱은
얼마나 많은 애국자들을 해쳤느냐
수원에서 인천서
천안과 원주 평택과 안성에서…

가도가도 아름다운 산기슭과 들길을
맑고 맑은 강물을 백모래사장을
얼마나 처참한 피로써 물들게 했느냐

광명을 바라면서 꺼진 눈망울마다
증오로 새겨졌을 원쑤의 모습

살아선 뗄 수 없는 젖먹이를 안은 채
땅을 허비며 숨 거둔 젊은 어머니의
가슴 깊이 사무친 원한으로 하여
하늘엔 먹장구름 몸부림치는데

오늘도 우리의 수도 서울은
야수들의 폭격을 받았다

미제를 무찔러 살인귀를 무찔러
남으로 남으로 번개같이 내닫는
형제여 강철의 대오여
최후의 한 놈까지 원쑤의 가슴팍에
땅크를 굴리자

―一九五〇, 七―

핏발선 새해

아아한 산이여 분노하라
뿌리 깊은 바위도 일어 서라
티없이 맑은 어린것들 눈에까지
흙을 떠 넣는
미국 야만들을 향해

놈들의 기총에 뚫린
그 어느 하나가
나의 가슴이 아니랴

꽃가시 풋가시에 닿아도
핏방울 아프게 솟는 작은 주먹으로
숨지는 허리를 부둥켜안고
『엄마야』 소리도 남기지 못한
그 어느 아이가
귀여운 나의 자식이 아니랴

놈들이 불지른 골목골목에
흩어진 기와장 하나하나에도
모든 아픔이 얽혀서 흘러

삼천만의 분노가 얽혀서 흘러

우리의 새해는

복수에 핏발섰다

타다 남은 솔글거리

눈에 묻혀 이름 없는 풀포기까지도

독을 뿜으라

미국 야만들을 향해

일제히 독을 뿜으라

                                    ㅡ一九五一, 一, 一ㅡ

평양으로 평양으로

1

포성은 자꾸 가까와지는데
오늘밤도 남쪽 하늘은
군데군데 붉게 타는데

안해는 바위에 기대여 잠이 들었다
두 손에 흑흑 입김을 불어
귓방울 눅이던 어린것들도
어미의 무릎에 엎디여 잠이 들었다

차마 잊지 못해 몇번을 돌아 봐도
사면 팔방 불ㅅ길은 하늘로 솟구치고
길 떠나는 사람들의 분노에 싸여
극진한 사랑에 싸여
안타깝게도 저물어만 가던 서울

아이야 너희들 꿈속을
정든 서울 장안 서대문 네거리며
날마다 저녁마다 엄마를 기다리던

담배 공장 옆골목이 스쳐 흐르는가

부르튼 발꿈치를 모두어
무거운 자국자국 절름거리며
이따금씩 너희들이 소리 맞춰 부르는
김 일성 장군의 노래
꿈결에도 그 노래
귀에 쟁쟁 들리는가

굽이굽이 험한 벼랑 안고 도는
대동강 푸른 물줄기를 쫓아
넘고 넘어도 새로이 다가 서는
여러 령을 기여 오를 때
찾아 가는 평양은 멀고도 아득했으나

−바삐 가야 한다 김 장군 계신 데로
거듭거듭 타이르며
맥풀린 작은 손을 탄탄히 잡아 주면
별조차 눈 감은 캄캄한 밤에도
울던 울음 그치고 타박타박 따라 서던
어린것들 가슴속 별빛보다 그리웠을
김 일성 장군!

그러나 하늘이 무너지는가
들려오는 소식마다 앞은 흐리여

이미 우리는 하루면 당도할
꿈에 그리던 평양으로 가서는 안 된다
무거운 발길을 돌려 다만 북으로
북으로만
걸음을 옮겨야 하던 날

철없는 아이들겐 말도 못 하고
안해는 나의 얼굴을
나는 그저 안해의 얼굴을 바라보다가
서로 눈시울이 뜨거워서 돌아 서던
그 날은 시월 며칠이던가

우리는 자꾸만 앞서는 원쑤들의 포위를 뚫고
산에서 산을 타 여기까지 왔다
우리는 또 앞을 가로막는
포위 속에 놓여 있다

첩첩한 랑림산맥
인촌도 멀어 길조차 나지 않은
험한 산허리에 어둠이 내릴 때

해질녘이면 신을 벗고 들어 설 집이 그리운

아이들은 또 외웠다

— 엄마야 평양은 너무 멀구나

가파로운 밤길을 부디 견디라

칡넌출 둘로 째서

떨어진 고무신에 칭칭 감아 주던

안해는 웃는 낯으로 타일렀다

— 멀어두 참고 가야지

　선혜는야 여섯 살

　오빠는 더구나 아홉 살인데

2

흰 종이에 새빨간 잉크로

어린 녀학생은 정성을 다하여

같은 글자를 또박또박 온종일 썼다

　조선 민주주의 인민 공화국 만세!

골목이 어둑어둑 저물어

벽보 꾸러미를 끼고 나설 때

온종일 망을 봐 준 할머니는

귀여운 손녀의 귀에 나직이 속삭였다
- 개무리 없는 세상을
  살아서 보고 싶구나

밤이 다 새도 이튿날 저녁에도
어린 녀학생은
끝내 집으로 오지 않았고
석 달이 지난 그 어느 날

카빈 보총이 늘어 선 공판정에서
검사놈 상판대기에 침을 뱉고
역도 리 승만의 초상을 신짝으로 갈긴
어린 녀학생은 피에 젖어 들것에 얹히여
감방으로 돌아 갔다

어둡고 캄캄하던
남부 조선
우리의 전구 서울 -

피에 물어 순결한 동무들이
원쑤들의 뒤통수를 뜨겁게 하고
자유를 갈망하는 형제들 가슴에
항쟁의 불꽃을 뿌린 투쟁 보고와

새로운 과업들을 잇발에 물고

숨어서만 드나드는 아지트에서

손에 손을 잡거나

살이 타고 열 손톱 물러나는

고문실이나 감옥 벌방에서

소속이야 어디건 이름이야 누구이건

이미 몸을 바친 전우들끼리

서로 시선만 마주쳐도

새로이 솟는 용기와

새로이 느껴지는 보람으로 하여

어깨와 어깨에 더운 피 굽이쳤다

우리에겐 생명보다 귀중한 조국이 있기에

영광스런 인민 공화국이 있기에

평양이 있기에

놈들의 어떠한 박해에도

끊길 수 없는 선을 타고

심장에서 심장으로 전하여지는

암호를 타고 온

투쟁 구호와 함께

지난날 우리의 회관에서 정든 동무

지난날 한자리에서
지리산 유격 지구에의 만다트를 받고
목을 껴안으며 서로 뺨을 비빈
전위 시인 유 동무의
사형 언도의 정보가 다달은 이튿날

헐벗긴 인왕산 아래 붉은 벽돌담을
눈보라 소리쳐 때리는 한나절
뜨거운 눈초리로
조국의 승리를 믿고 믿으며
마지막 가는 길 형장으로
웃으면서 나간 동무

나이 서른에 이르지 못했으나
바위처럼 무겁던 경상도 사나이
철도 로동자 정 동무가
순결한 마음을 획마다에 아로새겨
남겨 놓은 손톱 글씨 오직 열 석 자

　　조선 민주주의 인민 공화국 만세!

아침마다 희망을 북돋아
입안으로 외우는 강령이 끝나면

두터운 벽을 밀어 젖히고
자꾸 자꾸만 커지면서 빛나는 피의 글씨
불같은 한자 한자를 바라보면서
우리는 마음 깊이 맹세하였다
―동무야 원쑤를 갚아 주마

3

나무가지 휘여 잡고
바위에서 바위에로 넘어 서는
험준한 산길도 생각하면 고마워라
높은 산 깊은 곬 어느 하나가
싸우는 우리의 편이 아니랴

가자 달이 지기 전에
이 령을 내려
동트는 새벽과 함께 영원벌이
훤히 내다보일 저 산마루까지
저기가 오늘부터 우리의 진지
저기서 흘러 내린 골짝골짝은
우리의 첫째번 전구로 된다

내 비록 한 자루의 총을

지금은 거머쥐지 못하였으나
활활 타는 모닥불에 둘러 앉아
당과 조국 앞에 맹세하고
불굴의 결의를 같이 한
여기 미더운 전우들이 있다

우리는 반드시
우리의 부모 형제를 해치려고
놈들이 메고 온 놈들의 총으로
쏘리라
놈들의 가슴팍을
놈들의 뒤통수를

여기 비록 어린것들이
무거운 짐처럼 끼여 있으나
이름과 성을 숨기고
넓으나 넓은 서울 거리를
피해 다니며 살아 온 아이들
세상도 알기 전에
원쑤의 모습부터 눈에 익은 아이들

미국제 전화선 한두 오리쯤
이를 악물고 끊고야 말

한 자루의 삘찌가 어찌
이 아이들 손에 무거울 수 있으랴

오늘 길조차 나지 않은 이 령을
우리의 적은 대렬이 헤치고 내리나
깊은 골짝 골짝
줄 닿는 곳곳에서
숫한 전우들을 반드시 만나리라

그리고 오리라
높이 솟으라선 죽음의 철문을
노한 땅크로 깔아 부시고
이 아이들에게 그립던 아버지와
노래를 돌려 준 우리 군대
인민 군대는 열풍을 일으키며
북쪽 한끝으로부터 다시 오리니

원쑤를 쓰러 눕히는 총성이
산에서 산으로 울리여
준렬한 복수의 날을 알으키고
승리의 길이 한가닥씩
비탈을 끼고 열릴 우리의 전구

자유의 땅이 한 치씩 넓혀지는
어려운 고비고비 그 언제나
조국의 깃발은 우리와 함께 있으리

기우는 달빛 뺨에 시리나
아이 어른 다 같이
김 일성 장군의 노래를 부르며
밤내 내리는 이 길에사 어찌
우리와 더불어 슬픔이 있으랴

포성은 자꾸 가까와지는데
오늘밤도 남쪽 하늘은
군데군데 붉게 타는데

우리는 간다
이윽고 눈보라를 헤치며
원쑤를 소탕하며
그리운 평양으로 평양으로 나갈
싸움의 길을 바쁘게 간다

----九五--

모니카 펠톤 녀사에게

국제 녀맹 조사단 영국 대표 모니카 펠톤 녀사에 대한 애트리 정부의 박해를 듣고

진리는 세계의 량심들을 일으켜
평화에로 평화에로 부르고 있지 않습니까
애트리에게 가장 두려운 것은 바로 이것입니다

모니카 펠톤 녀사여

지난날 당신이 분격에 싸여 거닐은 이곳 평양에
이미 벽돌 굴뚝만 남아 선 병원이며 학교들에
이미 슬픔을 거부한 움집들에
오늘도 미친 폭탄이 쏟아지는데

백발 성성한 어머니와 사랑하는 누이를 잃은
나는 당신에게 충심으로 말합니다
―당신은 정당합니다

아픔 없이는 당신이 헤여질 수 없었던
다박머리―
아버지는 십자가에 결박되여 강물에
어머니는 젖가슴 도리우고 끝끝내 숨거둔

열한 살 김 성애를 대신하여

『누가 엄마를 언니를 죽였느냐』고
당신이 물었을 때
속눈섭 츨츨한 두 눈 부릅뜨고
『미국 놈』이라 치를 떨며 대답한
아홉 살 박 상옥이를 대신하여

끔찍이 불행한 너무나 많은 사람들을 대신하여
나는 당신에게 충심으로 말합니다
―당신은 정당합니다

모니카 펠톤 녀사여

황토 구덩이에 산 채 매장 당한
열이나 스물로 헤일 수 없는 어린것들과
백이나 이백으로 헤일 수 없는 부녀들의
『큰무덤』 파헤친 오월 한나절
황해도 이름 없는 산봉우리엔
흐르는 구름도 비껴 가고
멧새도 차마 노래하지 못했거니

얼굴조차 분간할 수 없게 된
우리의 수돌이와 복남이와 옥희들 속에서
당신은 당신의 거리에서 조석으로 정든
당실들의 쬬온과 메리이들을
안아 일으키지 않을 수 있었겠습니까

모니카 펠톤 녀사여

애트리 도당들은 당신을
『반역』의 죄로서 심판하려 합니다
그러나 세계 인민들의 준렬한 심판이
제놈들 목덜미에 내리고야 말리라는 것은
애트리의 발밑을 흘러 내리는 데-무스의
캄캄한 물결까지도 알고 있습니다

평화의 전렬을 밝혀 나선
진리의 불을 끌 수는 없기 때문에
날로 더 높아지는 진리의 함성을
침묵시킬 수는 없기 때문에

모니카 펠톤 녀사여

당실들: '당신들'의 오식.

형제들의 선혈 스며 배이고
형제들의 원한 복수에 타는 이 땅에서
미제 침략 군대를 마지막 한 놈까지 눕히기 전엔
목놓아 울지도 않을 조선 사람들은
당신에게 충심으로 말합니다

－우리의 싸움이 반드시 승리하듯
　당신의 투쟁도 승리합니다

                                     －一九五一, 七－

싸우는 농촌에서

불탄 마을

량볼에 옴쑥옴쑥 보조개 패이는
소녀는 애기를 업고 서성거리며
대추나무 사이사이 쌓아 올린 낟가리 사이로
이따금씩 고갯길을 바라보며 하는 이야기

엄마는 현물세 달구지를 몰고
고개 넘에로 첫새벽에 떠났단다
아버지는 없단다
지난해 섣달에
미국놈들이…

집도 연자간도 죄다 불탄 작은 마을
앞뒤산이 단풍 들어 왼통 붉은데
피의 원쑤는 피로써 반드시 갚아질 것을
몇번이고 다시 믿는 귀여운 소녀는
어서 나이 차서 인민 군대 되는 것이
그것이 제일 큰 소원이란다

달 밝은 탈곡 마당

봉선화랑 분꽃 해바라기랑
봄이 오면 샘터에 가득 심을 의논으로
첫쉬임 정말로 즐겁게 끝났다

도랑치마 숙희가 엄마를 따라
무거운 볏단을 안아 섬기며
속으로 생각하는걸 누가 모른담

엄마도 누나도 일손 재우 놀리며
거칠어진 손등으로 땀을 씻으며
속으로 생각는걸 누가 모른담

동이 만한 박 서너 개 지붕에 둔 채
하늘엔 군데군데 흰 구름 둔 채
어디루 가는걸가 달은 바삐 달리고

칠성이는 어려도 사내아이 기운 좋구나
발끝에 힘 모두어 탈곡기를 밟으면서
속으로 생각는건 오직 한가지
— 형이 어서 이기게
— 형이 어서 이기게

토굴집에서

그 날은 함박눈 펑펑 쏟아졌단다
국사봉에 진을 친 빨찌산들이
이 고장을 해방시킨 그 전전날

어둠을 타 산에서 산을 타
국사봉에 련락 짓고 돌아 오는 비탈길에서
원쑤에게 사로잡힌 처녀 분탄이
분탄이는 로동당원 꽃나이 스무 살

봄이면 봄마다 진달래 함빡 피는
뒷산 아래 형제바우 앞에서
사랑하는 향토를 지켜 동지를 지켜
분탄이는 가슴에 총탄을 받았단다

풀벌레 소리 가득찬 토굴집에서
령감님은 밤 늦도록 새끼를 꼬면서
장하고 끔찍스런 딸의 최후를
쉬염쉬염 나직이 이야기하면서

날이 새면 포장할 애국미 가마니엔
분탄이의 이름도 굵직하게 쓰리란다

막내는 항공병

가랑비 활짝 개인 산등성이를
날쌔게 우리 『제비』가 지난다
떼지어 도망치는 쌕쌔기를 쫓아—

잡것 하나 섞일세라 현물세 찰강냉이
굵은 알갱이만 고르던 할머니

립동날이 회갑인 할머니는
도래샘 소리 다시 귓전을 스칠 때까지
『제비』가 사라진 남쪽을 지켜 본다

립동이사 이달이건 래달이건 회갑 잔치는
그애가 이기고 오기 전엔 막무가내라는
할머니의 막내는 항공병

런거픈 공중전에서 속시원히
미국놈 비행기를 동강낸 공으로
두번이나 훈장 받은 신문 사진을
김 장군 초상 밑에 오려 붙이고

할머니의 마음은 아들과 함께

항상 푸른 하늘을 날고 있다

一一九五一一

다만 이것을 전하라
볼가리야의 로시인 지미뜨리 뽈리야노브에게

머리는 비록 백설로 희나
평화를 쟁취하는 벅찬 전선을 위하여
다할 바 없는 청춘을 안고 온 전우여
지미뜨리 뽈리야노브

이제 그대 고향으로 돌아 가면
미국놈들 총탄에 처참히도 쓰러진
수많은 조선 누이들에 대하여
마음 어진 볼가리야 어머니들께
이야기하지 말라
그들의 아픔이 너무 크리니

다만 전하라
사랑하는 남편과 아들을 화선에 보낸
우리의 누이와 어머니들은
폭탄 자국을 메워 씨를 뿌리고
기총과 싸우며 오곡을 가꾸어
기적 같은 풍년을 이룩했다고

이제 그대 고향으로 돌아 가면

따뜻한 엄마 품을 영영 빼앗기고
살던 집과 학교와 동무마저 잃은
수많은 조선 아이들에 대하여
마음 착한 볼가리야 어린이들께
이야기하지 말라
그들의 슬픔이 너무 크리니

다만 전하라
키가 다섯 자를 넘지 못한 소년들도
원쑤에의 증오를 참을 길 없어
가는 곳마다 강점자의 발꿈치를 뜨겁게 한
나어린 빨찌산들의 기특한 전과를

빗발치는 야만들의 폭탄으로 잿더미 된
조선의 거리거리와 마을들에 대하여
선량한 형제들께 이야기하지 말라

다만 전하라
우리가 승리하는 날
갑절 아름답게 갑절 튼튼하게 건설될
조선의 도시와 농촌들을
우리의 가슴마다에 이미 일어 선
새 조선의 웅장한 모습을

머리는 비록 백설로 희나
평화를 쟁취하는 벅찬 전선을 위하여
우리와 함께 젊은 피 끓는 전우여
지미뜨리 뽈리야노브

이제 그대 고향으로 돌아 가면
부디 전하라
천만 갈래 불비로도
조선 인민의 투지를 꺾지는 못한다고

ㅡ一九五一, 一 一ㅡ

평남 관개 시초

위대한 사랑

변하고 또 변하자
아름다운 강산이여

전진하는 청춘의 나라
영광스러운 조국의 나날과 더불어
한층 더 아름답기 위해선
강산이여 변하자

천추를 꿰뚫어 광명을 내다보는
지혜와 새로움의 상상봉
불패의 당이
다함없는 사랑으로 안아 너를 개조하고
보다 밝은 래일에로 깃발을 앞세웠거니

강하는 자기의 청신한 젖물로써
태양은 자기의 불타는 정열로써
대지는 자기의 깊은 자애로써
오곡을 무럭무럭 자라게 하라

흘러 들라 십리굴에

으리으리 솟으라선 절벽을 뚫고
네가 흘러 갈 또 하나의 길을
대동강아 여기에 열거니
서로 어깨를 비집고 발돋움하는
우리의 마음도 너와 함께 소용돌이친다

내리닫이 무쇠 수문이 올라 가는
육중한 음향이 너의 출발을 재촉하는구나
맞은편 로가섬 설레이는 버들숲과
멀리서 기웃하는 봉우리들에
하직하는 인사를 뜨겁게 보내자

흘러 들라 대동강아
연풍 저수지 화려한 궁전으로 통한
십리굴에 길고 긴 대리석 랑하에
춤을 추며 흘러 들어라

우렁우렁 산악이 진동한다
깍지끼고 땅을 구르며 빙빙 도는
동무들아 동무들아 잠간만

노래를 멈추고 귀를 귀울이자

간고한 분초를 밤 없이 이어
거대한 자연의 항거를 정복한 우리
암벽을 까내며 굴 속에 뿌린 땀이
씻기고 씻기여 강물에 풀려
격류하는 흐름 소리…

저것은 바로 천년을 메말랐던
광활한 벌이 몸부림치는 소리
새날을 호흡하며 전변하는 소리다

연풍 저수지

둘레둘레 어깨 겯고
산들도 노래하는가
니연니연 물결치는 호수를 가득 안고
우리 시대의 자랑을 노래하는가

집 잃은 멧새들은 우우 떼지어
떼를 지어 봉우리에 날아 오른다

오늘에야 쉴짬 얻은 베르트 꼼베아를
키다리 기중기를 배불뚝이 미끼샤를
위로하듯 살뜰히 어루만지는
어제의 경쟁자 미더운 친구들아
우리는 당의 아들 사회주의 건설자

유구한 세월을 외면하고 따로 섰다가
우리의 날에 와서 굳건히도 손잡은
초마산과 수리개 비탈이
뛰는 맥박으로 서로 반기는 건
회오리 설한풍 속에서도 오히려 가슴 더웁게
우리의 힘이 흔들고 흔들어 깨워준 보람

스물이라 서른이랴

아흔 아홉 굽이랴

태고부터 그늘졌던 골짝골짝에

대동강 물빛이 차고 넘친다

마시자 한번만 더 마셔 보자

산보다도 듬직한 콩크리트 언제를

다져 올린 두 손으로 움켜 마시니

대대 손손 가물에 탄 목을 적신듯

수수한 농민들의 웃음 핀 얼굴이

어른어른 물에 비쳐

숫하게 숫하게 정답게도 다가 온다

두 강물을 한곬으로

연풍 저수지를 떠난 대동강물이 제 二 간선에 이르면 금성 양수장에서 보내는 청천강 물과 감
격적인 상봉을 하고 여기서부터 합류하게 된다

물이 온다 바람을 몰고
세차게 흘러 온 두 강물이
마주쳐 감싸돌며 대하를 이루는 위대한 순간
찬연한 빛이 중천에 퍼지고

물보다 먼저 환호를 올리며
서로 껴안는 로동자 농민들 속에서
처녀와 총각도 무심결에 얼싸안았다

그것은 짧은 동안 그러나 처녀가
볼을 붉히며 한 걸음 물러섰을 땐―

사람들은 물을 따라 저만치 와아 달리고
저기 농사집 빈 뜰악에 흩어졌다가
활짝 핀 배추꽃 이랑을 찾아
바쁘게 숨는 어린 닭무리

물쿠는 더위도 몰아치는 눈보라도
공사의 속도를 늦추게는 못 했거니

두 강물을 한곬으로 흐르게 한
오늘의 감격을 무엇에 비기랴

무엇에 비기랴 어려운 고비마다
앞장에 나섰던 청년 돌격대
두 젊은이의 가슴에 오래 사무쳐
다는 말 못 한 아름다운 사연을

처녀와 총각은 가지런히 앉아
흐르는 물에 발목을 담그고 그리고 듣는다
바람을 몰고 가는 거센 흐름이
자꾸만 자꾸만 귀틈하는 소리
『말해야지 오늘 같은 날에야
어서어서 말을 해야지…』

전설 속의 이야기

떠가는 구름장을 애타게 쳐다보며
균렬한 땅을 치며 가슴을 치며
하늘이 무심타고 통곡하는 소리가
허허벌판을 덮어도 눈물만으론
시드는 벼포기를 일으킬 수 없었단다

꿈결에도 따로야 숨쉴 수 없는
사랑하는 농토의 어느 한 홈타기에선들
콸콸 샘물이 솟아 흐를 기적을 갈망했건만
풀지 못한 소원을 땅 깊이 새겨
대를 이어 물려 준 이 고장 조상들

물이여 어디를 내가 딛고 서서 발을 돋우면
아득히 뻗어 나간 너의 길을 다 볼 수 있을가

로쇠한 대지에 영원한 젊음을
지심 깊이 닿도록 젊음을 부어 주는
물줄기여

소를 몰고 고랑마다 타는 고랑을

숨차게 열두번씩 가고 또 와도
이삭이 패일 날은 하늘이 좌우하던
건갈이 농사는 전설 속의 이야기
전설 속의 이야기로 이제 되였다

물이여 굳었던 땅을 푹푹 축이며
네가 흘러 가는 벌판 한 귀에
너무나 작은 나의 입술을 맞추면서
쏟아지는 눈물을 막으려도 하지 않음은
정녕코 정녕 내 나라가 좋고 고마워

덕치 마을에서 (一)

서해에 막다른 덕치 마을 선전실
환한 전등밑에 모여 앉아
라지오를 듣고 있던 조합원들은
일시에 『야!』 하고 소리를 친다

이 밤에 누구보다 기쁜 이는 아마
륙십 평생 농사로 허리가 굽었건만
물모라군 꽂아 못 본 칠보 령감님
『연풍에서 물이 떠났다구 분명히 그랬지?』

『그러문요 떠났구 말구요
우리가 새로 푼 논배미들에도
머지않아 철철 넘치게 되지요
얼마나 꿈같은 일입니까

나라와 로동자 동무들 은혜를 갚자면
땅에서 소출이 더 많아야 하지요
우리 조합만도 올 가을엔
천 톤쯤은 쌀을 더 거둘겁니다』

위원장의 이야기가 끝나자
사람들은 끼리끼리 두런거리고
누군가 나직이 물어 보는 말
『천 톤이면 얼마만큼일가?』

『달구지로 가득가득 날르재도
천번쯤은 실어야 할 그만큼 되지요』

어질고 근면한 이 사람들 앞에
약속된 풍년을 무엇이 막으랴
쌀은 사회주의라고 굵직하게 써 붙인
붉은 글자들에 모든 시선이 즐겁게 쏠리고

허연 구레나루를 쓰다듬다가
무릎을 탁 치며 껄껄 웃던 칠보 령감
『산 없는 벌판에 쌀산이 생기겠군』

덕치 마을에서 (二)

『어쩌나 생광스런 물이과데
모르게 당두하면 어떻게 한담
물마중도 쓰게 못 하면
조합 체면은 무엇이 된담』

밤도 이슥해 마을은 곤히 자는데
칠보 령감만 홀로 나와 둑에 앉았다
『물이 오면 달려 가 종을 때리지』

볕이 쨍쨍하면 오히려 마음 흐리던
지난 세월 더듬으며 엽초를 말며
석달 열흘 가물어도 근심 걱정 없어질
오는 세월 그리며 엽초를 말며

그러다가 령감님은 말뚝잠이 들었다
머리없은 달빛이 하도 고와서
구수한 흙냄새에 그만 취해서

귓전을 스치는 거센 흐름 소리에
놀래여 선잠에서 깨여 났을 땐

자정이 넘고 삼경도 지날 무렵
그러나 수로에 물은 안 오고
가까운 서해에서 파도만 쏴―쏴―

희슥희슥 동트는 새벽 하늘을
이따금씩 바라보며 엽초를 또 말며
몹시나 몹시나 초조한 마음
『어찌된 셈일가 여태 안 오니』

수로가 二천리도 넘는다는 사실을
아마도 령감님은 모르시나바
물살이 아무리 빠르다 한들
하루에야 이 끝까지 어찌 다 올가

물냄새가 좋아선가

이 소는 열두 삼천리에 나서
열두 삼천리에서 자란 둥굴소

떡심이야 마을에서 으뜸이건만
발목에 철철 감기는 물이 글쎄
물이 글쎄 무거워선가
걸음을 제대로 걷지 못하네

써레쯤이야 쌍써레를 끈다한들
애당초 문제될가만
난생처음 밟고 가는 강물 냄새가
물냄새가 유별나게 좋아선가
걸음을 제대로 걷지 못하네

열두 부자 동둑

황토색 나무재기풀만 해풍에 나붓기는
넓고 넓은 간석지를 탐스레 바라보며
욕심쟁이 열두 부자가 의논했단다
『이 개펄에 동둑을 쌓아 조수를 막자
물만 흔해지면 저절로 옥답이 되지
그러면 많은 돈이 제 발로 굴러 오지』

열두 삼천리에 강물을 끌어 온다고
일제가 장담하자 그 말에 솔깃해진
열두 부자는 군침부터 삼키며
때를 놓칠세라 공사를 시작했단다

五년이 아니 一○년 거의 지났던가
물은 소식 없고 동둑도 채 되기 전에
재산을 톡 털어 바닥난 열두 부자는
찡그린 낯짝을 어기까랑 쥐여 뜯다가
끝끝내는 개펄에 코를 처박았단다

뺏을 대로 빼앗고도 그것으론 모자라
열두 삼천리 무연한 벌에서 산더미로 쏟아질

백옥 같은 흰쌀을 노리던 일제놈들
수십 년 허덕이고도 물만은 끌지 못한 채
패망한 놈들의 꼴상판을 이제 좀 보고 싶구나

인민의 행복 위한 인민의 정권만이
첩첩한 산 넘어 광활한 벌로
크나큰 강줄기를 단숨에 옮겼더라

그리고 여기 드나드는 조수에 오랜 세월 씻기여
자취조차 없어지는 탐욕의 둑을 불러
열두 부자동이라 비웃던 바로 그 자리에
이 고장 청년들이 쌓아 올린 길고 긴 동둑

조수의 침습을 영원히 막아
거인처럼 팔을 벌린 동둑에 올라 서면
망망한 바다가 발 아래 출렁이고
나무재기풀만 무성하던 어제의 간석지에
푸른 벼포기로 새옷을 갈아 입히는
협동 조합원들의 모내기 노래가
훈풍을 저어저어 광야에 퍼진다

격류하라 사회주의에로

우리 조국의 지도 우에
새로이 그려 넣을
푸른 호수와 줄기찬 강들이
얼마나 많은 땅을 풍요케 하는가
얼마나 아름다운 생활을 펼치는가

평화를 열망하는 인민들 편에
시간이여 네가 섰음을 자랑하라

아득히 먼 세월 그 앞날까지도
내 나라는 젊고 또 젊으리니
우리 시대의 복판을 흘러흘러
기름진 류역을 날로 더 넓히는
도도한 물결
행복의 강하

강하는 노호한다
강도의 무리가 더러운 발로 머물러
략탈로 저물고 기아로 어둡는
남쪽 땅 사랑하는 강토의 반신에도

붉게 탈 새벽 노을을 부르며

격류한다 승리의 물줄기는
우리의 투지 우리의 정열을 타고
사회주의에로!
사회주의에로!

-一九五六-

저자 략력

리 용악은 一九一四년 一一월二三일 함경 북도 경성군 경성면 수성동에서 빈농민의 가정에 출생하였다.

열 아홉 살에 고향을 떠나 서울로 갔으며 一九三四년 봄 일본으로 건너간 그는 한때 일본 대학 예술과에서 배운 일도 있고 一九三九년에 상지 대학 신문학과를 졸업하였다.

一九三九년 겨울에 귀국하여 서울에서 주로 잡지 기자 생활을 하였다. 그의 해방전 작품집으로서 『분수령』 『낡은 집』 『오랑캐꽃』 三권의 시집이 있다.

八·一五 해방후 그는 서울에서 미제와 리 승만 역도를 반대하여 투쟁하는 진보적인 문화인 대렬에서 사업하였다. 一九四九년 八월 리 승만 괴뢰 경찰에 체포되여 一○년 징역 언도를 받고 서대문 형무소에 갇혔다가 인민 군대에 의한 六·二八 서울 해방과 함께 출옥하였다.

一九五一년 三월 남북 문화 단체가 련합하면서부터 一九五二년 七월까지 조선 문학 동맹 시분과 위원장 공작을 하였으며 一九五六년 一一월부터 현재 조선 작가 동맹 출판사 단행본 부주필 공작을 하고 있다.

그가 『조선 문학』 一九五六년 八월호에 발표한 『평남 관개 시초』는 조선 인민군 창건 五주년 기념 문학 예술상 一九五六년도 시부문 一등상을 받았다.

편 집 부

시집 미수록시

1. 월북 이전
시집 미수록시

敗北者의 所願

失職한 『마도로스』와도 같이
힘없이 거름을 멈췄다.
― 이몸은 異域의 黃昏을 등에진
빨간 心臟조차 빼았긴 나어린 敗北者(?)―

天使堂의 종소래!
한줄기 哀愁를
테―ㅇ빈 내가슴에 꼭찔러놓고
보이얀고개(丘)를 추웁게 넘는다
― 내가 未來에 넘어야될 ……

나는 두손을 슴겨쥐고
發狂한 天文學者처럼
밤 하늘을
오래―오래 치어다본다

파―란 별들의
아름다운 코―라스!
宇宙의 秩序를
모기(蛾)소리보다도 더 가늘게 속삭인다

저-별들만이 알어줄

내마음!

피무든 발자죽!

오-

이몸도 별이되여

내맘의 발자죽을

하이얀 大理石에 銀끌로 彫刻하면서

저-하늘 끝까지 흐르고 싶어라

― 이世上 누구의눈에도 보이쟎는곳까지 ……

―― 億兄께 내맘의 一片을 ――

『新人文學』, 1935.3.

蛾 : 나방 蛾(아)자다. '蚊(문)'의 오기로 보인다.

哀訴◇遺言

톡…톡 외마디소리 ― 斷末魔(?)의呼吸……
아직도 나를못믿어하니 어떻게하란말이냐

化石된妖婦와도같은
무거운沈黙을직혀온지도 이미三年!
― 내 머리우에는
무르녹이는 回歸線의 太陽도있었고
살을어이는 曠野의颱風도 아우성첬거늘……

팔 다리는
千里海風을 넘어온 白鷗의 그것같이 말렀고
阿片쟁이처럼 蒼白한얼굴에
새벽별같이 빛을잃은 눈동자만 오락가락……
그래도 나는 때를 기다렸더란다

夕陽에 하소하는 파리한落葉
北極圈 넘나드는 白熊의가슴인들
오늘의 내처럼이야 人情의淪落을 느낄소냐
허덕이는心臟이 蒼空에 피를뿜고 ― 다만한뒤
내가슴속은 까―만 숯(炭)덩이로 變하리라

영영못믿을것이면 차라리죽여라도다고 빨리 —

죽은뒤에나 海棠花피는 東海岸에 묻어주렴?

그렇게도 못하겠으면

白楊나무 뻙안불에 火葬해서

보기싫인 記憶의 骸骨을 모조리 쓸어옇어라

— 大地가 두텁게 얼기始作할때 노랑잔디밑에……

에 —

내가이世上에 살어있는限 永遠한苦悶이려니……

— (病床日記에서) —

『新人文學』, 1935.4.

너는웨울고있느냐

「포풀라」숲이풀으고 때는봄!
너는웨울고있느냐
또……

진달내도 하늘을向하여 微笑하거늘
우리도먼 — 하늘을 처다봐야 되지않겠나?
묵은悲哀의鐵鎖를끊어버리자……

그사람이 우리마음 알때도 이제올것을…….
너는웨울고있느냐
매암이는
이슬이말러야 世相을안다고……
어서 눈물을 씻어라

울면은 무엇해?

「포풀라」숲으로 가자!
잃었든노래를 찾으려……

『新家庭』, 1935.7.

林檎園의 午後

情熱이 익어가는 林檎園에는
너그러운 香氣그윽히피여오르다.

하늘이맑고 林檎의 表情
더욱天眞해지는午後
길가는 樵童의수집은노래를
품에마저드리다

나무와 나무에 방울진 情熱의使徒
너이들이 겻테잇는限 — 잇기를 맹세하는限
靈魂의 領土에 悲哀가
侵入해서는 안될것을밋다

오—
林檎나무灰色그늘밋테
『蒼白한 鬱憤』의 埋葬處를가지고 십퍼라

——一九三五, 鏡城에돌아와서 —

『朝鮮日報』, 1935.9.14.

北國의가을

물개고리소리 땅깁히 파무든뒤

이슬마즌 城돌이

차듸—찬思索에 눌리기 시작하면

綠色의 微笑를일혼 포푸라입들

가보지못한 南國을 憧憬하는데

멀구알이 씨들어갈때

北國아가씨는

차라리『孤獨한길손』되기를 소원한다

『朝鮮日報』, 1935.9.26.

午正의 詩

흙냄새 옅흔 鋪道에
白晝의 沈鬱이 그림자를 밟고 지나간다

피우든 담배꽁다리를
『아스펠드』 등에 뿌려던지고
발꾸락이 나간 구두로 꼭드딘채
거름을 멈추엇나니

내 生活에
언제부터 複雜한 線이 侵入햇노? ── 하고
부질업는 마음의 殘片을
깨물어 바리고저 할때

午正을 告하는 『싸이렌』 소리
都市 골목골목을 나즉히 徘徊하다

『朝鮮中央日報』, 1935.11.8.

옅흔 : '옅은'.

無宿者

오스속 몸살이난다

支離한봄비 구슬피나리는 거리를
定定없이 거나리는이몸!
都會의밤은
利慾도──
榮譽도──
女子도──
다―所用없다는듯 점점깊어가는데

밤을 平和의象徵이라 讚美한者 누구뇨?
萬物은明日의 鬪爭에 提供할「에너기─」를
回復하기爲해서의 休息을取하고 있음을―

나는 하로밤의 宿所찾기를 벌서斷念했다
쓰레기통에서 나온빗자루같이 보잘것없는몸을
반가히 맞어줄사람도 없으려니와

_____

定定 : '定處'나 '定向'의 오식.

나는웨 이렇게까지되고야 말었담?

「삘딩」의 유리窓아──

鋪道의 「아스팔트」야──

너의들의 銳敏한理智도

불타고 재남은(?)내가슴속을 알길은 없으리라

아─ 생각만해도 소름이 끼치는 記憶이여!

삶의戰線을 敗退하기도前에

致命의傷處를 받은者! ──

내머리속은 새파렇게녹쓴 구리쇠(銅)를

잔득쓰러 옇은듯이 테─ㅇ……

定向없는 無宿의步調──

死刑罪囚의 눈알같이

흐밋한 街路燈밑을 빗틀빗틀 거나린다

그래도 빛을딸아간다

새힘을얻으려──

『新人文學』, 1935.12.

茶房

바다없는 航海에 피곤한
무리들 모여드는
茶房은 거리의 港口……

남달은 하소를 未然에 감춰여는
女人의 웃음 끔쯕히 믿엄직하고
으스러히 잠든 燈불은
未久의 世紀를 設計하는 策士?

주머니를 턴
커피 한잔에
고달픈 思考를 支持하는……
……나……너……
休息에 주린 同志여
오라!!
柔軟히 調和된 雰圍氣속에서
期約 없는 旅程을 잠깐
反省해 보작구나

『朝鮮中央日報』, 1936.1.17.

우리를실은배 埠頭를떠난다

해넘는嶺이붉은 하늘을마지하자
港口의波黙은
더욱굵직한線을 끄으고있다

톡크를 오르나리는
水夫의 步調에 마추어
曲만아는 집씨-의 노래를속으로 불러본다

남달리
白色테-푸만 여덜개사온 친구의뜻을
옳다는듯이 아니라는듯이 解剖해보는마음
.........?.........!......?.........

오— 大膽한出帆信號
젊은가슴을 鼓動시키는 우렁찬汽笛
우리를 실은배 다 — 잊으라는듯이 埠頭를 떠난다

『新人文學』, 1936.3.

五月

머-ㄹ다
종달이 새삶을즐겨하는곳 —
내 바라보는곳

處女의젖꼭지처럼 파문처서
여러봄을 어드웁게지낸 마음……그러나
자라는 보리밭고랑을 밟고서서
다사로히 흙냄새를 보듬은 이瞬間
마음은 종달의歡喜에 지지않고

깨끗이 커가는五月을 깊이感覺할때
게집스런憂鬱은 암소의울음처럼 살아지고
저 — 地平과地平에 넘처흘으는 綠色을
오로지所有할수있는나!

나는 五月의수염없는 입술을
女人의期約보다도 더살틀히 간직해주려니
五月은 내품에 永遠하여라

『浪漫』 창간호, 1936.11.

어둠에저저

마음은 피여
포기포기 어둠에 저저

이밤
호올로 타는 초ㅅ불을 거느리고

어느 벌판에로 가랴
어른거리는 모습마다
검은 머리 향그러히 검은 머리
가슴을 덤고 숨고마는데

병들어 벗도 업는 고을에
눈은 내리고
멀리서 철ㅅ길이 운다

『朝鮮日報』, 1940.2.10.

술에 잠긴 쎈트헤레나

타올라 빛빛 타올라
내사 흩어진다
서글피 흔들리는 흔들리며 꺼지는 등불과 등불

돌다리래두 있으면 돌층계를 기어내려
짚이랑 모아 불 질으고 어두워지리
흙인듯 어두워지면 나의가슴엔 설레이는 구름도
구름을 헤치고 솟으려는 소리개도 없으리

멀리 가차히 사람은 사람마다 비틀거리고
나의 쎈트헤레나는 술에 잠겨
나어린 병정이
머리 숙이고 쑥스러히 옆을 스친다

『人文評論』, 1940.4.

바람속에서

나와 함끼 어머니의 아들이던 당신, 뽀구라니-츠나야의 길바닥에 엎디여 기리 돌아가신 나의 형이여

몰아치는 바람을 안고 어디루 가면

눈길을 밟어 어디루 향하면

당신을 뵈올수 있습니까

성구비나 어득꾸레한 술가가나

어디서나

당신을 만나면 당신 가슴에서 나는

슬프디 슬픈 밤을 나눠드리겠습니다

멀리서래두 손을 저어주십시요

아편에 부운 당신은 얼음짱에 볼을 붙이고

얼음짱과 똑 같이 식어갈때

기어 기어서 일어서고저 땅을 허비어도

당신을 싸고 영원한 어둠이 내려앉을때

그곳 뽀구라니-츠나야의 밤이

꺼지는 나그네의 두 눈에

소리없이 갈안쳐준것은 무엇이였습니까

당신이 더듬어 간

벌판과 고개와 골짝을 당신의

모두가 들어있다는 조그마한 궤짝만 돌아올때

당신의 상여 비인 상여가

바닷가로 바닷가로 바삐 걸어갈때

당신은 어머니의 사랑하는 아들이였을 뿐입니까

타다남은 나무뿌리도 돌맹이도

내게로 굴러 옵니다

없어진듯한 빛갈속에서 당신과 나는

울면서 다시 만나지 않으렵니까

멀리서래두 손을 저어주십시요

『三千里』, 1940.6.

푸른한나절

양털모자 눌러쓰고 돌아오신게 마즈막 길
검은 기선은 다시 실어주지 않었다
외할머니 큰아버지랑 게신 아라사를 뭇잊어
술을 기우리면 노 외로운 아버지였다

영영 돌아가신 아버지의 외롬이
가슴에 옴추리고 떠나지 않는것은 나의 슳음
몰풀 새이새일 헤여가는 휘황한 꿈에도
나는 두려운 아이 몸소 귀뿌리를 돌린다

잠시 담배연길 잊어바린
푸른 한나절

거세인 파도 물머리마다 물머리 뒤에
아라사도 아버지도 보일듯이 숨어 나를 불은다
울굶어도 우지못한 여러해를 갈매기야
이 바다에 자유롭자

『女性』, 1940.8.

않는 : '않는'의 오식.
몰풀 : 물풀.

슬픈 일 많으면

캄캄한 다리ㅅ목에서
너를야 기대릴가

모두 어질게 사는 나라래서
슬픈일 많으면 부끄러운 부끄러운 나라래서
휘정 휘정 물러갈 곳 있어야겠구나

스사로의 냄새에 취해 꺼꾸러지려는
어둠속 괴이한 썩달나무엔
까마귀 까치떼 울지도 않고 날러든다

이제 험한 산빨이 등을 이르키리라
보리밭 사이 노랑꽃 노랑꽃 배추밭 사이ㅅ길로
사뿌시 오너라 나의 사람아

내게 밟힌것은 벌렌들 곻은 나빈들
오―래 서서 너를야 기대릴가

『文章』, 1940.11.

산빨 : 산발. 산줄기.

눈보라의고향

歲寒詩抄 (1)

휘몰아치는 눈보라 속
우중충한 술집에선
낡은 장명등을 위태로이 내여걸고
어디선가 소리처 우는 아해들

험난한 북으로의 길은
이곳에 이르러 싯나야 하겠습니다
고향이 올시다. 아버지도 형도 그리고 나도
젊어서 써나버린 고향이 올시다

애끼고 애껴야할것에 눈 써
나의 손과 너의 손을 맛잡으면
이마에 흘너내리는
검은 머리카락이 얼마나 자랑스럽습니까

오 - 래 감췻든 유리병을 쌔트려
독한 약이 꼿답게 흐터진 어름우에
붉은 장미가 피여납니다

눈보라 속

눈보라 속 굿게 닷친 성문을

쏠로 벗는 사슴이 잇서

『매일신보』, 1940.12.26.

벗는 : 받는.

눈나리는거리에서

휘몰아치는 눈보라를 헤치고
오히려빛나는 밤을 헤치고
내가 거닐는 길은 어느곳에 이를지라도
뱃머리에 부디처 둘로 갈라지는 파도소리요
나의 귓속을 지켜 기리 살아지지않는 것
만세요 만세소리요

단 한번 정의의 나래를 펴기에
우리는 얼마나 많은 세월을 참아왔읍니까

이제 오랜 치욕의 사슬은 끊어지고
잠들었던 우리의 바다가 등을 이르켜
동양의 창문에 참다운 새벽이 동트는것이요
승리요
적을 향해 다만 앞을 향해
아세아의 아들들이 뭉처서 나아가는 곳
승리의 길이 있을뿐이요

머리위 어깨위 내려 내려서 쌓이는
하아얀 눈을 차라리 털지도않고

호을로 받들기엔 너무나 무거운 감격을 난후기 위하여

누구의 손일지라도

나는 정을다하여 굳게 쥐고싶습니다

『朝光』, 1942.3.

거울속에서

푸른 잉크를 나의 얼굴에 뿌려
이롬 모를 섬들을 차저보지않으려느냐
먼 참으로 머언 남쪽바다에선
우리편이 자꾸만 익인다는데

두메에 나 두메에서 자란
눈이 맑어 귀여운 아히야
나는 서울살다온 사람이래서 얼굴이 하이얄까

석유등잔이 흔들리는 낡은 거울속에서
너와 나와 가주란히
웃으면서 듯는 바람소리에 당나귀 우는데

『매신사진순보』, 1942.4.21.

북으로간다

아끼다에서 온다는 사람들과
쟈무스로 간다는 사람들과
귤이며 콩이랑 정답게 나눠먹으면서
북으로 간다

싱가폴 떠러진 이야기를하면서
밤내
북으로 간다

『매신사진순보』, 1942.5.11.

おらが天ゆゑ

いく世を歴（ふ）りさめたりし
おのが底はたまた底のゐねやる靈魂（ひとびと）をふみ
あらたに肩をそそりたつ

我なり

ほのほなり

かぐわしく埋もれる朽葉（わくらば）をかきわけ
ほがらに仰ぎみるかなた

歳月（としつき）のつきる日
なほ高くそびえたつおらが天（そら）ゆゑなれば

はてしなくかち歩くわが踵（くびす）に綠葉（みどりば）のさみどり
ふりかへりふりかへり誰（た）が名をよばうべき

ひとり曠野をゆく

風も吹雪（ふぶき）もすぎさりし野のはてを
まぶしくせまるただひとつへのみちをゆく

我なり

終らざる月日なり

^{つきひ}

조선문인보국회 편, 『決戦詩集』, 동도서적(주), 1944.

나의 하늘이기에

수많은 세월 흐르며 식어버린
나의 바닥 아니 바닥에 깔려 있는 제사지내야 할 영혼들을 밟고서
새롭게 어깨를 솟구치는
나다
불꽃이다

향기롭게 묻혀있는 썩은 잎을 헤치며
명랑하게 우러러보는 저편

세월이 다하는 날
더욱 높이 솟아오를 나의 하늘이기에

정처 없이 걸어가는 나의 뒤꿈치에는 연록으로 푸른 잎
돌아보며 돌아보며 누구의 이름을 불러야 하나
홀로 광야를 간다
바람도 눈보라도 지나가 버린 들판의 끝을
눈부시게 다가오는 한 방향의 외길을 가는
나다

영혼들 : 한자로는 '靈魂'이라고 적고 읽기는 '사람들(ひとびと : 人々)'로 읽어서 '영혼들'로 번역했음.
솟구치는 : 직역하면 '어깨를 솟아오른다'라는 의미이므로 '어깨를 솟구친다'라고 번역했음.

끝나지 않는 세월이다.

(구정호 역)

38도에서

누가 우리의가슴에 함부로 금을 그어 강물이
검푸른 강물이 구비처 흐르느냐
모두들 국경이라고 부르는 삼십팔도에 날은
저무러 구름이 몰여

물리치면 산 산 흩어졌다도
몇번이고 다시 뭉처선
고향으로 통하는 단 하나의 길
철○를 ○해
○를 향해*
떼를 지어 나아가는
피난민들의 행렬

─야폰스키가 아니요 우리는
  거린채요 거리인채
한달두 더걸려 만주서 왔단다
땀으로 피로 지은 벼도 수수도
죄다 바리고 쫓겨서 왔단다

윤영천 편 『이용악시전집』에는 "철교를 향해 / 철교를 향해"로 표기되어 있으나, 원문을 확인한 결
과 보이지 않는 글자가 있었다.

이사람들의 눈 좀 보라요
이사람들의 입술 좀 보라요

- 야폰스키가 아니요 우리는
  거린채요 거리인채

그러나 또다시 화약이 튀어
제마다의 귀뿌리를 총알이 스처
또다시 흩어지는 피난민들의 행렬

나는 지금
표도 팔지 않는 낡은 정거장과
꼼민탄트와 인민위원회와
새로 생긴 주막들이 모아 앉은
죄그마한 거리 가까운 언덕길에서
시장끼에 흐려가는 하놀을 우러러
바삐 와야할 밤을 기대려

모두들 국경이라고 부르는 삼십팔도에
어둠이 내리면 강물에 들어서자
정갱이로 허리로 배꿉으로 목아지로
막우 헤치고 나아가자
우리의 가슴에 함부로 금을 그어

구비처 흐르는 강물을 헤치자

『신조선보』, 1945.12.12.

물러가는 벽

일제히 박수하는 아해들의 손펵소리
손 소리와 함끼
일제히 물러가는 여러가지의 벽

앞을 가리고 어깨를 이르키는것
앞을 가리고 어깨를 이르키는것

어느 벽에도 죽엄은 버섯처럼 피여
검은 버섯 속에
흩어진 사람들의 얼골이 피여

『中央旬報』제3호, 중앙문화협회, 1945.12.20.

機關區에서

남조선 철도파업단에 드리는 노래

피빨이 섰다 집 마다 집웅 위 저리 산 마다 산머리 우에 헐벗고 굶주린 사람들의 피빨이 섰다

누구를 위한 철도냐 누구를 위해 동트는 새벽이었나 멈춰라 어둠을 뚫고 불을 뿜으며 달려온 우리의 기관차 이제 또한 우리를 좀먹는 놈들의 창고와 창고 사이에만 느려놓은 철ㅅ길이라면 차라리 우리의 가슴에 안해와 어린것들 가슴팍에 무거운 바퀴를 굴리자

피로서 무르리라 우리의 것을 우리에게 돌리라고 요구했을 뿐이다 생명의 마지막 ㄲ나푸리를 요구했을 뿐이다

그러나 아느냐 동포여 우리에게 총뿌리를 견우고 닥아서는 틀림 없는 동포여 자욱 마다 절그렁거리는 사슬에서 너이들 까지도 완전히 풀어놓고저 인민의 앞재비 젊은 전사들은 원수와 함께 나란히 선 너이들 앞에 이러섰거니

강철이다 쓰러진 어느 동무의 소리가 바람결에 들릴지라도 귀를 모아 천길 이러설 강철 기둥이다

며츨째이냐 농성한 기관구 테두리를 직히고 선 전사들이어 불 꺼진 기관차를 끼고 옳소 옳소 외치며 박수하는 똑같이 기름 배인 검은 손들이어 교대시간이 오면 두 눈 부릅뜨고 일선으로 나아갈 전사 함마며 핏겔을 탄탄히 쥔 채 철ㅅ길을 베고 곤히 잠든 동무들이어

피빨이 섰다 집 마다 집웅 위 저리 산 마다 산머리 우에 억울한 모든 사람들이 우리의 승리를 약속하는 피빨이 섰다

(一九四六年九月)

『文學』 임시호, 1947.2.

다시 오월에의노래

반동 테롤에 쓰러진 崔在祿君의 상여를 보내면서

쏟아지라 오월이어 푸르른 하늘이어 막우 쏟아저 내리라

오늘도 젊은이의 상여는 훨 훨 날리는 앙장도 없이 대대로 마지막길엔
덮어 보내야 덜슬프던 개우도 제처바리고 다만 조선민주청년동맹 기빨
로 가슴을 싸고 민주청년들 어깨에 메여 영원한 청춘 속을 어찌하야 항
쟁의노래 하마듸도 애곡도 없이 지나가는 거리에

실상 너무나 많은 동무 들을 보내었구나 "쌀을 달라"일제히 기관차를
멈추고 농성한 기관구에서 영등포에서 대구나 광주 같은데서 옥에서
밭고랑에서 남대문 턱에서 그리고 저 시체는 문수암 가차이 낭떠러진
바위틈에서

그러나 누가 울긴들 했느냐 낫과 호미와 갈쿠리와 삽과 괭이와 불이라 불
이라 불이라 에미네도 애비도 자식놈도…… "정권을 인민위 원회에 넘
기라" 한결같이 이러선 시월은 자랑이기에 이름 없이 간 너무나 많은 동
무들로하야 더욱 자랑인시월은 이름 없이 간 모든 동무들의 이름이기
에 시월은 날마다 가슴마다 피어 함께 숨쉬는 인민의 준엄한 뜻이기에
뭉게치는 먹구름 속 한 점 트인 푸른하늘은 너의 길이라 이고장 인민들

테롤 : 테로르(reppóp). '테러'의 러시아어.

이 피뿌리며 너를 불르며 부디치고 부디처뚫리는 너의 길이라

쏟아지라 오월이어 두터운 벽과 벽 사이 먼지 없는 회관에 껌우테테한
유리창으로 노여운 눈들이 똑바루 내려다보는 거리에 푸르른 하늘이어
막우 쏟아저내리라

(一九四七年四月)

『文學』, 1947.7.

소원

나라여 어서 서라
우리 큰놈이 늘 보구푼 아저씨
유정이도 나와서
토장ㅅ국 나눠 마시게
나라여 어서 서라
꿈치가 드러난채
휘정 휘정 다니다도 밤마다 잠자리발
가 없는
가난한 시인 산운이도
맘놓고 좋은 글 쓸수 있게
나라여 어서 서라
그리운 이들 너무 많구나
목이랑 껴안ㅅ고
한번이사우러도 보게
　좋은 나라여 어서 서라

『독립신보』, 1948.1.1.

새해에

이가 시리다
이가 시리다

두 발 모두어
서 있는 이 자리가 이대로
나의 조국이거든

설이사 와도 그만 가도 그만인
헐벗은 이사람들이 이대로
나의 형제거든

말하라 세월이어
이제
그대의 말을 똑바루 하라

『제일신문』, 1948.1.1.

2. 월북 이후
시집 미수록시

막아보라 아메리카여

지금도 듣는다 우리는
뭉게치는 구름을 몰아 하늘을 깨는
진리의 우뢰 소리
사회주의 혁명의 위대한 기원을 알리는
전투함「아브로라」의 포성을!

지금도 본다 우리는
새로운 인간들의 노한 파도
솟꾸쳐 밀리는 거센 물결을!

레―닌의 길
볼쉐위끼 당이
붉은 깃발 앞장 세워 가르치는 건
낡은 것들의 심장을 짓밟어
뻬뜨로그라드의 거리 거리를
휩쓸어 번지는 폭풍을!

첫째도 무장
둘째도 무장
셋째로도 다시 무장한

一천九백十七년 十一월 七일!

이 날로하여 이미
「피의 일요일」은
로씨야 로동계급의 것이 아니며
「기아의 자유」는 농민의 것이 아니다

이 날로하여
키 높은 벗나무 허리를 묻는
눈보라의 씨비리는
애국자들이 무거운 쇠사슬을
줄 지여 끌고 가는
류형지가 아니다

백 길 풀릴줄 모르던
동토대에 오곡이 무르익고
지층 만리 탄맥 마다
승리의 년륜 기름으로 배여

반석이다
평화의 성새
쏘베트!

오늘 온 세계 인민들은
쓰딸린을 둘러 싸고
영원한 청춘을
행복을
고향을 둘러 싸고 부르짖는다

막아보라 제국주의여
피에 주린 너희들의「동궁」에로 향한
또 하나「아브로라」의 포구를!

막아보라 아메리카여
먹구름 첩첩한 침략의 부두 마다
솟꾸치는 노한 파도
거센 물결을!

한 지의 모래불일지라도
식민지이기를 완강히 거부한
아세아의 동맥엔
위대한 사회주의 十월 혁명의
타는 피 구비쳐

원쑤에겐 더덕 바위도 칼로 일어서고
조악돌도 불이 되여 튀거니

맑스—레닌주의 당이
불사의 나래를 떨친 동방
싸우는 조선 인민은
싸우는 중국 인민은
네 놈들의 썩은 심장을 뚫고
전취한다 자유를!
전취한다 평화를!

『문학예술』 4, 1951. 11.

어디에나 싸우는 형제들과 함께

김일성 장군께 드리는 노래

1

포성은 자꾸 가까워지는데
오늘 밤도 남쪽 하늘은
군데 군데 붉게 타는데

안해는 바위에 기댄채 잠이 들었다
두 손에 입김 흑 흑 불어
귓방울 녹이던 어린것들도
어미의 무릎에 엎딘채 잠이 들었다

참아 잊지 못해 몇번을 돌아봐도
사면 팔방 불길은 하늘로 솟구치고
영원히 정복되지 않을 조선인민의
극진한 사랑에 싸여
타 번지는 분노에 싸여
안타깝게도 저물어만 가던
우리의 전구 우리의 서울

아이야 너이들 꿈속을

정든 서울장안 서대문 네거리며

날마다 저녁마다 엄마를 기대리던

담배공장 옆 골목이

스쳐 흐르는가

부르튼 발꿈치를 모두어

걸음 마다 절름거리며

낮이면 이따금씩 너이들이

노래 높이 부르는

김일성 장군께서

두터운 손을 어깨에 얹으시는가

구비 구비 험한 벼랑을 안고 도는

대동강 푸른 물줄기를 쫓아

넘고 넘어도 새로이 다가서는

여러 령을 기여오를 때

찾아가는 평양은

너무도 멀고 아득했으나

— 바삐 가야 한다

　김장군 계신데로

이렇게 타이르며

맥풀린 작은 손을 탄탄히 잡아주면
별조차 눈감은 캄캄한 밤에도
울던 울음을 끄치고
돌뿌리에 채이며 타박타박 따라서던
어린것들 가슴속 별빛보다 그리웠을
김일성 장군!

그러나 들려오는 소식마다
가슴 아팠다
이미 우리는
하로면 당도할
꿈에 그리던 평양으로
가서는 아니 된다

무거운 발길을 돌려
다만 북으로
북으로만
걸음을 옮겨야 하던 날

─어째서 장군님 계신데로 가지 않나
아이들은 멈춰서서 조르고
안해는 나의 얼굴을
나는 다만 안해의 얼굴을 바라보다가

서로 눈시울이 뜨거워서 돌아서던
그날은 시월 며칠이던가

우리는 자꾸만 앞서는
놈들의 포위를 뚫고
산에서 산을 타 여기까지 왔다
우리는 또
앞을 가로 막는
포위망 속에 놓여 있다

첩첩한 랑림산맥
인촌도 멀어 길조 차 나지 않은
험한 산허리에 어둠이 나릴 때
해질녘이면 신벗고 들어설
집이 그리운
아이들은 또 외웠다
─장군님은 어디 계실까

강파로운 밤길을 부디 견디라
츩넌출 둘로 째서 칭칭
떨어진 고무신에 감아주던
안해는 웃는 얼굴로
이번엔 서슴치 않고 대답하였다

―어디에나
　용감히 싸우는 사람들과 함께

2

흰 종이에 새빨간 잉크로
정성을 다하여 어린 녀학생은
같은 글자를 왼종일 썼다
　　조선민주주의 인민공화국 만세!
　　경애하는 수령 김일성 장군 만세!

골목이 어둑어둑 저물어
벽보 꾸레미를 끼고 나설 때
왼종일 망을 봐준 할머니는
귀여운 소녀의 귀에 나즉한 소리로
―살아서 보고 싶다
　　그이 계신 세상을

밤이 다 새도
이튿날 저녁에도 어린 녀학생은
끝내 돌아오지 않았고
석달이 지난 어느 날

카-빙 보총이 늘어선
공판정에서
수령의 이름을 욕되히 부른
검사놈 상판대기에 침을 뱉고
신짝을 던져 역도 리승만의
초상을 갈긴 어린 녀학생은
피에 젖어
들것에 얹히여
감방으로 돌아왔다

어둡고 캄캄하던
남부조선
그러나 우리의 전구 서울엔
一분 一초의 주저도
一분 一초의 타협도
있을 수 없었다

피에 물어 순결한 동무들이
놈들의 뒷통수를 뜨겁게 하고
자유를 갈망하는 형제들 가슴마다에
항쟁의 불꽃을 뿌린 투쟁보고와
새로운 과업들을 잇발에 물고
밤이나 낮이나

숨어서만 드나드는 아지트에서
손에 손을 잡거나

살이 타고 열 손톱 물러나는
고문실이나 감옥 벌방에서
소속이야 어디건 이름이야 누구이건
이미 몸을 바친 전우들 끼리
서로 시선만 마주쳐도

새로이 솟는 용기와
새로이 느껴지는 보람으로하여
어깨와 어깨에
더운 피 구비쳐 흘렀다
우리에겐 항상 우리를 령도하시는
김일성 장군께서 계시기에

놈들의 어떠한 박해에도
끊길 수 없는 선을 타고
두터운 벽을 조심스러이 두드려
심장에서 심장에로 전하여지는
암호를 타고
내려온 전투 구령과 함께

오래인동안 만나지 못한 전우들
지난날 우리의 회관에서
조석으로 정든 김태준 선생의
지난날 한자리에서
지리산 유격지구에의 만다트를 받고
서로 목을 껴안으며 뺨을 부빈
문학가 동맹원 유진오 동무의
사형언도의 정보가 다다른 이튿날

붉은 벽돌담을 눈보라
소리쳐 때리는 한나절
뜨거운 눈초리로
조국의 승리를 믿고 믿으며
마지막 가는 길 형장으로
웃으면서 나간 동무

나이 설흔에 이르지 못했으나
바위처럼 무겁던 경상도 사나이
철도 로동자 정순일 동무가
손톱으로 아로새겨
남겨 놓은 일곱자
　영광을 수령에게!

아침마다
돌아가며 입속으로 외우는
당의 강령이 끝나면
두터운 벽을 밀어제치고 자꾸
자꾸만 커지며 빛나는
이 일곱자를 바라보면서
우리는 맹서했다
— 동무야 원쑤를 갚아 주마

3

나무가지를 휘여잡고
바위에서 바위에로 넘어서면서
겨우 아홉살인 사내아이는
어른처럼 혼잣말로
— 어디에나
    용감히 싸우는 사람들과 함께

그렇다 바로 이 시간에도
난관이 중첩한 조국의 위기를
승리에로 이끌기 위하여
잠못 이루실
우리의 장군께선

사랑하는 서울을 한걸음도
사랑하는 평양을 한걸음도
물러서지 않고 용감히 싸우는
형제들과 함께 계시다

검푸른 파도에 호올로 떠있는
이름 없는 섬들에 이르기까지
삼천리 방방 곡곡에서
정든 향토를 피로써 사수하는
형제들과 함께 계시다

바삐 가자
달이 지기전에 이 령을 내려
동트는 하늘과 함께 영원골이
발 아래 훤언히 내다보일
저산 마루까지

저기가 오늘부터 우리의 진지이다
저기서 흘러내린 골짝 골짜기
우리의 첫째번 전구이다

내 비록 한자루의 총을
아직 거머쥐지 못하였으나

하늘로 일어선 아름드리 벗나무 밑
확 확 타는 우등불에 둘러앉아
당과 조국과
수령의 이름 앞에 맹서하고
불굴의 결의를 같이한
여기 여섯사람의 굴강한 전우가 있다

우리는 반드시
우리의 부모 형제를 해치기 위하여
놈들이 메고 온 놈들의 총으로
쏘리라
놈들의 가슴팍을
놈들의 뒷통수를

여기 비록 어린것들이
무거운 짐처럼 끼여있으나
이름과 성을 갈고
넓으나 넓은 서울 거리를
숨어다니며 살아온 아이들
말을 배우기 전부터
원쑤의 모습이 눈에 익은 아이들

미국제 전화선 한두오리쯤

이를 악물고 끊고야 말

한자루의 **뻰찌**가 어찌

이 아이들 손에 무거울 수 있으랴

오늘 비록 길조차 나지 않은

이 령을

우리의 적은 대렬이 헤치고 내리나

반드시 만나리라 우리의 당을

반드시 만나리라 숱한 전우들을

깊은 골짝마다

줄 닿는 마을 마다

우리는 반드시 만나리라

우리의 당

우리의 당을

원쑤를 쓸어눕히는

총성이 산을 울리여

짓밟히는 형제들 귀에까지 이르러

준열한 복쑤의 날을 이르키며

우리의 전구엔

승리의 길이 한가닭씩

비탈을 끼고 열리리니

조국의 자유가 한치씩 넓어지는
어려운 고비마다
경애하는 우리 수령
김일성 장군께서
함께 계시여
항상 우리를 령도하시리

바삐 가자
진지에의 길
이윽고 눈보라를 헤치며
원쑤를 소탕하며
사랑하는 평양으로
사랑하는 서울로
돌아가야 할 영광의 길을

『문학예술』 5, 1952.1.

좌상님은 공훈 탄부

열 손가락 마디마디
굵다란 손이며
반남아 센 머리의 아름다움이여.

우리야 아들또래 청년 탄부들,
놋주벅에 남실남실 독한 술 따루어
〈드이소, 드시이소〉
절하는 마음으로 드리는 축배를
좌상님은 즐겁게 받아 주시네.

젊어서 빼앗기신 고향은 락동강'가
배고픈 아이들의 지친 울음이
오늘도 강물 타고 흐른다는 그곳, 그 땅을
어찌 잊으랴만 그래도 잊으신듯.

〈새우가 물고기냐
탄부가 인간이냐〉고
마소처럼 천대 받던 왜정 때 세상을
어찌 잊으랴만 그래도 잊으신듯
좌상님은 또 한 잔 즐겁게 드시네.

창문 앞엔 국화랑 코스모스가 한창
울바자엔 동이만한 호박이 주렁주렁.

땅 속으로 천길이랴
가슴 속 구천 길,
고난의 세월 넘어 층층 지하에
빛을 뿌린 위력은 인민의 나라.

조국의 번영 위해 잔을 들자고
서글서글 웃음 짓는 좌상님 따라
우리 모두 한 뜻으로 향해 서는 곳,
조석으로 드나드는 저 갱구는
좁아도 넓고 넓은 행복에의 문.

묵묵한 탄벽에서 불'길을 보아 온
지혜로운 눈들이 지켜 섰거니
표표히 가는 구름 그도 곱지만
우리네 푸른 하늘 더욱 곱다네.

사랑하는 탄광 지구
정든 고장이여,
검은 머리 희도록 너의 품에서

탄을 캔 좌상님의 기쁨을 나누자.

『로동신문』, 1956.9.16.

우리의 정열처럼 우리의 념원처럼

새해의 첫아침
붉은 태양이
우리의 정열처럼 솟아 오른다
우리의 념원처럼 솟아 오른다

천리마에 채질하여 달린 지난 해를
어찌 열두 달만으로 헬 수 있으랴
넘고 또 넘은 고난의 봉우리들에
한뜻으로 뿌린 땀의 보람
슬기로운 지혜의 보람

눈부신 사회주의 령마루가
영웅 인민의 억센 발구름과
승리의 환호를 기다린다
1959년—이 해는
5 개년을 앞당기는 마지막 해
청춘의 위력을
보다 높은 생산으로 시위하는 해

공산주의 락원으로 가는 벅찬 길을

불멸의 빛으로 밝히는 당
우리 당의 기'발이 앞장 섰거니

세기의 기적들을 눈 앞에 이룩할
영광스러운 강철 기지의
                          용광로마다에
끓어 넘치는 로동 계급의 의지
끓어 넘치는 조국에의 충성
무엇을 못하랴

이미 들려 오는구나
우리 손으로 만든 자동차가
더 많은 광석과 목재를 싣고
준령을 넘어 달리는 소리
우리 손으로 만든 뜨락또르가
기름진 땅을 깊숙깊숙 갈아 엎는 소리

실로 무엇을 못하랴
우리는 당의 아들!
김 일성 원수의 충직한 전사!

전진은 멎지 않는다
혁명은 쉬지 않는다

미제의 마수에 시달리는 남녘땅

기한에 떠는 형제들에게 자유와

참된 생활을 줄 그날을 위하여

새해의 첫아침

붉은 태양이

우리의 정열처럼 솟아 오른다

우리의 념원처럼 솟아 오른다

『문학신문』, 1959.1.1.

기'발은 하나

《루마니야 방문 시초》 중에서

듬보비쨔

번화한 부꾸레스트의 거리를 스쳐
젖줄처럼 흐르는 듬보비쨔—
듬보비쨔 천변을 걸으면 들리는구나,
내'물이 도란대는 전설의 마디마디.

부꾸르라는 어진 목동의 한 패
넓고 넓은 초원을 떠다녔단다,
풍토 좋고 살기 좋은 고장을 찾아
온 세상을 양떼 몰고 떠다녔단다.

무더운 여름철도 어느 한나절
정말로 무심코 와 닿은 곳은
듬보비쨔 맑은 물 번쩍이며 흐르고
아득한 지평선에 꽃구름 피는 땅.

타는 목을 저마다 축인 목동들
서로서로 껴안으며 주고 받은 말

―이 물맛 두고 어디로 더 가리,
―이 물맛 두고 어디로 더 가리.

그때로부터 듬보비쨔 맑은 내'가엔
사랑의 귀틀집들 일어 섰단다,
노래와 더불어 일하는 사람들
흥겨운 춤으로 살기만 원했단다.

그 때로부터 몇 천 년 지나갔는가
부꾸르의 이름 지닌 부꾸레스트―
나는 지금 듬보비쨔 천변을 걸으며
세월처럼 유구한 전설과 함께
파란 많은 력사를 가슴에 새긴다.

목동들이 개척한 평화의 길을 밟고
끊임없이 몰려 온 침략의 무리
토이기의 강도떼도 히틀러 살인배도
빈궁과 치욕만을 남기려 했건만.

어진 사람들이 주초를 다진 땅에
스며 배인 사랑을 앗지는 못했거니
강인한 인민의 품에 영원히 안긴
부꾸레스트의 번영을 자랑하며

듬보비쨔는 빛발 속을 흐르고.

수수한 형제들의 티없는 웃음에도
잔디풀 키 다투며 설레는 소리에도
부꾸르의 고운 꿈이 승리한 세상
사회주의 새 세상의 행복이 사무쳤다.

미술 박물관에서

앞을 못 보는 아버지의 손을 잡고
소녀는 내내 웃는 낯으로
소녀는 걸음마다 살펴 디디며
윤기 나는 계단을 천천히 올라 왔다.

실뜨기에 여념없던 방지기 할머니
우리에게 다가 와서 귀띔하기를
《저이는 미술을 본디 좋아했는데
 파쑈의 악형으로 그만 두 눈이…》

나란이 벽에 걸린 그림 앞에서
화폭에 담긴 정경이며 그 색채를
소녀는 빠칠세라 설명하였고
그럴 때마다 아버지의 얼굴엔

밝은 빛이 가득히 피여 나군 하였다.

앞을 못 보는 아버지의 손을 잡고
다음 칸으로 천천히 옮겨 간 소녀가
《스떼판의 조각이야요
  조선 빨찌산…》 하면서
넓은 방 한복판에 멈춰 섰을 때.

아버지는 불현듯 검은 안경을 벗었다
제 눈으로 꼭 한 번 보고 싶다는듯…

그러나 어찌하랴 어떻게 하랴
한참이나 안타까이 섰던 소녀는
아버지의 손을 조용히 이끌어
《조선 빨찌산》의 손 우에 얹어 드렸다.

대리석 조각의 굵은 손목을
널직한 가슴과 실한 팔뚝을
몇 번이고 다시 더듬어 만지면서
무겁게 무겁게 속삭이는 말
《강하고 의로운 사람들
  미제를 무찌른 영웅들》

그의 두터운 손은 뜨겁게 뜨겁게
나의 심장까지도 만지는 것 같구나
무엇에 비하랴 행복한 이 순간
조국에의 영광을 한 품에 안기엔
내 가슴이 너무나 너무 작구나.

에레나와 원배 소녀

에레나는 조국 해방 전쟁 시기에 루마니야
의료단의 일원으로 조선에 왔던 동무

가을 해 기우는 따뉴브 강반에서
조선의 새 소식을 묻고 묻다가
김 원배란 이름 석 자 적어 보이며
안부를 걱정하는 니끼다 에레나.

전쟁의 불바다를 회상하는가
에레나는 이따금 눈을 감는다.

미제 야만들이 퍼붓는 폭탄에
집 뿐이랴 하늘 같은 부모마저 여의고
위독한 원배가 병원으로 업혀 온건
서리'바람 일던 어느 날 아닌밤'중.

죽음과의 싸움에서 소녀를 구하자고
자기의 피까지도 수혈한 에레나
혈육처럼 보살피는 고마운 에레나를
엄마라 부르면서 원배는 따랐단다.

《그 애가 제발로 퇴원하던 날
 몇 걸음 가다가도 뛰여 와서 안기며
 헤여지기 아쉽던 일 생각만 해도…》
말끝을 못 맺는 니끼다 에레나여!

어찌 어린 소녀 원배에게만이랴
조선이 승리한 억센 심장 속에는
루마니야의 귀한 피도 얽혀 뛰거니
공산주의 락원으로 어깨 겯고 가는
두 나라의 우애와 단결은 불멸하리.

붉게붉게 타는 노을 따뉴브를 덮고
따뉴브의 세찬 물'결 가슴을 치는데.

조선이 그리울 제 부른다면서
에레나가 나직이 시작한 노래
우리는 다 같이 소리를 합하여
김 일성 장군의 노래를 부른다

내 조국이 걸어 온 혈전의 길과
아름다운 강산을 온몸에 느끼며.

꼰스딴쨔의 새벽

기선들의 호기찬 항해를 앞두고
대낮처럼 분주한 저기는 부두
무쇠 닻줄 재우쳐 감는 소리도
떠나는 석유배의 굵은 고동도
항구에 남기는 석별의 인사.

새벽도 이른 꼰쓰딴쨔의 거리를
바쁘게 오가는 해원들 머리 우에
초가을 하늘은 푸름푸름 트고
가로수 잎사귀들 입맞추며 깨고.

불타는 노을´빛 한창 더 붉은
먼 수평선이 눈부신 광채를 뿜자
망망한 흑해가 한결 설레며
빛에로 빛에로
빛에로 물´결을 뒤집는다.

이런 때에 정녕 이러한 때에

내 마음이 가서 닿는 동해 기슭을
마양도며 송도원 어랑끝 앞바다를
갈매기야 바다의 새 너는 아느냐.

풍어기 날리며 새벽녘에 돌아 오는
어선들의 기관 소리 물가름 소리
가까이 점점 가까이 항구에 안기는
바다의 사내들이 팔 젓는 모습과
웅성대는 선창머리 하도 그리워.

나는 해풍을 안고 해′살을 안고
낯선 항구의 언덕길을 내려 간다
벅찬 생활 물′결치는 동해의 오늘을
흑해와 더불어 이야기하고저,
두 바다의 미래를 축복하고저.

기′발은 하나

해방 전에 루마니야 공산주의자들이 얽매였던
돕호다나 감옥, 게오르기우 데스 동지를 위시
한 지도자들이 갇혀 있은 감방 앞에서

한 걸음 바깥은 들꽃이 한창인데
이 안의 열 두 달은 항시 겨울날
철 따라 풍기는 흙냄새도

두터운 돌벽이 막아 섰구나.

태양도 여기까진 미치지 못하여
이 안의 열 두 달은 노상 긴긴 밤
떠가는 구름'장도 하늘 쪼각도
여기서는 영영 볼 수 없구나.

조국을 사랑하면 사랑한 그만치
인민을 사랑하면 사랑한 그만치
피에 절어 울부짖던 가죽 채찍과
팔목을 죄이던 무거운 쇠사슬.

그러나 나는 아노라
투사들의 끓는 정열 불같은 의지는
몰다비야 고원에서 따뉴브의 기슭까지
강토의 방방곡곡 뜨겁게 입맞추며
참다운 봄이 옴을 일깨웠더라.

고혈을 뽑히는 유전과 공장
무르익은 밀밭과 포도원에서
굶주린 인민들의 심장을 흔들어
광명에로 투쟁에로 고무했더라.

나는 경건히 머리 숙이며
머리를 숙이며 생각하노라.

칼바람 몰아치는 백두의 밀림에서
슬기로운 우리 나라 애국자들이
고난 중의 고난 겪은 허구한 세월
붉은 기를 높이 들고
용진하며 싸운 고귀한 나날을.

산천은 같지 않고 말은 달라도
목숨으로 고수한 기'발은 하나
공산주의 태양만이 불멸의 빛으로
투사들의 가슴을 뜨겁게 하고
밝고 밝은 오늘을 보게 하였다.

『조선문학』, 1959.3.

우산'벌에서

가슴에 가득 가득 안아 거두는
벼'단마다 두 볼을 비비고 싶구나
무연한 들판 어느 한 귀엔들
우리가 흘린 땀 스미지 않았으랴,

나락 냄새 구수해서 황새도 취했는가
훨훨 가다가도 몇 번이고 되오네.

황해도 신천 땅 여기는 우산'벌
붉은 편지 받들고 가을 봄 긴긴 여름
비단필 다루듯 가꾼 포전에
이룩한 만풍년 이삭마다 무거워라.

설레이는 금물'결 황금 바다에
저기 섬처럼 떠 있는 소담한 마을
황토 언덕 높이 세운 이깔 장'대엔
다투어 휘날리는 추수 경쟁기

재우 베자 더 재우 베여 나가자
우리네 작업반 풀색 기'발을

상상 꼭대기에 동무들아 올리자.

사회주의 령마루를 쌀로 쌓아 올리는
우리의 아름다운 꿈으로 하여
하늘의 푸르름 한결 진하고
어머니 대지는 우렁찬 노래에 덮이네.

『문학신문』, 1959.9.25.

영예 군인 공장촌에서

삼각산이 가물가물 바라뵈는 언덕 아래
신작로 길'섶엔 쑥대밭 뒤설레고
낡고 낡은 초가집 몇 채만
가을 볕을 담뿍 이고 있었다네.

처절하던 전쟁의 나날을 회고하면서,
아직은 갈 수 없는 남쪽
시름겨운 고향을 이야기하면서
먼길 와 닿은 영예 군인 다섯 전우
정든 배낭을 마지막 내려 놓던 날,

가진 건 아무것도 없었다네, 그러나
불타는 시선으로 미래를 그렸거니
가장 고귀한 것을 지녔기 때문.

그것은 걸음마다 부축하여
뜨겁게 뜨겁게 안아 주는
당의 사랑!
그것은 남은 한 팔, 한 다리나마
조국 위해 바치려는 붉은 마음!

붉은 마음으로 헤친 쑥대밭에
오늘은 높직한 굴뚝들이 일어 섰네,
불굴한 청년들의 꿈처럼 푸른 색갈로
송판에 큼직큼직 써서 붙인
《영예 군인 화학 공장》

아쉽던 사연인들 이만저만이랴만
심장을 치는 기계 소리에 가셔졌다고
서글서글 웃기만 하는 얼굴들이
어찌하여 나 보기엔 한사람 같구나.

배필 무어 한 쌍씩 따르 내던 때에사
독한 개성 토주 달기도 하더라는
자랑 많은 형제들아
걸음마를 익히는 귀염둥이들
옥볼에 두 번씩 입맞춰 주자.

삼각산이 가믈가믈 바라뵈는 언덕 우에
양지바른 문화 주택 스물 네 가호
집마다 초가을 꽃향기에 묻혔네,
남쪽을 향한 창들이 빛을 뿌리네.

『조선문학』, 1959.12.

빛나는 한나절

백설에 덮인 강토가
일시에 들먹이는가
금관을 쓴 조국의 산들이
한결같이 어깨를 쳐드는구나

설음 많은 이국의 거리거리에서
오랜 세월 시달린 우리의 형제들이
그립고 그립던 어머니 땅에
첫발 디디는 빛나는 한나절

울자
노래 부르자
내 나라가 있기에 가져 보는 이 행복
다시는 이 행복을 잃지 말고저
다시는 쓴눈물 흘리지 말고저
목이랑 껴안고 볼에 볼을 비비면
매짠 바람도 도리여 훈훈하구나

울자 이러한 날에사
더 높이 노래 부르자

가슴 속 치미는 뜨거움을 다하여

고마운 조국에 영광을 드리자.

− 시초《고마와라, 내 조국》중에서 −

『조선문학』, 1960.1.

열 살도 채 되기 전에

배에서는 한창 내리나본데
발돋움 암만 해도 키가 너무 모자라
비비대며 총총히 새여 나가는
꼬마는 아마도 여덟이나 아홉 살

될 말이냐 어느새 앞장에 나섰구나
새납 소리 징 소리도 한층 흥겨워라

목메여 그리던 어머니 조국 품에
꿈이런듯 안기는 숫한 사람 중에서도
자기 또래에게 마음이 먼저 쏠려
꼬마는 달려 간다
달려 가서 덥석 손을 잡는다.

만나자 정이 든 두 꼬마는
하고 싶은 그 한 마디 찾지 못 해서
노래 속에 춤 속에 꽃보라 속에
벙실벙실 내내 웃고만 섰구나

하지만 그것은 정말로 짧은 사이

어찌 하여 천진한 두 꼬마는
얼굴을 일시에 돌리는 것일가
꼭 쥔 채 놓지 않는 귀여운 손과 손이
어찌 하여 가늘게 떠는 것일가

새 별 같은 눈에서 무수한 잔별들이
무수한 잔별이 반짝이면서
갑작스레 쏟아지는 눈물의 방울방울
나의 가슴 속에도 흘러 내린다.

얼마나 좋으냐 우리 조국은
너희들이 열 살도 채 되기 전에
눈물의 뜨거움을 알게 했구나
자애로운 공화국을 알게 했구나

『조선문학』, 1960.4.

봄의 속삭임

그립던 누이야 나는 이제사
밝고 밝은 세상에 태여났구나
하늘의 푸르름도 바람 소리까지도
옛날의 그것과는 같지 않구나

돌아 올 기약 없이 끌려 가던 때
앞을 가리던 검은 구름'장
세월이 흐를수록 쌓이고 더 쌓여
사십 평생 가슴에서 뭉게치더니

서러웁던 굽인돌이 황토'길에서
마지막 만져 본 야윈 팔이랑
검불그레 얼어 터진 너의 손'등이
잠'결에도 문득문득 시름겹더니

어둡던 나날을 영영 하직한
여기는 청진 부두
아직은 겨울이건만 가슴 속 움트는
봄의 속삭임 조잘조잘 내닫는 개울물 소리

누이야 의젓한 너의 어깨에
너의 어깨에 입맞춘 그 시각부터
해토하는 흙냄새 흠씬 맡으며
나는 고향'벌에 벌써 가 있다.

얼마를 절하면 끝이 있을가
너와 나의 애틋한 어린 시절이
이랑마다 거름처럼 묻힌 땅에서
행복을 찾게 한 사회주의 내 조국

얼마를 절하면 끝이 있을가
그립던 누이야 나는 이제사
밝고 밝은 세상에 태여났구나

『조선문학』, 1960.4.

새로운 풍경

먼 동조차 늦추 트는 첩첩 두메라
쏟아지는 해'빛이 한결 더 좋아서
황금 빛발 한 아름씩 그러안으며
우리 조합 젖소들 숫하게 가네.
우우 옮겨 앉는 새떼의 지저귐
번쩍이며 내닫는 개울물 소리
모두가 내게는 가슴 뛰는 인사말로
항시 새로운 노래로 들리네.

부대기나 일쿠던 그 험한 세월에사
부는 바람, 지는 달
흘러 가는 구름'장에도
시름만이 뒤설레던 이 골짜기

삶의 막바지던 이 골짜기에
꿈 아닌 지상 락원 일어 서고
오늘엔 풀'잎마저
각색 꽃 같이 웃고

가난살이 하직한 우리네처럼

멍에를 영영 벗은 누렁 젖소들

소들이 가네

사료 호박 한창 크는 비탈을 돌아

저 골안 방목지로 줄지어 가네.

-창성군에서-

『문학신문』, 1961.1.6.

우리 당의 행군로

베개봉은 어디바루
　　　　해는 또 어디
하늘조차 보이잖는
　　　　울울한 밀림
찌죽찌죽 우는 새도
　　　　둥지를 잃었는가
갑작스레 쏟아지는
　　　　모진 비'방울

꼽아보자 그날은
　　　　스물 몇 해 전
우리 당 선두 대렬
　　　　여기를 행군했네
억눌린 형제들께
　　　　골고루 안겨 줄
빛을 지고
필승의 총탄을 띠고

넘고 넘어도
　　　　가로막는 진대통

어깨에 허리에
　　　　　발목에 뿐이랴
나라의 운명에
　　　　　뒤엉켰던 가시덤불
붉은 한뜻으로
　　　　　헤쳐 나간 길

저벅 저벅 밟고 간
　　　　　자국 소리
아직도 가시잖는
　　　　　그 소리에 맞추어
너무나 작은 발로
　　　　　나도 딛는 땅,
막다른 듯 얽히다도
앞으로만 내내 트이 는구나

진주를 다듬어
　　　　　천리에 깐다 한들
이 길처럼이야
　　　　　어찌 빛날가
조국의 광복을 만대에 이으신
김 일성 동지!
그 이의 가슴에서 비롯한 이 길!

감사를 드리노라

우리 당의 행군로를

　　　　　한곬으로 따르며

그 이들이 선창한

　　　　　혁명의 노래

온 몸으로 부르고

　　　　또 부르며

(《전적지 시초》 중에서)

『문학신문』, 1961.9.8.

불 붙는 생각

사랑하는 내 나라의 험한 운명을
산악 같은 두 어깨에 무겁게 지고
수령께서 내다 보신 어느 중천에
그날은 먹장 구름 뭉게 쳤던가

여기는 청봉
조국의 한끝

뒤설레는 초목에 어머니 땅에
사무쳤던 그리움을 철철 쏟으며
그이 안겨 주신 붉은 꿈으로 하여
이 숲속의 긴긴 그 밤
투사들은 종시 잠들지 못했으리

그이들의 옷깃이 스쳐 간 밀림 속
춤추는 풀'잎이며 싱싱한 나무 순
땅을 덮은 꽃 이끼며 모래 한 알까지도
내 나라의 새 빛을 담뿍 먹음었구나

혈전의 모진 세월 넘고 또 넘어

그이 펼치신 밝고 밝은 우리 시대
우러르면 멀리 틔인 비취색 하늘
연연히 뻗어 내린 푸른 산줄기

인민의 살처럼 피처럼 아끼며
수령께서 뜨겁게 뜨겁게 입 맞추신
백두 고원의 검붉은 흙을
두 손에 떠 안으며 불 붙는 생각

자랑스럽구나 나의 조국은
참혹한 천지를 압제가 휩쓸던 때
그이들이 활활 태운 홰'불로 하여
해'빛보다 더 밝은 그 빛으로 하여

내 가슴 복판에 불 붙는 생각
가슴이 모자라게 불 붙는 생각
세차게 내닫자 더욱 세차게
그이 가리키는 천리마의 진군로를.

『문학신문』, 1962.4.15.

<가사>

땅의 노래

나라를 잃은 탓에 땅마저 잃고
헤매이던 그 세월이 어제 같구나
로동당이 찾아준 기름진 이 땅에
세세년년 만풍년을 불러오리라

제 땅을 잃은 탓에 봄마저 잃고
시달리던 종살이를 어찌 잊으랴
수령님이 안겨준 영원한 봄빛에
피여나는 이 행복을 노래부르자

다시는 이 땅 우에 압제가 없고
이 땅 우에 가난살이 영영 없으리
은혜롭고 고마운 어머니 내 조국
사회주의 내 조국을 피로 지키자

『문학신문』, 1966.8.5.

<가사>

다치지 못한다

아름다운 내나라 인민의 나라
다치지 못한다 한포기 풀도
조국을 지켜선 젊은 용사들
꿈결에도 총검을 놓지 않는다

걸음마다 애국의 피로 물든 땅
다치지 못한다 한줌의 흙도
조국을 위하여 불타는 심장
백두의 붉은 피 용솟음친다

목숨보다 귀중한 인민의 제도
다치지 못한다 어떤 원쑤도
고지는 일떠서 요새가 되고
초목도 날창을 비껴들었다

『문학신문』, 1966.9.27.

<가사>

당중앙을 사수하리

눈보라의 만리길 험난하여도
붉은심장 끓어번진 항일유격대
간악한 왜놈군대 쓸어눕히며
그이 계신 사령부를 보위하였네

장군님을 끝까지 보위하라고
혁명전우 남긴 유언 쟁쟁하여라
원쑤의 포위망을 천백번 뚫고
목숨으로 사령부를 지켜냈다네

4천만의 념원을 한품에 안고
수령님은 통일의 길 밝혀주셨네
마지막 한놈까지 미제를 치며
그이 계신 당중앙을 사수하리라

『문학신문』, 1967.7.11.

붉은충성을 천백배 불태워

먼동도 미처 트기전에
어버이 수령께서
복구현장을 또다시 다녀가신 감격으로 하여
우리의 가슴속은 진정할수 없고

싱싱한 우리의 어깨마다에
그이께서 친히 맡기신 벅찬 일더미
오늘도 본때있게 해제껴야 할 일더미를 두고
우리의 젊음은 더욱 자랑스럽구나

난관이 중첩한 이러한 때일수록
정녕코 어려운 때일수록 앞장에 서게 하신
그이의 두터운 신임과
극진한 사랑으로 하여
우리의 심장은 끓어번지거니

우리는 다같이 그이의 붉은전사
더더구나 영광스러운 수도복구건설대

영웅인민의 기상과 슬기가 깃든 여기

수령께서 혁명을 구상하시고 령도하시는
백전백승의 당중앙이 있는 평양
정녕코 소중한 평양의 모든것을
큰물의 피해로부터 하루바삐 복구하고
그이의 신임과 사랑에 보답하자

기어코 보답하자!
있는 힘을 천백배로 하여
있는 지혜를 천백배로 하여
어버이 수령께 한결같이 바치는
우리의 붉은충성을 천백배로 불태워

사랑하는 우리의 혁명수도를
정녕코 사랑하는 평양의 모든것을
보다더 환하게 건설해내자

1967.9.2.

『문학신문』, 1967.9.15.

오직 수령의 두리에 뭉쳐

선거의 기쁜소식으로 들끓는 복구건설장
붉은 수도건설대의 뭉친 힘을 보라는듯
오늘계획도 이미 넘게, 푹푹 자리를 내놓고
담배 한대씩 피워문 즐거운 휴식의 한때

땀에 흠뻑 젖은 어깨에, 가슴에, 무쇠팔뚝에
쏟아지는 가을볕이 한창 영글고
하늘도 오늘따라 푸르름을 더하는데
검붉은 흙무지를 타고앉아
모두들 꽃피우는 선거이야기

제손으로 자기의 주권을 선거하는
인민의 명절을 맞이할 때마다
몇번이고 다시다시 생각하게 되는구나
착취와 압박 없는 참된 자유속에서
너나없이 고루 누리는 오늘의 행복에 대하여

우리의 위대한 수령의 이름과 따로 떼여
오늘의 보람 그 어느 하나 말할수 없고
그이께서 령도하시는 로동당과 따로 떼여

휘황한 미래를 말할수 없는것처럼

간고하고도 긴긴 십오개성상의
혈전의 길을 거쳐
그이께서 펼치신 밝고밝은 사회주의 이 제도
그이께서 안아키운 인민주권과 따로 떼여
4천만의 운명을 말할수는 없는것

그러기에, 언제
어디서
무엇에 부딛쳐도
우리에겐 한길 밖에 없다.
수령께서 가리키는 그 한길 밖에

나라가 없은탓에 살길을 빼앗기고
암담하던 그 세월을 못잊기때문에,
무엇과도 못바꿀 오늘이 정녕 소중하기때문에,
그이께서 친히 진두에 서신
혁명의 승리를 굳게 믿기때문에

그러기에 뚫지 못할 장벽이란 없고
그러기에 넘지 못할 난관이 없는 우리
곡괭이 한번 들어 찍는 그것까지

삽으로 흙 한번 던지는 그것까지
혁명의 심장부를 반석우에 솟게 하고
우리의 주권을 다지고 또 다지는것

무엇이 우리 앞을 막는다더냐
제손으로 자기의 주권을 선거하는
인민의 명절을 맞이할 때마다
오직 수령의 두리에 굳게 뭉친
우리의 충성은 날로 더 무적한 힘을 낳거니

무엇이 우리 앞을 막는다더냐
남북형제 다같이 그이 품에 안길 그날
위대한 그날도 부쩍부쩍 앞당기거니

동무들아!
혁명의 수도 평양을
보다 웅장하게 건설하는 벅찬 투쟁으로
뜻깊은 선거를 맞이하자!
조선공민의 본때와 긍지를 세계에 자랑하자!

1967.9.26.

『문학신문』, 1967.9.29.

찬성의 이 한표, 충성의 표시!

온 나라 방방곡곡을 하나로 격동시키는
무한한 감격의 세찬 흐름을 타고
온 인민이 하나로 휩싸인 흥분의 선풍을 타고
명절이 다가온다. 그처럼 기다린
선거의 명절이 바로 눈앞에 박두하였다

보다큰 혁신과 새 승리에로 고무하신
어버이수령 김일성동지의 축하문을 받들고
하나로 들끓는 공장들과 건설장들
지하 천길 막장이며 심산속 산판들에서
풍만한 결실을 노래높이 쌓아올린 황금벌에서
만경창과 기름진 동서해의 어장들에서

천만사람이 한마음 한덩어리되여
선거의 날을 크나큰 명절로 맞이하는것은
영명하신 그이께서 친히 창건하고 친히 키우신
우리의 주권이야말로 진정한 인민의 주권
이땅우에 인민의 락원을 이룩한 주권이기에

그이께서 친히 이끄시는

우리의 주권이야말로
보다 거창하고 보다 휘황한 변혁에의 길을
공산주의미래에로 당당하게 진군하는
조선혁명의 강력한 무기이기에

그러기에
지성에찬 한표한표를 바쳐
자기의 주권을 더욱 굳게
다져야 하는 우리

우리는 바치련다
공화국의 공민된 긍지와
나라의 진정한 주인된 무거운 책임 안고
우리가 바칠 찬성의 한표한표는
어버이수령께 드리는 충성의 표시!

우리는 다시 한번 자랑하리라
당과 조국에 대한 다함없는 사랑을 담아
혁명의 승리를 믿고믿는 확고한 신념을 담아
우리가 바칠 한표한표로써
위대한 수령의 두리에 철석같이 뭉친
조선인민의 불패의 통일과 단결의 힘을

소리높이 시위하자

어느 한시도 잊지 못하는

남녘형제들에 대한 열렬한 지원을 실어

우리가 바칠 귀중한 한표한표로써

악독한 미제를 한시바삐 몰아내고

조국을 기어코 통일하고야 말

우리의 굳은 결의를 온세계에 시위하자

『문학신문』, 1967.11.24.

산을 내린다

산을 내린다
험준한 북한산 봉우리들에
깎아지른 절벽에, 깊은 골짝골짜기에
어느덧 어둠이 쏟아져내릴무렵

산을 내린다
항일투사들이 부르던 《결사전가》를
나직나직 심장으로 힘차게 부르며
싸움의 길을 바쁘게 가는
우리는 조국 위해 몸바친 남조선무장유격대의
용맹한 소조

산을 내린다
몸은 비록 여기 암흑의 땅에 나서
압제의 칼부림과 모진 풍상 헤가르며
잔뼈가 굵어진 한많은 우리지마는
민족의 태양이신 김일성원수님의
혁명사상을 받들고 투쟁하는 그이의 전사

가슴벅차게 기다리던 출진을 앞두고

바위그늘에 둘러앉은 미더운 전우들끼리
어버이수령님께 다시한번 충성을 다지는
엄숙한 결의모임부터 가지고 떠난 우리

산을 내린다
진하디진한 송진내를 획획 풍기며
쏴아 쏴아 안겨오는 서느러운 솔바람도
하나둘씩 눈을 뜨는 하늘의 별들도
피끓는 사나이들의 앞길을 축복해주는데

몇번째의 등성이에 올라섰는가
앞장에 가던 동무 문득 걸음을 멈추자
모두들 푸르청청한 늙은 소나무밑에 선채
말없이 바라보는 저기 저 멀리
숱한 등불이 깜박거리는건 파주의 거리

략탈과 사기와 협잡이 활개를 치고
테로와 학살이 공인되는 저 대양 건너
제놈들이 살던 소굴처럼 못하는 짓이 없기에
《한국의 텍사스》로 불리우는 저 거리

이 세상 모든 악덕이 한데 모여
거리낌없이 란무하는 저 거리는 또한

미제야만들에게 오래도 짓밟히는
남조선사회의 썩을대로 썩은 몰골을
한눈으로 보게 하는 생지옥이거니

저 거리에서 벌어지고있을
몸서리치는 일들을 누구면 모르랴
미제강도놈의 갖은 행패에 항거하는 우리 사람들
더는 이대로 살아갈수 없는 우리의 부모처자
사랑하는 우리의 형제자매들이
정말로 목마르게 새날을 기다리며
자애로운 수령님의 품속을 그리며
원쑤놈들을 향해 이를 갈고있으리라

우리는 알고있다
미제침략자들을 소멸하지 않는한
어떠한 새날도 맞이할수 없다는것을
우리의 자유와 진정한 해방은
우리자신의 투쟁에 의해서 온다는것을

그러기에 우리는 무장을 들고 일어섰다
앉아서 죽기보다는 일어나 싸우기 위하여
로동자, 농민들과 청년학생, 지식인들이
굳게 뭉쳐 싸우면 반드시 이긴다는

그 진리와 신심을 안고

산을 내린다
산을 내린다
벌써 몇차례의 번개같은 기습에서
원쑤놈들에게 복수의 불벼락을 안기고
미제와 박정희개무리의 학정에 신음하는
인민들 가슴마다 새 희망과 용기를 불지른 우리

산을 내린다
우리가 가고있는 험난한 이 길은
다름아닌 조국통일의 대로에 잇닿아
어버이수령님의 넓은 품속에서
우리도 북녘형제들과 함께 행복하게 살
영광에 찬 그날을 당당하게 맞이하는 길

길을 가며 무심코 허리를 짚으려니
분노에 떠는 주먹, 불쑥 손에 닿는 수류탄
수류탄아, 오늘도 부시자
한놈이라도 더
인민의 이름으로 원쑤를 잡자.

『조국이여 번영하라』, 문예출판사, 1968.

앞으로! 번개같이 앞으로!

내게는 몇장의 낡은 전투속보가 있다
그것은 가렬하던 락동강전선
불비 쏟아지는 전호에서 전호에로
넘겨주고 넘겨받던 우리 군부대의 전투속보
전투속보《번개같이》를 때때로 펼치는것은
혹은 휴식의 한낮, 혹은 선잠깬 아닌밤중에
혈전의 나날이 문득문득 떠오르기때문.

《번개같이》
《번개같이》
이것은 바로 단매에 원쑤를 박살내달라는
부모형제들의 한결같은 념원이였고
《번개같이》, 이것은 바로
적에게 숨쉴 틈조차 주지 않은
인민군전사들의 멸적의 기상이였다.

온 겨레의 피맺힌 그 원한을
기어코 풀어주시고야 말
어버이수령님, 우리의 최고사령관동지께서
－악독한 침략자들을 더욱 무자비하게

결정적으로 격멸하기 위하여

　　앞으로! 번개같이 앞으로!… 하신

명령을 심장깊이 새긴 우리

걸음마다 원쑤를 무리로 짓부셨거니

위훈 가득찬 그날의 전투속보를 펼칠 때마다

생사를 같이 한 전우들의 벅찬 숨결과도 같은것을,

후더웁게 달아오른 체온과도 같은것을

어디라없이 어디라없이 몸가까이 느끼기에

불현듯 풍기는 화약내와 더불어

눈앞에 선한 전투마당을

나는 황황히 내달리군한다.

비발치는 적의 탄막을 뚫고 뚫으며

혹은 피의 락동강을 함께 건넜고

혹은 남해가 지척인 산마루에 공화국기 날리며

《김일성장군의 노래》를 함께 부른 전우들

오직 수령의 부름이라면 죽음도 서슴지 않는

굴강한 사나이들속에 있는 행복이여!

위대한 수령의 전사된 이 행복과

이 영광에 보답하기 위하여

마디 굵은 손아귀에 틀어쥔 총창

백두의 넋이 깃든 일당백의 총창을

꿈결에도 놓지 않고

결전의 새 임무를 주시기만 갈망하는 우리

목숨보다 귀중한 조국의 남녘땅을

스무해도 넘게 짓밟는 원쑤

그날에 못다 족친 미국강도들을

마지막 한놈까지

마지막 한놈까지

이제야말로 쳐부시리니

때로는 막역한 벗들과 함께

때로는 입대나이 다 된 자식과 함께

낡은 전투속보를 새 마음으로 펼치군하는것도

세월이 갈수록 지중한 수령의 명령이

－앞으로! 번개같이 앞으로!

하고 방금 부르시는듯

가슴 한복판을 쩡쩡 울리기때문.

조선인민군 창건 20주년 기념시집 『철벽의 요새』, 조선문학예술총동맹출판사, 1968.

피값을 천만배로 하여

포가 갈긴다
포가 갈긴다
남부웰남인민들의 분노와 저주와
구천에 사무친 원한을 다진
복수의 명중탄이 미제강도들을 갈긴다

지뢰를 파묻던 날새같은 처녀들도
죽창을 깎고있던 할아버지 할머니들도
탄약을 가득 싣고 강을 건느던 매생이군도
모두들 후련한 가슴을 펴고
가슴을 활짝 펴고 쏘아보는 저기

정말로 시원스런 폭음과 함께
하늘높이 치솟는 시커먼 불기둥과 함께
미제침략자들의 비행장과 놈들의 병영
놈들의 무기고가 련이어 박산나고
삽시에 지옥으로 화하는 죄악의 기지

사람의 탈을 훔쳐쓴 살인귀들이
가슴에 십자가도 그을새 없이

외마디 비명도 지를새 없이
오늘 또 얼마나 많이 녹아나는가

남의 나라 남의 땅 남의 뜨락에
피묻은 네발로 함부로 기여들어
닥치는대로 질러놓은 잔악한 불길
잔악한 그 불길의 천만배의 뜨거움이
이제는 제놈들을 모조리 태워버릴 때

거리건 나루터건 학교건 병원이건
닥치는대로 퍼부은 온갖 폭탄과
밭이건 논이건 혹은 우물속이건
닥치는대로 뿌린 무서운 유독성물질의
천만배의 독을 지닌 앙칼진 쇠붙이들이
이제는 제놈들을 갈갈이 찢어치울 때

포가 갈긴다
포가 갈긴다
웰남형제들과 생사를 같이 할
우리의 우의와 멸적의 기개를 함께 다진
복수의 명중탄이 끊임없이 갈긴다

영웅조선의 어느 한 귀퉁이

영웅윁남의 어느 한 구석에도
침략의 무리가 마음놓고 디딜 땅
무자비한 징벌 없이 디딜
그러한 땅은 영원히 없거니

자유를 교살하며 가는 곳마다
끔찍이도 흐르게 한 무고한 피의
무엇과도 못바꿀 그 피값을 천만배로 하여
무엇에도 못비길 그 아픔을 천만배로 하여
강도 미제의 사지에서 짜내고야 말 때다

-1968-

어느 한 농가에서

1

우수경칩도 이미 지난 철이건만
드센 바람 상기 윙윙거리고
두텁게 얼어붙은채 풀릴줄 모르는 두만강기슭
량수천자 가까운 산모롱이 외딴 농사집

마당앞에 우뚝 선 백양나무가지에서는
오늘따라 까치들이 류별나게 우짖는데

캄캄한 어둠에 짓눌린 세월
오랜 세월을 두고
태우고 태운 고콜불연기에
새까맣게 그슬은 삿갓탄자밑에서
가난살이 시름하던 순박한 늙은 내외

《까치두 허, 별스레 우는구려
집난이의 몸푼 기별이 오려나
손큰 소금장사가 오려나
까치두 정말 별스레 울지》

《강냉이풍년에 수수풍년이나 왔으면

눈이나 어서 녹고

산나물풍년이라도 들어줬으면》

《풍년이면 언제 한번 잘 살아봤노

세납성화나 덮치지 말아라

부역성화나 덮치지 말아라

지긋지긋한 지주놈의 성화나 제발…》

소원도 많은 늙은 내외는

돌연한 인적기에 깜짝 놀라

주고받던 이야기를 뚝 끊었네

언제 어디서 왔는지

난데없는 군대들이

마당에 저벅저벅 들어서는바람에

《에크! 이걸 어쩌나…》

하고 소리라도 칠번한 그 순간

두 늙은이 머리속을 번개처럼 스친것은

악귀같은 왜놈의 군경이었네

바로 지난가을에도

미친개무리처럼 집집에 들이닥쳐

갖은 행패를 다 부린 쪽발이새끼들

시퍼런 총창을 함부로 휘두르면서
구차한 세간들을 닥치는대로 짓부셔대고
종당에는 씨암탉마저 목을 비틀어간
왜놈들의 상판대기가 불현듯 떠올라
늙은 내외는 몸서리를 쳤더라네

그러기에 문밖에서 주인을 찾는 소리
한두번만 아니게 들려왔건만
죽은듯이 눈을 감고
귀를 꼭 막고
한마디 응답도 끝내 하지 않았네

하지만 어찌하랴
잠시후 서로 얼굴만 쳐다보는
두 늙은이 가슴속은 끔찍이도 불안하였네
－이제 필경 문을 와락 제낄텐데
　무지막지한 구두발들이 쓸어들텐데
　가슴에 총부리를 들이댈텐데

안골 사는 꺽쇠령감네가
봉변을 당한 일이 문득 생각났네
유격대가 있는데를 대라고
당치도 않은 생트집을 걸어

죄없는 초가삼간에 불을 지르고는
끌날같은 외아들을 끌어가지 않았던가

아래마을 강로인네가
애꿎게 겪은 일들이 문득 떠올랐네
까닭없이 퍼붓는 욕지거리며
영문도 모를 지껄임에 대답을 못했다구
늙은이고 아낙네고 사정없이 마구 차서
삽시에 반죽음이 되게 하지 않았던가

생각만 해도 섬찍한 일들이 눈에 선하여
늙은 내외는 똑같이 공포에 질려있었네

그런데 웬일일가?
당장에 무슨 변이 터지고 말듯한
팽팽한 몇순간이 지난것만 같은데
어찌된 일일가?
문고리에 손을 대는 기미도 영 없고
큰 소리치는 사람 하나 없으니…

너무나 뜻밖이고 너무 이상스러워
문틈으로 넌지시 바깥을 내다보는
두 늙은이의 휘둥그런 눈에는

모두가 모두 모를 일뿐이였네

얼른 봐도 부상자까지 있는 형편인데
문을 열고 들어설 생각은커녕
마당 한구석에 쌓여있는 짚단 하나
검부러기 하나도 다치지 않고
바람찬 한데서 수긋수긋 철차비를 하고있는
정녕코 정녕 알수 없는 사람들…

단정한 매무시며 행동거지며
수수하고 싱싱한 얼굴표정부터가
여태까지 봐온 여느 군대와는 판이한 군대
왜놈같은 기색은 털끝만치도 보이지 않는
이분들은 도대체 무슨 군대일가?

령감님도 할머니도 아직은 몰랐다네
이분들이 바로 항일유격대임을,
동에 번쩍 서에 번쩍 발길 닿는 곳마다
원쑤 일제에게 무리죽음을 안기고
인민들 가슴속에 혁명의 불씨를 심어주는
이분들이 바로 백전백승의 장수들임을 ―

더더구나 어찌 알았으랴

온 천하가 우러르는 절세의 애국자이시며
전설적인 영웅이신 김일성장군님과
그이께서 친솔하신 영광스러운 부대가
지금 바로 눈앞에서
잠시나마 설차비를 하고있음을…

2

장설로 내린 숫눈길을 헤치고
새벽부터 행군해온 부대가
산모롱이 외딴 농사집마당에서
잠시 휴식하게 된것은 늦은 낮밥때
모두들 땀에 젖어있었으나
살을 에이는듯한 맵짠 날씨였네

－간밤에도 뜬눈으로 새신
  장군님, 사령관동지만은
  부디 방안에 모셨으면…
  부상당한 동무만은
  잠간이나마 온돌에 눕혔으면…
이것은 모든 대원들의 한결같은 심정이였건만

그런데 글쎄 세상은 까다로와

풀리지 않는 일도 때론 있는 법
방금까지 집안에서는 인기척이 있었는데
몇번 다시 주인을 불러봐도
응답 한마디 종시 없지 않은가

하지만 이러한 때에 어느 누구도
눈살조차 찌프리는 일이 없고
문고리에 손 한번 가져가지 않음은
유격대원들은 언제 어디서나
인민의 충복이 되여야 한다고 가르치신
김일성장군님의 간곡하고도 엄한 교시가
누구나의 심장속에 항시 살아있기때문

어느 누구보다도 그이께서
몸소 인민을 존중하시고
인민의 리익을 제일생명으로 여기시는
훌륭하고도 지중한 산모범을
누구나가 혁명생활의 거울로 삼고있으며
숭고한 그 정신을 군률로 삼기때문에

원쑤들에게는 사자처럼 용맹하고
범처럼 무자비하면서도
인민들앞에서는 순하디순한 양과도 같이

자기의 모든것을 아낌없이 바칠줄 아는
김일성장군님의 참된 전사들!

집주인이 응대를 아니한다 하여
어찌 얼굴빛인들 달라질수 있으랴

아무 일도 없었든듯이
모두들 미소를 지으며
흙마루에
땅바닥에
눈무지우에
휴대품들을 묵묵히 내려놓는데

장군님은 어느새 입으셨던 외투를 벗어
부상당한 대원에게 친히 덮어주시고
들것에 누워있는 피끓는 투사의
안타까운 마음의 구석구석을
따뜻한 손길로 어루만져주시는듯
이것저것 세심히 보살피시더니

추울 때엔 가만히 앉아서 쉬기보다
추위를 쫓아야 한다고 하시면서
도끼를 들고 마당한가운데로 나오시자

모든 대원들이 그이를 따라나섰네
혹은 눈가래를 들고
비자루를 들고
혹은 지게며 낫이며 물통을 들고

이리하여 더러는
앞뒤뜰에 쌓인 눈을 치고
마당을 말끔히 쓸고
더러는 기울어진 울바자를 바로세우고
더러는 뒤산에서 나무를 해다가
산속에서 하던 솜씨대로
한데에 고깔불을 활활 피우고

따라나선 꼬마대원을 데리고
강역으로 나가신 장군님께서
얼어붙은 물구멍을 도끼로 까고
양철통에 철철 넘치게 손수 길어오신 물
행길까지 총총히 달려나가 물통을 받아드린
단발머리 녀대원은 재빠르게도
백탕을 설설 끓이며 식사준비를 서두르고

다시금 도끼를 드신
장군님께서 통나무장작을 패는 소리

쩡 쩡
가슴마다에 쩡 쩡 메아리치네

꿈결에도 못잊으실 어머님께
어머님께라도 들리신것처럼
생사고락을 함께 겪은 어느 전우의
일손 바른 고향집에라도 들리신것처럼
널려있는 장작을 맞춤히들 쪼개여
처마밑에 차국차국 쌓아까지 주시는 그이

마당에서 벌어지는 이 모든 광경을
문틈으로 샅샅이 내다보고있는
늙은 내외의 복잡한 마음속은
말로는 못다할 놀라움과 감격으로 하여
시간이 갈수록 더욱더 붐비였네

무슨 군대들이 글쎄
멸시와 천대밖에 모르고 사는
백성의 집에 와서 한데에 쉬는것도
있을법한 노릇이 정말 아닌데
며칠 해도 못다할 궂은일까지
삽시간에 서근서근 해제꼈으니…

숱한 남의 일을 제일처럼 하면서도
장작 한개피 축내기는커녕
마당에서 활활 타고있는 삭정이까지
뒤산에 올라가 손수 해왔으니

이분들이야말로
옛말에 나오는 신선이 아니면
이 세상에서 으뜸 좋고
으뜸으로 어진 군대리!

들것에 누워있는 부상자에게
외투들을 벗어서 푸근히 덮어주고
번갈아 끊임없이 오고가면서
있는 정을 다 쏟아 간호하는
실로 미덥고 아름다운 사람들

이분들이야말로
한피 나눈 친어버이 친형제 아니면
이 세상에서 으뜸 뭉치고
으뜸으로 의리깊은 군대리!

이렇게 생각한 령감님은
평생 갚아도 못다 갚을 빛이라도

걸머진것처럼 어깨가 무겁고
어쩐지 송곳방석에 앉은것만 같았네
문을 열고 나가자니 낯이 그만 뜨겁지
그냥 앉아 배기자니 량심에 찔리지

이러지도 저러지도 못해하는 때
일이 났네
꿈에도 생각지 못한 일
여지껏 잘도 자던 어린아이가
갑자기 《으아》하고 울음보를 터뜨릴줄이야…

그바람에 령감님은 이것 저것 다 잊고
그바람에 황황히 문을 차고 나왔더라네

3

이윽고 이분들이 소문에만 들어온
항일유격대라는것을 알게 된 령감님은
이 사람 저 사람의 옷소매를 잡고
이마가 땅에 닿도록 사죄하였네

《유격대어른들이 오신다고
그래서 까치들이 류별나게 구는걸

그런것을 글쎄 그런것을 글쎄
왜놈군대로만 알다니
죽을 죄를 졌수다, 이 늙은것이…》

어쩔바를 몰라하는 령감님보다
한층더 딱해하는 유격대원들
어떻게 하면 로인을 안심시킬것인가고
모두들 갖은 애를 다 쓰고있을 때

김일성장군님은 만면에 웃음지으시며
로인에게 천천히 다가오셔서
공손히 담배를 권하시고
불까지 친히 붙여주시면서 말씀하셨네

《할아버지! 아무일 없습니다
우리들은 다 할아버지와 같은 처지에 있는
그러한분들의 아들딸인데요…
아무일 없습니다, 할아버지!
어서 담배를 피우시며
이야기나 좀 들려주십시오》

이글이글한 불더미곁에
로인과 나란히 나무토막을 깔고 앉으신

장군님은 한집안식구와도 같이
다정하게 살림형편을 물으셨네

이 집은 오랜 농가임에 틀림 없는데
어찌하여 닭 한마리도 치지 못하는지?
이렇게 추운 때에 어찌하여 아이들에게
털모자 하나도 사 씌우지 못하는지?
어찌하여 뼈빠지게 농사를 지어도
한평생 가난살이를 면하지 못하는지?

그이의 영채 도는 눈빛이며
서글서글한 풍모에서
모든것을 한품에 안아주실듯한 너그러움과
무한한 사랑을 심장으로 느낀 령감님
령감님은 그이께서 물으시는대로
집안형편을 허물없이 털어놓았네

그리고는 담배연기와 함께
긴 한숨을 푹 쉬고나서
《모두가 타고난 팔자지요
팔자소관이지요》하고
고개를 서글프게 떨구기 시작하자

장군님은 때를 놓치지 않고
로인의 쓰라린 마음을 얼른 부축하셨네
《아닙니다, 할아버지!
타고난 팔자라니요…》

일을 암만 하여도 가난한것은
타고난 팔자탓도 운수탓도 다 아니고
일제놈들의 략탈이랑
군벌들의 닥달질이랑
지주놈의 가혹한 착취랑
이런것들이 이중삼중으로 덮치기때문임을

그러기에 우리가 잘 살수 있는 길은
무엇보다도 일제를 반대하여 싸우는
그 한길뿐이라는것을,
인민들이 한덩어리 되여서
싸우기만 하면 반드시 이긴다는것을
불을 보듯 알기 쉽게 풀어주신 덕분에
난생처음 나갈 길을 깨닫게 된 령감님

령감님은 앞이 탁 트이는것 같고
늙은 몸에도 새 힘이 솟는것 같아서
수그렸던 고개를 번쩍 쳐드니

잠시 시름에 잠기셨던
장군님의 안색이 환하게 다시 밝아지셨네

너무나 후련하고 너무 고마와
령감님은 곰곰히 속궁리를 하였네
-나같은 백성들을 위하여
  목숨걸고 싸우시는 이분들을
  어떻게 하면 조금이라도 도울수 있을가

그러다가 훌쩍 집안으로 들어가더니
금싸라기처럼 아껴오던 옥수수 두어말과
소고기맞잡이로 귀한 시래기를 들고 나왔네
다만 한끼라도 부디 보태시라고
하찮은것이나마 부디 받아달라고…

잠시 깊은 생각에 잠기셨던
장군님은 로인의 손을 굳게 잡으시고
조용조용 무거웁게 말씀하시였네

《할아버지! 성의만은 정녕 고맙습니다
옥백미 백섬 주신것보다 더 고맙습니다
그러나 이것을 받을수는 없습니다
그러잖아도 눈앞에 춘궁을 겪으실텐데

숱한 식구들의 명줄이 달린 식량을
유격대가 어찌 한알인들 축낸단말입니까》

4

즐거운 휴식의 한때를 마치고
부대가 다시 길을 떠나렬 때
행장을 갖추시던 김일성장군께서는
헤여지기 아수해하는 로인의 손에
얼마간의 돈을 슬며시 쥐여주셨네

짐작컨대 할머니까지도 옷이 헐어서
문밖출입을 제대로 못하시는것 같은데
적은 돈이지만 부디 보태 쓰시라고,
닭이랑두 사다가 기르면서
아이들에게 때로는 고기맛도 보게 해주라고…

너무나 뜻하지 아니한 일에
가슴이 뭉클해지고
목이 그만 메여서
할말을 못찾고 멍하니 섰는 령감님

─이분은 과연 누구신데

이렇게까지 극진히 돌봐주실가
나는 아무것도 해드린것이 없는데

─나를 낳은 부모조차 일찌기
대를 물린 빚문서밖에는 아무것도
아무것도 쥐여주지 못한 손
이 손에
이처럼 많은 돈을 쥐여주시다니

갈구리같은 자기의 손을
물끄러미 내려다보는 두눈에서는
뜨거운 눈물이 뚝뚝 떨어졌네

─무시루 달려드는 구장놈이
눈알부터 부라리면서
가렴잡세의 고지서랑 독촉장이랑
뻔질나게 쥐여주는 손,
이 손에
돈뭉치를 쥐여주시다니

─열손톱이 다 닳는 일년농사를
바람에 날리듯 톡톡 털어도
동전 한잎 제대로 못쥐여보는 손,

평생 억울하고 평생 분하여
땅을 치고 가슴만 두드리는 이 손에
사랑이 담긴 돈을 쥐여주시는
이분은 과연 누구이실가?

누군지도 모르는 어른께서
주신다고 어찌 그냥 받겠느냐고
한참만에야 입을 연 령감님곁에서
벙글벙글 웃고있던 꼬마대원이
넌지시 귀띔해준 놀라운 사실
《사령관동지시지요, 김일성장군님이시지요》

《김일성장군님이시라니!!
아니 이게 꿈인가, 생시인가?》

그 이름만 듣고도
원쑤들은 혼비백산하여 쥐구멍을 찾고
온 세상사람들이 흠모하여 마지않는 그이
인민의 자유와 해방을 위하여
어두운 세상에 밝은 빛을 뿌리기 위하여
장엄하고도 슬기로운
백두산정기를 한몸에 타고나신
그이를 가까이 뵈옵는 영광이여!

령감님은 그이의 옷자락을 잡고
쏟아지는 눈물을 금치 못하였네
《사령관께서 손수 물을 길어오시다니
장군님께서 손수 장작을 패시다니…》

《사령관도 인민의 아들이랍니다
인민들이 다 하는 일을
내라고 어찌 못하겠습니까
사람은 일을 해야 사는 재미가 있고
밥맛도 훨씬 더 좋아진답니다》

장군님은 빙긋이 웃으시며
지체없이 가볍게 말씀하여주셨지만
그럴수록 령감님의 순박한 마음은
무거운 가책으로 하여 몹시 아팠네

－ 김장군님을 직접 뵈온 자랑만하여도
   자자손손에 길이 전할 일인데
   그이께서 얼마나 극진히 보살펴주시는가
   그런데 글쎄 그런데 글쎄
   그이께서 우리 집에 들리셨다가
   방문도 아니 열고 떠나가신다면

나는 무슨 렴치로 자식들을 키운담

－장군님께서 한데만 계시다가
　그냥 그대로 떠나가신다면
　나는 이제부터 무슨 낯짝이 있어
　아래웃동리의 남녀로소를 대한담
　첫째로 안골 꺽쇠령감이
　나를 어찌 사람이라 하랴

령감님은 진정을 다하여
그이께 간청하였네
하루밤만이라도 장군님을 모시고싶다고
날씨가 몹시 차거워지는데
부디 모두들 묵어가시라고

그러나 부대는 이미 대렬을 지어
저만치 저벅저벅 떠나가고있거니
한번 내디딘 혁명대오를
무슨 힘으로 멈춰세우랴
그이도 이것만은 어찌할수 없다고
거듭거듭 타이르시고 길을 떠나가시네

바람에 휘청거리는 백양나무가지에서

우짖던 까치들도 우우 날아나고…

점점 멀어지는 유격대와

장군님의 뒤모습을 오래오래 바래면서

령감님은 불길 이는 마음으로

뜨겁게 뜨겁게 속삭였다네

《까치야! 전하여라

장군님이 가실 곳마다 어서 날아가

사람들에게 기쁜 소식 전하여라

세상에서 제일 훌륭하고 어엿한

인민들의 군대가 이제 온다고

까치야! 전하여라

김일성장군께서 친히 거느리신

백두산장수들이 오신다고…》

『조선문학』, 1968.4.

날강도 미제가 무릎을 꿇었다

어느 시대의 어느 침략자보다 거만하고
어느 시대의 어느 전쟁상인보다 뻔뻔스러운
날강도 미제가 무릎을 꿇었다
노한 노한 조선인민앞에
무적한 사회주의강국 우리 공화국앞에

날강도 미제가 또다시 무릎을 꿇었다
기억도 생생한 열여섯해전
영웅조선의 된주먹에 목대를 꺾이고
수치스러운 항복서에 서명을 하던
바로 그 자리 판문점에서

날강도 미제가 무릎을 꿇었다
그 어떤 속임수로도 뒤집어낼수 없는 진실앞에
그 어떤 불장난에도 끄떡하지 않는 정의앞에
온세계인민들의 분격한 목소리앞에

날강도 미제가 무릎을 꿇었다
엄연한 남의 령해에 무장간첩선을 침입시켜
비렬하게도 정탐을 일삼게 한 범죄자

조선인민군용사들의 자위의 손아귀에
멱살을 잡혀 버둥거리면서도
우리에게 되려 사죄하라던 미국야만들

제놈들이 등을 대는 온갖 살인무기를
우리의 턱밑까지 함부로 들이대고
가소롭게도 조선의 심장을 놀래우려 했지만
놀란것은 조선사람 아닌 바로 제놈들

어느 시대의 어느 해적단보다 란폭하고
어느 시대의 어느 략탈자보다 흉악무도한
날강도 미제가 끝끝내 무릎을 꿇었다
위대한 수령의 가르침따라 전체 인민이 무장하고
온 나라가 난공불락의 요새로 전변된
혁명의 나라 조선민주주의인민공화국앞에

날강도 미제가 무릎을 꿇었다
《보복》에는 보복으로
전면전쟁에는 전면전쟁으로 대답하고 말
조선인민의 확고부동한 기개앞에
열화와도 같은 투지앞에, 신념앞에

날강도 미제가 또다시 무릎을 꿇었다

기억도 생생한 열여섯해전
수치스러운 항복서에 서명을 하고
영원한 파멸에의 내리막길을 걷기 시작한
바로 그 자리 판문점에서

날강도 미제가 무릎을 꿇었다
무장간첩선《푸에블로》호와 함께
멱살을 잡힌 세계제국주의의 우두머리
세계반동의 원흉인 미제가
또다시 항복서에 서명을 하였다

그러나 싸움은 끝나지 않았다
승냥이가 양으로 변할수 없는것처럼
제국주의의 본성은 변하지 않기때문에
한두해도 아닌 스물네해째
우리의 절반땅을 놈들이 짓밟고있기때문에

최후의 한놈까지 미제를 쓸어내고
어버이수령님의 자애로운 한품에서
남북형제 똑같이 행복하게 살기 위해선
십년을 몇십년을 싸울지라도
한순간도 공격을 멈추지 않을 우리

우리는 머지않아 반드시 받아내리라

백년원쑤 미제의 마지막 항복서를…

『조선문학』, 1969.2.

이 용 악 전 집

제3부

산문 · 기타

服格

요지음 친구들끼리 앉으면 '服格'이란 말을 써가면서 웃어대는수가 많다. 속에는 배운것이나 든것이 없어두 것치장만 반들하게 채리구 단이면 남들이 처다보게 되는것이고 따라서 제아모리 속에는 훌륭한것이 들어있어두 것치장이 초라하면 남안테 업심을 받게된다는 것이다. 이런데서 服格이란 말이 생기게된다.

언젠가 K君은 날더러 이렇게 이깨워준 일이 있었다.

"자네두 그 고루뎅을 벗어야 행세하네, 월부로래두 한벌 얻어 입어야지, 이사람아 이게 어느 때라구 그러구 단이는거야글세 결국 손해야 손해여……"

하기사 낸들 몰으는건 아니다.

남안테 처다뵈구 싶어서나 분에 넘치는 행세를 하구퍼서는 아니래두, 여름이면 바람이 건들 건들 나드는것을, 겨울이면 푹신한 털부치를 — 이렇게 철을 따라 갈아입고도 싶지만, 우리정도의 월급쟁이에게 월부로 입혀줄 눈먼 洋服店은 아직 발견하지못한채로 여러 겨울과 여러 봄이 지나가고 또 더위가 닥쳐온다.

그래서 그런지는 몰라두(내가 늘 초라히하고 단이는 탓으로 혹은 질투에서 나오는 생각일런지두 몰으겠으나 말이다) 요지음 거리에 나서면 괴상한 服格者들이 엇지도 많은지 슬그먼히 불쾌할때가 있다.

騎馬巡査의 아랫바지처럼 파라파란 우와기가 흘러 단이지, 샛노란것으로 아래위를 감고 내노라고 활개치는게 보이지, 服格두 여기까지 오면 보오도레에루나 니이체의 人格이 괴상했던것과는 아주 그 意味가 달을것이다.

더군다나 女人들이(모다 그런건 아니지만) 어울리지두 않는 입성으로 자랑처럼넉이고 단이는 꼴이란 가엽서서 참아 바라볼수없다.

물오리처럼 생겨먹은 몸둥아리에 그래두 洋裝이랍시구, 가슴에 어깨에 그리고 새둥주리같은 머리에 별별것을 다 주어붙이고 단이는 꼴, 에노구칠을 했는지 화장을했는지 분간하기 어렵게 낯짝을 더럽히고 단이는 꼴, 그리고 조선옷도 상당히 얄궂인것이 유행하는것 같다. 米國선 쓰카-트가 두 치나 길어저서 이쪽에서 가는 명주실값이 마구 올라가든 것이 언젠지두 몰으는 아가씨들이 무에 모던이라구 무에 디아나, 다아빈式이라구, 초마는 궁둥이까지 올라가고 저고리는 엉뎅이까지 내려오니 우수운 일이다.

"제멋대루 제맘대루 제쫄대루 하고 단이는데 댁이 챙견은 웬 챙견이야" 하고 달녀들 사람두 없지못해 있을것같다만, 마치로 대구리를 갈겨두 피한방울 흘을것같지않은 돌대구리를, 엇저다가 그런 '제멋대루'를 차지했다.

流行이라면 무작정하구 달녀드는 것들, 「에루테루의슬픔」이 出版된 後에 歐洲에서는 에루테루와 똑같은 服裝을 하고 拳銃으로 自殺하는것이 流行했다고 한다.

아이슈타인博士가 東京엘 왔을때 무릎을 기어입은것을 본 東京 學者들 사이엔 무릎을 기어 입는것이 유행한 일이 있다고 한다. 流行이란것두 어징간히 딱한 물건인가보다.

만약 요지음처럼 服格者만 행세한다는때에 아인슈타인博士가 무릎을 기어입고 조선같은델 찾어온다면, 服格이 없다구해서 밥한끼 대접하지않을런지두 몰을 일이다.

아모튼 나는 언제 월부로래두 한벌 얻어입고 K君의 말맛다나 손해를 보지않고 살겠는지…….

요지음 친구들끼리 앉으면 服格이란 말을 써가면서 웃어대는수가 많다.

『三千里』, 1940.7.

전달(蠍)

비오는 날이엇다.

S가 찾어와서 한잔 사라기에 그러라고 선뜩 대답했더니 S는 과연 뜻밖이라는드시

"얼마나 잇나?"

"십전짜리 두푼허구 일전짜리 세푼"

"그걸루야 어름잇나"

"이사람아 한잔밖에 없을 때엔 한잔으로 취할줄도 알어야지 아무턴 딸아오세"

이런 이야기를 주받으면서 S와 나는 서울서두 가장 싸고 가장 너즐하고 그러나 언제가든지 가장 드나들기 조혼 선술집으로 아니 빈대떡집으로 들어갓다.

소주와 빈대떡을 달래서 목이나 적시자고햇으나 S는 막무가내다.

허는수없이너는구경이나해라고 혼자서독한 놈을빨아대는판인데 잠잠히앉엇던 S무슨생각을햇음인지

"용악이 자네는 절대로자살하지 못할게니 안심하네"

뚱단지같은 소리를 꺼내는것이엿다.

"웨?"

『동아일보』 1940년 8월 4일 자에는 '전달(蠍)'이라고 표기되어 있지만 괄호 안의 한자 '蠍'로 보아 '전갈'의 오식이 분명해 보인다. 다만, 본문 중에도 '전달'이라는 어휘가 여러 번 쓰여서 원문을 존중해 '전달(蠍)'로 표기한다.

"이런데까지 꺼르낌없이 출입할만큼 됏으니 자살하지안허두 될거네"

"그럴까? 그러나 웨? 그럴까"

서로 농으로짓거리는 이야기엿으나 용악이는 자살하지못할게라는 절대로못할게라는 S의말이 내겐 너무나쓸쓸하게 외롭게분하게 들리 엿다.

자살 이야기가낫으니 말이지 나는몇달전에 『自殺學』이란 책을 구해 가지고 두번세번읽엇는데 여간 자미나는것이아니다

十五六年前 統計에依하면 米國선 一年동안에 一萬五千人이나되는사람 이자살햇는데그중엔 '꼴푸'가 잘될지안는다는 理由로 자살한 청년도 잇고 머리털빛갈이 나뻐젓다고 자살한 여인도 잇으며

"추운 겨울이 오기전에"

이런 간단한 遺書가잇는가하면

"새로운 刺戟을얻고싶다"

는 히망때문에 자살한부인도잇엇다고한다.

아모리 米國이기로서니 이따위 世界一을 자랑할용기는 나지안흘것 이다 이런얼간 친구들께비긴다는것은 너무나 아까운일이지만

"悠悠하도다 天壤 遼遼하도다 古今……"

유명한 '巖頭之感'을 남기고 瀑布에 몸을던진 후지무라 미사오라던 지 캄캄한 時代를안고 자꾸만 어두워지는 精神을익이지못해 자살한 젊 은詩人'세루게이에세-닌'을, 앞에 쓴 米國 친구들과 함께 생각할때 참 으로사람이란 얼마던지 얼간이될 수도 잇고 얼마던지 똑똑해질 수도 잇는 동물인가부다.

한데 자살이란 사람만이 할줄 아는 노릇인가 햇더니, 웬걸, 다른 動物도 自殺하는수가 잇다는것이다. '삐데'-나 '아렌·톰슨'이 시험한바에 依하면, 전갈(蝎)이란 毒蟲이 자살하는것을 보앗다고 한다.

전달을불로威脅하면 自己꼬리에 잇는 毒針을 제 사등에박고 그벌레는 자살한다는것이다

그러면 그야, 용악이는 절대로 자살하지못할게라고 말한 나의 동무야, 나는 빈대떡집을 알엇기때문에 전달보다도 못한 사나히냐.

나는 미운것을 미워할줄 몰으는, 슬픈것을 슬퍼할줄몰으는 괴로운것을괴로워할줄 몰으는 나의 精神속에서도 나의편을 맞날수없는그런 사나히란말이냐. 어떤 일이 잇더라도 자살하지못할 전달보다도 못한 버레란 말이냐.

다시는 S야, 농으로래두 그런쓸쓸한 말을 내게 들여주지 말기를.

『東亞日報』, 1940.8.4.

나의 讀書

　그날 그날의 新聞과 그달그달의 雜誌몃가지씩 읽는것도 저로선 고단한 일이여서 正直히 말하자면 大端한 讀書는 못하는 편이올시다 最近에 F쌘런타-노의 『天才』를 읽엇는데 쌕렌타-노自身은 天才級이 못된다는 것박게 느끼지못햇습니다 날세가 서늘 해지면 『菜根譚』이나 다시읽으면서 째론젊은사람답지안케 極히조용한생각을가저볼까합니다

詩人

李庸岳

『매일신보』, 1941.10.1.

冠帽峯登攀記

여러해前 일일뿐더러 記錄해둔것도 없고해서 記憶나는대로 간단간단히 적는다

第一日

여덟사람으로 된 우리 一隊가 鏡城驛에 몽였을때엔 벌써 地方新聞의 寫眞班이 나와 기대리고 있었다.

첫車로 朱乙에 내려 누구보다도 冠帽峰通으로 이름난 淺野氏를 먼저 찾었다. 淺野氏의 周旋으로 길案內 한사람과 人夫 두사람을 손쉽게 求할 수 있었다. 그리하여 우리 一隊는 열한사람이 된셈이다.

여기서 冠帽峰으로 가자면 朱乙溫泉, 뽕파를 거처서 가는 길과, 浦上溫泉, 南河湍를 거처서 가는 두 길이 있다. 우리는 浦上쪽을 擇했다.

해가 있어서 浦上溫泉에 다었다.

냇가에 天幕을 치고 밥을 짓는 한편 가까히 있는 溫泉으로 갔다. 이름이 溫泉이지 아무 設備도 없는 露天溫泉이였다. 勿論 一錢한푼 달라는 사람도 없었다.

밤에 B君과 둘이서 몰래 天幕을 빠저 나왔다. '담배'라고 써붙인 집에 가서 독한 燒酒를 두어잔씩 빨고 돌아오는 참인데 溫水물이 찰박거리는 소리와 함께 女人네들의 이야기 소리가 들렸다. 아마 女人들은 밤이래야 安心하고 露天浴場에 들어앉을수 있는 모양이었다.

별이 총총한데 天幕쪽은 고요히 잠들어 있었다.

뽕파 : 봉파(鳳坡). 함경북도 경성군 주을읍에 있는 동 이름 중 하나.

第二日

첫새벽에 天幕을 걷었다.

앞이 잘 바라뵈지 않는 버들방천을 지나 산기슭을 돌았다.

浦上서 시오里가량 간 곳에 最后의집이라고 하는 죄그마한 초가집이 있었다. 외나무다리를 건너가려는데 넓다란 돌우에 저고리를 벗어버린채 머리를 빗는 열서너살 된 예쁘게 생긴 少女가 있었다. 少女는 우리를 보자 그만 당황해서 감자밭머리를 돌아 도망하는것이었다.

六僧岩이라고 하는 괴상하게 생긴 바위를 바라보면서 점심을 먹는 사이에 畵家R君은 熱心히 스켓치하고 있었다. 第二日의 目的地인 南河淵에 다닫기전에 비가 내리기 시작했다. 빗방울이 떨어지자 더 퍼붓기전에 아무데고 天幕을 치자는 意見도 있었으나 그냥 걸었다.

南河淵라고해야 그저 이름뿐이지 집 한채 있을理없다. 숲속을 흐르는 두 줄기의 물이 合치는 곳이었다.

우리는 그다지 넓지못한 三角洲에 第二夜의 天幕을 쳤다.

第三日

비개인 뒤의 수풀은 한결 푸르고 숨이 맥히도록 씨언한 바람이 이마를 스쳤다. 南河淵를 지나서 부터는 길이랄것이 없었다. 우리는 골짜구니를 지날때마다 地圖를 펴놓고 이쪽이니 저쪽이니 하면서 不安했다. 그러나 銃을 멘 길案內의 經驗은 그다지 우리를 失望시키지 않았다.

길도 온전치않고 모두 피곤하기 시작했는데 딱한 일이 생겼다. 두人

夫가 쑤군거리더니 그만 朱乙로 돌아가겠다는것이다. 언성이 서로 높아졌다. 누구고 손만 만저 빼면 큰싸홈이 버러질뻔한것을 겨우 말리고 結局은 몇圓씩 더 주기로 했다.

나무잎들이 쌓여 쌓여서 썩어 발이 빠진다. 절로 걱구러저 썩는 나무 위에 다시 걱구러진 大木. 묏돼지가 지나간 좌최. 훈훈한 내음새.

가진고생을 다해가면서 그러나 어둡기전에 우리는 淺野小屋에 다었다. 이것은 登山家들의 便利를 위해 淺野氏가 대단한 困難을 격거가면서 지은것이라고 한다. 여기서 絶頂까지 시오里. 밥을 지었으나 氣壓關係로 통 설어서 먹을수가 없다.

R君이 감춰뒀던 우이스키를 내놓아서 술기운에 잠이들었으나 추위가 대단하여 밤중에 모두 덜덜 떨면서 잠을깬 우리는, 독기를 들고나가 말른 가지를 찍어다가 모닥불을 피우고 더러는 앉어서 졸고 더러는 모닥불 옆에 들어누어 잠이 들었다.

第四日

淺野小屋에서 얼마 않올라가 꽃밭이 있었다. 다른데서 絶對로 볼수없다는 아름다운 꽃들이 滿發해있었다.

누가 이렇게 높고 추운 곳에 따뜻한 입김을 불어 美로운 빛갈을 띄게 한것일까. 어디서 날러온 꽃씨들이며 얼마나 오랜 세월을 싸워 이렇게 빛나는 領土를 차지한 것일까.

絶頂. 우리는 조선서 가장 높은 꼭대기에 올라섰다. 아득히 東海가 바라보인다. 무슨峰이니 무슨 산이니 하는 길案內의 손까락이 西쪽을 가르치자 우리는 구름속에 머리를 치어든 白頭山을 바라볼수 있었다.

갑짝이 구름이 몽여들어 앞을 분간할수 없게 되었다. 淺野小屋에 돌아와서 짐을 꾸려가지고 떠나려는데 빗방울이 떨어지기 시작했다.

저녁때가 되어도 비는 멎지않았다. 물줄기만 딸아 내려가는 판인데 밤이 되었다. 또 아무데고 天幕을 치고 밤을 새자는 意見이 생겼다. 그러나 아무데고 天幕을 쳤다가 밤중에 물이몰려온다면 그것은 더 난처한 노릇이겠기때문에 우리는 한걸음이라도 더 걷는수밖에 없었다.

나무가지에 옷은 찢기고 돌을 차서 발은 상하고, 앞선 사람도 뒤떠러진 사람도 모두 말없이 제各己 不安한 생각에 눌려 얼마나 많은 時間을 걸었는지 모르겠다.

멀리서 개 짖는 소리가 들렸다. 비로서 모두들 입을 열어 人家가 가차워졌음을 기뻐했다. 개가 짖는洞里는 우리가 第一夜를 지낸 浦上溫泉이였다.

이렇게 일찍이 돌아온例는 아직 없었다고 하면서 '담배'라고 써붙인 집 늙은노파는 뜻뜻한 국이며 독한 燒酒를 마련해 주는것이였다.

『삼천리』, 1941.11.

地圖를펴노코

南方으로 가면 나두 돌이랑 모아놓고 절 하는 사람이 되는 것일까. 아마 배암이 많은 곳이래서 거기ㅅ사람들은 여러가지의 神을 믿어왔겠다.

철철이 새로운 내 고장이 비길데 없이 좋긴하지만 한번은 지나고 싶은 섬들이다 한번은 살고 싶은 섬들이다.

아리샤니 삘로우니카니 하는 우리와는 딴 風俗을 사는 사람들의 이롬이 그져 내 귀에 오래 고왔드시 세레베스니 마니라니 하는 南方의 섬 이롬들은 어째서 그럴까 그져 어질고 수수하고 미롭게만생각된다.

그곳에서 가장 惡하다는 사람일지라도 혹은 내 보담은 훨신 德에 가깝고 시름에 먼 사람일런지도 몰으겠다.
그사람들은 분명히 어둠보다는 빛을 더 많이받았으리라.

그러나 내사 南方엘 가지 않으련다, 평화로운때가 와 혹이사 꿈의 나라를 단여오는 친구들이있으면 고흔 조개껍질이랑 갔다달래서 꿈을 담어놓고 한평생 내고장에서 즐거운 백성이 되고저.

『대동아』, 1942.3.

손

여자에게있어 고와야할것이 어찌 손뿐이겠읍니까만, 아마 얼골 다음에 이쁘고 싶은것은 역시 손일것입니다. 그렇나 이쁜 손 미운 손 할것없이 손이면 손인 까닭으로 갖이고있는 신비(神祕)로운 힘을 우리는 생각할것입니다.

아들을 잃은 어떤 부인이 아들을 몹시 귀여워하던 선생되는 분에게 아들의 죽엄을 알리러갔습니다. 한데 선생은, 제자의 죽엄보다도, 어머니되는 이가 눈물 한방울 흘리지않고 대수롭지않은 낯으로 이야기하는 것이 놀라웠습니다. 이렇게까지 독한 모성(母性)이 있을 수 있겠읍니까. 그렇나 다음순간(瞬間), 테-불 그늘에 숨은 그부인의 손이 손수건을 꼭 쥔 채 파르르 떨면서 울고있는것을 바라본 선생은 더욱 놀래지 않을수 없었습니다.

이것은 어떤 소설(小說)에서 본 이야기입니다만, 참으로 손이란 얼굴보다도 더 애절한 표정(表情)을 갖이는수가 많습니다.

우리가 어릴적에 혹 배탈이나 나서 울라치면 아닌밤중이라도 어머니는 이러나셔서 「네배는 거시배 내손은 약손이요」 하면서 배를 어르만져주는것이었는데 이런때에 어머니의 손이란 약이상의 약이기도했습니다.

한때 구미(歐米)에선 여자의 손톱에 그림을 그려주는 장사가 성했다고하지만, 이곳 여인네들도 그림까지는몰라도 무슨 약인가를 손톱에 칠하야 붉으스름하게 맨들어가지고 단이는것이 유행인가봅니다. 이것은 어린애들이 손까락에 봉사꽃 드리는것과는 아주 다르기 때문에 또한 아름다움과도 친할 수 없을것입니다.

하기야 하두 자랑할것이없으면 나중엔 병(病)까지도 자랑삼아 내세우는것이 사람이라군 하지만 지나친 의상은 대개 교양이나 취미가 얼마나 천하질않습니다. 이즘 청년들가운데는, 한동안 많이 상연된 미국영화의 영향으로 아메리카식 괴상한 양복들을 곧잘 입고다니는 사람들도 많습디다만은, 통일된 제복이긴하면서도 역시 그 사람의 인격이나, 사람됨이 어느정도까지는 어딘지모르게 나타납니다.

이와같이 의상이라는 것은, 곧 그주인공(主人公)의 인격을 들어내기때문에, 고래로 하나의 문화(文化)를 지으면서, 형형색색으로 변천해온것입니다. 생활에 알맞고, 미(美)를 도치고, 간편하고, 실용적이고, 그러면서도 고상하게—고상이라는것은 이러한 방향으로, 문화의 진보와 함께 올라가는 것입니다. 아니, 우리들은 그렇게 세련해나아가야 할것입니다. 의상의 「데코레이슌」(장식)은 자본주의적 자유주의와 함께 이미 과거의것입니다.

이즘 여자들이, 몹시 사치해졌다는 풍성이 많은데, 조선부인네의 사치란, 도회의 극히 일부분이요, 그밖의 일반부인네들은 너무나 소박(素朴)하지 않은가 합니다. 여자는 청결하고, 어여쁘게 좋드군요. 어여쁘지도 못하고, 청결하지도 못하고, 그렇다고 무슨 교양이 있는것도 아니요, 세련된 몸맵씨조차 없고보면, 그얼마나 불행한 여자입니까. 그건 생리상 여자란것뿐이지, 여자로의 존재가치(存在價値)가 없을겝니다. 여자란 우리 인생사회를 윤택하게하고, 화려하게하고, 질겁게하는 소임이 있으니깐요.

여자의 지나친 의상의 사치는, 비단 전시하(戰時下)에 있어뿐아니라, 언제나 좋은일은 못됩니다. 더군다나 남에게 비해서 가난한 조선사람형편에 될수있는대로 질소간결을 위주(爲主)한, 건전한 의상미를 창조하기에 힘써야할줄압니다.

『부루-노·타우트』라는 독일의 세계적예술가는, 「간소(簡素)야말로 진실로 모던(現代的)이다」라 하였습니다. 여러분 여성이 진실로 세련된 모던을 따르고싶으면 모름직이 의상을 간소하게 입도록 하소서. 간소의 미—이것이야말로 의상뿐아니라 앞으로 우리가 모든 예술, 모든 생활에 창조하여야하겠습니다.

『방송지우』 창간호, 1943.1.

感傷에의 訣別

『滿洲詩人集』을읽고

滿洲에 있는 鮮系詩人들의 作品을 한卷에 모아보기는 이번 吉林에서 上梓된『滿洲詩人集』이 처음일것이다.

일즉이 朝鮮서도 널리 읽혀진 柳致環, 朴八陽, 咸亨洙, 金朝奎諸氏와 『草原』同人이던 申尙寶氏며, 한때 滿洲에있어서의 唯一한 文藝同人誌이던『北鄕』時代부터 꾸준히 活躍하여온 千靑松氏, 그리고 滿鮮日報를 通해 종종 좋은 作品을 보혀주던 宋鐵利, 尹海榮, 趙鶴來, 蔡禎麟諸氏와 女流 張起善氏의 近作三十七篇으로 된 이詩集을 받고 오래 기대리던 기별에 接한듯한 반가움을 禁할수 없었다.

正直히 말하자면 몇해前까지도 滿洲에서 印刷되는 詩엔 고약스런 냄음새가 무슨 宿命처럼 붙어단였든것이다. 걸핏하면 시베리아의찬바람이니 박아지調로 나온것은 或은 어쩔수 없는 노릇이였을지도 몰으겠으나 피차에 섭섭한 일이기도 했다. (그것은 마치 우리가 오뎅집이나 선술집 같은 데서 花柳界란 말을 濫用하는 게집을 맞날때에 그만 죽여바리고싶도록 不快한것과 거이 비슷한 노릇이였다.)

環境에 지내 젖어바리면 되려 環境에 어두워지는 그러한 不便은 어느곳 누구에게나 있을수있는것이지만, 사실 지나친 誇張과 感傷을 일삼는 詩人들이 적지않었다.

그러기때문에 똑가치 滿洲에 取材한것이라도 滿洲에 있는 사람들보다는 오히려 잠간식 滿洲를단여온 사람들이 훨신 좋은 作品을 보혀주는 수가 往往히 있었다.

그러나 『滿洲詩人集』을 읽고서 첫째로 늣긴것은 이미 感傷에의 訣別이 지어졌다는것이다. 그럼으로 이詩集을 契機로 今后새로운 길이 티일 것을 믿어마지않는다.

朴八陽氏의 序文이 말하는바과같이 그네들게 있어서 滿洲의 "自然과 사람은 完全히 愛撫하는 肉體의 한部分"이 된것이다.

욕심을 부려 끄집어내자면 전혀 흠이없는것은 勿論 아니겠으나 지난날 즐겨 눈물을 請하고하던 滿洲의 詩人들이 살림을 克服하고 지금 굿세인 生活의 노래를 들녀준것만으로도 우리는 拍手를 애껴선 않될것이다.(吉林市朝陽區榮町三九七第一協和俱樂部文化部定價一圓五十錢)

『春秋』, 1943.3.

全國文學者大會印象記

우리는 일즉이 이러한 모임을 갖일수없었고 이러한 호화로운 雰圍氣 속에 앉어보지를 못했다.

모다들 캄캄한 골목을 거처온 사람들이다. 숨ㅅ소리 숨겨가며 그늘에서만 살어온 사람들이다. 등을 이르키면 어깨를내리눌르는 무거운 발굽이 있었다. 내딛는 자욱마다 발꿈치에 피터지는 가시덤불에서 오래인 동안 눈물겨운 苦役을 겪었다.

거개가 나면서 부터, 더러는 섬트기전부터 나라 없는 서름속에 놓여졌든 사람들이다. 자유란 도시 있을 수 없었다 조선사람이란 이름은 그대로 罪囚를 意味하는것 以外의 아모것도 아니었다. 더욱히 詩를 쓰고 小說을 쓴다는것은, 아니 그것을 읽는다는것 만으로서도 充分히 思想犯으로 取扱되었다.

戰爭이 마지막 고비에 드러가자 놈들은 朝鮮의 모든 知識分子를 虐殺해버릴黑帖까지를 꾸미었다. 戰爭이 죄금만 늦인 速度로 解決되었드라도 우리는 오늘을 보지못했을것이다. 틀림없는 죽엄에서 돌아온 사람들이다.

그럼으로 우리는 그리웁던 동무들을 여러해만에 맞난다는것 만으로서도 全國文學者大會의 날짜가 바삐 오기를 기대렸든것이다.

달빛이 흡사 비오듯 쏟아지는 밤에도
우리는 헐어진 성터를 헤매이면서 언제 참으로 언제 우리 가슴에

오롯한 太陽을 모시겠느냐고

가슴을 쥐어뜯으며 이야기하며 이야기하며 가슴을 쥐어뜯지 않었느냐

그러는동안에 영영 잃어버린 벗도 있다

그러는동안에 영영 떠나버린 벗도 있다

그러는동안에 몸을 팔어버린 벗도 있다

그러는동안에 말을 팔어버린 벗도 있다

　이것은 大會의 첫날을 끝내고 詩 쓰는 동무들 끼리만 따로히 모혀 술을 나누며 처음으로 맘놓고 즐기는 자리에서 시굴서 올라온 夕汀이 노래대신 소리대신 朗讀한 「꽃덤불」이란 詩의 一節이다.

　참으로 그동안 잃어버린 벗도 떠나버린 벗도 없이, 참으로 그동안 몸 판 벗도 마음 판 벗도 없이 다가치 이날을 마지하야 다가치 이날을 즐기고 다가치 팔을 걷고 우리文學의 앞날을 討議이수 있었드라면 우리는 얼마나 더 幸福하였을까.

　開會에 앞서 國旗를 향해 '朝鮮民族文學樹立萬歲'라고 써부친 스로강을 향해 일제히 이러나서 愛國歌를 부를때 나는문득 一種의슬픔이形容할수 없는 모양으로 마음 한구석을 저어가는것을 느꼈다.

　우리民族과 함끼 우리文學도 너무나 不幸하였다. 詩도 小說도 戲曲도 한결가치 不幸하였다. 民族의 不幸史는 곧 文學의 不幸史가 아닐수 없었다. 그럼으로 가장 不幸한 條件밑에서도 朝鮮文學이 不斷히 피를 니어 왔다는것은 文學에 從事하는 우리뿐만 아니라 民族全體의 자랑이래야 할것이다. 이것은 분명코 勝利에 屬하는것이 아닐수 없다.

　이틀동안 部門別로 報告演說을 담랑한 演士들의 부르짖는 음성이 過

去에의 憤怒와 未來에의 불타는希望에 떨릴때 듣고만 없은 의리의 손도 떨리었다.

그 한마듸 하마듸를 記憶할수 없으나 民族의 成長과 함끼 朝鮮文學의 앞엔 成長의 길 以外의 어떠한 航路도 停留場도 있어서는 않될것임으로 우리의 똑바른 成長을 害치는 一切의 不幸을 몸으로서 拒否하자는 것이었다.

그것이 輸入品이냐 自國製냐는 무를 必要 없이, 그것이 뿌란디의 레텔을 부쳤드냐 웍카의 레텔을 부쳤드냐 막걸리병에서 나왔느냐는 더욱 무를 必要도 없이, 그것이 메치루가 섞인 술이라면 아모리 아름다운 컵에 따룬것일지라도 우리는 斷然코 拒否하지 않으면 않될것이다.

한사람이 열 번 부르짖어도 열사람이 백번을 부르짖어도, 파시즘을 부셔라, 國粹主義를 부시자는等의말이 튀어 나올때마다 全員이 拍手로서 同意한것은오로지 이러한 原則에서일 것을 믿는다.

民主主義國家의 建設過程에 있있서 朝鮮文學의 自由스럽고 健全한 發展을 爲하여 全國文學者大會가 무엇을 決議하고 示唆했다할지라도 그것이 文學이나 文學者만의 利益을 爲해서가 아니고 또한 말로만이 아니고, 우리의 文學實踐이 眞實로 民族全員의 利益을 尊重해서의 武器가 될수있을 때에만 비로소 그 意義가 클것이다.

그리고 歷史的인 이번 大會를 더욱 빛나게 한것은 쏘聯作家 니코라이 · 치오노프氏가 大會에 보내준友情에 넘치는멧세에지와 우리가 大會의 이름으로서 聯合各國의 作家들에게 보낸 멧세에지였다.

나는 또다시 끝으로 생각한다. 만약 그동안 잃어버린 벗도 떠나버린 벗도 없이 만약 그동안 몸판벗도 마음판 벗도 없이 다가치 한자리에 앉을수 있었드라면 죽엄에서 돌아온 사람들끼리 이번의 모임인 大會가얼마나 더욱 찬란한것이었을까.

『大潮』, 1946.7.

보람찬 청춘

二〇세의 화학 기사

1

一九五〇년 一〇월 어느 날, 강 원갑 소년은 가족들과 함께 후퇴의 길에 있었다.

계속해서 걸으면 해가 지기 전에 一〇리쯤은 더 갈 수 있으리라고 생각되였으나 적의 폭격이 심한 때라 낮보다 밤에 많은 길을 축내기 위해서 저녁 요기도 할 겸 푹 쉬기로 했다.

적기가 날치더라도 비교적 안전하리라고 녀겨지는 장소를 선택하여 그들이 짐을 내려 놓은 계곡에는 맑은 물이 돌돌 흘러 내리고 있었다. 강파로운 고개를 넘어 오느라고 갈증이 심했던 원갑이는 배낭을 벗기 바쁘게 물가에 엎디여 단숨에 몇 모금 디리킨 다음

"야—맛 있다"

하고 벌떡 일어섰다.

바로 그때 원갑이의 눈에 뜨겁게 비치는 것이 있었다. 그것은 붉게 물든 단풍이였다. 사방을 둘러 보니 앞뒤 산이 왼통 타는듯이 붉었다.

"곱구나!"

왼 몸에 더운 피가 세차게 굽이치는 것을 새삼스러이 느끼면서 원갑이는 참으로 아름다운 풍경을 황홀하게 바라보고 있었다. 그러나 그것은 순간이였다. 그의 마음은 이내 저도 모르게 흐리기 시작했다.

원갑이는 문득, 떠나온 평양을 생각했던 것이다. 그리고 그의 머리에

는 정든 동무들의 얼굴과 학교와, 학교 운동장 한쪽 귀에 가지런히 서 있는 다섯 그루의 단풍 나무가 선하게 떠올랐던 것이다.

그가 고급 중학교에 입학한 것은 一九四九년 九월이였다. 그때 나이는 겨우 열 네살이였지만 그의 포부는 결코 나이와 같이 작은 것이 아니였다. 입학 시험 인물 고사에서 여러가지 문답 끝에

"동무는 장차 무엇을 할 작정이요"

하고 물었을 때 원갑이는 여러 시험 위원들 앞에서 서슴치 않고 선뜻 대답하였다.

"고중을 졸업하면 대학으로 가고, 저는 앞으로 훌륭한 과학자가 되렵니다"

원갑이는 어릴 쩍부터 무엇이나 만들기를 좋아하고 연구심이 풍부하여 사물을 관찰하는 눈이 뛰여나게 민감한 아이였다.

당시 인민 학교 교원이였던 그의 아버지는 아들의 학습과 일상 생활을 주의 깊게 살피면서 그 취미와 재질을 옳게 발전시켜 주기 위해서 항상 세심한 고려를 돌렸다.

아버지는 기회가 있을 때마다 과학 기술에 관한 자미나는 이야기들을 들려 주었다.

구름이 뭉게치며 천동이 우는 현상이라든가, 강물이 범람하여 광야를 휩쓰는 현상조차 신이 하는 일이라 하여 공포를 느끼면서 자연의 지배를 면치 못하던 먼 옛날 사람들의 생활이며, 자연의 비밀을 낱낱이 캐내여 그가 가지고 있는 무한대한 힘을 인간에게 복종시키는 오늘에 이르기까지 인류의 천재들에 의하여 달성된 과학 기술의 위력이 얼마나 거대한가를 알기 쉽게 이야기하여 주었다.

그리고 우리 선조들은 약 천년 전에 벌써 첨성대를 쌓고 천문학을 연구하였으며, 세계 인쇄 기술의 첫 발명자인 구뗀베르그가 창조한 인쇄기보다 五○년이나 앞서 이미 一三五○년 경에 금속 활자를 만들어 냈으며, 우리 인민의 열렬한 애국자인 리 순신 장군이 三백 수십년 전에 유명한 거북선을 창조한 이야기는 나 어린 원갑이를 크게 감동케 하였다.

무엇을 배우던지 흥미를 못 붙이는 과목은 따로 없었지만 초급 중학에서 부터 원갑이는 실험실에 있는 시간을 제일 좋아하였다. 간단한 실험 도구 같은 것은 가정에도 장만해 놓고 일상적으로 다루기 시작하였다. 책에서 배운 것이 실험에서 맞아 떨어지면 그것이 무엇보다도 기뻤다.

그래서 동무들과 선생들까지도 원갑이를 '꼬마 과학자'라고 부르게 되였다. 이것은 고급 중학에 입학해서도 마찬가지였다.

총명하고 명랑한 원갑이는 날로 번영하는 조국의 꽃봉오리로써 부모와 선생과 동무들의 극진한 사랑에 싸여 행복하게 자라고 있었다. 가정에 있으나 학교에 가나 부족한 것이 없었으며 즐거움 이외에 다른 것을 몰랐다.

그런데 미제가 불 지른, 공화국 북 반부에 대한 침략전쟁은 우리의 '꼬마 과학자'에게 슬픔을 강요하였고 원대한 그의 희망을 꺾으려고 하였다.

피에 주린 야수들이 끊임 없이 퍼붓는 폭탄과 기총탄은 아름다운 평양을 페허로 만들면서 정든 학교를 파괴하였고 함께 배우며 함께 뛰놀던 친한 동무들을 숱하게, 그리고 영원히 빼앗아 갔다.

처음으로 당하는 처절한 현실은 순수한 소년의 마음을 아픔으로 가득 차게 하였다. 그러나 그 아픔이 크면 클수록 원쑤에 대한 증오의 불길이 그의 가슴에 거세게 타올랐다.

전략적으로 후퇴하는 인민 군대를 따라 북쪽을 향하던 날, 떠날 차비를 하느라고 한창 바쁜 중에서도 원갑이는 제 손으로 한자 한자 정성껏 써서 붙였던 쓰딸린의 말씀을 다시 한번 읽어 보았다.

— 과학을 소유하기 위하여서는 완강하고 인내성 있게 배워야 한다. 우리들의 앞에는 요새가 있다. 이 요새는 과학과 많은 령역의 지식을 말함이다. 우리들은 어떠한 일이 있든지 반드시 요새를 점령하여야 한다. 청년들은 그가 새 생활의 건설자가 되려면 만일 그가 늙은 근위대의 실질적 교대자가 되기를 원한다면 이 요새를 전취하여야 한다. —

이 말씀에서 원갑이는 무한한 용기를 얻었다. 그는 고귀한 말씀이 씌여져 있는 종이가 상하지 않게 벽에서 뗀 다음 곱게 접어서 갖고 갈 책 사이에 소중히 끼웠다.

아주 가는 것이 아닌 줄은 알면서도 막상 떠나고 보니 문득 문득 평양이 생각나서 원갑이는 이따금씩 침울해지군 하였다.

붉게 물든 단풍을 바라보다가 갑자기 돌아서서 말이 없는 아들의 심정을 아버지가 모를 리 없었다.

아버지는 바위에 걸터 앉아 발을 씻으면서

"참으로 시원하구나. 원갑아, 너도 이리로 와서 발을 좀 담거라"

하고 부드럽게 말하였다.

"래일이면 신의주에 당도하게 될 게다. 다시 평양으로 돌아갈 때엔 걷지 않을 껄. 그때엔 타고 가자. 기차를 타고 편하게 가야지.

원쑤들은 학교랑 모두 파괴했지만 어림 있나, 이제 놈들을 모조리 처부시고 우리는 더욱 튼튼하게 더욱 아름답게 짓게 될 건데"

2

신의주에 도착한 뒤에도 원갑이는 어서 바삐 평양으로 돌아 가서 이전처럼 다시 학교에 다니게 될 그 날만 기다리고 있었다.

원쑤에게 보복의 불벼락을 안기면서 다시 진공을 개시한 우리 군대의 승리의 보도가 있을 쩍마다 지도에서 해방된 지명들을 찾아 내여 거기에 공화국기를 하나씩 그려 넣었다.

"오래잖다, 가까워진다!"

하면서 차츰 차츰 평양에 접근하는 것을 무엇보다도 기뻐하였다.

특히 목마르게 고대하던 평양 해방의 보도가 있은 다음부터는 가슴 벅찬 공상에 잠겨 밤잠조차 제대로 이루지 못하는 날이 많았다.

그런데 원갑이네 가정에는 뜻하지 않은 너무나 큰 불행이 닥쳐 왔다. 병중에 있던 아버지가 약효를 보지 못하고 끝끝내 세상을 떠나고 말았던 것이다.

그 때 원갑이 아래로 주룽주룽 달린 철 모르는 동생들만 여섯이였다.

열 여섯 살부터 원갑이는 평안 북도 위생 방역소에 복무하면서 어머니와 함께 가정을 걸머지게 되였다. 가렬한 전쟁은 고급 중학을 졸업하고 대학으로 가자던 그의 아름다운 꿈을 실현할 수 없게 하였다.

그러나 눈보라 휘몰아치던 겨울 밤, 아버지가 세상을 떠나면서

"원갑아, 우리 공화국은 반드시 악독한 원쑤들을 격멸하고야 말 것이다. 앞으로 너는 튼튼한 조국을 건설할 일꾼이 되여야 한다. 그러기 위해서 너는 조국과 인민에게 복무할 훌륭한 과학 기술 일꾼이 되여라"

하고 유언한 그 말을 한시도 잊지 않았다.

미제 침략자들은 영웅적 조선 인민 앞에 수치스러운 패배를 거듭 당하자 야수보다도 잔악한 자기들의 본성을 날로 더 백일하에 폭로하면서 발악하기 시작하였다.

놈들은 썩어저가는 자기들의 과학 기술을 코에 걸고 있는대로의 군사 기재를 조선 전선에 내몰았으며 인류 도덕과 량심의 마지막 한쪼각까지도 내여 던지고 우리 인민을 정복할 목적으로 대량의 세균 무기와 화학 무기까지 동원함에 이르렀다. 그것은 전선과 후방을 구별하지 않았으며 도시와 농촌을 가리지 않았다.

그러나 조선 로동당과 경애하는 수령 김 일성 원수의 령도하에 조국의 자유와 독립을 수호하기 위하여 정의의 조국 해방 전쟁에 궐기한 조선 인민들은 놈들의 일시적인 '기술적 우세'를 격파하였으며 선진적 과학 기술로써 빈틈 없이 무장한 철옹성 같은 우리 방역진은 천인 공노할 놈들의 세균 '공세'를 이르는 곳마다 여지 없이 분쇄하여 나갔다.

이러한 방역 전선의 한 고리를 담당한 전사의 한사람으로서 항상 자기에게 맡겨진 임무를 충실히 수행하고 있은 원갑이의 가슴은 오직 하나 조국에의 열렬한 사랑과 원쑤에 대한 참을 수 없는 적개심으로하여 더욱 뜨겁게 불탔다.

'미제는 인간의 행복을 창조하기 위해서가 아니라 남의 나라에 대한 침략과 선량한 사람들에 대한 대중적 학살 도구로써 과학 기술의 힘을 악용하고 있다. 이 흉악한 원쑤들을 마지막 한놈까지 무찔러야 한다'

원갑이는 이렇게 생각하면서 싸우는 조국의 승리를 위하여 무엇보다도 많이 과학 기술을 소유하여야 하겠다는 자기의 결의를 굳게 다졌다.

낮다란 토굴집 죄그마한 그의 책상 앞에는, 평양을 떠날 때 책 사이에 소중히 끼웠던 쓰딸린의 말씀이 붙어 있었다. 이 고귀한 말씀은 암야의 등대와도 같이 언제나 원갑이를 고무하여 주었다.

　원갑이는 짬만 생기면 책을 읽었다. 그러나 혼자서 하는 공부란 안타까운 때가 많았다. 풀리지 않는 의문에 부디칠 쩍마다 그는 좋은 선생 밑에서 마음껏 배우고 싶은 욕망을 금할 수 없었다.

　가렬한 전쟁 속에서 세번째 얼었던 압록강이 풀리고 산과 들엔 푸른 싹들이 돋아나기 시작하였다.

　어느 날 직장에서 돌아 온 원갑이는 어쩐지 아주 명랑하였다. 그는 방 안에 들어서는 길로 벙글 벙글 웃으면서

　"어머니, 난 학교엘 다닐테야"

하고 불쑥 이야기를 꺼냈다. 어머니는 어찌 된 일인지를 몰라서 어리벙벙하였다.

　"학교엘? 그랬으면 얼마나 좋을까만……"

　"걱정 마세요. 어머니 참으로 좋은 학교가 새로 생긴대요"

　"무슨 학교 말이냐 웅?"

　"가만 계서요. 이제 편지를 읽어 드리지요"

　"편지는 또 어디서?"

　"아저씨 한테서"

하고 원갑이는 호주머니에서 두툼한 봉투를 꺼내 들었다. 그것은 시내에서 三〇리 가량 떨어져 있는 신의주 제약 공장에 근무하는 숙부로 부터 보내온 편지였다.

　편지에는 청년들에게 과학과 기슬을 소유할 수 있는 실제적 가능성과 조건을 보장하며 근로하는 청년들 앞에 보다 광활한 배움의 길을 열

어 준 공화국 시책에 대한 상세한 설명이 씌여저 있었다. 그리고 그 시책에 의하여 신의주 제약 공장에도 로동자 학교가 신설된다는 이야기와 끝으로

'나는 너의 포부를 누구보다도 잘 알기 때문에, 로동당과 공화국 정부에서 지여 준 다행한 기회를 놓치지 말고 로동자 학교에 꼭 입학하는 것이 좋으리라 믿는다'

고 적혀 있었다.

길다란 편지를 단숨에 읽고 난 원갑이와 끝까지 곰곰히 듣고 있던 어머니의 얼굴에는 똑 같이 환희의 빛이 넘쳤다. 원갑이는 어머니의 무릎에 손을 얹으면서

"어떻게 생각하세요, 네?"

하고 물었다.

"다녀야 하지. 어서 아저씨에게 회답을 써라, 나두 찬성이라구……"

"아니, 편지로 회답해선 늦어요. 내가 래일 자전거로 갔다 올테야요. 래일은 공일이니까"

3

一九五三년 四월, 원갑이는 신의주 제약 공장 로동자 학교에 입학하였다. 그는 싸우는 조국이 자기에게 베풀어 준 귀중한 시간을 분초도 헛되이 하지 않았다.

김 병조, 유 철규 등 로련한 기사들의 친절한 교수와 지도를 받으면서 원갑이는 실로 행복하였다. 어려서부터 지녀온 아름다운 꿈이, 한때

는 우실 우실 문어지는 것만 같던 그 꿈이 각각으로 실현되면서 환하게 열린 앞날을 향해 전진하며 나래쳤다.

三년 유여에 걸친 가렬 처절한 전쟁이 미제 침략자들의 패배로 끝나자 영광스러운 우리 조국의 력사적인 승리는 청년들에게 한결 더 보람찬 희망을 갖게 하였다.

경애하는 수령께서 일찌기 '……우리 손으로 일용품도 비료도 약품도 기계도 자동차도 기선도 비행기도 대포도 마음대로 만들어 내게 될 적에야만 우리 조국의 완전 독립은 보장될 수 있는 것입니다'라고 하신 말씀을 가슴 깊이 새기고 원갑이는 훌륭한 제약 기술자가 되기 위하여 배우고 또 배웠다.

로동자 학교에서의 一년, 그것은 원갑이에게 있어서 극히 중요한 기간이였다. 그는 이 기간에 자기의 원대한 포부를 앞으로 발전시킬 수 있는 기본 토대를 굳건히 구축하였다.

학교를 졸업하자 이내 제약 공장 생약 직장에 제약공으로 배치되었다. 원갑이는 소학교 시절의 동창생인 김 철호와 같은 직장에서 일하게 된 것을 무척 기뻐하였다.

철호는 초급 중학을 졸업한 후 보건 기술원 양성소를 마친 전시 조제사였다. 그는 이미 三년 전부터 이 공장에 와서 일하고 있었다.

원갑이는 이전 '꼬마 과학자'가 아니였다. 그는 생약 직장에 없어서는 안될 중요한 일꾼으로 되였으며 김 철호를 비롯한 곽 영조, 조 동흡, 백 정린 등 청년 제약공들과 함께 증산 경쟁 운동의 선구자로서 제약 공장 전체 종업원들의 신망과 사랑을 받게 되였다.

청년 제약공들은 높은 책임성과 자각성을 가지고 새로운 문제가 제기될 때마다 서로 토론하고 연구하고 격려하면서 생산 과정에서의 가지가지 장애들을 대담하게 제거하면서 고상한 애국주의와 창조력을 유감 없이 발휘하였다.

이러한 청년들 중에서도 원갑이와 철호는 가장 모범적인 일꾼이였고 가장 친한 동무였고 아름다운 경쟁자였다.

원갑이는 로동자 학교에서 배운 지식을 실지 생산에 적용시키기 위하여 로력하였고 실제적인 작업을 통하여 더욱 심오하게 과학 기술을 체득할 수 있었다. 그에게 있어서 공장은 학교의 연장이였고 로동은 또한 학습의 연장으로 되였다.

그는 항상 남보다 일찍 나가서 작업 준비를 갖추었으며 기계의 사전 검정을 철저히 하여 그 가동률을 높임으로써 자기에게 맡겨진 생산 과제를 언제나 넘쳐 실행할 뿐만 아니라 귀중한 창의 고안을 거듭하여 국가에 막대한 리익을 주었다.

특히 수은 연고 제법에 일대 혁신을 가져오게 하여 그가 제약계에 끼친 공로는 큰 것이다.

一九五四년 二·四 분기 생산 계획을 수행하는 과정에서 생약 직장 로동자들은 적지 않은 난관에 부디쳤다. 그것은 이 분기에 처음으로 제작하게 된 수은 연고 때문이였다. 수은 연고는 모든 고약 중에서 가장 만들기 힘든 것으로 되여 있었다.

종래에는 스테아린산 수은을 만들어 가지고 기초제에 연화하는 방법이 흔히 씌여졌는데 이 방법으로서는 수은이 제대로 풀리지 않아 제품을 확대경에 비치면 미립자(微粒子)가 그냥 보이기가 일수였고 따라서 오작품 률이 많았다.

그리고 연화 공정이 기계화 되지 못한 조건하에서는 하루 一인당 二·五키로그람을 만드는 것도 힘에 겨웠다.

이러한 형편으로서는 국가 지표를 달성하기 힘들었다. 그래서 수은 연고 제법을 혁신하기 위한 긴급 과제가 연구실로 넘어갔다. 한편 청년 제약공들은 민청 단체의 절실한 호소에 한 사람 같이 호응하여 온갖 지혜를 이 사업에 집중시켰다.

그러나 二·四분기 마지막 달인 六월에 들어가서도 이렇다할 결정적인 방안은 어디서도 나오지 않았다.

'어떻게 하면 질 좋은 수은 연고를 쉽게 만들 수 있을까. 어떻게 하면 얼마 남지 않은 기간 내에 국가 지표를 달성할 수 있을까'

하는 생각으로 벌써 수 一○일 동안 원갑이의 머리는 빈틈이 없었다. 그는 날마다 작업의 시간을 리용하여 꾸준한 연구와 실험을 계속하고 있었다.

밤 열 한시가 가까워졌는데 그때까지도 원갑이와 철호는 집으로 돌아가지 않고 각각 수은 연고를 위한 연구에 골몰하고 있었다. 낮 같이 밝은 전등불 밑에서 확대경을 들여다 보고 있던 원갑이가 렌즈에서 눈을 떼지도 않은채

"철호!"

하고 갑자기 소리를 쳤다. 저쪽 구속에서 약품을 다루며 이념이 없던 철호가

"웨 그래?"

하고 급하게 뛰여 왔다.

"좀 보게"

원갑이가 말하는대로 철호는 원갑이와 바꿔 서서 확대경을 들여다 보았다. 등 뒤에서 원갑이는 몹시 흥분한 어조로 물었다.

"동무 눈엔 보이는가? 미립자가······"

"안보인다, 전혀······"

한참만에 확대경에서 눈을 뗀 철호는 두 손으로 원갑이의 손목을 덥석 잡으면서 역시 흥분한 어조로 말했다.

"성공 했구나!"

"글쎄?"

"그런데 무엇으로 했는가"

"테레핀유로 했지"

하고 원갑이는 자기가 착안한 새로운 방법에 대하여 이야기 하였다.

그것은 송진에서 뽑아 내는 테레핀유를 조절하여 수은을 풀어 가지고 기초제에 연화하는 방법이다. 이 방법에 의하면 확대경에 비쳐도 미립자가 보이지 않을 정도로 수은이 잘 분산되였고 따라서 질적으로 우수한 수은 연고가 손쉽게 만들어졌다.

또한 이 방법에 의하면 종전보다 연화 공정이 힘 들지 않고 극히 짧은 시간에 되기 때문에 하루 一 인당 五〇키로그람 까지 넉근히 생산할 수 있었다. 이것은 실로 종래 표준량의 二〇배에 해당하는 것이다.

이리하여 생약 직장에서는 난관에 봉착하였던 수은 연고를 기한 전에 보장하였을 뿐만 아니라 二〇〇 공수의 귀중한 로력을 절약하였다.

4

그해 七월 마지막 일요일.

원갑이는 붉은 따리야를 한 아름 안고 여러달 동안 가보지 못한 아버지의 묘에로 어머니와 함께 가고 있었다.

지붕마다 노란 호박꽃이 한창인 마을을 지나 다박솔이 촘촘한 산 구비를 돌아 풀 향기 그윽한 골짜기에 들어서면서

"아버지가 계시면 얼마나 기뻐할까"

하고 어머니는 마치 자신에게 이야기 하듯 나즉이 말하였다. 원갑이도 꼭 같은 생각을 하면서 어머니와 나란히 걷고 있었다.

원갑이는 바로 며칠 전에 국가 기술 심사 위원회로 부터 보내온, 제약 기수 시험에 합격되였다는 기쁜 소식을 받았던 것이다.

로동자 학교에 다닐 때부터 몇몇 동기생들과 함께 원갑이는 기수 시험 준비를 하여 왔다. 그리하여 학교를 졸업한 직후인 五월에 응시하였다. 이 시험은 일년에 두번씩 처서 三년 안으로 전 과목을 통과하면 된다.

그래서 원갑이가 시험 치려 떠날 때 직장내 여러 동료들은

"동무는 로동자 학교 최우등생이니까 두번이나 세번 안으론 반드시 합격할 거야"

하고 격려해 주었다.

"시험장에선 덤비지 말고 침착하게 답안을 써야 한다. 시간이 남으면 몇번이고 다시 봐야 하고……"

숙부는 이렇게 주의를 주었다. 그리고 신작로 까지 나오면서

"누구나 제가 공부한 그만큼 밖엔 모르는 법이고, 제가 알고 있는 그

만큼 밖엔 적지 못하는 법이지……. 원갑이는 이번에 몇 과목이나 합격할까. 그걸 보면 그동안 얼마만큼 열심이 공부했는지 알 수 있지. 침착하게 잘 치고 오너라"

하고 간곡하게 말하였다.

시험을 친 결과, 각처에서 모여 온 숱한 청년들 중에서 오직 원갑이만은 단 한번에 시험 과목 전부를 합격하였다.

이것은 결코 흔히 있는 일이 아니다. 이것은 바로 숙부가 말한 바와 같이 원갑이가 그동안 얼마나 꾸준하게 얼마나 충실하게 학습하였는가를 증명하여 준다.

이러한 기쁨을 어찌 산 사람 아닌 아버지와 같이 나눌 수 있으랴만 조국과 인민을 위하여 훌륭한 과학 기술자가 되여야 한다고 그처럼 간곡하게 유언까지 한 아버지의 무덤 앞에 가서 전하고 싶었던 것이다.

아니, 그보다도 기수 시험 합격 통지를 받고 며칠째 혼자서 생각해 오던 새로운 앞으로의 계획을 전하고 싶었던 것이다.

풀 향기 그윽하게 풍기는 골짝 길을 어머니와 함께 천천히 걸어 가면서 원갑이는, 만약 아버지가 살아 있다면 제일 먼저 아버지에게 하고 싶은 그 말을, 아버지에게 하는 것과 꼭 같은 심정으로 어머니에게 이야기하였다.

"어머니, 내가 요즘 무엇을 계획하고 있는지 아세요?"

"글쎄……"

"나는 계속해서 시험을 처야지요"

"무슨 시험 말이냐?"

"기사 시험을……"

"기사 시험을? 그건, 야 대학을 졸업하구두 저마다 되는 건 아니라던데"

"물론 힘 들지요. 하지만 대학을 졸업해서두 저마다 되지는 않는 것처럼, 대학을 못다녔다해서 전혀 안되는 건 또 아니거던요. 그런 실례로서는……"

하고 원갑이는, 제약 공장에서 일을 하면서 독학으로 시험을 쳐서 당당한 기사가 된 백 경현과 리 성남 두 선배의 이야기를 하였다. 두 사람은 다 중학 밖에 다니지 못했지만 백 경현은 二八세에 기사가 되였고 리 성남은 二四세에 기사가 되여 현재 루마니야에 류학 중이다.

어머니는 잠잠히 듣고 있다가 걱정이나 되는 듯이

"글쎄, 그 사람들이야 나이나 지긋하지만 너는 겨우 열아홉살이 아니냐"

하고 말했다.

"어머니두 나이루 따진다면야……"

"나이두 생각해야지 머야"

"나이루만 따진다면야 아마 어머니는 기사 뿐 아니라 기사장은 돼야 하지 않겠나요. 하하하"

원갑이는 유쾌하게 웃고 나서 말을 계속하였다.

"나이야 가만 있어두 자꾸만 많아지지요. 나도 명년이면 스무살, 그 담엔 스물 하나. 몇해 동안 푹 쉬고 있다가 스물 댓살 된 담에 다시 공부를 할까요. 안될 꺼애요. 나는 첫째루 답답해서 못 배길텐데"

아버지의 묘엘 다녀서 저녁녘에야 집으로 돌아 오니 철호가 찾아 와서 기다리고 있었다. 철호는 문턱에 걸터 앉아 그림책을 뒤적이다가 원갑이가 뜰악에 들어서는 것을 보고 일어서면서

"오늘은 제법 한가하구만"

하고 말하였다.

"동무두 바쁜 것 같진 않은데"

"나두 오늘은 쉬었지. 참 음악 써클 연습이 있다구 오라던데"

"가야지. 나는 노래를 부를 때가 제일 좋더라. 가슴이 시원해지
구……"

"아직 시간이 좀 있는데 어디 선선한데루 가서 이야기나 할까"

"그러지"

원갑이와 철호는 제약 공장 맞은편 언덕 밤나무 아래에 가서 가지런
히 앉았다. 불빛으로 타는 저녁 노을을 물끄럼이 바라보다가 철호가 먼
저 이야기를 꺼내였다.

"원갑이, 나두 이번엔 꼭 시험을 칠란다"

"동무가 벌써부터 조제사 시험 준비를 하고 있는 건 세상이 다 아는데"

"내간으론 글쎄 힘껏 하구 있지만 정작 시험이 림박하면 어쩐지 자신
이 없어지군 해. 그래서 전번에도 포기하고 말았지"

"그래서야 쓰나. 길고 짜른 건 대 봐야 안다구 이왕 준비했으면 대담
하게 나가 국가 앞에 심사를 받아야지"

"그래야겠어. 동무가 단 한번에 기수 시험에 합격한 걸 보구 나는 진
정으로 기뻤지. 그런데 솔직히 말하면 나는 자꾸만 초조해져서……"

"왜?"

"나 혼자 뒤떨어지구 말 것 같아서"

"별 소리를 다 하지. 동무가 칠려는 조제사 시험이야 기수 시험에 비
길 건가. 그건 기사 시험이나 마찬가진데"

"그래두……"

"아니야, 동무는 미리부터 주저앉으니 걱정이지. 그만한 실력으로 왜 안될까"

하면서 원갑이는 닭알만한 돌맹이를 주어 멀리로 던졌다. 저쪽 언덕길 아래에서 우루루 무리를 지어 날아나는 참새떼를 바라보면서 둘은 한참 동안 서로 딴 생각에 잠겨 있었다. 이번엔 원갑이가 먼저 입을 열었다.

"철호, 나두 계속해서 기사 시험을 칠라는데……"

"정말?"

"그럼. 너무 일른지는 몰라두 힘껏 준비할 작정이야. 우리 공장엔 좋은 선생들이 많으니까 제만 열심히 하면 얼마던지 배울 수 있을 거야. 아저씨도 곁에 있고……"

"동무는 될 거야"

"내가 되면 동무는 안되나?"

"그래, 나두 될테지. 나두 이번엔 꼭 한다"

"그런데 말이야"

하고 원갑이는 철호 곁에 바싹 다가 앉으면서 이야기를 계속하였다.

"우리 둘이 경쟁을 체결하지 않겠나?"

"어떻게?"

"동무는 조제사 시험 공부를 하고 나는 기사 시험 준비를 하는데, 첫째 이번에 오는 시험부터 어떠한 일이 있어도 응시할 것. 둘째 전 과목을 완전히 합격할 때까지 계속 응시할 것. 세째 그러기 위해서 구체적인 학습 계획을 세우고 완강히 실행할 것. 이와 동시에 직장에서의 생산 과제를 충실히 수행해야 하고. ─이렇게 하면 어떨까?"

"좋으네, 찬성하네"

"그리고 승부는 누가 몇번에 걸쳐 전 과목을 합격했는가 하는 것으로 결정하면 될테지"

"원갑이, 동무가 정말 좋은 안을 생각했네. 반듯이 실천하기로 하세"

철호와 원갑이는 동시에 일어섰다. 그리고 기쁨에 찬 얼굴을 서로 웃음으로 바라보면서 굳은 악수를 하였다.

5

원갑이는 공장 내 여러 선배들, 특히는 원 윤봉 기사와 숙부의 따뜻한 지도를 받아 구체적인 학습 계획을 면밀하게 세울 수 있었다.

그는 약품 제작에서 항상 책임량을 넘쳐 완수하는 한편 하루 네시간씩의 자체 학습을 불굴의 투지로써 계속하였다.

그 누구네 집보다도 원갑이네 방에서 불빛이 꺼지는 시간이 가장 짧았다.

직장에서 회의라도 있어 늦게 돌아 오는 밤이면 거의 뜬눈으로 밝혀야 했다. 두어 잠 자고 나도 여전히 책상에 마주 앉아 있는 아들을 보면 어머니는

"애야 몸도 좀 생각해야지"

하고 걱정을 하였다.

"나만큼 튼튼하면 열 밤을 그냥 새워도 아무 일 없대요"

"네가 정말 거저 일이 아니구나. 먹는 것보다두 잠 자는 게 중하다는데"

"그런데 어머니두 시험 준비를 하시나? 여태 주무시지 않게. 어서 어머니나 주무세요. 밤이 깊은데"

하면서 원갑이는 언제나 웃음으로 대답하였다.

그도 때로는 지치기도 하였고 피로울 적도 있었다. 그러나 그날 그날에 할 일을 다음 날로 미루워만 나간다면 결국 어떠한 계획도 실행하지 못하고 만다는 것을 잘 알고 있었다.

한편 철호는 철호대로 원갑이에게 못지 않게 분투하고 있었다. 둘은 며칠에 한번씩 짧은 시간을 만들어 한자리에 앉기도 하였다. 서로의 학습 진도를 이야기하고 간단한 토론도 해보고 나중에는 으례히

"몸 조심하게"

"난 괜찮은데 자네가 걱정이야"

하면서 피차에 웃으면서 헤여졌다.

직장 내 민청 단체는 아름다운 경쟁을 완강하게 계속하고 있는 믿음직한 두 청년이 머지 않는 장래에 거둘 빛나는 성과를 기대하면서 그들을 일상적으로 고무하여 주었다.

조제사 시험은 기사 시험보다 두어 달 앞서서 있었다. 이 시험에 처음으로 응시한 철호는 원갑이와의 경쟁에서 꾸준한 노력을 쌓은 보람이 있었다. 그는 첫 시험에서 단 한 과목을 남기고는 전부 합격하였다.

一九五四년 一一월, 원갑이가 기사 시험을 치러 가게 되였을 때 놀래는 사람들이 많았다.

"원갑이가 기사 시험을 친대"

"기사? 대담한데. 준비한다는 소문이야 있었지만 이번에 칠 줄이야……"

"로동자 학교를 졸업한지 겨우 반년 남짓하지 않은가"

"기수 시험에 붙은 건 서너 달 밖에 안되고……"

"글쎄 말이야, 어떨까?"

이렇게 주고 받는 소리가 제약 공장 직장 마다에서 들렸다.

그러나 그들을 더욱 놀라게 한 것은 원갑이가 첫번 시험에서 네 과목을 합격한 사실이였다. 아니 그보다도 몇배로 더 놀라게 한 것은 계속하여 반년 후에 치른 두번째 시험에서 나머지 필답 과목 전부를 합격한 사실이다.

이 사실은 전체 제약공들을 크게 자극하였다. 만약 자기들도 완강하고 인내성 있게 학습을 한다면 얼마든지 발전할 수 있다는 것을 확신하게 하였다.

발표가 있은 날 누구보다도 기뻐한 어머니는

"그렇게 애쓰더니 정말 됐구나"

하면서 원갑이를 얼싸안고 말하였다.

"이제부턴 제대루 밤잠두 자겠구나"

"어머니 아직은 몰라요. 또 있어요. 구답 시험이. 그건 평양 가서 친대요. 평양은 얼마나 훌륭하게 복구되였을까"

×

一九五五년 七월 스무날. 철호는 남어지 구답 시험을 치러 평양으로 가는 원갑이를 배웅하여 정거장까지 나갔다. 기차가 떠나기 직전에 그는 원갑이의 손목을 잡으면서 다정스럽게 말하였다.

"이번 경쟁엔 동무가 승리했네"

"승부야 아직 모르지"

"어째서?"

"구답 시험까지 끝내구 봐야니까. 아니, 그뿐인가, 내가 두번에 필답 시험을 합격했는데 이제 동무가 두번째 시험에서 남어지 한 과목만 통과하면 결국 같지 않은가. 그렇게 되면 승부는 없는 셈이 아닌가"

"그렇게 체결이 됐던가? 하하하"

원갑이가 평양에 도착하여 보니 五년만에 밟는 수도의 거리 거리는 옛날의 그 모습이 아니었다. 보다 아름답게 복구 되고 있었으며 훨신 웅대하게 거설되고 있었다. 내리쪼이는 폭양을 무릅쓰고 숱한 로동자들과 사무원, 학생들이 사랑하는 민주 수도를 반석으로 다지기 위한 성스러운 땀을 흘리고 있었다.

화려하게 넓혀진 쓰딸린 거리를 걸어 환하게 가슴 트이는 김 일성 광장을 지나면서, 웅장한 고층 건물들과 으리으리 솟으라선 기중기들을 처다보면서, 그는 영광스러운 조국의 래일과 행복한 청년들의 미래를 생각하였다.

그달 二五일, 모란봉 극장에서는 구답 시험 발표에 뒤이여 새로 합격한 기사, 기수에 대한 자격증 수여식이 있었다.

전국 각지의 공장, 기업소들에서 보람찬 희망을 안고 모여 온 과학기술 인재들이, 과학의 요새를 점령하기 위한 간고한 투쟁에서 빛나는 승리를 확대하고 있는 젊은 로동자들과 학도들이, 자기들의 투쟁 성과들에 대한 엄숙한 국가적 확인을 받았다.

자격증을 받아 든 모든 사람의 얼굴은 보다 화려한 래일에로 전진하는 조국이 자기들에게 부과한 신성한 임무를 반듯이 실행하겠다는 굳은 결의와 감격의 빛으로 차고 있었다.

그 중에서도 二〇세의 민청원으로서 화학 기사의 칭호를 획득한 강원갑 청년은 가슴 벅찬 환희를 안고 우뢰와 같은 박수 속에서 마음 깊이 맹세하였다.

"더욱 정진하겠습니다. 보다 큰 과학의 요새를 향해 행군하겠습니다"

『보람찬 청춘』, 민주청년사, 1955.

자랑 많은 땅의 처녀

1

평안 남도 개천 읍에서 안주 읍으로 통하는 신작로를 四키로쯤 걸어가다가 바른 편으로 접어들면 외서벌 복판을 홈 깊이 파고 흐르는 그다지 크지 않은 강에 이른다.

바닥에 깔린 조약돌 하나 하나까지 그대로 들여다 뵈는 맑은 강물, 이 고장 사람들이 구강이라고 부르는 이 강물을 건너 북쪽으로 한참 가면 八〇호 가량의 농가들이 띠엄 띠엄 자리잡은 부락에 들어선다.

여기가 련포 마을이다.

지금으로부터 스물 두해 전, 우리의 주인공 전 창옥은 련포 마을 어구에 낮다라니 쫑구리고 앉은 오막살이 초가집 아주까리 등잔불 밑에서 첫 울음을 울었다.

유구한 세월을 두고 억눌린 사람들의 자유에의 념원이 스미였고 행복한 생활에 대한 조상들의 숙망이 깊이 배인 전야에 줄기찬 땀을 흘리면서 그가 자랑 많은 처녀로 성장한 곳도 바로 여기다.

×

대대로 제 땅이라고는 단 한평도 가져 본 적이 없는 소작인의 맏딸로서 창옥이는 태여났다.

아버지와 어머니는 등이 휘고 손톱이 닳도록 사시 사철 일을 하였다. 그러나 그들이 피땀으로 가꾸어 거둔 귀중한 량곡은 일제와 지주놈에게 거의 다 빼앗기고 텅 비인 타작 마당에 주저앉아 땅을 치며 통곡한 적도 한두번이 아니였다.

그리하여 창옥이의 어린 시절은 주림 속에서 밝고 주림 속에서 저무는 날이 많았다.

코 앞이 마를 사이 없는 철부지 쩍부터 그는 집안 일을 한몫 맡아 보아야 했다. 논뚜렁과 길섶에 풀잎들이 돋아나면 끼식에 보탤 능쟁이며 문둘레, 보섭나물을 캐느라고 열 손가락이 파랗게 물들었다.

농사 철이면 한시도 편하게 쉴 짬 없는 어머니를 대신하여 날마다 긴 긴 종일 젖먹이 동생을 업고 해가 지기만 고대하였다.

한시간에도 몇차례씩 울음보를 터뜨리고 심하게 보채는 아기를 달래며 서성거리다가도 요행으로 아기가 잠들어 주면 하나에서 백까지 손가락을 꼽아가며 헤여 보았다.

한번 헤군 바람벽에 금 하나 그어놓고 다시 한번 헤구선 금 하나 또 긋고 이렇게 그은 금이 스물을 넘어도 여름 해는 좀처럼 기울지 않아 처마 밑에 엎딘채 잠이 들었다.

잘 사는 집 아이들 같으면 책보를 끼고 글 배우러 다닐 나이가 되여도 창옥이는 학교 문 근처에 조차 갈 수 없었다.

애기를 업어 주는 것 뿐만 아니라 지주네 둥굴소를 날마다 배불리 먹이는 것이 또한 창옥이가 해야 할 일로 되였다.

강뚝을 오르나리면서 소를 먹이다가도 학교에서 돌아 오는 아이들의 노래 소리가 들리면 문득 외로운 생각이 솟으라쳐 어린 가슴을 비할

바 없이 아프게 하였다.

그럴 때마다 손에 쥐였던 고삐를 저도 모르게 떨어 트리였다.

즐겁게 몰려서 가는 자기 또래 아이들을 눈물이 글성글성해서 멍하니 바라보고 섰는 창옥이에겐 발 아래 흐르는 맑은 물 소리도 버들 가지에서 지저귀는 새 소리도 들리지 않았다.

키 넘는 피낟 밭 사잇 길로 아이들이 멀리로 사라진 다음에야 정신을 차려 보면 저만치 갈대로 저혼자 가 있는 둥굴소를 쫓아 바쁘게 달음박질을 처야 했다.

바람이 쌀쌀한 늦가을 어느 날 해가 질 무렵이였다. 동리 구장과 면 서기와 순사 한놈이 살기 등등해서 창옥이네 집 뜰악에 들어 섰다.

순사놈은 들어 서는 길로

"이 놈의 령감쟁이 끝내 버틸 작정이냐? 어디 말해 봐라"

하고 욕짓거리부터 퍼붓기 시작했다.

이미 '공출'이라는 이름으로 입에 풀칠할 용량까지도 모조리 빼앗아 갔건만 무턱대고 또 내라는 것이다. 창옥이 아버지는 간곡하게 사정을 하였다.

"전번에도 샅샅이 뒤져 보기까지 하지 않았습니까. 목을 베여두 낟알이 더 나올 길은 정영 없습니다. 있으면야 글쎄 어째서……"

전 로인의 말이 채 끝나기도 전에

"뭐 어찌고 어째?"

하고 순사놈은 손에 쥐였던 몽둥이를 휘두르며 막우 때리기 시작하였다. 한참 동안 얻어 맞다가 가슴에 치미는 분노를 참지 못한 전 로인은

"이 놈아 네 죽고 내 죽자"

고함을 지르면서 순사놈의 가슴팍을 주먹으로 박아대고 그놈의 목아지를

틀어 쥐였다. 그리하여 전 로인과 순사놈은 서로 엎치락 뒤치락 딩굴었다.

격투는 잠깐 동안이였다.

구장과 면 서기가 야단났다고 당황하게 서둘면서 겨우 떼여 말리자

"죽어 봐야 세상 맛을 알겠나? 이 놈의 령감쟁이 어디 혼나 봐라"

하고 두털거리면서 순사놈은 전 로인의 팔을 뒤틀어 포승으로 죄여 묶었다. 전 로인은 피빨 선 두 눈을 깜박하지도 않고 그저 씩씩거리며 경찰서로 끌려 갔다.

창옥이와 어머니는 어쩔 줄을 몰라 안절부절하다가 끌려 가는 아버지가 강 언덕을 넘어서는 것을 보고 바쁜 걸음으로 뒤를 따라 읍으로 갔다.

그러나 딱한 사정, 어굴한 심정을 하소할 곳조차 그들에겐 없었다.

경찰서 울타리 밑에 기대 앉은채 기나긴 가을 밤을 밝혔다. 이따금씩 매질하는 사나운 소리와 뼈를 깎는듯한 아버지의 신음 소리가 들려 왔다. 그럴 때마다 창옥이는 소름이 끼쳐 어머니의 무릎에 얼굴을 묻고 흐느껴 울었다.

시름겨운 여러 날이 지나서야 마침내 풀려 나온 아버지는 지난 날의 모습이 아니였다.

눈을 뜨고 어찌 보랴. 갈갈이 찢긴 옷자락 만으로는 왼통 피투성이가 된 전신을 감출 수가 없었다. 두 다리를 몽땅 쓰지 못하게 되여 경찰서 문을 들것에 얹히여 나왔다.

세상사를 분별하기엔 너무나 어린 창옥이였으나 야수보다도 잔악한 놈들에 대한 참을 수 없는 분노로하여 이를 갈았다.

설상가상으로 아버지가 쌍지팽이로도 걸음 걷기 어려운 몸이 되고

보니 빈궁 속에서 허덕이는 집안 형편은 날이 갈수록 점점 더 비참해지고 조석이 오락가락하였다.

이듬해 봄부터 밭에 나설 로력은 어머니와 七순 가까운 할머니와 그리고 창옥이 밖엔 없었다.

햇수로 헤여 겨우 열 두살인 창옥이는 인젠 어른 맞잡이로 밭 일을 하지 않으면 안되게 되였다. 남들은 아직 단 잠에서 깨여 나기도 전에 눈을 부비며 밭으로 나갔고 총총한 별을 이고야 밭에서 돌아 왔다.

찌는듯한 삼복 더위에 밭 김을 매다가도 어머니는 탈탈 하고 따라 오는 어린 딸을 자주 돌아 보았다. 까맣게 탄 얼굴에 구슬땀을 흘리면서 땅을 허비는 모양이 너무나 가엾어서

"애야 그늘에 가서 좀 쉬고 오너라, 그만큼 엄마가 더 맬께"

하고 타일르군 하였다. 그러나 창옥이는 언제나 막무가내였다.

"엄마두 우리 밭이 제일 떨어졌는데 자꾸만 쉬문 언제 따라 가자구"

"그래두 좀 쉬여라, 너마저 병이나 들면 어떻게 하니"

"괜찮아, 병은 안들어. 쉬는 거야 밤에 싫것 자면 그만이지 머"

하면서 창옥이가 히죽히죽 웃는 바람에 어머니는 눈시울이 뜨거워서 더 말을 꺼내지 못했다.

그래도 아버지가 하던 몫을 당해 내지는 못했으며 딴 집 농사를 따라 갈 수가 없었다. 애는 애대로 쓰면서도 일은 손쉽게 자리가 나지 않았다.

땅은 에누리가 없었다. 가을이 되여 보니 례년보다 훨신 적은 소출 밖에 거두지 못했다. 숱한 식구가 무얼 먹고 닥쳐 올 겨울을 살아 나갈 것인가고 어머니는 땅이 꺼지게 긴 한숨을 쉬였다.

크나큰 위협에 부디쳤다.

"이렇게 농사 지을 바에야 차라리 바다물에 씨를 뿌리지. 두 말 말고 땅을 내놔라"

하고 지주놈이 으르대기 시작했던 것이다.

어느 한시인들 편한 숨을 못 쉬고 땅과 씨름을 해도 가난을 면치 못하는 터인데 이제 오랫 동안 부쳐 오던 땅마저 떼운다면 앉아서 죽는 수 밖에 딴 도리가 없는 것이다.

엎친데 덮쳐 오는 불운을 무엇으로 막아낼까. 시름에 잠긴 전 로인은 지주놈이 달려들 때마다 풀이 죽어 애원하였다.

"할 말이 없습니다만 부디 땅만은 떼지 말아 주십시요. 숱한 식구가 무엇에 기대여 살겠습니까"

"아니, 날더러 전가네 홍패까지 메란 말인가? 나는 신선에서 왔던가?"

"무슨 말씀을……"

"그래 콩알만큼한 처녀애에게 제 땅을 내어 맡기고 곡식이야 몇 가마니를 거두건 말건 나는 구경이나 하고 있으면 배가 불러진단 말인가?"

전 로인은 한참 동안 말 없이 앉았다가 붉으락 푸르락 하던 지주놈의 기색이 다소 누구러진 틈을 타서 다시 사정을 하였다.

"이번 겨울이나 지내면 앓던 다리가 나아질 것 같습니다. 그러면 밭도 제대로 다루지 않겠습니까. 부디 참아 주십시요. 제가 밭에 나선다면야 금년 같기야 하겠습니까"

다리가 나아질 가망은 전혀 없었으나 이렇게 말하지 않으면 안되였다. 천벽에 골을 부칠 지경이던 지주놈은 이 말에 어느 정도 솔깃해졌다.

그래서 한해만 더 부쳐 보라는 승락을 겨우 받았다.

2

一九四五년 八월 一五일.

위대한 쏘련 군대, 강철의 용사들은 강도 일제의 숨통을 짓밟고 죽음 보다 더한 압제와 빈궁에서 조선 인민을 영원히 해방하였다.

이날로하여 조선 인민의 가슴마다엔 새로운 희망이 나래쳤고 이날 로하여 조선 인민 앞엔 진정한 삶의 길이 광활하게 열리였다.

"고마워라, 고마워라. 사람은 오래 살아야 하겠구나. 一○리쯤이야 날아서 갈 것 같다. 내 다리를 못 쓰게 만든 그 놈들의 꼬락서니를 보고 싶구나"

하면서 전 로인은 쌍지팽이를 짚고 성한 사람처럼 활기 있게 문 밖에 나섰다. 한번도 웃는 것을 보지 못한 아버지의 얼굴에서 창옥이는 처음 으로 환희에 찬 웃음을 보았다.

산천도 초목도 땅 우에 있는 모든 것이 한결 싱싱한 빛갈을 띠고 머 리 우에 펼쳐진 푸른 하늘이 한 없이 아름다웠다.

마을 사람들과 함께 창옥이는 나는듯이 읍으로 갔다. 위대한 날을 경 축하는 시위 대렬에 끼여 거리를 행진하면서 가슴 속으로부터 울려 나 오는 '만세!'를 목이 쉬도록 웨쳤다.

해방 후 인민 정권에 의해서 실시된 토지 개혁은 땅에 대한 농민들의 세기적인 숙망을 풀어 주었다. 소작살이에 허덕이던 창옥이네도 땅의 영원한 주인이 되였다.

토지를 분여 받던 날, 창옥이는 아버지보다 몇 걸음 앞서 집으로 뛰 여 왔다. 가슴에 넘치는 기쁜 소식을 한시라도 빨리 어머니에게 알려

드리고 싶었던 것이다.

"五千 五백평이나 받았어요"

하고 창옥이가 숨 가쁘게 방에 들어 섰을 때 어머니는 귀여운 딸의 손목을 두 손으로 덥석 잡으면서 어쩔 줄을 몰라 했다.

"그래 우리도 땅의 임자가 되였단 말이냐?"

"그럼은요, 그럼은요"

"어쩌면 고마워라. 인젠 땅을 내노란 소리를 듣지 않겠구나"

"그럼은요, 우리 땅을 빼앗을 자는 아무도 없다고 그러던데요"

어머니는 창옥이를 껴안고

"애야, 정말로 좋은 세상이 왔구나. 꿈 같구나, 꿈 같기만 하구나"

하면서 윤끼 흐르는 창옥이의 검은 머리칼을 쓰다듬어 주었다.

뼈 빠지게 일을 해도 주림과 헐벗음을 면치 못하던 안타까운 사연들은 다시는 올 수 없는 전설 속의 이야기로 되였다.

천대 받던 자기들에게 기름진 땅을 무상으로 나눠 준 인민 정권에 보답하기 위해서는 전보다도 더 부지런히 일을 해야 한다는 것을 어린 창옥이도 잘 알고 있었다. 일을 하면 그만큼 살림이 늘어가고 일을 하면 그만큼 즐거움이 커졌다.

낮이면 밭에서 해가 가는 줄을 몰랐고 밤이면 밤마다 환한 전등불 밑에 모여서 글을 배웠다. 뛰여나게 총명한 창옥이는 밤이 깊어도 지치는 법 없이 배우기에만 열중하였다. 한자라도 더 배우면 그만치 세상이 더 넓어지는 것만 같았다.

몇달이 안가서 글씨도 곧잘 쓰게 되였고 신문이나 잡지도 곧잘 읽을 수 있게 되였다. 신문 한장 더 읽으면 그만큼 어제보다 아는 것이 더 많

보람찬 청춘 947

아지고 아는 것이 많아지면 그만큼 일하기가 한결 더 즐거웠다.

×

해방된 기념으로 기르기 시작한 암돼지가 커서 새끼를 낳았고 새끼들은 무럭 무럭 잘도 자라서 이듬해 가을에는 이것으로 소를 살만한 밑천이 착실히 되었다.

'내 손으로 키운 돼지들을 팔아서 듬직한 소를 산다면 농사에 얼마나 도움이 될까. 그리고 우리 집에 처음으로 소가 생긴다면 아버지는 얼마나 좋아하실까'

이렇게 생각한 창옥이는 이번 기회에 무엇보다도 소를 사야 하겠다고 아버지에게 이야기하였다. 그러나 의외로 아버지의 표정은 달가롭지 않았다.

"소 부릴 남자도 없는데 소를 사다니……. 내가 들어앉은 몸이 됐으니 부리지 못할 건 뻐연한 일이고, 그래 네 어미가 부린단 말이냐? 네가 부릴테냐?"
하고 펄쩍 뛰면서 첫 마디에 반대하였다.

해방은 되였어도 련포 마을은 봉건의 뿌리가 깊게 남은 완고한 사람들이 많기로 이름난 동리였다. 세상이 아무리 변한다해도 상투를 꼭진 채 태연스럽게 배겨내는 전 로인이야 말로 그 중에서도 으뜸 가는 완고파였다.

그래서 전 로인은 일명 '상투 령감'으로 통했으며 누구나 제 말만 옳다고 지나치게 우기는 사람이 있으면 으레 "상투 령감을 닮았구나" 할

만큼 전 로인은 고집 세기로 유명하였다.

　간혹 녀자들의 목소리가 문 밖으로 나가도 못맛당히 녀겼고, 응당 참견해도 좋을 일에조차 녀자들이 몇마디 거퍼서 입을 열면

　"암탉이 울면 집안이 망한다"

　고 하면서 꺼릴 정도였으니 녀자가 달구지를 몰거나 밭갈이를 한다는 것은 상상조차 못했던 것이다.

　아버지는 창옥이의 말을 만만히 들어 줄상 싶지는 않았으나 창옥이는 창옥이대로 물러 서지 않았다.

　"소 부릴 일엔 그때 그때 남의 품을 빌린다 치더라도 농사집에 제 소가 있으면 그만치 도움이 되잖아요?"

하고 열번도 더 아버지를 구실렀다.

　고집 불통인 아버지였지만 창옥이가 하도 그럴듯하게 거듭하여 졸르는 통에 죄금씩 마음이 움지기기 시작했다.

　"글쎄 네 말도 일리가 없지는 않다. 하기야 제 소가 있으면 없기보단 편할테지. 사기로 하자. 그러나 장으로 갈 땐 나하구 가치 가야 한다. 새로 올 내집 식군데 이왕이면 걸쎈 녀석을 골라야지"

하고 마침내 승락하였다. 그래서 창옥이는 처음으로 자기 소와 달구지를 갖게 되였다.

　一九四七년 여름, 창옥이네 밭에는 유별나게 김이 성했다. 부득불 후치질을 해야 하겠는데 누구네나 다 한창 바쁜 철이여서 남의 품을 도저히 빌릴 수가 없었다.

후치질 : 논에서 극쟁이(땅을 가는 데 쓰는 쟁기와 비슷한 농기구)로 땅을 가는 일. 북한어.

겨우 열 다섯살인 창옥이는 생각다 못해 어떻게던지 제 힘으로 하자고 결심하였다. 어느 날, 밭에서 돌아오면서 창옥이는

"내 손으로 후치질을 못할까요?"

하고 어머니와 의논하였다.

"그게 그렇게 쉬운 일이면 무슨 걱정이 있겠나. 내 나이에도 아직 못해본 일인데, 네가 어떻게……"

"련습하면 될테지 머"

"아예 말두 꺼내지 말어라. 아버지가 들어줄 줄 아니? 벼락이 떨어지지"

"아버지 몰래 하지"

"누구던지 보기만 하면 아버지 귀에 직통이지. 몰래 하는 재간이 있나"

"아무도 안볼 때에 하지. 모두 깨여나기 전에. 그러면 되잖아요? 래일 새벽부터 꼭 할테야"

이튿날 먼동이 트기도 전에 창옥이는 소를 몰고 밭으로 나갔다.

정작 후치질을 시작해 보니 소가 뜻대로 움지겨 주지 않았다. 마치 창옥이가 너무 어리다고 소까지 깔보는상 싶었다. 손목이 후들거리고 걸음이 제대로 나가지 않았다. 그러나 다음 날도 또 다음 날도 계속하였다.

깜쪽같이 숨어서 하느랬지만 어느새 제게 대한 소문이 마을 사람들 사이에 퍼지고 있음을 창옥이는 몰랐다.

하루 아침만 더 하면 후치질이 끝날 날이였다. 안개 속을 가는듯이 채 밝지 않은 대기를 헤치며 나가는 창옥이의 옷자락이 시원한 바람에 훨 훨 날리고 있었다. 제법 솜씨가 익숙해져서 소도 이제는 그다지 깔보는 것 같지 않았다. 그런데 곧잘 나가던 소가 갑자기 비뚜루 달아날

려고 했다.

"이 소야 말 좀 들어라"

하고 소 엉덩이를 한대 때렸다. 바로 그때였다.

"소도 사람을 믿고 산다. 때리긴 왜 때려"

하는 소리가 등 뒤에서 들려 왔다. 문득 후치를 멈추고 돌아 보니 저쪽 밭고랑에서 아버지가 쌍지팽이를 짚고 일어서지 않는가. 마을에 떠도는 소문을 듣고 숨어서 보고 있었던 것이다.

창옥이는 가슴이 덜컥했다. 아무 말 없이 한참동안 쏘아보고 섰던 아버지는 한쪽 지팽이를 약간 들었다가 힘을 주어 땅바닥을 쿡 찌르더니

"끝내 집안 망신을 시킬테냐"

하고 벼락 같은 고함을 질렀다. 창옥이는 꼼실 못하고 서서 이만저만하게 책망을 들은 것이 아니였다. 다시는 안하기로 하고 한번만 용서를 받았다.

그런데 그해 가을, 마을 사람들 사이엔 또 새로운 소문이 돌았다.

"녀자가 가을가리하는 걸 봤나?"

"글쎄 철도 안난 처녀애가……"

하고 빈정거리는 사람들이 있는가 하면

"창옥이는 보통 애가 아니야"

"날마다 동트기 전에 나간다더니 인젠 훌륭한 보잡이가 됐나보더라"

"이러니 저러니 하고 까닭 없이 나무래는 사람들도 더러 있지만 그런 패들이 일어나기도 전에 여러 백평씩 척척 갈아 제끼니 대단하지 않은가"

보잡이 : 소를 부리며 쟁기질을 하는 사람.

하고 칭찬하는 사람들도 있었다. 그리면서도

"상투 령감은 아나? 모르나?"

하는 의문만은 누구나가 꼭같이 말하였다. 이런 이야기가 조만간 전 로인의 귀에 들어가지 않을 리 없었다.

어느 날 새벽, 방 안은 아직 컴컴한데 창옥이가 살그머니 일어나서 나가는 것을 눈치챈 전 로인은 이번에야말로 톡톡히 혼내 줄 생각으로 몰래 딸의 뒤를 밟았다.

그러나 며칠을 두고 갈았는지 누구네보다도 앞서 가을가리가 거의 된 제집 논을 보았을 때, 그리고 어른처럼 보탑을 튼튼히 잡고 거침 없이 나가는 딸의 모습을 멀리서 바라 보았을 때, 전 로인은 혼내 줄 생각 보다

"어린 것이 제법이로구나"

하는 마음이 앞섰다. 어쩐지 가슴이 쩌릿해지는 것을 느꼈으며 갑자기 눈시울이 뜨거워졌다.

"내 몸이 성하다면야 저애가 힘에 겨운 일을 하란들 할까. 나는 저애를 나무랠 수 없다"

이렇게 혼자서 중얼거리며 전 로인은 보고도 못본체 얼른 집으로 돌아 오고 말았다.

열 여섯살부터는 남의 품을 전혀 빌리지 않고도 창옥이는 모든 일을 할만하게 되였다. 밭갈이를 하거나 달구지를 몰거나 이전처럼 숨어서 하지는 않았다. 그렇게 해서는 철을 놓치지 않고 많은 농사를 해낼 도리

보탑 : 쟁기질하는 사람이 쥐는 쟁기의 손잡이.

가 없었던 것이다.

민청 단체는 낡은 사상의 포위를 깨트리면서 한걸음 한걸음 새 것을 향해 전진하는 창옥이를 적극적으로 지지해 나섰다.

창옥이가 하는 일은 결코 집안 망신이나 동리 망신으로 되는 것이 아 닐 뿐더러 그와는 반대로 마을의 자랑으로 된다는 것을 모든 기회를 리 용하여 찬양하였다.

아직도 빈정대는 사람들이 더러 있는 줄 알면서도 창옥이는 외롭지 않았다. 누가 뭐라던지 간에 전보다 몇배나 되는 일을 제 손으로 해 놓 고 보면 가슴이 후련해지고 그 이상 즐거운 것이 없었다.

제법 농사 뿐만 아니라 짬만 생기면 일손 바른 이웃을 도와주기도 했 다. 특히 남편이 입대한 후 늘 바쁘게 서둘러도 일이 밀리는 전 사녀 농 민을 자진하여 열성적으로 거들어 주었다.

달이 어스름한 어느 날 밤, 五리도 넘는 전 사녀 농민네 밭까지 두엄 달구지를 몰고 두번째 가는 길에서였다. 피곤한 줄도 모르고 자미나는 이야기를 주고 받고 하다가 얼마 동안 덤덤히 걷고 있던 창옥이는 그 사이에 무엇을 생각했는지 명랑한 목소리로 다시 입을 열었다.

"사녀 언니!"

"응?"

"달 없는 밤이 없었으면 얼마나 좋을까"

"그건 또 어째서?"

"밤마다 달이 있다면 언니를 좀 더 많이 도와 드릴 수 있게, 정말이지 그랬으면 얼마나 좋을까"

너무나 착한 마음씨에 감동한 전 사녀는 미처 대꾸할 말을 찾지 못했다.

✕

미제가 불지른 전쟁이 시작되자 생명보다 귀중한 조국을 원쑤의 침해로부터 수호하기 위하여 련포 마을에서도 많은 청년들이 호미를 쥐였던 손에 총을 잡고 전선으로 나갔다.

청년들은 사시 사철 꽃피는 자기들의 행복한 생활과 광활하게 열린 전도를 짓밟으려는 것이 바로 미제임을 잘 알고 있었다.

전선으로 떠나가는 마을 청년들을 환송하는 자리에서 창옥이는 군은 결의를 가슴 깊이 다지면서 말하였다.

"후방에 남는 우리들은, 사랑하는 농토에 동무들이 흘리던 땀까지 우리 몸에서 흘리겠습니다.

동무들이 목숨을 걸고 원쑤를 처부시는 것과 꼭 같은 마음으로 어떠한 난관이 닥쳐 올지라도 기어코 돌파하고야 말겠습니다"

그것은 말만이 아니였다. 창옥이는 날마다 일에서마다 그것을 실천하였다. 마을 민청원들과 함께 그는 후방 가족들의 농사를 제 집 일처럼 정성껏 도왔으며 밤을 밝혀 가며 숱한 군복을 만드는 등 인민 군대 원호 사업에도 열성을 다하였다.

인민 군대의 전략적 후퇴 시기에 창옥이네도 일시적으로나마 북쪽을 향해 고향을 떠나지 않으면 안되였다.

알뜰히 가꾸어 거둔 량곡은 가득 가득 독에 채워 땅 속 깊이 감추었으나 정성을 들여 길르던 암돼지 두 마리를 어떻게 하느냐가 문제였다.

아버지와 어머니에게 의논해 봐도 별다른 묘책은 나오지 않았다. 여러가지로 궁리하던 끝에 창옥이는 하는 수 없이 방공굴에 돼지를 몰아

넣고

"임자 없는 사이에도 배불리 먹고 부디 살아서 만나자"

하면서 먹을 것을 있는대로 잔뜩 넣어 주었다. 그리고 공기가 통할 구멍만 남기고 원쑤들의 눈에 띄지 않도록 위장을 그럴듯하게 하였다.

늦가을 새벽 하늘이 푸름하게 틀 무렵이였다.

할머니와 아버지, 어린 동생들과 약간의 식량을 실은 달구지를 몰고 발목이 시린 강물을 건너면서, 창옥이는 나서 자란 고향 마을과 은혜로운 농토와 정든 집을 뜨거운 눈으로 몇번이고 다시 돌아 보았다.

3

그것은 오랜 기간이 아니였다.

영용한 인민 군대와 중국 인민 지원군 용사들은 원쑤에게 보복의 명중탄을 안기면서 다시 진공을 개시하였다. 이르는 곳마다 야수적인 만행을 감행하던 적들은 무리죽음을 당하면서 남으로 남으로 패주하였다.

창옥이네도 다시 련포 마을로 돌아 왔다. 얼마 안되는 동안이였으나 마을은 몹시 변해져 있었다. 원쑤놈들에게 죄없이 학살 당한 사람이 한둘이 아니였고 제 모양대로 남은 집은 하나도 없었다.

그처럼 아담하고 그처럼 안윽하던 련포 마을이 황량한 페허로 화해 있었다. 어느 집 문 앞을 지나도 개 짖는 소리조차 들리지 않았고 가축이라고는 씨닭 한마리 찾아 볼 수 없었다.

창옥이는 달구지에서 짐도 부리우기 전에 방공굴로 뛰여 갔다. 후퇴할 때에 감춰 둔 돼지가 어떻게 되였는지 알고 싶었던 것이다.

우선 공기 구멍으로 들여다 보았다. 그저 굴 안은 캄캄할 뿐 아무것도 보이지 않았다. 이번엔 공기 구멍에 귀를 기울렸다. 역시 아무것도 들리는 것이 없었다.

'죽었구나'

하는 생각이 번개처럼 머리를 스쳤다.

눈을 헤치고, 굴을 위장했던 두엄 무데기며 나무 토막이며 돌이며 흙을 치우고 문을 열어 제쳤다. 어둠만이 가득 찼던 굴 속으로 한나절 햇빛이 쏟아져 들어갔다.

그때, 방공굴 한쪽 구석에서 꿈틀하고 일어나는 것이 보였다. 곤하게 잠들었던 돼지들이 놀래여 깬 것이다. 처음엔 당황해서 뒷걸음만 치던 돼지들이 낯 익은 주인을 알아 보았는지 이내 꿀꿀거리면서 문께로 몰려 나왔다.

이리하여 련포 마을에서 살아 남은 가축은 창옥이네 암돼지 두 마리뿐이였다.

원쑤들의 폭격은 날로 더 심하였다. 멀지 않은 개천 읍에서는 하루에도 몇차례씩 불길이 치솟았고 놈들의 폭탄과 기총탄은 련포 마을에도 빈번히 쏟아졌다.

적에 대한 불타는 증오와 적개심은 오직 식량 증산을 위한 투쟁에로 더욱 힘차게 농민들을 궐기하게 하였다.

한 평의 땅이라도 묵이지 않고 한 알의 식량이라도 더 많이 거두기 위해서는 무엇보다도 모든 농촌 녀성들이 벅찬 파종 전선에 한 사람 같이 나서지 않으면 안되였다.

이러한 마당에서 남자가 할 일, 녀자가 할 일을 따로 갈라서 생각할 사람은 있을 수 없었다.

얼었던 땅이 다시 풀리고 가렬한 전쟁 속에서 첫 봄이 왔을 때, 六〇 여명의 부락 녀성들이 창옥이에게로 모여왔다. 그것은 종래에 남자가 아니면 못하던 줄 알았던 밭갈이를 배우기 위해서였다.

창옥이는 자기가 처음으로 남의 눈을 피해 가면서 후치질과 가을 가리에 나섰던 四년 전을 회상하니 무량한 감개를 금할 수 없었다.

그는 한사람 한사람 손 쥐고 이끌다 싶이 친절하게 가르쳐 주었다. 며칠이 지난 뒤 창옥이가 양성한 六〇 여명의 녀성 보잡이들은 보탑을 굳게 잡고 한결 같이 밭가리에 나섰다.

조선 로동당과 공화국 정부에서는 식량 증산을 위한 온갖 대책 중의 하나로서 류상모와 랭상모를 장려하였다.

창옥이는 아버지에게 류상모를 하면 어떤 점이 어떻게 좋다는 것을 낱낱이 설명한 다음

"우리도 꼭 실시해야 하겠어요"

하고 자기의 결심을 말하였다. 그러나 농사에는 뭐니 뭐니 해도 옛날 법이 제일이라고 덮어 놓고 고집하는 '상투 령감'이

"오냐 네 맘대루 해라"

하고 찬성할 리 없었다.

"네가 정말 정신이 나갔구나. 평생 보지도 듣지도 못한 노릇인데 왜 선참으로 서두러대냐. 한심한 장난은 아예 그만 둬라 그만 둬……"

하면서 막무가내였다.

"아버지, 나라에서 언제 한번이고 그른 일을 하란 적이 있어요? 우리에게 땅을 줄 때부터 언제나 좋은 길로 인도하지 않았나요?"

"그야 낸들 모를까. 하지만 생각해 봐라. 우리 외서벌만 해두 동서가 다르고 남북이 다른데 넓고 넓은 조선 땅이 어찌 한결 같단 말이냐"

"여러 지방에서 시험해 보구 잘 되기에 장려하지, 무턱대고 하라나요?"

"그래 우리 논에까지 시험해 봤단 말이냐?"

"아버지두……, 다는 못해두 얼마간 시험삼아 륙모를 꽂아 보자요"

창옥이는 거듭 아버지를 리해시키려고 하였다. 아버지는 골이 나서 휙 돌아 앉으면서 어성을 높였다.

"안된다. 한대 꽂아서 열 이삭 나는 걸 바라지 말고 다섯대 꽂아서 열 이삭 나는 걸 먹어야 한다"

창옥이는 더 말을 못했다. 그러나 아버지가 반대한다고 해서 좋은 일 인줄을 번연히 알면서도 그냥 주저앉을 창옥이가 아니였다.

어떻게던지 천 평 가량은 륙상모를 심을 작정으로 六五 평의 륙모판을 설치하였다. 방풍장도 만들고 신문이며 잡지며 책자를 통해 얻은 지식을 하나 하나 살려가면서 이내 락종할 수 있게 세심한 준비를 죄다 하였다.

한가지 딱한 노릇은, 륙모는 물모보다 일찍 부어야 하는데 락종할 시기가 되고 보니 아버지가 씨 가마니를 지키고 앉아 종자를 내놓지 않는다. 몇번을 간청해도 "안된다" 한마디 대답 뿐이였다.

창옥이는 무척 초조했다. 그래서 이미 륙모판에 씨를 붓고 있는 리 인민 위원회 부위원장 박 용국을 찾아 가서

"부위원장 동무, 어떻게 하면 좋을까요"

하고 안타까운 사정을 털어 놓았다.

"그 로인이 누군데 여간해서 말을 듣겠소. 그 분이 선선히 나설 정도

면 우리 마을에 주저할 사람이라군 하나도 없을게요"

박 용국은 껄껄 웃고 나서 말을 계속하였다.

"하지만 념려 마오. 씨는 내가 꿔 줄테니 어서 부어야지"

이렇게 해서 아버지 몰래 륙모판에 씨를 부었고 드디어 파릇 파릇한 새 싹들이 돋아나기 시작했다.

그 때까지도 전 로인은 씨만 주지 않으면야 제아무리 볶아친들 어림이나 있을게냐고 시치미를 딱 떼고 날마다 씨 가마니를 감시하고 있었다.

하루는 북골 사는 강 령감이 전 로인을 찾아 왔다.

"댁에선 대단한 일을 하셨드구만……"

하고 강 령감은 빈정거리는 말투로 이야기를 꺼냈다.

"하기야 가을이 돼 봐야 알 일이지만 돋기는 제법 돋았습데다"

전 로인은 어찌된 영문을 몰라 강 령감 앞으로 바싹 다가 앉으면서

"돋다니? 무에가 돋았단 말이요"

하고 성급히 물었다.

"그걸 아마 륙모라구 허나 봅데다"

"륙모? 륙모는 씨 없이두 나오는가?"

"씨 없이 돋아나는 곡식이야 어디 있겠소. 한데 령감은 제 집 일도 모르고 앉았소?"

전 로인은 어안이 벙벙했다. 그는 강 령감이 자리도 뜨지 않았는데 아무 말 없이 문 밖으로 나서더니

"씨도 안줬는데 돋다니, 돋다니……"

하고 몇번이고 되뇌이면서 쌍지팽이를 바삐 놀려 륙모판을 찾아 갔다. 과연 강 령감이 말한 것은 거짓말이 아니였다.

'끝내 내 말을 거역했구나'

이렇게 생각하니 부화가 불쑥 치밀었다. 다음 순간, 노여움을 참지 못한 전 로인은 정신 없는 사람처럼 여기 저기 되는대로 뛰여 다니며 지팽이 끝으로 모판을 쿡 쿡 찔러 마구 뚜져버렸다.

아버지가 모판을 절단냈다는 것을 듣고 부랴부랴 달려 간 창옥이는 방풍장 밑에 주저앉아 엉엉 울고 있었다.

뒤를 이어 리 당 위원장 도 정섭과 박 용국이 달려 왔다. 그들은 하도 어처군이 없어서 멍하니 모판을 바라보고 섰다가 창옥이의 어깨에 번갈아 손을 얹으며 위로하였다.

"창옥 동무, 락심 마오"

"창옥 동무, 기운 냅시다. 죄다 버리게 된 건 아니요. 더러는 살 것 같소"

세 사람은 여기 저기 뚜져서 볼품 없이 된 모판을 정리하기 시작했다. 아주 못쓰게 되지 않은 모싹을 금싸래기 가리듯 골라서 차근차근 다시 심었다.

창옥이는 아침마다 일찍 나가 모판을 추겨 주면서 봉변 당한 어린 싹들이 어서 어서 크라고 극진한 사랑을 부어 주었다.

따사로운 봄 볕에 싸여, 창옥이가 아낌 없이 쏟아 주는 사랑에 덮여 모싹들은 기운좋게 커가고, 마을에서 물모를 붓기 시작할 때에 벌써 륙모는 떠도 좋을만큼 자랐다.

모를 떠 놓고 써레질까지 다 했다. 모내기를 협조할 민청원들도 왔다. 그런데 또 아버지의 완강한 반대에 부디치고야 말았다.

륙모를 내야할 논은 바로 문 앞에 있기 때문에 모내기만은 아버지의 눈을 피할 도리가 없었던 것이다. 륙모를 낼려는 눈치가 보이자 전 로

인은 논밭머리에 나와 앉아

"누구네를 못살게 만들자는 거냐, 우리 논에는 꽂지 못한다. 안된다 안돼"

하면서 아무도 논판에 들어설 수 없게 고래 고래 소리를 질렀다.

창옥이가 백번을 말해 봤자 뿌리 깊은 바위와도 같이 요지 부동인 아버지는 드릴상 싶지 않았다. 하도 딱해서 리 당 위원장과 박 용국이 전 로인 앞에 와서 제 집 일처럼 간곡하게 사정을 하였다.

"아저씨, 이왕 이렇게 됐으니 꽂아 봅시다. 만약 보름 동안에 춰서지 못하면 그때에 다시 갈고 물모를 꽂아도 늦지는 않습니다"

리당 위원장의 말이 끝나기 바쁘게 박 용국이 이어댔다.

"아저씨, 만약 실패한다면 꿔 드린 씨도 그만 두세요. 시험삼아 꽂아 봅시다"

"그러면 이렇게 하자"

하고 전 로인이 굳게 담을었던 입을 열었다.

"반만은 류모를 내자, 남어지 반은 물모를 내고 그 결과를 보기로 하자"

아버지의 제기대로 반만이라도 류모를 꽂게 된 것은 요행이라고 창옥이는 기뻐하였다. 시작부터 말썽 많은 류모가 바삐 바삐 자라서 물 우에 쑥 쑥 머리를 쳐들기만 고대하였다.

보름이 되였다.

그런데 어찌 된 셈일까. 올라와야 할 모가 제대로 올라오지 않는다.

"봐라, 내 말이 그르냐"

하고 아버지가 창옥이를 나무래는 판인데 북골 강 령감이 또 찾아 와서 붙는 불에 키질을 했다.

"허허 어찌 된 노릇일까. 물이 무거워 갈았았나, 하늘이 무서워 못 나오나"

이렇게 단숨에 말하고 난 강 령감은 손을 들어 햇빛을 가리는 시늉을 하면서 논판을 다시 한번 휘이 살피더니

"아마 내 눈이 어두워서 안뵈는 게지"

하고 담배대를 뻑 뻑 빨았다. 그리고는 한참만에 다시 입을 열었다.

"땅이면 다 같은가. 글쎄, 딴데선 어떤지 몰라두 이 고장 논이야 대대로 갈아 온 우리가 더 잘 알테지"

창옥이는 할 말을 찾지 못했다. 강 령감의 말을 한마디 한마디 "옳거니!" 하고 고개를 꺼덕이며 귀담아 듣고 있던 전 로인은 인젠 더 두고 볼 필요조차 없다는 듯이 말했다.

"며칠 있으면 물모를 내야지. 륙모니 뭐니 생통 같은 딴 궁리는 하지도 말고 어서 갈아 치울 생각이나 해라"

다음 날도, 또다음날도 논판엔 아무 변동이 없었다. 사흘째 되던 날 아침 일찌기 논으로 나간 창옥이는

"됐구나!"

하고 무심결에 웨쳤다. 애타게 기다리고 기다리던 륙모가 일제히 물 우에 머리를 나타내고 있었던 것이다. 창옥이는 어린 모 포기에 하나 하나 입이라도 맞춰주고 싶은 충동을 느낄만큼 반가웠다.

남어지 반에다 물모를 꽂은 다음부터 전 로인은 날마다 논판을 주의 깊게 감시하고 있었다. 그것은 혹이나 창옥이가 륙모만 잘 가꾸고 물모들 소홀히 하지나 않을까 하는 생각에서였다.

날이 갈수록 륙모는 성성하게 자꾸 자라는데 물모는 좀처럼 쳐서지 않았다. 이번엔 전 로인의 마음이 몹시 초조해졌다.

창옥이는 아버지가 보는데서 물모에만 약을 주었다. 물모도 어서 커서 한알이라도 더 많이 맺혀주기를 바랬기 때문이다. 병들었던 물모가 싱싱하게 쳐서자 아버지의 마음이 흐뭇해졌다.

그 후부터 창옥이는 류모와 물모를 아무 차별도 두지 않고 똑 같이 정성을 다하여 관리하였다. 그래도 아지 뻗는 품으로나 자라는 품이 물모는 류모를 따라 가지 못했다.

마을 사람들은 한 논에서 자라면서도 층이 나게 다른 물모와 류모를 흥미 있게 구경하고 있었다.

"참 별일이로구나. 저렇게까지 보기에 다를까"

하고 경탄하는 축들이 있는가하면

"자넨 성미도 급하군. 키 크기로 내기 해서야 벼가 어찌 수수를 따를까. 가을이 돼 봐야 아네"

이렇게 쑤군거리는 패들도 있었다.

어느새 가을이 되였다.

하 논에 심어 똑 같이 가꾼 류모와 물모는 과연 어떤 결과를 낳을 것인가고 마을 사람들이 호기심을 갖고 살피는 속에서 엄격한 판정 사업이 진행되였다.

물모는 한 평에서 대두로 두되가 못차는데 류모는 서되 반이나 되였다. 모였던 사람들은 모두

"야— 굉장하구나"

하고 소리를 쳤다. 너무나 엄청나게 차이가 생긴 두 결과 앞에서 사람들은 놀라지 않을 수 없었다.

종래 이 고장에서는 벼 정당 三톤을 겨우 벗어나는 것이 최고였는데

창옥이는 류모를 해서 정당 十톤 五三〇키로나 되는 다수확을 거두었다.

이듬해 봄에는 전 로인이 앞장 서서 류상모를 하자고 서둘렀다. 이리하여 련포 마을에서는 류상모를 실시하는 사람이 부쩍 많아졌다.

×

一九五一년 一一월 一二일.

이 날은 창옥이가 평생을 두고 잊지 못할 영광스러운 날이다.

처참한 빈궁 속에서 삶을 받았고, 고난에 찬 어린 시절을 거쳐, 은혜로운 농토에 줄기찬 땀을 흘리면서 름름하게 성장한 모범 민청원 전 창옥은 이날 오래동안 열망하여 맞마지 않던 조선 로동당 당원이 되었다.

무한한 희망처럼 푸른 빛갈의 당증을 받았을 때 형용할 수 없는 기쁨으로하여 창옥이의 젊은 가슴은 한결 더 부풀었다.

그는 벅찬 로력 투쟁으로써 이 기쁨을 획득하였으며 첩첩한 난관을 박차고 새 것을 향해 매진하는 강철의 의지로써 이 영광을 획득하였다.

창옥이는 당증을 가슴에 대고 당 앞에서의 군은 맹세를 마음 깊이 아로새겼다.

"굴하지 않겠습니다. 멈춰 서지 않겠습니다. 당이 부르는 길에 항상 충실하겠습니다"

4

농사에서의 자랑스러운 성과 뿐만 아니라 가축을 사양하는데도 창옥이는 모범을 보이였다.

후퇴 시기에 죽지 않고 살아 남은 암돼지 두 마리가 첫배를 낳았을 때 창옥이는 귀여운 새끼 돼지들을 조석으로 어르만져 주면서 안아서 키우다 싶이 소중하게 길렀다.

一九五一년 가을에는 六〇 마리에 달하는 창옥이네 돼지가 가축이 없던 농가들에게 퍼져 나갔다.

돼지가 자꾸 늘어가고 보니 전문 지식이 필요하였다. 신문이나 잡지에 돼지에 관한 기사만 나면 모조리 오려 두었고 양돈에 관한 책들을 구입하여 열심히 연구하였다. 그리고 기술적인 도움을 받기 위해서 군 인민위원회와 종축장을 자주 찾아 가기도 했다.

"창옥이네는 터가 좋은가바, 돼지마다 어쩌면 실수 없이 저렇게 커지나"

하고 마을 사람들이 부러워할 만큼 창옥이는 돼지 치기에서 이름난 명수가 되였다.

一九五二년 一월, 전국 농민 열성자 대회에 초청 받은 창옥이는 살을 어이는 추위와 원쑤놈들의 폭격 속을 걸어서 평양으로 갔다.

가루개를 넘어서면서, 그리고 모란봉 언덕을 올라 섰을 때, 야수 보다 더한 원쑤들의 폭탄으로 혹심하게 파괴된 수도의 모습은 창옥이의 가슴을 아프게 하였다.

그러나 어떠한 간난에도 굴하지 않고 원쑤들의 폭격과 싸우면서 자기들의 일터에로 오고 가는 숱한 사람들의 억센 모습은 창옥이에게 새로운 용기와 신심을 더욱 북돋아 주었다.

모란봉 지하 극장은 전국 각지에서 온 모범 농민들로 꽉 차 있었다.

이렇게 화려한 지하 궁전을 본 것은 처음이였고 이처럼 많은 사람들이 모인 회의에 참가한 것도 처음이였다.

회의가 시작되자 마이크에서 자기 이름을 부르면서 주석단으로 올라 오라고 했다. 그러나 창옥이는 도모지 믿어지지가 않았다.

'아마 내가 잘못 들었거나 그렇잖으면 같은 이름이 있는게지……'

이런 생각을 하고 있는데 군당 위원장이 바쁜 걸음으로 곁으로 오더니

"창옥 동무, 어째서 앉은채요"

하면서 독촉하였다. 창옥이는 어리둥절해서 일어섰다. 군당 위원장은 나즉한 목소리로 창옥이의 귀에 속사겼다.

"우리 군 전체의 영광이요. 어서 저기로 올라 가시오"

우뢰 같은 박수 속을 걸어 二○세의 처녀는 낯을 붉히며 주석단으로 올라 갔다.

대회 보고가 끝나자 많은 모범 농민들이 뒤를 이여 토론에 참가하였다. 그들은 모두 비빨치는 탄우 속에서 한 뼘 땅을 남기지 않고 어떻게 다수확을 거두었으며, 전쟁에서의 마지막 승리가 어서 바삐 오게하기 위하여 농민들은 어떻게 싸울 것인가에 대하여 열렬히 토론하였다.

그들은 모두 가렬한 전쟁 속에서 파종 전선의 승리를 걸음마다 확대하고 있는 영예와 땅의 전사로서의 긍지와 투지를 시위하였다.

창옥이도 연단에 섰다. 그는 자기가 걸어 온 가지 가지 경험을, 앞으로 자기가 해야할 가슴 벅찬 계획을, 그리고 굳은 신념을 소박한 말로써 꾸밈 없이 피력하였다.

특히 그는 가축 사양에 대한 자기 경험과 포부를 이야기하면서

"금년 안으론 저의 집 돈사에는 백 마리의 돼지가 있게 될 것입니다.

저는 이 목표를 기어코 달성하기 위하여 현재 있는 아홉 마리를 선진 기술로써 키우겠습니다"

하고 경애하는 수령 앞에 맹세하였다.

대회 마지막 날 창옥이는 또 하번 크나큰 영광 속에 잠겼으니 최고 인민 회의 상임 위원회는 그에게 국기 훈장 제二급을 수여하였던 것이다.

창옥이가 대회를 마치고 평양에서 돌아 왔을 때

"창옥이가 훈장을 달고 왔단다"

"수령님도 계시는데서 토론까지 했대"

"련포 마을에 경사가 났구나"

하면서 왼 동리가 들성하였다.

집안 식구들의 기쁨이야 더 말할 나위 없었다. 전 로인은 딸의 가슴에 번쩍이는 커다란 훈장을 눈부시게 바라보며 흡족해서 말하였다.

"우리 가문에 이런 영광이 언제 또 있었던가. 전쟁이 아니면 떡 치고 술 빚고 잔치라도 한바탕 채리고 싶구나"

창옥이는 모든 일에서 전보다 더 열성을 기우렸다. 경애하는 수령 앞에 맹세한 바를 반드시 실행하기 위해서 밤낮을 가리지 않고 온갖 노력과 지혜를 다하였다.

돈사도 커다랗게 일곱 간이나 새로 지였다. 앞으로 많은 돼지들을 충분히 먹일 수 있는 사료전도 따로 만들었다.

특히 임신돈에 대한 선진적인 사료 조절을 세밀히 연구하면서 이것을 대담하게 적용하였다.

그해 七월까지는 이미 아홉 마리의 암돼지가 첫배에 七九 마리의 새끼를 낳았고 더러는 두배째 배고 있었다. 새끼들은 모두 아무 탈 없이 날마다 무럭 무럭 커갔다.

이대로만 나간다면 넌말까지의 계획인 백 마리를 훨신 초과할 수 있으리라고 생각하면서 창옥이는 그 많은 돼지들을 하나 하나 주의 깊게 보살펴 주었다.

어느 날 저녁 늦게 창옥이가 밭에서 돌아 오니 아버지는 여니때보다 부드러운 목소리로

"북골 강 령감이 다녀 갔는데"

하고 이야기를 꺼냈다.

"언젠가 우리 집에서 가져간 돼지들이 커서 두어달 있으면 두 마리가 다 새끼를 낳게 됐다는구나"

"어쩌면! 잘됐군요"

"그런데 말이야, 돈이 바빠서 한마리만은 팔아야겠다구 하더라"

"팔다니요? 어떻게 바쁜지는 몰라두 될 수 있으면 참아야지, 하필 새끼 밴 돼지를 팔아서야 되나요"

"글쎄 말이다, 나두 그런 이야기를 했지. 하지만 강 령감 사정을 들어보니 형편이 딱하게 됐더라"

"무슨 형편이 어떻게 됐게요?"

"복실이던가? 그애 혼인 날자가 임박 했더구나"

"로인들은 별 걱정을 다 하시지"

하고 창옥이는 웃고 나서 다시 말을 계속하였다.

"없으면 없는대루 치르지, 그게 무슨 큰 일인가요. 요즘 같은 전쟁 시기에 번잡하게 할 필요두 없구, 또 이전처럼 잘했느니 못했느니 말할 사람이 어디 있나요"

"저러니 딱하다지. 그 령감인들 전쟁을 모르거나 혼인 잔치를 굉장하게 하자는 건가. 글쎄 차리는 거야 있건 없건 딸자식을 키워 첨으로 시집 보내는데 어째서 드는 것이 전혀 없겠나.

요전 폭격만 아니였드면 강 령감도 그만한 거야 걱정이랴만, 그통에 몽땅 태웠으니 첫날 입을 옷 한감 뗸대두 쥔 것이 있어야지, 오직 딱하겠나"

"딱하게는 됐군요"

"그런데 말이야, 우리 집에서 가져다가 그만큼 커서 새끼까지 배였으니 아무데나 내놓기가 아깝다구 하면서 이왕이면 날더러 사라구 하더라"

"그래서 아버지는 어떻게 하셨나요"

"사기로 했지. 친구 형편도 봐 줘야겠구, 내게도 해로울 건 없으니까"

"야단났군요. 요즘 현금이라군 통 없는데 어떻게 하시자구"

"어디 좀 변통해 보려무나. 장부 일언 중천금이라는데 늙은 것이 체신 없이 한 입으로 두 말을 어떻게 하느냐"

고 하면서 아버지는 꼭 사기로 하자는 것이었다. 창옥이는 하도 딱해서 한참 동안 궁리하다가

"그렇다면 이렇게 하세요"

하고 자기가 생각하는 바를 조리 있게 짤라서 말하였다.

"강 령감이 오시면 며칠만 참으라고 하세요. 二, 三일 있으면 현금이 됩니다. 그러나 절대로 돼지를 사지는 않겠어요. 돼지를 사는게 아니라 돼지 값 만큼 돈을 꿔 드린다구 하세요. 앞으로 새끼가 나면 그것을 팔아서 갚으라구 말씀하세요.

아버지와 그이의 친분으로 봐서도 그렇게 해야 옳을 것 같습니다. 또 귀중한 숱한 돼지들이 크고 있는 우리 돈사에 딴데서 온 돼지를 무턱대고 넣는 것도 위험한 일이구요"

이튿날 아침 창옥이는 회의가 있어서 읍으로 떠나갔다. 그날 밤 이슥해서야 읍에서 돌아 오니 이미 자리를 펴고 누웠던 아버지가 일어나 앉으면서 어쩐지 머뭇 머뭇하다가 입을 떼는 것이었다.

"네가 떠나고나서 이내 강 령감이 왔더라"

"그래서요?"

"돈을 꿔 드린다니 참말루 고맙다구 그러더라. 하지만, 앞으로 갚는 다치더라도 무슨 체면으로 그 돈을 받느냐구 하면서 이왕 돼지를 신고 왔으니 처음 말대루 사는 걸루 해줘야 마음이 편하겠다구 그러더라"

"그래서요?"

"그 령감이 한번 고집을 쓰면 여간해서 듣느냐. 어쩔 수 없이 돼지를 받아 뒀지"

아버지의 말이 끝나자 창옥이는 전지불을 켜들고 바삐 돈사로 갔다.

연달아 있는 돈사의 제일 끝칸에 새로 온 돼지가 들어 있었다. 전지불에 비쳐 보니 육중한 몸집을 하고 쿨 쿨 자고 있을 뿐 별다른 이상은 있는 것 같지 않았다.

그러나 창옥이는 만일의 경우를 생각해서 새로 온 돼지를 좀 떨어져 있는 격리 돈사로 옮겨 간 다음 칸마다 일제히 소독을 했다.

그런데 이틀 지난 저녁때부터 격리 돈사의 돼지는 이상한 증세를 나타내기 시작하였다. 눈알이 시뻘겋고, 눈꼽이 가득 끼고 덜덜 떨고 있는 품이 병이라도 이만저만한 병 같지가 않았다.

창옥이는 제 손으로 할 수 있는 온갖 대책을 취하면서 꼼빡 뜬눈으로 밤을 밝혔다. 그러나 어찌 하랴. 다음 날, 담뿍 쏟아지는 햇살을 피해 그늘에서 땅을 뚜지며 신음하던 병든 돼지는 끝내 죽고 말았다.

죽은 돼지를 멀찍암치 갖다 파묻는 한편 수의를 대려오기 위하여 읍으로 사람을 띠웠다. 창옥이는 복잡하게 얽히는 불길한 예감에서 헤여 날 도리가 없었다.

걱정은 돼지 한 마리가 죽는데 있는 것이 아니였다. 건강한 수십 마리의 돼지에게 전염병이 옮아 가기만 하면 그것이야말로 큰 일이였다.

급보를 받고 수의가 온 것은 해질녘이였다. 수의는 차례차례로 약도 쓰고 주사도 주고 하였다. 수의가 심상치 않은 표정을 지으면서 고개를 기웃거릴 때마다 창옥이는 가슴이 덜컥했다.

그는 먹지도 않고 쉬지도 않고 또 뜬 눈으로 밤을 새웠다. 그러나 이미 때가 늦었던 것이다. 돈사마다에 만년된 전염병을 막아낼 힘은 없었다.

시름에 둘러 싸인 돈사에서 아침 안개가 채 걷히기도 전에 창옥이가 공드린 보람도 없이 펀펀하던 돼지들이 픽픽 쓰러지기 시작했다.

토실 토실한 새끼돼지들이 뒤를 이어 숨을 끊고, 임신한 암돼지가 육중한 몸을 내던진채 사지를 뻗을 때마다

"이걸 어쩌나, 이걸 어쩌나"

하면서 창옥이는 땅바닥에 풀썩 주저 앉군 하였다. 이리하여 불과 며칠 사이에 수십 마리의 돼지가 몽땅 죽어 버리고 넓다란 돈사들은 텅 비였다.

실로 울음조차 나오지 않았다. 아버지를 원망하고 강 령감을 원망할 그러한 여유조차 창옥이의 슬픈 심정에는 생길 틈이 없었다.

전국 농민 열성자 대회에서 경애하는 수령 앞에 굳게 맹세한 그것을

실행하지 못하게 되었을 뿐만 아니라 국가에 막대한 손실을 끼친 것을 생각하니 오줌이 풀리고 눈 앞이 캄캄해졌다.

어느쪽을 보아도 자기가 헤쳐나갈 길은 아무데도 없는 것만 같았다. 미여지는듯한 가슴을 부둥켜 안고 멍하니 섰는 창옥이의 어깨에 두 손을 얹어 가볍에 흔들면서 리당 위원장은 조용 조용 위로하였다.

"용기를 냅시다. 창옥 동무, 우리에겐 앞으로 할 일이 더 많소. 창옥 동무, 우리는 젊소"

창옥이의 눈에선 고였던 눈물이 일시에 쏟아지기 시작했다. 북바치는 서름을 더는 누를 길이 없었다.

뜻하지 않은 불행으로하여 창옥이가 받은 타격은 너무나 컸다. 그리하여 그처럼 건강하고 그처럼 명랑하던 二○세의 처녀는 드디여 병석에 눕게 된 것이다.

창옥이가 소중하게 길러 오던 그렇게 많은 돼지들이 일조에 없어지고, 왼 집안 기둥처럼 믿어 오던 딸 마저 병들었을 때, 전 로인은 전 로인대로 무거운 고민에 짓눌리게 되었다.

"누구 때문이냐. 누가 이렇게 만들었느냐. 이러한 불행을 누가 이끌어 왔느냐. 누구냐?"

하고 자기 자신에게 물어 보았다. 그리고 그는 전률을 느끼면서 자신에게 대답하지 않을 수 없었다.

"그것은 내다"

여러 날을 두고 미음 한 모금 제대로 마시지 않고 누워 있는 창옥이의 머리맡에서 아버지는 자기 자신을 뉘우치면서 말하였다.

"내가 잘못했다. 창옥아, 모든 것이 이애비의 잘못이다"

아버지의 말을 들었는지 못들었는지 창옥이는 담은 입을 열지 않았고 꼭 감은 두 눈을 뜨지 않았다. 다만 두 줄기 눈물이 귓전을 스쳐 파리해진 볼을 스쳐 뜨겁게 흘렀다.

"창옥이가 대단하대, 여간해서는 일어날 것 같지 못하다는데"

"저런 변 있나. 고뿔 한번 앓지 않던 처녀가 글쎄"

"헛소리를 막 허구 그런대"

이런 소문이 마을 사람들 사이에 떠돌만큼 창옥이의 병은 한때 위중한 지경에 까지 이르렀다.

창옥이를 다시금 기름진 외서벌에 나서게 할 수는 없을까. 그에게 병을 박차고 일어설 힘과 용기를 다시 부어줄 수는 없을까.

5

어느 날 깊은 잠에서 깨여난 창옥이는 놀랜 두 눈을 번쩍 떴다. 어딘가 가까운 곳에서 연이여 터지는 폭탄 소리에 정신을 차린 것이다.

다음 순간 원쑤에의 증오로하여 사지가 파르르 떨렸다. 문득 낯 익은 숱한 사람들의 모습이 일시에 안겨오는 것 같았다. 마을 청년들이 전선으로 떠날 때의 광경이 선하게 떠 올랐다.

창옥이는 무엔가 강한 충동을 가슴에 느꼈다. 유난히도 눈부신 햇살이 문 틈으로 새여 들어 오랜 병으로 하여 창백해진 그의 이마를 소리 없이 어루만졌다.

그는 정신을 가다듬었다. 그리고 자신에게 물었다.

'그들을 환송하면서 너는 뭐라구 말했나. 잊었느냐, ─ 동무들이 흘리던 땀까지 우리 몸에서 흘리겠습니다 — 이것은 네가 한 말이다. 그러나 너는 지금 누워있다.

그리고 푸른 당증을 받던 영광스러운 날에 너는 당 앞에 어떻게 맹세를 했나. 잊었느냐, — 굴하지 않겠습니다. 멈춰 서지 않겠습니다 — 너는 이렇게 맹세했다. 그러나 너는 지금 누워 있다'

이렇게 생각하자 이여, 뜻하지 않은 불행 때문에 눈 앞이 어두워지던 날 리당 위원장에 조용 조용 하던 말이 귀 속에 되살아 쟁쟁이 들리였다.

"용기를 냅시다. 창옥 동무, 우리에겐 앞으로 할 일이 더 많소. 창옥 동무, 우리는 젊소"

창옥이는 왼몸에 굽이치는 새로운 힘을 느꼈다.

"나는 수령 앞에 맹세한 것을 반드시 실행해야 한다"

그는 자신에게 웨쳤다. 그리고 몸부림을 치면서 벌떡 일어나 앉았다.

그가 오랜 병석을 털고 다시 전야에 나섰을 때 마을 사람들은

"창옥이가 일어났다"

"아무럼 그럴테지, 그 처녀를 이겨낼 병이 어디 있겠나"

하면서 진정으로 기뻐하였다.

창옥이는 전과 다름 없이 름름한 모습으로 부지런히 일하면서 경애하는 수령 앞에 맹세한 그것을 청춘을 다하여 지혜를 다하여 기여코 실행하기 위한 새로운 구상을 끊임없이 그리고 있었다.

조선 인민의 력사적인 승리로 되는 정전이 달성되였다. 三년 유여에 걸친 가렬 처절한 전쟁의 불길 속에서 혹심하게 파괴된 농촌 경리를 급속히 복구 발전시키기 위한 온갖 시책들과 함께 경애하는 수령께서는 농민들에게 협동 경리의 길을 가르키시였다.

이 길이야말로 당이 자기에게 부르는 길이며, 이 길이야말로 자기가 달성하지 못한 맹세를 몇갑절 실행할 수 있는 길이라고 창옥이는 생각하였다.

창옥이를 중심으로 협동 조합을 조직할 계획이 진행되고 있다는 소문이 돌자 제 발로 찾아 와서 조합을 무우면 어떤 유리한 점이 있느냐고 묻는 사람이 날마다 많아졌다.

그럴 때마다 창옥이는 당과 정부의 시책을 그들에게 해설하고 다른 지방에서 이미 성과를 거두고 있는 실례를 들어가면서 친절하게 이야기해 주었다.

적들의 강점 시기에 외아들을 놈들에게 학살 당한 현 우관 할머니는
"그렇게 좋은 일을 어째서 누가 안하겠나. 그런데 창옥아, 내가 혼자라고 빼놓지야 않을테지? 나두 꼭 넣어 줘야 한다 응"
하고 다짐하였다. 창옥이는 웃으면서 대답하였다.

"할머니두 별 격정을 다 하시네. 할머니가 싫다구해두 내가 업어 올텐데머, 이제 조합이 되문 모두 한집 식구가 돼서 할머니는 숱한 아들 딸들과 함께 일하며 즐겁게 지내게 될테니 죄금만 더 기다리세요, 아무 걱정 마시고"

바로 몇해 전까지만해도 봉건의 뿌리가 깊게 남은 완고한 고장으로 이름난 련포 마을이것만, 조선 로동당과 공화국 정부가 가르키는 협동 경리의 길이 자기들을 보다 큰 행복에로 인도하는 길이라는 것을 알게 되었다.

一九五四년 七월 二一일 자진하여 협동의 길에 나선 七三호 一七〇명의 조합원들은 진한 먹글씨로 '련포 농업 협동 조합'이라고 쓴 자기들

의 간판을 계속되는 박수 속에서 걸었다.

조합을 만든 다음 오는해의 협동 경작 준비로서 무엇보다도 먼저 착수한 것은 풀베기였다. 풀의 원천이 원체 적은 고장이라 때를 놓치지 않고 한줌의 풀이라도 더 많이 베기 위해서 전체 조합원들은 한사람 같이 나섰다.

다음으로 그들은 경작 면적을 넓히는 사업에 착수하였다. 우선 한 포기의 곡식도 일찌기 서 본적이 없는 황무지를 개간하여 六七반보의 훌륭한 농토를 새로 얻었다.

이러한 사업들의 선두에서 헌신적인 로력 투쟁을 전개한 것은 조합 내 민청원들이였다. 민청원들은 돌격대를 조직하고 사랑하는 향토에 물결쳐 오는 보다 아름다운 래일을 눈 앞에 그리면서 언제나 어려운 일의 앞장에 섰다.

가을 파종까지 끝낸 조합원들은 자기들의 학교이며 좋은 휴식처로 될 민주 선전실을 마을 한복판에 큼직하게 지였다.

봄이 왔다.

네땅 내 땅 가슴 답답하게 갈라 놓았던 지경을 넘어 우렁 우렁 소리치며 처음으로 뜨락또르가 달리였다.

"이러다간 우리 조합 소발굽에 털이 나겠는걸"

"걱정 마소. 밭갈이만 일인가, 소생원들이 할 일도 태산 같을테니" 하면서 늙은 조합원들은 깊숙 깊숙 갈아 제끼며 기운 좋게 내닫는 뜨락또르에 감탄하였다.

옛날 부터 이 고장에서는 피를 심어야 실수 없이 잘 된다고해서 다른 씨는 별로 뿌려 본적이 없는 밭들에 강냉이랑 수수랑 다수확 작물을 대담하게 기계로 판종하였다.

논이란 논은 일제히 싱싱한 류모로 푸른 옷을 입혔고 담배며 목화 등 공예 작물도 적지 않게 심었다.

모든 것은 함께 의논해서 결정했고 모든 결정은 서로 힘을 합쳐서 실행하였다. 단독으로 할 적엔 애써도 밀리기가 일수던 일이 힘든 줄 모르게 푹 푹 자리가 났다.

그리기에 휴식 시간이면 한자리에 모여 앉아서 즐거운 이야기들을 주고 받고 하다가

"혼자서 농사할 때엔 얼마나 답답했을까, 하루 종일 말대꾸할 친구도 없이"

"허허 이 사람은 제법 머언 옛날 이야기라도 하는 것 같구먼"

"이제 다시 혼자서 농사하라면 나는 땅을 버리구 도망을 칠걸"
하면서 유쾌하게 웃어대는 조합원들도 있었다.

개간한 황무지도 사래긴 보리 밭도 왼통 싯누렇게 무르익었다. 조합을 무어 처음으로 수확하는 보리 가을에 한창 바쁜 조합원들 얼굴마다엔 희색이 가득 차 있었다.

六순 가까운 변 로인은 한 손이라도 젊은이들께 떨어질세라 재우 재우 낫을 놀리면서 한두번만 말한 것이 아니다.

"평생을 이 고장에서 농사로 늙어 왔지만 보리가 이처럼 잘된 건 정말로 처음 보겠네"

보리 밭 서쪽 머리를 돌아 가면, 민주 선전실 앞마당을 지나 커다란 조합 창고가 있고 바로 그 뒤에 마구깐이며 새로 지은 돈사가 있다. 여기에는 인민군 부대에서 기증 받은 두 필의 몽고 말과, 三二두의 소와,

열 다섯마리의 새끼돼지가 있다.

소는 처음에 스물 세필이였는데 금년에 벌써 아홉마리의 송아지를 낳았다. 년말까지는 송아지만하여도 열 다섯마리에 달하게 될 것이다.

종축장에서 온지 얼마 안되는 새끼돼지들은 새로 만난 주인들의 사랑에 싸여 무럭 무럭 자라고 있다. 이 새끼돼지들을 누구보다도 살틀하게 돌봐 주는 사람은 창옥이다.

지난 날의 쓰라린 경험을 교훈으로 삼는 창옥이의 따뜻한 손길과 하나로 뭉친 조합원들의 지극한 정성에 의하여 열 다섯마리의 새끼돼지는 이윽고 수백으로 헤게 되리라. 경애하는 수령 앞에 창옥이가 굳게 맹세한 그것은 기여코 이루워지리라.

×

아침 이슬에 발목을 적시면서 논뚜렁 길을 지나, 처녀 관리 위원장 전 창옥은 지금 련포 마을 북쪽을 흘러 내리는 남천강 언덕에 섰다.

옷고름을 날리며 귀밑머리를 날리며 사랑하는 전야, 오곡이 무르익는 외서벌을 가슴 흐뭇하게 바라보는 그의 두 눈은 별처럼 빛난다.

구강 저쪽으로 부터 새 떼가 날아 온다. 수수 밭을 지나 담배 밭을 지나 누렇게 익어가는 벼 밭을 스쳐 들새들이 재재거리며 몰려 앉는 곳, 바로 발 아래 가로 놓인 황무지에 환희에 찬 창옥이의 시선은 옮겨졌다.

그는 생각한다.

'강쭐기에 값 없이 누워 있는 황무지, 여기엔 크로바가 많다. 이 황무지에는 앞으로 우리 조합의 자랑으로 될 목장을 만들자.

이 황무지의 변두리에는 나무를 많이 심으자. 포푸라를 심으자. 아까씨야도 심으자. 그 입사귀는 가축의 사료로도 좋다.

나무를 심으면 홍수의 피해도 막을 수 있으리라. 그리고 우리 마을 사람들이 화목 때문에 받는 고통은 해마다 큰데 여기에 심을 나무들은 그러한 고통도 덜어 주게 되리라.

이 거치른 황무지에 젊음을 부어 주자. 신선한 호흡을 주자'

자랑 많은 땅의 처녀 창옥이의 심장은 아름다운 꿈으로 하여 한결 더 힘차게 고동친다. 그는 또한 조합을 더욱 공고히 하고 더욱 발전시키기 위해서는 앞으로 허다한 난관과 애로에 직면하게 되리라는 것도 잘 알고 있다.

그러므로 "난관과의 투쟁에서만 인재는 단련된다는 것을 잊지 말고 어떠한 난관에도 위협에도 놀래지 않으며 투쟁에 공포를 모르는 특종의 인재가 되여야 하겠습니다"라고 하신 수령의 말씀은 바로 이 시각에도 창옥이의 가슴에서 약동하며 보다 완강한 투쟁에로 그를 고무하고 있다.

근면한 조합원들을 즐거운 로동에로 부르는 종 소리가 평화로운 외서벌에 울려 펴진다. 장엄하게 전진하는 우리 조국의 미래처럼 찬연한, 름름하고 불굴한 청년들의 희망처럼 눈부신 햇살이 솟는다.

『보람찬 청춘』, 민주청년사, 1955.

수상의 영예를 지니고

《조선 인민군 창건 5주년 기념 문학 예술상》

1955년 봄 평남 관개 제1 계탑 공사 봉수식 직후에 나는 처음으로 금성 양수장을 비롯한 몇몇 공사 현장과 봉리 구역 농촌들을 찾아 갈 기회를 얻었다.

나는 가는 곳 마다에서 감격했고 흥분하였다.

그러나 정작 현지에서 돌아 왔을 때 단 한 편의 시도 발표하지 못했다. 써놓고 보면 남들이 이미 곱씹어 한 소리거나 들뜬 소리 밖에 신통한 것이 나오지 않았다. 거칠한 현실의 껍대기만 만지고 왔다는 것을 스스로 깨닫게 된 것은 두어달 후였다.

다시 공사장을 찾아 가기로 결심했다.

그리하여 개천, 안주, 문덕, 숙천, 팔원 5 개군에 널려 있는 중요한 공사구들을 여섯 차례에 걸쳐 거의 다 다녔다. 한 번씩 갈 적마다 애초에는 상상조차 하지 못했던 새롭고 강하고 아름다운 사람들의 생활에 좀 더 접근할 수 있게 되었다. 또한 열두 삼천 리'벌 농민들과도 자주 만나게 되어 물을 갈망하는 그들의 가슴 속을 어느 정도 깊은 데까지 알게 되었다.

「평남 관개 시초」가 적지 않은 결함들을 청산하지 못한 작품이면서도 어느 정도의 성과가 론의된다면 그것은 오로지 노력으로써 얻어진 열매라는 것을 말하고 싶다. 나는 이 경험을 앞으로의 창작 활동의 지침으로 삼으련다.

『문학신문』, 1957.5.16.

혁명 사상으로 무장하련다

현지로 떠나는 작가들의 결의

내가 현지 생활을 하게 된 것은 이번이 처음이다. 그러므로 창작 뿐만 아니라 나의 일생에 일대 전환을 가져 올 현지에로의 출발을 목전에 두고 나의 가슴은 새로운 결의와 희망으로 충만되여 있다.

현지에서 내가 해야 할 첫째가는 임무는 자기 자신을 로동 계급 사상으로 튼튼히 무장하는 데 있으며 당의 붉은 문예 전사로서 반드시 갖추어야 할 혁명적인 자질들을 하루 속히 소유하는 데 있다.

특히 내가 가는 량강도는 김 일성 원수의 직접적인 령도하에 항일 무장 투쟁이 치렬하게 전개되였으며 승리의 노래로 가득찬 전구인 것만큼 나는 혁명 투사들의 붉은 사상과 사업작풍과 성스러운 전적들을 심오하게 연구하고 꾸준히 배움으로써 자기 자신을 영광스러운 우리 당의 혁명 사상으로 철저히 무장하겠으며 우리 당의 혁명 전통을 주제로 하는 작품들을 창작하겠다.

나는 앞으로 이 영광스러운 주제를 서정시로도 쓰겠지만 그보다는 짧은 형식의 뽀에마를 더 많이 쓰고 싶은 충동을 벌써부터 느끼고 있는 바 나아가서는 장편 서사시도 창작하고저 한다.

우리가 현실 속으로 깊이 들어가는 종국적인 목적과 의의가 고도로 앙양된 오늘의 혁명과 공산주의 교양에 이바지하는 좋은 작품을 많이 쓰자는 데 있다는 것을 항상 명심하고 나는 당의 두터운 배려에 보답하기 위하여 전력을 다하겠다.

『문학신문』, 1958.12.25.

풍요와 악부시에 대하여

풍요(風謠)나 악부시(樂府詩)가 다 그 내용이 인민적인 점에 있어서는 서로 공통성을 가지고 있다.

그 뿐만 아니라 넓은 의미에서의 풍요 안에는 악부시도 포함된다. 그 것은 봉건 시기 인민들의 지향과 생활 감정, 풍습, 통치자들에 대한 반항 의식 등을 노래한 창작시나 가요들을 다 포괄하여 범박하게 풍요라고 불러 왔었기 때문이다.

신라 시대에 향가의 제목으로 씌여진 '풍요'라는 말도 이런 의미였고 그 이후에 많은 문헌들에 나오는 '풍요' '풍아(風雅)' '풍시(風詩)' 등이 다 이런 의미로 씌여졌다.

그러나 18세기 이후 서민 문학(庶民文學)의 급격한 대두와 함께 서민 시인들의 작품집에 '풍요'라는 말을 붙이기 시작하면서 풍요는 한 특정한 계층들의 작품명 내지는 서적명으로 고착되었고 악부시는 풍요와 상대적으로 구별되게 되었다.

문학의 본질이 그런 것처럼 인간 사회에 계급적 대립이 생기자 시가도 지배 계급에 복무하는 것과 근로 인민에 복무하는 것의 두 가지로 나뉘게 되였으며 근로 인민들의 노래는 로동을 사랑하고 조국의 운명을 수호하며 착취자들에 대한 강한 반항을 표시하는 것으로 특징지어졌다.

그러므로 이러한 노래들은 근로 인민들 자신이 집체적인 구두 창작을 하였거나, 인민들 속에서 자란 천재적인 작가가 자기 계급의 사상감정으로 독창적인 노래를 불렀거나, 그렇지 않으면 량반 지배층에 속하는 시인일지라도 그의 강한 정의감과 문학적 량심으로 하여 인민의 노래를 부른 것들이다.

인민적인 시가의 창작 경위를 이 세 가지로 나눈다고 하면 악부시는 처음과 마지막에 해당하는 인민 구두 창작과 진보적인 봉건 작가들의 인민 생활에 대한 관심으로부터 출발한 것이며 풍요는 근로 인민의 아들인 특출한 시인들의 손에 의하여 이루어진 것이다.

물론 풍요 안에도 인민 구두 창작과 련관된 작품들이 있으며 악부시에도 서민 작가들의 노력이 적지 않게 반영되어 있다. 그러나 대체로 풍요와 악부시는 두 가지 체계를 이루고 있는 것이다.

1, 서민 문학과 풍요

우리 나라의 서민 문학이 뚜렷한 계선을 그으며 대두한 것은 18세기 중엽 즉 리조의 영조 시기부터이다.

영조, 정조 시기는 사회 경제적으로 자못 복잡성을 띤 시기였다. 지배층들은 중앙 집권적 봉건 통치 체계를 강화하기 위하여 균역법(均役法), 신포법(身布法) 등을 개선 실시하였으며 당파 싸움의 폐해를 없애기 위하여 탕평책(蕩平策)을 선포하고 농업 생산을 높이기에 전력을 기울였다. 이러한 결과 지배 계급들에 복무하는 량반 사대부들은 '태평성세'를 부르짖으며 복고주의 기'발을 들고 반동적인 문화를 건설하기에 바빴다.

그러나 토지 관계와 계급 관계에 있어서의 본질적인 모순의 격화로 말미암아 봉건의 토대는 일보일보 분해의 길로 들어 갔으며 이를 사상적으로 반영하여 실학파가 대두하기 시작하였다.

실학파 사상가들은 종래의 악랄한 신분 제도를 반대하고 농민들에게 토지를 골고루 분배하여야 한다고 주장하였으며 근로하는 서민들에게 생존의 자유와 출세의 길이 보장되여야 한다고 웨치는 동시에 문학 예술 분야에서도 실학파들은 문학 예술이 어느 특권층에만 복무할 것이 아니라 전체 인민의 것으로 되여야 한다고 주장하였으며 그러기 위하여는 재능 있고 근면한 근로 대중의 아들딸들이 이에 참가하여야 한다고 호소하였다.

실학파들의 영향력은 오래 동안 암흑과 무권리에 울고 있던 빈한한 농민, 수공업자, 천민, 하급 관리들 속에서 많은 서민 출신의 작가들이 배출하게 하였다.

특히 박 지원의 직접적인 영향 하에 자란 리덕무(李德懋), 류득공(柳得恭), 박제가(朴齊家), 그리고 고시언(高時彦), 리량연(李亮淵), 리상적(李尙迪), 조수삼(趙秀三), 정지윤(鄭芝潤), 조희룡(趙熙龍), 천수경(千壽慶), 리언진(李彦瑱), 차좌일(車佐一), 림광택(林光澤), 김락서(金洛瑞) 등 헤아릴 수 없을 만큼 많은 걸출한 작가들이 한미하고 불우한 계층들 속에서 자라 났다.

당시의 서민 출신 시인들의 창작에 큰 영향을 준 것은 '송석원시사(松石園詩社)'의 출현이다.

서울의 서대문 밖 인왕산 발치에는 많은 서리(胥吏) 즉 하급 관리들과 중류배, 수공업자, 천인들이 몰켜서 살고 있었다. 이러한 지대인 인왕산 속, 옥계 기슭에 천인 출신의 시인 천 수경이 그의 친구들인 차좌

일, 최북(崔北), 장혼(張混) 왕태(王太) 등과 함께 초라한 집 하나를 지어 놓고 추사 김정희(金正喜)의 글씨로 '송석원'이라는 세 글자를 새겨 붙였다. 여기가 바로 송석원 시사의 본부인 것이다.

여기에 망라된 시인들을 '우대'시인'이라고 불렀는데 흔히 삼사십 명 때로는 백여 명씩 모여서 시를 읊고 세상을 근심하고 자기들의 불우한 처지를 통탄하고 당시의 사회를 비난 저주도 하면서 자기들의 창작을 사회 문제와 깊이 결부시켰다.

이러한 서민 출신 시인들의 시 작품을 수집 발간한 것이 곧 서적으로서의 『풍요』들이다.

이 풍요들이 오늘날까지 전하여 내려 옴에 있어서도 결코 평탄한 길을 걷지는 못 하였다.

농민, 수공업자, 군대, 하급 관리 등 서민들은 사람만 천대를 받은 것이 아니라 그들의 작품도 심한 천대를 받았던 것이다. 더구나 그들의 작품 속에 지배층들에 대한 반항 의식이 포함되어 있을 경우에는 집권자들의 권력에 의하여 무참히도 말살되어 버렸던 것이다.

그러므로 '풍요'의 수집 정리 사업 그 자체가 근로 계급의 리익을 옹호하는 커다란 정치 운동으로 되였던 것이다. 물론 이 사업은 서민 작가 자신들의 손에 의하여 온갖 곤난과 싸우면서 진행되였다.

『풍요』들의 편찬 경위를 살펴 보면 대략 다음과 같다.

송석원 시사 운동보다 조금 앞서 리조 숙종 때 진보적인 서민 시인 홍 세태(洪世泰)는 당시의 불우한 시인 48인의 작품 230여 수를 모아서 『해동 유주(海東遺珠)』라는 시집 한 권을 내였는데 이것은 풍요 수집 사업의 선행자적 역할을 놀았던 것이다.

그후 1737년 즉 영조 13년에『소대 풍요(昭代風謠)』3 권이 편찬 발간되였다. 이 안에는『해동 유주』를 포함한 세조 때부터 영조 때까지의 서민 시인 162 명의 작품이 수록되여 있다. 이 시집은 당시의 부제학(副提學)으로 있던 채팽윤(蔡彭胤)의 편찬이라는 기록도 있으나 채팽윤은 시집의 출현에 많은 방조를 주었고 실지 편찬은 당시의 저명한 서민 시인 성재(省齋) 고시언(高時彦)이 진행하였던 것 같다.

그후 60 년을 지나 1797년 즉 정조 21년에 천수경과 장혼에 의하여 서민 시인 333 명의 작품이 수집 발간되였는데 이것을『풍요 속선(風謠續選)』이라고 한다.『풍요 속선』은 송석원 시사의 서민 시인들의 작품이 그 중심을 이루고 있으며『소대 풍요』에 비하여 장편시들이 더 많고 반항 의식이 더욱 높다.

실학파 학자 리가환(李家煥)은『풍요 속선』서문에서 다음과 같이 썼다.

"천하에 성정(性情)이 없는 사람이 없으며 그러므로 시를 쓰지 못할 사람이 없다. 다만 사람의 본성이 얽매여 버리면 시는 망하고 만다. 그런데 사람의 본성을 얽매는 것은 돈 있는 놈과 벼슬아치들이다. 성정이 얽매이면 아무리 재주가 높고 말이 교묘하더라도 어떻게 시를 쓸 수 있으랴."

그후 또 60년을 지나 1857년 즉 철종 8년에 류재건(劉在建), 최경흠(崔景欽)에 의하여 서민 시인 305 명의 작품이 수집 발간되였는데 이것이『풍요 삼선(風謠三選)』이다.

이『풍요 삼선』은 앞에 두 종류의 풍요보다 훨씬 더 인민성이 강하며 부패한 봉건 지배층들에 대한 로골적인 저주와 항의가 포함되여 있다.

이렇게 세 번 풍요가 간행되는 사이에 실로 120 년의 기간이 흘렀으며 이 3 종의 풍요 중에는 800 명의 불우한 시인들의 작품이 포함되어 있다.

『풍요 삼선』의 발문에서 장지완(張之琬)은 이 시집의 발간으로 말미암아 "죽은 혼령들도 기뻐할 것이다."고 하였거니와 만일 이 풍요의 편찬 사업이 없었더라면 당시의 인민의 목소리를 대변하는 수 많은 작품들이 속절없이 인멸되어 버리고 말았을 것이다.

물론 이 세 종류의『풍요』속에 우리 나라 서민 시인들의 작품이 다 포괄된 것은 아니다. 리량연, 리상적, 박제가 등과 같이 서민 출신이나 이미 당대에 저명한 존재로 되어 따로 문집(文集)이 발간되고 있는 작가들의 것은 이 안에 들어 있지 않다.

또 너무도 심한 천대와 생활고 때문에 자기의 작품이 세상에 거의 알려지지 못 하여『풍요』편집자들이 수집할 길마저 없었던 시인도 수없이 많았을 것이다.

그러나 이'풍요'의 편집 발간 사업은 우리 나라의 인민 문학 발전에 거대한 공헌을 하였다고 말할 수 있다.

2, 악부시

'악부시'란 본래는 봉건 시대에 조정 관리들의 손에 의하여 수집 정리된 민간의 노래를 의미하였다.

봉건 지배층들이 민간의 노래들을 수집한 근본적인 리유는 민심(民心) 즉 민간의 동태를 구체적으로 파악하자는 데 있었으며 그것은 곧 자기들의 봉건 통치 기구를 더욱 강화하려는 노력에서 출발하였다.

그러나 이렇게 모여진 민간의 노래들 속에는 근로하는 대중들의 힘찬 호흡과 생동하는 생활 감정이 담겨 있어 악부시는 세월이 갈수록 더욱 향기롭고 아름다와지는 귀중한 인민의 재보로 되였다.

악부시의 범위는 중세에서 근대로 내려 오면서 훨씬 더 확대되였다.

처음에는 단순한 민간의 가요만이 그 대상으로 되였으나 그후 차츰 굿놀이, 창극, 운문적인 이야기 등도 악부시의 범위에 들어 가게 되였다.

그 뿐만 아니라 수 많은 진보적인 전문 시인들이 이 악부시 창작에 가담하였다.

인민들의 생활, 감정에 부단한 관심을 가지고 있는 그들은 자연히 자기들의 창작 활동을 인민 구두 창작과 접근시키지 않을 수 없었으며, 인민들의 생활 풍습과 민족 전래의 아름다운 전통을 중요한 작품의 소재로 삼지 않을 수 없었던 것이다.

이리하여 봉건 조정에서 민간의 노래를 수집하는 제도가 철폐된 후에도 악부시는 의연히 문단의 큰 조류를 이루고 발전하였다. 그것은 악부시가 너무도 인민적이며 민족적이였던 까닭이다.

더구나 우리 나라 한시의 력사에서 악부시가 차지하는 비중은 대단히 크다. 귀족 지배층들은 사대주의적인 사상에 물젖어 중국 한(漢) 당(唐)을 모방하던 나머지 그 시들이 내용 없는 형식주의에 흐르고 말았을 때 악부시는 끝까지 주체의 립장에 서서 조선 사람들의 생활과 풍속과 감정을 노래하였던 것이다.

그러므로 악부시는 인민들의 생활을 바탕으로 하여 피여 난 문학이다.

조선 악부시의 력사는 아득한 옛날부터 시작되였다.

가락국의 개국 전설과 결부된 「신을 맞는 노래(迎神歌)」라든지 려옥

(麗玉)의 노래 「공후인(箜篌引)」 같은 것도 다분히 민요적인 성격을 띤 일종의 악부시로 볼 수 있으며 신라 때 최치원(崔致遠)의 민속무용을 노래한 시들(鄉樂雜詠), 고려 때 리제현(李齊賢)의 「소악부(小樂府)」들은 벌써 우리 나라 악부시의 튼튼한 기반을 닦아 놓았다.

리조 시기에 들어 와서 우리 나라 악부시는 찬란히 꽃 피기 시작하였는바 수 많은 우수한 작가, 시인들이 악부시의 수집 정리와 창작에 힘을 기울였으며 빛나는 성과들을 거두었다.

그 중에도 김종직(金宗直), 홍량호(洪良浩), 신위(申緯), 김려(金鑢), 최영년(崔永年) 등 걸출한 시인들의 업적은 우리 문학사를 더욱 빛내였다.

력대 시인들의 수 많은 문집(文集) 속에 단편적으로 끼여 들어 있는 악부시들은 이루다 헤아릴 수 없을 만큼 무수하며 한 개의 편명(編名)을 가진 시집의 형태로 나온 악부시들만 하여도 대단히 많은 분량을 차지하는바 그 대표적인 시편들을 본 선집에 수록하였다.

우리 나라 악부시는 량적으로 이렇게 많을 뿐만 아니라 그 내용도 매우 다종다양하다.

우선 시의 형태들로 말하더라도 금체시, 고체시, 5언, 7언, 절구, 사률, 배률 전사(塡詞) 등 다양한 형식들을 취하였다.

취급된 내용은 다음의 두 가지로 크게 구분된다.

첫째는 인민 구두 창작을 정리 번역한 것이다. 그 대표적인 실례를 김상숙, 신위, 홍량호 등의 악부시에서 들 수 있다.

홍량호의 『청구 단곡』에는 109수의 시조를 번역하였거나 시조에서 상

鏞 : '鑢'의 오식.

을 얻어 창작한 악부시가 있으며 그 밖에도 많은 민요들의 번역이 있다.

둘째로는 시인이 직접 인민들의 노래를 창작한 것이다.

당시 근로 인민의 거의 전부를 차지하는 농민들의 생활 풍습을 노래하고, 지배 계급에 대한 그들의 반항 정신을 찬양하고, 그들의 생활 환경을 이루고 있는 조국의 자연과 아름다운 전통을 구가하였다.

말하자면 당시의 량심적인 시인들이 농민의 립장에 서서 농민의 노래를 지어 준 것이다.

이것은 다시 여러 가지로 내용상 세분될 수 있다.

「북새 잡요」나 김려의 악부시들과 같이 근로 인민들의 생활 감정을 소박한 민요적인 형식으로 노래 부른 것도 있으며 「성호 악부」나 심광세의 「해동 악부」와 같이 조국의 전통을 노래 부른 것도 있으며 「상원 죽지」나 「세시 기속시」 같이 우리 나라의 풍속 습관을 노래 부른 것도 있다.

산천의 아름다움을 노래한 악부시, 로동의 기쁨을 자랑하는 악부시, 풍년이 들기를 기원하는 악부시, 놀음놀이와 창극 등을 묘사한 악부시, 심지어 회고시(懷古詩), 풍자시까지도 악부시 형태로써 노래하여 실로 악부시의 령역은 봉건 시기의 근로 대중들의 전 생활을 포괄하고 있다.

그러므로 악부시는 한시의 형식으로 노래되여 있으나 량반 귀족들의 공허한 풍월시들과는 엄연히 대립되여 있다. 악부시는 인민의 목소리로 존재하였던 것이다.

3, 정리, 번역에서

'풍요'와 '악부시'의 정리 번역에서 역자 등은 다음의 몇 가지 기준을 세웠다.

'풍요'의 작품들을 선택함에 있어서는 애국심이 강한 작품, 근로를 사랑하는 작품, 지배 계급에 대한 반항을 표시하는 작품, 생활과 자연에 대한 아름다운 서정이 담겨 있는 작품 등을 선차적으로 뽑았으며 동시에 되도록 많은 시인들을 망라하려고 노력하였다.

작품의 배렬은 기본적으로 원전에 준하였으나 일부 불합리한 점들은 시정하였다. 『소대 풍요』는 시 형태별로, 『풍요 속선』과 『풍요 삼선』은 작가명 별로 작품들이 수록되어 있었으므로 이것을 년대별, 인물 중심으로 고쳐 배렬하였다. 그리고 『소대 풍요』의 마지막 부분인 별집(別集)과 『풍요 속선』의 첫 부분에는 시인과 작품들이 서로 중복되는 것이 많으므로 그 중복되는 부분들은 『소대 풍요』에 올려서 정리하였다.

조수삼의 시는 『풍요 속선』에 80여 수가 들어 있으나 『고전 문학 선집』중에서 따로 작품집이 나오기 때문에 그를 풍요 체계에서 완전히 빼는 것도 아수하고 하여 두 편만을 번역해 넣었다.

'악부시'는 한 개의 시집 형태를 갖춘 악부시들만 취급하였으며 그것도 주로 근세의 것에 치중하였다.

원시 선택의 기준은 사상성이 높은 것을 우선적으로 뽑으면서 당시의 생활 풍속, 농민들의 희망, 민족 전통 등을 노래한 서정적인 가요들을 많이 취급하였다.

시조나 가요를 번역한 것으로 그 원 시조나 노래가 아직도 뚜렷이 전하고 있는 악부시는 여기에 취급하지 않았다. 실례로 시조를 번역한 신위의 「소악부」와 같은 것은 제외하였다. 그러나 시조나 노래를 직역하지 않고 거기에서 상을 얻어 다소라도 달리 쓴 악부시나 본 노래가 없어져 버린 악부시들은 일부 여기에 취급하였다. 실례로 홍량호의 『청구 단곡』 중의 일부 시편들이 그것이다.

악부시의 매개 시편들의 주해는 원저자가 제목 밑에 붙여 놓은 것은 번역에서도 그 대로 제목 밑에 붙였고 원시의 뒤에 붙인 것은 역시 번역시의 뒤에 붙이면서도 원저자 주와 역자 주를 구별하기 위하여 원저자 주에는 아래우에 괄호를 달아 두었다.

번역에서나 자료 수집 정리 사업에서 여러 가지 미비한 점이 많다는 것을 자인하면서 이를 보다 더 완성하기 위하여 노력할 것을 다짐한다.

리용악

김상훈

리용악 · 김상훈 역, 『조선 고전 문학 선집 6─풍요선집』, 조선문학예술총동맹출판사, 1963.

關北, 滿洲出身作家의
'鄕土文化'를말하는座談會

이번 本社에서 全朝鮮을 關西, 畿湖, 嶺南, 關東, 關北의 五地區로 分하여 그 地方出身의 文士諸氏로부터 鄕土文化에 對한 高見을 들어서 每月 繼續하여 紙上에 座談會를 開催하는바 그 第四次로 이제 關北及滿洲篇을 今月號誌上에 실리기로하다

(第四回)

誌上出席者

　　　　　現住

金 起 林 (京城)

金 珖 燮 (京城)

朴 啓 周 (京城)

李 北 鳴 (咸興)

李 庸 岳 (京城)

李 　 燦 (三水)

李 軒 求 (京城)

崔 貞 熙 (京城)

韓 雪 野 (咸興)

玄 卿 駿 (圖們)

(가나다順)

'關北, 東滿' 作品의 特徵

一. 先生의 故鄕이신 關北及東北滿洲의 그 秀麗한 山河와 獨特한 地方的 '言語美'를 作品속에 집어넣으려고 平日 어떠한 用力을 하여오셨습니까. 또 지금까지 가진 朝鮮文壇의 收獲中關北及滿洲作家가 끼친 그作品의 特徵은 어떤 點에 價値와 特色이 있습니까.

韓雪野 關北의山河에는 아마 秀麗하다는 女性的인말은 適當치 않으리라고 생각합니다. 언젠가 저는 關北의 山野를 散文的이라고 한일이 있습니다만, 그렇게도 볼수있을줄 압니다. 또 男性的이라고도 할수있겠지요. 실상 雄健한맛은 있습니다.

그와마찬가지로 關北의말씨도 아름답다거나 곱다고는 할수없고 무뚝뚝하고 괴벽스럽고 거칠지요.

저는 이地方語를 作品에 그대로 使用해본적도 있습니다만, 一般이 알기어렵기때문에 文學에 있어서는 여러가지 難色이 있습니다. 그러기때문에 저는 關北語를 그대로 文學에 移植하려고는 하지않습니다. 그럼 그代身 關北語가 가지고 있는 그 獨特한 鄕土味와 純實性과 强靭力과 情熱을 取해서 文學에 집어넣랴고합니다. 萬一 저의 이用意가 어느程度까지라도 나타나있다고하면 제가 쓴 中央語에는 純粹한 中央人의 그 情調와는 다른 어떤 異端的, 北方的인것이 섞여있어야 할것입니다만, 果然 그런지 어쩐지는 저로서는 알수없습니다. 그러나 그렇게되려고 애쓰는것은 事實입니다.

저는 決코 말이나 글이나를 勿論하고 그말과 글의 精神이 秀麗하고 아름답고 女性的인 서울的 情調를 가지려고 하지않습니다. 어디까지든 저는 흙내 나는 北方의 人間이오 北方出身의 作家인 그點을 키여가고 싶습니다.

朝鮮文學에 關北 作家가 끼처준 特點은 '意志의힘'이라고 할까요. 崔曙海같은作家는 그 가장 좋은 標本입니다. 그는 技術的으로 朝鮮文學을 向上시켰을뿐아니라 그보다 그가 朝鮮文學에 던저준 熱意 —— 차라리 熱血은 우리같은 凡庸한作家의 千百이 미칠배아니고 또 여러 作家中에서도 나는 아직 그만한 사람을 發見하지 못합니다. 앞으로도 期待되는 作家가 적지않습니다만, 다만 關北의作家로서 關北的인 굳셈을 버리고 意志를 버리고 아름답고 處女的인것을 배우려고 애쓰는 一部의 作家들에게는 何等 獨創的이고 유닉크한것을 認定하지 못하니만치 큰期待도 가지지못합니다.

金起林 關北山川은 或은 秀麗할지 몰라도 저의故鄕은 그렇지 못합니다. 초라한 적은 벌판과 앞을가리는 摩天嶺連山이 늘 막막하고 안타까워 보였습니다. 우리地方말은 亦是 그리 아름답지 못합니다. 아무도 記憶할 이 없는 拙作「어떤人生」「繁榮記」「鐵道沿線」속의 對話에는 地方말을 그대로 살려보려고 했습니다만은 아마도 죽여 버렸을걸요.

이北쪽에서는 作家나 詩人의 作品의 特質은 반드시 누구에게나 共通되지는않아도 大體로는 좀 부틈부치가 텁텁하고 붓이 거츨지나않을까 —— 그런말을 여러곳에서 들었습니다. 그러나 個人으로는 金珖燮氏의

强靭 : 强靭.

詩같은것은 北쪽出身같지 않게 纖細하고 精麗하니까 一律로는 그렇다고 할수없겠지요. 曙海, 雪野 巴人……大體로는 모두 앞에서 말한意味의 北方性이있는것 같습니다.

李軒求 特別히 關北말을 내가쓰는 文章속에 살리랴고 努力한 일은 없습니다. 그러나 崔曙海의 作品이나 巴人의 「國境의밤」 또는 李善熙, 崔貞熙氏等 作品中에서 맛보는 關北의 억세고도 荒凉하고 暗澹한中에도 무듸게 비치는 鈍光(?)이랄까 이런것이 끈氣있게 그속에 흘러있음을 느낍니다. 이感觸은 오히려 普通사람의體質로는 감당하기 어려울만큼 威壓的이요 野生的인 北國的難澁이 숨어있습니다. 强한 生의表現, 뒤로 물러설줄모르고 남에게 지지아니하는 거의 無知할만큼 굳센이 氣質은 朝鮮文學에의 새로운 앞날의 文學의 방패가 되리라고 믿습니다.

金珖燮 어느사이에 나의精神에는 내가 난곳 —— 나의地方이라는것이 빠저버린것같습니다. 나는 이 버리기 어려운 생각들보다 벌서 그以上의것을 要求하고싶습니다. 그리면서도 어떤때에는 어머니의胎夢같이 담장을 넘어 들어가는 파란 구렁이 같이 故鄕의집에 찾어가는때가 있습니다. 이것이 故鄕 '關北'에對한 나의 조그마한 本能입니다.

山과들은 骨格이 모질고 體大가 듬석하고 물결도 세고 또 東海岸은 푸른 流動같습니다. 빠저죽어도 목숨이 아깝지 않은때가 있습니다.

이山 이물 이바다에 알맞는 하늘과 바람과 구름이있으니 그것이 關北의 自然을 맨드는것이겠지만 나는 다른道의 사람들처럼 한번도 그것을 자랑해본일도 없고 자랑해보고 싶지도 않었습니다. 그냥 말하자면 關北은 누가 무슨 흉을 보더라도 朝鮮에 있어서의 新興亞米利加일것 같습니다.

氣候가 차고 모든것이 부드럽지 못한탓인지 그래서 입을 벌이기 싫고 그렇지않으면 입술이 탁하고 혀바닥이 두터워그런지 音이 不明치못하여 '밥을' '바부'하고 '물을' '무루'하고 '떡을' '떠그'하며 그外에도 서울말과 南鮮말들이 흉보는말들이 字典하나 꾸밀만큼 많습니다. 그래서 文學은 커녕 社交나 戀愛에도 不利할것 같습니다. 實相 함경도 사람은 서울 오면 쓸말보다 버리고야 견딜 말이 더 많습니다. 文學이란 言語의 따님같은 차림을 차려야하는것인데 함경도 말은 鬪爭하는말——사고 팔고하는데도 싸움하는것같고 또 정말 싸움할 때면 말이 방맹이같애서 弱하디弱한사람은 北鮮하면 말에 맞어죽을런지도 모릅니다. 그래서 이말을 가지고는 講을 하거나 事情하거나 하는 버릇이 붙지 못하는 特性이 있습니다.

참으로 글로 쓰기 거북하고 거슬리는데가 많은데도 男女文人들은 注目하리만큼 많이납니다. 그러나 말은 서울말로 表現할수밖게 없이되었습니다. 自然은 地方에 있어도 言語는 中央에 모이고 文學도 거기서 자라는 때문인가봅니다. 하나 白頭山과 豆滿江으로 갈때에는 그들은 서울말 南鮮말을 다 버리고 가는것 같습니다.

그리고 나의詩에는 別로히 言語의地方美가 必要없어서 쓸랴는 別用意가 없습니다. 小說家로서는 李善熙氏가 함경도 어느海岸村을 主題로하여 小說을 썼는데 함경도 사투리를 재미있고 구수하게 썼든것같이 記憶됩니다. 文學上 價値와 特色이있다면 그것으로 小說을 쓸수있다는것이 價値요 아직까지 그것으로 關北出身作家가 小說을 많이 쓸수없었다는것이 또 特色일것같습니다.

李 燦 제 故鄕은 北靑입니다만 近四五年間은 職業關係로 所謂 三水

甲山一帶와 鴨綠江沿岸 北滿方面에 거진 살어오다싶이하고 그예 지금은 이地域 한住民의 榮業까지 제것으로 하고있는데 年來 마음은 항상 이豊刺한 藝術的處女地에 戀戀하여 내一生一代의 豪壯凄絶한 한篇의 長篇敍事詩라든가 이偉大한 大自然과 獨特한 言語風習에 多恨한 이곳 人文歷史와 悲凉한 生活諸相을 읽어 쇼-롭의 『고요한동』같은 尨大한 스케일의 한개力作을 가져보려 하는것인데 여기 드러 公開할만한 努力이란 아직 별로 해오는바 없고 구태여 말하자면 期會있는대로 그들 山間窮民들의 來歷과 日常에 特히 肉體的接近을 꾀하고있다는것뿐이올시다.*

다이나믹한 텃취와 沈痛한 彩色 그뒤에 숨은 激烈한 情熱과 란만한 浪漫 또는 豪放한 氣槪랄까 不屈의 意志라고나해야할겐데 아직 너나없이 이門턱에도 이르지못했음은 遺憾이올시다.

李北鳴 地方語를 文學的으로 어떻게 消化해야겠느냐는 問題는 벌서 前부터 論議되어오는, 한개의宿題라고 생각합니다. 特히歷史的으로보아 數種의地方語가 混用되고있는 關北地方에서는 地方語를使用하여 作品內容을 빛낸다는것은 困難한일입니다. 그러고 地方的으로보아 아직 野性的인 强한 악센트를 粗雜하게 使用하고 있는데가 많다고 생각합니다. 그러나 이것을分析하여 研究해본다면, 아주滋味있고, 구수하고 效果的인 美妙한 言語가 發見됩니다. 나는 特히 地方語를 使用할 必要를 느낄 때는 이런方法를 取하고 있습니다. 내가 萬若 A란地方을

豊刺: '諷刺'의 오식.
* 이 뒤에 한 줄이 띄어져 있으나 오류로 판단되어 붙여 쓴다.
分析: '分析'의 오식.

取材하여 作品을쓰겠으면, 構想을 대충 完了시켜가지고는, A地方으로 떠나갑니다. 한一週日 그地方에 머므르면서, 그地方의用語, 風俗, 習慣, 生活樣姿等等을 보고 들은대로, 노－트합니다. 나는 이方法으로 늘 상作品을 써옵니다.

野性的인 一部關北의性格은, 自然 그地方作家의 作品에도 反映됩니다. 대패로서가아니라, 도끼로 깎은듯한形式이다 툭한線을싼 內容의作品, 이것이 關北地方作家의 作品傾向이 아닌가 생각합니다. 그러나 이것은 全體的으로보아 그렇다는것은 아닙니다.

玄卿駿 故鄕은 咸北明川花臺지만 九歲때부터 他鄕을 떠다닌關係로 때로는 故鄕의記憶조차 稀微해지는때가 있습니다.

그러나 亦是 故鄕은 故鄕입니다. 말할수없이 그립고 情다운 곳은 故鄕입니다.

더구나 내故鄕은 山水가 秀麗한 곳입니다.

關北의金剛이라고 하는 七寶山은 어떠한데다가 내놓아도 遜色이 없을 絶勝地라는것은 어찌 내혼자의 自畵自讚이라고 하겠습니까?

金剛山이 內外海의 三部로 나누어놓듯 七寶山도 內七寶, 外七寶, 海七寶의 三部로 나눌수가 있고, 또 되기를 그렇게 되었습니다.

그中 海七寶는 내故鄕 花臺地方海岸線으로부터 始作되여 舞水端을 지나 上古而海岸一帶를 끼고 北으로 뻗혀들어갑니다. 나는 이 海七寶를 그中 사랑합니다. 쪽을 풀어 물드린듯한 東海!

나는 꿈에도 그것을 잊을수가 없습니다. 언제던지 그 푸른물결을 노

늘 상作品 : '늘상 作品'의 띄어쓰기 오류.

래하고 싶습니다. 이러한 關係로 나의作品中에는 그 바다를 그린것이 절반은 된다고 생각합니다.

바다와 사공! 陸地에서는 술과 계집을 찾다가도 一次 바다에만 나가면 그무서운 暴風과 激浪과 勇敢하게 싸우는 사공!

술을 마시게되면 잔이나 곱부는 죄다 집어치우고 三十五度의燒酒를 사발이나 박아지로 퍼먹는 그 사공!

서로 수만 틀리면 兄弟간이나 父子간이라도 容恕없이 때려부시다가도 憤만풀리면 그자리에 서로 안고 딩굴며 또 鯨飮하는 그사공!

나는 그 사공을 무척 좋와합니다. 그런 사공을 그려보느라고 「激浪」도 써보고 「오마리」도 썼지만 結局은 내 才分의 不足으로 失敗를 하고 말었습니다. 만은 나는 언제던지 그 바다와 사공과 그리고 철을 따라 數없이 浮遊하는 魚群들을 훌륭히 그려볼 決心입니다.

다음 地方의 言語에 對하여 한말슴 드린다면 우리地方 方言은 여러분도 다 아다싶이 액센트가 强하고 語調가 明瞭지 못해 作品에 넣기가 매우 困難합니다.

사투리를 꼭 써야 할場面에 이 액센트가 强하고 不明瞭한 말을 집어넣을때 恒常 느끼는것은 한글의 不足性입니다. 내自身 아직 한글에 對하여 硏究가 不充分한탓도 있겠지만, 關北사투리는 한글로서 表現못할 語音이 많습니다.

이런것들을 征服하여버리고 完全한 表現을하랴면 반드시 우리文筆에 從事하는者들이 地方사투리와 한글에 對한 硏究를 깊이 해야 할줄 압니다.

다음 關北作家로서 文壇에 내놓은 作品을 論한다면 누구니 누구니해도 故崔曙海氏의 「紅焰」 같은것이고 現在로는 韓雪野氏의 諸作, 特히 「黃

昏」은 내가 못내 자랑하고싶은 作입니다. 詩로서는 金東煥氏의 「國境의 밤」입니다. 더구나 「國境의밤」은 내가 西伯利亞에서 放浪生活을 할 때 數百번도 더읽어서 乃終에는 冊없이도 읽게되었던것입니다.

그런데 나는 崔氏나 韓氏나, 金氏의諸作들을 他地方作家들의 作品들보다도 더 높이 評價하고 싶어하는것은 氏들의作品, 다시 말하면 關北作家들의 作品들은 技術的으로 본다면 어리다지만 그作品을 對하는 態度는 어디까지던지 眞摯하고, 그리고 '스케-ㄹ'이 큰때문입니다. 나는 조그맣게 모난데가 없이 반드시 째운作品은 재미있게는 보아도 좋게는 안봅니다.

內容이 없이 手法만 바로된作品들을 對할때면 어쩐지 鍍金칠한 器具를 보는듯한 느낌이 납니다. 이것은 勿論 나의 暴言인줄 알지만, 그러나 '모-팟쌍'보다 '발작크'를 좋와하는 나로서는 할수없는 일이라고 생각합니다. 技術은 어디까지던지 배우겠습니다. 그것이없이는 結局 完成된作品은 못맨드니까 精誠껏 배워야지요.

그러나 內容이 없이는 必要가 없다고 생각합니다.

李庸岳 말에따라선 시골서 씨여지는말이 훨씬 맛나는것이 있겠지만 그 아름답다고 생각하는 말의效能이 그말에 저즌사람들에게만 限하는 수가 많지않습니까. 그러므로 作品에선 되도록 方言을 피하고 싶습니다. 咸鏡道말의 아름다움이나 平安道말의 아름다움을 찾는것두 좋겠지만 그보다도 조선말의 아름다움을 먼저 찾어야겠고 또 그것을 지켜야한다고 저는 생각합니다.

紅焰 : '紅焰'의 오식.

그리고 關北作家들의 作品의特懲을 사람들이, 말하기를 찹찹하지 못하다던지 纖細하지 못하다던지 하는걸보면 아마 무뚝뚝하거나 線이 굵직한것이 特懲인가본데 이러한것이 그대로 關北作家들의 弱點이되기도 쉬울것입니다.

그러나 金東煥氏의 「國境의밤」이나 崔貞熙氏의 「地脈」이나 요즘發表된 玄卿駿氏의 「流氓」 같은作品들은 아주 훌륭하지 않습니까.

崔貞熙 해본일이 없읍니다.

李善熙氏의 「女人命令」에서 咸鏡道사투리도 作品속에 썸즉하다는것을 느꼈고, 언젠가 金起林氏 小說 「鐵道沿線」속에 "제미는 어디르 감매" 하는 對話가 있는데, 이 對話는, 방탕해지는 어머니가 밤길을걸어 사나이있는 곳을 찾어가는때, 그아들이 어머니한태 먹칠갓은 어둠속에서 집어던진꼭한마디의 말입니다. 어느고장 말보다도, 여기엔 感鏡道사두리가 매우 적절했다고 생각합니다.

朴啓周 내 父母의 故鄕은 咸興이지만 나는 北間島龍井에서 出生해서 二十年동안이라는 긴 歲月을 滿洲물을 먹으면서 자랐습니다. 滿洲에서도 龍井이나 局子街(延吉)地方의 山河란 말할수 없이 荒凉하고, 나무하나 없는 禿山이여서 '秀麗'라는것을 間島天地에서는 찾아볼수가 없습니다. 그래도 間島의 詩人墨容들은 「海蘭江의黃昏」이니, 「月下의一松亭」이니, 「飛岩山의봄」이니, 「秋夜의耶蘇山」이니, 하고 제법 秀麗한 山河를 가진듯이 노래를 읊는것은 빛좋은 개살구의 打令이라 할까요.

言語 亦是, 間島라는 곳은 朝鮮十三道百姓이 모여든 合衆國格이여서

特懲 : '特徵'의 오식.

여러가지 말을 다 들을수 있으나 그래도 關北과도 또 다른, 間島의 獨特한 言語가 있습니다. '어머니'를 '제에마'라고 부른다든가, '네'라는 對答을 '야앙'이라고 한다든가, '할머니'를 '아매'라든가, '할아버지'를 '아방이'이라고 부르는것은 關北의 大體로 共通된 사투리겠지만, 그래도 關北의 地方地方의 사투리가 다 다른것입니다. 例컨대 '할머니'를 咸興에서는 '아망이'이요, 端川서는 '아매'요, 城津서는 '우매'요, 間島地方에서는 '크라매'라 합니다. 여기에 그方言別을 記錄하자면 厖大한 辭典을 이를 程度니 미리 避하는바이어니와 語尾에 있어서도 女人들이 "아버지, 진지 어서 잡수세요"하는것을 富寧地方에서는 "아분님 시걱 날래 드읍지"하고, 會寧地方에서는 "좋와요"라는 말을 "좋스꼬마", 慶源地方에서는 "좋스꿔니"합니다. 그리고 間島에서 "主人, 계십니까"를 "쥔장, 계심둥?"하고 부르는데, 이러구 보니 言語美랄것은 하나도 없고 모두 서울말에 比하면 해괴망칙 할뿐입니다.

　關北 사투리를 집어넣은 作品으로는 李泰俊氏의 「아담의後裔」와 「바다」와 「五夢女」를 재미있게 읽었고, 그다음에는 別로 求景못했습니다. 昨年가을에 蔡萬植氏가 "韓雪野氏는 한번도 作品속에 自己地方인 咸興말을 집어 넣어서 쓰지 않는것이 不快하다"고 하는말을 들었는데 事實 韓雪野氏의 「泥濘」이라든가 「種痘」를 보면(作品成功與否는 내 論할바가 아니고) 背景이 咸興인것이 歷然한데 咸興말을 避하고 서울말이 나오는데는 좀 어색하지않다 않을수없었습니다. 하긴 關北사투리나 間島사투리로 쓰면 ——히 註를 달아야겠으니 그도 딱하긴 하지요.

求景 : '구경'의 오식.
紅焰 : '紅焰'의 오식.

내가 쓰다가 내버려둔 未完成 作品인 「滓渣」에 間島사투리를 넣었는데, 間島를 떠난지가 八年이 넘어서, 서울말에 젖은 지금의 나로서는 생각나지 않는 것이 많으므로 困難을 받는 때가 많습니다.

滿洲出身의 作家라고는 있는상 싶지않고 滿洲를 舞臺로 한 作品으로는 故崔曙海氏의 「紅焰」을 少年時節에 感銘깊게 읽었으며, 近者에와서는 李泰俊氏의 「農軍」을 읽었고, 李箕永氏의 「大地의아들」을 아직 읽지못했습니다. 내가 將次 執筆하려는 純粹와 大衆의 中間物인 長篇 「間島血脈」은 滿洲國이 建立되든해까지의 間島五十年史인데, 거기에는 朝鮮農民의 開拓史, 張作霖 治政時代로부터의 支那警察의 虐政, 支那陸軍의 暴行, 馬賊의 跋扈, 支那人地主와 朝鮮人小作人의關係, 國境의密輸業, 阿片窟, '양휘'(賭博)의 中毒者, 支那人賣淫窟, 그리고 옛날의 朝鮮人學生들의 그主義者然하고 우쭐거리며 꺼떡대던 學生風紀와 東興, 大成의 校風, 民族主義로부터 社會主義로 轉向하고, 다시 社會主義로부터 共産黨으로 轉向해서 主義者라는 이름밑에서 온갖 醜態를 出演하던 五十年間의 思想變遷의 過程等, 내가 二十年間 直接 보고 듣고 體驗한 가지가지를 그려볼까 합니다.

少年時節의 로맨스

二. 少年少女時節 故鄕에 게실 때에 가지신 여러가지 甘美한 回想이 있을줄 암니다.(더구나 異性에 對하여) 그를 情緖的으로 回憶 記送하여 주십시오.

金起林   어머니가 세상떠나슬때도 슯었고, 누이가 죽었을때도 슯었고 ── 그렇지만 그런얘기는 누구나 다 갖인 平凡한 얘기니까 그만둡니다. 어린시절의 자그만식한 '로맨쓰'야 누가 한두가지 없겠습니까만은

그런것도 남들이 다있는있이니까 얘기했자 싱거울것입니다.

李北鳴 역시 내게있어서는, 興南時代가 第一 그리운 時節이였습니다. 人生을 알기 始作한것도 이時代고, 文學을 始作한것도 이時代偉大한 戀愛를 해본것도, 이興南時代였습니다. 바로 지금으로부터 十年前.

李庸岳 저는 어릴때 어머니에게 업혀서 우라지오 나 허바리깨 같은델 단닌일이 있는데 밑엣 동생이 생긴뒤로는 어머니를 동생에게 빼았기고 어머니가 아라사에서 돌아오시는 날을 기대리던 일이라던지.

어머니가 돌아오시는 날엔 새벽부터 누나랑 소술기를 타고 배닫는 淸津으로 가던일이라던지.

오실때마다 으례히 갓다주시던 흘레발(로시아빵)을 그때 아래웃집에 살든 申東哲(詩쓰는)君과 나눠먹으면서 좋다고 뛰어단이던 일이라던지 모두 그리웁습니다.

女人에 對하여서도 없지는 않습니다만 제가 아직 총각인즉 잡잡한 이야긴 그만두는게 좋겠다.

金珖燮 家庭이 咸鏡道요 貴族的 살림속에서 산것도 안이요 고흔 색동 저고리에 갓신을 신고 자란것도 아니요 그냥 山에가서 새둥이도 들추고 모랬가에서 조개줍기도 하고 배도 곯은때가 이섰고 어더맛기도 했고……方法없이 잘자랏다는생각── 이런것이나 情緖가 될런지 모르겠습니다. 少年時節이라했으니 只今 처럼 女人에게 對한 情緖야 있겠습니까 만 名日날 떠함박을 머리에이고 단이는 색시들中에는 입분색시들도 있엇든것갔습니다.

李軒求 나는 어려서부터 몹시 부끄럼을 탓든가바요. 그래서 내 四寸누님이 세살된 나를업고 겨을名節같은때 아가씨들만 모힌 데로가서 놀다

가 오줌이 마려워도 색시가 부끄러워 當初에 오줌을 누지 않더라는 얘기를 그후에 가끔 듣든記憶이 있습니다. 오히려 귀여움을 받았지 내가 甘美로운 回憶이라고까지는 가져보지를 못했습니다. 한번은 내가 七八歲되든때 일인가바요 일은 봄인가되는데 뒷山 돌각담앞에서 굿을한다고해서 많은 아가씨들과 나도 구경을갔는데 해가지나니까 어떻게 추웠든지 모두들 담요를 뒤집어쓴 그속에 사내라고는 나혼자 한가운데 앉어있었습니다. 그후 꿈속에 그中의 한아가씨를 마난일이 있었습니다. 早熟한 까닭이라기보다도 너무 天眞스러운 탓이었겠지요. 나는 정말 손우로나 손아래로 누이나 누나가 없는 외아들이 었으니까. 이것이 가끔 少年時節에 少女를 꿈꾸게한 가장 큰 理由가 되었든가 생각돼요.

玄卿駿 少年時節 故鄕있을때에 가진 甘美한 回想은 別로 없습니다. 더구나 女人에게 對한것은 없습니다.

李 燦 "박고 박고 옌지 박고…" 박고노래에 흥겨워 박꽃이 활작핀 가을엔 달도 밝고.

밝은 달빛 그윽한 박꽃행긔ㅅ속에 順이와나와 아스러지게 잡든 손길은 아아무애도 보질못했드람니다.

韓雪野 故鄕에對한 甘美한 回想이라고는 없습니다만, 그 가없이 넓은 벌판만은 언제든지 잊지못합니다. 내이름에 '野字가 들어간것도 그때문입니다. 저는 어릴쩍에 너르고넓은 一望無附한 大平野에 하다못해 조그만 언덕하나라도 저다가 앉혀놓리라고 몇번이나 다짐했는지 모릅니다.

마난: '만난'의 오식.

그리고 자라나서는 이平野를 題材로 作品을 쓰려고 했습니다만 아직도 이렇다할 作品을 맨들지 못했습니다. 그러니 말하자면 저는 故鄉山村에 對해서 負債만 걸머지고 있을뿐이오 하나도 갚아주지 못한채로 있는 셈입니다.

그러나 이제 겨우 紙上에 發表하게된 『塔』이라는 長篇中에는 가끔 이 平野와 이 鄕村이 나올것입니다.

나는 故鄉에 그리는 女性이라고는 예나 이제나 한사람도 없습니다만, 이平野만은 언제든지 그리고 있습니다. 그땅과같이 너르고 살지고 너그럽고 慈悲하기를 나는 切實히 바라고 있습니다.

本是 우리가 지나온 少年時節은 純全히 古土인 鄕土風俗上 男女가 自由로 만난다든가 戀愛한다든가 하는일은 있을수없었을뿐아니라 우리말은 한二百戶되는 同姓部落이여서 더욱 그런일은 있을수없었습니다만 그렇다고 이말을 나쁘다고 생각해본일은 없고 지금도 亦是 그렇습니다.

崔貞熙 있은듯합니다. 만다 이야기하긴 彼此에 支離한일쪽 한가지 아직껏 神奇하게 생각되는건 제가 분명히 여덟살때였다고 짐작합니다. 동네에 三澤이란 少年이 있었습니다. 저보다, 서너살 더먹었든것같습니다. 그는늘 앓었습니다. 그래서 얼굴이 蒼白했습니다. 우리동네 아이들이 소먹이고 꼴을 비고 김을 매고해서 죄다 얼굴이 새깜한데 三澤이만은 하이야했습니다. 저는 늘 그애집에 가고 싶었습니다. 마는 어쩐지 부끄러워서 못가고, 가을이면 박꽃이 많이 픠는, 그애집 울타리밖에가서, 그애가 먹을 약—— (그애는 그때 지렁이도 다려먹었습니다)냄새를 한참씩 맡으며, 그애가 차고 다니는 鬼神을 쫓아낸다는 종이쪽이 들어있는

새빨간 모번단주머니래도 한번 뒤저보았으면하는 생각을 했습니다.

朴啓周 龍井에서 여섯살때까지 지냈고, 열세살때까지는 龍井에서 白頭山편으로 七十里許에 있는 二道溝에서 지냈습니다. 그리고 다시 龍井에 와서 살었으니 내 少年時節의 大部分은 二道溝에서 보낸 셈이외다. 紫霞에 잠긴 峥嶸한 長白山連脈을 앞으로 바라보면서, 봄이면 개나리꽃과 함박꽃이 피는 뒷山으로, 여름이면 海蘭江畔에 우거진 버들방천으로, 꽃 따러도 다녔고 고기잡으러, 或은 천렵하러 손잡고 다니던 少年少女들은 지금도 때때로 옛記憶을 들춰주군 합니다.

老後와 故鄕山川

三. 이뒤 몇十年 지나 白鬚가 휘날리는 晚年에 臨終의 地를 故鄕에 擇하겠습니까. 또 지금도 가끔 느끼시는 鄕愁等等.

李軒求 늙어서 白骨을 故鄕에 묻겠다는 그런생각은 아직한번도 해본일이 없고 또 내가 故鄕에 묻힐만한 그런 愛着도 없는것 같습니다. 鄕愁라는것도 좀더멀리 떠러저살어야지 그렇지않고 —— 비록 一千五百里를 隔한다 하더래도 —— 特別한關心이 아직은 없습니다. 좀더 늙어봐야 알 일이지요.

李 燦 안가렵니다. 故鄕엔.

만일 맘대로된다면 오다가다 오는이 가는이없는 深山도幽谷 그 어느 孤高한 바윗등에나 저의 望後의대를 갖겠습니다.

父母兄弟 親戚知己 하나없는 故鄕에 그무슨 哀切한 鄕愁ㄴ들 있겠습니까.

다뭇 꽃나비 華麗한 봄아침이나 나무닢 물드려지는 가을黃昏 불연듯

情든른 山川이 그리워지는때가 있군합니다.

玄卿駿 晚年에 臨終할곳을 故鄕에 擇하겠냐는것은 너무도 내뜻에 맞지않는 質問입니다. 옛 글에도 人間到處有靑山이라 했거든 어찌 사내자식이 臨終地를 故鄕에만 局限시키겠습니까? 그저 닥치는대로 떠돌다가 죽는곳을 墳墓地로 삼을판이지요. 그러나 가끔 아린時節의 어머니의 젖가슴처럼 그리워지는 鄕愁의心情은 막을래야 막을수가 없습니다.

千字文을 안고 書堂다니드일, 소꿉작난 하던일, 이웃에 살다가 間島로 移徙간 順伊네일, 모도다 그리운것입니다. 至今 故鄕의 바다人가 靑松밑에는 海棠花가 빩앟게 피었을것이고 防風뿌리 캐러다니는 아가씨들의 그모양도 한껏 情趣를 자아내어 주겠지요.

李北鳴 무어니무어니해도 좋고, 그리운곳은 故鄕입니다. 靑春時代는 몰라도 老境에들어가면, 역시 最後의安息處는 故鄕일까 생각합니다.

李庸岳 아득합니다. 머리가 히도록 수염이 히도록 제가 꼭 산다는것을 責任지신다면 대답하겠읍니다만, 어쩐지 저는, 三十두 못돼서 죽을것만 같습니다. 그리고 東京있을때 巴村이 말하기를 庸岳이란 녀석은 어디고 자꾸만, 돌아다니다가 나종엔 썩은 물이 흐르는 개울창에 대가리를 틀어박고 죽을게라고 했읍니다. 물맛이 유달리 좋은 우리鏡城서 눈을 감게된다면 얼마나 좋겠읍니까만 巴村의 말같애선 故鄕서 죽기는 틀렸나봅니다.

金珖燮 白髮이 휘날리는 晚年에 故鄕을 찾을 인사야 어디있겠읍니까. 故鄕에서 났기때문에 故鄕을 臨終의地로 하고싶지는 안읍니다. 나의 臨終地는 죽는時間에 내가 있는 곳입니다. 오직 鄕愁는 훔처서 먹다가

빼아긴 한個의 떫븐 사과 올시다.

韓雪野 그리는 鄕土에 白骨을 묻고 싶은것은 아마 人間의 通情인듯하나 나는 아직 그런 생각까지는 해본일이 없읍니다. 아직은 나이가 많지 않어서 그런지도 모르지오.

흙이 늙은이들을 보면 先塋에 묻히는 일이 唯一한 希願인듯하니 저도 늙으면 故鄕을 墳墓의地로 擇할는지 모르지오. 얼마前 北京에서 南方出身의 老畵家 蘇懸氏를 訪問하였드니 그는 저에게 다음과않은 一詩를 주었읍니다.

　　　塊壘塡胸總未消
　　　何年歸去故山樵
　　　丹靑也許金錢易
　　　差勝權門事折腰

그다음 老畵家 齊白石氏를 만났드니 그는 다음과같은 一文을 주고 또 저有名한 蟹蝦一幅을 그려 주었읍니다.

鄕思九千里, 春秋八十餘, 與君同是思鄕人也

이것을 보면 그들은 한글같이 故鄕을 그리고 있는것을 알수 있습니다. 그들은 南方出身으로 北方에와서 功成名遂한 當代一流의 藝術家들입니다. 屢巨萬의 財産을가지고 門앞에 절하는 사람이 每日千名도 넘는 著名의 人이나 窮谷의鄕土를 마치 어린 아이가 어머니그리듯 합니다.

그러나 나는 아직까지 放浪性이 가시지않어서 그런지 亦是 '人間到處有靑山'이라는말에 더 맘이 붓들려있읍니다.

허잘것없는 存在지만 아직은 더 살고싶은 생각이 간절한 모양입니다. 그러니까 몇十年後의 白骨處置같은것은 賢明한 雜誌社에서 물어주시지 않었스면싶으되 雜誌社란 워낙 남의아픈곳에 一鍼을 주는버릇이 있으니까 하는수없습니다만……

金起林 그런생각은 없습니다. 좀더 좋은곳에가 살지요. 푸른바다도 보이고 들이있고 水泳도 할수있고 散步도 할수있고 사철 생선도 먹을수있고 될수만 있으면 風光좋은 溫泉도 가까웁고한데 그런데가 사렀으면 합니다. 鄉愁라는것은 別로 느끼지 않습니다. 다만 아버지가 게실적에는 아버지가 그리웠고 지금은 雜草에 덮여있을 墓所가 저의마음을 故鄉으로 꺼러붙이는 가장 큰힘입니다.

崔貞熙 白鬚가 휘날리는때의 일을 지금부터 생각할게뭐예요. 늙어서 죽을것같은 생각도 없습니다. 어느날 어느하늘 밑에서 죽을지 모르겠다고 생각됩니다. 아모하늘아래서 죽든지, 달빛이 몹시 푸른밤, 제靈魂이 그달빛처럼 푸르고 곱고 아름다웁고, 그리고 죽고싶습니다.

朴啓周 아버지의 무덤이 아직까지도 間島에있으나 나는 老後를 間島에서 보내고싶은 생각도 없고, 내 白骨을 그곳에 묻히고도싶지 않습니다. 하기야, 天下가 내집이오 내땅이니 아무데 묻힌들 掛念할배가 아니지만…….

關西, 東滿文人과의 交友記

四. 先生께서 關北及東北滿洲出身의 諸文人 詩客과의 交友記.

金珖燮 關北文人 交友記랄것은 別로 없으나 李軒求氏, 徐恒錫氏와 親

하고 詩人 金東煥氏, 金起林氏, 李庸岳氏를 或時만나고 小說家로 李善熙氏, 崔貞熙氏를 或時만나는것이 交友錄일것 갓습니다. 그자지 아는 文友는 없습니다.

李北鳴 第一心胸을헤처놓고 이야기하고, 文學的으로 尊敬하는 이는 韓雪野氏입니다. 金東明氏는 咸興에서 三十里밖 西湖津에게시나, 近年에는 통 만나지 못하고, 書信往來도 없습니다. 李燦氏도 그리운 文友나, 書信往來도 그다지 없습니다.

李 燦 親한이를 들자면 이미 作故한 桂月 —— 그時節 둘다 하도 浪漫하고 쎈치하야 그어느 한여름 제故鄕 北靑서 隣接해지내며 어께를 나란히 비오는밤길을 하염없이 거닐기도하고 금시 애이하다말고 영문없이 눈물짓는 서로를 처다보며 微苦笑난혼때도 있었드랍니다.

그해 그겨을 그밤 八判町 그의 下宿서 밤늦게야 도러와 그 길로 저는 別有天地로 가고 이듬해 드높은 鐵窓에 五月端陽이 어리든날 뜻찮은 그의恢報를 接헀었습니다. 感慨깊은 過去올시다. 지끔 大阪가있는 詩人貞求도 여러번 제鄕里鄙居까지 찾어준 잊을수없는 옛親友의 한사람이올시다. 맛나면 반가운 握手보다도 彼此憂鬱한 넉두리 앞세움을 常識으로 했드랍니다. 馬野兄과는 갚프 華麗하든時節 그는 「新階段」 저는 「文學建設」하느라 한동안 安國町네거리를 서로 繁多히 來往한적있고 北鳴·韓曉와는 奇異한자리에서 말대로의 邂逅禽別에 끝었을뿐 그 外 여러 先輩同好諸氏들과 大槪書面相交는 있으면서도 아즉 一面識의記錄도 갖지못한 저의 關北交友錄은 甚히 貧弱합니다.

李庸岳 알려진분으로 알고 지내는 이들도 많습니다만 年齡으로나 業蹟으로나 모두 훨신 先배들뿐이기때문에 敢히 交友라는 말로서 여기

모실만한 이는 別로 있지않습니다.

가끔 作品을 發表는하나 제가 無名하듯이 그다지 알려지지못한, 이제 큰소리를 치고 나설 동무로선 우리鏡城만해두 金軫世, 申東哲, 許利福, 吳化龍, 咸亨洙, 咸允洙, 李琇馨 이렇게 많은데 모두 詩人입니다. 그리고 늘 漢詩만 주물르고 있는 金東圭란이가 무척 좋와서 北쪽으로 갈때엔 으레히 古茂山이란곳에 들려서 하룻밤씩 이야길 나누고 오군 합니다.

玄卿駿 元來가 非社交的으로 되여먹은 탓으로 나는 文人끼리 그다지 交際를 못해봣습니다. 내가 알고 서로 書信出來도 이서오는 文人은 咸興에 韓雪野氏, 韓曉氏, 城津에 金宇鍾, 淸津에 張正南氏, 金光燮氏, 滿洲에와서는 金貴氏, 咸亨洙氏, 李周用氏, 金朝奎氏, 姜敬愛氏, 千靑松氏, 安壽吉氏 그리고 至今 서울게신 분으로서는 李庸岳氏 —— 아무리 손까락을 꼽아가며 세여봐야 關北, 東滿의 文人으로서는 이以上 더 꼽을수가 없습니다.

韓雪野 關北出身의 文人中, 李善熙氏, 李庸岳氏는 對面할機會가 없었고 그밖의 여러분은 大槪面顔이나 있으나 워낙 社交에 能치못해서 그다지 썩 親하게 사괴는사람은 없습니다.

本是 사람이 무틀하고 자밋性이 없어서 그런지 親舊가 잘 생기지 않는군요. 제便에서는 퍽 情답게 생각하지만 저편이 그다지 사귈必要를 느끼지 않는 모양인것 같습니다. 나도 어느 大雜誌나 新聞의 編輯人쯤 되었다면 關北文人들이 더러는 나 같은 사람과도 相從할 必要를 느끼겠지만······.

業蹟 : '業績'의 오식.

그래서 그런지 저는 차라리 文人以外의 知友가 많습니다. 나는 本是 이른바 文人다운文人, 괴꽉스러운性格의 人間을 싫어하는까닭에 交友에있어서는 全然文人意識을 떠나서 널리 人間的으로 取할點이 있는 사람을 擇해서 사귑니다. 그러기때문에 내親舊가운데는 내가 글쓰는것을 알지못하는 사람도 더러 있고, 또 글쓴다는말은 들었으나 무슨글을 어떻게 어디다가 쓰는지 아는사람은 極히 드믑니다.

金起林 본래 交際가 몹시무딘때문에 많은 사람은 없습니다. 또 어려서부터 사귄분은 거진 없습니다.

모다 '넥타이'를 매게된 다음에 親한분들입니다. 中學生때에 放學같은때 崔貞熙씨랑함께 元山서 한배를타고 城津까지 간 일은 있지만 그때는 더군다나 수집은때라 인사는 勿論 없었습니다. 다만 記憶나는것은 崔貞熙씨는 그때에도 그리크지는 않았습니다. 자조 뵌적은없이 印象에 깊은분은 金東鳴씨입니다. 西湖를 지날적에는 늘 들리고 싶읍니다. 그런데서는 아마都會에사는 사람을 퍽 無信하고 輕蔑하시면서 사실것입니다.

李軒求 나의 中學時節에 내故鄕交友는 모두가 文學靑年이었습니다. 그中에는 開闢에 「漂浪少年」을 쓴 金永勛氏도 있고 中學時代부터 詩作讀書를 많이했고 그後도 東京에까지가서 文學工夫를한 金秉敏, 金滄振, 이런분들도 있었는데 모두들 中途에서 文學에서 손을끊고 말았습니다. 이外에도 적지아니하게 文學靑年이 있었습니다. 오히려 나는 이런交友의 直接間接의 影響을 받았습니다. 이런中에 또 한분 咸彦柱라는 中學時代의 交友를 잊을수없습니다. 그러나 이런中에서 第一오래두고 사괴여온분으로는 金珖燮兄입니다. 十五年間 하로의變함없이

오늘까지 交誼를 쌓어 왔습니다. 巴人을 처음 만난것을 東京大震災가 나든해요 그 후 서로 한자리에서 애기하게 되기는 三千里 座談會席上인가 記憶됩니다. 金起林氏와는 蓮建町 朝鮮日報時代부터지만 정말 親해지기는 朝鮮日報學藝部에서 함께 일하게 되면서부터이고 李善熙氏와도 이 學藝部冊床에서 어지간히 가까워졌습니다. 徐恒錫氏는 劇藝術研究會를 通하여 十年交友입니다.

崔貞熙 關北文人中, 대개 다 인사가 있고, 親密히 지내는분도 있습니다. 마는 李燦氏, 玄卿駿氏 두분은 아직 뵈온일이 없습니다.

朴啓周 關北出身 文人보다도 關西와 畿湖出身 文人中에 知人이 많으며, 關北文人으로는 같은社에서 일보는 關係인지 崔貞熙氏와 第一親하게 허물없이지납니다. 그리고, 韓雪野, 金東煥, 李善熙, 金珖燮, 李庸岳諸氏와 알고 지냅니다.

— 끝 —

『三千里』, 1940.9.

名作읽은 作家感懷

우리文壇의作家여러분께서는 近來에 어떠한 作品을읽고 엇든것을 생각하며 또 느끼고있는가, 이一篇의所感集은 最近 諸氏의 近況을 엿보기에 足한 글이외다.

北京好日

李孝石

林語堂의「北京好日」을 읽으면서 이小說이결코 瞬間의 着想으로 一朝에 이루워진것이아님을 느꼈습니다. 作者의敎養도 섬富하고 衿持도 높을뿐아니라, 沈着한 小說의手法이 歐羅巴的인것을 생각케합니다. 홀륭한歐羅巴의 小說을 읽을때와 똑같은 感動을받었습니다. 니이나·페드로빠의「家庭」과함께 一讀을 勸하고싶은 近來의 好著입니다.

泰俊 · 南天의 作

金東里

李泰俊氏의「토끼이야기」

金南天氏의「麥」

右記二作이 記憶에 남습니다.

人間이 어떻게 苦悶하는가 우리는 막연하지만 文學에서 이런것을 求

하고있습니다. 그苦悶의性格이 더구나 이즘엔 上記의作에서 보는바와
같은것에 좀더 强하게 움직여지는모양입디다.

海外것으론 밋첼의『바람과함께가다』를 읽었는데 무던히 平凡하고
무던히 圓滿하고 무던히 지루하드구먼요.

花粉其他

石仁海

沈薰作「織女星」. 上卷만으로도 過去中流以上에屬하든 家庭이 걸어온
運命이 實로 리알하게 그려진家族史라고생각한다.

岡本かの子作「母子叙情」「生生流轉」等. 氏의東洋的인 教養은佛教의 影
響이크다하나, 한편 西洋의文明을 充分히 攝取한文化人이였다. 따라서
그의文學은 固陋하거나 偏僻되지않아 絢爛豊饒하고 高尙하다.

李孝石作「花粉」「聖畵等諸作品」. 世上의 褒貶은모르나 언제읽어도 感
銘깊다.

土居晩翠譯「이-리야스」. 이따금식 들추어읽으면서 그풍성스런 藝術
의芳香에魅了된다.

佛蘭西作品

李箕永

나는 이지음 全作을 執筆하기에 別로 읽어본冊이 없습니다. 따라서
所感이라고 적을거리가없아오니 못처럼 請하신데 未安합니다만 다만

數日前에 佛蘭西作家폴·뿌루제의「死」란 小說을 興味있게읽었습니다. 死에對한 意味를 좀더 深刻히 생각할수있는──그의心理描寫가 훌륭하다고 그것은 只至도 생각됩니다. 紙面과 時間關係로 길게쓰지못하옴이 遺憾이올시다.

앙케이트回答

金鍾漢

昨秋에 읽은 모로아의『佛蘭西敗戰記』中에『永遠한것』에 關하여 말하는一節이 있는것을 보고 재미있게 생각했습니다. 基督을 最上級의 저날리스트라고 말한것은 芥川龍之介.

歸鄕할때 Etiemble et Yassugau clere의 램보오論을 사가지고와 아침마다 한페이지식 工夫합니다만 佛語의 힘이 不足하여 三分之一쯤은 잘 모르겠습니다. 램보오의 苦悶癖이나 形而上學的 作風을 一種의 惡性 Masturbation이라고 喝破한 見解가 痛快합디다.

서울서 のりかへ하는동안 가질수있는 세時間, 四十錢짜리 冷麵 두그릇을 먹고나서 朝鮮文庫『歷代女流詩歌選』을 샀습니다. 大部分이 駄作입디다.

女流詩篇

金岸曙

가는봄 지는꽃에 讀書랍시고 이것 저것 들추어보았으나 別로 하잘것이 없는데다가 新刊洋書같은것을 求할길이없어서 나의好奇는 朝鮮歷代

女流詩에 끌리고 말았습니다.

넉넉지못한 漢文이나마 읽고읽고 씹노라면 무어라 말할수없는 妙味
가 나니, 詩의 味란 이곳에 있는가보외다. 그結果 나는 그것들을 이式으
로 옮겨 每新에다 실어보는데 이것에對한 評價는 나의알배가아니요, 다
만 이렇다는 報告만을 할뿐이외다.

「세處女」等

프랑시스·쟈암著『세處女』

聖潔한詩人의 筆緻가 그러낸 이렇게도 純美한 處女의 世界앞에 모든
現實의 구김살도 여름구름처럼 부프러오르고 피여나는 感激을 느끼였
다. 實로 우리周圍에 이렇게아름다운 雰圍氣를想像조차 할수없다면 얼
마나 우리의 不幸은 클것인가?

貴族의巢

트르게네푸作
『貴族의巢』

이大家의것을勿論 다는않이지만 꽤읽었노라면서 어째 이런佳作을 只
今이야 읽게되는가싶게 나의소홀을 自愧하면서 그러니만치 더욱 感銘
깊게보았다. 그렇다고 그런내所感을 只至 적는다면 남이 다아는말을

되푸리하는것이라 重言을 略하지만 그 女主人公의 思想과行色이 거진 半世紀나 前後한 『좁은門』의(지이드의作品)아리사와 그다지도같은것일까. 그러나 이런合致는 결코 우연은않일것이다. 루넷씬쓰의 洗禮로 더욱 昇華된 基督思想이 意志로 모랄로 그들의 人生行路에 아름다운 아-취를 이루운 것이나 아닐까. 그래 아리사나 그女主人公이 그아-취밑을 걸어가는 樣이 勿論 그를꽃다운 靑春에는 큰苦行이겠지만―小說로 바라보는 나 一個東洋人으로서는 무척 아름다운 悲劇이였든것이다.

詩篇과紀行

李石薰

一, 文章廢刊號에실린 여러詩人들 말하자면 申石艸, 白石, 柳致環, 徐廷柱, 吳章煥其他諸氏의 作品을읽고 朝鮮詩壇의놀낼만한 向上에 자못感嘆을 깊이했습니다.

二, 每新에連載되는 金億先生의 朝鮮女流詩人의 漢詩譯의絶妙함에 嘆服했습니다.

三, 三好達治詩集『春の岬』, '하이네'의『한츠紀行』,『佛蘭西現代作家短篇集』等等感銘깊었습니다.

無衣島紀行

安懷南

요새는 딴 雜念이 부쩍 늘어서 책을 별로 못읽었습니다. 靑野季吉氏

의『文學と精神』이라는 評論集을읽고 이老人이 小說을 참으로 잘 理解하는데 感服했습니다. 그리고『人文評論』四月號에서 咸世德氏의 戲曲『舞衣島紀行』을 썩 좋게 읽었습니다.

「建國歌」等

李庸岳

一, 汪兆銘의「建國歌」
二, 몇번다시읽어도 좋은것은 푸라톤의「쏘쿠라테스의辨明」

西廂記

朴魯甲

어떤날 偶然히 西廂記를 읽어보았습니다. 年來로, 過히 바쁘지만않으면 한철에 한번식은, 읽는冊가운대 하나입니다. 特히 그文章을 사랑하는때문이었습니다. 이미 나타난 文字뒤에 숨어있는 수많은文字를 보는것이 좋았고, 王實父의 이一篇이 草橋驚夢에 끝을맺었다는것은 果然 敬服할바였습니다.

雪岳賦

辛夕汀

貴問에答합니다.

朴斗鎭의「雪岳賦」가 몹시感銘깊습디다 和暢하게살아갈봄날이 금시 올상싶습니다. 그리고 兪恒林의諸作과 石仁海의 「海愁」가 퍽좋드군요. 石仁海의「海愁」는 詩의 世界입디다.

헷세의諸作

鄭飛石

헬만·헷세의「구누르프」를 先頭로한그의 一聯의作品——人間生活의 複雜多岐한摩擦에 무진疲勞와 倦怠를 느꼈을때 우리의돌아가야할 安息處는어디일까. 對人間的인 接觸에서 흔히받게되는 悲慘한 傷處를 우리는 어데서 攝養해야할까 現代人間의 가장 不幸스러운 原因의하나는 우리가 우리의 永遠의故鄕이요, 生祥의어머니인'自然'을 잊어 버린데있지않을까. "地上의모든 現象은 各各한개식의 象徵이요, 제各其의 象徵은 또한 개식의 열려있는門"이라고 헬만은 말했다. 진실로"돌과나무잎의 多彩한 脉속의 이야기를읽고, 푸른花菖蒲의 비밀속에살고있는 神과 永遠을 보기"위해서 우리는 헬만에게 배워야할 많은것이있는줄 안다.

海愁와果樹園

蔡萬植

新人의것으로 石仁海의「海愁」朴讚模의「果樹園」이 퍽 좋게생각되었소.

華想譜

兪鎭午氏의 長篇小說

『華想譜』

十餘日臥席하는동안에 讀破할 機會를 갖었었는데, 兪兄은 短篇小說에
서뿐만아니라 長篇小說에서도 亦是 朝鮮에서第一流作家의地位를 確保하
고있는것같습니다. 첫 試驗인 이長篇小說에서 그것을 훌륭히 證明하고
있습니다.

鏡人과皇帝

桂鎔黙

鏡人(戲曲, 夢幻的三部曲)프란츠·웰펠 우리를, 人類의 運命을 새롭게 解
釋하려고하여, 人類의 未來에 對한 理想에 불타는 그情熱이 끝까지 마음
을 붙들고 놓지않았다. 主人公'다마아르'는 人間永遠의 爭鬪와 悲劇의
象徵으로 꾀테의「파우스트」, 입센의「프란드」, 스트린드베르히의「다마
스크스에」같은것을 읽는맛과 비슷했다.

皇帝(文章三十二人集)李孝石

야—果然! 하고 무릎을 여러번 처가며 읽었다. 그 言語美, 그 藝術的
香薰, 이러한 作品이 問題되지 않는것은 무슨때문일고 혼자 興奮해서 다
시 한번 더 읽었다.

今年 一年間의 我文壇의 收穫

一, 今年一年間 읽으신 作品中 좋다고 생각하시는것

二, 今年一年間 先生이 지은 作品은 무엇무엇입니까

李光洙

一, 長篇小說 『耕す人人』(洪鍾羽著)

二, 「同胞に寄す」, 「內鮮一體隨想錄」, 小說 「봄의노래」

金東仁

一, 읽은것 없습니다.

二, 今年에 남긴것은 恥辱뿐.

朱耀翰

一, 短篇으로 지금 얼른 記憶에 떠오르는 作은 蔡萬植氏의 「집」

詩로는 李庸岳, 吳章煥, 徐廷柱, 金光均氏等의 作品

二, 「첫피」及 此에類한것 二三篇「피양성」其他民謠體

金岸曙

一, 읽은 作品으로는

　『半島山河』『三宜堂詩集』

二, 내 作品으로는

詩集 『岸曙詩抄』

論集 『詩心』

朴鍾和

一, 芝溶의 『白鹿潭』

　尙虛의 『無序錄』

二, 『前夜』, 『多情佛心』, 『靑苔集』

朴英熙

一, 雜務로 바빠서 今年一年間처럼 讀書못한 해는 없다고 생각합니다. 틈틈이 雜誌를 뒤적거리면서 五六篇의 作品을 읽기는 하였으나 지금 얼른 그 題目이 생각키지 않습니다.

二, 『每日新報』, 『京城日報』, 『國民文學』等에 五六篇의 論文을 發表했을뿐입니다.

李泰俊

一, 今年 우리 文學의 紀念塔이 될만한것은 鄭芝溶의 第二詩集으로 압니다. 『文章』新年號에 난 新作十篇은 얼마나 우리를 기쁘게했습니까.

二, 『思想의月夜』는 中斷되고, 短篇으로 「토끼이야기」 「뒷방마님」 뿐입니다.

李孝石

一, 作品도 作品이려니와, 刊行物조차 그다지 入手치못한 不作의 一年

인가합니다.

二, 「라오코왼의後裔」, 「山峽」, 「春衣裳」等의 作品과 單行本『短篇選』, 『蒼空無限』(長篇小說)等.

朴泰遠

一, 다른분들의 作品을 別로히 읽지못하여 무엇이라 말씀드릴수 없습니다.

二, 短篇으로는 「四季와男妹」(新時代), 「偸盜」(朝光), 「財運」(春秋), 「債家」(文章)等.

長篇으로는 『女人盛裝』(每新連載中).

翻譯으로는 『三國誌』(新時代連載中) 量으로도 至極히 貧弱하거니와 質에있어서도 이렇다 내세울 作品이 없으믈 못내 부끄러워하는 터입니다.

蔡萬植

一, 李泰俊作 「토끼이야기」

　　石仁海作 「海愁」

　　朴讚模作 「果樹園」

二, 「집」(春秋), 「四號一段」(文章), 「病이낫거든」(朝光), 其外五六篇의 作品이 있으나 아직 發表치 않았습니다.

李石薰

一, 통틀어 읽지를 못해서 그中 뛰어난 作品들을 말할수 없으나 점점 發表기관이 적어짐에따라 發表되는 作品은 대체로 '收穫'으로 볼수있다고 생각합니다.

二, 없습니다. 作品이라고 쓰기는 相當한 數를 썼으나 會心의 作은 없었습니다. 다만 지금은 轉換期라보고 새로운 文字, 새로운 作品을 쓰기 爲한 준비期로 處합니다.

趙容萬

一, 읽은中에서 記憶에 남는것은 없습니다.

二,「旅程」(文章),「晩餐」(春秋),「매부」(朝光)

毛允淑

一, 朴鍾和氏의『多情佛心』

朱耀翰氏의詩「피」

池河蓮氏의「가을」

二, 제가 냉긴 作品이란 도모지 없습니다.

鄭人澤

一, 鄭芝溶詩集『白鹿潭』

文章增刊創作卅四人集中의諸作

二, 旅愁(文章)

區域誌(朝光)

田野薰香(農業朝鮮)

鳳仙花(每日新報)

淸凉里界隈 (國民文學)其他

金史良

一, 무엇보다 昨今兩年間에 輩出한 珠玉같은 新人諸兄을 우리 文壇의 最大收穫이라 生覺합니다.

郭夏信, 石仁海, 池河蓮氏等의 作品 愛讀하였습니다. 그리고 吳章煥, 徐廷柱氏의 詩도.

二, (가)光冥(文學界), 留置場서 만난사나이(文章), 지기미(三千里, 新潮), 泥棒(文藝), 鄕愁(文藝春秋), 山の神神(風俗), 鼻(知性)其他 短篇二三과 現在執筆中의 中篇.

(나)作品集『故鄕』

洪曉民

一, 今年中의 作品들中에는 國民文學 創刊號에 揭載된「淸凉里界隈」라는 鄭人澤氏作品과『思想의月夜』라는 李泰俊氏作品과「배따라기」라는 朴鄕民氏의作 戱曲을 조케보았습니다.

二, 今年中에 내가 쓴것은「山과文學」이라는 硏究비슷한것과 長篇小說『흙』論이란 評論한개과「日高睡不足」이라는 隨筆밖에 쓴것이없습이다. 허나 어디냉길만한文獻이야됩니까. 앞으론 많이 努力하럄니다.

咸大勳

一, 今年 들어 文藝界가 넘우 不振이였습니다. 이것은 發表機關의 不足과 아울러 國民文學에對한 理念把握이 關聯되여 作品이 나오지못한 關係겠지오. 詩, 小說은 머리에남는것이 없고 戱曲은 柳致眞作『黑龍江』(全五幕)이 國民戱曲으로 斯界에 더진 波紋이 크다하겠습니다.

二, 今年엔 作品한개 못썼습니다. 現代劇場일과 國民演劇硏究所일로 하로한時間도 내作品쓸 世界를 갖지못했습니다. 그런中에 長篇을 한十餘回써놓고는 이것을 이해에 마자 마치지 못할것같습니다. 다만 今年中 國民演劇理論을 좀活潑히 展開식힌것이 今年中 나의 成果라 할까요.

宋影

一, 半個年以上이나 긴- 病에 잠겨있기때문에 아모것도 못 읽어봤습니다. 부끄럽습니다.

一, 亦是 쓰지도 못했습니다. 上演戲曲으로 「先驅女」(三幕) 「遺訓」(二幕), 「野生花」(二幕)가 있을따름이나 아즉 活字化는 되지않았습니다.

崔明翊

一, 長篇은 통 못보았고 읽은 短篇으로는 俞鎭午氏의 「馬車」와 李泰俊氏의 「토끼이야기」가 滋味있었습니다.

二, '……냉기신'이란 어떤 말씀인지 모르겠습니다만 쓰기는 「張三李四」 한篇뿐입니다.

桂鎔默

一, 이렇다고 記憶에 남아있는 作品이 없습니다.

二, 作品으로 心月, 離叛, 수달피等 겨우 掌篇 세개였는데 그것도 後二者는 舊稿였습니다.

李庸岳

一, 黃順元 「별」(小說)

　　石仁海 「海愁」(小說)

　　崔貞熙 「白夜記」(小說)

　　吳化龍 「길」(詩)

二, 「벌판을가는것」(詩)

　　「슬라브의딸과」(詩)

　　「다시항구에와서」(詩)

　　「꽃가루속에」(詩)

　　「비눌하나」(詩)

　　「열두개의충충계」(詩)等

崔貞熙

一, 「토기이야기」(李泰俊作)

　　「滯鄕抄」(池河蓮作)

　　「별」(黃順元作)

　　「海愁」(石仁海作)

二, 「天脈」(三千里)

　　「幻の兵士」(總力)

　　「白夜記」(春秋)

朴啓周

一, 金史良氏의 短篇集 『光の中に』의 諸作品.

李泰俊氏의 「토끼이야기」

二, 「마음의貞操」, 「아라사處女」, 「죽엄보다强한것」, 「사랑은이긴다」
等을 每新을 비롯하여 여러雜誌에 發表했습니다. 事情에 依해서 發表못한
것으로는 「處女地」라는 短篇이 있을뿐입니다.

『三千里』, 1941.12.

12월 전원 회의 결정 실천을 위하여

작가들의 신춘 문예 좌담회

지난 1월 4일 작가 동맹 회의실에서는 본사 주최로 제1차 5개년 인민 경제 계획의 첫해를 맞이하여 작가들 앞에 제기되는 창작적 제과업을 성과적으로 수행할 데 대한 문제를 중심으로 좌담회가 개최되였다.

참가자─ 김명수, 김순석, 김북원, 리갑기, 리용악, 리원우, 박웅걸, 박태영, 신동철, 조벽암, 조중곤

본사측─ 윤세평, 박태민

좌담회는 윤세평 주필의 사회하에 진행되였다.

새 현실과 작가들의 동원 태세

사회　먼저 여러 선생들에게 새해의 인사를 드립니다. 조선 로동당중앙 위원회 12월 전원 회의 결정 정신을 받들고 전체 조선 인민이 장엄한 5개년 인민 경제 계획의 첫 발자국을 내디딘 긴장된 오늘, 우리 작가들이 어떠한 결의와 태세로 창작을 어떻게 해야 할가에 대한 고견을 듣고저 하는 것이 오늘 이 좌담회의 목적입니다. 기탄 없이 말씀들 해 주시기 바랍니다.

리원우　긴장된 현실에 비추어 우리 작가들이 단단히 결심해야겠다고 봅니다. 왜냐 하면 우선 작가들이 수립한 창작 계획이나 창작된 작품을 보더라도 적지 않게 안일한 것을 느낄 수 있기 때문입니다. 12월

전원 회의 결정이 나오면 그것이 하부 말단에 어떻게 침투돼서 어떻게 움직이는가를 작가들이 민첩히 포착해야겠는데 딴 청을 부리는 경우가 없지 않거든요. 작가들은 우선 누구보다도 변천되는 시대에 민감해야 하며 그러기 위해서는 늘 긴장해 있어야 한다고 봅니다.

리갑기 2차 작가 대회를 계기로 도식주의를 반대하는 투쟁이 전면적으로 벌어졌고 예술적 형상의 다양화의 문제가 해결되고 있는 이상 문제는 역시 작가의 동원 태세 여하에 달려 있다고 봅니다.

조벽암 로동자들은 승리에 도취하지 않고 3개년 계획을 완수한 높은 기세로 57년 벽두부터 새로운 5개년 계획에 돌입하고 있는데 작가들은 아직 준비가 덜 되고 있거던.

사회 좌우간 우리 작가들의 사상적 동원 태세가 현실보다 뒤떨어진 것만은 작가 자신들이 승인하고 들어가야 한다는 말이지요. 가령 강선 제강소 같은 데서 12월 전원 회의 결정 정신을 받들고 절약과 증산에 궐기하고 있는데 그것이 막연한 구호로서가 아니라 무엇을 어떻게 절약하는가 하는 구체적인 문제를 론의하고 실천적 대책들을 취하고 있거든요. 이러한 앙양된 기세가 곧 공업에서 일대 혁신의 징후를 보여주고 있습니다. 그런데 로동자들의 이런 기세에 비해 작가들이 좀 안일하다고 할는지요. 창작 계획만 보더라도⋯⋯

박태민 작가들의 2개년 창작 계획을 보면 당면한 5개년 인민 경제 계획을 앞에 두고 써야 할 그런 것이 적습니다.

김북원 문제는 창작 활동인데 지난 3개년 계획 기간 자신의 창작을 회고하면 작가로서 과연 그들의 투쟁을 어느정도로 형상했는가 얼굴 붉힐 일이 많지요. 그러므로 5개년 계획에 돌입한 우리가 작품을 씀에 깊이 반성할 여지가 있다고 봅니다.

박웅걸 사실 5 개년 계획의 전망을 현지에서 보면 위대한 랑만과 결부되여 있습니다. 쩨흐, 브리가다, 개인들의 계획이 구체적으로 나오고 있으며 그 계획은 매개 로동자들의 물질 문화 생활 향상과 직접 련결되여 있습니다. 가령 내가 있던 성진 제강소의 례를 들면 고열 로동을 기계화하고 자동화함으로써 유해성을 덜게 되고 따라서 로동이 쉽게 됩니다. 이를 구체적으로 파악하면 거기에 곧 시를 느끼리라고 봅니다.

신동철 언제든지 비상 소집에 응할 수 있는 군대는 언제든지 전투 임무를 수행할 수 있습니다. 우리 작가들도 전투적 인 부대의 하나라는 것을 알아야겠습니다. 나는 지난 기간 매번 계획을 완수 못했지만 그러나 긴장했을 때는 쓰라는 것을 썼고 쓰고 싶은 것을 썼거던. 이것은 역시 작가들에게 긴장된 동원 태세가 요구된다는 것을 말해주는 경험으로 되지 않을가요. 글이 안나오면 현장에 가서 구호를 부르며 선동이라도 하자. 또 청탁 받기 전에 먼저 쓰자, 이런 긴장성이 필요하다고 봅니다. 물론 여기에는 모든 난관을 극복하는 혁명적 락천주의가 필요하지만……이것이 나의 년초의 결의입니다.

사회 김북원 선생은 아까 반성해야한다고 말했는데 내가 볼 때, 3 개년 계획에 착수한 초기에는 그래도 어찌했든 「직맹반장」, 「빛나는 전망」 등 작품들이 많이 나왔지요. 그러나 그 후에는 많지 못했거든요. 왜 그런가? 역시 긴장성이 해이된 표현이라고 봅니다.

박웅걸 옳습니다.

사회 지금까지 일부 공장들에서의 년간 계획 수행 정형을 보면 1. 4분기나 2. 4분기까지는 좀 굼뜨다가 3. 4분기, 4. 4분기에 가서 돌격식으로 몰아치군 하는데 이번 12월 전원 회의 정신은 이런 파동성을 극복하고 처음부터 계획대로 수행하자는 데 큰 의의가 있다고 봅니다.

리갑기 그건 작가들의 창작 태도에서도 볼 수 있지요. 대개 청탁을 받고 처음 한달쯤은 아직 시간이 넉넉하다고 늦장을 부리다가 열흘, 일주일 전에야 당황해서 돌격적으로 쓰지요. (웃음 소리)

창작 계획 재검토 문제

사회 우에서 얘기된 그런 실정에 비추어 볼 때 작가들의 2개년 창작 계획을 재검토할 필요는 없을가요.

조중곤 아, 필요하지요. 5개년 계획에 동원되는 작가들의 심정이 로동자들처럼 들끓지 못하고 있습니다. 때문에 현실에 침투해야 하며 그들과 함께 호흡해야 한다는 문제가 나섭니다만……. 창작 계획을 종합해 보면 너무 큰 것만을 생각하고들 있는 것 같애요. 5개년 계획 후는 생각하면서도 첫해의 57년도에 어떻게 하겠다는 것은 도외시하고 있거던, 오체르크나 수필 같은 짧고 간결한 형식에 대해 홀시하는 경향들이 아주 많습니다. 이 경향을 극복하는 것이 무엇보다도 중요하다고 봅니다. 어찌했든 우리 분과에는 1년에 장편 소설 두 편을 쓰겠다는 동무가 있으니까. (웃음)

김명수 계획을 재검토한다면 결국 작가들에게 주제를 배당하는 것으로 되지 않을가요.

김순석 그게 아니라 창작 계획에 5개년 계획의 전체면이 전망돼야겠는데 전연 비여 놓은 구석이 있거든요. 때문에 이것을 력량이 있는 작가들과 개별적으로 절충해서 발란스를 조절하자는 게지요.

사회   그렇습니다. 계획 수립을 지도할 필요가 있다고 봅니다.

신동철   목전 전투를 거쳐야만 다음 전투를 할 수 있지요. 우리 당의 종국적 목적은 공산주의 건설이며 그를 위해 우선 조국을 통일해야 하며 그러기 위해서 5개년 계획이 필요하며 그를 완수하기 위해 첫해의 과업이 있는 것이니까. 작가들이 이를 망각해서는 안된다고 봅니다.

박태영   계획을 많이 세웠다고 해서 반드시 그만치 쓸 수 있는가 하면 그렇지 않습니다. 특히 희곡 부분을 보면 막연합니다. 2개년 동안에 무엇을 쓸지조차 모르고 있으며 계획을 세울만한 생활 체험의 축적과 구체적인 준비가 없습니다. 그래서 현실을 더 깊이 연구하는 문제가 기본적인 문제라고 봅니다.

현실을 신속히 반영시키기 위하여

사회   이렇게는 생각할 수 없겠는지, 가령 증산에 궐기한 로동 계급을 형상하겠다는 계획을 세웠다 하더라도 그것을 반드시 큰 것으로만이 아니라 오체르크나 단편들로서 제때 제때에 반영시키는 문제를……

박웅걸   그것이 필요하다고 봅니다. 나두 계획에는 큰 것을 세웠지만 민속하게 현실을 반영시킬 수 있는 오체르크나 수필, 현지 보도 같은 소형식을 많이 쓰려고 합니다.

김북원   나도 지금 장편 서사시를 쓰고 있지만 큰 작품을 완성하기 위해 들어 앉아 있노라면 그 사이에 현실은 세차게 움직여 나가고 만단 말이지요. 이를 놓쳐 버린다는 건 참을 수 없는 일입니다. 쓰다가 도중에 나가서라도 다른 새 것을 써야 한다고 생각합니다.

김순석   그렇다고 해서 당의 부름이 마치 시사적인 데만 있는 것처럼 생각하면 안되지요. 그것은 먼 후대 사람들에게 5개년 계획을 수행하는 우리 시대의 목소리를 남겨주도록 좋은 작품을 쓰는 문제와 반드시 결부돼야 한다고 봅니다. 5개년 계획을 결속지을 때는 반드시 이 두 측면에서 론의돼야 하리라고 봅니다.

박웅걸 그건 옳은 말입니다. 시기성도 중요하지만 작가가 문학적 생명 있는 작품을 쓰려는 것은 누구나 다 가지고 있는 소망이며 이것을 무시할 수는 없지 않습니까.

김명수 문학적 생명력이 있는 작품은 반드시 큰 작품만을 의미하는 것은 아니겠지요. 이런 것은 역시 짧은 형식에 대해 등한하고 홀시하는 경향이라고 봅니다. 소형식 문학 작품도 얼마든지 자기 생명력을 가질 수 있습니다. 간결하고 신속하게 5개년 계획 수행 모습을 훌륭하게 반영시키는 문제가 중요하지요.

박태민 작품 속에 흐르고 있는 정신이 문제이지 길고 짧은 것이 문제는 아니겠지요.

리용악 창작 계획들을 보고 느낀 것을 솔직히 말한다면 서정시도 제대로 다루지 못하는 사람들이 큰 것에만 욕심을 내서 장편 서사시를 쓰겠다고 대드니 도대체 어떻게 할 셈인지 모르겠습니다.

문제는 서정시 한편이라도 온전한 것을 쓰는 것이 문제라고 봅니다.

시대적 정신과 작가의 빠포쓰

조벽암 요지음 편집부에는 꽃이요 사랑이요 하는 작품들이 적지 않게 투고되어 오는데 특히 신인들의 작품을 보면 아주 얕은 정서에서 노래되고 있습니다.

리갑기 우리의 시대 정신이 어디 있는가. 시대의 빠포쓰를 옳게 잡는 사람은 역시 전형적인 것을 잡습니다. 그런데 백가장편이라니까 이건 망탕 꽃이요 사랑이요 하기던, 우리는 당 작가이며 당의 목소리의 전달자입니다. 영원한 쩨마라고 해서 혁명 과업을 망각할 수는 없다고 봅니다. 물론 꽃도 사랑도 노래할 수 있습니다. 그러나 아까 박 태민 선생도 말씀했습니다만 작품 속에 흐르고 있는 작가의 빠포쓰 즉 시대적 정신이 문제입니다. 이런 면에서 앞으로 신문 같은 데는 시대적 정신이 반영된 그런 작품, 시사성 있고 전투적인 작품을 많이 싣는 것이 좋겠다고 봅니다.

도식주의의 피난처

사회 다음은 구체적으로 그와 결부된 예술적 형상 문제에 대해 말씀해 주셨으면 좋겠습니다. 가령 시대 정신과 결부된 형상에서 도식주의를 타파하는 문제 등에 대해서……

조중곤 문제는 재미 있게 써야 합니다. 그런데 요즘 관료주의를 폭로하는 빌레똔들이 많이 나오는데 그저 때리고 치고 하는 것이 재미 있어서만 쓰는것 같은 인상을 주는 것이 있습니다. 부정 인물을 다루는데 있어서 작가의 긍정적 빠포쓰가 전면에 흐르지 않으며 오히려 악영향을 줄 수 있습니다. 소설 부문에서는 최근 부정 인물을 취급한 작품이 많이 나오고 있는데 역시 우리 시대의 전형을 형상하는 것이 중요하다고 봅니다.

김북원 그런데 마치 작가 대회에서 지적된 사람들에게만 도식주의가 있고 그 외의 사람들에게는 전연 없는 듯이 '나는 없어!' 하고 시침을 떼는 작가가 있는데 이는 옳지 않습니다.

그리고 주제와 쟈ㄴ르를 다양하게 하자, 사랑이나 자연에 대해서도 쓰자고 한 것은 시대적 빠포쓰를 거부한 것은 아닙니다. 그런데 여기와서 들으니 한쪽 편향으로만 나간다니 그건 옳지 않다고 봅니다.

리용악 발표된 것에는 별로 없지만 투고된 작품 중에는 그런 것이 많습니다. 도식주의를 피하는 길이 마치나 사랑이나 자연을 노래하는 것처럼 생각하는지 창작 계획에도 '사랑에 대하여' 운운하고 있거든. 도식주의가 건설이나 공장 농촌을 그렸기 때문에 나온 것은 아니지요.

박태영 희곡 부문에서는 이런 것을 느낍니다. 도식주의 발생의 원인을 론의하면서 외부적 간섭 운운하더니 행정적 조치로서 그런 것이 없어지니까 이번에는 또 다른데다가 전가시키려고 하거던. 이건 옳지 않은 생각입니다. 도식은 역시 작가가 현실을 모르는 데서 나오는 것입니다. 우리는 자기 분야를 전문화하도록 깊이 파고 들어야 하겠습니다. 자기들의 생활 체험에서 울어 나오도록 생활을 잘 알아야지요. 극장이 요구한다고 해서 오늘은 농촌, 래일은 공장하고 돌아다니다다니 결국 수박 걸 핥기 밖에는 되지 않습니다.

사회 자유로이 쓰는 것을 막으려고 하지는 않습니다. 그러나 편집부에 들어오는 시들에서 보는 그런 경향에 대해서는 경종을 울릴 필요가 있습니다. 최근 우리 신문사에도 자기 수첩에다 메모나 해 둘, 또는 애인에게 보내는 편지에다가나 써 보낼 그런 시들이 투고되여 옵니다. 문제는 정치성, 사회성 있는 작품을 쓰자는 문제가 론의되어야 한다고 봅니다.

문학 작품의 정치성, 사회성

김순석 성진 제강소의 어떤 로동자가 작년 『조선 문학』에 발표된 시를 서너번이나 읽으려고 애쓰다가 결국 끝까지 읽지 못하고 말았다고 합니다. 그렇다고 그것이 긴 시냐 하면 불과 4 매짜리 서정시였습니다. 그럼 왜 못 읽었겠는가. 처음부터 끝까지 정치적 술어가 들어 차 있기 때문이였습니다. 시에서도 안김성이 있어야 합니다. 서정시에서 정치성, 사회성을 어떻게 봐야하는가. 나는 론리를 앞세우고 그 론리에 맞추어서 쓸 것이 아니라 먼저 형상을 통해서 시대 정신을반영해야 한다고 봅니다. 잘 형상화되지 못한 감정을 정치적 술어로 썼다고 해서 정치성이 있는 것은 아니니까요. 그런 용어를 쓰지 않드래도 그 작품의 빠포쓰가 사회적인 의의를 띠고 나갈 때 그것은 사회성이 있는 작품이라고 봅니다. 문제는 인민적 빠포쓰 문제라고 봅니다.

조벽암 '5개년 계획'이니 기타 정치적 술어라고 해서 시에 써서는 안된다는 것은 아닐 겁니다. 문제는 그것이 제 자리에 잘 놓였는가가 문제겠지요.

절약하는 사람과 안하는 사람

사회 희곡 부문에서 갈등 문제에 대해서 말씀해 주세요. 특히 절약과 증산 문제를 둘러 싼 갈등에 대해서……

박태영 인간 문제에 있어서의 갈등이라고 해서 현실에 산재해 있는 모순 대립들을 여기 저기서 수집 라렬하는 현상이 많습니다. 특히 심각한 갈등이라고 해서 모자간, 부자간, 형제간의 갈등 등, 나타난 심각한 갈등에만 치중하고 그것을 작품의 소재로만 삼았지 정작 극작술에 있어서의 갈등의 심화는 덜 생각하고 스치고 마는 것이 보통 현상입니다.

사회 과거에도 '놀부'나 '지지리꼽재기' 같은 린색한 인물은 잘 형상된 것이 있는데 절약에 대한 적절한 형상은 없거든요.

박태영 당시의 절약이란 결국 치부를 위한 개인 리기주의적 절약이였지요. 때문에 무엇을 위한 절약이냐는 문제가 명확하면 해결되리라고 봅니다.

김명수 그것은 성격 문제라고 봅니다. 절약을 하는 진실한 성격이 있으면 거기에는 반드시 갈등이 생깁니다. 이것을 성격으로 보지 않고 다만 갈등으로 또는 문제성으로만 생각하는 것은 잘못이라고 봅니다.

조중곤 넓은 의미에서 성격이지요. 그런데 소설 분야에서도 사람과 사람과의 외부적인 갈등에만 치중하지 내부적 갈등은 흔히 등한히들 하거든요.

박태영 절약 문제는 그것이 사회주의적이냐 아니냐에 있어서 크게 문제돼야 한다고 봅니다. 과거의 개인주의적 측면에서 출발한 린색과 사회주의적 축적을 위한 절약과의 이 두 측면이 앞으로 중요한 갈등으로 돼야 할 것입니다.

가령 자기의 것은 절약하는데 국가나 공동 소유의 것은 랑비한다는 등……그런데 흔히들 갈등을 심화한다 하니까 갈등 구성에서 우선 절약하는 사람과 절약 안하는 사람하고 두 극단을 대립시켜 놓거든.

박웅걸 그게 바로 도식이지.

신동철 절약한다 안한다지 문제가 아니라 국가나 공동 소유물을 절약하지 않으면 자기 리익과 배치되게 되는 이것이 곧 갈등이며, 또 절약하는 과정에서 난관에 부닥치는 것도 갈등이지 무엇입니까.

아동 작품을 많이 쓰자

리원우 오늘 여러가지 론의됐는데 이것들이 아동 문학에도 전부 해당된다고 봅니다. 물론 형태는 다르겠지만······요지음 동지들 중에 무사상적인 것이 나오고 있습니다. 그러면서도 대상이 유년이기 때문이라고 구실을 붙이고 그것으로 방패 삼으려고 합니다.

우리 시대의 아동들을 어떻게 교양해야 하는가. 이는 매개 작가들이 깊이 연구하지 않으면 안된다고 봅니다. 그리고 특히 아동극이 거의 도외시되다 싶이 아주 부진 상태입니다. 작가들이 아동들을 위해 더 많은 작품을 써야 한다고 생각합니다.

사회 아동 작품이라도 성인들이 읽고 교양 받을 수 있는 그런 작품이라야 한다고 생각하는 데.

리원우 그건 옳은 말씀입니다. 사실 여지까지도 잘 됐다는 작품들은 다 그런 것들입니다.

김북원 작가들이 아동들을 교양하기 위해 좀 더 많이 작품을 써야 한다고 생각합니다. 지난번 어느 군 소재지에서 서점에 아이들이 책을 사러 왔다가 없어서 그냥 돌아가는 것을 보고 정말 가슴 아프게 생각했습니다.

평론의 지도성에 대하여

사회 평론 부문에 대해서도 말씀 좀 해주세요. 평론의 지도성을 확립하는 문제라든가 정론을 어떻게 쓰겠는가 등에 대해서.

김명수 그러기 위해서 평론가들이 현실 속으로 들어가야겠는데 들어간 사람도 없거니와 조치도 취해지지 않고 있습니다. 평론가들이 현실을 안다는 것은 작품을 옳게 분석 평가하기 위해서도 중요한 것입니다.

신동철 나는 금년에 정론을 많이 쓸 생각입니다. 사실 정론이란게 따분한 단편 소설보다는 자미있고 호소가 강한 쟈느르입니다. 에렌부르그의 정론 같은 건 좋은 모범이라고 봅니다. 정론을 쓰려면 많은 재료가 필요되는 데 난 노트를 가지고 다니면서 아무대서나 자미 있는 이야기를 메모해 둘 작정입니다.

박웅걸 어찌했든 짧고 전투적인 쟈느르를 활발히 쓰는 문제가 중요하게 제기됩니다.

사회 나도 평론을 쓰는 사람이기는 하지만 어찌했든 평론가들이 좀 굼떠요. 당 사상의 직접적 안내자로서 그들이 너무나 현실에서 떨어지고 있거든. 그래 우선 평론가들이 동원돼서 현실을 민감하게 인식해야겠다고 봅니다.

박태영 평론가들이 발표된 작품만을 론의할 것이 아니라 사전에 방향을 제시하여 작가들을 지도 방조해야 합니다. 평론의 지도성을 더욱 높여야 한다고 생각합니다.

사회 『문학 신문』이 놀아야 할 역할도 곧 그것인데 아직 실질적 방조를 주지 못했습니다. 그런데 지도성 있는 평론이란게 대개가 중요한 보고나 결정 인용으로 가득 차서 도무지 딱딱해서 읽을 맛이 안나거든요. 이것을 풀어서 부드럽게 수필식으로 썼으면 좋겠어요. 나 보기엔 아직 평론들이 틀에서 벗어나지 못하고 있습니다. 오히려 작가들이 쓴 평론이 틀이 없고 재미 있습니다.

김명수 평론가의 사업은 3단론법의 사업이 아니라 역시 빠포쓰의 사업이니만큼 개성이 있어야겠는데 이때까지는 틀에서 벗어난 형상적인 독특한 쓰찔의 평론이 나오면 이단시되여 왔습니다. 역시 평론도 자기의 빠포쓰로 자기의 쓰찔로 써야할 것이라고 봅니다.

박웅걸 그것은 평론을 마치 높은 데서 나려다 보는 식으로 하기 때문에 그렇다고 봅니다.

김명수 또 하나는 평론가들이 작품을 읽지 않는 경향을 지적해야겠습니다. 청탁서를 받은 후에야 부랴부랴 작품을 읽으니 깊은 분석이 나올 리 없지요.

사회 그렇기도 하지만 작가들이 좀 읽고 싶은 작품을 써 주셔야겠에요.

조중곤 그건 독자들이 할 소리이고 평론가는 읽고 싶지 않은 그런 작품일 수록 더 읽어야 하지 않을가요.

사회 평론도 역시 빠포쓰 사업인데 당초에 쓰고 싶은 충동이 나지 않으니 말이지요. (웃음)

박태영 좋은 것은 좋은 대로 나쁜 것은 나쁜 것에서 받은 빠포쓰가 생기게 될 것이니까 그 빠포쓰로 쓰면 되겠지요. (웃음 소리)

사회 우리 신문을 위해 바쁘신 중 이렇게 여러 시간 좋은 말씀들을 해주셔서 감사합니다. 저는 보기를, 오늘 회의가 작가들에게 일정한 지도성 있는 문제를 제기한 성과 있는 모임이라고 봅니다. 물론 제기되였던 문제들이 론진되거나 완전히 해결된 것은 아닙니다. 그러나 12월 전원 회의 결정 정신을 받들고 전체 인민들이 5 개년 인민 경제 계획 수행에 들끓고 있는 이때 우리 작가들이 어떻게 태세를 갖추고 나아가야겠는가 하는 기본적인 문제는 론의되였다고 봅니다. 오늘 말씀해 주신 그런 태세로 여러 선생들이 솔선 창작적 모범을 보여 주실 것을 부탁합니다.

지면은 얼마든지 제공해 드릴테니까.

『문학신문』, 1957.1.10.

편지

편지 받은 지 여러 날 되었는데 이제사 회답을 씁니다. 순전히 제가 멍하니 지내는 탓이었습니다. 말씀하신 지저기깜은 집엣사람도 통 준비 못했던 모양입니다. 내지인이 아니면 배급도 주지 않는다고 하기에 제가 입던 와이샤쯔 등속이랑 뜯어서 지저기를 맨들었답니다. 그러나 댁에서 애기 낳을 때쯤에는 혹은 얻을 수 있을는지도 모르겠습니다. 항간에 몰래 돌아다니는 것이 있다고들 하는데 만약 그것이 사실이라면.

아무튼 인제 곁에 나타날 때도 되었을 것같이 생각되는데 이왕 그만 두실 직장이면 속히 몸을 감추시길 바랍니다. 경제적인 문제도 없지는 않겠지만 산 사람 입에 거미줄 치는 법 없다고 하지 않습니다. 저는 참으로 캄캄히 지우고 있습니다. 아이는 몹시 튼튼한데 애어미 바람을 맞은 모양으로 좀 병들었나 봅니다. 한약을 쓰고 있습니다.

매신 건 지금으로부터 잘 운동하면 될 것 같은데 김 선생님께서 힘써 주셨으면 얼마나 감사하겠습니까.

아무튼 수일 내로 이력서 다시 써서 김 선생께로 보내볼 작정이올시다. 딴노릇은 아직 전혀 희망 없나이다. 방송국에서 낸다는 잡지는 언제쯤 나오는 것인지 그리고 저의 원고는 쓰게 되는지 알고 싶습니다. 대동아는 또 어찌 되었습니까. 자세한 소식을 알려주시길 바랍니다.

1942.8.30. 岳

편지 원문에는 말미에 '8. 30 岳'이라고만 쓰여 있으나 편지에 나타난 정황으로 미루어 볼 때 1942년 8월 30일에 쓴 편지로 보인다.

「이용악이 최정희에게 보낸 편지」, 강인숙, 『편지로 읽는 슬픔과 기쁨』, 마음산책, 2011, 214~215쪽.

리용악론(발굴)

혁명투사의 정신세계와 서정적주인공

박승호

항일유격대원들은 김일성동지의 혁명사상에 대한 확고부동한 신념을 가지고 어떠한 어려운 환경에서도 혁명과업을 끝까지 관철하고야마는 혁명적충실성, 주체사상과 자력갱생의 혁명정신으로 일관되여있다. 이러한 혁명투사의 사상감정을 노래하기 위하여 시인자신이 서정적주인공이 되든가 '그'를 통하여 투사의 정신세계를 추구하든간에 중요한것은 항일투사의 정신세계를 깊이있게 노래하는데 있다.

그런데 이미 론의된바와 같이 지난기간 일부 시에서는 시인들이 사실에 대한 확인이나 오늘의 행복에 대한 안온한 명상속에서 벗어나지 못하는 현상이 있었다.

그 원인의 하나는 시인자신이 혁명적사상으로 무장되지 못한데 있는것이다.

일부 시들은 혁명전적지의 자연풍물을 노래하는데만 치중하고 거기에 깃든 투사들의 정신세계는 깊이있게 노래하지 못하였었다. 이것은 다 그 문제와 관련되여있다고 본다.

우리 시인들은 항일투사들의 사상감정을 깊이 체험하고 그것을 시의 사상적기백으로 구현하도록 해야 할것이다.

시인 리용악의 「우리 당의 행군로」는 이런 요구에 긍정적인 해답을 주는 시다.

저벅저벅 밟고간 자국소리

아직도 가시잖은 그 소리에 맞추어

너무나 작은 발로 나도 딛는 땅

막다른듯 얽히다도

앞으로만 내내 트이는구나

진주를 다듬어 천리에 깐들

이 길처럼이야 어찌 빛날가

조국의 광복을 만대에 이으신

김일성동지!

그이의 가슴에서 비롯한 이길!

시인은 베개봉으로 오르며 그날 투사들이 남긴 자국소리를 듣는다.

그러나 시인은 다만 지난날의 그 길을 회상하는것으로 그치는것이 아니라 우리 당의 영광스러운 력사에 대한 시적사상을 펼쳐보여주고 있다.

전적지의 표상을 통하여서도 시인은 김일성동지의 령솔하에 조국으로 진군한 투사들의 고상한 사상 — 조국의 광복을 위해 15개성상 싸워온 혁명투쟁 력사의 위대성을 깊이있게 노래하면서 그것을 우리의 수령의 령도와 밀접히 결부하여 그의 뿌리를 밝히였다.

혁명전통의 깊은 뜻을 체득해야 시인이 혁명사상으로 무장할수 있고 그럴 때만이 혁명전통을 깊이 노래할수 있다.

투사들의 사상감정을 깊이있게 보여주기 위하여서는 또한 구체적인 생활감정을 안받침해야 하리라고본다.

어느 시작품이나 구체적감정은 필수적인것은 사실이다.

그런데 이 문제는 오늘 독자들이 투사의 사상을 자기들의 실생활, 사상생활에 구현하려고 노력하는 사정에 비추어 이 주제에서 중요하게 제기된다. 구체적인 생활감정이 없을 때 그 시가 주자고하는 사상은 감동적으로 울리지 못할것이다.

혁명투사의 생활감정을 깊이 파악하자면 우리 시인들이 그들의 생활을 구체적으로 탐구해야 한다. 이와 관련하여 우리 시인들은 「항일 빨찌산참가자들의 회상기」에서 시적소재를 선택할수 있다. 이 경우에 깊이있게 그 사상을 체득하는것이 필요하다.

「항일빨찌산참가자들의 회상기」인 「동지들 이 총을 받아주!」는 누구나 알고있으며 그를 시적소재로한 시 「동지들 이 총을 받아주!」도 알고있다.

시인이 회상기의 본질적사상을 심장으로 파악하고 그것을 시화하였기때문에 이 시가 우리를 공감시킬수 있었다고 본다.

우리는 혁명전통학습을 지식으로가 아니라 생활의 교과서로 투쟁의 정신적량식으로 되게 심화해야 한다.

이렇게 함으로써 시인들은 우리 당의 유일사상체계로 확고히 무장하게 되고 혁명투사의 사상감정을 더욱 깊이있게 그려낼수 있을 것이다.

『문학신문』, 1967.7.11, 3면.

리용악과「평남관개시초」

방철림

리용악은 위대한 수령님과 당의 품속에서 자기의 시적재능을 활짝 꽃피우고 인민들의 사랑받는 수많은 작품들을 써냄으로써 시문학발전에 이바지한 우리 시단의 재능있는 지인들중의 한사람이다.

'향토시인'이라고도 불리운 리용악의 작품들에는 근로하는 인민들의 창조적생활에 대한 기쁨과 랑만의 세계가 조국의 아름다운 자연에 대한 시적화폭속에서 그윽한 향토적서정을 가지고 짙게 채색되여있다.

리용악은 해방전부터 문학에 뜻을 두고 시창작을 하여왔으나 전쟁시기 위대한 수령님의 품에 안겨서야 비로소 참된 삶의 보람을 안고 인민을 위한 시를 쓰게 된 시대의 '행운아'였다.

위대한 령도자 김정일 동지께서는 "작가는 혁명의 일시적인 동반자가 아니라 당과 끝까지 운명을 같이하는 영원한 동행자로 될 때에만 가장 값높고 보람찬 삶을 누릴수 있다"라고 지적하시었다.

리용악은 1914년 11월 함경북도 경성군 수성동의 어느 한 빈농민가정에서 출생하였다.

일찍부터 문학에 뜻을 두고있던 리용악은 19살이 되는 해에 고향을 떠나 서울로 갔으며 1934년 봄에는 이국땅으로 가서 고학을 하였다.

리용악은 1939년 겨울에 귀국하여 어느 잡지사의 기자로 활동하면서 해방될 때까지 시창작에 주력하였다.

그는 1935년에 첫 시작품을 발표한후 해방될 때까지『분수령』,『낡은 집』,『오랑캐꽃』등 세권의 시집을 냈다.

그의 시에는 시인의 생활체험과 뗄수없이 련결되여있는 북관의 침통한 정서가 노래되여있는데 그 바탕에는 가난과 억압에 시달리는 식민지 망국민들의 눈물겨운 처지와 그들에 대한 동정, 자유에 대한 갈망이 놓여있다.

그가 1938년에 쓴 「두만강 너 우리의 강아」, 「우라지오 가까운 항구에서」 등 시에는 적막과 고독, 비분의 경지에서 벗어나 보다 자유와 광명에로 지향하려는 몸부림과 사색이 일정하게 표현되여있다. 그러나 그 어느 경우에도 그의 시에 비낀 애수와 영탄의 서정은 좀처럼 가셔지지 않고 있다.

세권의 시집을 내면서도 애수와 영탄의 그림자를 지울수 없었던 그의 시세계는 해방후의 새로운 현실속에서 새로운 색깔과 숨결을 가지고 랑만적인 정서로 활기있게 변모되었다.

그는 나라가 해방된후 서울에서 미제와 리승만 괴뢰도당을 반대하여 투쟁하는 진보적인 문화인대렬에서 활동하였다.

그리다가 1949년 8월 괴뢰경찰에 체포되여 10년간의 징역형을 언도받았으며 서울서대문형무소에 갇혔다가 1950년 6월 인민군대의 서울해방과 함께 출옥하였다.

시 「노한 눈들」, 「짓밟히는 거리에서」, 「빗발속에서」 등은 이 시기에 쓴 대표적인 작품들이다.

이 시들에는 미제와 그 주구들에 대한 불타는 증오와 반미구국항전에 일떠선 남반부인민들의 영웅적기백이 반영되어있다.

1951년 3월 북남문화인단체가 련합되면서부터 리용악은 조선문학동맹 시분과위원장으로 사업하였으며 1956년 11월부터는 조선작가동맹출판사 부주필로 사업하였다.

시인은 1957년에 전쟁시기와 전후시기 공화국의 품속에서 창작한 시들을 기본으로 하면서 해방전에 창작한 시편들을 포함하여 단행본 『리용악 시선집』을 세상에 내놓았다.

여기에 1956년에 쓴 시초「평남관개시초」가 들어있는데 이 시초는 해방후 그의 창작을 대표하는 작품이며 시인으로서의 그의 창작적개성을 뚜렷이 특징짓고있다.

「평남관개시초」에서 시인은 평범한 생활속에서 시를 발견하고 그것을 락천적인 감정으로 부각하며 향토색이 짙은 민족적정서로 기지와 랑만이 있게 노래하고있다.

리용악은 그 어느 시인보다도 해방후의 벅찬 현실을 노래하면서 서정시의 민족적정서 민족적성격문제를 특색있게 해결한 시인이였다.

시인이 즐겨 노래한 것은 새롭게 변화하고 새 생활로 들끓는 우리 나라 농어촌현실이었다.

해방후 모든 시인들이 그러하였던것처럼 리용악도 현실의 전변에 민감하였으며 그러면서도 그는 그 전변을 세태적이라 할 정도의 생활세부를 통하여 노래하는데 많은 관심을 돌렸다.

전후의 농촌생활과 어촌생활을 노래한 「봄」, 「소낙비」, 「어선민청호」 등 작품이 그렇고 「평남관개시초」에서도 그런 특성이 강하게 나타나고 있다.

10편으로 구성되여있는 「평남관개시초」에서 머리시와 맺음시격인

「위대한 사랑」과 「격류하라 사회주의에로」를 내놓고는 나머지 8편의 시가 모두 그런 생활에 대한 다감한 정서로 일관되여있다. 지어 그 가운데는 「전설속의 이야기」와 「열두부자동뚝」과 같이 지난 시절의 전설적인 이야기를 계기로 하고있는 작품도 있다.

그럼에도 이 시초를 관통하고있는것은 어버이 수령님의 원대한 구상과 은혜로운 사랑의 손길아래 세기적전변의 새 력사를 펼친 평남관개를 두고 느끼는 인민의 다함없는 감사와 고마움, 생활의 기쁨과 크나큰 행복의 감정이며 그 형상에서의 생활적인 섬세성과 짙은 민족적정서이다.

　　　이 소는 열두삼천리에 나서
　　　열두삼천리에서 자란 둥글소,
　　　떡심이야 마을에서 으뜸이건만
　　　발목에 철철 감기는 물이 글쎄
　　　물이 글쎄 무서워선가
　　　걸음을 제대로 걷지 못하네

　　　써레쯤이야 쌍써레를 끈다한들
　　　애당초 문제될가만
　　　난생처음 밟고 가는 강물냄새가
　　　물냄새가 유별나게 좋아선가
　　　걸음을 제대로 걷지 못하네

이것은 시 「물냄새가 좋아선가」의 전부이다.

이 시에서는 물에 대한 세기적소원을 푼 농민들의 감각과 기쁨이 물에 적신 발목을 무겁게 옮기는 황소의 걸음걸이에 의탁되여 비유적으로 표현되였다. 그런가 하면「덕치마을에서」는 뚝에 앉아 물을 기다리며「말뚝잠」이 든 한 로인의 심정을 통하여「두 강물을 한곬으로」에서는 관개공사의 나날에 땀흘려온 청춘남녀의 사랑의 사연을 통하여 그리고「전설속의 이야기」와「열두부자동뚝」에서는 눈물겹던 지난날의 사연과의 련관속에서 세기적소원을 이룩한 농민들의 감격과 기쁨이 노래되고있다.

시인은 위대한 수령님과 당의 현명한 령도밑에 일어난 거대한 전변을 심장으로 체험하고 생활로 터득하였으며 그것을 자기의 목소리로 격조높이 노래하였다.

그의 시는 생활의 세부적인 측면을 파고들어 인간심리를 섬세하게 노래하는 그만큼 그 화폭이 회화적 구체성과 선명성을 가지고있으며 깊은 사색과 여운을 강하게 안겨주는 특성을 가지고있다.

생활에 대한 열렬한 긍정과 례찬, 랑만적열정이 뜨겁게 소용돌이치게 하면서 깊은 여운을 남겨주는 리용악의 시들은 언제나 독자대중의 심금을 울렸다.

일상생활을 짙은 민족적정서로 노래한 민족적성격이 강한 특성을 가지면서도 그 정서속에 랑만적열정이 내면적으로 뜨겁게 굽이치는 시를 창작해냄으로써 리용악은 해방후 우리 현대시문학을 새롭게 꽃피우는데서 한자리를 차지하는 시인으로 되였다.

그의 시들은 사람들에게 아름답고 고상한 생활정서를 안겨주며 그들의 문화성과 인간성을 높여주는데 이바지하였다.

리용악은 한편의 작품을 써도 그것이 생활인식의 힘있는 수단으로 될수 있게 여러모로 심사숙고하고 품을 들여 쓰는 무게있는 시인이였다.

그 누구도 모방할수 없는 자기의 얼굴, 자기의 문체를 가지고 시단을 아름답게 장식하고있던 리용악은 1971년 2월 병으로 우리곁을 떠났다.

그러나 전후시기 우리 문단의 대표작인 「평남관개시초」가 독자대중의 기억속에 살아있는것처럼 리용악의 이름은 문학사의 갈피에서 오늘도 빛나고 있다.

본사기자 방철림
『천리마』, 1995.12.

애국적지조, 창작적열정으로 빛나는 삶
조국통일상수상자인 시인 리용악에 대한 이야기

은정철

위대한 령도자 김정일동지께서는 다음과 같이 지적하시였다.

"조국에 바친 값높은 생은 조국과 더불어 영생합니다."

승리와 영광으로 빛나는 우리 혁명력사의 갈피마다에는 자기의 고귀한 생을 바쳐 당과 수령, 조국과 인민을 위한 정의의 위업에 기여를 한 유명무명의 애국렬사들의 삶이 보석처럼 빛을 뿌리고있다. 오늘도 영생하는 애국충신들의 대오에는 재능있는 시인이었던 리용악도 있다.

사회주의건설시기 위대한 수령님의 대자연개조구상과 인민사랑을 「평남관개시초」에 담아 격조높이 노래한 리용악의 이름이 문단에는 알려져있지만 애국충신, 투사로서의 그의 생애를 아는 사람은 많지 못하다. 그만큼 그는 소문없이 조용하게 산 사람이다. 하지만 평범한 그 생의 자욱을 더듬느라면 누구나 인간의 값높은 삶과 영예를 두고 많은 것을 생각하게 된다.

삶의 가치와 보람, 영예는 어디에 있는가. 인간에게 있어서 과연 어떤 삶이 값높은 삶으로 빛날수 있는가.

그에 대한 대답을 나라와 민족을 위한 길에서 애국적지조를 지켜 충신의 삶을 산 리용악의 생애를 통해서도 찾을수 있다. 그의 한생은 정의와 인간의 삶, 령도자와 애국충신에대한 고귀한 진리를 폐부로 절감하게 한다.

애국의 등불은 어디에

광복전 리용악의 생활은 나라잃은 백성은 상가집 개만도 못하며 피타는 구국의 절규도 결사의 반항도 참된 애국의 길을 찾지 못할 때 한갖 서글픈 모대김, 무모한 희생으로 끝나고 만다는 진리를 피의 교훈으로 새겨준다.

일제의 총칼에 국권을 도살당했던 망국의 세월 이 땅, 이 하늘을 적시던 애국의 부름은 얼마나 처절했던가. 국권회복을 부르짖으며 의병대의 창기도 서리발쳤고 피의 3·1에 "독립만세!"의 함성도 높았으며 잃어버린 조선의 넋을 찾아 "불러도 대답없는 이름이여 부르다가 내가 죽을 이름이여"라고 절규하던 애국문인들의 시어도 비장했다. 그러나 그것은 애국이라는 거대한 강줄기로 모여드는 작은 물줄기들이 연약한 힘으로 바위를 들이받고 산산이 흩어지는것과 같은 우국의 몸부림이였고 진정한 애국의 길을 더듬어찾는 방황의 몸부림이였다. 우리의 주인공 리용악도 망국의 그 시절 울분속에 애국을 찾아 헤매이던 불우한 우국지사, 서러운 망국 시인의 한 사람이였다.

1914년 11월 23일 당시 함경북도 경성군 경성면 수성동의 가난한 농가에서 태어난 그는 어려서부터 작가가 되려는 포부를 소중히 자래우며 서울과 일본으로 힘겨운 고학길을 이어갔다. 무릇 고학생활의 고통이란 참기 어려운것이지만 그에게서 가장 참기 어려운 고통, 쓰라린 설움은 일제식민지통치하에서 당하는 민족적멸시였다. 몇푼의 학비를 위해 온몸에 들씌워지는 멸시의 채찍아래 노예로동을 강요당하지 않으면 안되는 모멸감과 수모, 찌꺼기밥덩이를 눈물과 함께 씹어삼켜야 했던 치욕과 울분…

고학의 하루를 마치고 차디찬 숙소로 맥없는 발길을 옮길 때면 떠나온 고국산천이 그리워 눈물이 하염없이 쏟아져내렸고 끓어오르는 울분으로 사지가 떨려 걸음을 옮길수 없었다. 울분은 분노로, 분노는 항거로 이는 법이다. 가슴터지도록 하소하고싶은 식민지고학청년의 울분은 시구로 옮겨졌다. 분노한 심장의 언어로 시「패배자의 소원」을 처녀작으로 발표한 그는 련이어 수십편의 저항시들을 창작하였다.

> ...
> 폐인인양 시들어져
> 턱을 고이고앉은 나를
> 어둠침침한 방구석에서 만나거던
> 울지 말라
> 웃지도 말라
> 내가 자살하지 않는 리유를
> 그 리유를 묻지 말아라

이것은 고학시절의 그의 대표작「나를 만나거던」의 한 대목이다. 읊을수록 민족적멸시와 수모에 대한 야심찬 항거로 이글거리는 주인공의 심장의 불길이 구절마다에서 타번진다.

분화구를 찾는 용암이런가. 1930년대 후반기에 들어서면서 조선어말살책동을 비롯하여 더욱더 가혹해지는 일제의 식민지폭압통치에 대한 그의 민족적울분과 항거정신은 드디어 1937년 5월 조선말로 된 20편의 저항시들을 묶은 시집『분수령』의 출판공개로 분출하였다.

리용악은 그때를 회상하면서 자서전에 이렇게 썼다.

"그때 나는 일제의 탄압으로 대부분의 시편들을 잃었지만 첫 시집출판을 분수령으로 삼고 더욱 억센 의지로 새 출발하여 우리 민족의 넋을 지켜갈 시들을 더 많이 쓰리라는 심정과 의지를 담아 처녀시집의 제목을 '분수령'이라고 붙였다."

돌이켜보면 『분수령』의 출판은 식민지청년의 인생을 반항과 투쟁에로 키잡이한 분수령, 고학청년 리용악의 심장에 나라와 민족을 그러안고 몸부림치게 한 인생전환의 리정표였다.

아무리 폭풍이 사나와도 대나무는 굽어들지 않는다. 『분수령』의 출판으로 와세다경찰서에 끌려가 보름나마 박해와 고문을 받았지만 그는 련이어 시집 『낡은 집』을 출판하는것으로 꺾일지언정 굽힐수 없는 조선청년의 기개를 과시하였으며 압제에 항거해나섰다. 허나 항거의 기개가 제아무리 장할지라도 더더욱 살기찬 압제의 칼부림, 폭압의 총칼앞에서 그의 시창작은 실로 "울줄을 몰라 외로운" 수난자의 몸부림이였을 뿐이였다. 거기에 나라위한 마음은 있을지언정 나라찾을 애국의 길은 없었다.

풀길없는 원한을 구국의 마음으로 바꾸고 부풀어오르던 포부를 서글프게 구겨안은채 리용악은 1939년 말 고향으로 돌아왔다. 그는 경성공립농업학교 시절의 독서회원들과 문학청년들과 만나 망국의 울분을 토로하기도 하고 "조선말을 지키는것은 우리 민족의 넋을 지키는 일이다. 우리는 조선말을 지키기 위해서도 굴함없이 조선말로 시를 써야 한다"고 하면서 그들의 작품에 항거의 넋을 심어주기도 하였다. 현실에 대한 개탄과 분노, 나라의 앞날에 대한 걱정과 막연한 기대, 정의감과 청춘의 열정이 심장에서 심장으로 오가는 속에 그들은 어느덧 마음이 통하고 뜻을 같이하는 동지가 되었다. 당시 농업학교에는 조국광복회 산하 '등불동지회'라는 지하조직이 무어져있었는데 어느날 리용악을 찾아온 조직책임자가 그에게 함께 손잡고 광복성전에 나설것을 권고하였다.

설움과 울분의 엇갈림속에 방황하던 식민지청년에게 있어서 그것은 끝모를 암흑속에 비쳐온 삶과 희망의 등불이였다. 살점같은 내 나라 강토가 일제의 군화에 짓밟혀 몸부림치고 민족적멸시와 수난속에 살붙이 내 겨레가 숨져가는 비참한 현실을 눈아프게 바라보며 가슴속에 피멍든 응어리 그 얼마였던가. 피멍든 가슴에 밝은 빛을 안겨주며 백두산에서 메아리친 전민항쟁의 호소, 그것은 리용악을 참다운 애국의 길로 이끌어준 애국의 등불이였다. 반항과 울분속에 모대기던 리용악을 애국투사로 내세워준 위대한 애국의 손길이였다.

그때부터 리용악은 '등불동지회'와 손잡고 절세의 애국자 김일성장군님께서 이끄시는 조국광복성전에 나서게 되였으며 위험을 무릅쓰고 조직의 기관지『등불』발간사업에 발벗고나서게 되였다.

애국의 기둥이 마음속에 굳건히 뿌리내리면 암흑속에서도 미래가 비쳐오기마련이다. 백두산애국신념이 심장을 불태워주었기에 그는 일제의 조선말신문폐간계획과 '창씨개명' 책동을 반대한 것으로 하여 경기도경찰부에 끌려가 박해를 받으면서도 "조그마한 자랑을 만날지라도 함부로 푸른 하늘을 대할지라도 내사 모자를 벗어 반갑게 흔들어주리라"라는 락관의 시를 지을수 있었고「뒤길로 가자」,「무자리와 꽃」을 비롯하여 일제식민지통치의 종말과 광복의 서광을 확신하는 많은 시작품들을 창작출판할수 있었다.

참된 시인은 지조와 신념에 사는 정의인이다. 갈수록 횡포한 탄압의 선풍속에 1942년 11월 '등불동지회' 조직에 대한 일대 검거소동이 벌어졌다. 당시 청진일보사기자로 있던 리용악도『등불』잡지발간의 배후조종자로 지목되어 이듬해 5월초에 함경북도경찰부에 끌려갔지만 모진 고문속에서도 추호의 굴함없이 지조를 군건히 지켰으며 광복의 새날을 떳떳이 맞이할수 있었다.

『분수령』출판직후부터 광복전까지 리용악은 감옥생활을 수차례나 하였다. 망국의 세월에는 애국에 뜨거운만큼 박해도 모질어 그에게 덮쳐든 시련과 난관은 헤아릴수 없이 험난한것이었지만 그는 단 한번도 애국의 지조를 굽힌적이 없었다.

제아무리 가혹한 총칼탄압도 그의 애국신념을 꺾지 못했으니 리용악은 진정 시인이기 전에 절세의 애국자가 지펴준 애국의 등불을 가슴에 안고 그 길에 열혈청춘을 불태운 참다운 애국자, 열렬한 투사였다.

삶은 무엇으로 빛나는가

먼 후날에도 후대들이 아름답게 추억하는 삶은 진정 고귀한 삶이다.

리용악의 동지들과 후배들은 그를 "지조있는 애국투사"라고 값높이 추억한다.

돌이켜보면 리용악의 한생은 누군가도 말했듯이 "고행의 편력"과도 같은것이었다. 모퉁이마다 위험이 도사리는 지하투쟁, 련이은 감옥살이 그리고 모진 병마와의 싸움…실로 힘겹고 험난한 "고행의 편력"이었지만 그는 시련많은 그 길에서 단 한번도 배신과 안락에 곁눈판적이 없었다.

1949년 8월 통일애국투쟁에 나섰던 리용악은 불행하게도 서대문형무소에 갇히웠다. 원쑤들은 그의 신념의 기둥을 송두리채 들어내려고 악랄한 고문과 회유를 하였지만 그 무엇으로써도 위대한 수령님을 따르는 애국의 지조를 굽힐수도 꺾을수도 없었다. 위대한 김일성장군님이시야말로 애국의 기둥이고 민족의 은인이시라는 신뢰는 리용악의 가슴속에 억척같이 뿌리내린 불변의 신념이었다.

신념에는 축적이 있고 뿌리를 깊이 내린 신념은 변심을 모른다. 광복과 함께 리용악은 김일성장군님의 서울입성소식에 대한 유혹에 못이겨 서울로 갔지만 그의 꿈은 연기처럼 사라지고 접하게 된것은 매문가들과 반동문학이 살판치는 현실이였다. 그는 고뇌와 번민속에 모대기였다. 그때에도 리용악에게 삶의 좌표를 주고 애국문학의 길로 이끌어주신분은 바로 위대한 김일성장군님이시였다. 광복직후 위대한 수령님께서 몸소 남조선에 작가들을 보내주시어 진보적문인들을 주역으로 조선문학가동맹을 뭇도록 하시였던것이다. 그 나날 리용악은 김일성장군님이시야말로 새조선문학의 앞길을 밝혀주시고 온민족을 애국위업으로 손잡아 이끌어주시는 애국의 화신, 민족의 어버이이심을 심장으로 절감하게 되었다. 하기에 그는 미제의 민족분렬책동을 반대하는 2·7 구국투쟁과 5·10 '단선' 반대투쟁, 공화국창건을 위한 최고인민회의 남조선대의원선거투쟁을 비롯한 애국투쟁의 앞장에서 시인의 열정을 화약처럼 폭발시켰다. 1946년 9월 총파업때 룡산기관구 로동자들앞에서 읊은 즉흥시 「기관구에서」를 비롯하여 「노한 눈들」, 「우리의 거리」 등 그가 창작한 수많은 투쟁시들은 반미애국투쟁의 격전장에 휘날린 투쟁의 기발이였고 원쑤의 심장을 겨눈 비수였다.

그러한 신념의 투사였기에 남조선 '정부'를 인정하면 '무죄석방' 시켜주겠다는 마지막유혹에도 "죽을지언정 인정할수 없다"는 웨침으로 원쑤들을 전률케 하였던것이다.

서울해방과 함께 감옥에서 나온 리용악은 조선인민군 종군작가로 활약하면서 사단전투속보『번개같이』를 기동성있게 발간하여 미제와의 결사전에 나선 인민군용사들을 크게 고무하였으며 전략적인 일시적후퇴의 나날에도 「김일성장군의 노래」를 높이 부르며 맥이 진하고 지친 대오에 힘과 용기를 주며 끝끝내 김일성장군님의 품에 안기였다.

애국충신의 삶의 가치는 보답의 헌신에 있다는것이 리용악의 인생행로가 말해주는 진리이다. 그의 대표작 「평남관개시초」의 창작과정은 이 숭엄한 진리를 감동깊이 새기게 하고있다.

복구건설의 노래 우렁차던 1956년, 서해의 곡창 열두삼천리벌은 위대한 수령님의 온정속에 평남관개의 새로운 전변을 맞이하게 되었다. 그때 리용악은 치료중에 있는 불편한 몸이였지만 자리를 차고 공사장으로 달려나갔다.

수천리 물길을 어루밟는 그의 심장에서는 위대한 수령, 위대한 사회주의에 대한 령감이 나래쳤다. 어버이수령님의 인민사랑의 력사를 전하는 전변의 굽이굽이에 서면 "변하고 또 변하자 아름다운 강산이여…천추를 꿰뚫어 광명을 내다보는 지혜와 새로움의 상상봉 불패의 당이 다함없는 사랑으로 안아 너를 개조하고 보다 밝은 래일에로 기발을 앞세웠거니"라는 칭송의 노래가 가슴에 차넘치고 끝간데 없는 관개의 바다를 보면 "물이여 어디를 내가 딛고서서 발을 돋우면 아득히 뻗어나간 너의 길을 다 볼수 있을가…"라는 탄성도 터져올랐다. 수난에 울던 평남의 열두삼천리벌을 따라 행복에 웃고 머리숙여 한없는 감사의 인사도 올리며…

시인의 격정은 그대로 서정으로 흐르고 글줄이 되여 오늘도 후대들이 즐겨 읊는 위대한 수령, 위대한 사회주의에 대한 서정의 찬가 「평남관개시초」가 세상에 나오게 되였다.

보답의 헌신은 명시를 낳았고 충신의 심장의 노래는 오늘도 후대들의 기억속에 생생히 남아있다.

참된 애국충신의 삶은 마무리도 값높은 법이다. 당과 수령의 크나큰 정치적신임속에 문학예술부문의 중요직책에서 사업해온 리용악은 1970년 가을 감옥에서 얻은 모진 병마로 끝내 침상에 쓰러졌다. 가족들의 회상에 의하면 그때 리용악은 위대한 수령님의 혁명활동력사를 노래하는 장편서사시를 구상하고 침상에서도 창작활동을 멈추지 않았다고 한다. 하지만 그는 소원을 이루지 못하고 1971년 2월 15일 우리 곁을 떠나갔다. 아직은 많은 일을 할수 있은 나이에…

하지만 그의 생은 결코 끝난것이 아니다. 애국의 길에 바쳐진 그의 삶은 위대한 령도자 김정일동지의 은혜로운 손길아래 영생의 언덕에서 빛을 뿌리고있다. 위대한 장군님께서는 공화국창건 55돐이 되는 2003년 9월 통일애국위업에 바쳐진 리용악의 고결한 삶을 높이 평가하시여 그에게 조국통일상을 수여해주도록 하시는 뜨거운 온정을 베풀어주시였다.

우리는 여기에서 애국충신의 한생에 비낀 당과 수령의 사랑과 믿음에 대한 만단사연중에 한가지만을 더 이야기하려 한다.

1968년 9월 리용악은 공화국을 따라 20년동안 변함없이 충성의 길을 걸어온 공로자들에게 수여된 공화국창건 20주년훈장을 수여받았다. 그에 대해 그의 자서전에는 "당시 공화국창건 20주년 훈장은 공화국창건후 20년동안 과오없이 한직종에서 일한 공로있는 일군들에게 수여되였는데 위대한 수령님의 배려에 의하여 남조선에서 투쟁한 경력을 포함하여 20년이 되였으므로 수여받았음"이라는 짤막한 기록만이 있다. 허나 그때를 돌이켜보며 리용악의 아들은 아버지가 눈물을 흘리는것을 처음으로 보았다고 감회깊이 말하였다.

"남조선에서 투쟁한 경력을 포함하여 20년"

길지 않은 그 표현을 곱씹어보면 더없이 숭고한 믿음의 세계가 가슴을 친다. 남모르는 적구에서 걸음걸음 위험을 헤쳐야 하는 지하투쟁, 죽음의 위협과 환락의 유혹이 넋을 어지럽히는 고문장에서 단신으로 지조를 지켜야 했던 옥중투쟁… 누군들 쉽사리 그를 안다고, 믿는다고 할수 있으랴. 그러나 어버이수령님께서만은 리용악을 믿으시였다. 그가 헤쳐온 사선의 나날들을 다 헤아리시였고 원쑤의 고문장에서도 변치 않은 그의 지조를 믿으시였으며 신념과 의리의 20년을 값높이 빛내주시였던것이다.

혁명전사에 대한 수령의 철석같은 믿음은 리용악의 심장을 애국과 충성으로 변함없이 고동치게 한 피줄기였고 생의 자양분이였다.

시작은 있어도 끝은 없는것이 당과 수령의 믿음과 사랑이고 대를 이어 변함없이 이어지는것이 령도자의 온정이다.

애국시인이며 참된 충신이였던 리용악에게 베풀어진 절세의 위인들의 크나큰 사랑과 믿음은 대를 이어 계속 돌려지고 있다.

리용악의 아들 리창은 오늘 위대한 령도자 김정일동지의 크나큰 정치적신임과 사랑속에 재능있는 조선화미술가로, 인민예술가로 자라났으며 작품창작에 심장의 열정을 깡그리 바치며 보답의 한길을 줄기차게 걷고있다.

대를 이어 베풀어지는 수령의 믿음, 령도자의 사랑과 더불어 애국의 대, 충신의 대도 꿋꿋이 이어지고있다.

* *

수훈관계

1. 국기훈장 3급 1963년

2. 공화국창건 20주년훈장 1968년

3. 조국통일상 2003년

다른것은 그만두고 조국통일상수상자라는 바로 여기에서만도 리용악의 삶의 진가가 헤아려진다. 우리는 이 글에 그의 한생을 다 담지 못한다. 하지만 리용악의 생의 자욱을 따라 울고웃으며 우리는 진정한 애국의 길은 수령이 이끄는 혁명위업을 충성으로 받드는 길이라는것, 나라와 민족을 위한 길에서 한생을 대쪽같이 살아온 인간, 당과 수령을 위해 심장을 불태운 참된 애국충신은 조국과 민족의 기억속에 영생한다는 고귀한 삶의 진리를 심장깊이 체득하게 된다.

사람들이여, 가슴에 손을 얹고 생각해보자. 위대한 장군님 펼치시는 선군애국의 길에서 오늘의 애국충신은 과연 어떻게 살고 어떻게 생을 빛내여야 하는가를.

본사기자 은정철

『로동신문』, 2005.5.27.

시인 리용악과 첫 시집『분수령』

문학민

함경북도 경성군의 빈농가정에서 출생한 리용악(주체3(1914)년 11월~주체60(1971)년 2월)은 일제식민지통치하에서 그것도 적지 않은 진보적 문인들이 붓을 꺾고 생활전선을 찾아 뿔뿔이 헤여지지 않으면 안되였던 1930년대 후반기부터 본격적인 시창작의 길에 들어선 시인의 한사람이였다.

일제의 조선민족말살정책이 극도에 달했던 1930년대 후반기 일제가 조선사람의 말과 글, 이름마저도 일본식으로 고칠것을 강요하던 이시기 리용악은 일본땅에 건너가 고학으로 중학교를 마치고 대학을 다니면서 여기서 유일하게 조선어인쇄시설을 갖추고있던『삼문사』주인과 련계를 맺게 되여 그의 도움으로 첫 시집『분수령』(주체26(1937)년 5월)을 내놓을수 있었다.

그때 그의 나이는 23살이였다.

시집에는 그가 그때까지 창작한 서정시「북쪽」,「나를 만나거든」,「풀벌레소리 가득차있었다」,「국경」,「천치의 강아」,「제비같은 소녀야」,「항구」,「쌍두마차」 등 20여편의 작품들이 실려있다.

위대한 령도자 김정일동지께서는 다음과 같이 지적하시였다.

"가슴에 늘 시대를 안고 몸부림치며 시대의 숨결과 호흡을 같이하기 위하여 아글타글 애쓰는 사람이라야 참다운 시인이 될수 있다."

리용악은 늘 가슴에 조선민족의 얼을 지니고 우리 문학이 모진 시련을 겪던 때에도 그 어떤 잡탕사조에도 물젖지 않았으며 그처럼 피눈물나는 생활을 체험하면서도 언제나 우리 인민들과 호흡을 같이하며 민족문학의 넋을 잃지 않기 위해 노력하였다.

시인 리용악의 개성적얼굴은 첫 시집 『분수령』에서부터 뚜렷이 나타나고있다.

시집 『분수령』에서는 일제식민지통치하에서 수난당하던 가슴아픈 체험으로부터 환기된 빼앗긴 고향에 대한 증오의 감정을 진실하게 보여주고있다. 시집은 거기에 들어있는 작품들이 일제에 대한 항거의 정신을 반영한것으로 하여 세상에 나오자마자 가혹한 탄압의 대상으로 되였다.

이 시집에서 시인은 이렇게 쓰고있다.

"처음에 이 시집 『분수령』은 미발표의 시고에서 50편을 골라서 엮었던것인데 그것이 뜻대로 되지 못했고 여러달 지난 지금 처음의 절반도 못되는 20편만을 겨우 실어 세상에 보낸다. 그 리면에는 딱한 사정이 숨어있다. 이렇게 되고보니 기어코 넣고싶었던 작품의 대부분이 매장되였다. 유감이 아닐수 없다. …"

그 리면에 숨겨진 딱한 사정이란 다름아닌 일제의 가혹한 출판검열이였다.

이 시집출판과 관련하여 리용악은 주체26(1937)년 여름 와세다경찰서에 구류되였다.

시집에 담겨져있는 경향성을 문제시한 일제는 리용악을 불온분자로 몰아붙이며 박해하였다. 허나 놈들의 그 어떤 가혹한 탄압도 리용악의 창작적지조를 꺾을수 없었다.

시집 『분수령』의 대표작의 하나는 시 「나를 만나거든」(주체26(1937)년)이다.

땀마른 얼굴에
소금이 싸락싸락 돋힌 나를
공사장 가까운 숲속에서 만나거든
내 손을 쥐지 말라

만약 내 손을 쥐더라도
옛처럼 네 손처럼 부드럽지 못한 리유를
그 리유를 묻지 말아라

주름잡힌 이마에
불만이 그득한 나를
거리의 뒷골목에서 만나거든
먹었느냐곤 묻지 말라
굶었느냐곤 더욱 묻지 말라
꿈같은 이야기는 이야기의 한마디도
나의 침묵에 침입하지 말아라

페인인양 시들어서
턱을 고이고 앉은 나를
어둑침침한 방구석에서 만나거든
울지 말라

웃지도 말고
내가 자살하지 않은 리유를
그 리유를 묻지 말아라

일본땅에서 그의 고학의 나날은 가혹한 로동과 혹심한 생활난의 련속
이였다.

그는 페품수매원노릇도 해보고 도로공사장, 주택건설장, 지하철도
공사장, 큰 공장건설장 등을 돌아다니며 굴착도 하고 토량운반차도 밀
고 세민트타입도 하는 등 고된 로동속에 힘겹게 공부하지 않으면 안되
였다.

서정시「나를 만나거든」에는 모진 고역과 생활난속에서도 압제자들
에 대한 증오로 가슴불태우는 식민지청년의 모습이 은연중에 나타나
고있다. 일제의 가혹한 착취와 멸시에 의하여 페인처럼 시들어버린
"나"―서정적주인공, 이것은 바로 시인자신의 초상이였다.

그는 자기의 실생활체험에 기초한 불행한 처지를 노래하면서도 "내
가 자살하지 않는 리유를 / 그 리유를 묻지 말"라고 가슴쩌릿한 울분을
토로하고있다. 그것은 바로 나라가 없고 민족이 짓밟히고있는 당대 현
실에 대한 불만의 폭발이였고 더 나아가 우리 나라를 집어삼킨 일제침
략자들에 대한 항거의 정신이라고 할수 있다.

시집『분수령』은 그 제목이 보여주는것처럼 "첫 시집 출판을 분수령
으로 삼고 더욱 억센 의지로 새 출발하여 우리 민족의 넋을 지켜갈" 작
가의 신념과 의지를 반영한 작품들을 담고있는것으로 하여 시인 리용
악의 창작에서도 커다란 전환점으로 되였으며 1930년대 후반기 우리

시문학을 장식하는데서도 중요한 역할을 놀았다.

그러나 시집『분수령』에 들어있는 작품들은 작가의 세계관적 및 시대적제한성으로 하여 일제식민지통치하에서 당하게 되는 우리 인민의 불행과 고통을 반영하고 그로부터 환기되는 울분을 토로하였지만 이 불행과 고통으로부터 벗어나기 위한 방도를 옳게 밝히지 못한 부족점을 가지고있다.

시인 리용악은 해방전에 첫 시집『분수령』을 내놓은데 이어 계속하여『낡은 집』,『오랑캐꽃』을 내놓았다.

조국과 인민에 대한 뜨거운 사랑을 지니고 첫 시집보다 더 좋은 시집을 내보려던 시인의 꿈은 해방후 남조선에서도 실현할수 없었고 주체40(1951)년 조국해방전쟁시기 어버이수령님과 당의 품속에 안겨서야 드디어 실현할수 있었다.

전후에 그는 「봄」, 「〈민청호〉 어선」 등 현실주제작품들과 「우리 당의 행군로」를 비롯한 혁명전통주제의 작품들을 창작하였다. 특히 시인은 주체45(1956)년에 우리 문학사에 남을 시초 「평남관개시초」를 내놓아 우리 인민들과 더욱 친숙해졌다.

해방전 첫 시집『분수령』을 내놓았던 시인은 주체46(1957)년에 해방전후를 통하여 자기가 쓴 시들가운데서 우수한 작품들을 묶은 시집『리용악 시선집』을 내놓게 되었다.

문학민
『조선문학』, 2008.3.

은혜로운 태양의 품속에서 창작된 리용악의 시들

문학민

우리 시문단에 뚜렷한 자취를 남긴 시인 리용악(주체3(1914)년~ 주체 60(1971)년)은 일제식민지통치의 암담한 세월 창작의 첫걸음을 떼였다.

주체3(1914)년 당시 함경북도 경성군 경성면 수성동의 가난한 소작 농의 가정에서 출생한 시인은 어려서부터 일제식민지통치의 포악성과 야만성을 목격하면서 성장하는 과정에 일제에 대한 증오심을 지니게 되였다.

그는 처녀작으로 발표한 시 「패배자의 소원」에서 나라잃고 식민지 노예의 처지에 굴러떨어진 우리 인민의 비참한 운명에 대한 동정과 일 제에 대한 울분을 진실하게 반영한것으로 하여 문단의 주목을 끌게 되 였다.

그후에도 시 「두만강 너 우리의 강아」(주체27(1938)년), 「낡은 집」(주체 27(1938)년), 「오랑캐꽃」(주체28(1939)년), 「다시 항구에 와서」(주체29(1940) 년)를 비롯하여 수십편의 작품을 창작하였고 해방전에 두권의 시집을, 해방후 남조선에서 한권의 시집을 묶어 세상에 내놓을수 있었다.

그러나 해방전에 발표한 그의 시들에는 탁월한 수령을 모시지 못한 식민지청년의 몸부림이 반영되여있었으며 그것은 침울한 정서로 자기 작품들에 표현되게 되였다.

주체39(1950)년 6월 25일 조국해방전쟁이 개시되여 3일만에 서울해
방과 함께 북조선으로 들어온 시인은 그때부터 창작의 나래를 활짝 펼
칠수 있었다. 하기에 시인은 군복을 입고 종군작가로 활동하던 나날에
시 「원쑤의 가슴팍에 땅크를 굴리자」(주체39(1950)년), 「피발선 새해」
(주체40(1951)년), 「평양으로 평양으로」(주체40(1951)년), 시초 「싸우는
농촌에서」(주체40(1951)년)를 비롯하여 우리 군대와 인민을 전쟁승리에
로 힘있게 고무하는 수많은 작품들을 창작하게 되였으며 어버이수령
님의 크나큰 믿음과 사랑속에 조선문학예술총동맹 시분과 위원장 겸
당세포위원장으로 사업하게 되였다.

시인은 가렬한 조국해방전쟁이 우리 군대와 인민의 승리로 끝나고
이 땅우에 복구건설의 노래가 힘차게 울려퍼지던 그때에는 불편한 몸
도 아랑곳없이 서정시 「봄」(주체43(1954)년), 「어선 민청호」(주체44(1955)
년), 「석탄」(주체44(1955)년), 「좌상님은 공훈탄부」(주체44(1955)년), 시초
「어느 반도에서」(주체44(1955)년), 「평남관개시초」(주체45(1956)년)와 같
은 작품들을 창작하였다.

또한 우리의 사회주의건설시기에는 당의 혁명전통을 노래한 서정시
「우리 당의 행군로」(주체50(1961)년)를 시대의 명작으로 내놓아 우리 시
문단을 빛나게 장식하였다.

그중에서도 서정시 「우리 당의 행군로」와 시초 「평남관개시초」는 리
용악의 한생의 대표작이라고 볼수 있다.

위대한 령도자 김정일동지께서는 다음과 같이 지적하시였다.

"진보적인 시는 자주성을 위한 인민대중의 투쟁을 힘있게 고무한다."

서정시 「우리 당의 행군로」는 주체50(1961)년 시인 리용악이 백두산

혁명전적지, 사적지를 답사하면서 창작한 작품이다.

작품에서 시인 — 서정적주인공은 갑작스레 쏟아지는 모진 비방울을 뚫고 백두산혁명전적지, 사적지의 울울한 밀림을 걸으며 이 길을 우리의 혁명전통의 행군로로 뜨겁게 감수하였다. 더 나아가 이 길은 조국해방을 안아온 길이며 위대한 수령님께서 몸소 열어주신 길이라고 격조높이 노래하였다.

바로 여기에 이 시가 가지고있는 높은 사상적의의와 철학적깊이가 있다.

시인은 우리 당의 행군로는 오직 이 한길을 따라 뻗어있다고 하면서 위대한 수령님께서 이룩하신 항일혁명전통의 행군로를 따라 혁명의 노래 높이 부르며 나아가리라는 굳은 신념을 노래함으로써 시를 높은 사상예술적경지에 끌어올렸다.

...

진주를 다듬어 천리에 간다 한들
이 길처럼이야 어찌 빛날가
조국의 광복을 만대에 이으신
김일성동지!
그이의 가슴에서 시작한 이 길!

감사를 드리노라
우리 당의 행군로를 한곬으로 따르며
투사들이 선창한 혁명의 노래
온몸으로 부르고 또 부르며

리용악론(발굴) **1079**

시는 형상적비유의 수법과 수사학적부름법을 능란히 활용함으로써 불과 6개 련의 짧은 서정시에 심오한 사상적내용을 담고있다.

간고한 항일혁명투쟁의 로정을 "넘고넘어도 가로막는 진대통 / 어깨에 허리에 발목에뿐이랴 / 나라의 운명에 뒤엉켰던 가시덤불 / 붉은 한 뜻으로 헤쳐나간 길"이라고 노래한 것이라든가 우리가 개척해나가는 혁명의 길앞에는 난관도 있으나 우리 당의 귀중한 혁명전통이 있음으로 하여 우리 혁명은 승리와 영광의 한길을 확신성있게 나아간다는것을 《저벅저벅 밟고 간 자국소리 / 아직도 가시잖은 그 소리에 맞추어", "막다른듯 얽히다도 / 앞으로만 내내 트이는구나"라고 노래한것은 그의 좋은 례증으로 된다.

이 시는 1960년대에 창작된 혁명전통주제의 시들가운데서 전동우의 시 「크나큰 사랑」 등과 함께 선구자적역할을 논 작품일뿐아니라 영광스러운 혁명전통을 이룩하신 위대한 수령님에 대한 다함없는 칭송과 흠모의 감정을 깊이있게 형상한 서정시로서 이 시기 시단에서 중요한 자리를 차지한다고 볼수 있다.

이렇듯 시인은 위대한 수령님의 혁명업적과 수령님께서 개척하신 우리 당의 혁명전통을 높은 사상예술적경지에서 격조높이 노래한 시들을 창작함으로써 수령과 당의 위대성을 칭송한 시창작에서 이 시기 시문학의 높은 위치에 올라섰다고 말할수 있다.

시인의 모습은 「평남관개시초」에서 더욱 뚜렷이 나타나고있다.

이 시초는 전후복구건설과 사회주의기초건설시기 우리 시문학을 대표하는 대표작의 하나이라고 할수 있다.

10편의 주옥같은 시들로 이루어진 시초는 위대한 수령님께서 펼치신 농촌수리화와 대자연개조사업의 웅대한 구상에 따라 완성된 평남 관개에 대한 례찬으로 일관되여있다.

시초에는 어버이수령님의 은혜로운 손길아래 이 땅우에 거창한 자연 개조, 위대한 천지개벽의 새 력사가 펼쳐지게 된 력사적사실과 농민들의 세기적숙망이 풀린 행복과 격정, 고마움과 감사의 정이 선명하게 부각되여있으며 현실생활에 대한 시인의 열정이 뜨겁게 노래되여있다.

...

물이여 어디를 내가 딛고 서서 발을 돋우면
아득히 뻗어나간 너의 길을 다 볼수 있을가

로쇠한 대지에 영원한 젊음을
지심깊이 닿도록 젊음을 부어주는
물줄기여

...

물이여 굳었던 땅을 푹푹 추기며
네가 흘러가는 벌판 한귀에
너무나 작은 나의 입술을 맞추면서
쏟아지는 눈물을 막으려도 하지 않음은
정녕코 정녕 내 나라가 좋고 고마워
— 시 「전설속의 이야기」 중에서 —

시초는 어버이수령님의 현명한 령도밑에 전변하는 사회주의농촌현실을 훌륭히 일반화하여 노래하였다.

시초는 우선 평남관개라는 시적대상을 소재로 하여 주제를 다양하게 설정하고 생활반영의 다양성과 진실성, 사상의 심오성을 보장하고 있다.

위대한 수령님의 고마운 은덕과 현명한 령도에 대한 례찬, 우리 인민의 보람찬 창조적로동과 건설자들의 아름다운 정신세계, 물을 마중한 농민들의 크나큰 감격과 기쁨, 조국통일에 대한 열망과 사회주의한길로 승승장구하는 내 조국의 미래에 대한 확신 등 시의 사상주제적내용은 폭넓고 다양하다.

시초는 또한 어버이수령님의 은덕아래 날로 변모되는 사회주의농촌의 현실에 대한 생동한 시적 묘사와 그를 감수하는 농민들의 체험의 세계를 다양한 시점에서 파고들어 소박하고 진실한 서정을 창조하였으며 땅냄새, 흙냄새가 진하게 풍기는 시어와 정제된 시운률을 통하여 형상성을 높이고있다.

시초는 그가 담고있는 생활반영의 진실성과 사상예술적우수성으로 하여 주체45(1956)년 조선인민군창건 기념 문학예술상 그리고 또 같은 해 시부문창작에서 1등상을 받았다.

시인이 이룩한 이러한 성과는 백두산위인들의 사랑의 품을 떠나서는 생각할수 없다.

해방전 탁월한 수령을 모시지 못하여 "울지 말라 / 웃지도 말고 / 내가 자살하지 않는 리유를 / 그 리유를 묻지 말라"고 한탄하던 시인, "울줄 몰라 외롭다"고 자기 신세를 하소연하던 시인 리용악.

그는 위대한 수령님의 은혜로운 품에 안겨서야 비로소 참된 삶을 누릴수 있었으며 시대의 가수로서의 자기의 사명을 원만히 수행할수 있었던것이다.

　　위대한 수령님께서는 주체57(1968)년 9월 공화국창건 20주년훈장이 제정되였을 때에는 그에게 이 훈장을 수여하도록 해주시였으며 위대한 수령님 그대로이신 경애하는 장군님께서는 공화국창건 55돐이 되는 주체92(2003)년 9월 조국통일위업에 바친 그의 공로를 높이 평가하시여 시인에게 조국통일상을 수여하도록 크나큰 사랑을 돌려주시였다.

　　참으로 리용악은 은혜로운 태양의 품속에서 오늘도 영생하는 시인의 모습으로 우리의 마음속에 살아있다.

문학민

『조선문학』, 2009년 제5호.

붓대와 신념

리용악(작가)

- 1914년 11월 23일 함경북도 경성군 수성리(당시)에서 출생.
- 해방전 서울에서 창작활동.
- 1951년 3월부터 조선문학동맹 시분과위원장, 그후 조선작가동맹출판
  사 부주필로 사업.
- 1971년 2월 15일 사망.
- 조국통일상수상자.

한권의 책이나 한편의 시뒤에는 반드시 한 인간이 서있는 법이다.

우리에게 진주보석과도 같은 훌륭한 시들을 남기고 간 리용악은 우리 민족의 풍운에 찬 근현대사속에서 겨레와 함께 울고웃으며 슬픔과 분노, 격정과 환희의 인생행로를 벅차게 새겨간 열혈의 시인이였다.

그의 시들은 재능만으로 이루어진것이 아니였다. 그보다 먼저 열렬한 사랑과 불타는 증오, 순결한 신념으로 터치고터친 심장의 토로였기에 리용악이 남긴 한편한편의 시들은 오늘도 그렇듯 숫되고 뜨겁게 우리의 가슴에 울려오는것이다.

구원의 등불을 찾아

리용악이 생전에 자필로 남긴 자서전을 읽느라면 저도 모르게 눈시

울이 붉어진다. 해방전부터 활동해온 문인들치고 그만큼 고생해본 사람이 쉽지 않기때문일것이다.

일제와 미제의 학정아래서의 수난에 찬 고역살이, 어디를 가나 면할수 없었던 빈궁과 굶주림, 목숨을 내댄 결사의 항거와 페인이 되도록 거듭된 모진 옥중고초… 실로 공화국의 품에 안기기 전까지의 그의 전반생은 누가 표현했듯이 험난한 "고행의 편력"이였다.

일제의 중세기적인 무단통치가 삼천리강토를 짓누르고있던 1914년 11월 함경북도 경성군의 농촌마을에서 소작농의 셋째아들로 태여난 리용악은 태줄을 끊은 첫날부터 가난과 주림속에서 자라야 했다.

죽도록 일을 해도 어찌하여 빈궁을 면할수 없는지 알수 없었던 그의 아버지는 그것이 조상탓과 글을 못 배운탓이라고 생각했다. 그래서 아득바득 피땀을 흘려 고생하면서도 남달리 총기가 빠른 셋째아들을 학교에 넣어 공부시키였다.

리용악은 가난속에서 힘겹게 보통학교를 졸업하고 상급학교인 공립농업학교에 들어갔다.

비록 농업학교이지만 학교도서실에 적지 않은 문예서적들이 있은데다가 당시 문단에 이름을 날리기 시작한 소설가 리효석이 교원으로 있었던 까닭에 리용악이 문학의 길에 들어서는데 적지 않은 영향을 받았다. 그때부터 그는 시를 쓰기 시작하였다.

당시 학교에서는 교내잡지를 발간하고있었는데 리용악은 여기에 시를 투고하여 발표하군 하였다. 그 시들을 본 리효석이 좋다고 칭찬하는 바람에 소년시인의 문학꿈은 점점 부풀어갔다.

그러나 불의의 사회는 천진한 소년의 희망을 짓밟고 가혹한 세례를 들씌웠다. 한가닥의 기대를 걸고 **뼈빠지게** 아들을 뒤바라지하던 아버지가 그만 너무도 일찌기 세상을 떠났던 것이다. 아버지를 잃고 극심한 생활고에 시달리던 리용악은 끝내 농업학교를 3학년에서 중퇴하지 않으면 안되였다.

하건만 소년은 배움에 대한 열망을 지워버릴수가 없었다. 뜻을 품고 처서판에 찾아간 그는 몇달동안 벌목로동을 하여 려비를 마련한 후 서울에 가서 고학으로 중학교를 다니기 시작하였다. 우유배달도 하고 신문배달도 해보았으나 그는 굶주림과 학비난에서 도저히 벗어날수가 없었다. 그리하여 몸을 들이민 곳이 서대문-마포 전차선로부설공사장이였다. 리용악은 자서전에서 당시의 체험을 회상하여 이렇게 썼다.

"여기서는 전날 밤부터 밀차를 차지하고 그우에서 자지 않으면 다음날에 일에 붙지 못하는 때가 많았고 또 우리처럼 점심곽도 제대로 못들고 다니는 고학생은 일을 축내지 못한다고 내쫓기우기가 일쑤였다. 차차 물계를 알게 된 나는 품삯은 좀 눅어도 언제나 가면 일할수 있었던 인왕산신발공사에서 로동하면서 고학하였다. …"

1934년 봄 중학교졸업증을 빨리 얻을 목적으로 일본 히로시마현으로 건너간 리용악은 고된 고학끝에 마침내 졸업증을 얻어쥐게 되였다. 그후 그는 도꾜로 가서 대학 신문과를 다니면서 힘겨운 고학살이를 이어갔다. 그가 신문과를 택했던 것은 그래도 글을 직업으로 삼고 살아가는데는 신문과졸업장이 유리한 간판으로 되였기때문이라고 한다.

낮에는 여기저기 공사장들을 떠돌아다니면서 땅을 파고 밀차를 밀고 타입을 하며 날품팔이에 시달리다가 저녁이 되면 찢기고 터진 손을 부르쥐고 학교를 찾아가군 하였다. 그리고 깊은 밤이면 밤대로 함바집

구석에 돌아앉아 붕대를 처맨 손으로 식민지노예의 설음에 겨워 시를 쓰군 하였다.

리용악의 자서전에는 일본고학시절의 그의 정상이 생생하게 기록되여있다.

"이렇게 1년나마 지내다가 1937년 2월경 나는 우시고메구 가꾸이쬬에 세방을 얻고 함바에서 나왔다. 그곳은 사관학교에서 남아 나오는 먹다남은 찌꺼기밥을 전문적으로 파는 집이 근처에 있어서 하루 10전정도면 식생활을 해결할수 있었고 따라서 한주일에 며칠만 로동을 해도 굶지 않고 학비도 충당하고 공부할 시간도 얻어낼수 있었기 때문이다. …"

체험에서 우러나오는것이 시이다. 그런 의미에서 시는 낳는것이지 만드는것이 아니라는 격언도 있는것이다.

이역의 비좁은 세방에서 일본사관학교 학생들이 먹다버린 찌꺼기밥으로 주린 창자를 달래느라면 떠나온 고국산천이 못견디게 떠올라, 나라없는 설음이 하도 북받쳐 피눈물을 함께 섞어삼키군 했을 식민지고학생… 그토록 비참했던 망국노의 생활체험이 바로 리용악의 시문학을 낳은 토양이였던 것이다.

땀마른 얼굴에
소곰이 싸락싸락 돋힌 나를
공사장 가까운 숲속에서 만나거든
내 손을 쥐지 말라

만약 내 손을 쥐더라도
옛처럼 네 손처럼 부드럽지 못한 리유를
그 리유를 묻지 말아라

주름잡힌 이마에
석고처럼 창백한 불만이 그득한 나를
거리의 뒤골목에서 만나거든
먹었느냐곤 묻지 말라
굶었느냐곤 더욱 묻지 말라
꿈같은 이야기는 이야기의 한마디도
나의 침묵에 침입하지 말아라

폐인인양 시들어져
턱을 고이고 앉은 나를
어둑한 방구석에서 만나거든
울지 말라
웃지도 말고
내가 자살하지 않는 리유를
그 리유를 묻지 말아라

(시 「나를 만나거든」 1937년)

    읊어볼수록 일제와 그 주구들에 대한 저주와 울분을 화약처럼 가슴속 깊이 묻은채 서리찬 분노를 터뜨릴 분화구를 갈구하여 어둠속을 방황하는 한 식민지청년의 자화상이 암울하게 안겨온다. 더우기 "내가 자살하지 않는 리유를 / 그 리유를 묻지 말아라"는 시의 결구에서 우리는 망국노의 불행과 고통이 아무리 참기 어려울지라도 압제자들에게 절대로 나약한 모습을 보여주지 않겠다는 시인의 거센 항거정신을 력력히 느끼게 된다.

고통은 분노를 낳고 분노는 항거로 터져오르기마련이다. 나라잃은 우리 겨레의 비참한 운명과 강도 일제에 대한 울분을 담은 처녀작 「패배자의 소원」(1935년)을 발표하여 문단의 주목을 끈 리용악은 그후 일제의 식민지통치에 항거하는 불같은 시들을 련이어 써나갔다.

1937년 5월 리용악은 도꾜에서 유일하게 조선어인쇄설비를 갖추고 있던 삼문사 주인의 도움을 받아 그때까지 창작한 서정시 「나를 만나거든」, 「북쪽」, 「풀벌레소리 가득차있었다」, 「국경」, 「제비같은 소녀야」, 「항구」 등 20편의 작품들로 첫 시집 『분수령』을 내놓게 되었다.

후날 시인은 "첫 시집 출판을 분수령으로 삼고 더욱 억센 의지로 새 출발하여 우리 민족의 넋을 지켜갈 시들을 더 많이 쓰리라는 심정과 의지를 담아 처녀시집의 제목을 '분수령'이라고 붙였다"고 회상하였다.

일제의 조선민족말살정책이 날로 로골화되고있던 그 시기 일본땅에서 조선글로 된 반항시들을 출판한다는것은 여간한 일이 아니였다. 초기에 시집에는 시인의 미발표작 50편이 들어가있었는데 일제의 가혹한 출판검열에 걸려 30편에 달하는 시들을 삭제하지 않으면 안되였다. 그마저 시인이 원고료를 받지 않겠다는 것을 조건부로 걸고서야 시집을 출판할수 있었다고 한다.

우에서 언급한 시 「나를 만나거든」은 일제검열기관의 눈을 피해 시집에 겨우 실리게 되었다.

시집에 담겨진 경향성을 문제시한 일제경찰은 리용악을 와세다경찰서에 잡아가두고 보름나마 갖은 박해를 가하였다. 그러나 시인은 굴하지 않았다. 그는 이듬해 또다시 두번째 시집『낡은 집』을 출판하는것으로 일제의 폭압에 항거해나섰다.

해방전 일본에서 출판된 2권의 시집과 해방전에 쓴 미발표시들을 묶어 1947년 남조선에서 출판된 시집『오랑캐꽃』을 통해 우리는 민족수난의 암담한 그 세월 시인 리용악이 벌린 창작활동의 면모를 여실히 들여다보게 된다.

그 시절 그가 창작한 한편한편의 시들마다에는 나라 잃은 민족의 설음과 떠나온 고국에 대한 사무치는 그리움, 삼천리강산을 타고앉은 침략자들에 대한 증오와 캄캄한 암흑속에서 구원의 려명을 목타게 기다리는 갈망의 감정이 사무치게 흐르고있다.

　　나는 죄인처럼 수그리고
　　나는 코끼리처럼 말이 없다
　　두만강 너 우리의 강아
　　너의 언덕을 달리는 차칸에
　　조그마한 자랑도 자유도 없이 앉았다

　　아무것도 바라볼수 없다만
　　너의 가슴은 굳게 얼었으리라
　　그러나 나는 안다
　　다른 한줄 너의 흐름이 쉬지 않고
　　바다로 가야 할 곳으로 흘러내리고있음을

...

차라리 마음의 눈을 가려줄

검은 날개는 없느냐

두만강 너 우리의 강아

북간도로 간다는 강원도치와 마주앉은

나는 울줄을 몰라 외롭다

(시 「두만강 너 우리의 강아」 1938년)

　당시 렬차가 두만강을 따라 달리는 구간에서 일제헌병들은 렬차의 창가리개를 내리우게 했다고 한다. 창가리개를 내리우지 않고 밖을 내다보면 헌병들이 달려들어 행패질을 했다는 두만강철도… 제 강산을 내다보는 자유마저 빼앗긴채 북간도로 가는 강원도사람과 마주앉아 피눈물을 삼키고있는 시인…

　"나는 울줄을 몰라 외롭다"는 시인의 마지막 부르짖음은 목놓아운다고 웨치는것보다 더 비통한 통곡소리로 사람들의 가슴을 찢는다.

　시인은 시에서 일제의 악독한 통치밑에서 짓밟히는 조선의 현실을 얼어붙은 두만강에 비유하면서 두껍게 얼어붙은 그 얼음장속에서도 "다른 한줄 너의 흐름이 쉬지 않고 / 바다로 가야 할 곳으로 흘러내리고있"다는 은유적표현을 빌어 조국해방의 새날은 기어이 밝아오리라는 확신과 독립의 그날을 일일천추로 고대하는 겨레의 념원을 절절하게 토로하고있다.

　그런가 하면 시 「낡은 집」(1938년)에서 펼쳐보이는 고향마을의 쓰라린 이야기는 또 얼마나 사람들의 가슴을 에이는가.

밤낮으로 왕거미 줄치기에 분주한 집
마을서 흉가라고 꺼리는 낡은 집
이 집에 살았다는 백성들은
대대손손 물려줄
은동곳도 산호관자도 갖지 못했니라

...

산을 뚫어 철길이 놓이기 전
노루 메돼지 여우며 승냥이가
앞뒤벌을 마음놓고 뛰여다니던 시절
털보네 셋째아들 나의 싸리말동무는
이 집 안방 짓두 광주리곁에서
첫울음을 울었단다

《털보네는 또 아들을 봤다우.
송아지래두 붙었으면 팔아나 먹지.》
...

갓주지 이야기며 무서운 전설과 가난속에
나의 동무는 마음조리며 자랐다
하늘소 몰고 간 애비 돌아오지 않는 밤
노랑고양이 울어울어
종시 잠들지 못하는 그런 밤이면
어미 분주히 일하는 방아간 한구석에서

좁싸겨를 쓰고앉아 외론 꿈을 키웠다

그가 아홉살 되던 해
사냥개 꿩을 쫓아다니는 겨울
이 집에 살던 일곱 식솔이
어디론가 사라진 이튿날 아침
북쪽을 향한 발자국만 눈우에 떨고있었다
...

송아지라면 팔아먹기라도 하련만 아들이 태여나 고생만 더해지는 가난, 그런 가난속에서 살다살다 못살아 야밤도주를 했다는 고향마을 일곱 식솔의 기막힌 이야기를 시인은 눈물겹게 외우고있다.

고향의 눈물을, 조국과 겨레의 아픔을 부둥켜안고 그처럼 몸부림친 시인이였기에 그의 감정은 그리도 진실하고 그의 시어들은 그리도 페부를 찌르는것이 아니겠는가.

이 땅에 흔한 초목을 두고서도 자신과 민족의 운명을 결부시키군 한 시인의 남다른 사색을 보여주는 이런 시도 있다.

아낙도 우두머리도 돌볼새없이 갔단다
도래샘도 떳집도 버리고 강건너로 쫓겨갔단다
고려군사님 무지무지 쳐들어와
오랑캐는 가랑잎처럼 굴러갔단다

구름이 모여 골짝골짝을 구름이 흘러

백년이 몇백년이 뒤를 이어 흘러갔나

너는 오랑캐의 피 한방울 받지 않았건만
오랑캐꽃
너는 돌가마도 털메투리도 모르는 오랑캐꽃
두팔로 해빛을 막아줄께
울어보렴 목놓아울어나 보렴 오랑캐꽃

(시「오랑캐꽃」 1936년)

오랑캐와의 싸움속에 오랜 세월 살아온 우리 조상들은 뒤모양이 머리태를 드리운 오랑캐의 뒤머리와 같다 하여 제비꽃을 불러 오랑캐꽃이라고도 하였다 한다. 허나 풀숲에 가리워 사는 이 자그마한 꽃을 두고 시인은 남다른 생각을 한것이다. 고려군사들이 쳐들어와 가랑잎처럼 쫓겨간 오랑캐, 그 오랑캐의 피 한방울 받지 않았건만 오랑캐꽃이라고 불리우는 그 꽃은 얼마나 억울하겠는가. 어찌 보면 이 땅의 피를 받았어도 "센징"이요, "한또징"이요 하는 모욕적인 이름으로 불리우는 조선사람의 신세 그대로가 아니던가. 하여 시인은 화려하지도 않고 향기도 없는 진보라색오랑캐꽃앞에서 두팔을 벌려 해빛을 막아줄테니 울어보라고, 그 억울한 신세를 두고 통곡이라도 하라고 따뜻이 어루만진다.

참으로 리용악은 '글을 짓는' 시인이 아니라 '생활하는' 시인이였다. 아무리 짧은 시라 할지라도 그의 시에는 생활이 있고 생활의 력사가 응축되여있다.

시집 『분수령』의 서문에서 누군가는 리용악에 대해 이렇게 소개하고있다.

"내가 우연한 기회로 처음 그의 방에 들어서게 되였을 때부터 자주 그를 만날 때마다 이 사람은 생존하는 사람이 아니라 생활하는 사람이라는 깊은 인상을 받은것이므로 년래의 구우(여러해동안 사귄 오랜 벗)와 같은 정의를 붓지 않을수 없다. 나는 리군의 생활을 너무나 잘 알수 있었다. 리군은 추위와 주림과 싸우면서, 그는 기아를 피하려고 애쓰면서도 그것때문에 울지 않는다. 여기에 이 시인의 초연성이 있다. 힘이 있다. 리군의 시가 그의 생활의 거짓없는 기록임은 물론이다. 그의 시는 상이 앞서거나 개념으로 흐르지 않았고 또 시전체에 류동되는 적극성을 발견할수 있다. 하여튼 리군의 비범한 시재는 그의 작품이 스스로 말해주리라 믿는다."

하다면 시인 리용악에게 있어 생활이란 무엇이였던가. 그것은 나라 없는 민족의 설움이요, 수난당하는 망국노의 울분이였다. 심혼의 뿌리가 내린 조국과 향토에 대한 사랑이였고 언젠가는 기어이 밝아올 조국해방의 새날에 대한 지칠줄 모르는 믿음이였다.

그가 시단에 들어선 1930년대 후반기는 조선문단에 모더니즘이요, 퇴폐주의요, 형식주의요 하는 세기말적인 문학사조들이 기승스럽게 밀려들던 시기였다. 생활의 토양에서가 아니라 책상우에서 '시'를 배운 시인들과 디디고 선 생활의 토양이 허약한 시인들은 일제의 폭압선풍에 기겁하고 잡탕사조들에 들떠 현실을 등진채 저마끔 '순수예술'의 상아탑속에 들어박혔다. 지어 20년대에 경향적인 시를 썼던 시인들조차 30년대 후반기에 들어와서는 예술지상주의에로 넘어가 생활과는 멀리 동떨어져나가고있었다.

생활을 멀리한다는것은 곧 민족을 멀리하고 민족의 수난을 외면한다는것을 의미하였다.

그럴진대 일제에게 말과 글, 성마저 빼앗기고 민족의 명줄이 칼도마우에 올랐던 가장 참담하던 그 시기 온갖 퇴폐시들에 침을 뱉으며 끝까지 겨레와 슬픔과 고통을 함께 한 리용악의 창작활동에 대하여 우리는 다시금 깊이 되새겨보아야 할것이다. …

일본에서 몇년간의 고학생활을 마치고 서울로 돌아온 그는 당시까지 잡지 『문장』과 함께 조선말문학잡지로 남아있던 『인문평론』의 편집원으로 취직하였다. 하지만 그는 편집원생활을 오래 할수가 없었다. 일제가 '황국신민화'정책을 로골화하면서 조선말로 된 모든 신문잡지의 출판을 금지시키는 바람에 잡지 『인문평론』도 일문잡지 『국민문학』으로 개간되여버렸던것이다.

그뿐이 아니였다. 일제의 강박에 굴복하여 리광수나 최남선 같은 명망을 뽐내던 문사들이 조선청년들앞에 나서서 '천왕폐하'를 위해 사꾸라꽃처럼 지라고 선동하며 돌아다녔는가 하면 지어 한때 경향문학을 한다며 글을 쓰던 작가들중에서도 그러한 투항분자, 타락분자들이 나타났다.

민족적량심을 목숨보다 중히 여기는 작가들은 붓을 꺾고 일제의 마수를 피해 은둔생활로 넘어갔다. 1939년말 리용악도 좌절된 포부와 풀길없는 원한을 구겨안은채 붓을 꺾고 고향으로 돌아왔다.

하지만 은둔이나 하고있기에는 시인의 심장속에 끓어넘치는 피가 너무도 뜨거웠다.

그는 농업학교시절의 독서회원들이며 문학청년들과 만나 망국의 울분을 토로하기도 하였고 조선말을 지키는것은 우리의 얼을 지키는것이다, 우리는 조선말을 지키기 위해서도 굴함없이 조선말로 시를 써야 한다고 하면서 후배들의 작품에 항거의 넋을 심어주기도 하였다.

당시 고향에는 '등불동지회'라는 지하조직이 무어져있었다. 어느날 리용악을 찾아온 조직책임자가 함께 손잡고 민족의 영웅 김일성장군님을 따라 조국해방을 위한 성전에 나설것을 권고하는것이였다.

그의 말은 봄우뢰마냥 시인의 온넋을 뒤흔들었다.

일본에서 고학을 하던 그 시절 이역만리에까지 비쳐온 보천보의 홰불에서 민족재생의 서광을 보았던 시인이였다. 얼음 덮인 두만강가를 오르내리며 장군님의 성스러운 존함을 그리움에 넘쳐 외워보던 시인이였다.

피멍든 가슴에 광명을 안겨주며 백두산에서 메아리쳐온 전민항쟁의 뢰성, 정녕 그것은 암흑속에 비쳐온 구원의 등불이였다. 설음과 울분의 엇갈림속에 방황하던 식민지 시인에게 참다운 삶과 투쟁이 길을 밝혀준 애국의 등불이였다.

그때부터 리용악은 등불동지회의 영향밑에 절세의 애국자 김일성장군님께서 이끄시는 전민항쟁의 용용한 대하속에 뛰여들었으며 백두산을 신념의 등대로 삼고 머지않아 도래할 민족의 창창한 새날을 바라보며 억세게 걸어나가게 되였다.

1942년 11월 일제는 등불동지회에 대한 일대 검거선풍을 일으켰다. 많은 조직성원들이 체포되였고 청진일보사 기자로 금방 취직했던 리용악도 이듬해 5월초 배후성원으로 지목되여 함경북도경찰부에 끌려 갔다.

첫 시집을 출판한 때로부터 그때까지 시인은 일제경찰의 류치장신세를 한두번만 져오지 않았다. 조선말신문폐간에 항거했다고, '창씨개명'을 반대했다고, 문학애호가들에게 불온사상을 불어넣었다고 한달이 멀다하게 불리워간 곳이 경찰서였고 들어간 곳이 류치장이였다.

그러나 그는 단 한번도 지조를 굽힌적이 없었다. 반년동안이나 리용악을 가두고 악형을 들이대던 일제경찰은 끝끝내 한마디의 자백도 얻어내지 못하게 되자 하는수없이 시인을 증거불충분으로 석방할수밖에 없었다.

지조의 시인

일제식민지통치의 숨막히는 세월속에 몸부림치던 리용악에게 마침내 환희의 날이 찾아들었다.

민족의 위대한 태양 김일성장군님께서 이 땅에 조국해방의 새날을 안아오셨던것이다.

그토록 흠모하여마지 않던 김일성장군님께서 서울에 입성하실거라는 소문이 들려오자 리용악은 한시바삐 그이를 뵙고싶어 한달음에 서울로 달려갔다.

허나 미군이 틀고앉은 남녘땅의 현실앞에 그의 희망은 연기처럼 사라져버렸다. 또다시 식민지노예살이의 운명을 강요하는 미제와 매국노들의 책동에 참을수 없어 시인은 애국자들과 함께 어깨겯고 투쟁의 노래를 부르며 항쟁의 거리로 뛰쳐나갔다.

폭풍이여 일어나라 폭풍이여 폭풍이여

불길처럼 일어나라

...

우리는 이제 저무는 거리에 나서런다

　갈 곳없이 나서런다

내사 아마 퍽도 약한 시인이길래 그저

　울음이 북받치는것일가

불빛노을 함뿍 가라앉은 눈이라 노한

　노한 눈들이라

(시 「노한 눈들」 1946년)

그 나날 리용악은 시 「하늘만 곱구나」(1946년), 「노한 눈들」(1946년), 「빛발속에서」(1947년), 「짓밟히는 거리에서」(1948년)를 비롯하여 사람들을 반미구국투쟁에로 불러일으키는 수많은 투쟁의 시들을 얼마나 의분에 넘쳐 웨치고 또 웨쳤던가.

그는 지조의 시인이였다. 악과 불의와 압제앞에서 어느 한번도 머리를 수그린적이 없었다.

미제가 강점한 서울에서 문인들은 진보와 반동, 좌익과 우익의 두 진영으로 갈라섰다. 해방전에 예술지상주의를 하던 시인들은 대개가 우익진영으로 가붙었다. 그 주창자가 시인 서정주였다.

서정주는 잡지 『문장』이 배출시킨 시인이였는데 리용악이 우리 시문단에서 두각을 나타내던 30년대 후반기에 그도 두각을 보였다. 8·15후 남조선에서는 1930년대 후반기에 떠올라 해방과 함께 다시 나타난 리용악과 서정주를 남조선시단의 쌍벽이라고 하였다.

진보적시인들의 시단에서 선배로 존경받은 리용악은 예술지상주자 서정주를 좋아하지는 않았지만 그래도 그가 민족적량심은 가지고 있으려니 생각하면서 한번은 그를 만나 이야기를 나눈적이 있었다. 그러나 리용악의 기대는 허물어지고말았다. 서정주는 조국과 민족의 운명 같은것은 안중에도 없는 철저한 탐미주의자였던것이다. 리용악은 대판 싸움을 벌리며 무섭게 그를 타매하고 서정주와 사상적으로 결별하였다.

그렇듯 의로움에 불탔기에 그는 미제의 민족분렬책동을 파탄시키기 위한 5·10단선반대투쟁과 공화국창건을 위한 최고인민회의 남조선대의원선거투쟁을 비롯한 애국투쟁의 앞장에서 시인의 열정을 화약처럼 폭발시켰다. 1946년 9월총파업때 룡산기관구 로동자들앞에서 읊은 즉흥시 「기관구에서」를 비롯하여 그가 창작한 수많은 시들은 반미애국투쟁의 격전장에 휘날린 투쟁의 기발이였고 원쑤들의 심장을 겨눈 비수였다.

남녘땅에서 리용악과 함께 싸운 작가들은 누구나 리용악을 '범'이라고들 했다.

범?… 과연 체소하고 흙냄새풍기는 텁텁한 그의 모습 어디에서 범같은 기질을 엿볼수 있단 말인가. 「오랑캐꽃」과 같이 놀랄만큼 섬세한 시적감정을 지닌 그에게 정말 범같은 호방담대함이 있었단 말인가.

아마도 그것은 시인의 가슴속에 타번지고있던 정의의 불길이 불의앞에서 용암처럼 분출하군 하였기때문일것이다. 그의 범같은 성격을 말해주는 몇가지 일화를 펼쳐본다.

언젠가 남조선강점 미군사령관 하지의 정치고문이였던 버취가 연회를 차리고 좌익계와 우익계를 초청한적이 있었다. 리용악은 조직의 지

시를 받고 연회장으로 갔었다. 그런데 연회중에 좌익계인물들이 앉은 자리에 찾아온 버취가 자기는 조선의 지식인들을 귀중히 여긴다고 수선을 부리다가 느닷없이 팔씨름을 한번 해보지 않겠는가고 말을 걸어왔다는것이다. 그럴 때 리용악이 주저없이 나서서 할테면 하자, 그런데 당신이 지면 미국으로 돌아가겠는가고 야유했다고 한다.

1948년 공화국창건을 위한 최고인민회의 대의원선거가 진행되던 때 있은 일이다. 남조선에서는 미제와 그 앞잡이들의 폭압으로 공개적인 투표를 할수 없었기때문에 종이장우에 서명하고 지장을 찍는 방법으로 선거를 진행하였다.

어느날 저녁 리용악은 서울 종로거리를 가다가 함께 가던 동지들에게 파출소 경찰놈들에게서도 서명을 받아내자고 하였다. 동지들은 처음에 만류하였으나 리용악의 성격을 잘 아는터여서 그가 가자는대로 따라갔다. 리용악은 파출소문을 벌컥 열고 앞장에서 들어갔다. 영문을 몰라 쳐다보는 경찰들에게 시인은 호령하였다.

"이놈들, 나를 몰라봐! 기합을 좀 넣어야 알겠는가! …"

리용악의 추상같은 꾸짖음에 어리둥절해진 경찰들은 시인을 자기네 상급인줄 알고 부들부들 떨면서 경례를 붙이였다. 그때 리용악은 품에서 선거련판장을 꺼내여 책상우에 펼쳤다.

"김일성장군님께서 공화국을 창건하신다. 여기에 지장을 찍겠느냐 안 찍겠느냐!"

시인의 불같은 호령에 경찰들은 잠시 멍청하니 바라보다가 떨리는 목소리로 대답했다.

"네, 네… 찍어야지요. 김일성장군님이시야 우리도 받들어야지요."

경찰들이 련판장에 이름을 쓰고 도장을 찍자 리용악은 한마디 하였다.

"됐다. 누구에게도 말해선 안돼!"

그리고는 련판장을 품에 넣더니 유유히 파출소문을 나섰다는것이다. 영화의 한 장면같은 이야기이지만 이것은 그날 저녁 리용악과 함께 동행했던 한 시인이 들려준 과장없는 실담이였다. 리용악은 이렇게 겁이 없고 호방한 사람이였다.

경찰은 리용악을 지명수배대상에 넣고 그를 붙잡으려고 피눈이 되여 날뛰였다. 그리하여 그는 집에 거의 나타날수가 없었고 혹 나타나도 야밤삼경에 불쑥 들어서군 하였다. 그렇게 들리는 경우라도 가만히 들어선것이 아니라 오는 도중에 있는 경찰파출소문짝에다 하다못해 흙탕물이라도 쥐여뿌리고서야 들어섰다는것이다. 이튿날 아침 더렵혀진 파출소문짝을 보고 경찰들이 리용악이 왔다간것을 알고 집에 들이닥칠 때에는 이미 시인이 사라지고난 뒤였다.

집도 수시로 옮겨야 했다. 당시 소학생이였던 시인의 아들 리창은 학교를 너무 자주 옮겨다니는 바람에 그 시절 자기한테는 동무가 없었다고 추억하고있다.

1949년 8월 리용악은 변절자때문에 끝내 경찰에 체포되고 말았다. 그를 밀고한 변절자는 상급으로 있던자였는데 철면피하게도 그자가 감옥에 찾아와 전향을 권유할 때 제일 참기 힘들었다고 후날 시인은 괴롭게 회상하였다.

경찰은 악착한 고문과 회유로 시인을 굴복시켜보려 하였으나 헛물만 켰을뿐이였다. 그의 체포로 피해를 입은 조직선이나 조직성원은 하나도 없었다. 흔히 재판을 할 때에는 피고가 진술한데 따라 증인이며 련루자들이 줄줄이 불려나오는것이 상례인데 리용악이 재판받을 때에는 단 한명도 불려나오는 사람이 없이 시종일관 시인 혼자만 재판관앞에 서 있었다고 한다.

그를 재판하는 날에 교형리들은 서대문형무소에 미결수로 투옥되여 있던 진보적문인 20여명을 다 끌어내여 재판을 보게 하였다. 굴복하지 않으면 리용악이처럼 너희들도 중형을 받게 된다는것을 보여주기 위해서였다.

'피고'에게 10년징역을 구형하고난 검사는 이제라도 자기네 '정부'를 지지한다고 한마디만 하면 무죄석방시키겠다고 하였다. 그러자 리용악의 서슬푸른 대답이 재판정에 벽력같이 울렸다.

"그런게 무슨 '정부'라고 지지한단 말인가. 죽어도 나는 인정할수 없소! …"

재판정에 참석했던 20여명의 수감자들은 그러한 시인에게 마음속으로 박수갈채를 보내였다. 그의 도고하고 정의로운 기상은 미결수감방에 수감된 동지들을 투쟁에로 고무하였다.

남녘에서 들어온 한 시인은 그때의 일을 돌이켜보며 리용악에 대하여 단마디로 "리용악… 그는 정말로 지조있는 깨끗한 사람이지요"라고 말하였다. 이것은 시인 리용악에 대한 총체적인 인물평이라고 해도 지나친 말이 아닐것이다.

1950년 6월 28일 서울을 해방한 인민군대땅크가 서대문형무소의 옥문을 까부시자 리용악은 용약 군복을 입고 종군하여 락동강 불바다를 헤쳐갔다. 그는 질풍같이 달려가는 땅크우에서 시를 읊었다.

...

찢고 물어뜯고

갈갈이 찢고 물어뜯어도

풀리지 않을 원쑤

원쑤의 가슴팍에 땅크를 굴리자

...

미제를 무찔러 살인귀를 무찔러

남으로 남으로 번개같이 내닫는

형제여, 강철의 대오여

최후의 한놈까지 원쑤의 가슴팍에

땅크를 굴리자

(시 「원쑤의 가슴팍에 땅크를 굴리자」 1950년)

부대와 함께 남진하던 도중 해방된 어느 마을에서 주민대장 같은 서류뭉치를 발견한 그는 그뒤에다 사단전투속보『번개같이』를 등사하여 인민군용사들을 승리에로 불러일으켰다. 그때 발간한 속보들중 몇장은 오늘도 그의 서가에 그대로 보관되여있다.

전략적인 일시적후퇴가 시작되였다. 리용악은 주저없이 가족들을 이끌고 북으로 향하였다.

"하루는 아버지가 급히 나를 찾더니 쪽지 하나를 써주면서 빨리 어머니에게 가져다 주라고 이르시더군요. 그 당시 어머니는 서울 연초공장에서 녀맹사업을 맡아보고계셨습니다. 쪽지에는 속히 식구들을 데리고 련천쪽으로 오라는 내용이 적혀있었습니다. 후퇴명령이 떨어졌을 때 어떤 사람들은 아버지에게 다급한 정황인데다 인츰 후퇴가 끝나 남진하는 대오와 함께 다시 돌아올텐데 본인만 가도 되지 않겠는가고 했다더군요. 하지만 아버지는 말같잖은 소리라고, 설사 후퇴가 오래 걸리지 않는다 해도 어떻게 같이 고생하던 가족들을 순간이나마 원쑤들의 손에 남겨두고 갈수 있는가고 하면서 우리에게 련락을 띄우셨던겁니다. 그렇게 돼서 어머니와 우리는 지체없이 후퇴길에 올랐고 련천부근에서 아버지가 속한 후퇴대렬을 만날수 있었습니다. …"

리창의 추억담이다.

그때 리용악의 가족은 처와 오누이자식이였는데 딸(리창의 누이동생)은 후날 미국놈들의 폭탄구뎅이에 고인 물에 **빠져** 목숨을 잃었다고 한다. 폭격때문에 도로로는 갈수 없어 산릉선을 타고 적들의 포위에 들기도 하면서 만포까지 간 40여일간의 후퇴길은 실로 간고한 로정이였다.

　…
아이야 너희들 꿈속은
정든 서울장안 서대문 네거리며
날마다 저녁마다 엄마를 기다리던
담배공장 옆골목이 스쳐흐르는가

부르튼 발꿈치를 모두어
무거운 자국자국 절름거리며
이따금씩 너희들이 소리맞춰 부르는
김일성장군의 노래
꿈결에도 그 노래 귀에 쟁쟁 들리는가

굽이굽이 험한 벼랑 안고도는
대동강 푸른 물줄기를 좇아
넘고넘어도 새로이 다가서는
여러 령을 기여오를 때
찾아가는 평양은 멀고도 아득했으나

바삐 가야 한다, 김장군 계신데로
거듭거듭 타이르며
맥풀린 작은 손을 탄탄히 잡아주면
별조차 눈감은 캄캄한 밤에도
울던 울음 그치고 타박타박 따라서던
어린것들 가슴속 별빛보다 그리웠을
김일성장군!
...

(시 「평양으로 평양으로」 1951년)

　이 시는 시인이 어버이수령님의 품을 찾아 첩첩산발을 넘어오던 준엄한 가을의 그 심정을 토로한 시이다. 포성은 자꾸 가까와지고 안해도 아이도 기진하여 쓰러지던 그 밤, 시인은 평양으로 가는 길은 장군님품으로 가는 길이고 승리하는 길이라는것을 확신하며 걸음을 재촉하고 있다. 시를 읊느라면 생사를 판가리하던 엄혹한 시기에 시인의 가슴속에서 뜨겁게 굽이치던 신조가 어떤것이였는가를 쩌릿이 느끼게 된다.
　이렇듯 투철한 신념과 지조를 지닌 시인이였기에 그는 조국의 운명을 판가리하던 가렬한 전화의 나날에 시「피발선 새해」(1951년), 시초「싸우는 농촌에서」(1951년)와 같이 우리 군대와 인민을 전쟁승리에로 힘있게 고무추동하는 수많은 전투적인 작품들을 창작할수 있었던것이다.

　1951년 3월 북과 남의 작가, 예술인들을 망라하는 조선문학예술총동맹이 조직되였을 때 리용악은 문학동맹 시분과위원장으로 사업하게 되였다.

시대의 가수로

　리용악에게 있어서 공화국의 품에 안겨 체험한 현실은 모든 것이 새라새로웠으며 시인으로 하여금 들먹이는 가슴속의 환희와 격정을 뜨거운 서정으로 터치게 하였다.

　그는 전후시기에 어버이수령님의 위대한 령도와 우리 나라에서의 사회주의적전변을 노래한 수많은 서정시를 창작하였다.

　그중에서도 「봄」(1954년), 「어선 〈민청호〉」(1955년), 「어느 반도에서」(1955년), 「석탄」(1955년), 「좌상님은 공훈탄부」(1956년) 등의 서정시들이 이채를 띠였다고 할수 있다.

　그러나 그의 전후 대표작으로서는 역시 시초「평남관개시초」(1956년)를 꼽아야 할것이다.

　복구건설의 노래 우렁차던 1956년, 서해의 곡창 열두삼천리벌은 어버이수령님의 은정속에 평남관개의 새로운 전변을 맞이하게 되였다. 그때 리용악은 치료중에 있는 불편한 몸이였지만 자리를 차고 공사장으로 달려나갔다.

　수천리 물길을 어루밟는 그의 심장에서는 위대한 수령, 위대한 사회주의에 대한 령감이 나래쳤다. 어버이수령님의 인간사랑의 력사를 전하는 전변의 굽이굽이에 서면 "천추를 꿰뚫어 광명을 내다보는 / 지혜와 새로움의 상상봉 / 불패의 당이 / 다함없는 사랑으로 안아 너를 개조하고 / 보다 밝은 래일에로 기발을 앞세웠거니"라는 칭송의 노래가 가슴에 차넘치고 끝간데 없는 관개의 바다를 보면 "물이여 어디를 내가 딛고 서서 발을 돋우면 / 아득히 뻗어나간 너의 길을 다 볼수 있을가" 하는 탄성이 저절로 터져올랐다.

시인의 격정은 그대로 서정으로 흐르고 글줄이 되여 오늘도 후대들이 즐겨 읊는 위대한 수령, 위대한 사회주의에 대한 서정의 찬가「평남관개시초」가 세상에 나오게 되였다.

10편의 주옥같은 서정시로 묶어진 이 시초는 그가 한생동안 쓴 서정시의 결정체라고 해도 좋을것이다.

떠가는 구름장을 애타게 쳐다보며
균렬한 땅을 치며 가슴을 치며
하늘이 무심타고 통곡하는 소리가
허허벌판을 덮어도 눈물만으론
시드는 벼포기를 일으킬수 없었단다

...
콸콸 샘물이 솟아흐를 기적을 갈망했건만
풀지 못한 소원을 땅깊이 새겨
대를 이어 물려준 이 고장 조상들

물이여 어디를 내가 딛고 서서 발을 돋우면
아득히 뻗어나간 너의 길을 다 볼수 있을가

로쇠한 대지에 영원한 젊음을
지심깊이 닿도록 젊음을 부어주는
물줄기여

소를 몰고 고랑마다 타는 고랑을
숨차게 열두번씩 가고 또 와도
이삭이 패일 날은 하늘이 좌우하던
건갈이농사는 전설속의 이야기
전설속의 이야기로 이제 되였다

물이여 굳었던 땅을 푹푹 추기며
네가 흘러가는 벌판 한귀에
너무나 작은 나의 입술을 맞추면서
쏟아지는 눈물을 막으려도 하지 않음은
정녕코 정녕 내 나라가 좋고 고마워

(「평남관개시초」 중 시 「전설속의 이야기」)

목마르게 기다려 애타던 물줄기를 누가 보내주었던가. 시인은 물이
없어 통곡하던 농민들에게 물을 보내준 내 나라가 고마와 벌판 한귀에
입술을 맞추면서 울고있다. 우리 조국, 우리 제도를 열렬히 사랑하고
공감하지 않는 시인은 이렇게 쓸수 없다. 더우기 시적재능이 없이는 이
런 경지에 도달할수 없다.

《어쩌나 생광스런 물이과대

모르게 당도하면 어떻게 한담

물마중도 쓰게 못하면

조합체면은 무엇이 된담》

밤도 이슥해 마을은 곤히 자는데

칠보령감만 홀로 나와 둑에 앉았다

《물이 오면 종을 때리지》

볕이 쨍쨍하면 오히려 마음흐리던

지난 세월 더듬으며 엽초를 빨며

석달 열흘 가물어도 근심걱정 없어질

오는 세월 그리며 엽초를 빨며

...

자정이 넘고 삼경도 지날무렵

그러나 수로에 물은 안 오고

가까운 서해에서 파도만 쏴 쏴

희슥희슥 동트는 새벽하늘을

이따금씩 바라보며 엽초를 또 빨며

몹시나 몹시나 초조한 마음

《어찌된셈일가 여태 안 오니》

수로가 2천리도 넘는다는 사실을

아마도 령감님은 모르시나봐
물살이 아무리 빠르다 한들
하루에야 이 끝까지 어찌 다 올가

(「평남관개시초」 중 시 「덕치마을에서」(2))

지면관계로 련을 더러 생략하려 하였으나 그렇게 할수 없었다. 시가 너무도 째이고 흙냄새가 나는 농민의 감정이 너무도 진하게 풍겨오기 때문에 어느 련도 뭉청 떼버릴수 없다.

생활그대로의 이야기가 이 시에 얼마나 많이 담겨있는가. 2천리 수로를 가진 거창한 자연개조, 천년숙망이 풀린 농민의 행복과 격정, 우리 수령님께서 펼쳐주신 위대한 천지개벽 그리고 이것을 선명하게 부각한 시인의 열렬한 긍정… 수백매의 산문을 몇개의 련으로 대신한 시이다.

그런 의미에서 이 시초는 리용악의 얼굴이며 사상이며 실력의 과시라고 해야 할것이다. 시초는 주체45(1956)년당시 조선인민군창건기념 문학축전 시부문 1등상을 수여받았다.

몇해후 발표된 서정시 「우리 당의 행군로」(1961년)도 리용악의 한생의 대표작으로서 우리 문학사에서 높은 봉우리를 차지하고있다.

베개봉은 어디바루 해는 또 어디
하늘조차 보이잖는 울울한 밀림
찌죽찌죽 우는 새도 둥지를 잃었는가
갑작스레 쏟아지는 모진 비방울

꼽아보자 그날은 스물 몇해전
우리 당 선두대렬 여기를 행군했네
억눌린 형제들께 골고루 안겨줄
빛을 지고
필승의 총탄을 띠고

넘고넘어도 가로막는 진대통
어깨에 허리에 발목에뿐이랴
나라의 운명에 뒤엉켰던 가시덤불
붉은 한뜻으로 헤쳐나간 길

저벅저벅 밟고 간 자국소리
아직도 가시잖는 그 소리에 맞추어
너무나 작은 발로 나도 딛는 땅
막다른듯 얽히다도
앞으로만 내내 트이는구나

진주를 다듬어 천리에 간다 한들
이 길처럼이야 어찌 빛날가
조국의 광복을 만대에 이으신
김일성동지!
그이의 가슴에서 비롯한 이 길
…

이 시는 시인이 백두산혁명전적지를 답사하면서 쓴 시이다. 그는 투사들이 걸어간 그 길을 따라 행군하면서 조국의 해방을 안아온 이 길이 바로 어버이수령님께서 몸소 열어주신 길이라고 격조높이 노래하였다.

시인은 투사들이 선창한 혁명의 노래를 온몸으로 부르고 또 부르며 백두의 행군로를 따라 나아가리라는 신념의 맹세로 이 시를 높은 경지에 끌어올렸다.

리용악은 번영하는 조국을 노래한 시도 많이 썼으며 그 시들마다에서 당과 수령에 대한 감사의 정을 뜨겁게 담군 하였다.

이렇듯 한생토록 시대의 한복판에서 자기 시대를 진실하게 노래하고 우리 인민의 영웅적투쟁을 격조높이 례찬한 시대의 명작들을 남긴 것으로 하여 리용악은 '진주보석'들을 남긴 우수한 시인의 한사람으로 오늘도 자랑스럽게 추억되고있다.

추억은 아름답다

먼 후날에도 후대들이 아름답게 추억하는 삶은 진정 고귀한 삶이다.

지성도가 높고 생활적인 서정시를 수많이 남긴 리용악은 그의 시와는 달리 너무도 소박하고 말이 없는 시인이였다.

검은 테의 도수높은 근시안경에 밤색 닫긴양복옷차림을 하고 수걱수걱 조용히 걸어가는 그의 눈빛에서 사람들은 어딘가 맏형과 같이 친근감을 주는 진정을 느끼군 하였다고 한다.

그는 인간적인 겸허성과 친화력으로 사람들을 많이 끌었지만 언제나 무뚝뚝하고 말수더구가 적은 사람이였고 더우기 시에 대한 이야기를 쉽게 터놓지 않는 형의 시인이였다.

말하지 않는 시인, 웃지 않는 시인, 이것이 리용악에 대한 피상적인 표상이였다.

그러나 웃을 때도 있었다는것을 알게 된것은 하나의 발견과도 같은것이였다.

시인의 아들 리창은 이렇게 말하였다.

"아버지가 웃으시는것을 나는 두번 보았습니다. 한번은 공화국창건 20돐 기념훈장을 받고 집으로 돌아오셨을 때입니다. 그때가 1968년도 였는데 아버지는 당의 배려로 훈장을 수여받았다고 하면서 환하게 웃으시더군요. 그러나 목소리는 젖어있었습니다. 또 한번은 제가 1970년 봄에 입당했을 때입니다. 그날 아버지가 저녁상에 술을 들고 들어와 나에게 부어주며 한잔씩 하자고 하셨습니다. 그리고는 네가 이제 나의 대를 이었구나 하면서 크게 웃으셨지요. 그런데 그때에도 아버지의 눈굽은 젖어있었습니다. …"

인민예술가 리창은 조선화 「락동강할아버지」를 창작하여 어버이수령님으로부터 높은 치하의 교시를 받은 유명한 화가이다.

미술공부를 시작하던 초기에 그가 조선화를 할것인가 유화를 할것인가 하고 망설일 때 아버지는 대번에 "너는 조선화를 해라, 무조건! 알겠느냐. 수령님께서 미술은 조선화를 기본으로 발전시켜야 한다고 하시지 않았느냐!"고 무섭게 호령하였다고 한다.

리용악은 이렇듯 자기의 수령만을 따르고 시대의 요구앞에 다른 소리를 할줄 모르는 시인이였다.

그는 또한 자신과 모든 시인들에게 엄한 요구성을 제기하는 시인이기도 하였다.

시에 대한 사랑이 없이는 요구성을 높일수 없고 요구성을 높이지 않고서는 시의 형상수준을 높일수 없다. 이것은 리용악의 좌우명과 같은 것이였다.

「평남관개시초」를 쓸 때도 그러하였다. 현지에 나가서 써온 초고를 다듬고 또 다듬으며 도무지 내놓지를 않았다. 원고지에 시를 정서해나가다가 단어 하나, 토 하나가 마음에 안 들면 줄을 그어 지워버리고 그 우에 다시 쓰는것이 아니라 새 원고지에 처음부터 다시 쓰기 시작했다.

글자 하나, 단어 하나를 위해서 기울이는 그의 심혈을 당시의 시인들은 누구나 다 알고있었다. 원고지우에서 빠졌다 다시 들어갔다 하면서 최대한의 선택으로 탁마된 단어와 문장들은 그야말로 금싸래기나 보석과도 같은것이였고 그런것으로 하여 리용악이 완성되였다고 내놓는 작품들은 수정이라는게 별로 제기되지 않았다.

그는 시초를 완성하기 전까지 그 누구에게도 보여주지 않았다. 설익은 시는 시가 아닌데 어찌 보여줄수 있겠는가고 하면서. 그것은 시에 대한 성실하고 경건한 태도였고 자신에 대한 높은 요구성이기도 하였다.

그렇게 창작된 「평남관개시초」는 발표되자마자 시단에 커다란 반향을 불러일으켰다. 이 시초는 시인들로 하여금 자신의 수준을 더 높은 곳으로 지향하는데 고무를 주었다.

어느해 봄날에 있은 일도 그러한 실례이다.

시인에게 청탁된 시를 전화로 독촉하다 못해 잡지 『조선문학』편집부에서 녀성편집원이 찾아와 "선생님, 이제는 주십시오. 시가 괜찮다는데요" 하며 손을 내밀었다.

시인은 쏘파에 앉아 눈을 감고있었다. 한참만에야 시인은 서랍에서 시 한편을 꺼내더니 눈으로 읽기 시작하였다. 다 읽고난 시인은 "편집

원동무, 미안하게 됐소. 노력은 했는데 이건 아직 시가 아니요. 인차 다시 써주겠소" 하더니 원고지를 쭉 찢어서 휴지통에 던져넣었다. 편집원은 울상이 되여 나가버렸다. 자기 작품에 대한 시인의 면도칼같은 성격이 엿보이는 일화이다.

시인 리용악은 이렇듯 자기 작품에 대한 요구성이 높았던것만큼 후배들에 대한 요구성도 높았다. 한때 서정시 「바다의 처녀」를 써서 이름을 날린바 있는 나이지숙한 시인이 리용악에게 자기의 시를 보아달라고 내밀었다. 리용악은 서울에 있을 때부터 그에게 시를 가르쳐주었고 공화국의 품에 안겨서도 그를 친동기처럼 대해주었다. 추워할 때는 외투도 벗어주고 나중에는 장가도 보내주고…

그런데 리용악은 원고를 두번이나 읽더니 그에게 돌려주며 "자네 손으로 찢어버리게. 아쉬운 생각이 있으면 나에게 다시는 시를 보이지 말게"라고 랭혹하게 말했다는것이 아닌가. 시를 받아쥔 그는 떨리는 손으로 리용악의 앞에서 자기의 시를 찢어버리지 않으면 안되였다.

시인 김철은 어느 회상글에서 리용악에 대해 이렇게 썼다.

"리용악… 무서웠다."

젊은 후배들에게 그처럼 높은 요구성을 제기해준 선배시인에 대한 감사의 정이 느껴지는 표현이다.

문학의 길에서 선배가 후배에게 관대성을 베푸는것은 그를 이끄는것이 아니라 밀어팽개치는것이나 다름이 없다. 리용악은 일상생활에서는 인간호상관계의 례의범절이 있어야 하지만 문학창작에서는 그어떤 외교도, '인정'도 있어서는 안된다는것을 수범으로 보여준 엄격하고 요구성 높은 시인이였다.

시인 리용악은 일제와 미제의 폭압아래 거듭된 감옥살이에서 얻은 병으로 오래동안 신고하던 끝에 1971년 2월에 57살을 일기로 너무도 일찍기 생을 마쳤다. 아들의 추억에 의하면 그때 시인은 어버이수령님에 대한 서사시를 계획하고있었다고 한다.

장례식에 찾아온 동지들과 문인들이 시인을 잃은 비감에 잠겨 침통해할 때 고인에게서 누구보다 사랑도 많이 받고 욕도 많이 먹은 「바다의 처녀」를 쓴 시인이 일어났다. 그는 리용악의 시 「우리 당의 행군로」를 조용히 읊기 시작하였다.

그러나 목이 껀껀 막히여 제대로 읊지 못했다. 좌중의 모든 시인들이 눈물을 흘리였다. 리용악의 시재가 아까와서, 위대한 장군님의 령도아래 주체문학예술의 새로운 개화기가 펼쳐지는 좋은 시절에 그토록 재능있고 그토록 열정적이고 그토록 조국과 인민앞에 한생 충실하였던 시단의 한 로장을 잃은것이 너무나 애석하고 분해서…

하지만 시인의 생은 결코 끝난것이 아니다.

위대한 장군님께서는 공화국창건 55돐이 되는 2003년 9월 통일애국위업에 바쳐진 리용악의 고결한 삶을 높이 평가하시여 그에게 조국통일상을 수여해주도록 하시는 크나큰 은정을 베풀어주시였다.

신념의 붓대를 틀어쥐고 한생 애국애족의 길을 걸은 그의 생은 절세위인들의 은혜로운 손길아래 오늘도 영생하는 삶으로 빛나고 있다.

『운명의 선택4』, 평양출판사, 2015, 165~208쪽.

부록

이용악 연보

1914년(1세) 11월 23일 함경북도 경성(鏡城)군 경성면 수성동 45번지에서 이석준
　　　　　(李錫俊)의 5남 2녀 중 3남으로 출생.

　　　　　이용악의 집안은 누대에 걸쳐 상업에 종사하는 집안이었으며 그의 할아버지
　　　　　와 부모는 소금을 싣고 러시아 지역을 왕래.

　　　　　유소년기에 이용악의 아버지가 객사했을 것으로 추정.

1928년(15세) 함경북도 부령(富寧) 보통학교 6학년 졸업.

1929년(16세) 경성(鏡城) 농업학교 입학.

1932년(19세) 경성 농업학교 4학년 재학 중 도일(渡日).

　　　　　히로시마현[広島縣] 고분[興文] 중학교 4학년에 편입.

1933년(20세) 고분 중학교 졸업.

　　　　　니혼[日本]대학 예술과 입학.

　　　　　*니혼대학에 학적문의를 한 결과, 이용악의 학적부는 확인이 되지 않음. 단, 1946년 화재
　　　　　로 인해 일부 자료가 유실되었다고 함.

1934년(21세) 니혼대학 예술과 1년 수료.

1935년(22세) 3월 『신인문학(新人文學)』에 「패배자의 소원」을 발표하면서 문단에 나옴.

　　　　　4월 『신인문학』에 「애소◇유언」을 발표하면서 호 '편파월(片破月)' 사용.

　　　　　1934년과 1935년 약 2년간 시바우라·메구로·시무라 등지에서 막노동에
　　　　　종사한 것으로 추정.

1936년(23세) 4월 일본 도쿄 소재 조치[上智]대학 전문부(專門部) 신문학과(新聞學科) 입학.

　　　　　이 무렵 이용악은 도쿄에서 시인 김종한(金種漢, 1914~1944, 함경북도 명천(明川)
　　　　　출생)과 동인지 『이인(二人)』을 5~6회에 걸쳐 발간함. 『이인』은 국판 8페이
　　　　　지의 팸플릿 형태였으며 한 달에 2회씩 두 사람의 시 작품과 서울 문단 소식,
　　　　　도쿄 유학생 문인들의 소식을 실었음.

　　　　　6월 29일 이육사에게 엽서를 보내 만나줄 것을 부탁. 방학 기간에 귀국했을

때 인문사에서 최재서의 번역원고 정리를 도왔던 것으로 추정.

1937년(24세) 5월 30일 도쿄 산분샤[三文社]에서 첫 시집『분수령(分水嶺)』을 펴냄. 이 시집의 인쇄인은 최낙종(崔洛種, 1864~1945)으로 재일 조선인 아나키스트 이자, 1930년대 재일조선인 아나키즘 노동단체 중 가장 규모가 큰 단체였던 조선동흥노동동맹(朝鮮東興勞動同盟)의 설립자였으며, 산분샤는 재일조선인 아나키스트들의 각종 간행물을 인쇄하는 인쇄소였음. 당시 이용악의 주소는 '東京市 牛込區 喜久井町 三四'이며, 최낙종 및 산분샤의 주소는 '東京市 淀橋區 戶塚町一丁目二五三'으로, 두 사람은 와세다 대학 인근에 거주하고 있었음.

1938년(25세) 11월 10일 도쿄 산분샤에서 두 번째 시집『낡은 집』을 펴냄.

1939년(26세) 3월 조치대학 신문학과 별과(別科) 야간부 졸업. 졸업 후 귀국. 최재서(崔載瑞)가 주관하던 잡지『인문평론(人文評論)』의 편집기자로 2년간 근무.

1940년(27세) 9월 1일 '關北, 滿洲 출신 작가의 '鄕土文化'를 말하는 좌담회' 참석.

1941년(28세) 4월『인문평론』폐간과 함께 인문사 퇴사.

1942년(29세) 6월『춘추(春秋)』에「구슬」을 발표한 것을 마지막으로 절필, 고향 경성으로 낙향. 일본인이 경영하던 일본어 신문『청진일보(淸津日報)』에 3개월간 근무한 뒤 퇴사. 그 후 주을읍(朱乙邑)사무소에 1년간 서기로 근무.

1943년(30세) '모 사건'에 얽혀 함경북도 경찰부에 원고를 모두 빼앗기고 주을읍사무소 퇴직. 이후 해방까지 칩거.

1945년(32세) 해방 직후 서울로 상경. '조선문학건설본부'의 일원으로 참여. 11월부터 당시 대표적 좌익지인『중앙신문(中央新聞)』기자로 입사. 1년간 근무.

1946년(33세) 2월 8일 결성된 '조선문학가동맹'의 회원으로 가입. 전국문학자대회 참석 후「전국문학자대회 인상기」(『대조(大潮)』, 1946년 7월) 발표. 8월 10일 조선문학가동맹 산하에 서울지부가 신설되고, 위원장으로 김기림, 부위원장으로 조벽암, 선전부장으로 이용악이 선임됨.

1947년(34세) 3월부터 7월까지 4개월간『문화일보』편집국장으로 근무. 4월 20일 세 번째 시집『오랑캐꽃』을 서울 아문각(雅文閣)에서 펴냄.

7월 15일 문화단체총연맹 '문화공작대' 제3대의 부대장을 맡아 춘천과 강원

지역을 순회함. 순회공연 중 백색테러를 당하여 7월 22일에 서울로 왔다가

7월 23일에 다시 강릉을 향해 출발함.

8월 오장환의 권유로 남로당에 입당.

1948년(35세) 7월 26일 통일독립과 양군철퇴를 주장하며 조국의 위기를 천명하는

330 문화인 성명에 이름을 올림.

9월 『농림신문(農林新聞)』 기자로 입사해서 1949년 검거 당시까지 근무.

1949년(36세) 1월 25일 네 번째 시집 『현대시인전집(現代詩人全集) 1. 이용악집(李庸

岳集)』을 동지사(同志社)에서 펴냄.

8월 경, '조선문화단체총연맹' 서울시 지부 예술과의 핵심 요원으로 선전·선

동 활동에 종사하다가 검거됨. 이용악의 상부선은 시인 배호, 하부선은 시인

이병철이었음. 검거 당시 주소는 '경기도 고양군 숭인면 정능리 109의 3'임.

1950년(37세) 2월 6일 서울지방법원에서 징역 10년형을 선고받고 서대문 형무소에

서 복역.

6월 28일 북조선 인민군의 서울 점령시 이병철과 함께 풀려나와 월북.

1953년(40세) 8월 임화·이원조 등 남로당계열 숙청시 "공산주의를 말로만 신봉하

고 월북한 문화인"으로 지목돼 6개월 이상 집필 금지 처분됨.

1955년(42세) 『조선문학』 5월호에 「석탄」, 7월호에 「어선 민청호」를 발표하며 작품

활동 재개. 6월에 백석이 번역하고 민주청년사에서 발행한 쓰 마르샤크의 『동

화시집』의 교열을 봄. 12월에 유일한 산문집 『보람찬 청춘』을 민주청년사에서

2만 부 발간.

1956년(43세) 조선작가동맹 시분과 위원 단행본부 부주필.

8월 「평남관개시초」 10편을 『조선문학』에 발표.

1957년(44세) 1월 4일 '작가들의 신춘문예 좌담회' 참석.

1월 15일 '시인, 작곡가들의 좌담회' 참석.

3월 6일 '시인의 밤 행사' 참석.

5월 9일 「평남관개시초」로 조선인민군 창건 5주년 기념 문학예술상 운문부

문 1등상 수상, 시상식 5월 29일.

7월 11일 '장편 서사시 『그 녀자의 봄』에 대한 합평회' 참석.

12월 『리용악 시선집』(조선작가동맹출판사) 출간, 1만 부 발행.

1958년(45세) 양강도로 현지 파견됨.

1963년(50세) 김상훈과 공역으로 『풍요선집』(조선문학예술총동맹출판사)을 펴냄.

1968년(55세) 9월 공화국 창건 20주년 훈장 수훈.

1971년(58세) 2월 15일 지병인 폐병으로 사망.

1988년 6월 『이용악 시전집』(윤영천 편, 창작과비평사) 발간.

2003년 9월 조국 통일 위업에 바친 공로를 높이 평가받아 조국통일상 수상.

2015년 1월 『이용악 전집』(곽효환·이경수·이현승 편, 소명출판) 발간.

2018년 1월 『이용악 시전집』(윤영천 편, 문학과지성사) 발간.

2023년 6월 『이용악 전집』 개정판(곽효환·이경수·이현승 편, 소명출판) 발간.

작품 연보

1. 시

	작품명	출전	비고
1	敗北子의 所願	『新人文學』(1935.3)	
2	哀訴◇遺言	『新人文學』(1935.4)	'片破月 李庸岳'으로 발표
3	너는웨울고있느냐	『新家庭』(1935.7)	
4	林檎園의午後	『朝鮮日報』(1935.9.14)	
5	北國의가을	『朝鮮日報』(1935.9.26)	
6	午正의詩	『朝鮮中央日報』(1935.11.8)	
7	無宿者	『新人文學』(1935.12)	
8	茶房	『朝鮮中央日報』(1936.1.17)	
9	우리를실은배 埠頭를떠난다	『新人文學』(1936.3)	'片破月'로 발표
10	五月	『浪漫』 창간호(1936.11)	
11	北쪽	『分水嶺』(三文社, 1937.5.30)	
12	나를 만나거던	『分水嶺』(三文社, 1937.5.30)	
13	도망하는 밤	『分水嶺』(三文社, 1937.5.30)	
14	풀버렛소리 가득차잇섯다	『分水嶺』(三文社, 1937.5.30)	
15	葡萄園	『分水嶺』(三文社, 1937.5.30)	
16	病	『分水嶺』(三文社, 1937.5.30)	
17	國境	『分水嶺』(三文社, 1937.5.30)	
18	嶺	『分水嶺』(三文社, 1937.5.30)	
19	冬眠하는 昆蟲의노래	『分水嶺』(三文社, 1937.5.30)	
20	새벽東海岸	『分水嶺』(三文社, 1937.5.30)	
21	天痴의 江아	『分水嶺』(三文社, 1937.5.30)	
22	暴風	『分水嶺』(三文社, 1937.5.30)	
23	오늘도 이길을	『分水嶺』(三文社, 1937.5.30)	
24	길손의봄	『分水嶺』(三文社, 1937.5.30)	
25	제비갓흔 少女야-강건너 酒幕에서-	『分水嶺』(三文社, 1937.5.30)	
26	晩秋	『分水嶺』(三文社, 1937.5.30)	
27	港口	『分水嶺』(三文社, 1937.5.30)	
28	孤獨	『分水嶺』(三文社, 1937.5.30)	
29	雙頭馬車	『分水嶺』(三文社, 1937.5.30)	
30	海棠花	『分水嶺』(三文社, 1937.5.30)	
31	검은 구름이모혀든다	『낡은집』(三文社, 1938.11.10)	
32	너는 피를토하는 슬픈동무였다	『낡은집』(三文社, 1938.11.10)	
33	밤	『낡은집』(三文社, 1938.11.10)	
34	연못	『낡은집』(三文社, 1938.11.10)	
35	아이야 돌다리위로 가자	『낡은집』(三文社, 1938.11.10)	
36	앵무새	『낡은집』(三文社, 1938.11.10)	

	작품명	출전	비고
37	금붕어	『낡은집』(三文社, 1938.11.10)	
38	두더쥐	『낡은집』(三文社, 1938.11.10)	
39	그래도 남으로만 달린다	『낡은집』(三文社, 1938.11.10)	
40	장마개인날	『낡은집』(三文社, 1938.11.10)	
41	두만강 너 우리의강아	『낡은집』(三文社, 1938.11.10)	
42	우라지오 가까운 항구에서	『낡은집』(三文社, 1938.11.10)	
43	등불이 보고싶다	『낡은집』(三文社, 1938.11.10)	
44	고향아 꽃은 피지못했다	『낡은집』(三文社, 1938.11.10)	
45	낡은집	『낡은집』(三文社, 1938.11.10)	
46	버드나무	『朝鮮日報』(1939.6.29)	시집 『오랑캐꽃』에 수록
47	두메산골 1	『순문예』(1939.8)	시집 『오랑캐꽃』에 수록
48	전라도 가시내	『시학』(1939.8)	시집 『오랑캐꽃』에 수록
49	오랑캐꽃	『人文評論』(1939.10)	시집 『오랑캐꽃』에 수록
50	강가	『시학』(1939.10)	시집 『오랑캐꽃』에 수록
51	두메산골 2	『시학』(1939.10)	시집 『오랑캐꽃』에 수록
52	등을 동그리고	『人文評論』(1940.1)	시집 『오랑캐꽃』에 수록
53	어둠에저저	『朝鮮日報』(1940.2.10)	
54	술에 잠긴 쎈트헤레나	『人文評論』(1940.4)	
55	뒷길로 가자	『朝鮮日報』(1940.6.15)	시집 『오랑캐꽃』에 수록
56	바람속에서	『三千里』(1940.6)	
57	당신의 소년은	『朝鮮日報』(1940.8.5)	시집 『李庸岳集』에 수록
58	무자리와 꽃	『東亞日報』(1940.8.11)	시집 『오랑캐꽃』에 수록
59	푸른한나절	『女性』(1940.8)	
60	밤이면 밤마다	『삼천리』(1940.9)	시집 『오랑캐꽃』에 수록
61	두메산골 4	『시학』(1940.10)	시집 『오랑캐꽃』에 수록
62	슬픈 일 많으면	『文章』(1940.11)	
63	해가 솟으면	『人文評論』(1940.11)	시집 『오랑캐꽃』에 수록
64	눈보라의고향 – 歲寒詩抄 (1)	『매일신보』(1940.12.26)	
65	다시 밤 – 歲寒詩抄 (2)	『매일신보』(1940.12.27)	시집 『오랑캐꽃』에 수록 (「벽을 향하면」)
66	별 아래 – 歲寒詩抄 (3)	『매일신보』(1940.12.30)	시집 『李庸岳集』에 수록 (「별 아래」)
67	벌판을 가는것	『춘추』(1941.5)	시집 『오랑캐꽃』에 수록
68	열두 개의 층층계 – 近作詩抄 1	『매일신보』(1941.7.24)	시집 『오랑캐꽃』에 수록 (「열두 개의 층층계」)
69	꽃가루 속에 – 近作詩抄 2	『매일신보』(1941.7.25)	시집 『오랑캐꽃』에 수록 (「꽃가루 속에」)
70	다시 항구에 와서 – 近作詩抄 3	『매일신보』(1941.7.27)	시집 『오랑캐꽃』에 수록 (「다시 항구에 와서」)
71	비늘 하나 – 近作詩抄 4	『매일신보』(1941.7.30)	시집 『오랑캐꽃』에 수록 (「비늘 하나」)
72	슬라브의 딸과 – 近作詩抄 5	『매일신보』(1941.8.1)	시집 『李庸岳集』에 수록 (「벨로우니카에게」)

	작품명	출전	비고
73	막차갈때마다-北方詩抄 1	『매일신보』(1941.12.1)	시집 『李庸岳集』에 수록 (「막차 갈 때마다」)
74	달 있는 제사-北方詩抄 2	『매일신보』(1941.12.3)	시집 『오랑캐꽃』에 수록 (「달 있는 제사」)
75	등잔 밑-北方詩抄 3	『매일신보』(1941.12.24)	시집 『李庸岳集』에 수록 (「등잔 밑」)
76	노래 끝나면	『춘추』(1942.2)	시집 『오랑캐꽃』에 수록
77	길	『국민문학』(1942.3)	시집 『오랑캐꽃』에 수록
78	눈나리는거리에서	『朝光』(1942.3)	
79	죽음	『매일신보』(1942.4.3)	시집 『오랑캐꽃』에 수록
80	불	『매일신보』(1942.4.5)	시집 『오랑캐꽃』에 수록
81	다리 우에서	『매신사진순보』(1942.4.11)	시집 『오랑캐꽃』, 『리용악 시선집』에 수록
82	거울 속에서	『매신사진순보』(1942.4.21)	
83	북으로간다	『매신사진순보』(1942.5.11)	
84	구슬	『춘추』(1942.6)	시집 『오랑캐꽃』에 수록
85	항구에서	『매일신보』(1942.10.20), 『민심』(1946.3)	시집 『오랑캐꽃』에 수록
86	おらが天ゆゑ	조선문인보국회 편, 『決戰詩集』(동도서적(주), 1944)	번역본 「나의 하늘이기에」에 (구정호 역) 함께 수록
87	시골사람의 노래	『해방기념시집』(1945.12)	시집 『李庸岳集』에 수록
88	하나씩의 별	『자유신문』(1945.12.3), 『주보 민주주의』 4(1946.8)	시집 『李庸岳集』에 수록
89	38도에서	『신조선보』(1945.12.12)	
90	물러가는 벽	『中央旬報』 제3호(1945.12.20)	
91	월계는 피어	『생활문화』(1946.2)	시집 『李庸岳集』에 수록
92	나라에 슬픔 있을 때	『신문학』(1946.4)	시집 『李庸岳集』에 수록
93	오월에의 노래	『문학』(1946.7)	시집 『李庸岳集』에 수록
94	노한 눈들	『서울신문』(1946.11.3)	시집 『李庸岳集』에 수록
95	거리에서	『신천지』(1946.12)	시집 『李庸岳集』에 수록
96	흙	『경향신문』(1946.12.5)	시집 『李庸岳集』에 수록
97	슬픈 사람들끼리	『백제』(1947.2)	시집 『오랑캐꽃』에 수록
98	그리움	『협동』(1947.1)	시집 『李庸岳集』에 수록
99	機關區에서-남조선 철도파업단에 드리는 노래-	『문학』 임시호(1947.2)	
100	오랑캐꽃	『오랑캐꽃』(아문각, 1947.4.20)	
101	불	『오랑캐꽃』(아문각, 1947.4.20)	
102	노래 끝나면	『오랑캐꽃』(아문각, 1947.4.20)	
103	벌판을 가는것	『오랑캐꽃』(아문각, 1947.4.20)	
104	집	『오랑캐꽃』(아문각, 1947.4.20)	
105	구슬	『오랑캐꽃』(아문각, 1947.4.20)	
106	해가 솟으면	『오랑캐꽃』(아문각, 1947.4.20)	
107	죽엄	『오랑캐꽃』(아문각, 1947.4.20)	
108	밤이면 밤마다	『오랑캐꽃』(아문각, 1947.4.20)	
109	꽃가루 속에	『오랑캐꽃』(아문각, 1947.4.20)	

	작품명	출전	비고
110	달있는 제사	『오랑캐꽃』(아문각, 1947.4.20)	
111	강ㅅ가	『오랑캐꽃』(아문각, 1947.4.20)	
112	다리우에서	『오랑캐꽃』(아문각, 1947.4.20)	
113	버드나무	『오랑캐꽃』(아문각, 1947.4.20)	
114	벽을 향하면	『오랑캐꽃』(아문각, 1947.4.20)	
115	길	『오랑캐꽃』(아문각, 1947.4.20)	
116	무자리와 꽃	『오랑캐꽃』(아문각, 1947.4.20)	
117	다시 항구에와서	『오랑캐꽃』(아문각, 1947.4.20)	
118	절라도 가시내	『오랑캐꽃』(아문각, 1947.4.20)	
119	두메산곬 (1)	『오랑캐꽃』(아문각, 1947.4.20)	
120	두메산곬 (2)	『오랑캐꽃』(아문각, 1947.4.20)	
121	두메산곬 (3)	『오랑캐꽃』(아문각, 1947.4.20)	
122	두메산곬 (4)	『오랑캐꽃』(아문각, 1947.4.20)	
123	슬픈 사람들 끼리	『오랑캐꽃』(아문각, 1947.4.20)	
124	비늘하나	『오랑캐꽃』(아문각, 1947.4.20)	
125	열두개의 층층계	『오랑캐꽃』(아문각, 1947.4.20)	
126	등을 동그리고	『오랑캐꽃』(아문각, 1947.4.20)	
127	뒤ㅅ길로 가자	『오랑캐꽃』(아문각, 1947.4.20)	
128	항구에서	『오랑캐꽃』(아문각, 1947.4.20)	
129	다시 오월에의노래-반동 테롤에 쓰러진 崔在祿君의 상여를 보내면서-	『문학』(1947.7)	
130	소원	『독립신보』(1948.1.1)	
131	새해에	『제일신문』(1948.1.1)	
132	하늘만 곱구나	『개벽』(1948.1)	시집 『李庸岳集』에 수록
133	빗발 속에서	『신세대』(1948.1)	시집 『李庸岳集』에 수록
134	오월에의 노래	『李庸岳集』(동지사, 1949.1.25)	
135	노한 눈들	『李庸岳集』(동지사, 1949.1.25)	
136	우리의 거리	『李庸岳集』(동지사, 1949.1.25)	
137	하나씩의 별	『李庸岳集』(동지사, 1949.1.25)	
138	그리움	『李庸岳集』(동지사, 1949.1.25)	
139	하늘만 곱구나	『李庸岳集』(동지사, 1949.1.25)	
140	나라에 슬픔 있을 때	『李庸岳集』(동지사, 1949.1.25)	
141	월계는 피어-선 진수 동무의 영전에-	『李庸岳集』(동지사, 1949.1.25)	
142	흙	『李庸岳集』(동지사, 1949.1.25)	
143	거리에서	『李庸岳集』(동지사, 1949.1.25)	
144	북쪽	『李庸岳集』(동지사, 1949.1.25)	
145	풀버레 소리 가득차 있었다	『李庸岳集』(동지사, 1949.1.25)	
146	두만강 너 우리의 강아	『李庸岳集』(동지사, 1949.1.25)	
147	낡은 집	『李庸岳集』(동지사, 1949.1.25)	
148	오랑캐꽃	『李庸岳集』(동지사, 1949.1.25)	
149	꽃가루 속에	『李庸岳集』(동지사, 1949.1.25)	

	작품명	출전	비고
150	달 있는 제사	『李庸岳集』(동지사, 1949.1.25)	
151	강까	『李庸岳集』(동지사, 1949.1.25)	
152	두메산골 (1)	『李庸岳集』(동지사, 1949.1.25)	
153	두메산골 (2)	『李庸岳集』(동지사, 1949.1.25)	
154	두메산골 (3)	『李庸岳集』(동지사, 1949.1.25)	
155	두메산골 (4)	『李庸岳集』(동지사, 1949.1.25)	
156	전라도 가시내	『李庸岳集』(동지사, 1949.1.25)	
157	벨로우니카에게	『李庸岳集』(동지사, 1949.1.25)	
158	당신의 소년은	『李庸岳集』(동지사, 1949.1.25)	
159	별 아래	『李庸岳集』(동지사, 1949.1.25)	
160	막차 갈 때 마다	『李庸岳集』(동지사, 1949.1.25)	
161	등잔 밑	『李庸岳集』(동지사, 1949.1.25)	
162	시골 사람의 노래	『李庸岳集』(동지사, 1949.1.25)	
163	불	『李庸岳集』(동지사, 1949.1.25)	
164	주검	『李庸岳集』(동지사, 1949.1.25)	
165	집	『李庸岳集』(동지사, 1949.1.25)	
166	구슬	『李庸岳集』(동지사, 1949.1.25)	
167	슬픈 사람들 끼리	『李庸岳集』(동지사, 1949.1.25)	
168	다시 항구에 와서	『李庸岳集』(동지사, 1949.1.25)	
169	열두개의 층층계	『李庸岳集』(동지사, 1949.1.25)	
170	밤이면 밤마다	『李庸岳集』(동지사, 1949.1.25)	
171	노래 끝나면	『李庸岳集』(동지사, 1949.1.25)	
172	벌판을 가는 것	『李庸岳集』(동지사, 1949.1.25)	
173	항구에서	『李庸岳集』(동지사, 1949.1.25)	
174	빗발 속에서	『李庸岳集』(동지사, 1949.1.25)	
175	유정에게	『李庸岳集』(동지사, 1949.1.25)	
176	막아보라 아메리카여	『문학예술』4(1951.11)	
177	어디에나 싸우는 형제들과 함께-김일성 장군께 드리는 노래-	『문학예술』5(1952.1)	
178	석탄	『조선문학』(1955.5)	시집 『리용악 시선집』에 수록
179	어선 민청호	『조선문학』(1955.7)	시집 『리용악 시선집』에 수록
180	위대한 사랑	『조선문학』(1956.8)	평남 관개 시초 / 시집 『리용악 시선집』에 수록
181	흘러 들라 —○리 굴에	『조선문학』(1956.8)	평남 관개 시초 / 시집 『리용악 시선집』에 수록
182	연풍 저수지	『조선문학』(1956.8)	평남 관개 시초 / 시집 『리용악 시선집』에 수록
183	두 강물을 한 곳으로	『조선문학』(1956.8)	평남 관개 시초 / 시집 『리용악 시선집』에 수록
184	전설 속의 이야기	『조선문학』(1956.8)	평남 관개 시초 / 시집 『리용악 시선집』에 수록

	작품명	출전	비고
185	덕치 마을에서(一)	『조선문학』(1956.8)	평남 관개 시초 / 시집 『리용악 시선집』에 수록
186	덕치 마을에서(二)	『조선문학』(1956.8)	평남 관개 시초 / 시집 『리용악 시선집』에 수록
187	물냄새가 좋아선가	『조선문학』(1956.8)	평남 관개 시초 / 시집 『리용악 시선집』에 수록
188	열두 부자 동뚝	『조선문학』(1956.8)	평남 관개 시초 / 시집 『리용악 시선집』에 수록
189	격류한다 사회주의에로	『조선문학』(1956.8)	평남 관개 시초 / 시집 『리용악 시선집』에 수록
190	좌상님은 공훈 탄부	『로동신문』(1956.9.16)	시집 『리용악 시선집』에 수록(개작)
191	봄	『리용악 시선집』(조선작가동맹출판사, 1957.12)	
192	어선 민청호	『리용악 시선집』(조선작가동맹출판사, 1957.12)	
193	소낙비	『리용악 시선집』(조선작가동맹 출판사, 1957.12)	어느 반도에서
194	보리가을	『리용악 시선집』(조선작가동맹출판사, 1957.12)	어느 반도에서
195	나들이배에서	『리용악 시선집』(조선작가동맹출판사, 1957.12)	어느 반도에서
196	아침	『리용악 시선집』(조선작가동맹출판사, 1957.12)	어느 반도에서
197	석탄	『리용악 시선집』(조선작가동맹출판사, 1957.12)	
198	탄광 마을의 아침	『리용악 시선집』(조선작가동맹출판사, 1957.12)	
199	좌상님은 공훈 탄부	『리용악 시선집』(조선작가동맹 출판사, 1957.12)	
200	귀한 손님 좋은 철에 오시네	『리용악 시선집』(조선작가동맹출판사, 1957.12)	
201	쏘베트에 영광을	『리용악 시선집』(조선작가동맹출판사, 1957.12)	
202	풀벌레 소리 가득 차 있었다	『리용악 시선집』(조선작가동맹출판사, 1957.12)	
203	나를 만나거던	『리용악 시선집』(조선작가동맹출판사, 1957.12)	
204	동면하는 곤충의 노래	『리용악 시선집』(조선작가동맹출판사, 1957.12)	
205	쌍두마차	『리용악 시선집』(조선작가동맹출판사, 1957.12)	
206	두만강 너 우리의 강아	『리용악 시선집』(조선작가동맹출판사, 1957.12)	
207	우라지오 가까운 항구에서	『리용악 시선집』(조선작가동맹출판사, 1957.12)	
208	북쪽	『리용악 시선집』(조선작가동맹출판사, 1957.12)	
209	낡은 집	『리용악 시선집』(조선작가동맹출판사, 1957.12)	
210	오랑캐꽃	『리용악 시선집』(조선작가동맹출판사, 1957.12)	
211	버드나무	『리용악 시선집』(조선작가동맹출판사, 1957.12)	
212	전라도 가시내	『리용악 시선집』(조선작가동맹출판사, 1957.12)	
213	달 있는 제사	『리용악 시선집』(조선작가동맹출판사, 1957.12)	
214	강가에서	『리용악 시선집』(조선작가동맹출판사, 1957.12)	
215	두메산골(一)	『리용악 시선집』(조선작가동맹출판사, 1957.12)	
216	두메산골(二)	『리용악 시선집』(조선작가동맹출판사, 1957.12)	
217	두메산골(三)	『리용악 시선집』(조선작가동맹출판사, 1957.12)	
218	두메산골(四)	『리용악 시선집』(조선작가동맹출판사, 1957.12)	
219	꽃가루 속에	『리용악 시선집』(조선작가동맹출판사, 1957.12)	
220	다리 우에서	『리용악 시선집』(조선작가동맹출판사, 1957.12)	
221	뒷길로 가자	『리용악 시선집』(조선작가동맹출판사, 1957.12)	

	작품명	출전	비고
222	욕된 나날	『리용악 시선집』(조선작가동맹출판사, 1957.12)	
223	무자리와 꽃	『리용악 시선집』(조선작가동맹출판사, 1957.12)	
224	벌판을 가는 것	『리용악 시선집』(조선작가동맹출판사, 1957.12)	
225	다시 항구에 와서	『리용악 시선집』(조선작가동맹출판사, 1957.12)	
226	길	『리용악 시선집』(조선작가동맹출판사, 1957.12)	
227	어두운 등잔밑	『리용악 시선집』(조선작가동맹출판사, 1957.12)	
228	막차 갈 때마다	『리용악 시선집』(조선작가동맹출판사, 1957.12)	
229	노래 끝나면	『리용악 시선집』(조선작가동맹출판사, 1957.12)	
230	집	『리용악 시선집』(조선작가동맹출판사, 1957.12)	
231	불	『리용악 시선집』(조선작가동맹출판사, 1957.12)	
232	항구에서	『리용악 시선집』(조선작가동맹출판사, 1957.12)	
233	그리움	『리용악 시선집』(조선작가동맹출판사, 1957.12)	
234	오월에의 노래	『리용악 시선집』(조선작가동맹출판사, 1957.12)	
235	하늘만 곱구나	『리용악 시선집』(조선작가동맹출판사, 1957.12)	
236	노한 눈들	『리용악 시선집』(조선작가동맹출판사, 1957.12)	
237	아우에게	『리용악 시선집』(조선작가동맹출판사, 1957.12)	
238	빗발 속에서	『리용악 시선집』(조선작가동맹출판사, 1957.12)	
239	짓밟히는 거리에서	『리용악 시선집』(조선작가동맹출판사, 1957.12)	
240	원쑤의 가슴팍에 땅크를 굴리자	『리용악 시선집』(조선작가동맹출판사, 1957.12)	
241	핏발선 새해	『리용악 시선집』(조선작가동맹출판사, 1957.12)	
242	평양으로 평양으로	『리용악 시선집』(조선작가동맹출판사, 1957.12)	
243	모니카 펠톤 녀사에게-국제 녀맹 조사단 영국 대표 모니카 펠톤 녀사에 대한 애트리 정부의 박해를 듣고-	『리용악 시선집』(조선작가동맹출판사, 1957.12)	
244	불탄 마을	『리용악 시선집』(조선작가동맹출판사, 1957.12)	싸우는 농촌에서
245	달 밝은 탈곡 마당	『리용악 시선집』(조선작가동맹출판사, 1957.12)	싸우는 농촌에서
246	토굴집에서	『리용악 시선집』(조선작가동맹출판사, 1957.12)	싸우는 농촌에서
247	막내는 항공병	『리용악 시선집』(조선작가동맹출판사, 1957.12)	싸우는 농촌에서
248	다만 이것을 전하라-불가리야의 로시인 지미뜨리 뽈리야노브에게-	『리용악 시선집』(조선작가동맹출판사, 1957.12)	
249	위대한 사랑	『리용악 시선집』(조선작가동맹출판사, 1957.12)	
250	흘러 들라 심리굴에	『리용악 시선집』(조선작가동맹출판사, 1957.12)	
251	연풍 저수지	『리용악 시선집』(조선작가동맹출판사, 1957.12)	
252	두 강물을 한곬으로	『리용악 시선집』(조선작가동맹출판사, 1957.12)	
253	전설 속의 이야기	『리용악 시선집』(조선작가동맹출판사, 1957.12)	
254	덕치 마을에서 (一)	『리용악 시선집』(조선작가동맹출판사, 1957.12)	
255	덕치 마을에서 (二)	『리용악 시선집』(조선작가동맹출판사, 1957.12)	
256	물냄새가 좋아선가	『리용악 시선집』(조선작가동맹출판사, 1957.12)	
257	열두 부자 동둑	『리용악 시선집』(조선작가동맹출판사, 1957.12)	
258	격류하라 사회주의에로	『리용악 시선집』(조선작가동맹출판사, 1957.12)	
259	우리의 정열처럼 우리의 념원처럼	『문학신문』(1959.1.1)	
260	듬보비짜	『조선문학』(1959.3)	기'발은 하나

	작품명	출전	비고
261	미술 박물관에서	『조선문학』(1959.3)	기'발은 하나
262	에레나와 원배 소녀	『조선문학』(1959.3)	기'발은 하나
263	꼰스딴짜의 새벽	『조선문학』(1959.3)	기'발은 하나
264	기'발은 하나	『조선문학』(1959.3)	기'발은 하나
265	우산'벌에서	『문학신문』(1959.9.25)	
266	영예 군인 공장촌에서	『조선문학』(1959.12)	
267	빛나는 한나절	『조선문학』(1960.1)	
268	열 살도 채 되기 전에	『조선문학』(1960.4)	
269	봄의 속삭임	『조선문학』(1960.4)	
270	새로운 풍경	『문학신문』(1961.1.6)	
271	우리 당의 행군로	『문학신문』(1961.9.8)	
272	불 붙는 생각	『문학신문』(1962.4.15)	
273	땅의 노래	『문학신문』(1966.8.5)	가사
274	다치지 못한다	『문학신문』(1966.9.27)	가사
275	당중앙을 사수하리	『문학신문』(1967.7.11)	가사
276	붉은충성을 천백배 불태워	『문학신문』(1967.9.15)	
277	오직 수령의 두리에 뭉쳐	『문학신문』(1967.9.29)	
278	찬성의 이 한표, 충성의 표시!	『문학신문』(1967.11.24)	
279	산을 내린다	『조국이여 번영하라』(문예출판사, 1968)	
280	앞으로! 번개같이 앞으로!	『철벽의 요새』(조선문학예술총동맹출판사, 1968)	
281	피값을 천만배로 하여	『판가리싸움에』(문예출판사, 1968)	
282	어느 한 농가에서	『조선문학』(1968.4)	
283	날강도 미제가 무릎을 꿇었다	『조선문학』(1969.2)	

2. 산문

	작품명	출전	비고
1	序	『分水嶺』(三文社, 1937.5.30)	
2	쇠릿말	『分水嶺』(三文社, 1937.5.30)	
3	꼬릿말	『낡은집』(三文社, 1938.11.10)	
4	服格	『삼천리』(1940.7)	
5	전달(㦲)	『東亞日報』(1940.8.4)	
6	나의 讀書	『매일신보』(1941.10.1)	
7	冠帽峰登攀記	『삼천리』(1941.11)	
8	地圖를펴노코	『대동아』(1942.3)	
9	손	『방송지우』 창간호(1943.1)	
10	感傷에의 訣別	『춘추』(1943.3)	
11	全國文學者大會印象記	『大潮』(1946.7)	
12	「오랑캐꽃」을 내놓으며	『오랑캐꽃』(아문각, 1947.4.20)	
13	編輯長에게 드리는 便紙	『李庸岳集』(동지사, 1949.1.25)	
14	二〇세의 화학 기사	『보람찬 청춘』(민주청년사, 1955)	오체르크
15	자랑 많은 땅의 처녀	『보람찬 청춘』(민주청년사, 1955)	오체르크
16	수상의 영예를 지니고	『문학신문』(1957.5.16)	
17	서문	『리용악 시선집』(조선작가동맹출판사, 1957.12)	
18	혁명 사상으로 무장하련다	『문학신문』(1958.12.25)	
19	풍요와 악부시에 대하여	리용악·김상훈 역, 『조선 고전 문학 선집 6 - 풍요선집』(조선문학예술총동맹출판사, 1963)	서문

3. 기타

	작품명	출전	비고
1	關北, 滿洲出身作家의 '鄕土文化'를말하는座談會(第四回)	『삼천리』(1940.9)	좌담
2	名作읽은 作家感懷	『삼천리』(1941.7)	문예평론
3	今年 一年間의 我文壇의 收獲	『삼천리』(1941.12)	설문
4	이용악이 최정희에게 보낸 편지	1942.8.30	서신 강인숙, 『편지로 읽는 슬픔과 기쁨』, 마음산책, 2011에 수록.
5	12월 전원 회의 결정 실천을 위하여	『문학신문』(1957.1.10)	좌담

4. 리용악론(발굴)

	필자명, 작품명	출전	비고
1	박승호, 혁명투사의 정신세계와 서정적 주인공	『문학신문』(1967.7.11)	
2	방철림, 리용악과 「평남관개시초」	『천리마』(1995.12)	
3	은정철, 애국적지조, 창작적열정으로 빛나는 삶 – 조국통일상수상자인 시인 리용악에 대한 이야기	『로동신문』(2005.5.27)	
4	문학민, 시인 리용악과 첫 시집 『분수령』	『조선문학』(2008.3)	
5	문학민, 은혜로운 태양의 품속에서 창작된 리용악의 시들	『조선문학』(2009.5)	
6	장수봉·류원규, 붓대와 신념	『운명의 선택4』(평양출판사, 2015)	

참고문헌

1. 기본 자료

이용악, 『分水嶺』, 三文社, 1937.

_____, 『낡은 집』, 三文社, 1938.

_____, 『오랑캐꽃』, 雅文閣, 1947.

_____, 『現代詩人全集 1. 李庸岳集』, 同志社, 1949.

리용악, 『보람찬 청춘』, 민주청년사, 1955.

_____, 『리용악 시선집』, 조선작가동맹출판사, 1957.

윤영천 편, 『李庸岳 詩全集』(증보판), 창작과비평사, 1995(1988).

2. 국내외 신문·잡지 자료

김광현, 「내가 본 詩人 - 정지용, 이용악」, 『民聲』, 1948.10.

김동석, 「시와 정치 - 이용악시 「38도에서」를 읽고」, 『예술과 생활』, 박문출판사, 1947.

김요섭, 「눈보라의 궁전」, 『한국문학』, 1988.4.

서정주, 「現代朝鮮詩略史」, 『現代朝鮮名詩選』, 溫文舍, 1950.

_____, 「광복직후의 문단(7) - 시인 서정주 씨의 증언」, 『조선일보』, 1985.8.24.

유 정, 「好漢孤獨 金種漢」, 『현대문학』, 1963.2.

이수형, 「아라사 가까운 故鄕」, 『신천지』 3권 7호, 1948.8.

이해문, 「中堅詩人論 - 朝鮮의 詩歌는 어디로 가나」, 『시인춘추』, 1938.1.

한 식, 「이용악시집 『分水嶺』을 읽고」, 『조선일보』, 1937.6.25.

3. 국내 논저

1) 단행본

고형진, 『한국현대시의 서사지향성 연구』, 시와시학사, 1995.

곽효환 편, 『이용악 시선』, 지식을만드는지식, 2012.

김동석 편, 『예술과 생활』, 범우, 2004.

김명인, 『한국근대시의 구조연구』, 한샘, 1988.

김재홍, 『그들의 문학과 생애, 이용악』, 한길사, 2008.

김종철, 『시적 인간과 생태적 인간』, 삼인, 1999.

김학동, 『현대시인연구 I - 통시성의 원리』, 새문사, 1995.

_____, 『현대시인연구 II - 詩와 散文 - 서지 및 연보』, 새문사, 1995.

양혜경, 『한국 현대시의 공간화 전략』, 아세아문화사, 2008.

유종호, 『다시 읽는 한국시인』, 문학동네, 2002.

이경수, 『한국 현대시와 반복의 미학』, 월인, 2005.

이경희, 『북방의 시인, 이용악』, 국학자료원, 2007.

이명찬, 『1930년대 한국시의 근대성』, 소명출판, 2000.

임종국, 『친일문학론』, 평화출판사, 1966.

장덕순, 『한국문학사』, 동화문화사, 1980.

장석원, 『한국 현대문학의 수사학』, 월인, 2006.

제해만, 『한국 현대시의 고향의식 연구-노천명, 이용악 시를 중심으로』, 시세계, 1994.

최두석, 『리얼리즘의 시 정신』, 실천문학사, 1992.

최원식, 『한국근대문학을 찾아서』, 인하대 출판부, 1999.

최재서, 『文學과 知性』, 人文社, 1938.

_____, 『崔載瑞 評論集』, 靑雲出版社, 1960.

2) 논문

감태준, 「이용악 시 연구」, 한양대 박사논문, 1990.

강연호, 「백석·이용악 시의 귀향 모티프 연구」, 『한국문학이론과 비평』 31집, 한국문학
이론과비평학회, 2006.6.

_____, 「한국 근대시에 나타난 만주 체험과 북방 의식 연구-백석, 이용악, 유치환의 북방
시편을 중심으로」, 『한국문학이론과 비평』 24(2), 한국문학이론과비평학회,
2020.5.

_____, 「이용악 시의 공간연구」, 『현대문학이론연구』 23집, 현대문학이론학회, 2004.

강은진, 「식민지기 관북 출신 시인들의 방언 의식과 시적 언어의 향방-김기림, 김광섭,
이용악을 중심으로」, 『한국시학연구』 45, 한국시학회, 2016.2.

고형진, 「1920~30년대 시의 서사지향성과 시적 구조」, 고려대 박사논문, 1995.

곽효환, 「이용악 산문집 『보람찬 청춘』 연구」, 『한국문예비평연구』 44집, 한국현대문예비
평학회, 2014.8.

_____, 「이용악의 「평남관개시초」 연구」, 『한국학연구』 37, 한국학연구소, 2015.5.

_____, 「이용악의 북방시편과 북방의식」, 『어문학』 88집, 한국어문학회, 2005.6.

_____, 「한국 근대시에 투영된 만주(滿洲) 고찰」, 『한국시학연구』 37호, 한국시학회,
2013.8.

_____, 「한국 근대시의 북방의식 연구」, 고려대 박사논문, 2007.

_____, 「해방기 이용악 시 연구」, 『한국시학연구』 41, 한국시학회, 2014.12.

구은경, 「1920~30년대 한국 서사시 장르인식 연구」, 동국대 석사논문, 1995.

권 혁, 「이용악 시의 공간상징 연구」, 홍익대 석사논문, 1996.

김권동, 「이용악의 「오랑캐꽃」에 대한 해석의 일 방향」, 『배달말』 56, 배달말학회, 2015.6.

김나래, 「1930년대 후반기 근대적 주체의 '동정(sympathy)'의 발현 양상에 대한 한 연구」, 『한국시학연구』 57, 한국시학회, 2019.2.

김도희, 「이용악 시의 공간 연구」, 동의대 석사논문, 1997.

김명인, 「서정적 갱신과 서술시의 방법 - 이용악 시고」, 『시어의 풍경』, 고려대 출판부, 2000.

김선우, 「해금과 '이용악 시'의 재규정」, 『반교어문연구』 54, 반교어문학회, 2020.4.

김영철, 「산문시와 이야기시의 장르적 성격 연구」, 『인문과학논총』 26집, 건국대 인문과학연구소, 1994.

김인섭, 「월북 후 이용악의 시세계 - 『리용악 시선집』을 중심으로」, 『우리문학연구』 15집, 우리문학회, 2002.12.

김종철, 「용악 - 민중시의 내면적 진실」, 『창작과 비평』, 1988 가을.

김희원, 「이용악 시에 나타난 자연의 의미 연구」, 『문학과 환경』 17(2), 문학과환경학회, 2018.6.

류순태, 「이용악 시 연구 - '구조'와 '모형화'를 중심으로」, 서울대 석사논문, 1994.

류찬열, 「1930년대 후반기 리얼리즘 시 연구 - 임화, 이용악 시의 서사성 수용 양상을 중심으로」, 『어문론집』 35호, 중앙어문학회, 2006.9.

문종필, 「시인 이(리)용악을 관통하는 감정, 마르지 않는 '연민'에 대해 - 사회주의 체제의 가능성을 믿는다는 것」, 『한민족문화연구』 48, 한민족문화학회, 2014.12.

문호성, 「백석·이용악 시의 텍스트성 연구」, 전남대 박사논문, 1999.8.

박경수, 「1930년대 시의 현실지향과 저항적 문맥」, 『문화연구』 4집, 부산외대 문화연구소, 1992.

박도근, 「백석·이용악의 디아스포라의식 연구」, 원광대 석사논문, 2014.8.

박민규, 「고향의 형상화와 시적 주체의 재편 - 문맹(文盟)의 시들을 중심으로」, 『우리문학연구』 53, 우리문학회, 2017.1.

_____, 「일제 말기 이용악 시의 자기 파탄과 지양된 어둠 - 『오랑캐꽃』의 최초 발표작들을 중심으로」, 『한국근대문학연구』 17(2), 한국근대문학회, 2016.10.

박민영, 「이용악 시에 나타난 상호텍스트성의 의미 - 일제 말에서 해방기 시를 중심으로」, 『한국문예비평연구』 45, 한국현대문예비평학회, 2014.12.

박순원, 「이용악 시의 기법 연구」, 『한국시학연구』 17, 한국시학회, 2006.12.

박옥실, 「이용악 시 주체의 변모양상 연구 - 해방기를 중심으로」, 『어문론총』 62, 한국문학언어학회, 2014.12.

박옥실, 「일제강점기 저항시의 '주체' 연구 - 이육사·이용악·윤동주를 중심으로」, 아주대 박사논문, 2009.2.

박용찬, 「이용악 시의 공간적 특성 연구」, 『어문학』 89집, 한국어문학회, 2005.9.

_____, 「해방 직후 이용악 시의 전개과정 연구」, 『국어교육연구』 22, 경북대학교 사범대학 국어교육연구회, 1990.8.

박윤우, 「해방기 시의 역사 기억과 문학사 교육의 문제」, 『한중인문학연구』 45, 한중인문학회, 2014.12.

박은미, 「장르 혼합현상으로 본 이야기시 연구」, 『겨레어문학』 32집, 겨레어문학회, 2004.6.

방연정, 「1930년대 시언어의 표현방법」, 『개신어문연구』 14집, 개신어문학회, 1997.

배석호, 「이용악 시 연구」, 인하대 박사논문, 2011.2.

_____, 「이용악의 『평남관개시초』 고찰」, 『동양학』 47, 동양학연구원, 2010.2.

서덕민, 「백석·이용악 시의 동화적 상상력 연구」, 원광대 박사논문, 2011.2.

서지영, 「한국 현대시의 산문성 연구 - 오장환·임화·백석·이용악·이상 시를 대상으로」, 서강대 박사논문, 1999.

손민달, 「이용악 시의 타자인식 방법과 의미」, 『국어국문학』 165, 국어국문학회, 2013.12.

송지선, 「문학지리학 관점으로 본 이용악 시의 지식인의 소명의식에 따른 고향·서울의 장소성 연구」, 『국어문학』 72, 국어문학회, 2019.11.

_____, 「월북 후 이용악 시의 서사지향성 연구 - 『조선문학』 발표 작품을 중심으로」, 『한국언어문학』 69, 한국언어문학회, 2009.6.

_____, 「이용악 시에 나타난 유민(流民)의 트랜스로컬리티 연구」, 『국어문학』 69, 국어문학회, 2018.11.

_____, 「이용악 시의 변방지역에 나타난 공간의 이동성 연구」, 『우리말글』 75, 우리말글학회, 2017.12.

신선옥, 「이용악 시의 소리에 대한 고찰」, 『어문학』 115, 한국어문학회, 2012.3.

신용목, 「식민지시대 시에 나타난 '얼굴' 표상 연구」, 『한국문학논총』 82, 한국문학회, 2019.8.

_____, 「이용악 시에 나타난 '수직'의 운동성과 그 성격」, 『한국시학연구』 59, 한국시학회, 2019.8.

_____, 「이용악 시에 나타난 '자연'의 성격과 정동의 구조」, 『한국문예창작』 18(2), 한국문예창작학회, 2019.8.

신용목, 「이용악 시에 나타난 유랑의식 연구」, 고려대 석사논문, 2005.

심재휘, 「1930년대 후반기 시 연구-백석・이용악・유치환・서정주 시의 시간의식을 중심으로」, 고려대 박사논문, 1997.8.

_____, 「이용악 시와 공간상상력」, 『현대문학이론연구』 53, 현대문학이론학회, 2013.6.

양은창, 「이용악 시에 나타난 친일 성격」, 『어문연구』 76, 어문연구학회, 2013.6.

양혜경, 「이용악의 초기 시와 『詩と詩論』의 비교문학적 고찰」, 『일본어문학』 26, 일본어문학회, 2004.8.

엄경희, 「백석・이용악 시에 나타난 노스텔지어의 양상과 '고향'의 헤테로토피아」, 『한국문학과 예술』 32, 한국문학과예술연구소, 2019.12.

염문정, 「관전사(貫戰史)의 관점으로 본 전쟁과 전후(戰後)의 삶-이용악 시를 중심으로」, 『동남어문논집』 35, 동남어문학회, 2013.5.

오성호, 「이용악의 리얼리즘시 연구」, 『한국 근대시문학 연구』, 태학사, 1993.

윤석영, 「1930~40년대 한국 현대시의 의식지향성 연구-윤동주・이용악・이육사의 시를 중심으로」, 국민대 박사논문, 2005.2.

윤여탁, 「한국 근대시의 만주 체험-시적 형상화와 그 의미」, 『한중인문학연구』 46, 한중인문학회, 2015.3.

윤영천, 「일제하 조선민중의 표상-이용악의 「오랑캐꽃」」, 『문학과비평』 14, 문학과비평사, 1990.6.

_____, 「해방기 이용악 시의 민족문학적 토대」, 『현대시』 1, 한국문연, 1990.6.

윤한태, 「이용악 시의 서사적 구조에 관한 연구」, 『어문론집』 28집, 중앙어문학회, 2000.

이강하, 「이용악 시의 재매체화 현상 연구-매체의 선택과 행위의 계약」, 『우리말글』 82, 우리말글학회, 2019.9.

_____, 「재생산의 관점에서 본 이용악의 「오랑캐꽃」의 현재적 의미」, 『한국언어문학』 95, 한국언어문학회, 2015.12.

이경수, 「1930년대 후반기 시에 나타난 '가난'의 의미-백석과 이용악의 시를 중심으로」, 『현대문학의 연구』 32, 한국문학연구학회, 2007.7.

_____, 「2014년에 다시 만난 이용악의 시와 산문: 월북 이후 작품을 중심으로」, 『근대서지』 10, 근대서지학회, 2014.12.

_____, 「관북의 로컬리티와 이용악의 초기 시」, 『한국시학연구』 41호, 한국시학회, 2014.12.

_____, 「『리용악 시선집』 재수록 작품의 개작과 그 의미」, 『한국근대문학연구』 25호, 한국근대문학회, 2012.4.

_____, 「식민지 말기와 해방기의 이용악의 시적 선택: 이용악의 미발굴 시와 산문을 중심

으로」, 『근대서지』 12, 근대서지학회, 2015.12.

이경수, 「월북 이후 이용악 시에 나타난 청년의 표상과 그 의미」, 『한국시학연구』 35호, 한 국시학회, 2012.12.

_____, 「이용악 산문집 『보람찬 청춘』의 장르적 성격과 청년 표상의 의미」, 『국어국문 학』 168호, 국어국문학회, 2014.9.

_____, 「이용악 생애의 공백을 메우는 몇 가지 사실—이효석, 등불동지회, 최정희, 월북 의 계기 등을 중심으로」, 『근대서지』 18, 근대서지학회, 2018.12.

_____, 「이용악 시 재론을 위한 몇 가지 검토 과제」, 『한국시학회 제33차 전국학술발표대 회 자료집』(김광균・이용악 탄생 100주년 기념 학술대회), 아주대학교, 2014.5. 24.

_____, 「이용악 시에 나타난 '길'의 표상과 '고향—조선'이라는 심상지리」, 『우리문학연 구』 27집, 우리문학회, 2009.6.

_____, 「최근 출간된 시 전집의 체재 검토와 새로운 시 전집의 상상」, 『한국언어문화』 60, 한국언어문화학회, 2016.8.

_____, 「한국 현대시의 반복 기법과 언술 구조—1930년대 후반기의 백석・이용악・서 정주 시를 중심으로」, 고려대 박사논문, 2003.

이경희, 「이용악 시 연구—북방정서 모티브를 중심으로」, 인하대 박사논문, 2007.

이근화, 「이용악 시 연구—반복 기법과 화자의 역할을 중심으로」, 『Journal of korean Culture』 21, 한국어문학국제학술포럼, 2012.9.

이길연, 「이용악 시의 공동체 의식 상실과 공간 심상」, 『우리어문연구』 26, 우리어문학회, 2006.6.

이명찬, 「1930년대 후반 한국시의 고향의식 연구」, 서울대 박사논문, 1999.

_____, 「이향과 귀향의 변증법—이용악론」, 『민족문학사연구』 12호, 민족문학사연구 소, 1998.

_____, 「한국 근대시의 만주체험」, 『한중인문학연구』 13집, 한중인문학회, 2004.

이상숙, 「새로 찾은 이용악의 「보람찬 청춘」과 시 작품 연구—「보람찬 청춘」과 「산을 내린 다」 외 5편 분석」, 『우리문학연구』 43, 우리문학회, 2014.7.

_____, 「이용악과 리용악—월북 후 이용악 연구를 위한 조감도」, 『한국문학, 모더니티의 감각과 그 분기』, 탄생 100주년 문학인 기념문학제 심포지엄, 2014.5.8.

이수남, 「한국 현대 서술시 특성 연구—임화, 박세영, 백석, 이용악의 시를 중심으로」, 부산 외대 석사논문, 1995.

이숭원, 「이용악 시의 현실성과 민중성」, 『논문집—인문사회과학편』 7, 한림대, 1989.12.

이원규, 「한국시의 고향의식 연구—1930~40년대 시를 중심으로」, 성균관대 박사논문,

2004.8.

이은봉, 「1930년대 후기시의 현실 인식 연구」, 숭실대 박사논문, 1992.

이정애, 「이용악 시 연구」, 서울대 석사논문, 1990.

이현승, 「1930년대 후반기 한국시의 언술구조–백석·이용악·오장환의 시를 중심으로」, 고려대 박사논문, 2011.

_____, 「이용악 시 연구의 제문제와 극복 방안」, 『한국문학이론과 비평』 18(1), 한국문학이론과비평학회, 2014.3.

_____, 「이용악 시의 발화구조 연구」, 『비교한국학(*Comparative Korean Studies*)』 14(2), 국제비교한국학회, 2006.12.

이희경, 「이용악 시 연구–공간의식을 중심으로」, 전북대 석사논문, 1991.

장석원, 「이용악 시의 대화적 구조 연구」, 고려대 석사논문, 1999.

_____, 「이용악 후기시의 언술 구조와 내면 의식–형용사·부사의 가치평가적 기능을 중심으로」, 『한국문학이론과 비평』 9(4), 한국문학이론과비평학회, 2005.12.

장영수, 「오장환과 이용악의 비교 연구」, 고려대 박사논문, 1987.

전병준, 「이용악 시에 나타난 고향의 의미 연구」, 『현대문학이론연구』 34, 현대문학이론학회, 2008.9.

전월매, 「일제강점기 한국 근대시인들의 만주 거주 유형과 만주 인식」, 『만주학회 제18차 국제학술회의 '근대 만주의 도시공간과 문화정치' 자료집』, 2009.

정명숙, 「이용악 이야기시의 특성 연구」, 아주대 석사논문, 2003.

정영효, 「식민지시기 시에 나타난 '두만강'의 위상과 경계 인식」, 『한국문학연구』 56, 한국문학연구소, 2018.4.

정우택, 「이용악과 러시아 연해주, 그리고 국경의 감각」, 『대동문화연구』 104, 대동문화연구원, 2018.12.

_____, 「전시체제기 이용악 시의 위치(position)–『오랑캐꽃』을 중심으로」, 『한국시학연구』 41, 한국시학회, 2014.12.

정유선, 「이용악의 시, 「풀벌레소리 가득 차 있었다」의 리듬」, 『한국근대문학연구』 19(1), 한국근대문학회, 2018.4.

조남주, 「이용악 시의 공간 연구」, 연세대 석사논문, 2006.

조영추, 「기억, 정치이념과 몸의 정체성–해방기 이용악의 시 세계를 중심으로」, 『한국학연구』 45, 한국학연구소, 2017.5.

조용훈, 「한국근대시의 고향상실 모티프 연구」, 서강대 박사논문, 1994.

조은주, 「디아스포라 정체성과 탈식민주의적 계보학 연구–일제 말기 만주 관련 시를 중심으로」, 서울대 박사논문, 2010.

조은주, 「일제 말기 만주체험 시인들과 '기억'의 계보학적 탐색」, 『한국시학연구』 23호, 한국시학회, 2008.

차성환, 「이용악 시에 나타난 식민지 민중 표상 연구-「오랑캐꽃」을 중심으로」, 『우리말글』 67, 우리말글학회, 2015.12.

_____, 「한국 현대시에 나타난 유토피아 충동과 노스탤지어 연구-1930년대 후반기의 백석과 이용악 시를 중심으로」, 『민족문화연구』 84, 민족문화연구원, 2019.8.

최동호, 「북의 시인 이용악론-신성한 역사의 빛을 찾아서」, 『현대문학』 412, 현대문학사, 1989.4.

최두석, 「이야기시론」, 『리얼리즘의 시정신』, 실천문학사, 1992.

_____, 「한국 현대리얼리즘시 연구-임화·오장환·백석·이용악의 시를 중심으로」, 서울대 박사논문, 1995.2.

최명표, 「해방기 이용악의 시세계」, 『한국언어문학』 63, 한국언어문학회, 2007.12.

최종금, 「1930년대 한국시의 고향의식 연구-백석, 이용악, 오장환을 중심으로」, 한국 교원대 박사논문, 1998.

한계전, 「1930년대 시에 나타난 '고향' 이미지에 관한 연구」, 『한국문화』 16집, 서울대 한국문화연구소, 1995.

한상철, 「1930년대 후반기 시의 현실 비판적 경향과 '벌레 / 곤충' 표상」, 『한국문학이론과비평』 19(2), 한국문학이론과비평학회, 2015.6.

한아진, 「이용악 시의 서사성과 장소 체험-시적 표상 공간의 전개 양상을 중심으로」, 동국대 석사논문, 2014.

_____, 「해방기 이용악의 남로당 활동과 시적 변모」, 『만해서거 70주기, 만해에게 한국문학을 묻다』(2014 제1회 만해 학술대회), 만해마을 세미나실, 2014.6.28.

_____, 「해방기 이용악의 남로당 활동과 의미」, 『코기토』 78, 인문학연구소, 2015.8.

_____, 「해방기 이용악의 자기비판과 시적 변모」, 『한국현대문학연구』 46, 한국현대문학회, 2015.8.

황인교, 「이용악 시의 언술 분석」, 이화여대 박사논문, 1991.

개정판 부기(附記)

　『이용악 전집』을 준비하면서 이용악의 시와 산문을 포함해 좌담 및 설문 자료에 이르기까지 이용악이 남긴 창작물을 모두 수합해 싣고자 하였으나, 그중 일부는 원문을 확인하지 못했거나 작품의 존재 여부를 확인하지 못해 전집에 싣지 못했다. 또한 이용악은 동일 작품을 선집이나 다른 지면에 여러 차례 재수록한 경우가 많아 그런 작품에 대한 수록 원칙을 정할 필요가 있었다. 『이용악 전집』 초판본 부기 중 개정판에서 원문을 확인한 경우에는 부기에서 삭제하였다. 「거울 속에서」(『매신사진순보』, 1942.4.21)와 「새해에」(『제일신문』, 1948.1.1)가 여기에 해당된다. 나머지는 후속 연구를 위해 그 경위를 간단히 밝혀 둔다.

　1. 『예술타임스』 1946년 2월에 「벗, 미칠 만한 것」이라는 작품이 실려 있다고 윤영천 편, 『이용악 시전집』 연보에 밝혀져 있었지만 『예술타임스』를 확보하지 못해 해당 작품의 수록 여부를 확인할 수 없었다. 2018년에 출간된 윤영천 편, 『이용악 시전집』의 작품 연보에는 이 작품이 빠져 있다. 확인되지 않은 작품이므로 『이용악 전집』 개정판의 작품 연보에서도 빼고 후속 연구를 위해 이 사실만 기록으로 남겨 둔다.

　2. 이정애의 서울대학교 석사논문 「이용악시연구」에 첨부된 이용악 연보에는 조치[上智]대학 유학 당시 이용악이 수강한 과목명이 상세히 밝혀져 있다. 고려대학교 김동희 선생님과 조치대학 문학부 국문학과

후쿠이 다쓰히코[福井辰彦] 교수의 도움으로 이정애 논문에서 밝힌 이용악의 수강 과목명이 사실임을 확인받았지만 일본의 정보공개가 까다로워져서 복사본을 받을 수는 없었다. 따라서 이 책의 이용악 연보에서는 일본 유학 당시의 조치대학 수강 과목명을 생략했다.

3. 이용악의 네 번째 시집 『이용악집』과 월북 이후 출간한 다섯 번째 시집 『리용악 시선집』은 선집의 성격을 지니고 있다. 이 두 권의 시집에는 신작시도 실려 있지만, 이전에 다른 지면이나 시집에 수록한 시를 재수록한 작품의 비중도 높다. 또한 월북 이후 북한에서 발표한 시들은 『리용악 시선집』을 비롯해 다른 시인들과 함께 낸 공동 시집이나 공동 시선집 등에 여러 차례 재수록되기도 했다. 한 권의 전집으로서의 체계를 고려할 때 이 모든 작품들을 다 수합해 싣는 것은 현실적으로 어려움이 있었다. 따라서 『이용악 전집』에서는 이용악의 다섯 권의 시집에 실린 시들은 여러 차례 재수록된 작품이어도 시집의 목차 순서대로 싣고 이를 통해 시기별 시인의 선택과 개작 과정을 함께 살필 수 있도록 하였다. 시집 미수록시의 경우에는 따로 부를 마련하여 월북 이전의 시집 미수록시와 월북 이후의 시집 미수록시로 나누어 발표 순서대로 실었다. 다만, 시집에 실린 작품들의 경우에는 잡지나 신문에 발표된 작품들을 따로 찾아서 수록하지 않았다. 월북 이후에 발표한 작품 중 일부는 다른 시인들과의 공동 시집이나 공동 시선집 등에 재수록되는 경우가 많았는데, 이런 경우에도 『리용악 시선집』 수록시와 시집 미수록시로만 구별하고 이후에 다시 수록된 작품들의 경우에는 별도로 싣지 않았다. 개정판 『이용악 전집』에 새로 추

가된 「좌상님은 공훈 탄부」(『로동신문』, 1956.9.16, 2면)의 경우 『리용악 시선집』 수록시와 달리 연이 하나 더 있어서 개작 여부를 확인할 수 있게 시집 미수록 시에 추가해 실었다.